# Mrs. Murphy nickte, «... Wenn Berryman hier oben war, dann ist hier ein Schatz!»

# Hinter dem Laubwerk befand sich ein kleines Loch.

«Geh da nicht rein», warnte Tucker. Mrs. Murphy schlüpfte durch das Loch.

Rita Mae Brown &
Sneaky Pie Brown

# Zwei Fälle für Mrs. Murphy

*Schade, daß du
nicht tot bist*

•

*Ruhe in Fetzen*

Rowohlt

*Schade, daß du nicht tot bist*
Die Originalausgabe erschien 1990 unter dem Titel
«Wish You Were Here» bei Bantam Books, New York

*Ruhe in Fetzen*
Die Originalausgabe erschien 1992 unter dem Titel
«Rest in Pieces» bei Bantam Books, New York

Deutsch von Margarete Längsfeld
Mit Illustrationen von Wendy Wray

Veröffentlicht im Rowohlt Taschenbuch Verlag GmbH,
Reinbek bei Hamburg, Juli 1998
*Ruhe in Fetzen*
Copyright © 1994 by Rowohlt Verlag GmbH,
Reinbek bei Hamburg
«Rest in Pieces»
Copyright © 1992 by American Artists, Inc.
Illustrationen Copyright © 1992 by Wendy Wray
*Schade, daß du nicht tot bist*
Copyright © 1991 by Rowohlt Verlag GmbH,
Reinbek bei Hamburg
«Wish You Were Here»
Copyright © 1990 by American Artists, Inc.
Illustrationen Copyright © 1990 by Wendy Wray
Alle deutschen Rechte vorbehalten
Umschlaggestaltung Barbara Hanke
Foto: G + J Fotoservice/Dieter Matthes
Copyright © der Abbildungen Seite 1–5 by Wendy Wray
Autorenfoto Copyright © by Claudia Jeczanitz
Gesamtherstellung Clausen & Bosse, Leck
Printed in Germany
ISBN 3 499 26081 6

# Schade, daß du nicht tot bist

Danksagung

*Gordon Reistrup half mir beim Tippen und Korrekturlesen, und Carolyn Lee Van Clief versorgte mich mit massenhaft Katzenminze. Ohne die beiden hätte ich dieses Buch nicht schreiben können.*

*Dem Andenken an Sally Mead,
Vorsitzende der Charlottesville-Albemarle Society
for the Prevention of Cruelty to Animals
gewidmet*

## *Personen der Handlung*

*Mary Minor Haristeen (Harry),* die junge Posthalterin von Crozet, die mit ihrer Neugierde beinahe ihre Katze und sich selbst umbringt

*Mrs. Murphy,* Harrys graue Tigerkatze, die eine gewisse Ähnlichkeit mit der Autorin Sneaky Pie aufweist und einmalig intelligent ist!

*Tee Tucker,* Harrys Welsh Corgi, Mrs. Murphys Freundin und Vertraute, eine lebensfrohe Seele

*Pharamond Haristeen (Fair),* Tierarzt, der mit Harry in Scheidung lebt und sich über das Leben wundert

*Boom Boom Craycroft,* eine umwerfende Schönheit, die der besseren Gesellschaft angehört und sich heimlich verzehrt

*Kelly Craycroft,* Boom Booms Ehemann

*Mrs. George Hogendobber (Miranda),* eine Witwe, die emphatisch auf ihrer persönlichen Auslegung der Bibel beharrt

*Bob Berryman,* von seiner Frau Linda mißverstanden

*Ozzie,* Berrymans australischer Schäferhund

*Market Shiflett,* Besitzer von Shiflett's Market neben dem Postamt

*Pewter*, Markets dicke graue Katze, die sich notfalls auch mal von der Futterschüssel lösen kann

*Susan Tucker*, Harrys beste Freundin, die das Leben nicht allzu ernst nimmt, bis ihre Nachbarn ermordet werden

*Ned Tucker*, Rechtsanwalt und Susans Ehemann

*Jim Sanburne*, Bürgermeister von Crozet

*Big Marilyn Sanburne (Mim)*, tonangebend in der Gesellschaft von Crozet und ein schrecklicher Snob

*Little Marilyn Sanburne*, Mims Tochter und nicht so dumm, wie sie scheint

*Josiah DeWitt*, ein gewitzter Antiquitätenhändler, umschwärmt von Big Marilyn und ihren Freundinnen

*Maude Bly Modena*, eine kluge verpflanzte Yankee-Lady

*Rick Shaw*, Bezirkssheriff von Albemarle County

*Officer Cynthia Cooper*, Polizistin

*Hayden McIntire*, Arzt

*Rob Collier*, Postfahrer

*Paddy*, Mrs. Murphys Ex-Mann, ein kesser Kater

## Vorbemerkung der Verfasserin

Mutter ist im Stall beim Ausmisten der Boxen, eine Arbeit, die sie wirklich verdient. Ich habe die Schreibmaschine ganz für mich allein, und so kann ich Ihnen die Wahrheit berichten. Ich hätte ja geschwiegen, aber Pewter, das fette Ekel, hat sich auf den Schutzumschlag von *Starting from Scratch* geschlichen. Sie ließ es sich als alleiniges Verdienst anrechnen, das Buch geschrieben zu haben. Zugegeben, Pewters Ego ist ein gasförmiger Zustand, es dehnt sich immer weiter aus, aber dieser Akt kätzischer Eigenwerbung war mehr, als ich ertragen konnte.

Lassen Sie mich die Sache richtigstellen. Ich bin sieben Jahre alt und habe Mutter zeit meines Lebens beim Schreiben ihrer Bücher geholfen. Es hat mir nie etwas ausgemacht, daß sie den Umfang meines Beitrags zu erwähnen vergaß. Menschen sind eben so, und da sie solch schwache Geschöpfe sind (kann man Fingernägel etwa mit Krallen vergleichen?), lasse ich es durchgehen. Aber Menschen sind eine Sache. Katzen sind etwas anderes, und Pewter, ein Jahr jünger als ich, ist nicht der literarische Löwe, der sie zu sein vorgibt.

Sie müssen mir nicht glauben. Lassen Sie es mich Ihnen beweisen. Ich beginne mit einer Katzenkrimiserie. Pewter hat nichts damit zu tun. Ich werde ihr jedoch eine Nebenrolle zuweisen, um den Hausfrieden zu wahren. Dies ist ganz allein mein Werk, Wort für Wort.

Ich werde Ihnen nicht verraten, ob dies ein Schlüsselroman ist. Ich sage nur, daß ich eine starke Ähnlichkeit mit Mrs. Murphy aufweise.

*Ihre sehr ergebene*
*SNEAKY PIE*

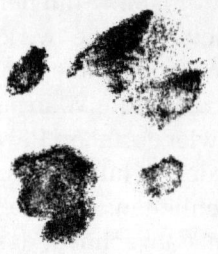

## *1*

Mary Minor Haristeen, von ihren Freunden Harry genannt, marschierte neben den Bahngleisen her, dicht gefolgt von Mrs. Murphy, ihrer klugen, eigenwilligen Tigerkatze, und Tee Tucker, ihrem Welsh Corgi. Hätte man Katze und Hund gefragt, so hätten diese gesagt, daß Harry ihnen gehöre, nicht umgekehrt; ohne jeden Zweifel jedoch gehörte Harry nach Crozet, Virginia. Mit dreiunddreißig Jahren war sie die jüngste Posthalterin, die Crozet je gehabt hatte, aber es hatte ja auch niemand anders den Job haben wollen.

Crozet schmiegt sich in eine Mulde der Blue Ridge Mountains. Die Stadt besteht, wie sich das gehört, aus der Railroad Avenue, die parallel zu den Gleisen der Chesapeake & Ohio Railroad verläuft, und einer sie kreuzenden Straße, die Whitehall Road heißt. Etwa fünfzehn Kilometer östlich liegt die reiche und mächtige Kleinstadt Charlottesville, die sich wie ein goldener Pilz nach Osten, Westen, Norden und Süden ausbreitet. Harry mochte Charlottesville eigentlich ganz gern. Die Landerschließer waren es, die sie nicht so gern mochte, und sie betete jeden Abend, daß diese Crozet mit seinen dreitausend Einwohnern weiterhin für ein unbedeutendes kleines Kaff an der Westroute halten und übersehen würden.

Ein graues Schindelgebäude mit weißer Einfassung neben dem Bahnhof beherbergte das Postamt. Daneben lag «Market» Shifletts winziges Lebensmittel- und Fleischereigeschäft. Alle Leute wußten die Bequemlichkeit zu schätzen, sich an einem zentral gelegenen Ort mit Milch, Post und Klatsch versorgen zu können.

Harry schloß die Tür auf und betrat ihre Dienststelle in genau dem Augenblick, als die große Bahnhofsuhr sieben schlug, sieben Uhr früh. Mrs. Murphy sauste wie der Blitz an ihr vorbei; Tucker kam in gemächlicherer Gangart nach.

Ein leerer Postbehälter lockte Mrs. Murphy. Sie hüpfte hinein. Tucker beklagte sich, daß sie nicht hineinspringen konnte.

«Sei still, Tucker. Mrs. Murphy ist gleich wieder draußen – nicht wahr?» Harry beugte sich über den Behälter.

Mrs. Murphy starrte zu ihr hinauf und sagte: *«Von wegen. Laß Tucker nur meckern. Sie hat heute morgen mein Katzenminze-Säckchen geklaut.»*

Alles was Harry hörte, war ein Maunzen.

Die Corgihündin hörte jedes Wort. *«Du bist ein richtiges Luder, Mrs. Murphy. Du hast massenhaft solche Säckchen.»*

Mrs. Murphy legte die Pfoten auf den Rand des Behälters und lugte hinüber. *«Na und? Ich habe nicht gesagt, daß du auch nur mit einem davon spielen darfst.»*

«Laß das, Tucker.» Harry dachte, der Hund knurre völlig grundlos.

Draußen hupte es. Rob Collier, der den großen Postwagen fuhr, lieferte die Morgenpost. Um vier Uhr nachmittags würde er wiederkommen, um Post abzuholen.

«Du bist früh dran», rief Harry ihm zu.

«Wollte dir 'nen Gefallen tun.» Rob lächelte. «Weil nämlich in genau einer Stunde Mrs. Hogendobber schnaufend und prustend vor dieser Tür stehen wird, um ihre Post zu holen.» Er ließ zwei große Postsäcke auf die Vordertreppe plumpsen und kehrte zum Wagen zurück. Harry trug die Säcke hinein.

«He, das hätte ich für dich machen können.»

«Ich weiß», sagte Harry. «Ich brauch Bewegung.»

Tucker erschien in der Tür.

«Hallo, Tucker», begrüßte Rob den Hund. Tucker wedelte mit dem Schwanz. «Na gut, weder Regen noch Glatteis noch Schnee und so weiter.» Rob rutschte hinters Lenkrad.

«Es sind fünfundzwanzig Grad um sieben Uhr früh, Rob. Ich an deiner Stelle würde mir keine Sorgen um das Glatteis machen.»

Er lächelte und fuhr los.

Harry öffnete den ersten Sack. Mrs. Hogendobbers Post lag zuoberst, ordentlich mit einem dicken Gummiband gebündelt. Wenn Rob Zeit hatte, legte er Mrs. Hogendobbers Post im Hauptpostamt in Charlottesville auf einen Extrahaufen. Harry steckte die Handvoll Briefe in den Schlitz des Postfachs. Danach begann sie, den Rest zu sortieren: Rechnungen, genügend Versandhauskataloge, um sämtliche Männer, Frauen und Kinder in den Vereinigten Staaten neu einzukleiden, und natürlich private Briefe und Postkarten.

Courtney Shiflett, Markets vierzehnjährige Tochter, erhielt eine Postkarte von Sally McIntire aus einem Ferienlager. Kelly Craycroft, der gutaussehende, reiche Inhaber einer Straßenbaufirma, war der Empfänger einer Glanzpostkarte aus Paris. Es war eine Fotografie von einem schönen Engel mit Flügeln. Harry drehte sie um. Es handelte sich um den Grabstein Oscar Wildes auf dem Friedhof Père Lachaise. «Schade, daß Du nicht hier bist», stand auf der Karte. Keine Unterschrift. Die Handschrift war eine Computerschrift, wie der Namenszug auf den Briefen, die man von seinem Kongreßabgeordneten kriegte. Harry seufzte und steckte die Karte in Kellys Postfach. Es wäre himmlisch, in Paris zu sein.

Schneebedeckte Alpen prangten majestätisch auf einer an Harry adressierten Postkarte von ihrer Freundin seit Kindertagen, Lindsay Astrove.

Liebe Harry,
bin in Zürich angekommen. Keine Gartenzwerge in Sicht. Flug kein Problem. Bin sehr müde. Schreibe später ausführlich.

*Beste Grüße*
*Lindsay*

Es wäre himmlisch, in Zürich zu sein.

Bob Berryman, der größte Viehtransporthändler im Süden, erhielt einen eingeschriebenen Brief vom Finanzamt. Harry steckte ihn behutsam in sein Fach.

Harrys beste Freundin, Susan Tucker, bekam ein großes Paket vom James River-Versand, vermutlich die reduzierten Baumwollpullover, die sie bestellt hatte. Susan, besonnen wie sie war, wartete immer den Ausverkauf ab. Sie war die «Mutter» von Tee Tucker, Tee genannt, weil Susan sie Harry beim siebten Tee im Farmington Golf Club geschenkt hatte. Mrs. Murphy, zwei Jahre älter als der Hund, war nicht erbaut gewesen, aber sie fand sich allmählich damit ab.

Eine Gary Larsen-Postkarte zog Harrys Aufmerksamkeit auf sich. Harry drehte sie um. Sie war an Fair Haristeen adressiert, Harrys baldigen Ex-Gatten (wenn auch nicht bald genug). «Durchhalten, Kumpel», lautete die Botschaft von Stafford Sanburne. Harry schmiß die Postkarte in Fairs Fach.

Crozet war so klein, daß die Leute sich genötigt sahen, bei einer Scheidung für eine Seite Partei zu ergreifen. Vielleicht war sogar New York City so klein. Harry jedenfalls schwankte täglich zwischen Wut und Kummer, wenn sie einstige Freunde ihre Wahl treffen sah. Die meisten schlugen sich auf Fairs Seite.

Immerhin hatte sie ihn verlassen und damit andere Frauen in Albemarle County in Rage gebracht, die auch in einer miesen Ehe festsaßen, aber nicht den Mut hatten abzuhauen. Das waren eine Menge Frauen.

«Gott sei Dank haben sie keine Kinder», zischelten viele Zungen hinter Harrys Rücken und ihr ins Gesicht. Harry pflichtete ihnen bei. Mit Kindern würde die vermaledeite Scheidung ein Jahr dauern. Ohne dauerte der Schwebezustand nur sechs Monate, und zwei hatte sie hinter sich.

Bis es acht Uhr schlug, waren die beiden Postsäcke zusammengefaltet, die Schließfächer gefüllt, der alte Fichtenbohlenboden saubergefegt.

Mrs. George Hogendobber, praktizierende Protestantin, holte jeden Morgen um Punkt acht Uhr ihre Post ab, außer sonntags, wenn sie das Evangelium hörte und das Postamt geschlossen war. Sie machte sich viele Gedanken über die Evolution. Sie war entschlossen zu beweisen, daß der Mensch nicht vom Affen abstammte, sondern vielmehr nach Gottes Ebenbild geschaffen war.

Mrs. Murphy hoffte inständig, daß Mrs. Hogendobber dieser Beweis gelänge, denn die Verknüpfung von Mensch und Affe war eine Beleidigung für den Affen. Freilich würde die gute Frau vor Schreck sterben, wenn sie jemals entdeckte, daß Gott eine Katze war und der Mensch daher überhaupt nichts zu melden hatte.

Die große, von christlicher Gesinnung durchdrungene Gestalt hievte sich die Treppe hoch. Sie stieß mit der ihr eigenen Energie die Tür auf.

«Morgen, Harry.»

«Morgen, Mrs. Hogendobber. Hatten Sie ein schönes Wochenende?»

«Abgesehen von einem gelungenen Gottesdienst in der Kirche zum Heiligen Licht, nein.» Sie zog mit einem kräftigen Ruck ihre Post aus dem Fach. «Josiah DeWitt schaute vorbei, als ich nach Hause kam, und wollte mich beschwatzen, mich von Mutters Louis Seize-Bett zu trennen, mitsamt Baldachin und allem Drum und Dran. Und das am heiligen Sonntag. Der Mann ist ein Diener Mammons.»

«Ja – aber er erkennt gute Qualität mit einem Blick.» Harry schmeichelte ihr.

«Hmm, Louis hier und Louis da. Zu viele Louis' drüben in Frankreich. Es hat ein schlimmes Ende genommen, mit jedem einzelnen von ihnen. Ich glaube, die Franzosen haben seit Napoleon keinen bedeutenden Mann mehr hervorgebracht.»

«Was ist mit Claudius Crozet?»

Das ließ Mrs. Hogendobber einen Moment verstummen. «Ich glaube, Sie haben recht. Er schuf eines der technischen Wunder des neunzehnten Jahrhunderts. Ich bekenne meinen Irrtum. Aber das ist der einzige seit Napoleon.»

Die Stadt Crozet war nach eben diesem Claudius Crozet, geboren am 31. Dezember 1789, benannt. Der Ingenieur hatte mit den Franzosen in Rußland gekämpft und war auf dem schrecklichen Rückzug aus Moskau gefangengenommen worden. Der russische Offizier, der ihn erwischt hatte, war so angetan, daß er Claudius sofort auf sein großes Gut verfrachtete und mit Büchern und technischen Geräten versorgte. Claudius diente ihm, bis die Franzosen nach Hause zurückkehren durften. Es hieß, der Russe, ein Prinz von fürstlichem Geblüt, habe den jungen französischen Hauptmann mit Juwelen, Gold und Silber entlohnt.

Sich Napoleon bei dessen zweitem Versuch, an die Macht zu kommen, noch einmal anzuschließen, erwies sich als risikoreich, und Crozet wanderte nach Amerika aus. Falls er Vermögen hatte, verbarg er es sorgfältig; er lebte von seinem Gehalt. Seine Glanzleistung war es, vier Tunnels durch die Blue Ridge Mountains zu treiben, eine Aufgabe, die er 1850 begonnen und acht Jahre später vollendet hatte.

Der erste Tunnel, der Greenwood-Tunnel, lag westlich von Crozet, war 160 Meter lang und wurde nach 1945 versiegelt, als ein neuer Tunnel fertiggestellt war. Über dem Osteingang des Greenwood-Tunnels fand sich in Stein gemeißelt die Inschrift: C. Crozet, Chefingenieur; John Kelly, Bauunternehmer, A. D. 1852.

Der zweite Tunnel, der Brooksville-Tunnel, 260 Meter lang, wurde ebenfalls nach 1945 versiegelt. Dieser Tunnel war tückisch, weil das Gestein sich als weich und unverläßlich erwies.

Der dritte Tunnel war der Little Rock. Er war 30 Meter lang und wurde immer noch von der Chesapeake & Ohio Railroad benutzt.

Der vierte war der Blue Ridge-Tunnel mit einer Länge von 1440 Metern.

Stillgelegte Gleise führten zu den versiegelten Tunnels. Im neunzehnten Jahrhundert hatte man noch für die Ewigkeit gebaut; nicht eine einzige Schiene hatte sich verzogen.

Es hieß, Crozet habe sein Vermögen in einem der Tunnels versteckt. Diese Geschichte nahm die C & O immerhin so ernst, daß man die stillgelegten Tunnels gründlich inspizierte, bevor man sie nach dem Zweiten Weltkrieg versiegelte. Ein Schatz wurde nie gefunden.

Unmittelbar nachdem sie auf ihren die Franzosen betreffenden Irrtum aufmerksam gemacht worden war, verließ Mrs. Hogendobber die Poststelle. Sie begegnete Ned Tucker, Susans Mann, der auf dem Weg hinein war. Artigkeiten wurden ausgetauscht. Tee Tucker rannte fröhlich bellend hinaus, um Ned zu begrüßen. Mrs. Murphy kletterte aus dem Postbehälter und sprang auf den Schalter. Sie konnte Ned gut leiden. Alle hatten ihn gern.

Er blinzelte Harry zu. «Na, bist du wiedergeboren?»

«Nein, aber von gestern bin ich auch nicht.» Sie lachte.

«Mrs. H. war heute morgen ungewöhnlich kurz angebunden.» Er schnappte sich einen großen Haufen Post. Das meiste war für die Anwaltskanzlei Sanburne, Tucker und Anderson bestimmt.

«Welch seltenes Glück», sagte Harry.

«Ich weiß.» Ned lächelte. An diesem heißen Julimorgen einer Tirade über die Erlösung der Welt entkommen zu sein, war wirklich ein Glück; das wußte Ned, der ein ausgesprochen glücklicher Mensch war. Er bückte sich, um Tucker die Ohren zu kraulen.

*«Meine darfst du auch kraulen»*, bat Mrs. Murphy.

*«Er hat mich lieber als dich.»* Tucker genoß es, im Mittelpunkt zu stehen.

«Was für köstliche Laute sie von sich geben.» Ned kraulte weiter. «Manchmal glaube ich, sie sind beinahe menschlich.»

*«Ist das zu fassen?»* Mrs. Murphy leckte ihre Vorderpfoten. Menschlich, was für eine Idee! Menschen hatten keine Krallen, kein Fell, und ihre Sinne waren getrübt. Sie dagegen konnte eine Ameisenlarve im Sand wühlen hören. Darüber hinaus verstand sie alles, was die Menschen in ihrer kehligen Art sprachen. Diese dagegen verstanden Katzen oder andere Tiere kaum, und einander erst recht nicht. Selbst von Harry, die sie zugegebenermaßen liebte, bekam sie nur dann eine Reaktion, wenn sie zu den ausgefallensten Mitteln griff.

«Ja, ich weiß nicht, was ich ohne meine Kleinen anfangen würde. Apropos, was machen deine?»

Neds Blick irrte für einen Moment ab. «Harry, allmählich glaube ich, es war ein Fehler, Brookie auf eine Privatschule zu schicken. Sie ist zwölf, geht für zwanzig durch und ist ein richtiger kleiner Snob. Susan möchte, daß sie im Herbst wieder auf die St. Elisabeth-Schule geht. Wir haben schließlich auch eine öffentliche Schule besucht, haben was gelernt und sind was Anständiges geworden.»

«Jetzt herrschen rauhe Sitten, Ned. Als du zur Schule gingst, haben sie noch keine Drogen auf dem Klo verkauft.»

«Als wir auf der Crozet High School waren schon. Du warst so vernünftig, es einfach zu übersehen.»

«Nein, ich hatte kein Geld, um das Zeug zu kaufen. Wäre ich so ein reiches Vorstadtkind von heute gewesen, wer weiß?» Harry zuckte die Achseln.

Ned seufzte. «Ich würde es schrecklich finden, heute ein Kind sein zu müssen.»

«Ich auch.»

Bob Berryman unterbrach sie. «Hi!» Ozzie, sein riesengroßer australischer Schäferhund, trottete hinter ihm drein.

«Hi, Berryman.» Harry und Ned erwiderten seinen Gruß eher aus Höflichkeit. Berrymans Laune befand sich meist am Siedepunkt und kochte oft schäumend über.

Mrs. Murphy und Tucker begrüßten Ozzie.

«Heißer als alle Roste der Hölle.» Berryman ging zu seinem Schließfach und nahm die Post mitsamt dem Einschreibezettel heraus. «Scheiße, Harry, gib mir mal 'nen Stift.» Sie reichte ihm einen halb ausgelaufenen Kugelschreiber. Er unterschrieb den Zettel und starrte wütend auf die Mitteilung vom Finanzamt. «Die Welt rast ihrem Untergang entgegen, und das verfluchte Finanzamt beherrscht die Nation! Am liebsten würde ich jeden einzelnen von diesen Kerlen umbringen!»

Ned verdrückte sich und winkte zum Abschied.

Berryman rang nach Luft, zwang sich zu einem Lächeln und beruhigte sich, indem er Mrs. Murphy tätschelte, die ihn mochte, obwohl die meisten Menschen ihn ungehobelt fanden. «Ich hab alle Hände voll zu tun.» Er verzog sich ebenfalls.

Bobs gestiefelte Füße polterten auf der ersten Stufe, als er die Eingangstür schloß. Da sie kein weiteres Poltern vernahm, blickte Harry von ihren Stempelkissen auf.

Kelly Craycroft ging auf Bob zu. Sein kastanienbraunes Haar schimmerte im Licht wie poliertes Kupfer. Kelly, eigentlich ein umgänglicher Mensch, lächelte nicht.

Schwanzwedelnd stand Ozzie neben Bob. Bob rührte sich noch immer nicht. Kelly erreichte die unterste Stufe. Er wartete einen Moment, sagte etwas zu Bob, das Harry nicht verstehen konnte, trat dann auf die zweite Stufe, worauf Bob ihn die Treppe hinunterstieß.

Wütend, mit dunkelrotem Gesicht, rappelte Kelly sich hoch. «Arschloch!»

Harry hörte es laut und deutlich.

Ohne etwas zu erwidern, schlenderte Bob die Treppe hinunter, aber Kelly, der nicht mit sich spaßen ließ, packte ihn an der Schulter.

«Jetzt hör mir mal gut zu!» schrie Kelly.

Harry wäre gern hinter dem Schalter hervorgekommen. Ihre guten Manieren behielten die Oberhand. Es wäre zu auffällig. Statt dessen strengte sie sich mordsmäßig an, um zu verstehen, was gesprochen wurde. Tucker und Mrs. Murphy, die kaum einen Gedanken daran verschwendeten, welchen Eindruck sie auf andere machten, stießen zusammen, als sie zur Tür rasten.

Diesmal hob Bob die Stimme. «Nimm deine Hand von meiner Schulter.»

Kelly griff fester zu. Bob ballte die Faust und schlug ihn in den Magen.

Kelly klappte vornüber, fing sich wieder. Geduckt machte er einen Satz, packte Bobs Beine und warf ihn aufs Pflaster.

Ozzie zischte los wie der Blitz und schlug seine Zähne in Kellys linkes Bein. Kelly heulte und ließ Bob los, der daraufhin wieder aufsprang.

«Aus» war alles, was Bob zu Ozzie sagen mußte, der Hund gehorchte aufs Wort. Kelly blieb liegen. Er zog sein Hosenbein hoch. Ozzies Biß hatte die Haut aufgerissen. Ein dünnes Blutrinnsal lief in seine Socke.

Bob sagte etwas mit leiser Stimme. Die Farbe wich aus Kellys Gesicht.

Bob ging zu seinem Lieferwagen, stieg ein, ließ den Motor an und fuhr los, als Kelly taumelnd auf die Beine kam.

Beim Anblick des Blutes ließ Harry jegliche Bedenken in punkto Manieren fallen. Sie lief zu Kelly hinaus.

«Da muß Eis drauf. Komm rein, ich hab welches im Kühlschrank.»

Kelly, noch benommen, antwortete nicht gleich.

«Kelly?»

«Oh – ja.»

Harry führte ihn ins Postamt. Sie kippte das Eis aus dem Behälter auf ein Papierhandtuch.

Kelly las seine Postkarte, als sie ihm das Eis gab. Er setzte sich auf die Bank, krempelte das Hosenbein hoch und zuckte zusammen, als er die Kälte an seiner Wade spürte. Die Karte steckte er in seine Gesäßtasche.

«Soll ich den Doktor holen?» erbot sich Harry.

«Nein.» Kelly brachte ein halbes Lächeln zustande. «Ganz schön peinlich, was?»

«Nicht peinlicher als meine Scheidung.»

Das brachte Kelly zum Lachen. Er entspannte sich etwas. «He, Mary Minor Haristeen, so was wie eine gute Scheidung gibt es nicht. Selbst wenn beide Parteien mit den besten Vorsätzen starten, sobald die Anwälte ins Spiel kommen, geht das alles den Bach runter.»

«Gott, das will ich nicht hoffen.»

«Glaub mir. Es wird schlimmer, ehe es besser wird.»

Kelly nahm das Eis herunter. Die Blutung hatte aufgehört.

«Halt es noch ein bißchen drauf», riet Harry. «Dann schwillt es nicht an.»

Kelly legte den provisorischen Eisbeutel wieder auf. «Es geht mich ja nichts an, aber du hättest Fair Haristeen schon vor Jahren den Laufpaß geben sollen. Du hast dich in die Geschichte reingekniet und dir alle Mühe gegeben, daß es funktioniert. Das war pure Zeitverschwendung. Perlen vor die Säue.»

Harry war noch nicht ganz so weit, daß sie es gern gehört hätte, wenn ihr Mann als Sau bezeichnet wurde, aber Kelly hatte recht: Sie hätte früher aussteigen sollen. «Jeder von uns lernt in seinem eigenen Tempo.»

Er nickte. «Wie wahr. Ich habe viel zu lange gebraucht, um zu kapieren, daß Bob Berryman, Ex-Footballheld von Crozet High, eine miese Niete ist. Schubst der mich doch glatt die Treppe runter, um Himmels willen. Wegen einer Rechnung! Wirft mir vor, ich hätte ihm für eine Auffahrt zuviel berechnet. Ich bin seit zwölf Jahren im Geschäft, und mir hat noch niemand vorgeworfen, daß ich zuviel berechne.»

«Es hätte schlimmer sein können.» Harry lächelte.

«Ach ja?» Kelly blickte fragend auf.

«Es hätte Josiah DeWitt sein können.»

«Da hast du recht.» Kelly krempelte sein Hosenbein herunter. Er warf das Papierhandtuch in den Abfall, sagte: «Durchhalten, Harry», und verließ das Postamt.

Sie sah ihm nach, als er sich langsamer als sonst entfernte, dann machte sie sich wieder an die Arbeit.

Harry tränkte ihre Stempelkissen und säuberte die Buchstaben auf den Gummistempeln von kleinen Farbklümpchen. Gerade als sie ihre Stirn und sämtliche Finger mit dunkelroter Stempelfarbe beschmiert hatte, kam Big Marilyn Sanburne, «Mim», hereinmarschiert. Marilyn gehörte zu jenen stählernen Frauen, die ehrenamtliche Männer waren. Sie wurde Big Marilyn oder Mim genannt, um sie von ihrer Tochter Little Marilyn zu unterscheiden. Mit vierundfünfzig Jahren hatte sie sich eine kühle Schönheit bewahrt, man drehte sich noch immer nach ihr um. Da sie mit einem immensen Vorrat an Mußestunden belastet war, hatte sie bei sämtlichen städtischen Angelegenheiten die Hand im Spiel. Ihre unbestreitbare Energie trieb andere ehrenamtliche Mitarbeiterinnen regelmäßig an die Bar oder zum Wahnsinn.

«Mrs. Haristeen –» Mim betrachtete die Schmiererei – «haben Sie einen Mord begangen?»

«Nein – bloß in Gedanken.» Harry lächelte verschmitzt.

«Die staatliche Planungskommission steht zuoberst auf meiner Abschußliste. Die werden niemals eine westliche Umgehungsstraße durch diesen Bezirk bauen. Ich werde kämpfen bis zum letzten Atemzug! Am liebsten würde ich eine F-14 chartern und die Bande in Richmond zusammenbomben.»

«Sie haben jede Menge Unterstützung, meine eingeschlossen.»

Harry rieb und wischte, aber die Stempelfarbe war hartnäckig.

Mim genoß jede Gelegenheit sich aufzuspielen, egal, wer ihr Gegenüber war. Jim Sanburne, ihr Mann, hatte sein Leben auf einem kleinen Bauernhof begonnen und sich auf zirka sechzig Millionen Dollar raufgekämpft. Trotz Jims Reichtum wußte Mim, daß sie unter ihrem Stand geheiratet hatte. Sie war eine Frau, die dauernd Beweise für ihren Status brauchte. Sie mußte ihren Namen im Gesellschaftsregister gedruckt sehen. Jim fand das albern. Für Mim war die Ehe eine ständige Strapaze. Für Jim auch. Er führte sein Unternehmen, er führte Crozet, weil er der Bürgermeister war, aber Mim konnte er nicht führen.

«Nun, haben Sie sich das mit der Scheidung noch einmal überlegt?» Mim hörte sich an wie eine Lehrerin.

«Nein.» Harry lief vor Wut rot an.

«Fair ist nicht besser oder schlechter als jeder andere. Stülpen Sie den Männern eine Papiertüte über den Kopf, und sie sind alle gleich. Nur auf das Bankkonto kommt es an. Eine alleinstehende Frau hat es schwer.»

Harry hätte am liebsten gesagt: «Ja, mit Snobs wie Ihnen», aber sie hielt den Mund.

«Haben Sie Handschuhe?»

«Wozu?»

«Sie könnten mir helfen, Little Marilyns Hochzeitseinladungen hereinzutragen. Ich möchte sie nicht beschmutzen. Das Briefpapier ist von Tiffany, meine Liebe.»

«Warten Sie einen Moment.» Harry wühlte herum.

*Du hast sie neben den Postbehälter gelegt*, klärte Tucker sie auf.

«Ich geh gleich mit dir Gassi, Tucker», sagte Harry zu dem Hund.

«*Ich werf sie auf den Boden. Mal sehen, ob sie's schnallt.*»
Mrs. Murphy lief flink auf dem Schalter entlang, wich sorgsam der Stempelfarbe und den Stempeln aus und landete mit einem prachtvollen Satz auf dem Regal, wo sie die Handschuhe herunterstieß.

«Die Katze hat Ihre Handschuhe auf den Boden geworfen.»

Harry drehte sich um, als die Handschuhe herunterklatschten.

«Na so was. Sie muß verstehen, was wir sagen.» Harry lächelte, dann folgte sie Big Marilyn nach draußen zu ihrem graublauen Volvo.

«*Manchmal frage ich mich, warum ich mich mit ihr abgebe*», klagte Mrs. Murphy.

«*Fang bloß nicht wieder damit an. Ohne Harry wärst du verloren.*»

«*Sie ist gutherzig, das geb ich ja zu, aber herrje, sie ist so begriffsstutzig.*»

«*Das sind sie alle*», pflichtete Tucker bei.

Harry und Mim kehrten mit zwei Pappkartons voller beigefarbener Einladungen zurück.

«Na, Harry, Sie werden vor allen anderen wissen, wer eingeladen ist und wer nicht.»

«So geht es mir meistens.»

«Sie sind natürlich eingeladen, trotz Ihres gegenwärtigen, hm, Problems. Little Marilyn hängt so an Ihnen.»

Little Marilyn tat nichts dergleichen, aber niemand getraute sich, Harry nicht einzuladen, weil das unhöflich wäre. Sie kannte tatsächlich jede Gästeliste in der Stadt, und weil sie alles und jeden kannte, war es klug, sich mit Harry gut zu stellen. Big Marilyn sah in ihr eine «Quelle».

«Alle sind nach Postleitzahlen geordnet und gebündelt.» Mim klopfte auf den Schalter. «Und fassen Sie sie nicht ohne Handschuhe an, Harry. Die Farbe kriegen Sie nie von den Fingern runter.»

«In Ordnung.»

«Dann überlaß ich sie jetzt Ihnen.»

Kaum hatte sie Harry von ihrer Anwesenheit befreit, als Josiah DeWitt erschien, der kurz an seinen Hut tippte und einen Moment draußen mit Mim plauderte. Er trug eine weiße Hose, ein weißes Hemd und auf dem Kopf einen flotten Strohhut, und er schenkte der Posthalterin ein breites Lächeln.

«Ich hab schon wieder ein Rendezvous mit der hochwohlgeborenen Mrs. Sanburne. Tee im Club.» Seine Augen zwinkerten. «Ich hab nichts dagegen, daß sie klatscht. Ich hab was dagegen, daß sie es so ungeschickt tut.»

«Josiah —» Harry wußte nie, was er als nächstes sagen würde. Sie schlug ihm auf die Finger, als er in einen der Kartons mit den Hochzeitseinladungen langte. «Das ist jetzt Staatseigentum.»

«Der Staat ist der beste, der sich am wenigsten in das Leben seiner Bürger einmischt. Dieser hier steckt seine Nase überall rein, wirklich überall. Beängstigend. Die wollen uns sogar vorschreiben, was wir im Bett zu tun haben.» Er grinste. «Ah, ich vergesse, daß du in dieser Hinsicht einen Heiligenschein trägst, seit du in Scheidung lebst. Du willst dich in dem Verfahren natürlich nicht dem Vorwurf des Ehebruchs aussetzen, daher nehme ich an, daß du dich notgedrungen in Tugend übst.»

«Und aus Mangel an Gelegenheit.»

«Nicht verzweifeln, Harry, nicht verzweifeln. Die zehn Jahre Ehe haben dir jedenfalls einen großartigen Spitznamen eingebracht... obwohl natürlich jetzt Mary zu dir paßt, wegen des Heiligenscheins.»

«Manchmal bist du unausstehlich.»

«Worauf du dich verlassen kannst.» Josiah blätterte seine Post durch und stöhnte: «Ned hat mich mit einer Rechnung beehrt. Rechtsanwälte nehmen sich wirklich von allem ihr Teil.»

«Kelly Craycroft nennt dich Schimmelpfennig.» Harry hatte Josiah gern, weil sie ihn aufziehen konnte. Mit manchen Leuten konnte man das, mit anderen nicht. «Möchtest du nicht wissen, warum er dich Schimmelpfennig nennt?»

«Das weiß ich schon. Er sagt, ich habe den allerersten selbstverdienten Pfennig aufbewahrt, und der schimmele in meinem Portemonnaie vor sich hin. Meine Version ist, daß ich das Kapital – das Resultat des Geschäftemachens – achte, während andere es verschwenden, insbesondere Kelly Craycroft. Denk doch mal, wie viele Straßenbauunternehmer kennst du, die einen Ferrari Mondial fahren? Und das ausgerechnet hier.» Er schüttelte den Kopf.

Harry mußte zugeben, daß es angeberisch war, einen Ferrari zu besitzen und ihn dann auch noch zu fahren. So etwas tat man in Großstädten, um Fremde zu beeindrucken. «Er hat das Geld – ich finde, er kann es ausgeben, wie es ihm paßt.»

«Einen armen Bauunternehmer gibt es vermutlich nicht, also hast du recht. Trotzdem», er senkte die Stimme, «so was unerhört Protziges. Jim Sanburne fährt wenigstens einen Kombi.» Er schlug sich geistesabwesend mit seiner Post auf den Oberschenkel. «Du wirst mir natürlich sagen, wer zur Hochzeit unserer kindlichen Marilyn eingeladen ist und wer nicht. Vor allem möchte ich wissen, ob Stafford eingeladen ist.»

«Das möchten wir alle wissen.»

«Worauf tippst du?»

«Daß er nicht eingeladen ist.»

«Ein sicherer Tip. Dabei haben sie sich als Kinder so gut verstanden. Sie hingen richtig aneinander, Bruder und Schwester. Schade. Oh, ich muß los. Bis morgen.»

Durch die Glastür beobachtete Harry eine angeregte Unterhaltung zwischen Susan Tucker und Josiah. So angeregt, daß Susan anschließend die drei Stufen mit einem einzigen Satz hinaufsprang. Die Tür flog auf.

«Na so was! Josiah hat mir gerade gesagt, du hättest Little Marilyns Hochzeitseinladungen.»

«Ich hab nicht draufgesehen.»

«Aber du wirst es tun, und zwar sofort.» Susan öffnete die Tür neben dem Schalter und kam nach hinten.

«Die darfst du nicht anfassen.» Harry zog ihre Handschuhe aus, während Tucker freudig an Susan hochsprang, die sie umarmte und küßte. Mrs. Murphy sah von ihrem Regal aus zu. Tucker trug ganz schön dick auf.

«Braves Hündchen. Schönes Hündchen. Gib Küßchen.» Susan sah auf Harrys Hände. «Aber du kannst die Kuverts auch nicht anfassen, daher werde ich die nächsten fünfzehn Minuten deine Arbeit machen.»

«Mach sie im Hinterzimmer, Susan. Wenn dich jemand sieht, sitzen wir beide in der Patsche. Stafford müßte bei den Eins-null-null-Postleitzahlen sein, ich glaube, westlich vom Central Park.»

Auf dem Weg nach hinten rief Susan über die Schulter: «Wenn du dir nicht die Eastside von Manhattan leisten kannst, bleib, wo du bist.»

«Die Westside ist heutzutage wirklich hübsch.»

«Er ist nicht dabei. Ist das zu glauben?» brüllte Susan aus dem Hinterzimmer.

«Das war mir klar. Was hattest du erwartet?»

Susan kam heraus und stellte den Karton unter den Schalter. «Ihr eigener Sohn. Irgendwann muß sie ihm doch verzeihen.»

«Verzeihen kommt in Big Marilyn Sanburnes Wortschatz nicht vor, vor allem wenn eine solche Tat ihren gehobenen gesellschaftlichen Status beeinträchtigt.»

«Wir leben nicht mehr in den vierziger Jahren. Heutzutage heiraten Schwarze und Weiße, und die Rassentrennungsgesetze sind aufgehoben.»

«Wie viele Mischehen gibt es in Crozet?»

«Keine, aber ein paar in Albemarle County. Ich meine, das ist doch albern. Stafford ist jetzt sechs Jahre verheiratet, und Brenda ist eine hinreißende Frau. Und eine brave obendrein, glaube ich.»

«Gehst du mit mir Mittag essen? Du bist die einzige, die mir geblieben ist.»

«Das kommt dir nur so vor, weil du im Augenblick überempfindlich bist. Mach, daß du hier rauskommst, bevor jemand anders zur Tür reinflitzt. Montags geht es immer zu wie im Irrenhaus.»

«Okay, ich bin soweit. Mein Ersatzmann biegt gerade auf den Parkplatz.» Harry lächelte. Es war nett, daß der alte Dr. Larry Johnson das Postamt von zwölf bis eins besetzte, so daß sie eine Stunde Mittag machen konnte. Er half ihr auch, wenn sie während der Schalterstunden Besorgungen zu erledigen hatte. Sie brauchte ihn nur anzurufen.

Dr. Johnson hielt ihnen allen die Tür auf.

«Danke, Dr. Johnson. Wie geht's Ihnen heute?» Harry wußte seine ritterliche Geste zu schätzen.

«Sehr gut, danke.»

«Schönen Tag, Herr Doktor», sagte Susan, während Mrs. Murphy und Tucker ihn mit einem Chor aus Geschnurre und Gejaule begrüßten.

«Hallo, Susan. Schönen Tag, Mrs. Murphy. Und dir auch, Tee Tucker.» Doktor Johnson täschelte Harrys Gefährtinnen. «Wohin wollen die Damen?»

«Bloß in die Pizzeria, ein Sandwich essen. Danke, daß Sie die Stellung halten.»

«Ist mir ein Vergnügen, wie immer. Guten Appetit», rief ihnen der alte Arzt nach.

Harry, Susan, Mrs. Murphy und Tucker schlenderten über das flirrende Trottoir. Die Hitze fühlte sich an wie eine dicke, feuchte Mauer. Sie winkten Market und Courtney Shiflett zu, die in ihrem Lebensmittelgeschäft arbeiteten. Pewter, Markets rundliche graue Katze, stellte im Ladenfenster schamlos ihre intimen Teile zur Schau. Als sie Mrs. Murphy und Tucker sah, begrüßte sie sie. Die beiden riefen etwas zurück und gingen weiter.

*«Ich kann es nicht fassen, daß sie sich so gehen läßt»*, flüsterte Mrs. Murphy Tucker zu. *«Die vielen Fleischhappen,*

*mit denen Market sie füttert. Das Mädel kennt keine Beherrschung.»*

«*Viel Bewegung kriegt sie auch nicht. Nicht so wie du.*»

Mrs. Murphy ließ sich das Kompliment gefallen. Sie hatte ihre Figur bewahrt für den Fall, daß der richtige Kater daherkäme. Alle, einschließlich Tucker, glaubten, sie sei noch immer in ihren ersten Gatten Paddy verliebt, aber Mrs. Murphy war überzeugt, daß sie über ihn hinweg war. HINWEG in Großbuchstaben. Paddy trug einen Frack, sprühte vor Charme und widersetzte sich jeder Form des Nützlichseins. Schlimmer noch, er war mit einer silberfarbenen, waschbärähnlichen Kätzin durchgebrannt und hatte dann die Unverfrorenheit besessen, zurückzukommen und zu denken, Mrs. Murphy würde froh sein, ihn nach dieser Eskapade wiederzusehen. Sie war nicht nur nicht froh, sie hatte ihm beinahe ein Auge ausgekratzt. Seit dem Kampf prunkte eine Narbe über Paddys linkem Auge.

In der Pizzeria bestellten Harry und Susan Riesensandwiches. Sie blieben drinnen, um sie im Wirkungsfeld der Klimaanlage zu genießen. Mrs. Murphy saß auf einem Stuhl, Tucker ruhte unter Harrys Sitz.

Harry biß in ihr Sandwich, und die halbe Füllung quoll am anderen Ende heraus. «Verflucht.»

«Das ist der Zweck von diesen Sandwiches. Wir sollen dumm dastehen.» Susan kicherte.

In diesem Moment kam Maude Bly Modena herein. Sie wollte zur Mitnehmtheke rübergehen, aber dann sah sie Harry und Susan und kam zu einem Austausch von Höflichkeiten herüber. «Nimm Messer und Gabel. Was hast du mit deinen Händen angestellt?» fragte sie.

«Stempel saubergemacht.»

«Mir ist es egal, ob meine Poststempel verwischt sind. Ist mir lieber, als daß du wie Lady Macbeth aussiehst.»

«Ich werd's mir merken», erwiderte Harry.

«Ich würde ja gerne bleiben und mit euch klönen, aber ich muß wieder in den Laden.»

Maude Bly Modena war vor fünf Jahren von New York nach Crozet gezogen. Sie hatte einen Laden für Verpakkungsmaterial eröffnet – Kartons, Plastikschachteln, Papier, der ganze Kram –, und das Geschäft war ein voller Erfolg. Im Vorgarten stand eine alte Förderlore, auf der sie Blumengebinde und die täglichen Sonderangebote drapierte. Sie wußte, wie man Kunden anzog, und sie selber war, mit Ende Dreißig, ebenfalls anziehend. Zur Weihnachtszeit bildeten sich Schlangen vor ihrem Laden. Sie war eine gewiefte Geschäftsfrau und obendrein freundlich, was in dieser Gegend unumgänglich war. Mit der Zeit verziehen ihr die Einheimischen den unseligen Akzent.

Maude winkte zum Abschied, als sie an dem Panoramafenster vorbeikam.

«Ich denke immer, Maude wird schon noch den Richtigen finden. Sie ist wirklich attraktiv», meinte Susan.

«Eher den Falschen.»

«Saure Trauben?»

«Klingt das so, Susan? Das will ich nicht hoffen. Ich könnte dir so viele Namen von verbitterten geschiedenen Frauen runterrasseln – wir würden den ganzen Nachmittag hier sitzen. Zu deren Club will ich wirklich nicht gehören.»

Susan täschelte Harrys Hand. «Du bist zu empfindlich, wie ich vorhin schon sagte. Du wirst alle möglichen Emotionen durchlaufen. In Ermangelung eines besseren Ausdrucks hab ich das saure Trauben genannt. Tut mir leid, wenn ich deine Gefühle verletzt habe.»

Harry wand sich auf ihrem Sitz. «Mir ist, als ob meine Nervenenden bloßlägen.» Sie setzte sich auf ihrem Stuhl zurecht. «Du hast recht, was Maude angeht. Sie hat vieles, was für sie spricht. Irgendwo muß es einen für sie geben. Einen, der sie zu schätzen weiß – mitsamt ihrem geschäftlichen Erfolg.»

Susans Augen blitzten. «Vielleicht hat sie einen Liebhaber.»

«Ausgeschlossen. Hier kann keiner in seiner Küche

einen Schluckauf kriegen, ohne daß alle es erfahren. Ausgeschlossen.» Harry schüttelte den Kopf.

«Wer weiß.» Susan schenkte sich Wasser nach. «Erinnerst du dich an Terrance Newton? Wir alle glaubten Terrance zu kennen.»

Harry dachte darüber nach. «Da waren wir Teenager. Ich meine, wenn wir erwachsen gewesen wären, hätten wir vielleicht was gemerkt. Ausstrahlung, Schwingungen und so weiter.»

«Ein Versicherungsangestellter, den wir alle kennen, geht nach Hause und erschießt seine Frau und sich. Ich erinnere mich, daß die Erwachsenen erschüttert waren. Keiner hatte was gemerkt. Wenn man die Fassade aufrechterhalten kann, reicht das. Nur ganz wenige blicken unter die Oberfläche.»

Harry seufzte. «Vielleicht sind alle zu beschäftigt.»

«Oder zu egozentrisch.» Susan trommelte mit den Fingern auf den Tisch. «Worauf ich hinauswill ist, daß wir uns vielleicht nicht so gut kennen, wie wir glauben. Das ist eine Kleinstadt-Illusion – glauben, daß wir uns kennen.»

Harry spielte still mit ihrem Sandwich. «Du kennst mich. Ich glaube, ich kenne dich.»

«Das ist was anderes.» Susan machte sich über ihren Schokoladenkuchen her. «Stell dir vor, du wärst Stafford Sanburne und wärst nicht zur Hochzeit deiner Schwester eingeladen.»

«Das war jetzt aber ein Gedankensprung.»

«Wie ich schon sagte, du bist meine beste Freundin. In deiner Gegenwart muß ich nicht konsequent denken.» Susan lachte.

«Stafford hat Fair eine Postkarte geschickt. ‹Durchhalten, Kumpel.› Da fällt mir ein, dasselbe hat Kelly zu mir gesagt. He, du hast was verpaßt. Kelly Craycroft und Bob Berryman hatten eine Rauferei, mit Fäusten und allem Drum und Dran.»

«Und das sagst du mir erst jetzt!»

«Es war so viel los, da habe ich es glatt vergessen. Kelly sagte, es ging um eine Rechnung für eine Auffahrt. Bob ist der Ansicht, er hat ihm zuviel berechnet.»

«Bob Berryman mag ja nicht gerade der Charme in Person sein, aber es sieht ihm nicht ähnlich, sich wegen einer Rechnung zu prügeln.»

«He, wie ich schon sagte, vielleicht kennen wir uns nicht richtig.»

Harry klaubte die Tomaten aus ihrem Sandwich. Das waren die Missetäter; sie war überzeugt, daß ohne die glitschigen Tomaten Fleisch, Käse und Gurken drinbleiben würden. Sie klappte das Brot wieder zusammen, und Mrs. Murphy langte über den Teller, um sich ein Stück Roastbeef zu angeln. «Mrs. Murphy, jetzt reicht's aber.» Harry sprach mit ihrer befehlenden Mutterstimme. Die würde nicht mal im Pentagon ihre Wirkung verfehlen. Mrs. Murphy zog die Pfote zurück.

«Vielleicht sollten wir uns freuen, daß Little Marilyn schließlich doch noch eine gute Partie gemacht hat», sagte Susan.

«Du glaubst doch nicht, daß Little Marilyn Fitz-Gilbert Hamilton allein eingefangen hat, oder?»

Susan bedachte dies. «Sie ist so schön wie ihre Mutter.»

«Und kalt wie Stein.»

«Nein, ist sie nicht. Sie ist still und schüchtern.»

«Susan, du mochtest sie immer, seit wir Kinder waren, und ich konnte Little Marilyn nie ausstehen. Sie ist ein richtiges Mutterkind.»

«Du dagegen hast deine Mutter zur Weißglut getrieben.»

«Hab ich nicht.»

«O doch. Weißt du noch, wie du deine Spitzenhöschen über ihr Nummernschild gehängt hast, und sie ist den ganzen Tag herumgefahren, ohne zu wissen, warum alle gehupt und gelacht haben?»

«Ach das.» Harry erinnerte sich. Sie vermißte ihre Mutter schrecklich. Grace Minor war vor vier Jahren unerwartet an einem Herzanfall gestorben, und Cliff, ihr Mann, war ihr nach kaum einem Jahr gefolgt. Er hatte ohne Grace nicht zurechtkommen können, das gab er auf dem Totenbett zu. Sie waren keineswegs reiche Leute gewesen, aber sie hinterließen Harry ein hübsches Schindelhaus, ein paar Kilometer westlich der Stadt am Fuß des Little Yellow Mountain, und sie hinterließen ihr außerdem einen kleinen Wertpapierbestand, von dem sie die Grundsteuer und ein Taschengeld bestreiten konnte. Ein hypothekenfreies Haus ist ein wunderbares Erbe, und Harry und Fair waren glücklich aus ihrem gemieteten Haus an der Myrtle Street ausgezogen. Freilich, als Harry Fair zu gehen bat, beklagte er sich bitter, daß es ihm immer verhaßt gewesen sei, in ihrem Elternhaus zu wohnen.

«Fitz-Gilbert Hamilton ist häßlich wie die Sünde, aber er wird niemals von der Wohlfahrt leben müssen; er ist ein sehr angesehener Anwalt in Richmond – sagt Ned jedenfalls.»

«Um diese Heirat wird viel zuviel Getue gemacht. In Eile gefreit, in Muße bereut.«

«Saure Trauben.» Susans Augen schossen in die Höhe.

«Der glücklichste Tag meines Lebens war, als ich Pharamond Haristeen geheiratet habe, und der zweitglücklichste Tag meines Lebens war, als ich ihn rausgeworfen habe. Er ist ein Arschloch und hat von mir kein Mitgefühl zu erwarten. Herrgott, Susan, er rennt in der ganzen Stadt herum, ein Bild gekränkter Männlichkeit. Er ißt jeden Abend bei einem anderen Ehepaar. Wie ich gehört habe, hat Mim Sanburne ihm angeboten, daß ihre Haushälterin seine Wäsche waschen könnte. Ich kann es nicht glauben.»

Susan seufzte. «Er genießt es anscheinend, ein Opfer zu sein.»

«Ich genieße es bestimmt nicht.» Harry spie die Worte förmlich hervor. «Das einzige, was schlimmer ist, als die Frau eines Tierarztes zu sein, ist die Frau eines Arztes zu sein.»

«Deswegen läßt du dich nicht von ihm scheiden.»

«Nein, vermutlich nicht. Ich will nicht darüber sprechen.»

«Du hast damit angefangen.»

«So?» Harry schien überrascht. «Ich wollte nicht... Ich möchte das Ganze am liebsten vergessen. Wir sprachen über Little Marilyn Sanburne.»

«Stimmt. Little Marilyn wird tief gekränkt sein, wenn Stafford nicht aufkreuzt, und Mim wird sterben, wenn er aufkreuzt – die Hochzeit, ihr Ereignis des Jahres, verschandelt durch die Ankunft ihrer schwarzen Schwiegertochter. Das Leben wäre viel einfacher, wenn Mim ihre Plantagenmentalität überwinden könnte.» Susan trommelte wieder auf den Tisch.

«Ja, aber dann müßte sie sich der menschlichen Gattung zugesellen. Ich glaube, sie ist emotional impotent und möchte ihr Leiden weltweit verbreiten. Wenn sie ihre Einstellung ändern würde, müßte sie womöglich etwas fühlen, verstehst du? Sie müßte womöglich zugeben, daß sie sich geirrt hat und daß sie ihre Kinder verletzt hat, daß sie sie verletzt und ihnen Narben zugefügt hat.»

Susan saß einen Moment schweigend da und betrachtete die Überreste des üppigen Mahls. «Ja. Hier, Tucker.»

«*He, he, und wo bleib ich?*» schrie Mrs. Murphy.

«Oh. Hier, du großes Baby.» Harry schob ihr den Teller hinüber. Sie war satt.

Mrs. Murphy fraß, was übrig war, bis auf die Tomaten. Als kleines Kätzchen hatte sie einmal eine Tomate gegessen und sich geschworen, daß es das letzte Mal gewesen war.

Harry schlenderte zum Postamt zurück, und der Rest des Tages verlief ereignislos. Market brachte ein paar Knochen vorbei. Courtney nahm die Post an sich, während ihr Dad eine Runde schwatzte.

Nach der Arbeit ging Harry nach Hause. Sie liebte den mehr als drei Kilometer langen Spaziergang am Morgen und am Nachmittag. Er verschaffte ihr, der Katze und dem Hund reichlich Bewegung. Zu Hause wusch sie ihren alten blauen Wagen und jätete den Garten. Danach machte sie den Kühlschrank sauber, und ehe sie sich's versah, war es Zeit, zu Bett zu gehen.

Sie las ein bißchen, während Mrs. Murphy sich an ihre Seite kuschelte. Tucker schnarchte am Fußende des Bettes. Harry knipste die Lampe aus, genau wie es, verborgen hinter ihren Jalousien, Rolläden und hohen Hecken, die übrigen Einwohner von Crozet taten.

Wieder war ein Tag zu Ende, friedlich und auf seine Art vollkommen. Hätte Harry geahnt, was der nächste bringen würde, sie hätte diesen wohl noch mehr genossen.

## 2

Mrs. Murphy schlug einen Purzelbaum, während sie einen Grashüpfer jagte. Diesen Witschern, wie sie sie nannte, konnte sie einfach nicht widerstehen. Tucker, die sich nicht für Insekten interessierte, warf ein scharfes Auge auf die Eichhörnchen, die so dämlich waren, über die Railroad Avenue zu huschen. Die alte eckige Uhr an Harrys Handgelenk, die ihrem Vater gehört hatte, zeigte 6 Uhr 30 morgens, und von den Schienen stieg die Hitze auf. Es war ein für Virginia typischer Julitag, einer von der Art, die die Wettermänner und Wetterfrauen im Fernsehen veranlaßten zu plärren, es werde heiß, feucht und dunstig werden, ohne Aussicht auf Veränderungen. Dann rieten sie den Zuschauern, viel Flüssigkeit zu sich zu nehmen. Folgte der Schnitt auf einen Werbespot für Limonade, so ein Zufall.

Harry dachte an ihre Kindheit zurück. Mit dreiunddreißig war sie nicht gerade alt, aber auch nicht mehr jung. Sie fand, daß die Zeiten mehr vom Kommerz geprägt waren, es herrschte ein rüderer Ton. Sogar Bestattungsunternehmer machten Werbung. Ihr nächster Reklametrick würde vermutlich ein Tote-Miss-Amerika-Wettbewerb sein, um festzustellen, wer die Verstorbenen am besten herzurichten verstand. Etwas war während Harrys Lebensspanne mit Amerika geschehen, etwas, das sie nicht ganz begreifen, jedoch intensiv fühlen konnte. Es gab keinen Wettbewerb zwischen Gott und dem Goldenen Kalb. Geld war heutzutage Gott. Kleine grüne Scheine mit den Bildnissen Verstorbener wurden angebetet. Die Menschen töteten nicht mehr für die Liebe. Sie töteten für Geld.

Merkwürdig, in einer Zeit geistiger Hungersnot zu leben. Sie beobachtete Katze und Hund beim Fangenspiel und fragte sich, wieso ihre eigene Gattung sich so weit hatte forttreiben lassen von der animalischen Existenz, dem puren Vergnügen am Jetzt.

Harry hielt sich durchaus nicht für eine philosophische Natur, doch in letzter Zeit hatte sie sich mehr und mehr Gedanken über den Sinn ihres Lebens gemacht – und nicht nur des ihren. Nicht einmal Susan mochte sie erzählen, was ihr in diesen Tagen durch den Kopf schwirrte, weil es so verstörend und traurig war. Manchmal dachte sie, sie trauere ihrer verlorenen Jugend nach, und dies sei der tiefere Grund für ihre trüben Gedanken. Vielleicht nötigte sie der Umbruch, den die Scheidung mit sich brachte, zur inneren Einkehr. Oder vielleicht waren es wirklich die Zeiten, die Käuflichkeit und das krasse Konsumdenken der amerikanischen Lebensweise.

Mrs. George Hogendobber besaß wenigstens außer ihrem Bankkonto noch andere Werte, aber Mrs. Hogendobber klammerte sich vergebens an ein Glaubenssystem, das seinen Einfluß verloren hatte. Das konservative Christentum konnte sich noch jene ängstlichen, engstirnigen Seelen unterwerfen, die absoluter Antworten bedurften, aber es konnte diejenigen nicht mehr für sich gewinnen, die nach einer Vorstellung von ihrer Zukunft hier auf Erden suchten. Der Himmel mochte gut und schön sein, aber man mußte sterben, um dorthin zu gelangen. Harry hatte keine Angst vor dem Sterben, aber sie hatte auch nichts dagegen zu leben. Sie fragte sich, wie sich das Leben angefühlt haben mochte, als das Christentum neu, lebendig und aufregend war – bevor es durch Kollaboration mit der weltlichen Macht korrumpiert wurde. Um das herauszufinden, hätte sie im ersten Jahrhundert nach Christi Geburt leben müssen, und so verlockend der Gedanke auch sein mochte, sie war nicht sicher, ob sie ohne ihren alten Kombi existieren konnte. Hieß das, daß sie ihre Seele für einen fahrbaren Untersatz verkaufen würde? Maschinen, Mammon und Massenwahn waren irgendwie miteinander verknüpft, und Harry wußte, daß sie nicht klug genug war, um den gordischen Knoten des modernen Lebens zu entwirren.

Sie war Posthalterin geworden, um sich vor dem modernen Leben zu verstecken. Mit Kunstgeschichte als Hauptfach am Smith College, das sie als Stipendiatin absolviert hatte, war sie nicht gerade glänzend auf die Zukunft vorbereitet gewesen. Daher kehrte sie nach dem Examen nach Hause zurück und arbeitete als Reitlehrerin in einem großen Reitstall. Als der alte George Hogendobber starb, bewarb sie sich um den Job im Postamt und bekam ihn. Seltsam, daß Mrs. Hogendobber eine gute Ehe geführt hatte, während Harry mit dem anderen Geschlecht im Clinch lag. Sie fragte sich, ob Mrs. Hogendobber ein paar Tricks kannte, die sie nicht drauf hatte, oder ob George einfach jede Hoffnung auf ein eigenes Leben aufgegeben und die Ehe deswegen funktioniert hatte. Harry bereute die Entscheidung für ihren Posten nicht, so gering er anderen auch scheinen mochte, aber sie bereute ihre Heirat.

«*Mom ist nachdenklich heute morgen.*» Mrs. Murphy rieb sich an Tucker. «*Die Scheidung, schätze ich. Die Menschen machen es sich wahrhaftig schwer.*»

Tuckers Ohren zuckten vor und zurück. «*Tja, sie machen sich dauernd Sorgen.*»

«*Das kann man wohl sagen. Sie sorgen sich um Dinge, die Jahre entfernt sind und vielleicht nie eintreten.*»

«*Ich glaube, das liegt daran, daß sie nicht wittern können. Sie verpassen eine Menge Informationen.*»

Mrs. Murphy nickte zustimmend und fügte dann hinzu: «*Auf zwei Beinen gehen. Das ruiniert ihnen den Rücken und beeinträchtigt ihr Denkvermögen. Ich bin sicher, das ist die Ursache.*»

«*Darauf wäre ich nie gekommen.*» Tucker sichtete den Postfahrer. «*He, wer erster bei Rob ist.*»

Tucker mogelte und stürmte los, bevor Mrs. Murphy antworten konnte. Erbost stieß sich Mrs. Murphy mit ihren kraftvollen Hinterbeinen ab und flitzte, sich dicht über dem Erdboden haltend, hinter ihr her.

«Mädels, Mädels, kommt sofort zurück.»

Die Mädels schworen auf selektive Wahrnehmung. Tucker langte vor Mrs. Murphy beim Wagen an, aber die kleine Tigerkatze sprang in das Fahrzeug.

«*Ich hab gewonnen!*»

«*Hast du nicht*», widersprach Tucker.

«Hallo, Mrs. Murphy. Hallo, Tucker.» Rob freute sich über die Begrüßung, die ihm zuteil wurde.

Keuchend holte Harry Katze und Hund ein. «Hallo, Rob. Was hast du heute morgen für mich?»

«Das übliche. Zwei Säcke.» Er rumorte im Wagen herum. «Hier ist ein Päckchen von Turnbull and Asser für Josiah DeWitt, für das er unterschreiben und bezahlen muß.» Rob zeigte auf den Nachnahmebetrag.

Harry stieß einen Pfiff aus. «Dreihundert Dollar. Da müssen ja irrsinnige Hemden drin sein. Für Josiah ist nur das Beste gut genug.»

«Ich hab mal irgendwo gelesen, daß die Verdienstspanne im Antiquitätenhandel vierhundert Prozent betragen kann. Schätze, er kann sich die Hemden leisten.»

«Versuch mal, ihn zur Bezahlung irgendeiner anderen Rechnung zu bringen.» Harry lächelte.

Boom Boom Craycroft, Kellys verwöhnte Gattin, fuhr nach Osten, in Richtung Charlottesville. Boom Boom verfügte über ein neues BMW-Cabrio mit dem Kennzeichen BOOMBMW. Sie winkte, und Harry und Rob winkten zurück.

Rob starrte ihr nach. Boom Boom war eine hübsche Frau, dunkelhaarig, betörend. Er kam auf die Erde zurück. «Heute trag ich die Säcke rein, Harry. Die Emanzipation kannst du dir für morgen aufsparen.»

Harry lächelte. «Okay, Rob, zeig, daß du ein Kerl bist. Ich liebe Männer mit Muskeln.»

Er lachte und hievte beide Säcke auf seine Schultern, während Harry die Tür aufschloß.

Als Rob gegangen war, sortierte Harry die Post. Nach einer halben Stunde war sie fertig. Dienstags war es nie viel. Sie ging ins Hinterzimmer und machte sich eine Tasse starken Kaffee. Tucker und Mrs. Murphy spielten mit einem zusammengelegten Postsack. Als Harry aus dem Hinterzimmer auftauchte, stand Mrs. George Hogendobber an der Eingangstür, und der Sack bewegte sich verdächtig. Harry hatte keine Zeit, Mrs. Murphy herauszuziehen. Sie öffnete die Eingangstür, und als Mrs. Hogendobber hereinkam, schoß Mrs. Murphy wie eine Flipperkugel aus dem Sack.

«*Fang mich, wenn du kannst!*» rief sie Tucker zu.

Die Corgihündin rannte immer im Kreis herum, während Mrs. Murphy auf ein Regal sprang, dann auf den Schalter, mit einem Affenzahn darauf entlangsauste, mit allen vier Pfoten an der Wand landete und sich mit einer halben Kehrtwendung abstieß, wieder den Schalter entlangraste und in der entgegengesetzten Richtung dasselbe Manöver vollführte. Dann machte sie einen Satz vom Schalter herunter, lief zwischen Mrs. Hogendobbers Beinen durch – Tucker in wilder Jagd hinterdrein –, sprang wieder auf den Schalter und blieb dort still wie eine Statue sitzen, während sie Tucker auslachte.

Mrs. Hogendobber stockte der Atem. «Die Katze ist geistesgestört!»

Harry schluckte, erstaunt über diese Darbietung katzenhafter Akrobatik, und erwiderte: «Sie hat bloß mal wieder einen Anfall. Sie wissen ja, wie Katzen sind.»

«Ich persönlich mag keine Katzen.» Mrs. H. richtete sich zu ihrer vollen Höhe auf, welche beträchtlich war. Sie verfügte auch über die entsprechende Leibesfülle. «Zu unabhängig.»

Ja, das sagen viele Leute, dachte Harry bei sich. Lauter Faschisten. Dies war ein ihr liebgewordenes Vorurteil, das sie weder aufzugeben noch abzuschwächen bereit war.

«Ich vergaß zu sagen, daß Sie sich Sonntagabend Diane Bish im Kabelfernsehen anschauen müssen. Eine vollendete Organistin. Sogar ihre Füße werden gezeigt, und letzten Sonntag hatte sie silberne Ballerinas an.»

«Ich habe keinen Kabelanschluß.»

«Oh, na so was. Ziehen Sie in die Stadt. Sie sollten ohnehin nicht allein da am Yellow Mountain leben.» Mrs. Hogendobber flüsterte: «Wie ich höre, hat Mim gestern die Hochzeitseinladungen vorbeigebracht.»

«Zwei Kartons voll.»

«Hat sie Stafford eingeladen?» Es klang beiläufig.

«Das weiß ich nicht.»

«Ach.» Mrs. Hogendobber konnte ihre Enttäuschung nicht verbergen.

Josiah kam herein. «Guten Morgen, die Damen.» Er fixierte Mrs. Hogendobber. «Ich will das Bett.» Er runzelte in gespieltem Ärger die Stirn.

Mrs. Hogendobber verfügte nicht über besonders viel Humor. «Ich gedenke nicht zu verkaufen.»

Fair kam herein, gefolgt von Susan. Es gab eine allgemeine Begrüßung. Harry war angespannt. Mrs. Hogendobber ergriff die Gelegenheit, dem beharrlichen Josiah zu entkommen. Auf der anderen Straßenseite parkte Hayden McIntire, der Arzt, seinen Wagen.

Josiah bemerkte ihn und seufzte. «Ah, mein kindergeplagter Nachbar.» Hayden hatte zahlreiche Kinder gezeugt.

Fair öffnete still sein Schließfach und nahm die Post heraus. Er wollte sich verdrücken, doch Harry, nicht von der besten Intuition geleitet, rief ihn zurück.

«Wart einen Moment.»

«Ich muß einen Besuch machen. Sehnenschnitt.» Er hatte die Hand auf dem Türknauf.

«Verdammt, Fair, wo bleibt mein Scheck?» entfuhr es Harry vor lauter Frust.

Sie hatten eine Vereinbarung unterschrieben, wonach Fair bis zur Scheidung, wenn ihr gemeinsam erwirtschaftetes Vermögen aufgeteilt wurde, monatlich eintausend Dollar an Harry zu zahlen hatte. Sie waren kein wohlhabendes Paar und hatten beide während ihrer Ehe hart gearbeitet. Die Teilung des Zugewinns würde Harry zugute kommen, die wesentlich weniger verdiente als Fair. Glücklicherweise erkannte Fair das Haus rechtmäßig als Harrys an, so daß dieses ausgeklammert war.

Sie hatte das Gefühl, als ließe er sie mit dem Geld hängen. Typisch Fair. Wenn sie nichts unternahm, passierte gar nichts. Er interessierte sich nur für seine Pferdepraxis.

Fair seinerseits fand, daß dies eine von Harrys typischen Nörgeleien war. Sie würde den vermaledeiten Scheck kriegen, wenn er dazu kam, ihn auszuschreiben. Er lief rot an. «Oh, hm, ich mach ihn heute fertig.»

«Wie wär's jetzt gleich?»

«Ich muß einen Besuch machen, Harry!»

«Du bist zehn Tage zu spät dran, Fair. Muß ich Ned Tucker anrufen? Das kostet bloß Anwaltsgebühren und verstärkt die Gefühle von Feindseligkeit.»

«Verdammt», brüllte er, «mich vor Susan und Josiah bloßzustellen finde ich feindselig genug!» Er knallte die Tür zu.

Josiah, gebannt von dem häuslichen Drama, konnte ein Lächeln kaum verbergen. Den Fallgruben des Ehelebens entgangen, weidete er sich genüßlich an dem Theater, das Eheleute aufführten. Josiah konnte nicht verstehen, warum Männer und Frauen heirateten. Sex verstand er, aber heiraten? Für ihn bedeutete die Ehe eine Fußfessel, Kette und Kugel inbegriffen.

Susan, beileibe nicht gebannt, fand den Ausbruch höchst bedauerlich, weil sie wußte, daß Josiah es Mim erzählen und es bis Sonnenuntergang in der ganzen Stadt herum sein würde. Die Scheidung war ohne öffentliche Darbietungen schon schwierig genug. Susan vermutete zudem, daß Fair, passiv-aggressiver Charakter, der er war, das Spiel «die Frau aushungern» spielte. Ehemänner und ihre Anwälte liebten dieses Spiel, und es funktionierte ziemlich oft. Dabei wurde die zukünftige Ex-Frau durch subtile Belagerung in die Knie gezwungen, bis sie aufgab. Die emotionale Belastung war zu hoch für die Frauen, und oft ließen sie sausen, was sie während der Ehe verdient hatten – ein Wert, der ohnehin schwer festzustellen war, weil die Männer Hausarbeit und Frauenmühsal für selbstverständlich hielten. Das wurde nicht mit Geld bewertet. Wenn die Ehefrau diese Mühsal einstellte, zogen die Männer den Wert gewöhnlich noch immer nicht in Betracht; sie hatten vielmehr das Gefühl, ihnen sei etwas angetan worden. Die Frau war das Miststück.

Susan wußte, daß Fair, sobald der Schmerz nachließ, sich auf die Suche nach einer anderen Frau zum Lieben begeben würde, und das Nebenprodukt dieser Liebe würde heißen, daß die neue Ehefrau das Essen einkaufte, den Terminkalender der gemeinsamen gesellschaftlichen Verpflichtungen führte und darauf achtete, daß die Rechnungen bezahlt wurden. Alles aus Liebe.

Tat Susan das für Ned? Am Anfang ihrer Ehe hatte sie es getan. Nach fünf Jahren und zwei Kindern meinte sie den Verstand zu verlieren. Sie verweigerte sich. Ned wurde fuchsteufelswild. Dann hatten sie miteinander geredet, und zwar richtig. Susan hatte Glück. Ned auch. Sie fanden eine gemeinsame Basis. Sie lernten, mit weniger auszukommen, so daß sie eine Hilfe einstellen konnten. Susan nahm einen Halbtagsjob an, damit etwas Geld herein- und sie aus dem Haus herauskam. Aber Susan und Ned waren füreinander bestimmt, Harry und Fair dagegen nicht. Sex hatte sie zusammengebracht und hielt sie eine Weile beieinander, aber gefühlsmäßig verband sie nicht viel und intellektuell schon gar nicht. Sie waren zwei leidlich vernünftige Menschen, die sich voneinander befreien mußten, und, so traurig das war, sie taten es nicht ohne Zorn und gegenseitige Beschuldigungen, und nicht ohne ihre Freunde hineinzuziehen.

Susans Gedanken wurden abrupt unterbrochen.

Eine Sirene gellte in der Ferne und wurde lauter, bis der Ambulanzwagen die Straße entlanggebraust kam und den Reflexionen über Harry und Fair ein spektakuläres Ende bereitete. Alle liefen hinaus vor das Postamt.

Harry griff unwillkürlich nach Josiahs Arm. «Doch wohl nicht der alte Dr. Johnson.» Er war ihr Kinderarzt gewesen und war krumm und gebrechlich.

«Der wird hundert Jahre alt, keine Bange.» Josiah tätschelte ihre Hand.

Der Rettungswagen bog auf der Whitehall Road, der Route 240, nach Süden.

Big Marilyn Sanburnes Volvo hielt vor Shifletts Laden. Sie schlug die Wagentür zu. Dann stolperte sie zu der Gruppe hinüber. «Verdammt, der Rettungswagen hätte mich fast von der Straße gefegt. Vermutlich ängstigen die genauso viele Menschen zu Tode, wie sie retten.»

«Amen», stimmte Josiah zu. Er machte Anstalten zu gehen.

Harry rief ihn zurück. «Josiah, du mußt für ein Päckchen von Turnbull and Asser unterschreiben und bezahlen.»
«Es ist gekommen.» Er strahlte, dann verging das Leuchten. «Wieviel?»
«Dreihundert Dollar», antwortete Harry.
Josiah trug es mit Fassung. «Manche Dinge kann man eben ökonomischen Motiven nicht unterordnen. Wenn man bedenkt, mit was für Leuten ich zwangsläufig zusammenkomme.»
«Di und Fergie», äußerte Harry feierlich.

Tatsächlich war Josiah in die Nähe der königlichen Hoheiten gelangt, als er einmal in London war, um georgianische Möbel zu kaufen, bevor er mit einem Luftkissenboot den Kanal überquerte, um noch mehr von seinem geliebten Louis Quinze-Mobiliar zu erwerben.

Mim drehte sich jäh zu Josiah um, ihrem ständigen Begleiter, wann immer sie Ehemann Jim abhängen konnte. «Diese Geschichte trägt dir bis heute Einladungen zum Essen ein.»

«Meine liebe Mim, ich verkehre ausschließlich geschäftlich mit gekrönten Häuptern. Du nennst sie deine Freunde.» Dies war eine Anspielung auf eine obskure rumänische Gräfin, die von Big Marilyn aufdringlich hofiert worden war. Als sie achtzehn war, hatte Mim in Crozet mit der europäischen Schönheit angegeben.

Ende der fünfziger Jahre dann hatte Mim Europa nach Fabergé-Schatullen abgegrast und nach Möbeln aus der Zeit Georgs III., ihrer Lieblingsepoche. Jim Sanburne wußte nicht, worauf er sich einließ, als er Mim heiratete – aber wer weiß das schon? In Paris begegnete Mim einer Freundin der Gräfin, die ihr erzählte, die Frau sei eine Bäckergehilfin aus Prag, wenngleich eine schöne. Wer immer sie war, sie war schlau genug gewesen, Mim auszubooten, und Mrs. Sanburne erinnerte sich keineswegs wohlwollend daran, daß die Gräfin Jim verführt hatte – allerdings war er eine leichte Beute.

Für diese Unbesonnenheit ließ Mim ihn kräftig zahlen.

Pewter stürmte aus dem Geschäft, als ein Kunde die Tür öffnete. Sie war so fett, daß ihr Bauch beim Rennen hin und her schwabbelte.

Susan kicherte. «Man sollte die Katze auf Diät setzen.» Sie lenkte vom Thema ab, obwohl ihr Mims momentanes Unbehagen nicht besonders leid tat.

Pewter stellte sich auf die Hinterbeine und kratzte an der Tür des Postamts. *«Laßt mich rein.»*

Harry öffnete ihr, während die Menschen sich draußen weiter unterhielten. Pewter platzte ins Postamt, aufgeplustert vor Wichtigkeit. Sogar Mrs. Murphy fiel das auf.

*«Wißt ihr was?»* Pewter sprang auf den Schalter – das war nicht leicht für sie, aber sie war so aufgeregt, daß es beim ersten Versuch glückte.

Tucker reckte den Kopf aufwärts. *«Komm lieber hier runter und erzähl.»*

Pewter überging die Bitte der Corgihündin. *«Market bekam einen Anruf von Diana Farrell vom Rettungsdienst. Ihr wißt ja, Market macht manchmal am Wochenende Vertretung, und sie sind befreundet.»*

*«Komm zur Sache, Pewter.»* Mrs. Murphy schlug mit dem Schwanz.

*«Wenn du dich so benimmst, geh ich. Ihr könnt es euch ja von jemand anderem erzählen lassen.»*

*«Geh nicht»*, bat Tucker.

*«Doch, ich gehe ganz bestimmt. Ich weiß, wann ich nicht erwünscht bin.»* Pewter war ehrlich verstimmt. Sie sträubte den Schwanz, und als Harry die Tür öffnete und hereinkam, lief sie hinaus.

*«Du bist wirklich grob»*, klagte Tucker.

*«Sie ist so schwatzhaft.»* Mrs. Murphy war nicht in der Stimmung, sich zu entschuldigen.

*«Sie mag ja schwatzhaft sein»*, sagte Tucker, *«aber wenn sie in der sengenden Hitze hierhergerannt ist, muß es schon was Wichtiges gewesen sein.»*

Mrs. Murphy wußte, daß Tucker recht hatte, aber sie sagte nichts, sondern rollte sich auf dem Schalter zusammen. Tucker winselte ungehalten, damit Harry ihr die Tür neben dem Schalter öffnete. Harry gehorchte, und Tucker legte sich unter dem Schalter auf ihr großes Kissen.

Eine Stunde verging, während Leute kamen und gingen. Maude Bly Modena schlug ihr *Vogue*-Exemplar auf, und sie und Harry lasen die Horoskope.

Maude behauptete, es gäbe nur zwölf Horoskopversionen. Das Horoskop für ein Sternzeichen würde im folgenden Monat zum nächsten Zeichen wandern, das Horoskop des Skorpions zum Schützen und das der Waage zum Skorpion. Nach zwölf Monaten wäre der Kreis geschlossen. Als Harry ungläubig kicherte, sagte Maude, daß die Leute sich nicht mal von einem Tag auf den anderen an ihr Horoskop erinnerten. Nie würden sie sich besinnen, was vor zwölf Monaten war.

Maude meinte, statt sich an eine vollständige Voraussage zu erinnern, solle man sich etwa den Satz: «Das andere Geschlecht interessiert sich und zeigt es» merken. Er würde nacheinander bei jedem Sternzeichen auftauchen.

Als Maude fertig war, lachte Harry so sehr, daß es ihr egal war, ob Maudes Theorie stimmte. Hauptsache, es war lustig und Harry merkte, daß sie sich noch amüsieren konnte. Eine Scheidung war nicht das Ende der Welt.

Harrys Prognose für August lautete: «Tagesablauf revidieren. Zukunft neu gestalten. Wichtige Daten: 7., 14. und 29.» Wofür wichtig, weigerte sich diese stellare Prophezeiung preiszugeben.

Als Maude gegangen war, kam Little Marilyn Sanburne herein und ließ sich in säuselnden Tönen über ihre Hochzeit aus. Bei Little Marilyn kam das Säuseln aus verborgenen Bereichen ihrer Kehle. Harry heuchelte Interesse, aber insgeheim hatte sie das Gefühl, daß Little Marilyn einen großen Fehler machte. Sie kam nicht mal mit sich selbst zu Rande, geschweige denn mit jemand anderem.

Eine ganze Stunde verging, bevor sich Market Shiflett durch die Tür schob.

«Harry, ich wäre früher gekommen, aber es war verrückt – das reinste Irrenhaus.» Er wischte sich die Stirn.

«Was ist passiert?» Harry fand, daß er kränklich aussah. «Kann ich was für dich tun?»

Er winkte ab, dann lehnte er sich an den Schalter, um sich abzustützen. «Diana Farrell hat mich angerufen. Kelly Craycroft – zumindest glauben sie, daß es Kelly Craycroft ist – wurde heute morgen gegen zehn Uhr tot aufgefunden.»

Tucker sprang auf. *«Siehst du, Mrs Murphy? Ich hab gleich gesagt, sie wußte was Wichtiges.»*

Mrs. Murphy erkannte ihren Fehler, aber jetzt war es nicht mehr zu ändern.

«Mein Gott, wie...?» Harry war wie betäubt. Sie dachte an einen Herzanfall. Kelly war in diesem gefährlichen Mannesalter.

«Keine Ahnung. Die Leiche ist vollkommen zerfleischt. Man hat ihn in einem von den großen Betonmischern gefunden. Er ist nicht mal mehr in einem Stück. Diana sagt, falls man ihm in den Kopf oder ein anderes Körperteil geschossen hätte, könnte man das nie mehr erfahren. Der Sheriff hat die Mischmaschine beschlagnahmen lassen. Schätze, sie suchen da drin nach Blei. Weißt du, Kelly ist immer oben auf den Mischer geklettert, um ihn den Leuten zu zeigen.»

«Mord – du redest von Mord.» Harrys Augen wurden weit.

«Verflixt noch mal, Harry, ein großer starker Mann wie Kelly fällt nicht einfach in einen Betonmischer. Jemand hat ihn reingeworfen.»

«Vielleicht ist er's nicht. Vielleicht war es ein Betrunkener oder –»

«Er ist es. Der Ferrari war direkt an der Stelle geparkt. Kelly ist nicht im Büro erschienen. Da sein Wagen dastand, nahmen alle an, daß er irgendwo auf dem Gelände war. Genau wußten sie es nicht, bis ein Mann den Mischer in Bewegung setzte und es sich komisch anhörte.»

Harry schauderte bei dem Gedanken, was der arme Kerl erblickt hatte, als er in die Mischmaschine sah.

«Er war kein Heiliger, aber wer ist das schon? Er kann unmöglich andere so erzürnt haben, daß sie ihn umbrachten.»

«Einer würde reichen.» Market atmete tief. Die Neuigkeit selbst gefiel ihm nicht, aber es war schon etwas Besonderes, der Überbringer solcher Nachrichten zu sein, und Market war nicht gefeit gegen diese seltenen Augenblicke der Privilegiertheit. «Ich dachte, du solltest es wissen.»

Als er sich zum Gehen wandte, rief Harry: «Deine Post.»

«Ach ja.» Market angelte die Post aus seinem Fach und ging.

Harry setzte sich auf den Schemel hinter dem Schalter. Sie mußte ihre Gedanken ordnen. Dann ging sie zum Telefon und rief die Veterinärpraxis an. Fair war nicht da, und sie ließ ihm ausrichten, daß er sie sofort anrufen solle. Danach wählte sie Susans Nummer.

«Dudel, dudel, dudel», meldete sich Susan am Telefon. Sie fand es langweilig, immer «hallo» zu sagen.

«Susan!»

Susan merkte am Klang von Harrys Stimme, daß etwas nicht stimmte. «Was ist passiert?»

«Man hat Kelly Craycrofts Leiche in einem Betonmischer gefunden. Market hat's mir gerade erzählt, und er sagt, es war Mord.»

«Mord?»

## 3

Rick Shaw, der Bezirkssheriff von Albemarle County, schnallte den breiten Ledergürtel mit dem Schulterriemen um. Seine Pistole fühlte sich in dieser widerlichen Hitze noch schwerer an als sonst, und daß er in den letzten achtzehn Monaten ein, zwei Pfund zugelegt hatte, machte die Sache auch nicht gerade leichter. Bevor er Sheriff wurde, hatte er sich mehr bewegt; jetzt verbrachte er zuviel Zeit am Schreibtisch. Sein Appetit nahm jedoch nicht ab, im Gegenteil, er kam langsam zu dem Schluß, daß der Bürokram, den er durchackern mußte, seinen Appetit vor lauter Frust eher noch steigerte. Sein Amtsvorgänger war fett wie eine Zecke gewesen, als er starb. Kein erfreulicher Gedanke.

Und kein erfreulicher Fall. Rick hatte sich an die Schlechtigkeit der Menschen gewöhnt. Er hatte Schießereien erlebt und Messerstechereien unter Besoffenen, er hatte Menschen gesehen, die zu Tode geprügelt worden waren. Die Verkehrsunfälle waren nicht viel besser, aber bei denen fiel wenigstens der Vorsatz weg. Albemarle County erlebte etwa zwei Morde pro Jahr, vorwiegend in Familienkreisen. Der hier war anders, das spürte Rick in dem Moment, als er aus dem Wagen stieg.

Officer Cynthia Cooper war als erste am Schauplatz angelangt. Die große, junge Polizistin, die sowohl über Verstand wie über Erfahrung verfügte, hatte das Terrain abgesperrt. Die Spurensicherung war auf dem Weg, aber Rick machte sich keine großen Hoffnungen. Die Angestellten der Baufirma Craycroft Concrete standen in der Sonne, obwohl es zu heiß war, so herumzustehen, aber sie waren wie gelähmt.

Irgendwo schrie jemand laut. Officer Cooper zufolge war Kellys Frau zu Hause, mit Medikamenten ruhiggestellt. Rick bedauerte das, und er würde deswegen mit

Hayden McIntire, dem Arzt, ein Wörtchen reden müssen. Beruhigungsmittel sollten nach der Vernehmung verabreicht werden, nicht vorher.

Ein BMW kam quietschend durch die Einfahrt. Kelly Craycrofts Ehefrau sprang heraus und rannte zu der Mischmaschine.

«Boom Boom!» brüllte Rick sie an.

Boom Boom schwang sich über die Absperrung und bahnte sich rücksichtslos ihren Weg an Diana Farrell vom Rettungsdienst vorbei. Clai Cordle, die andere Krankenschwester, konnte sie ebenfalls nicht aufhalten.

Cynthia Cooper stürzte auf sie zu, aber eine Sekunde zu spät. Boom Boom kletterte die Leiter zur Öffnung der Mischmaschine hinauf.

«Er ist mein Mann! Laßt mich zu meinem Mann!»

«Das ist kein schöner Anblick, Mädchen.» Rick bewegte seine Massen, so schnell er konnte.

Cynthia sprintete die Leiter hoch und packte Boom Booms Fußgelenk, aber nicht bevor die schwarzhaarige junge Frau den Kopf über die Seite der Mischmaschine hatte heben können. Nach einer Sekunde der Erstarrung sank sie ohnmächtig in Cynthias Arme zurück und hätte die junge Polizistin fast von der Leiter gestoßen.

Rick langte hinauf und faßte Cynthia um die Taille, während Diana hinzurannte, um zu helfen. Sie schafften Boom Boom auf die Erde.

Diana brach ein Röhrchen Amylnitrit auf.

Cynthia riß es ihr aus der Hand. «Sie hat nichts als diese paar Minuten, bevor es sie wieder mit voller Wucht trifft. Gönnen Sie sie ihr.»

Rick räusperte sich. Das Ganze war ihm zuwider. Es war ihm auch zuwider, daß Boom Boom sich vielleicht übergeben würde, wenn sie zu sich kam, und er hoffte inständig, sie würde es nicht tun. Blut und Eingeweide waren eine Sache, Erbrochenes war etwas anderes.

Boom Boom stöhnte. Sie öffnete die Augen. Rick hielt

den Atem an. Sie setzte sich auf und schluckte. Er atmete aus. Sie würde sich nicht übergeben. Sie würde nicht mal weinen.

«Er sieht aus wie etwas aus dem Fleischwolf.» Boom Booms Stimme klang dünn.

«Denken Sie nicht daran», rief Officer Cooper.

«Den Anblick werde ich für den Rest meines lebendigen Lebens nicht vergessen.» Boom Boom rappelte sich hoch. Sie schwankte ein wenig, und Rick stützte sie. «Es geht schon. Lassen Sie... es geht gleich wieder.»

«Wollen wir nicht ins Büro gehen? Mit der Klimaanlage ist es bestimmt besser.»

Officer Cooper und Boom Boom gingen in das kleine Büro, und Rick machte Diana und Clai ein Zeichen, die Leichenteile aus der Mischmaschine zu entfernen. «Laßt Boom Boom den Sack nicht sehen.»

«Behalten Sie sie drinnen», bat Diana.

«Ich tu, was ich kann, aber sie ist eine wilde Hummel. War sie schon als Kind.» Rick nahm seinen Hut ab und trat ins Büro.

Marie Williams, Craycrofts Sekretärin, schluchzte. Bei Boom Booms Anblick gab sie ein Wimmern von sich.

Boom Boom starrte sie angewidert an. «Nehmen Sie sich zusammen, Marie.»

«Ich hab ihn geliebt. Und wie ich ihn geliebt habe. Er war der beste Chef der Welt. An meinem Geburtstag hat er mir Rosen gebracht. Wenn Timmy krank war, hat er mir freigegeben. Ohne Lohnabzug.» Hierauf folgte ein neuerlicher Ausbruch.

Boom Boom ließ sich auf einen Stuhl plumpsen. Ein riesiges Poster hinter ihr, auf dem eine Ente vor einer tintenblauen Wand mit Schußlöchern saß und gelassen einen Drink schlürfte, verlieh dem Raum einen feierlichen Anstrich. Wenn Marie so weitermachte, würde sie sie in die Mischmaschine werfen. Boom Boom verachtete Gefühlsäußerungen. Die Umstände änderten nichts daran.

«Mrs. Williams, bitte kommen Sie mit mir in Mr. Craycrofts Büro. Vielleicht können Sie seinen täglichen Arbeitsablauf schildern. Wir dürfen nichts berühren, bis die Leute von der Spurensicherung da sind.»

«Ich verstehe.» Marie schwankte mit Officer Cooper davon und schloß die Tür hinter sich.

«Sie wissen nicht, ob das da drin wirklich mein Mann ist.» Boom Booms Stimme klang nicht normal.

«Nein.»

Sie lehnte sich zurück. «Er ist es aber.»

«Woher wissen Sie das?» Ricks Stimme war sanft, aber drängend.

«Ich fühle es. Außerdem steht sein Wagen hier, und Kelly hat sich nie weit von diesem Auto entfernt. Er hat es mehr geliebt als alles andere, sogar mehr als mich, seine Frau.»

«Haben Sie eine Ahnung, wie das passieren konnte?»

«Abgesehen davon, daß ihn jemand in den Mischer gestoßen haben muß, nein.» Ihre Augen glitzerten.

«Feinde?»

«Pharamond Haristeen – hm, das ist vorbei. Sie sind keine Feinde mehr.»

Rick kannte die Geschichte, wie Fair sich letztes Jahr auf dem Ball vom Jagdclub an Boom Boom herangemacht hatte. Es war viel Alkohol konsumiert worden, aber nicht genug, um die Leute den Annäherungsversuch vergessen zu lassen. Er würde Fair vernehmen müssen. Emotionen konnten sich anstauen und explodieren, wenn man es am wenigsten erwartete... Jahre nach einem Ereignis. Daß Fair ein Mörder war, war nicht unmöglich, nur unwahrscheinlich. «War er geschäftlich in Schwierigkeiten?»

Boom Boom lächelte ein mattes Lächeln. «Was Kelly anfaßte, wurde zu Gold.»

Rick lächelte zurück. «Das ist in ganz Mittelvirginia bekannt.» Er machte eine Pause. «Vielleicht gab es Meinungsverschiedenheiten wegen einer Rechnung oder einer Ausschreibung? Geld bringt die Menschen um den Verstand. Denken Sie nach, fällt Ihnen irgendwas ein?»

«Nichts.»

Rick legte eine Hand auf ihre Schulter. «Ich lasse Sie von Officer Cooper nach Hause fahren.»

«Ich kann fahren.»

«Nein, können Sie nicht. Sie werden ausnahmsweise tun, was ich sage.»

Boom Boom machte keine Einwände. Sie war zittriger, als sie zugeben wollte. Tatsächlich hatte sie sich nie im Leben so schrecklich gefühlt. Sie hatte Kelly geliebt, auf ihre unbestimmte Art, und er hatte sie ebenso geliebt.

Rick blickte auf, um zu sehen, wie man mit dem Abtransport der Leiche vorankam. Es ging langsam. Selbst Clai Cordle, die eiserne Nerven besaß, war grün ums Kinn.

Rick öffnete die Tür und versperrte Boom Boom die Sicht. «Clai, Diana, macht mal 'ne Minute Pause. Officer Cooper fährt Boom Boom nach Hause.»

«Okay.» Diana stellte ihre Bemühungen vorübergehend ein.

«Officer Cooper.»

«Jaha», rief Cynthia, dann öffnete sie die Tür.

«Fahren Sie Boom Boom nach Hause, ja?»

«Klar.»

«Da drin irgendwas gefunden?»

Marie kam hinter Officer Cooper heraus. «Alles ist doppelt abgelegt, alphabetisch und nach Sachgebiet. Das habe ich selber gemacht.»

Als Boom Boom und Officer Cooper fort waren, ging Rick mit Marie in das kleine, ordentliche Büro.

«Seine Devise war ‹ein Platz für alles und alles an seinem Platz›», wimmerte Marie.

Rick warf einen prüfenden Blick auf Kellys Schreibtischplatte. Ein silbergerahmtes Porträt von Boom Boom stand in der rechten Ecke. Ein protziger Federhalter lag exakt diagonal über einem Stapel Fotokopien.

Rick beugte sich vor, sorgsam darauf bedacht, daß er nichts berührte, und las das obere Blatt.

Meine Prinzipien als Liberaler sind durch den mexikanischen Krieg bestärkt worden. Er brach aus, just als ich meine Abreise aus Europa vorbereitete; meine Koffer waren tatsächlich schon gepackt; der Krieg und die ungelöste Oregon-Frage veranlaßten mich, sie wieder auszupacken. Jetzt ist mein Sohn darin verwickelt. Etliche pekuniäre Interessen sind im Spiel, Wolken dräuen am politischen Horizont, und ich bin gezwungen zu warten, bis das alles endet. Da ich mein Übermaß an Krieg hatte, bin ich für den Frieden; aber zu dieser Zeit bin ich es noch mehr. Friede, Friede erhebt sich über alle meine Gedanken, und das Gefühl macht mich doppelt zum Liberalen. Sobald die Dinge im Lote sind, werde ich den Atlantischen Ozean überqueren. Ich könnte es natürlich sofort tun, aber ich möchte länger als nur für ein paar Monate bleiben, und mein Aufenthalt könnte jetzt durch die Ereignisse abgekürzt werden.
*Hochachtungsvoll*
*Ihr sehr ergebener*
*C. Crozet*

«Ich wußte gar nicht, daß Kelly sich für Geschichte interessierte.»

Marie zuckte die Achseln. «Ich auch nicht, aber er hatte so seine Marotten.»

Rick schob seinen Daumen unter den schweren Gürtel und entlastete so Schulter und Taille etwas von dem Gewicht. «Crozet war Ingenieur. Vielleicht hat er über Straßenbau oder so was geschrieben. Er hat unsere sämtlichen Fernstraßen gebaut. Auch die Route 240, soweit ich mich an Miss Grindles Unterricht in der vierten Klasse erinnere.»

«Die war eine Hexe.» Marie hatte Miss Grindle auch gehabt.

«An der Volksschule von Crozet gab es keine Diziplinschwierigkeiten, solange Miss Grindle dort war.»

«Vom Bürgerkrieg bis zum Koreakrieg.» Marie kicherte ein bißchen, dann besann sie sich. «Wie kann ich in so einer Situation bloß lachen?»

«Sie brauchen es. Ihre Gefühle werden eine Zeitlang Achterbahn fahren.»

Tränen traten Marie in die Augen. «Sie werden ihn kriegen, nicht? Den, der das getan hat?»

«Ich werd mich bemühen, Marie. Ich werd mich bemühen.»

## 4

«Bist du sicher, daß du hingehen willst?» Susan sah Harry ins Gesicht.

«Du weißt, ich muß.»

Boom Boom keinen Beileidsbesuch abzustatten wäre ein Fauxpas gewesen, den man Harry ewig vorgehalten hätte. Nicht direkt, beileibe nicht, man hätte es sich nur gemerkt, ein Minuspunkt neben ihrem Namen auf der Liste. Auch wenn sie mehr Plus- als Minuspunkte hatte – sie hoffte, daß es so war –, zahlte es sich nicht aus, ihren Ruf in Crozets Gesellschaft aufs Spiel zu setzen.

Es war nicht nur der Schock über einen erschütternden Tod, der Harry zusetzte, sondern auch der Umstand, daß sie sich dem gesamten gesellschaftlichen Spektrum würde stellen müssen. Seit sie Fair den Laufpaß gegeben hatte, hatte sich Harry ziemlich abgesondert. Fair würde natürlich bei Craycrofts sein. Auch wenn sein großer Lieferwagen nicht in der Zufahrt parkte, wußte sie, daß er da sein würde. Er war wohlerzogen. Er wußte, was sich in so einem Fall gehörte.

Die versammelten Einwohner von Crozet würden nicht nur imstande sein zu beurteilen, wie Boom Boom sich während der schrecklichen Krise hielt, sie würden auch imstande sein, den Stand der Scheidung zu beurteilen, eine Krise anderer Art. Haltung war in Crozet enorm wichtig. Die Zähne zusammenbeißen.

«*Läßt du mich etwa hier?*» fragte Tee Tucker.

«*Ja, und was ist mit mir?*» erkundigte sich Mrs. Murphy.

Harry sah zu ihren Freundinnen hinunter. «Susan, entweder nehmen wir die Kleinen mit, oder du mußt mich nachher nach Hause fahren.»

«Ich fahr dich nach Hause. Ich glaube, es gehört sich nicht, die Tiere mit zu Craycrofts zu nehmen.»

«Du hast recht.» Harry scheuchte Mrs. Murphy und Tucker aus der Tür des Postamts und schloß ab.

Pewter lungerte im Schaufenster von Markets Laden. Als sie Mrs. Murphy sah, gähnte sie, dann putzte sie sich. Pewters Miene strahlte Zufriedenheit, Wichtigkeit und Macht aus, wenn auch nur vorübergehend.

Mrs. Murphy schäumte vor Wut. «*Die hält sich für 'nen fetten grauen Buddha.*»

Tucker sagte: «*Du hast sie trotzdem gern.*»

Mrs. Murphy und Tucker warfen einander während der Heimfahrt Blicke zu.

Tucker verdrehte die Augen. «*Menschen sind verrückt. Menschen und Ameisen – die töten ihre eigene Gattung.*»

«*Ich hatte auch schon ein paar Gedanken in dieser Richtung*», erwiderte Mrs. Murphy.

«*Hattest du nicht. Sei nicht so zynisch. Das ist nicht vornehm, Mrs. Murphy. Du wirst nie vornehm werden. Du stammst aus Sally Meads Tierheim.*»

«*Halt sofort die Schnauze, Tucker. Laß deine schlechte Laune nicht an mir aus, bloß weil wir nach Hause müssen.*»

Sobald sie im Haus waren, sprang Mrs. Murphy auf einen Sessel, um Susan und Harry abfahren zu sehen.

*«Weißt du, was ich drüben bei Pewter rausgekriegt habe?»* fragte Tucker.

*«Nein.»*

*«Daß es hinter dem Mischer nach Amphibien roch.»*

*«Woher will sie das wissen? Sie war nicht dort.»*

*«Aber Ozzie war da»*, erwiderte Tucker trocken.

*«Wann hast du das rausgekriegt?»* wollte die Katze wissen.

*«Als ich austreten war. Ich dachte, ich geh mal rüber und rede mit Pewter und versuch die Scharte auszuwetzen.»* Tucker hatte Spaß daran, Mrs. Murphy Vorhaltungen zu machen. *«Und als Bob Berryman beim Laden anhielt, hat Ozzie mir alles erzählt. Er sagte, es roch nach einer großen Schildkröte.»*

*«Das ist doch Unsinn.»* Mrs. Murphy spazierte auf der Rückenlehne des Sessels auf und ab. *«Und was hatte Ozzie überhaupt dort zu suchen?»*

*«Hat er nicht gesagt. Du weißt, Murph, Schildkröten riechen sehr streng.»*

*Nicht für Menschen*, dachte die Tigerkatze.

*«Ozzie sagt, der Sheriff und die anderen sind mehrmals auf die Witterung getreten. Ohne die Nase zu rümpfen. Wie ihnen der Geruch entgehen konnte, ist mir unbegreiflich. Er ist schwer und nussig. Ich würde gerne hingehen und selber mal schnuppern.»* Tucker begann auf dem Wohnzimmerteppich auf- und abzuzockeln.

*«Vermutlich hat es nichts zu tun mit dieser ... Sache.»* Mrs. Murphy dachte eine Minute nach. *«Andererseits ...»*

*«Willst du hin?»* Tucker wedelte mit dem Schwanz.

*«Gehen wir heute nacht, wenn Harry schläft.»* Mrs. Murphy wurde ganz aufgeregt. *«Wenn es eine Spur gibt, nehmen wir sie auf. Jetzt können wir nicht weg. Harry ist zu sehr durcheinander. Wenn sie von Craycrofts zurückkommt und sieht, daß wir weg sind, wird es noch schlimmer.»*

«*Du hast recht*», pflichtete der Hund bei. «*Warten wir, bis sie schläft.*»

Autos säumten die lange Zufahrt zum imposanten Wohnsitz der Craycrofts.

Josiah und Ned parkten die Wagen der Leute. Josiah öffnete Harrys Wagenschlag. «Hallo, Harry. Schrecklich, schrecklich» war alles, was der sonst so geschwätzige Mann sagen konnte.

Als Harry ins Haus kam, sah sie, daß es genug zu essen gab, um eine lateinamerikanische Guerillatruppe satt zu kriegen, und sie war froh, daß sie statt dessen Blumen für die Tafel mitgebracht hatte. Sie war nicht froh, Fair zu sehen, aber um nichts in der Welt würde sie das zeigen.

Boom Boom saß in einem riesigen, damastbezogenen Schaukelstuhl am Kamin. Obwohl sie erschöpft und abgespannt aussah, war sie schön, durch den Schmerz vielleicht noch mehr.

Harry und Boom Boom, in der Schule zwei Jahre auseinander, hatten sich nie nahegestanden, aber sie waren miteinander ausgekommen – bis zum Ball vom Jagdclub im vergangenen Jahr. Harry verdrängte den Gedanken. Sie hatte den Klatsch gehört, daß Boom Boom sich Fair hatte schnappen wollen und umgekehrt. Waren Männer Kaninchen? Stellte man ihnen Fallen? Harry hatte nie die bildliche Sprache verstehen können, die viele Frauen benutzten, wenn sie über das andere Geschlecht diskutierten. Sie behandelte ihre männlichen Freunde nicht anders als ihre Freundinnen, und Susan behauptete, daß das die Ursache ihrer Eheprobleme war. Harry wollte lieber geschieden sein als eine Lügnerin, und dabei blieb sie.

Boom Boom wandte die Augen von Big Marilyn Sanburne ab, die neben ihr saß und seichtes Mitgefühl bekundete. Ihre Lider flatterten einen Sekundenbruchteil, dann faßte sie sich. Fair war neben sie getreten, und sie streckte ihm die Hand hin.

«Es tut mir so leid, Boom Boom. Ich... ich weiß nicht, was ich sagen soll.» Fair stolperte über seine Worte.

«Du hast ihn sowieso nicht gemocht.» Boom Boom setzte das Zimmer, in dem sich fast ganz Crozet befand, in Erstaunen.

Fair drückte ihr verdattert die Hand, dann ließ er sie los. «Und ob ich ihn mochte. Wir hatten Meinungsverschiedenheiten, gewiß, aber ich mochte ihn.»

Boom Boom ließ es damit bewenden und sagte: «Es war korrekt von dir zu kommen. Danke.» Nicht nett, nicht lieb, sondern korrekt.

Harry wurde eine bessere Behandlung zuteil. Nachdem sie ihr Beileid bekundet hatte, ging sie an die Bar, um sich eine Ingwerlimonade zu holen und von Fair wegzukommen. Was für ein unglücklicher Zufall, daß sie so kurz hintereinander eingetroffen waren. Die Hitze und die schwelende Anspannung trockneten ihren Mund aus. Little Marilyn Sanburne schenkte ihr ein.

«Es ist so furchtbar, daß einem die Worte fehlen.»

Harry dachte mitleidslos, daß es für Little Marilyn wohl aus einer ganzen Reihe von Gründen furchtbar war, unter anderem deshalb, weil die bevorstehende Hochzeit zumindest vorübergehend neben diesem Ereignis verblaßte. Little Marilyn könnte es vielleicht gefallen, endlich einmal im Rampenlicht zu stehen. Ihre Hochzeit war die einzige Gelegenheit, bei der nicht ihre Mutter der Star sein würde; jedenfalls schien sie das zu denken.

«Ja, furchtbar.»

«Mutter ist am Boden zerstört.» Little Marilyn trank einen tiefen Schluck Johnny Walker Black.

Mims makelloses Profil verriet kein äußeres Zeichen von Zerstörung, dachte Harry bei sich. «Das tut mir leid», sagte sie zu Little Marilyn.

Big Jim Sanburne kam keuchend ins Wohnzimmer. Mim trat neben ihn, als er Boom Boom etwas ins Ohr flüsterte und ihre Hand tätschelte.

So schwer es ihm fiel, er mäßigte sein Stimmvolumen. Als er mit Boom Boom fertig war, wälzte er seine Riesengestalt durch den Raum. Ein Zimmer voller Leute zu unterhalten, was Big Jim zur zweiten Natur geworden war, fiel seiner Frau nicht so leicht. Mim erwartete, daß der Pöbel ihr ehrerbietig begegnete. Es ärgerte sie, daß ihr Mann sich mit gewöhnlichen Bürgern abgab. Gewöhnliche Bürger waren jedoch Wähler, und Big Jim wollte gern wiedergewählt werden. Das Bürgermeisteramt war für ihn eine Art Spiel, eine Erholung von den Strapazen der Vermehrung seines beträchtlichen Reichtums. Da Gott sie und Big Jim mit Geld belohnte, war Mim dagegen der Ansicht, daß niedere Lebewesen die Sanburnes als überlegen anerkennen und allein aus diesem Grund wählen sollten.

Vielleicht sprach es sogar für sie, daß sie kapiert hatte, daß in Crozet keine Gleichberechtigung herrschte... aber in welcher Gemeinde war das anders? Für Mim bedeuteten Geld und gesellschaftliche Stellung Macht. Das war alles, worauf es ankam. Jim wollte absurderweise, daß die Leute ihn gern hatten, Leute, die nicht im Gesellschaftsregister standen, Leute, die nicht mal wußten, was das war, Gott bewahre.

Ein verkniffenes Lächeln zerknitterte ihr Gesicht, das eine Außenstehende wie Maude Bly Modena als Mitleid mit Kelly Craycrofts Familie mißdeuten mußte. Eingeweihte wußten, daß Mims größte Portion Mitgefühl für sie selbst reserviert war, für die Prüfung, mit einem zwar superreichen, aber vulgären Menschen verheiratet zu sein.

Harry wußte nicht, was über sie gekommen war. Vielleicht war es das unterdrückte Leid im Hause Craycroft oder der Anblick von Mim, die grimmig ihre Pflicht erfüllte. Wären nicht alle besser dran, wenn sie Gott ihren Zorn zubrüllen und sich die Haare raufen würden? Diese Gefaßtheit erschreckte sie. Jedenfalls starrte sie Little Marilyn direkt in die tiefblauen Augen und sagte: «Marilyn, weiß Stafford, daß du heiratest?»

Little Marilyn stammelte fassungslos: «Nein.»
«Wir sind nicht besonders befreundet, Marilyn. Aber wenn ich auch im Leben nie wieder etwas für dich tue, laß mich dies eine sagen: Lade deinen Bruder zu deiner Hochzeit ein. Du liebst ihn, und er liebt dich.» Harry stellte ihre Ingwerlimonade hin und ging.

Little Marilyn, das Gesicht flammend rot angelaufen, sagte nichts. Dann begab sie sich schleunigst zu Mutter und Vater.

Bob Berrymans Hand ruhte auf dem Türknauf von Maudes Laden. Sie hatte die Lichter ausgeknipst. Niemand konnte sie sehen, das dachten sie jedenfalls.

«Ahnt sie etwas?» flüsterte Maude.

«Nein», sagte Berryman, um sie zu beruhigen. «Keiner ahnt etwas.»

Er schlüpfte leise zur Hintertür hinaus und hielt sich im Schatten. Seinen Lieferwagen hatte er einige Straßen entfernt geparkt.

Pewter, die sich auf einem mitternächtlichen Spaziergang befand, beobachtete seinen Abgang. Sie merkte sich gut, was er tat, und auch, daß Maude ein paar Minuten wartete, bevor sie in ihre Wohnung über dem Laden hinaufging. Die Lichter gingen an, und Pewter warf einen schmachtenden Blick auf die Fledermäuse, die zwischen den hohen Bäumen und Maudes Fenster hin- und herflitzten.

An diesem Abend versuchten Mrs. Murphy und Tucker, Harry von ihrer gedrückten Stimmung abzulenken. Ein Lieblingstrick von ihnen war das Prärie-Indianerspiel. Mrs. Murphy legte sich auf den Rücken, umklammerte Tucker und hing an ihr wie ein Indianer unter einem Pferd. Tucker brüllte: «*Jijiji*», als ob sie sich fürchtete, dann versuchte sie, ihren Passagier abzuwerfen. Harry lachte immer, wenn sie das machten. Heute abend lächelte sie nur.

Hund und Katze folgten ihr ins Bett, und als sie sicher waren, daß sie fest schlief, stürmten sie zur Hintertür hinaus, in die ein Katzentürchen gesägt war und die auf einen Hundeauslauf hinausging. Mrs. Murphy konnte den Riegel betätigen, und die beiden sprangen über die Wiesen, die nach frisch gemähtem Heu dufteten.

Nicht ein Auto war auf der Straße.

Gut einen halben Kilometer von der Betonfabrik spähte Mrs. Murphy mit glitzernden Augen ins Gebüsch. *«Waschbär voraus.»*

*«Glaubst du, er wird kämpfen?»* Tucker blieb einen Moment stehen.

*«Wenn wir einen Umweg machen müssen, sind wir womöglich nicht bis morgen früh zurück.»*

Tucker rief laut: *«Wir jagen dich nicht. Wir sind auf dem Weg zur Betonfabrik.»*

*«Wer's glaubt, wird selig»*, fauchte der Waschbär.

*«Ehrlich, wir tun dir nichts.»* Mrs. Murphy klang überzeugender als Tucker.

*«Vielleicht nicht, vielleicht aber auch doch. Gebt mir einen Vorsprung. Dann glaub ich euch vielleicht.»* Damit verschwand das listige Tier im Gebüsch.

*«Weiter»*, sagte Mrs. Murphy.

*«Hoffentlich hält er sein Versprechen. Ich hab heute abend keine Lust auf einen Kampf mit einem von der Sorte.»*

Der Waschbär hielt Wort und sprang sie nicht an, und nach einer Viertelstunde kamen sie zu der Fabrik.

Der Tau hielt die Witterung, die noch auf dem Boden war. Viel hatte sich verflüchtigt. Benzindämpfe und Steinstaub überwogen. Menschengerüche waren überall, ebenso der Geruch von nassem Beton und schalem Blut. Tucker, die Nase auf der Erde, nahm die Witterung auf. Mrs. Murphy untersuchte das Bürogebäude, aber sie kam nicht hinein. Kein Fenster stand offen, und im Fundament gab es keine Hohlräume. Sie murrte.

Ein scharfer Geruch sprang Tucker in die Nase.

*«Hier!»*
Mrs. Murphy raste hin und hielt ihre Nase auf die Erde.
*«Wo führt das hin?»*
*«Nirgends.»* Tucker konnte sich das nicht erklären. *«Es ist bloß ein Hauch, wie ein kleiner Punkt. Keine Linie. Wie wenn etwas verschüttet worden wäre.»*
*«Riecht wirklich nach Schildkröte.»* Die Katze kratzte sich hinter den Ohren.
*«So ähnlich.»*
*«So was hab ich noch nie gerochen – du?»*
*«Nie.»*

## 5

Nicht einmal Mrs. George Hogendobbers leidenschaftlicher Monolog über das Böse auf dieser Welt vermochte Mrs. Murphy und Tucker aufzurütteln. Mrs. Hogendobber war noch nicht mit beiden Füßen durch die Eingangstür, als sie schon erklärt hatte, daß Adam wegen des Apfels in Ungnade gefallen sei, daß der Mensch danach das Bündnis mit Gott gebrochen und eine Flut uns reingewaschen habe, indem sie alle bis auf Noah und seine Familie tötete. Moses konnte seine Schar nicht von der Anbetung des Goldenen Kalbs abhalten, und Isebel stünde an jeder Straßenecke, von Plattencovern gar nicht zu reden. Sie verkündete dies alles nicht unbedingt in einer historisch korrekten Reihenfolge, doch ihre Rede war erkennbar von einem roten Faden durchzogen: Wir sind von Natur aus sündig und unrein. Das führte natürlich zu Kelly Craycrofts Tod. Mrs. H. griff weit aus, um exakt aufzudecken, wie die hebräische Geschichte, so wie sie im

Alten Testament niedergeschrieben war, im Untergang eines Straßenbauunternehmers kulminierte.

Harry dachte sich, wenn Mrs. Hogendobber mit ihrer lückenhaften Logik leben konnte, dann konnte sie es auch.

Während Mrs. Hogendobber ihre Postwurfsendungen in den Papierkorb warf, ließ sie sich weitschweifig über Holofernes und Judith aus. Bevor sie bei deren schauerlichem biblischem Ende anlangte, hielt sie inne – was an sich schon eine ausgesprochene Seltenheit war –, trat an den Schalter und spähte hinüber. «Wo sind die Tiere?»

«Völlig weggetreten. Diese Faulpelze», antwortete Harry. «Sie waren heute morgen so träge, daß ich sie wahrhaftig zur Arbeit gefahren habe.»

«Sie verwöhnen diese Kreaturen, Harry, und Sie brauchen einen neuen Wagen.»

«Ich bekenne mich in allen Punkten der Anklage schuldig.»

Josiah kam herein, als Harry das Wort «schuldig» aussprach.

«Ich habe gleich gewußt, daß du es warst.» Er deutete auf Harry. Das sanfte Pink seines Ralph Lauren-Polohemds unterstrich seine Sonnenbräune.

«Über solche Dinge macht man keine Witze.» Mrs. Hogendobbers Nasenlöcher flatterten.

«Na hören Sie mal, Mrs. Hogendobber, ich mache doch keine Witze, nicht über den Craycroft-Mord. Sie sind überempfindlich. Das sind wir alle. Es war ein furchtbarer Schock.»

«Und ob und ob. Setzet euren Glauben nicht in weltliche Dinge, heißt es, Mr. DeWitt.»

Josiah strahlte sie an. «Das tu ich leider, Madam. In einer Welt der Unbeständigkeit greife ich zu der besten Unbeständigkeit, die ich finden kann.»

Wie ein Wirbel stieg die Röte in Mrs. Hogendobbers hübsch konservierte Wangen. «Sie sind geistreich, umschwärmt und ungemein gerissen. Mit Leuten wie Ihnen nimmt es ein schlimmes Ende.»

«Vielleicht, aber denken Sie daran, wie gut ich mich bis dahin amüsieren werde. Sie sehen wirklich nicht so aus, als ob Sie sich jemals amüsieren würden.»

«Ich lasse mich nicht beleidigen.» Mrs. Hogendobbers Gesicht glühte puterrot.

«Ach, kommen Sie, Mrs. Hogendobber, Sie wandeln auch nicht auf dem Wasser», erwiderte Josiah kühl.

«Genau! Ich kann nicht schwimmen.» Ihr Gesicht färbte sich dunkler. Es war eine scharfe Kränkung für sie; es würde ihr niemals einfallen, sich mit Jesus zu vergleichen. Sie drehte sich zu Harry um. «Guten Tag, Harry.» Mit gezwungener Würde verließ Mrs. Hogendobber das Postamt.

«Guten Tag, Mrs. Hogendobber.» Harry wandte sich an den schallend lachenden Josiah. «Sie hat nicht den geringsten Sinn für Humor, und du setzt ihr zu hart zu. Sie ist völlig außer sich. Was dir als Kleinigkeit erscheint, ist für sie von größter Bedeutung.»

«Ach, Quatsch, Harry, sie langweilt dich genauso wie mich.»

Harry war nicht auf Streit aus. Sie kannte Mrs. Hogendobbers Fehler nur zu gut, und die Frau langweilte sie wirklich zu Tode, aber Mrs. Hogendobber war ein grundguter Mensch. Das konnte man nicht von jedermann behaupten.

«Josiah, ihre Werte sind geistiger Art und deine nicht. Sie ist anmaßend und engstirnig in puncto Religion, aber wenn ich krank wäre und sie um drei Uhr morgens anriefe, würde sie kommen.»

«Tja –» auch sein Gesicht war röter geworden – «ich hoffe, du weißt, daß ich auch rüberkommen würde. Du brauchst mich nur zu bitten. Ich schätze dich sehr, Harry.»

«Danke, Josiah.» Harry fragte sich, ob er sie auch nur im geringsten schätzte.

«Habe ich dir schon erzählt, daß ich bei der Beerdigung an Mrs. Sanburnes Seite schreiten werde? Es ist nicht Newport, aber es ist genauso wichtig.»

Josiah begleitete Mim häufig. Sie hatten ihre Reibereien, aber Mim war keine Frau, die an einem gesellschaftlichen Ereignis teilnahm, ohne am Arm eines männlichen Begleiters zu hängen, und Big Jim würde am Tag von Kellys Begräbnis in Richmond sein. Josiah begleitete Mim liebend gern; anders als Jim legte er großen Wert auf gesellschaftliches Prestige, und wie Mim benötigte er viele sichtbare Beweise für dieses Prestige. Sie jetteten zu Parties nach New York und Palm Beach, wo immer sich die Reichen versammelten. Mim und Josiah hatten nichts gegen ein Wochenende in London oder Wien, wenn die Gästeliste stimmte. Was Big Jim an seiner Frau langweilte, begeisterte Josiah.

«Mir graut vor der Beerdigung.» Harry meinte es ernst.

«Harry, versuch's mit Ajax.»

«Was?»

Josiah zeigte auf ihre Hände, die vom Säubern der Stempel vor zwei Tagen immer noch verfärbt waren.

Harry hielt ihre Hände in die Höhe. Sie hatte es ganz vergessen. Gestern schien Jahre zurückzuliegen. «Oh.»

«Wenn Ajax nichts hilft, versuch's mit Schwefelsäure.»

«Dann hab ich überhaupt keine Hände mehr.»

«Ich zieh dich bloß auf.»

«Ich weiß, aber ich habe Sinn für Humor.»

«Verflixt, das kann man wohl sagen.»

Die Spätnachmittagssonne fiel schräg auf den indischen Flieder hinter dem Postamt. Mrs. Murphy blieb stehen, um die dunkellila Blüten zu bewundern, die im dunstigen Licht schimmerten. Harry verschloß die Tür, und Pewter steckte ihre Nase um die Ecke von Markets Laden. Man konnte Courtney hören, die sie von drinnen rief.

*«Wo geht ihr hin?»* wollte die große Katze wissen.

«*Zu Maude*», gab Tucker schnippisch zur Antwort.

Pewter, die darauf brannte, jemandem, und sei es einem Hund, anzuvertrauen, daß sie Bob Berryman aus Maudes Laden hatte schleichen sehen, schlug mit dem Schwanz. Mrs. Murphy war ein Luder. Warum ausgerechnet ihr die heißen – oder zumindest warmen – Neuigkeiten zukommen lassen? Sie beschloß, eine Andeutung fallenzulassen wie ein duftendes Katzenminzeblatt. «*Maude sagt nicht alles, was sie weiß.*»

Mrs. Murphys Kopf schnellte herum. «*Was meinst du damit?*»

«*Ach... nichts.*» Pewters köstlicher Augenblick des Auf-die-Folter-Spannens wurde durch Courtney Shifletts Erscheinen abrupt beendet.

«Da bist du ja. Komm jetzt rein.» Sie nahm die Katze hoch und trug sie in den klimatisierten Laden.

Harry winkte Courtney zu und setzte ihren Weg zu Maude Bly Modenas Laden fort. Sie überlegte, ob sie durch die Hintertür gehen sollte, beschloß aber, den vorderen Eingang zu nehmen. Das gab ihr Gelegenheit zu sehen, ob etwas Neues im Schaufenster war. Hübsche Körbe, die von Blumen überquollen, lagen in der alten Förderlore. Im Fenster standen farbenprächtige Kartons, aus denen kleine Beutel mit Samen und Getreidekörnern herausragten. Maudes Philosophie war, daß Verpackungen nicht langweilig sein mußten, und alles was ein Geschenk umhüllte, war ihr Gebiet. Sie hielt auch einen ansehnlichen Vorrat an Glückwunschkarten auf Lager.

Als sie Harry durchs Fenster erblickte, winkte Maude sie herein. Auch Mrs. Murphy und Tucker trotteten in den Laden.

«Harry, was kann ich für dich tun?»

«Hm, ich wollte Lindsay einen Zeitungsausschnitt über Kellys Tod schicken und war schon dabei, ihn auszuschneiden, aber dann hab ich beschlossen, ihr gleich ein richtiges CARE-Paket zu schicken.»

«Wo ist sie?»

«Auf dem Weg nach Italien. Ich hab eine Adresse.»

Mrs. Murphy kuschelte sich in einen Korb mit knisterndem Papier. Tucker steckte ihre Nase in den Korb. Knistergeräusche entzückten die Katze, aber Tucker dachte: *Ein schöner Knochen ist mir allemal lieber.* Sie stupste Mrs. Murphy an.

*«Tucker, das ist mein Korb.»*

*«Ich weiß. Was glaubst du, hat Pewter gemeint?»*

*«Pah, sie wollte sich bloß wichtig machen. Sie wollte, daß ich um Neuigkeiten bettle. Und ich bin froh, daß ich's nicht getan habe.»*

Während die zwei Tiere die Feinheiten von Pewters Persönlichkeit besprachen, vertieften sich Harry und Maude in ein ernsthaftes Gespräch von Frau zu Frau über Scheidung, ein Thema, in dem Maude sich auskannte, da sie eine Scheidung durchgemacht hatte, bevor sie nach Crozet zog.

«... ist eine Achterbahn», seufzte Maude.

«Es wäre viel leichter, wenn ich ihn nicht die ganze Zeit sehen müßte und wenn er ein bißchen Verantwortung übernähme für das, was passiert ist.»

«Erwarte nicht, daß die Krise ihn ändert, Harry. Du bist vielleicht dabei, dich zu verändern. Ich glaube, ich kann das beurteilen, auch wenn wir uns noch nicht seit einer Ewigkeit kennen. Aber deine Entwicklung ist nicht seine Entwicklung. Ich hab jedenfalls mit Männern die Erfahrung gemacht, daß sie alles tun, um eine gefühlsmäßige Entwicklung zu vermeiden, daß sie vermeiden, tief nach innen zu schauen. Worum sonst geht es bei Geliebten, Alkohol und Porsches?» Maude setzte ihre hellrot gerahmte Brille ab und lächelte.

«Also, ich weiß nicht. Das ist alles neu für mich.» Harry setzte sich. Sie war plötzlich müde.

«Scheidung ist ein Ablösungsprozeß, ganz besonders die Ablösung von seiner Fähigkeit, auf dich einzuwirken.»

«Er kann verdammt nachdrücklich auf mich einwirken, wenn er den Scheck nicht schickt.»

Maude verdrehte die Augen. «Dieses Spielchen spielt er mit dir? Vermutlich versucht er, dich mürbe zu machen oder dir Angst einzujagen, damit du dich am Tag des Jüngsten Gerichts mit weniger zufriedengibst. Mein Ex-Mann hat das auch probiert. Ich vermute, das machen sie alle, oder ihre Anwälte überreden sie dazu, und wenn sie dann mal einen Augenblick Zeit haben, darüber nachzudenken, was das für eine Gemeinheit ist – falls sie überhaupt nachdenken –, dann ringen sie die Hände und sagen: ‹Das war nicht meine Idee. Mein Anwalt hat das veranlaßt.› Nur die Ruhe bewahren, Kindchen.»

«Ja.» Das wollte Harry unbedingt. «Nicht um das Thema zu wechseln, aber joggst du immer noch an den Bahngleisen entlang? In dieser Hitze?»

«Klar. Ich versuch's bei Sonnenaufgang. Sonst ist es wirklich viel zu heiß. Heute morgen hab ich Big Jim überholt.»

«Beim Joggen?»

«Nein, ich hab ihn überholt, als ich in die Stadt zurücklief. Er war mit dem Sheriff unterwegs. So schrecklich Kellys Tod war, ich glaube wahrhaftig, daß er Jim eine Art Kitzel verschafft.»

«Ich bezweifle, daß in dieser Stadt viel Aufregendes passiert ist, seit Crozet die Tunnels gegraben hat.»

«Was?» Maudes Augen leuchteten auf.

«Seit Claudius Crozet den letzten Tunnel durch die Blue Ridge Mountains fertiggestellt hat. Die Stadt wurde deswegen tatsächlich nach ihm benannt. Seit Crozet die Tunnels gegraben hat – das ist eine feste Redewendung. Du mußt wissen, daß diejenigen von uns, die hier zur Schule gegangen sind, alles über Claudius Crozet gelernt haben.»

«Oh. Und außerdem alles über Jefferson, Madison und Monroe, nehme ich an. Virginias Glanz liegt anscheinend in der Vergangenheit, mehr als in der Gegenwart.»

«Vermutlich. So, ich nehme diese große Jiffytasche und ein bißchen buntes Papier und zieh Leine, sofern es mir gelingt, Mrs. Murphy aus deinem besten Korb zu locken.»
«Ich würde gern noch ein bißchen plaudern. Wie wär's mit Tee?»
«Nein danke.»
«Little Marilyn war heute hier, total flatterig. Sie brauchte kleine Körbchen für die Jacht-Party ihrer Mutter.» Maude brach in Lachen aus, Harry desgleichen.

Big Marilyns Jacht war ein Pontonboot, das auf dem ansehnlichen See hinter der Villa der Sanburnes schwamm. Sie liebte es, auf dem See zu kreuzen, und besonders gern ärgerte sie ihre Nachbarn am anderen Ufer. Zwischen ihrem Pontonboot und ihrem Bridgeabend mit ihren Freundinnen behielt Mim sozusagen emotionales Oberwasser.

Sie war auch völlig ausgeflippt, als sie das Haus zum zigstenmal umgekrempelt und die Bar neu gestaltet hatte, so daß sie einem Schiff glich. Hinter der Bar befanden sich kleine Bullaugen; Rettungsgürtel und bunte Wimpel zierten die Wände, außerdem Seekarten, Schwimmwesten und sehr große Salzwasserfische. Mim hatte nie auch nur einen Katzenwels, geschweige denn einen Seglerfisch gefangen, aber sie hatte ihre Dekorateure beauftragt, ihr imposante Fische zu besorgen. Was diese auch taten. Als Mrs. Murphy der ausgestopften Trophäen zum erstenmal ansichtig wurde, geriet sie in Verzückung. Die Vorstellung von einem so großen Fisch war zu schön, um wahr zu sein.

Mim hatte auch das Wort TROCKENDOCK über die Bar pinseln lassen. Die großen goldenen Lettern wurden von geschickt installierten Docklaternen angestrahlt. Dazu ein paar verstreute Fischernetze, eine Glocke, eine Boje, und die Bar war komplett. Richtig komplett war sie, als Mim sie bei einem Schwung Martinis mit ihren Bridgefreundinnen einweihte, den einzigen drei Frauen in Albemarle County, die sie entfernt als gesellschaftlich gleichwertig betrachtete. Sie hatte sogar Streichholzbriefchen und kleine Servietten mit der Aufschrift TROCKENDOCK bedrucken lassen, und sie freute sich riesig, daß die Mädels das bemerkten, als sie ihre Martinigläser auf die polierte Bar knallten.

Mim hatte größeren Erfolg darin, die Mädels an die Bar als sie auf ihr Pontonboot zu lotsen, an dessen Seite ebenfalls goldene Lettern prangten: *Mim's Vim*. Mim wußte, daß die bevorstehende große Hochzeit die Trumpfkarte dafür war, ihre Bridgekumpaninnen an Bord zu locken, wo sie sie endlich mit ihren Fähigkeiten als Kapitän beeindrucken konnte. Es befriedigte nicht, etwas zu tun, wenn man nicht dabei gesehen wurde. Wenn die Bridgemädels bei der Hochzeit gute Plätze wollten, würden sie an Bord von *Mim's Vim* gehen. Mim konnte es kaum erwarten.

Little Marilyn hätte sehr gut noch ein wenig auf dieses Ereignis warten können, aber als gehorsame Sklavin ihrer Mutter erschien sie in Maudes Laden, um Körbchen zu kaufen, die mit nautischen Partygeschenken für die Mädels gefüllt werden sollten.

«Hast du je gesehen, wie Mim ihre Jacht gesteuert hat?» Harry lachte schallend.

«Diese Kapitänsmütze, das ist zuviel.» Maude hielt sich beim bloßen Gedanken daran den Bauch.

«Ja, aber es ist das einzige Mal, daß sie ihr Diadem absetzt.»

«Diadem?»

Harry kicherte. «Klar, die Königin von Crozet.»

«Du bist gemein.» Maude wischte sich die vor Lachen tränenden Augen.

«Wenn du mit diesen Schwachköpfen aufgewachsen wärst, wärst du auch gemein. Meine Mutter pflegte zu sagen: ‹Der Teufel, den du kennst, ist besser als der Teufel, den du nicht kennst.› Da ich Mim kenne, weiß ich, was ich zu erwarten habe.»

Maude senkte die Stimme. «Wer weiß. Inzwischen frage ich mich, ob überhaupt einer von uns weiß, was er zu erwarten hat.»

## 6

Der Bericht des Coroners lag aufgeschlagen auf Rick Shaws Schreibtisch. Das Eigentümliche an Kellys Leiche waren eine Reihe Narben auf der Arterie, die zum Herzen führte. Sie wiesen auf winzige Herzanfälle hin. Kelly, fitundvierzig, war nicht zu jung für Herzanfälle, aber diese mußten so minimal gewesen sein, daß er sie nicht bemerkt hatte.

Rick las die Seite noch einmal. Der völlig zertrümmerte Schädel gab wenig her. Sofern eine Kugelverletzung vorhanden gewesen war, gab es keine Spur mehr davon. Die Männer, die sich die Mischmaschine vorgenommen hatten, hatten keine Kugeln gefunden.

Ein großes Stück Magen war intakt. Abgesehen von einem Big Mac ergab es nichts.

In den Haarproben war eine Spur Zyanid. Gut, wenn ihn das getötet hatte, warum hatte der Mörder die Leiche dann so verstümmelt? Die Entdeckung einer solchen Todesursache warf nur noch mehr Fragen auf.

Rick schlug die Mappe zu. Dies war kein Unfalltod, aber er wollte ihn nicht als Mord melden – noch nicht. Sein inneres Gefühl sagte ihm, daß, wer immer Kelly getötet hatte, gerissen war – gerissen und ungemein kaltblütig.

Cynthia Cooper klopfte an.
«Herein.»
«Was meinen Sie?»
«Ich decke meine Karten vorerst nicht auf.» Rick schlug mit der Hand auf den Bericht. Er langte nach einer Zigarette, besann sich aber. Aufzuhören war die Hölle. «Haben Sie was rausgekriegt?»
«Alle sind überprüft worden. Marie Williams war am Montagabend genau da, wo sie gesagt hat, und Boom Boom auch, sofern wir ihrem Personal glauben können. Boom Boom sagt, sie habe gedacht, ihr Mann sei geschäftlich auswärts, und habe auf seinen Anruf gewartet. Kann sein, kann auch nicht sein. Aber war sie allein? Fair Haristeen sagt, er habe spät am Abend operiert, solo. Alle anderen scheinen ein hieb- und stichfestes Alibi zu haben.»
«Die Beerdigung ist morgen.»
«Der Untersuchungsrichter hat sich mächtig beeilt.»
«Ein einflußreicher Mann. Wenn die Familie die Leiche bis morgen bestattet haben will, beschafft er die Gewebeproben eben so schnell. Die Craycrofts reizt man nicht.»
«Jemand hat es getan.»

# 7

*B*oom Boom bewahrte Haltung während des Gottesdienstes in der an der Straßenkreuzung gelegenen episkopalischen St. Paulskirche. Ein erlesener Schleier bedeckte ihre ebenso erlesenen Gesichtszüge.

Harry, Susan und Ned setzten sich diskret in eine mittlere Bank. Fair saß auf der anderen Seite der Kirche in der

Mitte. Josiah und Mim, beide in elegantes Schwarz gekleidet, saßen vor der Kanzel. Bob Berryman und seine Frau Linda hatten ebenfalls in einer mittleren Bankreihe Platz genommen. Der alte Larry Johnson, der als Kirchendiener fungierte, ersparte Maude Bly Modena einen gesellschaftlichen Fauxpas, indem er sie daran hinderte, durch den Mittelgang nach vorne zu marschieren. Er packte sie entschlossen am Arm und führte sie zu einer rückwärtigen Bank. Maude, seit fünf Jahren Einwohnerin von Crozet, stand eine vordere Bank nicht zu, aber da Maude ein Yankee war, bekam sie solche Feinheiten oft nicht mit. Market und Courtney Shiflett saßen hinten, desgleichen Clai Cordle und Diana Farrell vom Rettungsdienst.

Die Kirche war voller Blumen, die die Hoffnung auf die Wiedergeburt durch Christus symbolisierten. Wer konnte, spendete auch etwas für eine Stiftung für Herzkranke. Rick hatte Boom Boom von den winzigen Narben auf der Arterie erzählen müssen, und sie hatte beschlossen zu glauben, ihr Mann habe einen Herzanfall erlitten, als er die Maschine inspizierte, und sei hineingefallen. Wie dabei der Mischer hatte eingeschaltet werden können, war für sie nicht von Belang, jedenfalls nicht heute. Sie war am Rand ihres Fassungsvermögens. Was sie tun würde, wenn sie das Geschehen erfaßte, das konnten sich alle denken. Lieber aus dem Hals bluten als Boom Boom Craycroft in die Quere kommen.

# 8

Das Leben mußte weitergehen.

Josiah erschien mit einem Herrn aus Atlanta im Postamt, der hergeflogen war, um ein echtes bauchiges Louis Quinze-Schränkchen zu kaufen. Josiah nahm seine Kunden gerne mit ins Postamt und anschließend in Shiflett's Market. Market lächelte und Harry lächelte. Die Kunden machten ein großes Getue um Katze und Hund im Postamt, und danach fuhr Josiah mit ihnen zu sich nach Hause; dabei pries er die Wonnen des Lebens in der Kleinstadt, wo jeder ein Original sei. Warum irgend jemand glauben sollte, daß menschliche Gefühle in einer Kleinstadt weniger kompliziert waren als in einer Großstadt, verstand Harry nicht, aber die weltgewandten Städter schienen es zu schlucken. Diesem Burschen aus Atlanta stand das Wort «Trottel» förmlich auf die Stirn geschrieben.

Rob kam um elf wieder. Er hatte einen Sack hinten im Postwagen vergessen, und wenn sie nichts sagte, würde er auch nichts sagen.

Harry setzte sich hin, um die Post zu sortieren und die Postkarten zu lesen. Courtney Shiflett erhielt eine Karte von einer ihrer Freundinnen im Ferienlager, die bei der Unterschrift statt des Tüpfelchens ein grinsendes Gesicht über das «i» von «Lisa» gesetzt hatte. Lindsay Astrove befand sich am Genfer See. Auf der Postkarte stand, wiederum ganz kurz, daß die Schweiz, in der es von Amerikanern wimmele, ohne diese viel schöner wäre.

Die Post war heute arm an Postkarten.

Mim Sanburne kam hereinmarschiert. Mrs. Murphy, die auf dem Schalter mit einem Gummiband spielte, hielt inne. Als Harry Mims Miene sah, hielt sie mit Postsortieren ebenfalls inne.

«Harry, ich habe ein Hühnchen mit Ihnen zu rupfen, und ich dachte, das Begräbnis sei nicht der rechte Ort dafür.

Sie haben kein Recht, Little Marilyn vorzuschreiben, wen sie zu ihrer Hochzeit einzuladen hat. Das geht Sie überhaupt nichts an!»

Mim mußte gedacht haben, Harry würde sich verbeugen und «Jawohl, Herrin» sagen. Nichts dergleichen geschah.

Harry wappnete sich. «Nach dem ersten Zusatzartikel zu unserer Verfassung kann ich alles zu allen sagen. Ich hatte Ihrer Tochter etwas zu sagen und habe es gesagt.»

«Sie haben sie ganz durcheinandergebracht!»

«Nein, ich habe *Sie* durcheinandergebracht. Wenn sie durcheinander ist, soll sie herkommen und es mir selber sagen.»

Big Marilyn, baß erstaunt, daß Harry nicht unterwürfig war, wechselte das Thema. «Ich weiß zufällig, daß Sie Postkarten lesen. Das ist ein Vergehen, wie Sie wissen, und wenn das so weitergeht, melde ich es Ihrem Vorgesetzten im Hauptpostamt. Habe ich mich klar ausgedrückt?»

«Vollkommen.» Harry preßte die Lippen zusammen.

Mim schwebte hinaus, zufrieden, weil sie Harry eines ausgewischt hatte. Die Zufriedenheit würde nicht lange anhalten, weil das Gespenst ihres Sohnes zurückkehren und sie verfolgen würde. Wenn Harry so unverfroren war, mit Little Marilyn darüber zu reden, dann redeten auch viele andere darüber.

Harry stülpte den Postsack um. Eine einzelne Postkarte rutschte heraus. Sie las sie trotzig: «Schade, daß Du nicht hier bist», in Computerschrift geschrieben. Sie drehte sie um und erblickte eine verschwommene, beziehungsreiche Fotografie von dem prachtvollen Engel auf einem Friedhof in Asheville, North Carolina. Sie drehte sie wieder um und las das Kleingedruckte. Dies war der Engel, der Thomas Wolfe zu seinem Roman *Schau heimwärts, Engel* inspiriert hatte.

Sie steckte die Karte in Maude Bly Modenas Fach und vergaß sie.

## 9

Nachdenklich lenkte Pharamond Haristeen seinen Lieferwagen von Charlottesville zurück. Der Besuch bei Boom Boom hatte ihn aus der Fassung gebracht. Er konnte nicht ergründen, ob sie wirklich trauerte, weil Kelly tot war. Diese Ehe hatte schon seit Jahren keinen rechten Schwung mehr gehabt.

Man konnte sich nicht wappnen gegen Boom Booms Schönheit. Man konnte sich auch gegen ihre eisigen Ausbrüche nicht wappnen. Warum war eine Frau wie Boom Boom nicht klug und verständig wie Harry? Warum konnte eine Frau wie Harry nicht betörend sein wie Boom Boom?

Nach Fairs Meinung war Harry klug und verständig, außer wenn es um die Scheidung ging. Sie hatte ihn rausgeworfen. Warum sollte er Unterhalt zahlen, bevor eine endgültige Vereinbarung getroffen war?

Es war ein schwerer Schock für Fair gewesen, daß Harry ihm den Laufpaß gegeben hatte. Seine Eitelkeit litt mehr als sein Herz, aber Fair nutzte die Gelegenheit, den Beleidigten zu spielen. Die älteren Witwen in Crozet ergriffen nur zu gern Partei für ihn, wie die alleinstehenden Frauen überhaupt. Er lief mit trübseliger Miene herum, und prompt ergoß sich eine Flut von Essenseinladungen. Zum erstenmal in seinem Leben stand Fair im Mittelpunkt der Aufmerksamkeit. Das sagte ihm durchaus zu.

Im tiefsten Innern wußte er, daß seine Ehe nicht funktioniert hatte. Hätte er sich die Mühe gemacht, in sich zu gehen, so hätte er erkannt, daß er an ihrem Scheitern zu fünfzig Prozent mitschuldig war. Fair hatte indes nie die Absicht gehabt, in sich zu gehen, was seiner Ehe zum Verhängnis wurde und zweifellos auch zukünftigen Beziehungen zum Verhängnis werden würde.

Fair handelte nach dem Prinzip «warum etwas reparieren, wenn es nicht kaputt ist», aber emotionale Beziehungen waren keine Maschinen. Emotionale Beziehungen eigneten sich nicht für wissenschaftliche Analysen, eine besorgniserregende Einsicht für seinen wissenschaftlich geschulten Verstand. Frauen eigneten sich nicht für wissenschaftliche Analysen.

Frauen machten verdammt viel Ärger, und Fair beschloß, den Rest seiner Tage allein zu verbringen. Die Tatsache, daß er ein gesunder Mann von vierunddreißig Jahren war, tat seinem Beschluß keinen Abbruch.

Auf der Route 240 in östlicher Richtung überholte er Rob Collier. Sie winkten einander zu.

Als hätte der Anblick von Boom Boom auf der Beerdigung ihres Mannes nicht genügt, Fair die Fassung zu rauben, hatte Rick Shaw ihn dann auch noch in der Praxis mit Fragen überfallen. Stand er unter Verdacht? Daß zwei Freunde gelegentlich eine gespannte Beziehung haben, bedeutete noch lange nicht, daß der eine den anderen umbringen wollte. Das hatte er Rick gesagt, worauf der Sheriff erwiderte: «Menschen haben sich schon aus nichtigeren Anlässen umgebracht.» Wenn das so war, dann war die Welt vollkommen wahnsinnig. Selbst wenn sie es nicht war, kam sie ihm heute so vor.

Fair hielt hinter dem Postamt. Als die kleine Tucker seinen Wagen hörte, stellte sie sich auf die Hinterbeine, die Nase ans Glas gedrückt. Er ging zuerst zu Market Shifletts Laden, um sich eine Coca-Cola zu holen. Die sengende Hitze dörrte seine Kehle aus, und auch das Kastrieren von Hengstfohlen trug irgendwie zu seinem Unbehagen bei.

«Hallo, Fair.» Courtneys frisches Gesicht strahlte.

«Na, wie geht's?»

«Gut. Und dir?»

«Heiß ist mir. Kann ich 'ne Cola haben?»

Sie griff in den alten roten Kasten, einen Getränkekühlschrank von der Art, wie sie zur Zeit des Zweiten Weltkriegs in Gebrauch gewesen waren, und nahm eine kalte Flasche heraus. «Hier, außer du willst 'ne größere.»

«Ich nehm die und kauf noch 'ne Sechserpackung, weil ich andauernd Harrys wegtrinke. Wo ist dein Dad?»

«Der Sheriff ist vorbeigekommen, und Dad ist mit ihm weggegangen.»

Fair feixte. «Neue Besen kehren gut.»

«Wie bitte?» Courtney begriff nicht.

«Neuer Sheriff, neues Irgendwas. Wenn einer einen Job übernimmt, quillt er über von Enthusiasmus. Dies ist Ricks erster richtiger Mordfall, seit er zum Sheriff gewählt wurde, deshalb reißt er sich den... Ich meine, er setzt alles daran, den Mörder zu finden.»

«Ich will hoffen, daß er ihn findet.»

«Ich auch. Sag mal, stimmt es, daß du in Dan Tucker verknallt bist?» Fair kniff die Augen zusammen. Wie er sich an dieses Alter erinnerte!

Courtney erwiderte ganz ernst: «Ich würde Dan Tucker nicht wollen, und wenn er der einzige Mann auf Erden wäre.»

«So? Dann muß er ja gräßlich sein.» Fair nahm seine Colas und ging. Pewter flitzte mit ihm aus dem Laden.

Tucker rannte im Kreis, als Fair ins Postamt trat, dicht gefolgt von Pewter. Maude Bly Modena kramte in ihrem Postfach. Harry war hinten.

«Hallo, Maudie.»

«Hallo, Fair.» Für Maude war Fair ein göttlich aussehender Mann. Das war er für die meisten Frauen.

«Harry!»

«Ja?» Die Stimme sickerte durch die Hintertür.

«Ich hab dir ein paar Flaschen Cola mitgebracht.»

«Dreihundertdreiunddreißig–» die Tür ging auf – «denn so viele schuldest du mir.» Harry freute seine Geste mehr, als sie sich anmerken ließ.

Fair schob die Sechserpackung über den Schalter.

Pewter brüllte: «*Mrs. Murphy, wo bist du?*»

Tucker ging hinüber und tauschte einen Nasenkuß mit Pewter, die Hunde sehr gern hatte.

*«Ich zähle Gummibänder. Was willst du?»* entgegnete Mrs. Murphy.

Harry nahm hastig die Colaflaschen vom Schalter. «Mrs. Murphy, was hast du gemacht?»

*«Ich hab nichts gemacht»*, protestierte die Katze.

Harry wandte sich an Fair: «Du bist Tierarzt. Erklär du mir das.» Sie zeigte auf die auf den Boden geworfenen Gummibänder.

Maude beugte sich über den Schalter. «Ist das nicht süß? Die gehen an alles dran. Meine Mutter hatte mal eine gescheckte Katze, die hat mit Klopapier gespielt. Sie hat sich das Ende der Rolle geschnappt und ist damit durchs Haus gerannt.»

*«Das ist noch gar nichts.»* Pewter gab noch eins drauf: *«Cazenovia, die Katze von der St. Paulskirche, ißt Hostien.»*

«Pewter will auf den Schalter.» Fair dachte, daß das Maunzen das besagen sollte. Er hob sie auf den Schalter, wo sie sich auf den Rücken rollte und die Augen verdrehte.

Die Menschen fanden das allerliebst und machten ein großes Getue um sie. Mrs. Murphy kochte vor Abscheu; sie sprang auf den Schalter und fauchte Pewter ins Gesicht.

«Eifersucht klingt in jeder Sprache gleich.» Lachend fuhr Fair fort, Pewter zu streicheln, die nicht geneigt war, ihre günstige Position aufzugeben.

Tucker beschwerte sich auf dem Fußboden. *«Ich kann hier unten nichts sehen.»*

Mrs. Murphy trat an die Schalterkante. *«Was nützen dir deine kurzen Stummelbeine, Tee Tucker?»*

*«Ich kann alles ausgraben, sogar einen Dachs.»* Tucker grinste.

*«Hier gibt's keine Dachse.»* Pewter wälzte sich jetzt von einer Seite auf die andere und schnurrte so laut, daß

selbst Taube ihre stimmlichen Vibrationen hätten empfangen können. Das entzückte die Menschen noch mehr.

«*Treib's nicht zu bunt, Pewter*», warnte Tucker. «*Bloß weil du dir was drauf einbildest, was gewußt zu haben, bevor wir es wußten, heißt das noch lange nicht, daß du hier reinkommen und dich über mich lustig machen kannst.*»

«Das ist die zutraulichste Katze, die ich je gesehen habe.» Maude kitzelte Pewter am Kinn.

«*Sie ist auch die fetteste Katze, die du je gesehen hast*», murrte Mrs. Murphy.

«Sei nicht brummig», warnte Harry die Tigerkatze.

«*Sei nicht brummig.*» Pewter äffte die menschliche Stimme nach.

Mrs. Murphy spazierte auf dem Schalter auf und ab. Ein Postbehälter auf Rollen stand zwei Meter vom Schalter entfernt. Sie konzentrierte sich und sprang im hohen Bogen vom Schalter, genau in die Mitte des Postbehälters, der daraufhin über den Fußboden rollte.

Maude quietschte vor Entzücken, und Fair klatschte in die Hände wie ein kleiner Junge.

«Das macht sie andauernd. Guckt mal.» Harry trat hinter den langsamer werdenden Karren und schob Mrs. Murphy im Postamt umher, wobei sie Puff-Puff-Geräusche machte. Mrs. Murphys Kopf schnellte über die Seite, die Augen groß und kugelrund, der Schwanz schlug hin und her.

«*Das ist lustig!*» erklärte die Katze.

Pewter, die immer noch von Maude gestreichelt wurde, war sauer über Mrs. Murphys dreistes Benehmen. Sie legte den Kopf auf den Schalter und schloß die Augen. Mochte Mrs. Murphy noch so frech sein, Pewter benahm sich jedenfalls wie eine Dame.

Maude blätterte ihre Post durch, während sie Pewters Ohren kraulte. «Wie gemein!»

«Wieder eine Rechnung? Oder einer von diesen Spendenaufrufen in Umschlägen, die wie die alten Telegramme der Western Union aussehen? Die find ich wirklich gemein.» Harry fuhr fort, Mrs. Murphy herumzuschieben.

«Nein.» Maude schob Fair die Postkarte hin. Er las sie und zuckte die Achseln. «Ich finde Leute gemein, die Postkarten oder Briefe verschicken und nicht mit ihrem ganzen Namen unterschreiben. Ich kenne zum Beispiel vierzehn Carols, und wenn ich von einer einen Brief kriege und kein Absender auf dem Umschlag steht, tappe ich im dunkeln. Völlig im dunkeln. Jede Carol, die ich kenne, hat zweikommazwei Kinder, fährt einen Kombi und verschickt Weihnachtskarten mit einem Bild von der Familie. Auf der Karte steht gewöhnlich ‹Frohes Fest› in Computerschrift, und außen herum winden sich kleine Stechpalmenranken mit roten Beeren. Das Absurde ist, daß ihre Familien alle gleich aussehen. Vielleicht ist es ein und dieselbe Carol, die mit vierzehn Männern verheiratet ist.» Maude lachte.

Harry lachte mit ihr und tat, als sehe sie die Postkarte zum erstenmal, während sie Mrs. Murphy weiter in dem Postbehälter hin und her karrte. Die Katze ließ sich auf den Rücken plumpsen, um ihren Schwanz zu fangen. Mrs. Murphy zog eine richtige Schau ab; jetzt tat sie, was sie Pewter vorwarf: sie versuchte mit allen Mitteln, die Aufmerksamkeit der Menschen zu erlangen.

Harry sagte: «Vielleicht hatten sie's eilig.»

«Wen kennst du, der in North Carolina Ferien machen würde?» Fair stellte eine logische Frage.

«Ob überhaupt jemand freiwillig nach North Carolina fährt?» Bei «freiwillig» senkte Maude die Stimme.

«Nein», sagte Harry.

«Ach, North Carolina ist gar nicht übel.» Fair trank seine Cola aus. «Bloß, daß sie da mit einem Fuß im neunzehnten Jahrhundert stehen und mit dem anderen im einundzwanzigsten, und dazwischen ist nichts.»

«Man muß ihnen zugute halten, daß sie es geschafft haben, saubere Industrien anzulocken.» Maude dachte darüber nach. «Der Staat Virginia hatte dieselbe Chance. Ihr habt es vermasselt, vor etwa zehn Jahren, wißt ihr das?»

«Wissen wir», sagten Fair und Harry im Chor.

«Ich habe von Claudius Crozets Kampf mit dem Staat Virginia um die Finanzierung der Eisenbahnen gelesen. Er hat die ganze Entwicklung Ende der 1820er Jahre vorausgesehen, bevor sich in puncto Bahnreisen irgendwas tat. Er sagte, die Virginier sollten alles, was sie hätten, in diese neue Art des Reisens investieren. Statt dessen haben sie seine Ideen niedergeknüppelt und ihn mit einer Gehaltskürzung belohnt. Da ist er natürlich gegangen, und wißt ihr was? Der Staat hat nichts unternommen, bis 1850! Inzwischen war der Staat New York, der sich ganz auf das Eisenbahnwesen verlegt hatte, das kommerzielle Zentrum der Ostküste geworden. Wenn man bedenkt, an welcher Stelle der Ostküste Virginia liegt, hätte unser Staat der mächtigere werden sollen.»

«Das habe ich nicht gewußt.» Harry liebte Geschichte.

«Wenn es um fortschrittliche Projekte geht, ob kommerziell oder intellektuell, könnt ihr euch darauf verlassen, daß die Legislative von Virginia sie ablehnt.» Maude schüttelte den Kopf. «Es ist, als würden sie mit Absicht jede Chance verpassen. Lauter Waschlappen.»

«Ja, das ist wahr», pflichtete Fair ihr bei. «Aber andererseits haben wir nicht die Probleme, die man an fortschrittlichen Orten kriegt. Wir haben eine niedrige Kriminalitätsrate, ausgenommen in Richmond. Wir haben Vollbeschäftigung in unserem Staat, und wir führen ein gutes Leben. Wir werden nicht schnell reich, aber wir behalten, was wir erreicht haben. Das ist vielleicht gar nicht so übel. Du bist jedenfalls hierher gezogen, oder?»

Maude überlegte. «Eins zu null für dich. Aber manchmal, Fair, macht es mich fertig, daß dieser Staat so rückständig ist. Wenn North Carolina uns austrickst und den Überfluß genießt, was soll man davon halten?»

«Woher hast du das über die Eisenbahnen?»

«Aus der Bibliothek. Es gibt dort ein Buch, eigentlich eine lange Monographie, über Crozets Leben. Da ich nicht den Vorzug habe, in Crozet aufgewachsen zu sein, dachte ich, ich hole das am besten irgendwie auf. Schade, daß die Züge hier nicht mehr halten.»

«Gelegentlich hält einer. Wenn du den Präsidenten der Chesapeake-Ohio anrufst und – als Fahrgast – einen Extrahalt forderst, müssen sie gleich neben dem Postamt beim alten Bahnhof für dich halten.»

«Hat das jemand in letzter Zeit mal getan?» Maude fand es unglaublich.

«Mim Sanburne letztes Jahr. Sie haben gehalten.» Fair lächelte.

«Ich denke, ich werd's versuchen», sagte Maude. «Jetzt muß ich aber wieder in meinen Laden. Erhalte dein Geschäft, und dein Geschäft erhält dich. Bye.»

Pewter rekelte sich auf dem Schalter, während Harry die Colaflaschen hinten in dem kleinen Kühlschrank verstaute. Mrs. Murphy blieb in dem Postbehälter und hoffte auf eine neue Fahrt.

«Soll das ein Versöhnungsangebot sein?» Harry schloß die Kühlschranktür.

«Ich weiß nicht.» Und Fair wußte es wirklich nicht. Es war ihm im Laufe der Jahre zur Gewohnheit geworden, Harry Cola zu bringen. «Hör mal, Harry, können wir die Scheidung nicht auf anständige Weise hinter uns bringen?»

«Alles ist anständig, bis Geld ins Spiel kommt.»

«Du hast Ned Tucker engagiert. Sobald Anwälte ins Spiel kommen, ist alles Scheiße.»

«1658 erließ die gesetzgebende Versammlung von Virginia ein Gesetz, das alle Rechtsanwälte aus der Kolonie verbannte.» Harry verschränkte die Arme.

«Die einzige kluge Entscheidung, die sie je getroffen hat.» Fair lehnte sich an den Schalter.

«Sie wurde 1680 rückgängig gemacht.» Harry holte tief

Luft. «Fair, eine Scheidung ist ein gerichtlicher Prozeß. Ich mußte mir einen Anwalt nehmen. Ned ist ein alter Freund von mir.»

«He, er war auch mein Freund. Hättest du dich nicht an eine neutrale Partei wenden können?»

«Wir sind hier in Crozet. Hier gibt's keine neutralen Parteien.»

«Deswegen habe ich mir einen Anwalt in Richmond genommen.»

«Du kannst dir die Preise in Richmond leisten.»

«Fang nicht wieder mit Geld an, verdammt noch mal.» Fair klang gequält. «Eine Scheidung ist die einzige menschliche Tragödie, die sich aufs Geld reduziert.»

«Es ist keine Tragödie. Es ist ein Prozeß.» In diesem Punkt war Harry dauernd von dem Zwang getrieben, ihm zu widersprechen oder ihn zu korrigieren. Ihr war das halbwegs bewußt, aber sie konnte sich nicht bremsen.

«Damit kann ich zehn Jahre meines Lebens in den Schornstein schreiben.»

«Nicht ganz zehn.»

«Verdammt, Harry, der Punkt ist, daß das ganze keine leichte Sache ist – und es war nicht meine Idee.»

«Ach, spiel nicht die beleidigte Leberwurst. Du warst in dieser Ehe nicht glücklicher als ich!»

«Aber ich dachte, alles wäre bestens.»

«Solange du gefüttert und gefickt wurdest, dachtest du, alles wäre bestens!» Harry senkte die Stimme. «Unser Haus war für dich ein Hotel. Mein Gott, wenn du mal den Staubsauger in die Hand genommen hast, haben die Engel im Himmel gesungen.»

«Wir hatten kein Geld für ein Hausmädchen», brummte er.

«Also war ich das Mädchen. Wieso ist deine Zeit kostbarer als meine? Herrgott, ich hab sogar deine Klamotten gekauft, deine Unterhosen.» Aus irgendeinem Grund war dies für Harry bedeutsam.

Fair schwieg einen Moment, um nicht die Beherrschung zu verlieren, und sagte dann: «Ich verdiene mehr. Wenn ich auf Abruf bereit sein mußte, dann mußte es eben sein.»

«Ach, weißt du, eigentlich ist mir das inzwischen ziemlich egal.» Harry ließ die Arme sinken und machte einen Schritt auf ihn zu. «Was ich wissen will, warst du... hast du... gehst du mit Boom Boom Craycroft ins Bett?»

«Nein!» Fair wirkte verletzt. «Das hab ich dir schon mal gesagt. Ich war auf der Party betrunken. Ich – okay, ich hab mich weiß Gott nicht wie ein Gentleman benommen... aber das ist ein Jahr her.»

«Ich weiß. Ich war dabei, erinnerst du dich? Ich frage, was jetzt ist, Fair.»

Er blinzelte, dann festigte sich sein Blick. «Nein.»

Während die Menschen einander beschimpften, sagte Tucker, die es satt hatte, auf dem Fußboden von dem Katzentreiben ausgeschlossen zu sein: «*Pewter, wir waren bei Kelly Craycrofts Betonfabrik.*»

Pewter war plötzlich hellwach. Sie setzte sich auf. «*Weshalb?*»

«*Wir wollten selber schnüffeln.*»

«*Wie kann Mrs. Murphy was riechen? Sie trägt die Nase immer so hoch.*»

«*Halt die Schnauze.*» Mrs. Murphy steckte den Kopf aus dem Postbehälter.

«*So was Ungehobeltes.*» Pewter zog die Schnurrhaare zurück.

«*Ich hab Tucker gemeint, aber du kannst ruhig auch die Schnauze halten. So schlage ich zwei Fliegen mit einer Klappe.*»

«*Warum hast du gesagt, ich soll die Schnauze halten? Ich hab nichts getan.*» Tucker war gekränkt.

«*Das sag ich dir später*», erwiderte die Tigerkatze.

«*Es ist kein Geheimnis. Ozzie hat es vermutlich unterdessen in drei Bezirken ausgeplappert – in unserem, in Orange und in Nelson. Vielleicht weiß es ganz Virginia, weil Bob Ber-*

ryman seine Viehtransporte überallhin liefert und Ozzie ihn begleitet», jaulte Tucker.

«*Tu, was du nicht lassen kannst.*» Mrs. Murphy wußte, daß Tucker reden würde.

«*Sagt, was hat Ozzie geplappert, und warum seid ihr zu der Betonfabrik gegangen?*» Pewters Pupillen wurden groß.

«*Ozzie hat gesagt, da wäre ein komischer Geruch. Und so war es.*» Tucker gefiel die Wendung des Gesprächs.

Pewter spottete: «*Natürlich war da ein komischer Geruch, Tucker. Aus einem Mann wurde Hackfleisch gemacht, und an dem Tag waren drückende sechsunddreißig Grad. Das können sogar Menschen riechen.*»

«*Das war es nicht.*» Mrs. Murphy kroch aus dem Postbehälter, enttäuscht, weil Harry das Interesse an dem Spiel verloren und ihre ganze Aufmerksamkeit Fair zugewandt hatte.

«*Rettungsdienstgerüche*», tippte Pewter aufs Geratewohl.

«*Es roch nach Schildkröte.*»

«*Was?*» Die Schnurrhaare der dicken Katze schnellten wieder vor.

Mrs. Murphy sprang auf den Schalter und setzte sich neben Pewter. Wenn Tucker schon quatschte, konnte sie sich ebensogut beteiligen. «*Ja. Als wir ankamen, war die meiste Witterung verflogen, aber dieser leichte Amphibiengeruch war noch da.*»

Pewter zog die Nase kraus. «*Ich hörte Ozzie was von einer Schildkröte sagen, aber ich habe nicht richtig hingehört. Es war so viel los.*» Sie seufzte.

«*Habt ihr schon mal Fischbällchen gerochen?*» Pewters Gedanken kehrten zum Futter zurück, ihrem Lieblingsthema. «*Die riechen vielleicht gut. Mrs. Murphy, hat Harry keine Leckerbissen mehr?*»

«*Doch.*»

«*Meinst du, sie gibt mir was?*»

«*Ich geb dir was, wenn du versprichst, daß du uns alles erzählst, was du über Kelly Craycroft hörst. Absolut alles.*

*Und ich verspreche, daß ich mich nicht über dich lustig mache.»*
«*Versprochen.»* Die dicke Katze schwabbelte feierlich.
Mrs. Murphy sprang vom Schalter und lief zum Schreibtisch. Die untere Schublade stand einen Spalt offen. Sie quetschte ihre Pfote hinein und angelte ein Stückchen gedörrtes Rindfleisch heraus. Sie warf es Pewter zu, die es augenblicklich vertilgte.

# *10*

$B$ob Berryman lachte während des Films mehrmals laut auf. Er war allein. Außer Bob kannten Harry und Susan keinen Menschen im Kino. Charlottesville, gedrängt voll mit lauter neuen Leuten, war eine neue Stadt für sie geworden. Man konnte nicht mehr in die Stadt fahren in der Erwartung, Freunde zu treffen. Nicht daß die neuen Leute nicht nett waren – nein, das waren sie durchaus –, aber es war schon verdrießlich, sich an dem Ort, wo man geboren und aufgewachsen war, plötzlich wie ein Fremder vorzukommen.

Die neuen Einwohner strömten in solchen Scharen in den Bezirk, daß ihnen die Aufnahme in die etablierten Clubs und die Übernahme der etablierten Gepflogenheiten nicht schnell genug ging. Folglich schufen die neuen Leute ihre eigenen Clubs und Gepflogenheiten. Früher hatten die vier wichtigen gesellschaftlichen Zentren – der Jagdclub, der Country Club, die Kirchen der Schwarzen und die Universität – der Gemeinde Stabilität gegeben wie die vier Ecken eines Quadrats. Jetzt zog es die jungen Schwarzen fort von den Kirchen, der Country Club hatte eine sechsjährige Warteliste für neue Mitglieder, und an der Universität studierten fast nur noch junge Leute von außerhalb. Und was den Jagdclub anging, so konnten die meisten neuen Leute nicht reiten.

Auch das Straßennetz war den neuen Belastungen nicht mehr gewachsen. Der Staat Virginia schacherte nun darum, einen großen Teil der Landschaft mit Umgehungsstraßen zuzupflastern. Die Bewohner, alte wie neue, opponierten erbittert gegen die Zerstörung ihrer Umwelt. Den Leuten vom Verkehrsamt wäre inzwischen in einem Raum voller Skorpione wohler gewesen, denn die Sache wurde brenzlig. Die naheliegende Lösung, die zentrale Durchgangsstraße, die Route 29, auszubauen oder eine Direktverbindung oberhalb der bestehenden Straße zu schaffen, kam für die maßgeblichen Instanzen in Richmond nicht in Frage. Sie riefen «zu teuer» und ignorierten dabei die horrenden Summen, die sie bereits vergeudet hatten, indem sie ein Forschungsunternehmen engagierten, um für sie die Drecksarbeit zu verrichten. Sie dachten, die Bevölkerung würde ihren Zorn gegen das Forschungsunternehmen richten, und das Verkehrsamt könnte sich hinter diesem Schutzschild verstecken. Die republikanische Partei ergriff sofort die Gelegenheit, die regierenden Demokraten in eine prekäre Lage zu bringen und verwandelte die Umgehungsstraße in ein politisch heißes Eisen. Das Verkehrsamt blieb hartnäckig. Den Demokraten, deren Macht schwand, wurde mulmig zumute. Die Angelegenheit entwickelte sich zu einem interessanten Drama, in welchem politische Karrieren begannen und endeten.

Harry war der Ansicht, jede veröffentlichte Zahl müsse man im Geist noch verdoppeln. Aus einem absurden Grund konnte die Regierung nicht mit Geld umgehen. Das bekam Harry im Postamt zu spüren. Die Bestimmungen, die eigentlich zu ihrer Erleichterung erlassen wurden, machten alles nur noch schlimmer, so daß sie ihr Postamt schließlich so betrieb, wie es für die Gemeinde am besten paßte, und nicht, wie es irgendeinem fernen Sowieso paßte, der in Washington, D. C., auf seinem fetten Arsch saß. Dasselbe galt für die Leute von der Staatsregierung in Virginia. Sie würden nicht auf den Straßen fahren, die sie bauten; ihnen brach nicht das Herz, weil herrliches Ackerland vernichtet und die Wasserscheide gefährdet wurde. Sie zogen eine hübsche Linie auf der Landkarte und erzählten dem Gouverneur etwas von Verkehrsfluß. Alle Regierungsangestellten rechtfertigten ihr Vorhandensein, indem sie die Prozedur so stark wie möglich komplizierten und dann die Komplikationen lösten.

Unterdessen erzählte man den Bürgern von Albemarle County, sie müßten den Raub ihres Landes zugunsten der südlicheren Bezirke akzeptieren, Bezirke, die erhebliche Beträge zur Wahlkampfführung gewisser Politiker beigesteuert hatten. Nicht einer erwog die Idee, die Leute selber Geld aufbringen zu lassen, um die zentrale Durchgangsstraße auszubauen. Wie hoch auch die zusätzlichen Kosten im Vergleich zu einer Umgehungsstraße sein würden, Albemarle war bereit, sie zu zahlen. Doch eine derartige Selbstverwaltung – allein schon der Gedanke daran war allzu revolutionär.

Harry, in dem Glauben erzogen, die Regierung sei ihr Freund, hatte durch Erfahrung gelernt, die Regierung für ihren Feind zu halten. Sie relativierte ihre Einstellung nur städtischen Beamten gegenüber, die sie kannte und mit denen sie persönlich reden konnte.

Etwas sprach für die Neulinge: Sie waren politisch aktiv. Gut, dachte Harry. Sie werden es brauchen.

All diese Dinge hatte sie mit Susan in der Blue Ridge-Brauerei bequatscht. Eiskaltes Bier an einem schwülen Abend schmeckte köstlich.

«Und?»

«Was und, Susan?»

«Du sitzt seit zehn Minuten da und hast keinen Ton gesagt.»

«Oh, Verzeihung. Mein Zeitgefühl muß mir abhanden gekommen sein.»

«Anscheinend.» Susan lächelte. «Komm schon, was ist los? Wieder Streit mit Fair?»

«Weißt du, ich kann nicht entscheiden, wer das größere Arschloch ist, er oder ich. Ich weiß bloß, wir können nicht im selben Zimmer sein, ohne zu streiten. Selbst wenn wir in freundschaftlichem Ton anfangen... es endet immer mit gegenseitigen Vorwürfen...»

Susan wartete. Harrys Satz blieb unvollendet. «Gegenseitige Vorwürfe weswegen?»

«Ich hab ihn gefragt, ob er mit Boom Boom schläft.»

«Was?» Susans Unterlippe klappte herunter.

«Du hast richtig gehört.»

«Und?»

«Er hat nein gesagt. Oh, und dann ging es weiter. Jeden Fehler, den ich gemacht habe, seit wir uns kennen, hat er mir ins Gesicht geworfen. Gott, ich bin's so leid, ihn, die Situation –» sie machte eine Pause – «mich selbst. Da draußen ist eine ganze Welt, und alles, woran ich denken kann, ist diese dämliche Scheidung.» Wieder eine Pause. «Und Kellys Ermordung.»

«Zum Glück gibt es da keine Verbindung.» Susan trank einen tiefen Zug.

«Hoffentlich nicht.»

«Bestimmt nicht.» Susan verwarf den Gedanken sofort. «Das glaubst du doch auch nicht. Er war vielleicht nicht der Mann, den du gebraucht hast, aber er ist kein Mörder.»

«Ich weiß.» Harry schob das Glas weg. «Aber ich kenne ihn nicht mehr – und ich traue ihm nicht.»

«Ist dir je aufgefallen, daß Freunde einen lieben, weil man ist, wie man ist? Liebhaber versuchen, einen zu verändern, wie sie einen haben wollen.» Susan trank Harrys Bier aus.

Harry lachte. «Mom hat immer gesagt, eine Frau heiratet einen Mann, weil sie hofft, ihn ändern zu können, und ein Mann heiratet eine Frau, weil er hofft, daß sie sich nie ändern wird.»

«Deine Mutter war umwerfend.» Susan erinnerte sich an Graces scharfen Witz. «Aber ich glaube, daß auch Männer versuchen, ihre Partnerinnen zu ändern, wenn auch auf andere Art. Es ist so verwirrend. Je älter ich werde, desto weniger verstehe ich von menschlichen Beziehungen. Ich dachte, es wäre umgekehrt. Ich dachte, ich würde klüger.»

«Ja. Jetzt bin ich voller Mißtrauen.»

«Ach, Harry, so schlimm sind die Männer gar nicht.»

«Nein, nein – ich mißtraue mir selbst. Was habe ich getan, während ich mit Pharamond Haristeen verheiratet war? Habe ich mich so weit von mir selbst entfernt?»

Zu Hause lief Mrs. Murphy unruhig auf und ab.

In ihrem Korb hob Tucker den Kopf. *«Setz dich hin.»*

*«Halte ich dich wach?»*

*«Nein»*, knurrte der Hund. *«Ich kann nicht schlafen, wenn Mommy weg ist. Ich hab gesehen, daß andere Leute ihre Hunde mit ins Kino nehmen. Muffin Barnes steckt ihren in die Handtasche.»*

*«Muffin Barnes' Hund ist ein Chihuahua.»*

*«Ach ja?»* Tucker kletterte steifbeinig aus dem Korb. *«Willste spielen?»*

*«Ball?»*

*«Nein. Wie wär's mit Fangen? Wir können rumtoben, wenn sie nicht da ist. Wir sollten wirklich toben. Wie kann sie es wagen, wegzugehen und uns hierzulassen? Das soll sie büßen.»*

*«Jaa!»* Mrs. Murphys Augen leuchteten.

Als Harry eine Stunde später die Lichter im Wohnzimmer anknipste, rief sie aus: «O mein Gott!»

Der Feigenbaum war umgekippt, Erde war über den Fußboden verstreut, und die Wände waren mit schmutzigen Katzenpfotenabdrücken gesprenkelt. Mrs. Murphy hatte ausgiebig in der feuchten Erde getanzt, bevor sie mit allen vier Pfoten die Wände ansprang.

Harry suchte erbost nach ihren Lieblingen. Tucker versteckte sich in der hintersten Ecke unter dem Bett, und Mrs. Murphy lag ganz flach auf dem obersten Bord in der Speisekammer.

Als Harry die Unordnung beseitigt hatte, war sie zu müde, um die beiden zu schelten. Sie verstand, zu ihrer Ehre muß das gesagt werden, daß dies die Strafe für ihr Fortgehen war. Sie verstand es, doch es widerstrebte ihr, sich einzugestehen, daß die Tiere sie viel besser erzogen, als sie die Tiere erzog.

## *11*

Die Aussicht auf das Wochenende machte Harrys Schritte leichter, als sie die Railroad Avenue entlangging. Die Straße glänzte vom Gewitter der letzten Nacht, das nicht vermocht hatte, die hohe Temperatur zu senken. Mrs. Murphy und Tucker, denen vergeben war, tollten voraus.

In dem Augenblick, als Pewter ihrer ansichtig wurde, stürmte sie die Straße hinunter, um sie zu begrüßen.

«Ich wußte gar nicht, daß sie so schnell laufen kann.» Harry stieß einen lauten Pfiff aus.

Wenn Pewter rannte, wabbelte der Fettwulst unter ihrem Bauch hin und her. Einen halben Häuserblock von ihren Freundinnen entfernt, schrie sie schon: *«Ich hab vor dem Laden auf euch gewartet!»*

Keuchend rutschte Pewter Tucker vor die Füße und kam zum Stehen.

Harry nahm an, die Katze sei total erschöpft, und bückte sich, um sie hochzunehmen. «Armes Dickerchen.»

«*Laß mich.*» Pewter entwand sich ihr.

«*Was gibt's?*» Mrs. Murphy rieb sich an Harrys Beinen, um sie zu trösten.

«*Maude Bly Modena.*» Die hellgrünen Augen glitzerten. «*Tot!*»

«*Wie?*» Mrs. Murphy wollte sofort Einzelheiten.

«*Vom Zug überfahren.*»

«*Du meinst, in ihrem Auto?*» Tucker wartete ungeduldig, daß Pewter wieder zu Atem kam, während sie den Weg zum Postamt fortsetzten.

«*Nein!*» Pewter hielt mit ihnen Schritt. «*Schlimmer als das.*»

«Pewter, ich habe dich noch nie so geschwätzig erlebt.» Harry strahlte.

Pewter erwiderte: «*Wenn du achtgeben würdest, könntest du was erfahren.*» Sie wandte sich an Mrs. Murphy. «*Die halten sich für so schlau, dabei denken sie bloß an sich selbst. Menschen hören nur Menschen zu, und die meiste Zeit tun sie nicht mal das.*»

«*Ja.*» Mrs. Murphy hätte gerne gesagt: «*Nun erzähl schon weiter*», aber sie hielt sich wohlweislich zurück.

«*Wie gesagt, es war schlimmer als das. Sie war auf die Schienen gefesselt, wo genau, weiß ich nicht, und als der Sechsuhrzug heute morgen durchkam, konnte der Lokomotivführer nicht rechtzeitig bremsen. Sie wurde in drei Teile zerstückelt.*»

«*Wie hast du's erfahren?*» Tucker blinzelte bei dem Gedanken an den grausigen Anblick.

«*Unglücklicherweise hat Courtney es als erste gehört. Market hat sie gleich morgens geschickt, um für die Fahrer von den Farmen aufzumachen, die um fünf Uhr früh anrücken. Der Rettungsdienst ist vorbeigerast – Rick Shaw auch. Officer Cooper, im zweiten Dienstwagen, kam reingelaufen, Kaffee holen. So haben wir's erfahren. Courtney hat Market angeru-*

fen, und er ist sofort zum Laden gekommen. Da draußen läuft ein Wahnsinniger rum, der Leute umbringt.»

«Du meinst, so was wie ein Massenmörder?» Tucker war plötzlich sehr um Harrys Sicherheit besorgt.

Mrs. Murphy murmelte: «Ich mochte Maude gern.»

«Ich auch.» Tucker ließ den Kopf hängen. «Warum töten die Menschen sich gegenseitig?»

Pewter lachte ein rauhes Lachen. «Daß sich bloß keiner an Courtney und Market ranmacht. Dem kratz ich die Augen aus.»

Harry fiel auf, daß die drei Tiere miteinander beschäftigt waren.

«Wer immer es war, er hat 'ne Menge zu verbergen», dachte Mrs. Murphy laut.

«Ja, er muß verbergen, daß er geistesgestört ist, und er wird wieder töten, bei Vollmond, wette ich», sagte Pewter.

«Nein, das meine ich nicht.» Mrs. Murphys Augen verengten sich zu Schlitzen.

Tucker kannte Mrs. Murphy, seit sie ein sechs Wochen altes Hündchen gewesen war. Sie wußte, wie Mrs. Murphy dachte. «Dieser Mensch ist hinter was her – oder hat was zu verdecken. Es muß nicht jemand sein, der Spaß am Töten hat.»

«Findet ihr es nicht sonderbar, daß er oder sie die Toten herumliegen läßt? Versucht ein Mörder nicht, die Leiche zu vergraben?» Pewter fand, daß dazu eigentlich die Geier da seien, aber Menschen waren eben anders.

«Das ist mir an Kellys Leiche aufgefallen.» Mrs. Murphy übersah eine Raupe, so stark konzentrierte sie sich. «Der Mörder zeigt die Leichen...» Ihre Stimme verlor sich, weil Market Shiflett aus seinem Laden trat und Harry zuwinkte.

«Harry, Harry!»

Harry vernahm die Angst in seiner Stimme und rannte zum Laden. «Was ist?»

«Es ist schrecklich, einfach schrecklich.»

Harry legte ihren Arm um ihn. «Fehlt dir was? Soll ich den Doktor holen?» Sie meinte Hayden McIntire.

Market wehrte kopfschüttelnd ab. «Mir fehlt nichts, Harry. Es ist wieder ein Mord geschehen – Maude Bly Modena.»

«Was?» Die Farbe wich aus Harrys Gesicht.

«Ich laß mein Mädchen nicht mehr aus dem Haus. Da draußen geht ein Monster um!»

«Wie ist das passiert, Market?» Erschüttert legte Harry ihre Hand ans Schaufenster, um sich zu stützen.

«Die Ärmste war auf die Bahngleise gefesselt, wie in einem Stummfilm. Der Mann hat sie gesehen – der Bremser vom Frühzug, nehm ich an –, aber zu spät, zu spät. Ach, die Ärmste.» Seine Unterlippe zitterte.

«Wer weiß sonst noch davon?» Harrys Gedanken bewegten sich mit Lichtgeschwindigkeit.

«Warum fragst du?» Market wunderte sich über die Frage.

«Ich bin nicht sicher, Market, ich... weibliche Intuition.»

«Weißt du etwas?» Er hob die Stimme.

«Nein, verdammt, ich weiß gar nichts, aber ich werde es herausfinden. Das muß aufhören!»

«Also –» Market rieb sich das Kinn – «Courtney weiß es, Rick Shaw und Officer Cooper, und natürlich Clai und Diana vom Rettungsdienst. Die Leute im Zug wissen es, einschließlich der Fahrgäste. Der Zug hat gehalten. Eine Menge Leute wissen es.»

«Ja, ja.» Ihre Stimme verlor sich.

«Woran denkst du?»

«Ich wünschte, daß es nicht schon so viele Leute wüßten. Sonst hätte man vielleicht noch auf einen Hinweis stoßen können.»

«Tja.» Drinnen klingelte das Telefon. «Ich muß ran. Laß uns zusammenhalten, Harry.»

«Worauf du dich verlassen kannst.»

Market öffnete die Tür, und Pewter flitzte hinein, wobei sie sich über die Schulter verabschiedete.

Unglücklich schloß Harry die Tür zum Postamt auf. Mrs. Murphy und Tucker blieben zurück.

«*Kommt rein.*»

Mrs. Murphy sah Tucker an. «*Denkst du, was ich denke?*» Tucker erwiderte: «*Ja, aber wir wissen nicht wo.*»

«*Verdammt!*» Mrs. Murphy sträubte aufgebracht ihre Schwanzhaare und stolzierte ins Postamt.

Tucker folgte ihr, während Harry zum Telefon griff und zu wählen begann. «*Es könnte meilenweit von hier sein.*»

«*Ich weiß!*» maulte Mrs. Murphy. «*Und wir verlieren die Witterung – falls eine da ist.*»

«*Sie hat voriges Mal ein bißchen gehalten. An dem Tag war es genauso heiß wie heute.*»

Mrs. Murphy lehnte sich an die Corgihündin. «*Hoffentlich. Liebste Freundin, wir müssen alles daransetzen, um der Sache auf den Grund zu kommen. Harry ist klug, aber sie hat einen schlechten Riecher. Ihre Ohren sind auch nicht besonders. Menschen können sich nicht sehr schnell bewegen. Wir müssen rauskriegen, wer es ist, damit wir Harry beschützen können.*»

«*Lieber sterbe ich, bevor ich zulasse, daß jemand Harry was antut!*» Tucker bellte laut.

«Susan, es ist wieder ein Mord geschehen.»

«Ich komme gleich rüber», erwiderte Susan.

Harry schickte sich an, Fairs Nummer in der Praxis zu wählen, aber dann legte sie auf. Es war eine automatische Reaktion, ihn anzurufen.

«Rick Shaw ist gerade gekommen, er wollte zu Ned», sagte Susan, als Harry die Vordertür aufschloß. Es war halb acht.

«Was will er von Ned?»

«Er möchte, daß er eine Bürgerwacht organisiert. Harry, es ist einfach unglaublich. Wir sind hier in Crozet, Virginia, meine Güte, nicht in New York.»

«Unglaublich oder nicht, es ist wahr. Hat Rick was von Maude gesagt?»

«Was meinst du?»

«Ich meine, hat sie noch gelebt, als sie überfahren wurde?» Harrys ganzer Körper zuckte bei dem Gedanken, und eine Woge der Übelkeit überflutete sie.

«Daran habe ich auch gedacht. Ich habe ihn gefragt. Er meinte, sie wüßten es nicht, aber sie nähmen es nicht an. Der Untersuchungsrichter könnte genau sagen, wann sie starb.»

«Wenn Rick das gesagt hat, bedeutet es, daß sie schon tot war. Ich meine, man müßte schön blöd sein, wenn man es nach einer bestimmten Zeitspanne nicht sagen könnte. Hat er sonst noch was gesagt?»

«Nur daß es draußen in der Nähe vom Greenwood-Tunnel passiert ist, hinten beim ersten Gleisabschnitt.»

Mehr zu sich selbst sagte Harry: «Was hat sie so weit da draußen gemacht?»

«Das weiß Gott allein.» Susan schniefte. «Was, wenn dieses – diese Kreatur auf unsere Kinder losgeht?»

«Soweit wird es nicht kommen, da bin ich ganz sicher.»

«Woher willst du das wissen?» Ein zorniger Tonfall schlich sich in Susans Stimme.

«Verzeih. Natürlich verstehe ich, daß du dir Sorgen um die Kinder machst, und du solltest sie abends im Haus behalten. Es ist nur, daß – ich weiß nicht. Ein Gefühl.»

«Da draußen läuft ein Wahnsinniger frei herum! Sag mir, was Kelly Craycroft und Maude Bly Modena gemeinsam hatten! Sag mir das!»

«Wenn wir das rauskriegen, erwischen wir vielleicht den Mörder.» Harrys Stimme nahm einen energischen Ton an. Sie war eine geborene Anführerin, obgleich sie es nie zugab und Gruppen sogar aus dem Weg ging.

Susan wußte, daß Harry einen Entschluß gefaßt hatte. «Du hast keine Erfahrung in solchen Sachen.»

«Du auch nicht. Hilfst du mir?»

«Was muß ich tun?»

«Die Polizei stellt Routinefragen. Das ist gut so, weil sie eine Menge erfahren. Wir müssen andere Fragen stellen – nicht nur: ‹Wo sind Sie an dem betreffenden Abend gewesen?›, sondern: ‹Wie standen Sie zu Kellys Ferrari, und wie standen Sie zu Maudes großem Erfolg mit ihrem Geschäft?› Emotionen. Vielleicht bringen uns Emotionen der Lösung näher.»

«Du kannst auf mich zählen.»

«Als erstes nehme ich mir Mrs. Hogendobber und Little Marilyn vor. Wie wäre es, wenn du Boom Boom und Mim besuchst? Nein, warte. Laß mich Boom Boom übernehmen. Ich habe meine Gründe. Du sprichst mit Little Marilyn.»

«Okay.»

Rob kam schwungvoll durch den Vordereingang. Er ließ die Postsäcke fallen wie Blei, als Harry ihm die Neuigkeit mitteilte. Er konnte absolut nicht glauben, daß so etwas passierte, aber wer konnte das schon?

Tucker und Mrs. Murphy hörten genau zu, als Harry den Tatort erwähnte.

*«Da kommen wir nicht allein hin, wenn wir nicht einen ganzen Tag unterwegs sein wollen.»*

*«Ausgeschlossen.»* Tucker kratzte an ihrem Halsband. Die metallene Tollwutmarke klimperte.

*«Wie kommen wir da raus? Harry muß uns im Wagen hinbringen.»*

*«Halb Crozet wird hinfahren. Menschen haben eine morbide Art von Neugierde»*, bemerkte Tucker.

*«Sobald sie in den Wagen steigt, wann immer das ist, legen wir am besten einen Anfall hin.»*

*«Verstanden.»*

Mrs. Hogendobber wurde von Market Shiflett aufgehalten, als sie die Treppe zum Postamt hinaufstieg. Sie stieß einen gellenden Schrei aus, als sie die Neuigkeit hörte.

Josiah, der gerade die Straße überquerte, zögerte einen

Sekundenbruchteil, dann kam er herüber, um zu sehen, was Schlimmes passiert war.

«Das ist das Werk des Teufels!» Mrs. Hogendobber stützte sich mit der Hand an der Mauer ab.

«Es ist entsetzlich.» Josiah bemühte sich um einen tröstenden Ton, aber er hatte Mrs. Hogendobber noch nie leiden können. «Kommen Sie, Mrs. H., ich helfe Ihnen hinein.» Er stieß die Tür zum Postamt auf.

«Wann haben Sie es gehört?» Mrs. Hogendobbers Stimme klang ruhig.

«Heute morgen im Radio.» Josiah fächelte Mrs. H., die jetzt neben der Freistempelmaschine saß, mit seiner Zeitung Luft zu. «Soll ich Sie nach Hause bringen?» erbot er sich.

«Nein. Ich bin wegen meiner Post gekommen, und ich hole sie mir.» Resolut stand Mrs. Hogendobber auf und schritt zu ihrem Postfach.

Harry und Josiah folgten ihr, während Fair kreischend vorfuhr und den Motor abwürgte, bevor er den Zündschlüssel herumdrehen konnte, weil sein Fuß von der Kupplung rutschte.

«Sie hätten gleich durchs Fenster kommen können», meinte Mrs. Hogendobber tadelnd.

Fair schloß die Tür hinter sich. «Ich dachte, den Steuerzahlern zuliebe verzichte ich darauf.»

«Dabei könnte dieser alte Bau eine Sanierung vertragen.» Josiah drehte den Schlüssel in seinem Postfach herum.

«Wissen Sie schon, die süße Maude Bly Modena? Ermordet! Kaltblütig.» Mrs. Hogendobber atmete wieder schwer.

«Na, na, regen Sie sich nicht übermäßig auf», warnte Josiah sie.

«Vielleicht sollte ich das wirklich nicht.» Mrs. Hogendobber nahm sich zusammen. «Soviel Böses im Land. Aber ich hätte nie gedacht, daß es uns heimsuchen würde.» Sie faßte sich an die Stirn, als versuche sie sich zu erinnern. «Das letzte Verbrechen, das hier passiert ist – abgesehen von all den Unfällen wegen Trunkenheit am Steuer –, also, das dürften die Diebstähle im Farmington Country Club gewesen sein. Erinnern Sie sich?»

«Das war 1978.» Harry erinnerte sich an den Vorfall. «Eine routinierte Diebesbande brach in die Häuser dort ein und nahm das Silber und die Antiquitäten mit.»

Mrs. Hogendobber verstand nicht, warum Harry, Flair und Josiah kurz auflachten.

«Der Diebstahl war nicht komisch, Mrs. H.», erklärte Harry. «Aber außer daß sie ausgeraubt wurden, haben obendrein alle erfahren, wer wirklich wertvolle Sachen hatte und wer nicht. Ich meine, zum Schaden kam auch noch die Kränkung hinzu.»

Mrs. Hogendobber konnte nichts Komisches daran finden und räusperte sich mißbilligend. «Nun, dies ist zuviel für einen Morgen. Ich sage adieu.»

«Soll ich Sie nicht doch lieber nach Hause bringen?» erbot sich Josiah noch einmal.

«Nein... danke.» Und damit verschwand sie.

«Hat man das Zeug nicht in einer Scheune in Falling Water, West Virginia, gefunden?» fragte Fair.

«Ja, und es war ein dummes Versteck.» Josiah schloß sein Postfach.

«Wieso?» fragte Harry.

«So kostbare Stücke in eine Scheune zu stellen. Nagetiere hätten die Möbel anknabbern oder ihre Häuflein darauf machen können. Die Elemente hätten walten und die Hölzer sich zusammenziehen können. Ausgesprochen dämlich. Die Diebe konnten gute Sachen von schlechten unterscheiden, aber sie hatten keine Ahnung, wie man sie pflegt.»

«Vielleicht haben sie sie zusammengelegt oder in Kisten verstaut.» Fair verstand nicht viel von Antiquitäten.

«Nein, ich erinnere mich an die Fernsehberichte. Sie

haben das Innere der Scheune gezeigt.» Josiah schüttelte den Kopf. «Egal, das sind kleine Fische verglichen mit... dem hier.» Er ging zum Schalter hinüber, gegen den sich Fair gelehnt hatte. «Was denkst du?»

«Ich weiß nicht.»

«Und du, Harry?» Josiahs Gesicht zeigte Besorgnis.

«Ich denke, wer immer es war, es war einer von uns. Einer, den wir kennen und dem wir trauen.»

Josiah trat unwillkürlich zurück. «Wieso denkst du das?»

«Was sollte es sonst für ein Mörder sein? Jemand der regelmäßig nach Charlottesville einfliegt, um ein paar Leute umzubringen? Es muß jemand aus der Gegend sein.»

«Aber nicht jemand aus Crozet.» Josiah schien von der Idee regelrecht beleidigt.

«Warum nicht? Es ist nicht so abwegig, wenn man's bedenkt.» Fair fuhr sich mit den Fingern durch sein dichtes Haar. «Etwas geht schief zwischen Freunden oder bei einem Liebespaar; bei der oder dem Gekränkten brennt die Sicherung durch. Das kann hier passieren. Es ist hier passiert.»

Josiah ging langsam zur Tür und legte die Hand auf den abgegriffenen Türknauf. «Ich mag nicht daran denken. Vielleicht hört es jetzt auf.»

Er ging hinaus und umrundete vorsichtshalber das Postamt bis zu Mrs. Hogendobbers Haus, um sicherzugehen, daß sie gut heimgekommen war.

«Was kann ich für dich tun?» fragte Harry Fair mit gleichmütiger Stimme.

«Oh, nichts. Ich hab's auf dem Weg zur Arbeit gehört und dachte, ich schau mal rein und sehe nach, wie's dir geht. Du hattest Maude gern.»

Gerührt senkte Harry die Augen. «Danke, Fair. Ich hatte Maude wirklich gern.»

«Wir alle.»

«Das ist es ja. Das ist es, was ich herausfinden muß. Wir

alle hatten Maude gern. Die meisten von uns mochten Kelly Craycroft. Oberflächlich sieht alles normal aus. Darunter ist etwas entsetzlich verkehrt.»

«Finde das Motiv, und du findest den Mörder», sagte Fair.

«Es sei denn, er oder sie findet dich zuerst.»

## 12

*H*arry zögerte, bevor sie an Boom Boom Craycrofts dunkelblaue Haustür klopfte. Sie hatte die Katze und den Hund mitgenommen, weil sich die Tiere wie die Derwische aufgeführt hatten, als sie zur Mittagspause ging. Zuerst der Feigenbaum, dann dies. Das mußte die Hitze sein. Sie blickte über die Schulter. Mrs. Murphy und Tucker saßen kreuzbrav auf dem Vordersitz des Kombi. Die weit offenen Fenster ließen Luft herein, aber es war zu heiß im Wagen. Sie kehrte um und öffnete die Wagentür.

«Bleibt schön hier.»

In dem Moment, als Harry durch die Haustür der Craycroft-Villa verschwand, kam Boom Booms schottischer Terrier hinter dem Haus hervorgeschossen. *«Wer ist da? Wer ist da, und daß ihr ja einen guten Grund habt, hier zu sein!»*

*«Wir sind's, Reggie»*, sagte Tucker.

*«Ach so.»* Reggie wedelte mit dem Schwanz. Er tauschte auch einen Nasenkuß mit Mrs. Murphy, obwohl sie eine Katze war. Reggie hatte Manieren.

*«Wie geht's?»*

*«Den Umständen entsprechend.»*

«Schlecht, wie?» Tucker war mitfühlend.

«Sie ist einfach verbittert. Sie lächelt nie. Ich wünschte, ich könnte was für sie tun. Ich vermisse ihn auch. Kelly war immer so lustig.»

«Hast du eine Ahnung, was passiert ist? Hat er dich irgendwo mit hingenommen, wovon die Menschen nichts wissen?» fragte Mrs. Murphy.

«Nein. Ich bin ja eigentlich ein Haushund. Ich habe die Betonfabrik ein paarmal gesehen, aber das ist auch alles.»

«Wirkte er in letzter Zeit bedrückt?»

«Nein, er war mopsfidel, wie ein Hund mit 'nem Knochen. Immer wenn er Geld verdiente, war er glücklich, und er hat eine Menge verdient. Ist für die wirklich wie Knochen, schätze ich. Er war nicht viel zu Hause, aber wenn, dann war er fröhlich.»

Drinnen erfuhr Harry von Boom Boom auch nicht viel.

«Ein Alptraum.» Boom Boom ließ ihr Zigarettenetui aus Platin aufschnappen. «Und jetzt Maude. Weiß jemand, ob sie Verwandte hat?»

«Nein. Susan Tucker hat sich erboten, die Angehörigen zu verständigen, aber Rick Shaw sagte ihr, daß Maude keine Geschwister hatte und ihre Eltern tot sind.»

«Wer wird Anspruch auf die Leiche erheben?» Boom Boom, die soeben eine Beerdigung hinter sich hatte, kannte sich mit den Formalitäten aus.

«Das weiß ich nicht, aber ich werde Susan darauf ansprechen.»

«Ich bin seinen letzten Tag im Geist tausendmal durchgegangen, Harry. Ich bin die Woche davor durchgegangen und die Woche davor und kann mich auf nichts besinnen. Kein Hinweis, keine Andeutung, nichts. Er hat mich vom Geschäft ferngehalten, aber ich hatte sowieso wenig Interesse daran. Für Beton, Fundamente und Straßenbetten konnte ich mich nie erwärmen.» Boom Boom zündete ihre schwarze Nat Sherman an. «Wenn er einen Geschäftspartner verärgert hat, hätte ich nichts davon erfahren.»

«Kelly könnte jemanden gereizt haben. Er war sehr ehrgeizig.» Harry nahm einen Kristallaschenbecher mit silbernem Rand in die Hand und befingerte die vollkommenen Proportionen.

«Er hat gern gesiegt, das steht fest, aber ich glaube nicht, daß er unfair war. Mir gegenüber war er's jedenfalls nicht. Sieh mal, Harry, wir kannten uns, seit wir Kinder waren. Du weißt, in den letzten Jahren waren Kelly und ich mehr wie Bruder und Schwester als Mann und Frau, aber er war mir ein guter Freund. Er war... gut.» Ihre Stimme versagte.

«Es tut mir so leid. Ich wünschte, ich könnte etwas sagen oder tun.» Harry berührte ihre Hand.

«Es war lieb von dir, mich zu besuchen. Ich habe nie gewußt, wie viele Freunde ich – er – hatte. Die Leute waren wunderbar – und ich mache es anderen wirklich schwer, wunderbar zu mir zu sein... manchmal.»

Harry dachte bei sich, daß einer alles andere als wunderbar gewesen war. Wer war es? Wer? Warum?

Boom Boom meinte nachdenklich: «Kelly würde staunen, wenn er sähe, wie viele Leute ihn geliebt haben.»

«Vielleicht weiß er es. Das möchte ich gerne denken.»

«Ja, das möchte ich auch gerne denken.»

Harry stellte den Aschenbecher wieder hin. Sie machte eine Pause. «Hat die Polizei alles durchgesehen? Sein Büro?»

«Sogar sein Büro hier zu Hause. Das einzige, was am Tag seines Todes auf seinem Schreibtisch lag, war die Post vom selben Morgen.»

«Darf ich einen Blick ins Büro werfen? Ich möchte nicht unverschämt sein, aber ich meine, wenn wir irgendwas tun könnten, um Rick Shaw zu helfen, sollten wir es tun. Wenn ich herumstöbere, finde ich vielleicht einen Hinweis. Auch ein blindes Huhn findet manchmal ein Korn.»

«Du hast im Postamt zu viele Kriminalromane gelesen.» Boom Boom stand auf. Harry ebenfalls.

«Dieses Jahr waren's Spionagethriller.»

«Und dafür bist du aufs College gegangen?» Boom Boom fand eigentlich, Harry müßte mehr aus ihrem Leben machen, aber wer war sie, sie zu verurteilen? Boom Boom war die reiche Müßiggängerin schlechthin.

Die Walnußtäfelung schimmerte im hellen Nachmittagslicht. Exakt in der Mitte einer fleckenlosen, in rotes Leder eingefaßten Schreibunterlage lag Kellys Post.

«Darf ich?» Harry griff noch nicht nach der Post.

«Bitte.»

Harry nahm sie und blätterte die Briefe mitsamt der Postkarte durch, der schönen Postkarte von Oscar Wildes Grabstein. Sie legte die Post so wieder hin, wie sie sie vorgefunden hatte. Im Augenblick machte sie sich eher Gedanken wegen eines gewissen ausweichenden Verhaltens, das Boom Boom ihr gegenüber an den Tag legte. Sie verstand sich ganz gut mit Boom Boom, aber heute stimmte etwas nicht zwischen ihnen.

Erst später, als sie sich von Boom Boom verabschiedet hatte und an dem kleinen Wohnwagenpark an der Route 240 vorbeiratterte, fiel ihr ein, daß auch Maude eine Postkarte mit einem schönen Grabstein erhalten hatte. Mit demselben Wortlaut: «Schade, daß Du nicht hier bist.» Mein Gott, jemand gab ihnen zu verstehen, daß er wünschte, sie wären tot. Ein makabrer Scherz. Sie trat das Gaspedal durch.

«*He, nimm Gas weg*», sagte Mrs. Murphy. «*Ich fahr nicht gerne schnell.*»

Harry schlingerte in Susans gepflegte Zufahrt, trat auf die Bremse und sprang aus dem Wagen. Katze und Hund hüpften gleichfalls auf den Rasen.

Susan steckte den Kopf aus dem Fenster im Obergeschoß. «Du bringst dich noch um, wenn du den alten Karren so traktierst.»

«Ich hab was gefunden.»

Susan raste die Treppe hinunter und riß die Haustür auf.

Harry berichtete Susan, was sie entdeckt hatte, ließ sie Geheimhaltung schwören, dann riefen sie Rick Shaw an. Er war nicht da, daher nahm Officer Cooper die Information entgegen.

Harry legte den Hörer auf. «Sie wirkte nicht sehr beeindruckt.»

«Sie gehen so vielen Hinweisen nach. Woher soll sie wissen, daß gerade dieser ein wichtiger ist?» Susan band ihre Turnschuhe zu. «Hoffen wir, daß keine weitere Karte mehr auftaucht.»

«Verdammt, ich hab vergessen nachzusehen.»

«Wonach?»

«Nach dem Poststempel auf Kellys Karte. Kam sie aus Paris?»

«Laß uns in Maudes Laden gehen und uns die Karte vornehmen, die sie gekriegt hat.»

Selbst Maudes geschlossenes Geschäft lockte noch Passanten an. Die Blumenkästen quollen über von rosa und lila Petunien. Der Bürgersteig war saubergefegt.

Susan probierte die Tür. «Abgeschlossen.»

Harry ging hinten herum und stemmte ein Fenster auf. In dem Moment, als sie es offen hatte, schoß Mrs. Murphy auf die Fensterbank und sprang anmutig in den Laden. Harry folgte, Susan reichte ihr Tucker und folgte dann selbst.

Im Hinterzimmer empfing sie eine Flut von Verpackungsmaterial.

«Ich wußte nicht, daß es auf der Welt so viele Styroporchips gibt», bemerkte Susan.

Harry begab sich schnurstracks nach vorn zu Maudes Rollpult.

«Und wenn dich da jemand sieht?»

«Dann soll er mich wegen Einbruch anzeigen.» Harry schnappte sich die Post, die Maude in einer Schachtel auf dem Pult aufbewahrte. «Ich hab sie!» Rasch drehte sie die Postkarte um. «Soweit also die Theorie.»

«Was steht drauf?»

«Komm her und lies. Niemand wird uns verhaften.»

Susan trat neben sie. «Schade, daß Du nicht hier bist.» Dann sah sie den Poststempel. «Oh.» Asheville, North Carolina stand da.

Harry zog die mittlere Schublade auf. Ein großes Hauptbuch, Bleistifte, Radiergummis und ein Lineal klapperten. Sie griff nach dem Hauptbuch. Manchmal erzählten auch Zahlenreihen eine Geschichte.

Schritte auf dem Bürgersteig ließen sie erstarren. Sie schloß die Schublade.

«Laß uns verschwinden», flüsterte Susan.

Als Harry ins Postamt zurückkehrte und Dr. Johnson ablöste, rief sie Boom Boom an und bat sie, sich die Postkarte anzusehen. Der Stempel lautete PARIS, RÉPUBLIQUE FRANÇAISE.

Verblüfft legte Harry den Hörer auf. Die Poststempel verwirrten sie. Trotzdem würde sie nicht aufgeben. Wer immer der Mörder war, er oder sie hatte Sinn für Humor, vielleicht gar einen Sinn für das Absurde. Auch der Zustand der Leichen war makaber und degoutant gewesen.

Sie zerbrach sich den Kopf darüber, wer in Crozet einen ausgeprägten Sinn für Humor hatte. Alle, ausgenommen Mrs. Hogendobber.

Die Hülle der Sterblichkeit zog sich enger zusammen. Wer könnte der nächste sein? War sie in Gefahr? Wenn sie nur die Verbindung zwischen Kelly und Maude entdecken könnte, dann wären vielleicht ihre Freunde außer Gefahr. Aber wenn sie diese Verbindung entdeckte, dann war sie selbst in Gefahr.

## *13*

*H*arry war erstaunt darüber, wie viele Leute sich bei den Gleisen tummelten. Es war nicht einfach, dorthin zu gelangen. Man mußte zur Route 691 hinausfahren und dann nach rechts auf die 690 abbiegen. Bob Berryman, Josiah, Market und Dr. McIntire starrten bedrückt auf die Schienen.

Als Mrs. Murphy und Tucker in die Büsche sprinteten, achtete Harry kaum darauf.

Harry trat zu den Männern. Sie blickte nach unten und sah überall Blutspritzer. Fliegen schwirrten auf der Erde und labten sich an dem, was nicht versickert war. Selbst der Teergeruch der Schwellen konnte den schweren, süßlichen Blutgeruch nicht überdecken.

Josiah verzog das Gesicht. «Ich hatte keine Ahnung, daß es so schlimm sein könnte.»

«Wenn man bedenkt, wieviel Liter Blut der menschliche Körper enthält –» Hayden sprach, wie es einem Mediziner anstand.

Berryman, der mächtig schwitzte, schnitt ihm das Wort ab. «Ich will's nicht wissen.»

Er verzog sich zu seinem allradgetriebenen Jeep. Drinnen jaulte Ozzie, wütend, weil er nicht herauskonnte. Berryman brauste derart los, daß er im Davonfahren Erdklumpen hochschleuderte.

«Ich wollte ihn nicht schockieren», entschuldigte sich Hayden.

«Machen Sie sich deswegen keine Sorgen.» Market zwickte sich in die Nase. «Verdammt, sind wir Voyeure oder so was?»

«Natürlich nicht!» fuhr Josiah ihn an. «Vielleicht finden wir was, das die Polizei übersehen hat. Wieviel Vertrauen hast du zu Rick Shaw? Der bewegt beim Lesen die Lippen.»

«So schlecht ist er nicht», widersprach Harry.

«Aber besonders gut ist er auch nicht.» Hayden unterstützte Josiah.

Harry ließ ihren Blick über die Schienen gleiten. Katze und Hund stöberten im hohen Unkraut herum und stürmten dann ungefähr hundert Meter westlich der Stelle, an der sie stand, auf die Schienen. Wenigstens sie sind fröhlich, dachte sie.

«Eines wissen wir», stellte Harry fest.

«Was?» Market zwickte sich wieder in die Nase.

«Sie ist zu Fuß hierhin gegangen.»

«Woher willst du das wissen?» Josiah sah ihr aufmerksam ins Gesicht.

«Weil das Gras nirgendwo niedergedrückt ist. Wenn sie hierhergeschleppt worden wäre, müßte eine Spur da sein, obwohl es geregnet hat. Eine Leiche hat ein ziemliches Gewicht.» Der Geruch stieg Harry in die Nase, und sie trat von den Schienen zurück.

«Vielleicht wurde sie getragen.» Josiah trat zu ihr.

«Müßte ein starker Mann gewesen sein.» Auch Hayden entfernte sich von den Schienen. «Wir wissen nicht, ob der Mörder männlich oder weiblich ist, obwohl statistisch gesehen über neunzig Prozent der Morde hierzulande von Männern begangen werden.»

Josiah entgegnete: «Das ist nicht ganz richtig. Die Frauen sind nur zu schlau, sich erwischen zu lassen.»

Market, der sich als letzter abwandte, obwohl der Gestank ihm den Magen umdrehte, bezweifelte das. «Maude war fast einsachtzig groß. Die Straße liegt ein Stück weit zurück. Der stärkste von uns war Kelly. Der zweitstärkste ist Fair. Niemand sonst hätte sie tragen können, außer Jim Sanburne, und der hat einen kaputten Rücken.»

«Ein Wagen mit Allradantrieb hätte hier raufkommen können.» Josiah beobachtete die Tiere, die näher kamen.

«Cooper sagt, es gibt keine Reifenspuren», warf Market ein.

«Also ist sie zu Fuß gegangen. Na und?» Josiah schob die Hände in die Taschen.

«Wo war Fair gestern nacht?» fragte Hayden nicht ohne Argwohn.

«Fragen Sie ihn», versetzte Harry wie aus der Pistole geschossen.

«Sie ist mitten in der Nacht zu Fuß hierhergegangen?» dachte Market laut. «Warum?»

«Sie joggte gern und lief meistens an den Schienen entlang», klärte Harry die Männer auf.

«Muß 'ne verdammt gute Joggerin gewesen sein, um den ganzen Weg bis Greenwood zu laufen», sagte Market.

«Mitten in der Nacht?» Hayden rieb sich das Kinn.

«Um der Hitze davonzurennen», warf Josiah ein. «He, wieso stellt sich Berryman eigentlich so an?»

«In der Schule hat er sich nicht so angestellt», erinnerte sich Market. «Einmal hab ich gesehen, wie der Trainer ihm während eines Footballspiels mit einer Nadel ins Knie gestochen hat. Er hatte sich bei einem mißglückten Fang das Knie verrenkt. Jedenfalls, Kooter Ashcomb —»

«An den erinnere ich mich!» Harry lächelte.

Kooter war ein alter Mann gewesen, als Harry die Crozet High School besuchte.

«Tja, also, Kooter stach ihm eine Spritze ins Knie und gab ihm eine Injektion. Dann hat er das Spiel zu Ende gespielt.»

«Haben wir gewonnen?» wollte Harry wissen.

«Na klar.» Market verschränkte die Arme. Die Erinnerung an seine Zeit als Verteidiger war Market weit lieber als die Gegenwart.

«Zurück zu Maude.» Eine Schweißspur rann seitlich an Harrys Gesicht hinunter. «Ist sie allein hergekommen? Ist sie hergekommen, um sich mit jemand zu treffen? Ist sie mit jemand zusammen gekommen?»

«Ich hatte keine Ahnung, daß du so logisch denkst, Harry», bemerkte Josiah.

«Die Fragen liegen auf der Hand, und ich bin sicher, daß Rick Shaw und Co. sie auch gestellt haben.» Harry wischte sich den Schweiß ab.

«Ich wünschte, wir könnten ein paar Spuren finden.» Hayden, der kein Jäger war, hätte nicht einmal gewußt, wie er danach suchen sollte.

In der Ferne erschien der Ausläufer einer großen Gewitterwolke über den Blue Ridge Mountains.

«Es gibt keine Spuren, wenn man auf die Gleisbettung tritt.» Harry fühlte sich miserabel. Die Unmittelbarkeit von Maudes Ermordung, das Blut vor ihr am Boden, drückte ihr auf den Kopf. Sie spürte ein Pochen in den Schläfen.

«Hier ist nichts —» Josiah senkte die Stimme — «außer dem hier.» Er zeigte auf die befleckte Stelle.

*«Aber da ist was! Da ist was!»* bellte Tucker.

Mrs. Murphy und Tucker schwärmten über den Schauplatz des Mordes. Harry mißverstand das und glaubte, sie würden von dem Blut angezogen.

«Weg da!» schrie sie.

«Sei nicht böse auf sie, Harry. Es sind bloß Tiere», sagte Market.

*«Da ist was! Hier ist derselbe Geruch!»* bellte Tucker.

Harry lief hin und nahm den Hund beim Halsband. «Du kommst jetzt sofort mit mir!»

Mrs. Murphy rannte neben Harry her. *«Laß sie! Komm zurück. Komm zurück und schnupper!»*

Harry konnte nicht zurückgehen, und das war gut so, denn hätte sie sich auf alle viere niedergelassen, um die Witterung aufzunehmen, dann hätte sie auch ein paar Büschel von Maudes blutgetränkten Haaren gesehen, die den Leuten von der Spurensicherung entgangen waren. Das hätte ihr den Rest gegeben.

Tucker und Mrs. Murphy hatten die Gegend rund um den Tatort gründlich inspiziert. Erst als sie den Schauplatz selbst untersuchten, nahmen sie den schwachen Amphibiengeruch wahr. Keine Spur, keine zusammenhängende Linie. Wieder konzentrierte er sich auf eine Stelle, obwohl es diesmal mehr war als ein Punkt. Es waren mehrere Punkte, die sich rasch verflüchtigten.

Aber niemand wollte auf sie hören, und sie fuhren nach Hause, in Ungnade gefallen bei Harry, die das Schlimmste von ihren besten Freundinnen dachte.

Am selben Abend brach das Gewitter über Crozet herein. Big Marilyn Sanburne war außer sich, weil der Strom ausfiel und sie ein Soufflé im Ofen hatte. Jim, soeben von seiner Geschäftsreise zurück, sagte, zum Teufel damit. Sie könnten Brote essen. Er war außerdem vom ständigen Klingeln des Telefons genervt. Als Bürgermeister von Mordsweiler, wie ein Reporter sich ausdrückte, wurde von Jim erwartet, daß er etwas sagte. Das tat er. Er sagte den Journalisten, sie sollten sich «verpissen», und Mim kreischte: «Ich hasse dieses Wort!» Sie war drauf und dran, zu einer ihrer Freundinnen zu fahren, aber der Sturm war zu heftig. Statt dessen stürmte sie in ihr Zimmer und knallte die Tür zu.

Bob Berryman fuhr ziellos umher. Ein riesiger Baum, von dem heftigen Wind entwurzelt, krachte über die Straße. Bob wich ihm aus. Mit zitternden Händen wendete er den Wagen und fuhr noch ein Stück. Ozzie saß neben ihm und fragte sich, was los war.

## 14

*B*oom Boom Craycroft dachte von allen das Schlimmste. So sehr sie sich mühte, ihre Emotionen für sich zu behalten, sie schwappten dauernd über, und da sie ihren Kummer nicht ausdrücken wollte, drückte sie Wut aus. Momentan war sie wütend auf Susan Tucker und verabschiedete sich vorübergehend von ihren guten Manieren.

«Es ist mir verdammt schnuppe, was du denkst. Und es ist mir egal, ob derjenige, der Maude umgebracht hat, auch Kelly umgebracht hat. Ich will den, der Kelly ermordet hat, und ich werde ihn kriegen.»

Susan ließ den Kopf hängen. Für einen Vorübergehenden hätte es so ausgesehen, als ginge sie den Golfball mit ihrem Fünfereisen an, eine ungewöhnliche Wahl für den Abschlag vom Tee. «Boom Boom, beruhige dich. Du warst es, die Golf spielen wollte. Du hast gesagt, es macht dich wahnsinnig, zu Hause rumzusitzen.»

Boom Boom schwang ihren Schläger und grub einen Klumpen Farmingtoner Golfclub-Rasen aus. Wenn der Caddie Master das gesehen hätte, hätte er einen Schlaganfall gekriegt. Susan legte das Rasenstück wortlos zurück, dann landete sie einen herrlichen Abschlag vom Tee.

«Hättest du 'n Holz genommen, wärst du jetzt im Grün», beriet Boom Boom sie. «Ich weiß nicht, warum ich überhaupt mit dir Golf spiele. Du machst die verrücktesten Sachen auf dem Golfplatz.»

«Ich schlag dich trotzdem.»

«Heute nicht.» Boom Boom steckte das Tee in die Erde, legte den Ball darauf und schlug ohne Probeschwung ab. Der Ball flog in einem schönen Bogen hoch und drehte dann nach links, um im Rough zu verschwinden.

«Scheiße!» Boom Boom warf ihren Schläger auf die Erde. Da sie das noch nicht befriedigte, trampelte sie auf ihm herum. «Scheiße! Kacke! Verdammt!»

Susan hielt während der haltlosen Toberei den Atem an. Es endete damit, daß Boom Boom ihre kostspielige lederne Golftasche umstieß. Bälle und Handschuhe fielen aus den offenen Reißverschlüssen. Von ihrem Wutausbruch erschöpft, setzte sich Boom Boom auf die Erde.

«Herzchen, es ist zum Kotzen.» Susan setzte sich zu ihr und legte einen Arm um sie. «Möchtest du nach Hause?»

«Nein. Da ist es noch gräßlicher als hier.» Boom Boom zitterte beim Einatmen. «Spielen wir. Ich fühl mich besser, wenn ich in Bewegung bin. Tut mir leid, daß ich dich angebrüllt habe. Ich fühlte mich einfach ins Verhör genommen. Bei Rick Shaw hat es mir nicht soviel ausgemacht, aber diese lächerlichen Reporter gehören ausgepeitscht. Ich hab ihnen die Tür vor der Nase zugeknallt. Ich wollte es einfach nicht auch noch von dir hören.»

«Es tut mir wirklich leid. Harry und ich denken, wenn wir Freundinnen untereinander herumschnüffeln, finden wir vielleicht was. Es ist eine furchtbare Strapaze für dich, und ich war keine Hilfe.»

«Doch, warst du. Ich hab geschrien und gebrüllt und meine Tasche auf die Erde geschmissen. Jetzt fühl ich mich leichter.» Sie stand flink auf und drehte ihre Tasche wieder richtig herum.

Susan hob die Bälle auf. «Hier.» Sie bemerkte den Markennamen. «Wann hast du die gekauft?»

«Vorige Woche. Die müßten vergoldet sein, die teuren Scheißdinger. Guck, da steht mein Monogramm drauf.» Sie zeigte auf das rote B.B.C., das sorgfältig in die glänzend weiße Oberfläche eingeritzt war.

«Wie hast du das gemacht?»

«Das war ich nicht. Das war Josiah. Er hat Werkzeug für alles. Der Mann geht mir auf die Nerven, kauft all diesen Mist, hübscht ihn ein bißchen auf und verkauft ihn dann irgendeinem Parvenü für ein Vermögen.»

«Aber er ist amüsant.» Susan griff nach ihrem Ball.

Boom Boom wartete, bis Susan mitten im Rückschwung

war. «Josiah sagt, Mims Börse klemmt. Ich hab Möse verstanden. Paßt beides, nicht?» Sie lachte.

Natürlich verpatzte Susan ihren Schlag. «Verdammt.»

Der Ball klatschte ins Wasser, und eine Fontäne spritzte hoch.

Das heiterte Boom Boom für kurze Zeit auf. Sie fand ihren Ball, umrundete ihn, als sei er eine Schlange, und bekam ihn schließlich aus dem Rough heraus. Kein schlechter Schlag.

«Wenn dir irgendwas einfällt, sagst du's mir?»

«Ja.» Boom Boom hob ihre Tasche auf. Sie benutzte keinen Golfwagen, weil das in ihren Augen gegen den Sinn des Golfspielens verstieß. Am Wochenende nahm sie einen, weil der Club sie dazu zwang, aber sie beklagte sich ausgiebig darüber. Sie hatte es fertiggebracht, an der Bar im Clubhaus auf ein fettes Vorstandsmitglied zu zeigen und zu erklären, wenn er aus dem Golfwagen stiege und zu Fuß ginge, würde er vielleicht nicht mehr aussehen wie der Michelinmann.

Susan guckte ins Wasser. Die vorübergleitenden Enten guckten zurück. Susan hatte eigens zu diesem Zweck einen Ballkescher dabei, und mit einigem Geschick befreite sie ihren Ball aus der Tiefe.

«Ich sollte mir auch so einen zulegen.»

«Zumal du soviel Geld für Golfbälle ausgibst.» Susan schob den Kescher wieder zusammen und verstaute ihn in ihrer Tasche. Dann ließ sie ihren Ball fallen.

«Wieso denkst du, daß es ein und dieselbe Person getan hat?» Boom Boom hatte sich genügend beruhigt, um auf Susans ursprüngliche Frage zurückzukommen.

«Zwei grausame – ganz besonders grausame – Morde, und das innerhalb einer Woche.»

«Das ist nicht stichhaltig. Der zweite Mord könnte eine Nachahmung sein. Die Titelseiten der Zeitungen, die Abendnachrichten und Gott weiß was noch waren voll von Einzelheiten über Kellys Ermordung. Es gehört nicht viel

Grips dazu, um festzustellen, daß die Zeit günstig war, um eine alte Rechnung zu begleichen, und dann gute Nacht, Maude Bly Modena.»

«Daran hab ich noch nicht gedacht.»

«Ich hab noch an was anderes gedacht.»

«Was?»

«Susan, was, wenn die Polizei uns nicht alles sagt? Wenn sie mit irgendwas hinterm Berg hält?»

«Auch daran hab ich noch nicht gedacht.» Susan schauderte.

## 15

Rick Shaw beugte sich über einen weiteren Bericht des Untersuchungsrichters. Normalerweise versank das Büro am Wochenende in einen Zustand der Erstarrung, abgesehen von den Fällen wegen Trunkenheit am Steuer. Nicht so an diesem Wochenende. Die Leute waren angespannt. Er war angespannt, und die verfluchte Zeitung hatte ihm einen Reporter an die Fersen geheftet. Der Vogel nistete auf dem Parkplatz, seit er ihn aus dem Büro geworfen hatte.

Es gab keine Anzeichen für sexuellen Mißbrauch des Opfers. Maude war zwei Stunden tot gewesen, bevor der Zug sie überfuhr; auch das berichtete der Untersuchungsrichter. Es gab aber auch keine Schußwunden, keine Schwellungen am Hals und keinerlei Quetschungen. Auch diesmal fand sich eine winzige Spur Zyanid in den Haaren. Wer auch immer diese Menschen mit Zyanid umbrachte, verstand eine Menge von Chemie. Er oder sie ging keineswegs verschwenderisch mit dem Zeug um. Der Mörder bezog das Körpergewicht des Opfers in seine Berechnungen ein. Rick schüttelte den Kopf und klappte den Bericht zu, dann schlurfte er zu Officer Coopers Schreibtisch, wo er aus einem offenen Päckchen eine Zigarette schnorrte. Ein verbotenes Vergnügen, das bald von Schuldbewußtsein abgelöst werden würde, aber nicht bevor die Zigarette geraucht war.

Ein tiefer Zug beruhigte ihn. Er durfte nicht vergessen, auf dem Nachhauseweg Pfefferminz zu kaufen, damit seine Frau seinen Atem nicht roch. Er studierte eine Karte des Bezirks an der Wand. Die Fundorte der zwei Leichen lagen im selben Landstrich, nur wenige Kilometer auseinander. Der Mörder war höchstwahrscheinlich aus der Gegend, aber nicht unbedingt ein Einwohner von Crozet. Albemarle County umfaßte fast zweitausend Quadratkilometer, und jedermann konnte mühelos nach Crozet hinein- und wieder hinausfahren. Natürlich kannte man sich untereinander. Ein Fremder wäre aufgefallen. Keine Meldung dieser Art. Selbst jemand aus Charlottesville oder ein Freund von außerhalb wäre beobachtet worden.

Die Posthalterin und Market Shiflett bildeten den Mittelpunkt des öffentlichen Lebens. Officer Cooper hatte erwähnt, daß die Posthalterin eine Idee mit irgendwelchen Postkarten hätte. Die Menschen dachten gewöhnlich, was sie täten, sei von Belang, und Mary Minor Haristeen war keine Ausnahme. Der Sheriff überprüfte die Postkarten binnen einer Stunde nach Harrys Telefonat. Die Poststempel waren aus verschiedenen Orten.

Trotzdem beschloß er, Harry anzurufen. Nach einigen Höflichkeiten dankte er ihr für ihre Wachsamkeit und sagte ihr, er habe die Postkarten überprüft, und sie schienen ihm in Ordnung.

«Könnte ich sie haben – für kurze Zeit?» bat Harry ihn.

Er überlegte. «Wozu?»

«Ich möchte sie mit den Stempelfarben bei mir im Amt vergleichen – bloß für alle Fälle.»

«In Ordnung, wenn Sie versprechen, sie nicht zu beschädigen.»

«Bestimmt nicht.»

Nach Rick Shaws Telefonat rief Harry Rob an, und er erklärte sich bereit, die erste Postkarte aus Frankreich, die ihm im Hauptpostamt in die Hände fiel, «auszuleihen». Sie gelobte, sie ihm am nächsten Tag zurückzugeben.

Dann fiel ihr ein, daß sie Mrs. Hogendobber befragen mußte. Sie rief Mrs. H. an, die erstaunt war, von ihr zu hören, sich aber mit einer gemeinsamen Teestunde einverstanden erklärte.

## 16

Mrs. Hogendobber servierte einen verdächtig grünen Tee. Kleine weiche Schokoladenkekse, aus denen labberig gewordene Eiweißmasse herausrann, ruhten auf einem Teller aus altmodischem Porzellan. Mrs. Hogendobber schnappte sich einen und verschlang ihn mit einem Biß.

Harry mußte an eine menschliche Ausgabe von Pewter denken. Sie unterdrückte ein Kichern und nahm einen tropfenden Schokoladenkeks, um nicht undankbar für das üppige Mahl zu erscheinen – na, Mahlzeit.

«Ich vermeide seit einiger Zeit Koffein. Hat mich reizbar gemacht.» Mrs. H. spreizte den kleinen Finger ab, wenn sie ihre Tasse hielt. «Ich habe meinen Haushalt von Limonade, Kaffee, sogar schwarzem Tee befreit.»

Offensichtlich hatte sie ihn nicht von raffiniertem Zukker befreit.

«Ich wünschte, ich hätte Ihre Willenskraft», sagte Harry.

«Nur nicht aufgeben, Mädchen, nur nicht aufgeben!» Der nächste Keks verschwand zwischen den pinkgeschminkten Lippen.

Mrs. Hogendobbers adrettes Schindelhaus lag an der St. George Avenue, die annähernd parallel zur Railroad Avenue verlief. Eine zur Straße hin gelegene geschwungene Veranda mit einer Schaukel diente der hochgewachsenen Dame als Beobachtungsposten. Ein unter rosa Teerosen ächzendes Spalier zu beiden Seiten der Veranda erlaubte ihr, alles zu sehen, ohne gesehen zu werden. Gott der Herr sagte nichts übers Spionieren, und so spionierte Mrs. Hogendobber mit Leidenschaft. Sie zog es vor, es in Gedanken als gesunde Neugier auf ihre Mitmenschen zu bezeichnen.

«Ich bin so froh, daß Sie bereit waren, mich zu empfangen», begann Harry.

«Warum auch nicht?»

«Hm, tja, warum eigentlich nicht?» Harry lächelte, und das erinnerte Mrs. Hogendobber an Harry als süße Siebzehnjährige.

«Ich bin gekommen, um, hm, ein bißchen herumzustochern, nach Hinweisen auf die Morde. Vielleicht aufschlußreiche Einzelheiten, Gedanken – Sie sind eine so gute Beobachterin.»

«Man muß morgens früh aufstehen, um mir zu entgehen.» Mrs. H. nahm das Kompliment bereitwillig entgegen, und tatsächlich entging ihr nicht viel. «Mein verstorbener Mann, Gott hab ihn selig, pflegte zu sagen: ‹Miranda, du bist mit Augen am Hinterkopf geboren.› Ich konnte seine Wünsche ahnen, bevor er sie äußerte, und er dachte, ich hätte seherische Kräfte, doch davon keine Spur. Ich war eine gute Ehefrau. Ich war aufmerksam. Die Kleinigkeiten sind es, die eine Ehe ausmachen, meine Liebe. Ich hoffe, Sie haben Ihre Ehe überprüft und werden Ihr Handeln überdenken. Ich bezweifle, daß es bessere Männer gibt als Fair – nur andere. Auf ihre einmalige Art machen sie alle Ärger.» Sie schenkte sich Tee nach und öffnete den Mund, aber kein Laut kam heraus. «Wo war ich stehengeblieben?»

«... machen sie alle Ärger.» Harry hatte die Sache von sich aus noch nicht so gesehen.

«Wenn Sie diese Turnschuhe ausziehen und sich ein paar hübsche Kleider statt der Jeans kaufen würden, würde er, denke ich, zu Verstand kommen.»

«In der Liebe geht es meistens darum, den Verstand zu verlieren und nicht darum, zu Verstand zu kommen.»

Mrs. H. bedachte das. «Ja... ja.»

Ehe sie sich auf ein anderes Thema stürzen konnte, fragte Harry: «Was hielten Sie von Maude Bly Modena?»

«Ich glaube, sie war Katholikin. Sie sah so italienisch aus. Der Laden verriet, wie gerissen sie war. Gesellschaftlich habe ich nicht mit ihr verkehrt. Mein gesellschaftliches Leben spielt sich im Umkreis der Kirche ab, und, wie gesagt, ich glaube, Maude war katholisch.» Mrs. Hogendobber räusperte sich bei «katholisch». «Mir war sie, genau wie Ihnen, erst seit fünf Jahren bekannt. Keine lange Zeit, aber es genügt, um ein Gefühl für einen Menschen zu bekommen, denke ich. Sie hatte Josiah anscheinend sehr gern.»

«Was *hatten* Sie denn für ein Gefühl?»

Der Busen wogte. Sie brannte darauf, sich über das Thema auslassen zu dürfen. «Ich hatte das Gefühl, daß sie etwas verbarg – die ganze Zeit.»

«Und was?»

«Wenn ich das nur wüßte. Sie hat im Laden niemanden betrogen. Ich habe nie gehört, daß sie zuwenig herausgab oder zuviel berechnete, aber etwas, oh, etwas stimmte nicht ganz. Sie sprach sehr wenig über ihre Herkunft.» Anders als Mrs. Hogendobber, die bei jeder Gelegenheit die Straße der Erinnerung entlang galoppierte.

«Mir hat sie auch nicht viel erzählt. Ich hielt sie für verschwiegen. Schließlich war sie ein Yankee.»

«Keine von uns, meine Liebe, keine von uns. Ihre Manieren waren entsprechend. Es fehlte ihr natürlich an Kultiviertheit – so sind sie alle. Aber dafür haben wir Mim, die reichlich überkultiviert ist, wenn Sie mich fragen.»

«Ich hatte sie gern. Ich hatte mich sogar an ihren Akzent gewöhnt.» Unbehagen beschlich Harrys Herz. Die arme Maude war nicht da, um sich zu verteidigen, und sie bedauerte, nach ihr gefragt zu haben.

«Ich konnte nicht viel verstehen von dem, was sie sagte. Ich habe mich auf den Tonfall verlassen, auf Gebärden und dergleichen. Ich wette, sie kam aus einer Mafiafamilie.»

«Wieso?»

«Nun ja, sie war katholisch und Italienerin.»

«Das heißt noch nicht, daß sie aus einer Mafiafamilie kam.»

«Nein, aber Sie können das Gegenteil nicht beweisen.»

Auf der Heimfahrt fing Harry zu lachen an. Alles war so schrecklich und so schrecklich komisch. Mußte ein Mensch sterben, bevor man die Wahrheit über ihn erfuhr? Solange eine Person am Leben war, bestand die Chance, daß ihr alles, was über sie gesagt wurde, zu Ohren kam. Deswegen wogen Harry und die meisten Leute in Crozet ihre Worte ab. Man dachte zweimal, bevor man sprach, insbesondere wenn man beabsichtigte zu sagen, was man dachte.

Was Harry sonst noch von Mrs. Hogendobber erfahren hatte, waren Insassen und Nummernschild jedes Autos, das in den letzten vierundzwanzig Stunden durch die St. George Avenue gefahren war. Die Bürgerwacht war für Mrs. Hogendobber die Gelegenheit, für ihren natürlichen Hang zum Schnüffeln belohnt zu werden.

## 17

Ned Tucker träumte davon, sonntags morgens einmal auszuschlafen, aber um halb sieben ertönte der Wecker. Er öffnete die Augen, stellte das lästige Geräusch ab und setzte sich auf. Auf der Digitaluhr blinkte die Zeit türkisblau. Ned kam in den Sinn, daß eine ganze Generation amerikanischer Kinder eine herkömmliche Uhr nicht mehr würde lesen können. Aber sie konnten ja auch nicht addieren und subtrahieren. Taschenrechner nahmen ihnen die Mühe ab.

Harry sagte immer, Digitaluhren gingen ihr auf den Wecker. Uhren ohne Zeiger erinnerten sie an Amputierte. Keine Hände. Ned lächelte bei dem Gedanken an Harry. Susan drehte sich um, und er lächelte noch mehr. Seine Frau konnte bei einem Erdbeben, einem Gewitter, bei was auch immer durchschlafen. Er würde sie noch eine Dreiviertelstunde schlafen lassen und die Kinder versorgen. Die väterlichen Verrichtungen waren ihm ein Trost. Was ihn bekümmerte, war das Beispiel, das er gab. Er wollte nicht als Sklave seiner Arbeit wirken, aber zu träge wollte er auch nicht erscheinen. Er wollte nicht zu streng sein, aber auch nicht zu lasch. Er wollte seinen Sohn nicht anders behandeln als seine Tochter, doch er wußte, daß er es tat. Es war so viel einfacher, eine Tochter zu lieben – aber dasselbe behauptete Susan von ihrem Sohn.

Eine Dusche und eine Rasur hoben Neds Stimmung: eine Tasse Kaffee brachte ihn auf Touren. In zwanzig Minuten würde er Brookie und Dan wecken müssen, damit sie sich für die Kirche fertig machten. Er beschloß, die kostbare stille Zeit, die ihm verblieb, zu nutzen, um die Rechnungen durchzusehen. Alles war teurer, als es hätte sein sollen, und es versetzte ihm jedesmal einen Stich, wenn er die Schecks ausschrieb. Zuerst kontrollierte er den Kontoauszug. Eine Abhebung von fünfhundert Dollar am letzten Montag vertrieb die letzte Schlaftrunkenheit. Er hatte am letzten Montag keinen solchen Betrag abgehoben, und Susan auch nicht. Jeder Betrag über zweihundert Dollar mußte zwischen ihnen abgesprochen werden. Er hätte den Auszug am liebsten zerknüllt, aber er legte ihn sorgsam beiseite. Er konnte sich ohnehin erst morgen mit der Bank in Verbindung setzen.

Um sieben klingelte das Telefon. Ned hob ab. «Hallo.»

«Ned, du bist immer so früh auf wie ich, darum hoffe ich, du findest es nicht unverschämt, daß ich anrufe.» Josiah DeWitts sanfte Stimme klang ernst.

«Was kann ich für dich tun?» erkundigte sich Ned.

«Du bist – du warst doch Maudies Anwalt, hab ich recht?»

«Ja.» Ned hatte nicht an Maude gedacht, seit er aufgestanden war. Die Erinnerung rief das Unbehagen, die nagenden Verdächtigungen zurück.

«Da sie keine lebenden Verwandten hat, möchte ich gern Anspruch auf den Leichnam –» er seufzte – «oder was davon übrig ist, erheben und ihr ein anständiges Begräbnis geben. Es wäre nicht recht, sie auf einem Töpferacker zu verscharren.»

Da Josiah ein ausgemachter Geizhals war, staunte Ned. «Ich denke, das läßt sich machen, Josiah», sagte er, dann fügte er hinzu: «Aber wenn du gestattest, veranstalte ich eine Sammlung für die Beerdigung. Wir sollten alle unseren Teil dazu beitragen.»

«Dafür wäre ich sehr dankbar.» Josiah klang erleichtert. «Kennst du jemanden, der eine Parzelle hat und uns aushelfen könnte?»

«Ich frag Herbie Jones. Er müßte es wissen.» Herbie Jones war der Küster der lutherischen Kirche in Crozet.

«Wissen wir überhaupt, welche Konfession Maude hatte?» fragte Josiah.

«Nein, aber Herbie ist da immer sehr großzügig. Ich glaube, es würde ihm auch nichts ausmachen, wenn sie ein

Moslem gewesen wäre. Soll ich mich auch nach einem Gottesdienst erkundigen?»

«Ja, ich denke schon. Und noch eines, Ned: Ich würde gern ihr Geschäft weiterführen und den Laden kaufen, wenn das machbar ist. Ich weiß nicht, wieviel Papierkram das erfordert, aber Maude hat ein gutes Geschäft aufgebaut. Sie hat sich sehr hineingekniet. Ich übernehme es ihr zu Ehren, und auch wegen des Profits. Ihr Geist würde mich des Nachts verfolgen, wenn ich keinen Profit mache.»

«Sie hat ihr Vermögen der Multiple-Sklerose-Stiftung vermacht, deshalb werden wir mit denen verhandeln müssen.»

«Tatsächlich?» Josiah verzehrte sich vor Neugier, aber er hütete sich zu fragen.

«Sie hatte einen Bruder, der an M. S. gestorben ist.»

«Du weißt mehr über Maude als wir übrigen.» Josiah schien neidisch.

«Durchaus nicht. Aber ich werde tun, was ich kann. Es wäre schön, den Laden zu erhalten, und ich kann mir nicht vorstellen, daß die Multiple-Sklerose-Stiftung das Personal oder den Wunsch hat, in Crozet Verpackungsmaterial zu verkaufen. Ich werde mein Bestes tun.»

«Danke.»

«Nein, Josiah, ich habe dir zu danken. Ich wünschte, Maude könnte erfahren, was für gute Freunde sie hatte.» Und er dachte bei sich, guter Freund oder nicht, Josiah war wirklich fix, wenn er eine Möglichkeit sah, noch mehr Geld zu verdienen.

## 18

In der Ferne rief beharrlich eine Eule. Mrs. Murphy und Tucker tappten im Mondlicht zu Maude Bly Modenas Laden. Tucker, rastlos, bewegte sich lebhaft, mit wedelndem Schwanz. Sie würden, lange bevor Harry aufwachte, zurück sein, deshalb gönnte Tucker sich unterwegs hier und da ein kurzes Schnuppern und Schnüffeln.

Als sie sich dem Haus näherten, blieb Mrs. Murphy plötzlich stehen. Auch Tucker verharrte auf der Stelle.

*«Da drin ist jemand»*, flüsterte Mrs. Murphy. *«Ich springe auf den Blumenkasten. Vielleicht kann ich sehen, wer es ist. Setz du dich vor die Eingangstür. Wenn er rausläuft, kannst du ihm ein Bein stellen.»*

Tucker hüpfte flink die Stufen hinauf und legte sich flach vor die Tür. Die einzigen Geräusche waren das Klick-Klack ihrer Pfoten und das Klimpern ihrer Tollwutmarke.

Mrs. Murphy schlich auf Zehenspitzen an dem Blumenkasten entlang. Sie drückte das Gesicht an die Fensterscheibe. Sie konnte nicht deutlich sehen, denn wer immer da drinnen war, hatte sich unter das Pult verkrochen.

Mrs. Murphy sprang vorsichtig auf die Erde. *«Pssst, komm.»*

Während sie ums Haus nach hinten gingen, erklärte Mrs. Murphy, warum sie nichts hatte sehen können.

*«Ich kann nichts riechen, wenn Fenster und Tür zu sind, aber an der Hintertür oder an einem hinteren Fenster können wir die Witterung aufnehmen.»*

Tucker, die Nase am Boden, brauchte keine Ermunterung. Sie nahm an der Hintertür die Spur auf. *«Ich hab ihn.»*

Bevor Mrs. Murphy die Nase senken konnte, um die Witterung zu identifizieren, ging die Hintertür auf. Tucker duckte sich und stellte dem herauskommenden Mann ein Bein, während Mrs. Murphy ihm mit ausgefahrenen Krallen auf den Rücken sprang. Er unterdrückte einen Schrei und ließ seine Briefe fallen, die sich in der Abendbrise zerstreuten.

Er zappelte herum, konnte aber Mrs. Murphy nicht erwischen, die viel flinker war als er. Tucker schlug ihre Reißzähne in seine Fessel.

Er heulte auf. Ein paar Häuser weiter ging in einem Schlafzimmer im Obergeschoß das Licht an. Der Mann sammelte die Briefe auf, während Mrs. Murphy lossprang und einen Baum hinaufjagte. Tucker flitzte um die Hausecke, und beide beobachteten, wie Bob Berryman humpelnd durch die Hintergasse rannte. Kurz darauf hörten sie seinen Wagen im Kavalierstart auf die St. George Avenue brausen.

Mrs. Murphy stieg vom Baum. Hinaufklettern mochte sie viel lieber als herunterkommen. Tucker wartete unten.

«*Bob Berryman!*» Tucker konnte es nicht fassen.

«*Gehen wir rein.*» Mrs. Murphy trabte zur Hintertür, die Bob in der Hast, mit der er seinen Angreifern entflohen war, offengelassen hatte.

Mit gesenktem Kopf folgte Tucker der Spur. Berryman war durch die Hintertür eingetreten. Er hatte den Lagerraum durchquert und sich geradewegs an und unter das Pult begeben. Er war nirgendwo anders stehengeblieben. Tucker, intensiv mit der Witterung befaßt, stieß sich an der Rückseite des Pults den Kopf.

Mrs. Murphy, dicht hinter ihr, lachte. «*Paß auf, wo du hinläufst.*»

«*Deine Augen sind besser als meine*», knurrte Tucker. «*Aber ich hab eine goldene Nase, Katze, merk dir das.*»

«*Schön, Goldnase, was hat er unter dem Pult gesucht?*» Mrs. Murphy kuschelte sich neben Tucker.

«*Seine Hände sind über die Seiten, den Deckel und die Rückseite geglitten.*» Tucker folgte der Spur.

Mrs. Murphy starrte mit großen Pupillen auf das Pult. «*Ein Geheimfach.*»

«*Ja, aber wie kriegen wir es auf?*»

«*Ich weiß es nicht, aber er ist ein ungeschickter Mensch. Es kann nicht so kompliziert sein.*» Mrs. Murphy stellte sich auf die Hinterbeine und beklopfte sachte die Seiten des Pults.

Ein lauter Knall jagte ihnen einen Mordsschrecken ein. Sie schossen unter dem Pult hervor. Mrs. Murphys Schwanz sah aus wie eine Flaschenbürste. Tuckers Nackenhaare sträubten sich. Aber kein weiterer Laut drang an ihre empfindlichen Ohren.

Mrs. Murphy, dicht am Boden, die Schnurrhaare vorgestreckt, schlich langsam, immer eine Pfote nach der anderen, zum Hinterzimmer. Tucker, neben ihr, kroch ebenfalls so leise sie konnte, und das war ziemlich leise. Als sie den Lagerraum erreichten, sahen sie, daß die Tür zugefallen war.

«*O nein!*» rief Tucker aus. «*Kommst du an den Türknauf ran?*»

Mrs. Murphy streckte sich zu voller Länge. Sie konnte mit den Pfoten gerade bis an den Keramikknauf hinaufreichen, ihn aber nicht ganz herumdrehen. Sie probierte bis zur Erschöpfung.

Schließlich sagte Tucker: «*Gib's auf. Wir müssen die Nacht über hier drin bleiben. Sobald Leute auf den Beinen sind, schlag ich Alarm.*»

«*Harry kriegt die Krise.*»

«*Ich weiß, aber wir können nichts machen. Wir sind bei ihr ohnehin schon in Ungnade gefallen nach allem, was wir uns auf den Schienen geleistet haben. Mann o Mann, wir können uns auf was gefaßt machen.*»

«*Nein, sie wird nicht wütend sein.*»

«*Hoffentlich nicht.*»

Mrs. Murphy lehnte sich an die Tür und verschnaufte. «*Sie liebt uns. Wir sind alles, was sie hat. Ich mag gar nicht*

*dran denken, daß Harry nach uns sucht. Es war eine schreckliche Woche für sie.»*

*«Ja.»*

*«Wenn wir schon hier festsitzen, können wir uns ebensogut an die Arbeit machen.»*

*«Ich bin dabei.»*


## 19


Pewter, die sich an der Fleischtruhe herumtrieb, hörte Tucker als erste heulen. Das Geräusch war weit entfernt, aber sie war sicher, daß es Tucker war. Eine riesige Mortadella lockte sie. Courtney hob das köstliche Fleisch aus der Truhe. Morgens hatte sie Brotstreichdienst. Bis sieben Uhr hatten die Fahrer, die von den umliegenden Farmen kamen, den Vorrat vertilgt, den sie am Sonntagabend gemacht hatte.

«*Gib mir was! Gib mir was! Gib mir was!*» Pewter angelte sich mit einer Kralle ein Stück Wurst.

«Laß das.» Courtney schlug ihr auf die Pfote.

«*Ich hab Hunger!*» Pewter langte wieder hinauf, und Courtney schnitt ihr einen Brocken ab. Pewter zu bestechen war leichter als sie zu erziehen.

Die Katze packte das wohlriechende Fleisch und eilte zur Hintertür. Ihr Hunger überwog ihre Neugier, aber sie dachte bei sich, sie könnte gleichzeitig fressen und lauschen. Ein neuerliches langgezogenes Heulen überzeugte sie, daß der unglückliche Hund tatsächlich Tucker war. Sie kehrte zu Courtney zurück, wo sie die Mortadella erneut ernsthaft in Versuchung führte, doch sie nahm ihre ganze Willenskraft zusammen, rieb sich an Courtneys Beinen und eilte dann wieder zur Hintertür. Sie mußte diese Prozedur in immer derselben Reihenfolge dreimal wiederholen, ehe Courtney ihr die Hintertür öffnete. Pewter wußte, daß Menschen durch Wiederholung lernten, doch selbst dann konnte man nie sicher sein, daß sie tun würden, worum man sie bat. Sie ließen sich so leicht ablenken.

Als sie aus dem Laden war, setzte Pewter sich hin und wartete auf ein weiteres Heulen. Sobald sie es vernahm, sprang sie durch die Hinterhöfe und kam an der rückwärtigen Gasse heraus. Ein erneutes Heulen führte sie geradewegs zur Hintertür von Maude Bly Modenas Laden.

«*Tucker!*» rief Pewter. «*Was machst du da drin?*»

«*Hol mich raus. Ich erzähl dir alles später*», bat Tucker.

Mrs. Murphy fragte hinter der Tür: «*Sind Menschen in der Nähe?*»

«*In Autos. Wir brauchen einen Fußgänger.*»

«*Pewter, wenn du zum Geschäft zurückläufst, meinst du, du kriegst Courtney oder Market dazu, daß sie dir folgen?*» fragte Mrs. Murphy.

«*Mir folgen? Ich krieg sie kaum dazu, mir die Tür auf und zu zu machen.*»

«*Und wenn du dir Mrs. Hogendobber auf dem Weg zur Post schnappst? Sie wohnt um die Ecke.*» Tucker wollte raus.

«*Sie kann Katzen nicht leiden. Sie würde nicht auf mich hören.*»

«*Sie wird bestimmt durch diese Gasse kommen. Sie geht immer hier entlang, bei jedem Wetter. Du könntest es probieren*», sagte Mrs. Murphy.

«*Na gut. Aber während ich auf die alte Quasseltante warte... wie nennt Josiah sie doch gleich?*»

«*Eine rücksichtslose Monologistin*», antwortete Mrs. Murphy, verärgert, weil Pewter auf einem Plausch bestand.

«*Schön, während ich warte – warum erzählt ihr mir nicht, was ihr da drin macht?*»

Mrs. Murphy und Tucker schilderten das Abenteuer,

aber erst nachdem sie Pewter Geheimhaltung hatten schwören lassen. Sie durfte unter keinen Umständen etwas zu Bob Berrymans Ozzie darüber sagen.

«*Da kommt sie!*» rief Pewter ihnen zu. «*Probieren wir's. Los, heul, Tucker.*»

Pewter stürmte auf Mrs. Hogendobber zu. Sie umrundete sie. Sie warf sich auf den Rücken und wälzte sich auf dem Boden. Sie miaute und hüpfte umher. Mrs. Hogendobber beobachtete es amüsiert.

«*Los komm, du trübe Tasse, kapier schon*», kreischte Pewter. Sie marschierte auf Maudes Laden zu und kehrte dann zu Mrs. Hogendobber zurück.

Tucker stieß ein markerschütterndes Gejaule aus. Mrs. Hogendobber verhielt ihren würdevollen Schritt. Pewter lief um ihre Beine und zurück zu Maudes Laden, wo Tucker neuerliches Gejaule ausstieß. Mrs. Hogendobber steuerte auf den Laden zu.

«*Ich hab sie! Ich hab sie!*» Pewter raste zur Tür. «*Gebt Laut!*»

Tucker bellte. Mrs. Murphy maunzte. Pewter zog Kreise vor der Tür.

Mrs. Hogendobber blieb stehen. Sie dachte angestrengt nach. Sie legte die Hand auf den Türknauf, dachte noch ein bißchen nach und öffnete die Tür.

«*Freie Bahn!*» Tucker stürmte aus der Tür und rannte ums Haus zum nächsten besten Baum. Mrs. Murphy, die ihre Blase besser unter Kontrolle hatte, kam heraus und rieb sich anerkennend an Mrs. Hogendobbers Beinen.

«*Danke, Mrs. H.*», schnurrte Mrs. Murphy.

«Was habt ihr da drinnen gemacht?» erkundigte sich Mrs. Hogendobber mit lauter Stimme.

Tucker kam ums Haus gelaufen und setzte sich neben Pewter. Sie gab der grauen Katze einen Kuß. «*Ich liebe dich, Pewter.*»

«*Okay, okay.*» Pewter schätzte die Gefühlsaufwallung, war aber nicht besonders scharf auf Schlabberküsse.

«*Kommt. Mom müßte schon bei der Arbeit sein.*» Mrs. Murphy stellte die Ohren auf.

Die drei kleinen Tiere jagten sich gegenseitig durch die Gasse. Mrs. Hogendobber folgte ihnen, ungeheuer neugierig, wie Mary Minor Haristeens Katze und Hund in Maudes Laden geraten waren.

Harry hatte die Post noch nicht sortiert. Sie hatte Rob nicht geziemend für die Postkarte gedankt, die er ihr zugeschmuggelt hatte. Sie hatte statt dessen die Telefondrähte heißlaufen lassen, indem sie jeden anrief, von dem sie dachte, daß er ihre Tiere gesehen haben könnte.

Den Anblick von Mrs. Murphy und Tucker, die zusammen mit Pewter und Mrs. Hogendobber die Treppe heraufkeuchten, hatte sie nicht erwartet. Als sie die Tür öffnete, hatte sie Tränen in den Augen.

Mrs. Murphy hüpfte auf ihre Arme, und Tucker sprang an ihr hoch. Harry setzte sich auf den Fußboden, um ihre Familie zu umarmen. Sie umarmte auch Pewter. Dieser Überschwang wurde Mrs. Hogendobber nicht zuteil, doch immerhin stand Harry auf und gab ihr die Hand.

«Danke, Mrs. Hogendobber. Ich war krank vor Sorge. Wo haben Sie sie gefunden?»

«In Maude Bly Modenas Laden.»

«Was?» Harry konnte es nicht glauben.

«*Wir haben ein Geheimfach entdeckt! Und Bob Berryman hat Briefe geklaut!*» Tuckers Aufregung war so gewaltig, daß sie von vorne bis hinten zappelte.

«*Tucker hat ihn feste in die Fessel gebissen*», ergänzte Mrs. Murphy.

«Im Laden?»

«Ja. Die Tür war zu, und sie konnten nicht raus. Ich ging durch die Gasse – meine morgendliche Leibesübung auf dem Weg zu Ihnen – und hörte den Radau.»

«*Du wärst glatt vorbeigewatschelt, wenn ich nicht gewesen wäre*», verbesserte Pewter sie.

«Was haben meine Mädels bloß in Maude Bly Modenas

Laden gemacht?» Harry legte ihre Hände an die Schläfen.

«Mrs. Hogendobber, hätten Sie etwas dagegen, mit mir noch mal hinzugehen?»

Nichts hätte Mrs. Hogendobber lieber getan. «Gut, wenn Sie es für richtig halten. Vielleicht sollten wir vorher den Sheriff verständigen.»

«Er könnte Mrs. Murphy und Tucker wegen Einbruch verhaften.» In dem Augenblick, als der Scherz ihrem Mund entfahren war, war Harry klar, daß Mrs. Hogendobber ihn nicht kapieren würde. «Ich rufe Market an, damit er so lange hier aufpaßt.»

Market erklärte sich bereit zu kommen und sagte, er werde auch die Post sortieren. Auch er wollte einmal die Post anderer Leute lesen. Es war eine unwiderstehliche Versuchung.

Der indische Flieder blühte in der Gasse. Mit Pollen beladene Hummeln umsummten die beiden Frauen.

«Ich war gleich zur Stelle, als ich Tucker hörte.»

*«Ha!»* bemerkte Pewter sarkastisch.

Harry folgte Mrs. Hogendobber, die ihre Schritte zur Tür in allen Einzelheiten schilderte.

«... und habe den Türknauf herumgedreht – es war nicht abgeschlossen –, und da kamen sie heraus.»

Und schon rannten sie wieder hinein. *«Kommt schon.»*

*«Ich auch.»* Pewter folgte ihnen.

«Mädels! Mädels!» rief Harry vergeblich.

Mrs. Hogendobber, begeistert von der Gelegenheit, hier einzudringen, sagte: «Wir müssen sie holen.»

Harry trat als erste ein.

Mrs. Hogendobber, dicht hinter ihr, blieb eine Sekunde vor den riesigen Säcken mit Styroporchips stehen. «Meine Güte.»

Harry, die schon vorn im Laden war, rief: «Wo sind sie?»

Mrs. Murphy steckte den Kopf unter dem Pult hervor. *«Hier.»*

Mrs. Hogendobber, die unterdessen gefolgt war, sah die Katze. «Da.» Sie zeigte hin. Harry ließ sich auf alle viere nieder und kroch unter das Pult. Pewter mußte murrend weichen, weil nicht für alle Platz war.

Mrs. Murphy saß vor dem Geheimfach, das sie in der Nacht geöffnet hatte. Ein kleiner Knopf an der Leiste über der Fuge löste den Mechanismus aus. *«Hier. Guck!»*

Harry keuchte: «Da ist ein Geheimfach!»

«Lassen Sie mal sehen.» Mrs. Hogendobber überwand die Gesetze der Schwerkraft und ließ sich auf Hände und Knie nieder. Tucker rückte ein Stück, damit sie sehen konnte.

«Hier.» Harry drückte sich, so gut sie konnte, an die Seite des Pults und deutete hin.

«Donnerwetter!» Mrs. Hogendobber keuchte aufgeregt. «Was ist da drin?»

Harry langte hinein und reichte einen großen Aktenordner und eine Handvoll Fotokopien heraus. «Hier.»

Mrs. Hogendobber erhob sich von allen vieren und setzte sich mitten auf den Fußboden.

Harry kroch rückwärts heraus und gesellte sich zu ihr. «Im Pult ist noch ein Ordner.» Sie stand auf und öffnete die mittlere Schublade. Er war noch da.

«Ein zweiter Satz Bücher! Ich möchte wissen, wen sie beschummelt hat.»

«Das Finanzamt höchstwahrscheinlich.» Harry setzte sich neben Mrs. Hogendobber, die die Bücher durchsah.

«Ich habe für Mister H. die Bücher geführt, müssen Sie wissen.» Sie legte die zwei Ordner nebeneinander, ihre scharfen Augen glitten an den Zahlenkolonnen herab. Der versteckte Ordner lag auf der linken Seite. «Meine Güte, so viele Waren. Sie war eine bessere Verkäuferin, als wir alle ahnten.» Mrs. Hogendobber wies auf das Buch rechts. «Sehen Sie her, Harry, die Mengen – und die Preise.»

«Ich kann nicht glauben, daß sie fünfzehntausend Dollar für siebzig Säcke Styroporchips gekriegt hat.»

Das gab Mrs. Hogendobber zu denken. «Wirklich unwahrscheinlich.»

Harry nahm ein Blatt von dem großen Stapel Fotokopien. Es waren Briefe von Claudius Crozet an die Blue Ridge Railroad Company. Sie überflog ein paar und stellte fest, daß sie sich mit dem Bau der Tunnels befaßten.

«Was ist das?» Mrs. Hogendobber konnte ihre Augen nicht von den Rechnungsbüchern losreißen.

«Claudius Crozets Briefe an die Blue Ridge Railroad Company.»

«Wovon reden Sie?» Mrs. Hogendobber blickte von den Büchern hoch.

«Ich weiß nicht.»

Harry mußte wieder an die Arbeit. «Mrs. Hogendobber, würden Sie mir einen Gefallen tun? Es ist nichts Unredliches, aber es ist... heikel.»

«Nur zu.»

«Kopieren Sie die Briefe und die Rechnungsbücher. Dann übergeben wir alles Rick Shaw, aber ohne ihm zu sagen, daß wir Kopien haben. Ich möchte die Briefe lesen, und ich glaube, Sie mit Ihrer Erfahrung finden vielleicht etwas in den Rechnungsbüchern, das dem Sheriff entgeht. Wenn er weiß, daß wir das Material überprüfen, versteht er das womöglich als Kritik an seinen Fähigkeiten.»

Ohne zu zögern erklärte Mrs. Hogendobber sich bereit. «Ich rufe Rick an, wenn ich mit der Arbeit fertig bin. Ich erzähle ihm das mit den Tieren. Und daß wir hierhergekommen sind. Und mehr erzähle ich ihm nicht. Wo kann ich fotokopieren, ohne daß es auffällt? Es ist ein Haufen Arbeit.»

«Im Postamt im Hinterzimmer. Ich kann extra Papier kaufen und den Zähler neu einstellen. Niemand wird etwas merken, wenn Sie das Hinterzimmer nicht verlassen. Solange ich Farbe und Papier stelle, betrüge ich den Staat nicht.»

Was Maude Bly Modena ganz bestimmt getan hatte.

# 20

Ned Tucker wurde von Barbara Apperton in der Citizen's National Bank informiert, daß die Abhebung von seinem Konto korrekt und nach Schalterschluß mittels seiner Kreditkarte vorgenommen worden war. Ned tobte. Barbara sagte, sie wolle eine Kopie von dem Videoband besorgen, da diese Transaktionen aufgezeichnet würden. Auf diese Weise würden sie erfahren, wer die Kreditkarte benutzt hatte. Sie fragte, ob ihm die Kreditkarte abhanden gekommen sei. Ned verneinte. Er sagte, er werde morgen in der Bank vorbeischauen.

Die fehlenden fünfhundert Dollar würden die Familie Tucker nicht ruinieren, aber es war eine sehr unerfreuliche Begleiterscheinung, als Ned die Rechnungen bezahlte.

Besorgt über dieses kleine Rätsel, das zu den großen, grotesken noch hinzukam, trat Susan ins Postamt und mußte mitansehen, wie Rick Shaw Harry in die Mangel nahm.

«Sie können nicht beweisen, wo Sie Freitag nacht oder Samstag in den frühen Morgenstunden waren?» Der Sheriff schob die Daumen in seinen Schulterriemen.

«Nein.» Harry tätschelte Mrs. Murphy, die Rick mit ihren goldenen Augen beobachtete.

Susan trat an den Schalter. Rick ließ nicht locker. «Niemand war an einem der beiden Mordabende bei Ihnen?»

«Nein. Nicht nach elf am Abend von Maudes Ermordung. Ich lebe jetzt allein.»

«Das sieht nicht gut aus mit Ihren Tieren in Maude Bly Modenas Laden. Was haben Sie vor? Was verbergen Sie?»

«Nichts.» Das war nicht ganz wahr, denn unter dem Schalter verborgen lagen, ordentlich in einen dicken Umschlag gesteckt, Claudius Crozets Briefe. Mrs. Hogendobber hatte Kopien von den Rechnungsbüchern zu sich nach Hause geschmuggelt.

«Sie behaupten, Ihre Katze und Ihr Hund seien in den Laden gelangt, ohne daß Sie die Tür aufgemacht hätten?» Ricks Stimme triefte von Ungläubigkeit.

«Ja.»

«*Bob Berryman hat uns reingelassen*», sagte Mrs. Murphy, aber niemand hörte auf sie.

«*Zisch ab, Shaw*», knurrte Tucker.

«Sie verlassen die Stadt nicht, ohne mich zu informieren, Mrs. Haristeen.» Rick schlug mit der flachen rechten Hand auf den Schalter.

Susan mischte sich ein. «Rick, Sie können unmöglich glauben, daß Harry eine Mörderin ist. Die einzigen Leute, die beweisen können, wo sie mitten in der Nacht waren, sind die, die verheiratet und ihren Ehepartnern treu sind.»

«Und das schließt viele in Crozet aus», bemerkte Harry sarkastisch.

«Und die, die zusammen sind, können für den jeweils anderen lügen. Vielleicht ist das alles gar nicht die Tat eines einzigen. Vielleicht ist es Teamarbeit.» Susan hievte sich auf den Schalter.

«Diese Möglichkeit ist mir nicht entgangen.»

Harry brachte ihren Mund an Mrs. Murphys Ohr. «Was hast du in Maudes Laden gemacht, du Teufel?»

«*Hab ich doch gesagt.*» Mrs. Murphy berührte Harrys Nase.

«Sie sagt dir was», bemerkte Susan.

«Daß sie Katzenkekse will, möchte ich wetten.» Harry lächelte.

«Nehmen Sie das nicht auf die leichte Schulter», warnte Rick.

«Tu ich nicht.» Harrys Gesicht verfinsterte sich. «Aber ich weiß nicht, was ich machen soll, genausowenig wie Sie. Wir sind nicht blöde, Rick. Wir wissen, daß der Mörder jemand aus dieser Gegend ist, jemand, den wir kennen und dem wir vertrauen. Kein Mensch schläft mehr ruhig in Crozet.»

«Ich auch nicht.» Ricks Stimme wurde sanfter. Eigentlich mochte er Harry ganz gern. «Hören Sie, ich werde nicht bezahlt, um nett zu sein. Ich werde bezahlt, um Ergebnisse zu erzielen.»

«Das wissen wir.» Susan schlug die Beine vor dem Tresen übereinander. «Wir wünschen Ihnen, daß Ihnen das gelingt, und wir helfen Ihnen auf jede mögliche Weise.»

«Danke.» Rick tätschelte Mrs. Murphy. «Was hast du da drin gemacht, Miezekatze?»

«*Hab ich doch gesagt*», stöhnte Mrs. Murphy.

Als Rick gegangen war, flüsterte Susan: «Wie sind sie in den Laden gekommen?»

Harry seufzte. «Wenn ich das nur wüßte.»

Am Abend, nach einer Mahlzeit aus Hüttenkäse auf Kopfsalat, bestreut mit Sonnenblumenkernen, holte Harry die Postkarten und das riesige Vergrößerungsglas ihrer Mutter hervor. Sie beleuchtete die Karte an Kelly mit einer hellen Lampe und legte die Karte, die Rob ihr geliehen hatte, daneben. Die Stempelfarben waren verschieden. Der echte Pariser Poststempel hatte eine etwas dunklere Schattierung. Zudem waren die Buchstaben auf dem Entwertungsstempel auf Kellys Karte nicht ganz regelmäßig. Bei den Buchstaben auf Maudes Postkarte war es dasselbe. Das «A» von Asheville war ein ganz kleines bißchen verrutscht. Harry knipste die Lampe aus.

Die Postkarten waren ein Signal. Sie erinnerte sich, wie Maude ihre bekommen hatte. Sie hatte sich nicht benommen wie eine Frau, die mit dem Tod bedroht wird. Sie hatte sich geärgert, weil der Absender oder die Absenderin keinen Namen darunter gesetzt hatte.

Die Dielenbretter knarrten, als Harry auf und ab ging. Was wußte sie? Sie wußte, daß der Mörder in der Nähe war. Sie wußte, daß der Mörder Sinn für Humor hatte und seine Opfer sogar verspottete, indem er gewissermaßen einen Warnschuß abgab. Sie wußte, daß die Verstümmelung der Leichen dazu diente, die Leute irrezuführen. Aber warum, das wußte sie nicht genau. Vielleicht um die wahre Mordmethode zu verschleiern, oder um die Leute davon abzuhalten, woanders nach Spuren zu suchen, aber wozu und wonach? Oder schlimmer noch, vielleicht war die Zurschaustellung der Opfer einfach ein grausamer Witz.

Außerdem wußte sie, daß Claudius Crozet für Maude wichtig gewesen war. Sie war entschlossen, morgen Marie, die Sekretärin der Betonfabrik, anzurufen, um herauszufinden, ob Kelly den berühmten Ingenieur je erwähnt hatte. Sie machte sich eine Tasse starken Kaffee – ein Löffel hätte darin stehen können – und setzte sich an den Küchentisch, um die Briefe zu lesen.

Gegen ein Uhr früh war sie heißhungrig und wünschte, jemand würde eine Methode erfinden, eine Pizza zu faxen. Sie aß noch mehr Hüttenkäse und las weiter. Crozet schrieb detailliert über die Bohrungen für die Tunnels. Sie wurden acht volle Jahre lang rund um die Uhr in drei Acht-Stunden-Schichten vorgetrieben. Der Brooksville-Tunnel erwies sich als äußerst gefährliches Unternehmen. Das scheinbar solide Gestein wurde weich, als sich die Männer tiefer in den Berg hineingruben. Einstürze und Erdrutsche schlugen wie harter Regen auf ihre Köpfe.

Die technischen Probleme verblaßten zuweilen neben den menschlichen. Die Tunnelwühlmäuse waren Männer aus Irland, kamen aber aus zwei verschiedenen Teilen der Grünen Insel. Die Männer aus Cork verachteten die Männer aus Nordirland. In einer bitterkalten Nacht, am 2. Februar 1850, erschütterte ein Aufstand den Bezirk Augusta. Die Miliz wurde gerufen, um die streitenden Parteien zu trennen, und das Gefängnis platzte von blutenden Iren aus allen Nähten. Am nächsten Morgen erklärten beide

Seiten übereinstimmend, daß sie sich bloß mal ein bißchen hatten prügeln wollen, und die Obrigkeit akzeptierte diese Erklärung. Nach ein paar Knochenbrüchen und einer Nacht im Gefängnis kamen die Männer gut miteinander aus.

Der Blue Ridge Railroad Company ging mit beängstigender Regelmäßigkeit das Geld aus. Der Staat Virginia war keine große Hilfe. Der Bauunternehmer John Kelly bezahlte die Männer aus seiner eigenen Tasche und akzeptierte Wechsel vom Staat – ein wahrhaft mutiger Mann.

Als Claudius Crozet schilderte, wie der Postzug am 13. April 1858 durch den zuletzt fertiggestellten Tunnel rollte, war Harry beinahe so aufgeregt, wie er gewesen sein mußte.

Mit brennenden Augen las sie die Briefe zu Ende und schleppte sich ins Bett. Sie spürte, daß die Tunnels etwas zu bedeuten hatten, aber warum? Und welcher? Der Greenwood- und der Brooksville-Tunnel waren nach 1945 versiegelt worden. Sie würde sich dort umsehen müssen. Schließlich sank sie in einen unruhigen Schlaf.

## *21*

Der Vollmond bestrahlte die Wiesen mit silbernem Licht und ließ die Kornblumen dunkellila schimmern. Fledermäuse schossen von den hohen Koniferen zu den Dachtraufen von Harrys Haus und zurück.

Mrs. Murphy saß auf der rückwärtigen Veranda. Im Hintergrund war Tuckers Schnarchen zu hören. Die Katze war unruhig, doch sie wußte, daß sie am Morgen

Tucker die Schuld geben und ihr sagen würde, sie habe sie wach gehalten. Tucker hingegen beschuldigte Mrs. Murphy, sie erfinde die Geschichten über ihre Schnarcherei.

In Wirklichkeit war es Harry, die Mrs. Murphy wachhielt. Sie wünschte, ihre Freundin wäre nicht so neugierig. Neugierde kostete eine Katze selten den Schwanz, aber Menschen brachte sie allemal in Schwierigkeiten. Mrs. Murphy fürchtete, Harry könnte eine Reaktion des Mörders provozieren, wenn sie ihm zu nahe kam. Mrs. Murphy war ungeheuer stolz auf Harry, und wenn irgendein Mensch schlau genug war, die Teile dieses verworrenen Puzzles zusammenzusetzen, dann war es ihre Harry. Aber ein Puzzle zusammensetzen und sich schützen war zweierlei. Weil Harry sich nicht vorstellen konnte, einen anderen Menschen zu töten, konnte sie auch nicht glauben, daß jemand sie würde töten wollen.

Menschen faszinierten Mrs. Murphy. Sie vergeudeten ihre Zeit mit der Verfolgung völlig unwesentlicher Ziele. Nahrung, Kleidung und Obdach genügten ihnen nicht, und wegen ihrer Spielsachen machten sie sich und alle in ihrer Umgebung verrückt, Tiere eingeschlossen. Mrs. Murphy fand Autos, ein Motorspielzeug, absurd. Dafür wurden Pferde geboren. Und überhaupt, wozu die große Eile? Nun, wenn die Menschen Geschwindigkeit wollten, konnte sie das vielleicht noch akzeptieren – es war schließlich ein körperliches Vergnügen. Nicht akzeptieren konnte sie, daß diese Geschöpfe schufteten und schufteten und dann keine Freude hatten an dem, wofür sie schufteten; sie waren zu sehr damit beschäftigt, Dinge zu bezahlen, die sie sich nicht leisten konnten. Bis sie das Spielzeug bezahlt hatten, war es abgenutzt, und sie wollten ein neues. Schlimmer noch, sie waren mit sich selbst nicht zufrieden. Sie waren ständig auf einem Selbstverbesserungstrip. Das erstaunte Mrs. Murphy. Warum konnten die Leute nicht bloß *sein*? Sie mußten immer die besten sein. Arme, kranke Wesen. Kein Wunder, daß sie an Krankheiten starben, die sie selbst verursachten.

Ein Grund, weswegen sie Harry liebte, war der, daß Harry tierähnlicher war als andere Menschen. Sie hielt sich gern im Freien auf. Sie war nicht von dem Drang getrieben, eine Menge Spielsachen zu besitzen. Sie war zufrieden mit dem, was sie hatte. Mrs. Murphy wünschte, Harry müßte nicht jeden Tag ins Postamt gehen, aber es machte Spaß, die anderen Leute zu sehen; wenn sie schon arbeiten mußte, dann war diese Arbeit gar nicht so übel. Die Leute allerdings verachteten Harry, weil sie keinen Ehrgeiz hatte. Mrs. Murphy fand die Leute idiotisch. Harry war besser als irgendeiner von ihnen.

So gut Harry war, sie hatte auch die Schwächen ihrer Gattung. Paarung war etwas Kompliziertes für sie. Scheidung, eine menschliche Erfindung, komplizierte die Simplizität der Biologie noch mehr. Ferner entgingen Harry Mrs. Murphys Mitteilungen. Obgleich Harry die Nacht nicht fürchtete, war sie nachts verwundbar. Vielleicht fühlten sich Menschen in der Dunkelheit als Beute, weil sie so schlechte Augen hatten.

Die Menschen verknüpften Nachttiere mit dem Bösen. Besonders Fledermäuse machten ihnen angst, was Mrs. Murphy albern fand. Die Menschen wußten nicht genug über das Gleichgewicht der Natur, sonst würden sie nicht hingehen und die Tiere töten, die sie störten. Sie töteten Fledermäuse, Kojoten, Füchse – die Nachtjäger. Mit ihren Ängsten und ihrer Unfähigkeit, den Zusammenhang zwischen den Tierarten, sie selbst eingeschlossen, zu begreifen, brachten sie alle in eine traurige Lage. Mrs. Murphy, die halb zahm war und ihre Nähe zu Harry genoß, hatte nicht den Wunsch, die nicht zahmen Tiere getötet zu sehen. Sie verstand, weshalb die wilden Tiere die Menschen haßten. Manchmal haßte sie sie auch, Harry ausgenommen.

Der Schatten einer Bewegung ließ sie aufmerken. Ihre Ohren zuckten. Sie atmete tief ein. Was tat der hier?

Geschmeidig, stattlich, bewegte sich Paddy auf die rückwärtige Veranda zu.

«Hallo, Paddy.»

«Hallo, meine Süße.» Paddys tiefes Schnurren war hypnotisierend. «Was machst du in dieser schönen, milden Nacht?»

«Große Gedanken denken und die Wolken beobachten, die den Mond umkreisen. Warst du jagen?»

«Ein bißchen dies, ein bißchen das. Ich bin wegen der Heilkräfte der samtigen Nachtluft draußen. Und was waren deine großen Gedanken?» Seine Schnurrhaare hoben sich glitzernd von seinem schwarzen Gesicht ab.

«Daß die sogenannten bösen Tiere wie Kojoten, Fledermäuse und Schlangen der Erde nützlicher sind als manche Menschen.»

«Ich kann Schlangen nicht ausstehen.»

«Aber sie sind nützlich.»

«Ja. Sie können sich weit von mir entfernt nützlich machen.» Er leckte seine Pfote und putzte sich das Gesicht. «Warum kommst du nicht raus zum Spielen?»

Er war verführerisch, wenngleich sie wußte, was für ein Taugenichts er war. Er war noch immer der bestaussehende Kater von Crozet. «Ich muß auf Harry aufpassen.»

«Es ist mitten in der Nacht, sie ist in Sicherheit.»

«Hoffentlich, Paddy. Ich mache mir Sorgen wegen dieses Mörders.»

«Ach, Unsinn. Was hat der mit Harry zu tun?»

«Sie steckt ihre Nase in Sachen, die sie nichts angehen. Miss Amateurdetektiv.»

«Weiß der Mörder das?»

«Das ist es ja eben. Wir wissen nicht, wer es ist, nur daß es jemand ist, den wir kennen.»

«Der Sommer ist eine eigenartige Zeit, um jemanden zu töten», überlegte Paddy. «Im Winter kann ich es verstehen, *wenn die Nahrung knapp ist – nicht daß ich es billige. Aber im Sommer ist genug für alle da.»*

*«Sie töten nicht der Nahrung wegen.»*

*«Wohl wahr.»* Menschen langweilten Paddy. *«Siehst du die Glühwürmchen tanzen? Das möchte ich gerne tun: im Mondlicht tanzen, die Sterne ansingen, geradewegs zum Mond hochspringen.»* Er schlug einen Purzelbaum.

*«Ich bleib hier.»*

*«Ach, Mrs. Murphy, du bist viel zu ernst geworden. Ich erinnere mich, wie du Sonnenstrahlen nachgejagt bist. Sogar mir bist du nachgejagt.»*

*«Bin ich nicht. Du bist mir nachgejagt.»* Ihr Fell sträubte sich.

*«Ha, alle Mädels sind mir nachgejagt. Ich fand es wundervoll, von einer herrlichen Tigerin gejagt zu werden, deren Name ausgerechnet Mrs. Murphy war. Die Menschen geben uns die albernsten Namen.»*

*«Paddy, du bist von Katzenminze und Mondschein besoffen.»*

*«Nicht Muffi oder Schnuffi oder Schneeball oder Flitzi oder meinetwegen Quasseline, sondern Mrs. Murphy.»* Er schüttelte den Kopf.

*«Ich bin nach Harrys Großmutter mütterlicherseits genannt, das weißt du ganz genau.»*

*«Ich dachte, sie nennen ihre Kinder nach ihren Großeltern, nicht ihre Katzen. Och, komm doch raus. Wie in guten alten Zeiten.»*

*«Legst du mich einmal rein, ist es deine Schande, legst du mich zweimal rein, ist es meine Schande»*, sagte Mrs. Murphy mit Bestimmtheit, aber ohne Groll.

Er seufzte. *«Ich bin treu auf meine Art. Ich bin heute nacht hier, oder?»*

*«Und du kannst dich schleichen.»*

*«Bist ein zähes Mädchen, M. M.»* Er war das einzige Tier, das sie M. M. nannte.

*«Nein, ein kluges. Aber du kannst mir einen Gefallen tun.»*

*«Welchen?»* Er grinste.

*«Wenn du etwas hörst oder siehst oder riechst, das dir verdächtig vorkommt, sag es mir.»*

*«Mach ich. Und mach dir keine Sorgen mehr. Die Zeit wird der Gerechtigkeit voll und ganz Genüge tun.»* Er stellte seinen üppigen Schwanz mit einem Ruck senkrecht und zokkelte davon.

## 22

Von den dunkelroten Türen der Lutheranischen Kirche von Crozet strahlte die Morgenhitze ab. Vor der Kirche lungerten die schweißgebadeten Kamerateams aus Washington, Richmond und Charlottesville. Das bißchen Friede, das der Stadt geblieben war, wurde von den Nachrichtenteams der Fernsehsender zerstört, deren Produzenten beschlossen hatten, die Story groß rauszubringen. Der zweite Mord mitten im Sommerloch war für sie ein Geschenk Gottes.

In der schlichten Kirche drängten sich die Menschen, unsicher, wer Freund und wer Feind war, wenngleich sie sich nach außen hin alle gleich gaben: freundlich.

Der mit einem schönen weißen Lilienzweig geschmückte Sarg stand vor dem Altargitter. Josiah hatte nichts vergessen. Zwei schlichte Blumenarrangements standen zu beiden Seiten des goldenen Altarkreuzes. Maudes Crozeter Freunde hatten die Kirche mit Blumen geschmückt. Nur wenige hatten sie gut gekannt, aber nur einer hatte ihren Tod gewollt. Die anderen trauerten ehrlich um Maude. Sie war eine Bereicherung für die Stadt gewesen, und sie würde ihnen fehlen.

Die Orgelmusik, Bach, erfüllte die Kirche mit melancholischer Majestät.

Hinten in der Kirche, am Rand einer Bank, saß Rick Shaw. Er war beeindruckt davon, daß Josiah DeWitt und Ned Tucker bei den Einwohnern von Crozet für die Beerdigung gesammelt hatten. Ned weigerte sich preiszugeben, wer wieviel gespendet hatte, aber Rick gab Josiah listig Gelegenheit, ausgiebig darüber zu berichten, was er denn auch tat.

Leute mit bescheidenen Mitteln, wie Mary Minor Haristeen, spendeten so großzügig sie konnten. Mim Sanburne spendete etwas mehr und gab jeden Penny widerwillig. Jim spendete getrennt von ihr – eine Menge. Die größte Überraschung war Bob Berryman, der eintausend Dollar beisteuerte. Bobs Gattin, eine beleibte Frau, die trotzig Miniröcke trug, wurde offenbar über diese Spende in Unkenntnis gelassen, bis Josiahs umfassende Andeutungen auch zu ihr drangen. Linda Berryman, die wie angewachsen an der Seite ihres Mannes klebte, wirkte eher grimmig als traurig.

Nach dem gnädig kurzen Gottesdienst schritt Reverend Jones, dem ein Altardiener vorausging, durch den Mittelgang zum Hauptportal. Er blieb einen Moment stehen. Rick sah ihn zusammenzucken. Der brave Reverend wollte diesen ehrwürdigen Augenblick nicht von den Kamerateams entweiht sehen. Aber die Tür mußte sich öffnen, und Einschaltquoten bedeuteten den Produzenten mehr als menschlicher Anstand. Reverend Jones nickte kurz, und der Altardiener stieß die Türflügel auf.

Mim Sanburne toupierte diskret mit der Hand ihre Haare, als sie sich anschickte, die Kirche zu verlassen. Little Marilyn überprüfte nicht ganz so diskret ihr Makeup und übersah geflissentlich Harry, die direkt hinter ihr ging. Josiah begleitete Mim nicht, da er gleichsam als Maudes nächster Verwandter fungierte und auch Big Jim anwesend war. Market Shiflett stand neben Harry, und

Mim rückte ein Stück von ihnen ab, damit ja niemand (womöglich ein Nachrichtenreporter) dachte, sie sei, o Schauder, in Begleitung eines werktätigen Mannes. Courtney Shiflett ging mit Brooke und Danny Tucker ebenfalls still aus der Tür. Susan und Ned blieben mit Josiah zurück, um sich zu vergewissern, daß bis zur Trauerfeier am Grab nichts mehr zu tun war.

Ein Reporter eilte zu Mim. Sie erstarrte und kehrte ihm den Rücken zu. Er schob Little Marilyn sein Mikrofon vor den Mund. Sie wollte gerade etwas sagen, als ihre Mutter sie am Handgelenk packte und wegzerrte. Mrs. George Hogendobber wedelte mit ihrem großen Kirchenfächer vor dem Gesicht und ergriff die Flucht.

Jim drehte sich zu dem Reporter um. «Ich bin der Bürgermeister dieser Stadt, und ich beantworte alle Fragen, die Sie haben, aber jetzt lassen Sie die Leute in Ruhe.»

Da Jim fast einen Kopf größer war als der Reporter, verzog sich der Zwerg.

Eine andere Journalistin, bemüht, ihre Stimme auf eine bedeutungsschwere Tonlage zu senken, fing Harry ab, die in der langsam schreitenden Masse der Trauernden eingekeilt war.

«Waren Sie eine Freundin der Ermordeten?» fragte das naseweise junge Ding.

Harry ignorierte sie.

«Komm, Mädchen.» Market nahm Harrys Hand.

«Danke, Market.» Harry ließ sich von ihm zu seinem Wagen bugsieren.

Boom Boom Craycroft war Maudes Beerdigung ferngeblieben, was in Ordnung ging. Da sie noch in tiefer Trauer war, erwartete niemand von ihr, daß sie sich irgendwo öffentlich zeigte, außer auf dem Golfplatz, und alle außer Mrs. Hogendobber respektierten ihre Abwesenheit. Boom Boom hätte die Fernsehteams in Stücke gerissen.

Die Trauerfeier verlief gut, bis Reverend Jones Asche auf den Sarg warf. Da fing Bob Berryman zu schluchzen an. Linda war entsetzt. Bob entfernte sich von der Grabstätte, und Linda folgte ihm nicht. Sie saß wie versteinert auf ihrem schäbigen Metallstuhl.

Sobald die letzte feierliche Silbe verklungen und das «Amen» gesagt war, eilte Josiah an Bobs Seite. Harry und alle anderen sahen, wie er den Arm um Bobs Schultern legte und dem erschütterten Mann ernsthaft etwas ins Ohr flüsterte. Plötzlich riß sich Bob von Josiah los und knallte ihm eine. Während der ältere Mann in die Knie ging, schritt Bob betont beherrscht zu seinem Wagen. Er drehte sich um, um nach seiner Frau zu sehen. Sie eilte zum Wagen, stieg ein, und Bob fuhr los, bevor sie die Beifahrertür schließen konnte.

Ned war als erster bei Josiah und stellte fest, daß er blutete. Harry, Susan und Mrs. Hogendobber kamen als nächste bei ihm an, und dann trat Rick Shaw langsam hinzu. Er beobachtete, wie die Leute auf den Ausbruch reagierten.

Die Kameras, die Zoomobjektive in Funktion, surrten in diskreter Entfernung. Jim Sanburne näherte sich ihnen, und die Nachrichtenleute stoben auseinander wie Küchenschaben. Susan zog Papiertaschentücher aus ihrer Tasche, aber das sprudelnde Nasenbluten war damit nicht zu stillen.

Hayden McIntire übernahm das Kommando. «Beugen Sie den Kopf nach hinten.»

Josiah tat, wie geheißen. «Was meinen Sie? Gebrochen?»

«Ich weiß nicht. Kommen Sie mit mir in die Praxis, ich werde tun, was ich kann. Sie werden morgen zwei sehr blaue Augen und eine dicke Nase haben.»

Josiah kam mit Haydens Hilfe schwankend auf die Beine.

Mrs. Hogendobber, die vor Neugierde schier platzte, stieß hervor, was alle dachten: «Was haben Sie zu ihm gesagt?»

«Hm – ich weiß nicht.» Josiah blinzelte. Alles tat ihm weh. «Ich habe ihm gesagt, es sei schrecklich, aber um

Maudes willen solle er sich beherrschen. Bei dem ganzen Fernsehpack entlang der Straße. Was sollten die Leute denken?»

«Das ist alles?» fragte Harry, dabei wußte sie genau, daß das, was Josiah eben gesagt hatte, eine rasch wachsende Saat säen würde. Was war daran so schlimm? Eine garstige kleine emotionale Tür war geöffnet worden, und alle würden sich davor drängen und versuchen hineinzuspähen.

Josiah nickte, und Hayden führte ihn fort.

Rick beobachtete all das schweigend, dann stieg er in seinen Dienstwagen. Er würde Bob Berryman verfolgen lassen. Er rief den Fahrdienstleiter an und gab eine Beschreibung des Wagens und das Kennzeichen durch. Er ordnete an, Bob nicht zu stoppen, es sei denn, er steuere auf den Flughafen zu.

Rob Collier lauschte aufmerksam der Schilderung von Berrymans Ausbruch. Er trödelte ein bißchen mit der Nachmittagsfuhre.

«... ist das Blut auf sein teures Turnbull and Asser-Hemd gesickert. Ich sag dir, Rob, das muß ihn mehr geschmerzt haben als der Schlag.»

Rob zupfte an seinen Wimpern, eine nervöse Angewohnheit. «Da stimmt was nicht.»

«Ganz recht, Sherlock.»

Rob lächelte gutmütig. «Na ja, ich bin nicht so dämlich, wie du denkst. Du bist eine Frau, und ich bin ein Mann. Ich weiß einiges, was du nicht weißt. Ein Mann weint vielleicht, weil er jemanden umgebracht hat und ihn plötzlich das Gewissen plagt.»

Harry beugte sich über den Schalter, wobei sie unabsichtlich Tucker berührte, die darunter döste. Die Corgihündin erwachte mit einem Ächzen.

«Ich weiß nicht recht.»

«Schau, es ist so, die Last, die er trägt, ist zu groß, als

daß er's ganz für sich behalten könnte. Bob Berryman ist nicht der Typ, der rumläuft und in der Öffentlichkeit quasselt.»

«Stimmt.»

Tucker gähnte. Mrs. Murphy schlief mit einem offenen Auge im Postbehälter. Tucker konnte die Ausbuchtung am Boden des Leinwandbehälters sehen. Sie schlich hinüber, und ganz vorsichtig, ganz sachte biß sie hinein.

«*A-h-h*», Mrs. Murphy kreischte erschrocken. Tucker lachte und zwickte sie wieder.

«Die zwei ziehen 'ne richtige Schau ab, was?» Rob war für einen Moment von seiner Theorie abgelenkt. «So wie ich das sehe, hatte Maude was gegen Berryman in der Hand. Darauf kannste wetten.»

Harry pfiff durch die Zähne. «Ja, irgendwas muß da gewesen sein.»

«Vielleicht haben sie Rauschgift geschmuggelt. Berryman bereist neun Staaten.»

«Ich kann mir Maude nicht als Rauschgiftdealerin vorstellen.»

«He, vor sechzig Jahren war Alkohol verboten. Der Sohn eines der größten Alkoholschmuggler in diesem Land ist Präsident geworden. Geschäft ist Geschäft.»

«Wie paßt Kelly da rein?»

«Er ist dahintergekommen —» Rob zuckte die Achseln — «oder er hat mit ihnen unter einer Decke gesteckt.»

«Als nächstes erzählst du mir noch, Mim Sanburne sei 'ne Kokain-Queen.»

«Alles ist möglich.»

«Laß uns nicht von Mim reden, auch wenn ich davon angefangen habe. Sie steht auf meiner Abschußliste ganz oben. Sie ist wütend auf mich. Oh, Verzeihung – vornehme Damen wie Mim werden nicht wütend, sie sind aufgebracht. Sie ist aufgebracht, weil ich zu Little Marilyn gesagt habe, sie solle ihren Bruder zur Hochzeit einladen.»

Rob pfiff. «Das ist mal ein seltsames Paar.»

«Little Marilyn und Fitz-Gilbert Hamilton? Er hat sich hier bei uns noch nicht blicken lassen. Fühlt sich anscheinend in Richmond sicherer.»

«Nein, nein – Stafford und Brenda Sanburne. Sie ist so ungefähr das hübscheste Ding, das ich je gesehen habe, aber... Also, ich wünsch ihm alles Glück der Welt, aber man kann nicht einfach hingehen und die Regeln verletzen und dann erwarten, daß man dafür nicht büßen muß.»

«Du mit deinen Regeln.» Liebe, wen immer du kannst, dachte Harry. Die Liebe war ein so seltenes Gut auf der Welt, da nahm man sie am besten, wo man sie finden konnte. Es war sinnlos, mit Rob zu streiten, der ein gemäßigter Rassist war, im Gegensatz zu der schlimmen Sorte. Trotzdem, sie richteten alle Schaden an, Tropfen oder Flutwellen.

Rob sah auf seine Uhr. «Ich muß los.»

Er sprang in dem Moment in seinen Postwagen, als Mrs. Murphy aus dem Postbehälter sprang. *«Tucker, ich war müde. Deine Schnarcherei hat mich heute nacht wachgehalten.»*

*«Ich schnarche nicht.»*

*«Tust du wohl. Cchh, cchh.»* Mrs. Murphy ahmte ein Schnarchen nach, aber es gelang ihr nicht besonders.

«Was ist mit euch beiden?» Harry ging zum Postbehälter. «Da ist nichts drin.» Mrs. Murphy rieb sich an ihrem Bein. Harry stieg schwungvoll in den Postbehälter, stieß sich mit einem Bein ab und hob dann auch dieses in den Behälter. «Juhuuh!»

Die Tür ging auf, als sie gegen die Wand krachte.

«Was machen Sie da, Mrs. Haristeen?» Rick Shaw unterdrückte ein Lachen.

Harry steckte den Kopf aus dem Behälter. «Die Katze hat so viel Spaß daran, hier drin zu stecken, daß ich dachte, ich versuch's auch mal. Himmel, heutzutage tu ich fast alles für ein bißchen Ablenkung.»

Rick angelte eine Zigarette aus seiner Tasche und

drehte sie zwischen den Fingern. «Ich weiß, was Sie meinen.»

«Ich dachte, Sie hätten aufgehört.»

«Woher wissen Sie das?»

«Ihre Augen folgen jeder angezündeten Zigarette.»

«Sie sind eine gute Beobachterin, Harry.» Rick wußte das bei einem Menschen zu schätzen. «Zeigen Sie mal, was Sie gefunden haben.»

«Ich hätte nicht gedacht, daß Sie auf meinen Anruf so rasch reagieren würden, nach dem Krach bei der Beerdigung heute.» Sie führte ihn ins Hinterzimmer. «Ich bin beeindruckt.»

Sie schloß die Tür und holte die beiden Friedhofspostkarten hervor. Sie reichte ihm das Vergrößerungsglas und legte die echte französische Postkarte auf den Tisch. Er schloß ein Auge und betrachtete die Karten, wobei er die unangezündete Zigarette in der linken Hand hielt.

«Aha», war alles, was er sagte.

«Sehen Sie die leichte Abweichung bei der Stempelfarbe?»

«Ja.»

«Und die ganz kleine Verschiebung des ‹A› in Asheville.»

«Ja.» Rick drehte das Vergrößerungsglas in den Händen. Er gab Harry das Glas zurück. «Wer weiß sonst noch davon?»

«Susan Tucker. Rob weiß, daß ich eine Postkarte ausgeliehen habe, aber er weiß nicht, wozu.»

«Behalten Sie's für sich. Sie und Susan.»

«Machen wir.»

«Und jetzt erzählen Sie mir, was Ihre Katze und Ihr Hund in Maudes Laden gemacht haben.»

«Das weiß ich nicht.»

«Sie haben da drin herumgeschnüffelt, Harry. Lügen Sie mich nicht an.»

«Ich hab nicht geschnüffelt. Irgendwie sind die Tiere da

drin eingeschlossen worden. Ich bin am Morgen aufgewacht und konnte sie nicht finden. Ich bin herumgefahren, ich habe herumtelefoniert. Und wie ich Ihnen schon sagte – Mrs. Hogendobber hat Tucker bellen gehört. Sie hat sie gefunden.»

«Ich glaube Ihnen. Tausende andere würden Ihnen nicht glauben.» Er ließ seine massige Gestalt auf einen Stuhl fallen. «Geben Sie mir 'ne Cola, ja?» Er zündete die Zigarette an, während Harry ihm eine Cola aus dem kleinen Kühlschrank holte. Nach einem tiefen Zug erschien ein Lächeln auf seinen Lippen. «Ist 'ne miese Angewohnheit, aber ein verdammt gutes Gefühl. Als nächstes probiere ich Ihren Postbehälter.» Er atmete ein. «Eigentlich bedaure ich es, daß ich wieder angefangen habe. Aber bei einem Fall wie diesem braucht man entweder Nikotin oder starken Whiskey, und mit Whiskey wäre der Fall die längste Zeit meiner gewesen.»

«Was denken Sie – von den Postkarten, meine ich.»

«Ich denke, da fühlt sich jemand so schlau, daß er oder sie uns auslacht. Ich denke, da ist ein Fuchs, der eine falsche Fährte legt.»

Harry bekam eine Gänsehaut. «Das macht mir angst.»

«Mir auch. Wenn ich nur wüßte, wohinter der Mistkerl her war.»

«Gehen Sie einem bestimmten Verdacht nach?»

«Ja, aber vorher mach ich meine Hausaufgaben.» Rick schlug das rechte Bein über das linke Knie. «Okay, und was ist Ihr Verdacht? Sie brennen darauf, es mir zu erzählen.»

«Die alten Tunnels, die Claudius Crozet gegraben hat, haben was damit zu tun.»

Beim Klang des Namens Crozet setzte Rick sich gerade auf. «Warum sagen Sie das?»

«Weil ein Brief von Crozet, eine Fotokopie, auf Kellys Schreibtisch lag. Können Sie reiten, Rick?»

«Ein bißchen.»

«Lassen Sie uns zum nächsten Tunnel reiten, dem Greenwood-Tunnel.»

«In dieser Hitze, bei all den Stechmücken? Nein, Ma'am. Wir fahren mit meinem Dienstwagen, und das letzte Stück können wir zu Fuß gehen.» Er klopfte ihr auf den Rücken. «Ich weiß nicht, warum ich das mache, aber kommen Sie.»

«Ihr zwei bleibt hier und seid brav.»

«*Nein! Nein!*» ertönte ein Chor des Mißfallens.

Harry fing schon an, auf Rick einzureden, aber er schnitt ihr das Wort ab. «Kommt nicht in Frage, Harry. Die bleiben hier.»

Die Vegetation eines Dschungels hätte nicht viel dichter sein können als die, durch die Rick und Harry sich kämpften.

«Wir hätten Pferde nehmen sollen», brummte Harry.

«Ich hab keine zwei Stunden Zeit. So geht's schneller. Außerdem können Sie froh sein, daß ich Sie überhaupt mitnehme.»

«Mich mitnehmen? Sie würden gar nichts davon wissen, wenn ich es Ihnen nicht erzählt hätte. He, haben Sie Bob Berryman gefunden?»

Rick schlug auf ein Gestrüpp von Kermesbeeren ein. «Ja. War das so auffällig nach der Beerdigung?»

«Wohin hätten Sie sich sonst so schnell verdrückt?»

«Ich hab ihn bei der Arbeit gefunden. Er verkaufte den Beegles gerade einen bronzefarbenen Viehtransporter.»

«Hatten Sie Krach mit ihm?»

«Nein, er war müde. Schätze, die Aufregung hat ihn erschöpft. Er hat ein Alibi für die Nacht, in der Maude ermordet wurde. Er war zu Hause bei seiner Frau.»

«Sie könnte für ihn lügen.»

«Nehmen Sie in Ihren kühnsten Träumen ernsthaft an, Mary Minor Haristeen, daß Linda für Bob lügen würde?»

«Nein.» Harry blieb stehen, um Atem zu holen. Die

dampfige Hitze sog den Sauerstoff förmlich wieder aus ihr heraus.

Weiter vorne ragte der Umriß des Tunnels auf, der, bedeckt mit Kudzu, Geißblatt und einer Fülle von Unkräutern, die nicht einmal Harry kannte, einen phantastischen Anblick bot. Das alte Bahngleis, das von der neueren Strecke abzweigte, führte zum Tunneleingang.

«Ich habe auf zertretenes Gras und auf Spuren geachtet –» Rick wischte sich den Schweiß von der Stirn – «aber bei diesem dicken Gestrüpp habe ich wenig Hoffnung, es sei denn, die Spuren wären ganz frisch. Es ist leichter, an den Schienen entlangzugehen, aber das dauert doppelt so lange.»

Als sie den Tunnel erreichten, richtete Harry den Blick nach oben. Die eingemeißelte Erinnerungstafel für die Männer, die den Tunnel gebaut hatten, war halb von Geißblatt überwachsen. C. CROZET, CHEFINGENIEUR, war sichtbar. Der Rest war verdeckt, bis auf A. D. 1852.

Harry zeigte nach oben.

Kudzu wächst täglich ungefähr einen Meter und überwuchert alles, was ihm in den Weg kommt.

«Ein Schatz?» meinte Harry.

«Die C & O hat den Tunnel von oben bis unten abgesucht, bevor sie ihn schloß. Und sehen Sie sich den Felsen an. Da kommt keiner durch, um auf Schatzsuche zu gehen.»

Die Tunnelöffnung war mit Schutt und Steinen gefüllt und dann mit Beton versiegelt worden. Die rechte Seite der Öffnung war vollkommen von Kletterpflanzen überwuchert.

Enttäuscht berührte Harry den Felsen, der warm von der Sonne war. Sie zog die Hand zurück.

«Es gibt noch drei Tunnels.»

«Brooksville ist versiegelt, und Little Rock wird noch benutzt. Ich weiß nicht, ob sie den Blue Ridge-Tunnel geschlossen haben, aber der ist so lang und so weit weg –»

«Sie kennen sich mit den Tunnels aus.» Harry lächelte. Sie war nicht die einzige, die nachts aufsaß und las.

«Sie auch. Kommen Sie. Hier ist nichts.»

Als sie zurückstapften, versprach Rick, einen Beamten zu beauftragen, um den Brooksville-, den Little Rock- und den Blue Ridge-Tunnel zu untersuchen. Sie gehörten zu Bezirken, die außerhalb seiner Zuständigkeit lagen, aber das würde er mit seinen Kollegen vor Ort regeln.

«Wie wär's mit einem Anruf bei der C & O?» schlug Harry vor.

«Schon geschehen. Sie haben mir die Berichte von der Schließung der Tunnels 1945 besorgt. Waren sehr hilfsbereit.»

«Und?»

«Bloß eine trockene Aufzählung der Schließungen. Es gibt keinen Schatz, Harry. Ich weiß nicht, wo die Verbindung zwischen den Morden und Crozet ist. Das ist eine Sackgasse, Kindchen.»

Er fuhr sie zum Postamt zurück, wo Tucker die Ecke der Tür angeknabbert und Mrs. Murphy mit großer Vehemenz ihr Katzenklo über den ganzen Fußboden verstreut hatte.

## 23

Die geschwungenen, sinnlichen, vergoldeten Louis Quinze-Möbel blendeten Harry jedesmal, wenn sie Josiahs Haus betrat. Mit einem guten Blick und Phantasie begabt, hatte Josiah die Wände ganz weiß gestrichen, wodurch die schönen Schreibpulte, die bauchigen Truhen und Stühle bestens zur Geltung kamen. Die perfekt gewienerten Fußböden aus dunklem Walnußholz spiegelten den

Glanz der Möbel wider. Ein bombastisches pastellfarbenes Blumenarrangement beherrschte den Salontisch. Die Blumen und einige französische Gemälde waren die einzigen Farbflecke im Raum.

Ein Farbfleck anderer Art war Josiah selbst, der in einem Ohrensessel thronte und für die Besucher, die gekommen waren, wie es der Anstand gebot, den Gastgeber spielte. Auf einem Satinholztisch neben dem Sessel stand eine runde, kirschrote Schale, die alte Murmeln enthielt. Hin und wieder griff Josiah in die Schale und ließ die Murmeln durch seine Finger gleiten wie Gebetskugeln. Eine andere Schale enthielt alte Drucktypen, wieder eine andere Türknäufe mit ziselierten Einlagen.

Susan eilte zu Harry hinüber, um ihr im Vertrauen die unerfreuliche Geschichte von Danny zu erzählen, der die Kreditkarte seines Vaters benutzt hatte, um sich am Nachtschalter der Bank Geld zu beschaffen. Ned hatte ihm für den Rest des Sommers Hausarrest aufgebrummt. Harry drückte gerade ihr Bedauern aus, als Mrs. Hogendobber mit ihrem berühmten Kartoffelsalat eintraf. Mim, elegant in Leinenhose und einem Zweihundert-Dollar-T-Shirt, schwebte herbei, um Mrs. Hogendobber die schwere Schüssel abzunehmen. Hayden ging gerade hinaus, als Fair hereinkam. Little Marilyn servierte aus einem Gefäß aus massivem Sterlingsilber Getränke. Little Marilyn hielt sich bei derartigen Zusammenkünften auffallend häufig in der Nähe des Alkohols auf. Jedesmal wenn Harry zu ihr hinsah, entdeckte Little Marilyn gerade etwas anderes, das ihre Aufmerksamkeit fesselte. Sie schenkte Harry nicht mal eine Grimasse, geschweige denn ein Lächeln.

«Ich muß Josiah was Nettes sagen.» Harry legte ihren Arm um Susans Taille. «Die Bank wird Danny nicht verraten. Wenn ihr Stillschweigen bewahrt, du und Ned, wird es außer mir niemand erfahren. Ich finde, ein Junge in seinem Alter darf sich ab und zu einen Fehltritt erlauben.»

«Einen Fünfhundert-Dollar-Fehltritt! Und noch was. Sein Vater sagt, er muß bis Halloween jeden Penny zurückzahlen.»

«Halloween?»

«Zuerst sagte Ned, bis zum Ferienende, aber Danny hat geweint und gesagt, er könne von Mitte Juli bis Anfang September mit Rasenmähen nicht genug verdienen.»

«Das muß eine moderne Variante des Geldscheinklauens aus Mutters Portemonnaie sein. Hast du deine Mutter je bestohlen?»

«Gott, nein.» Susan legte unwillkürlich eine Hand auf ihre Brust. «Sie hätte mich windelweich geprügelt. Das würde sie heute noch tun.»

Susans Mutter lebte gesund und munter in Montecito, Kalifornien.

«Meine Eltern hätten mich nicht nur gründlich vermöbelt», sagte Harry. «Sie hätten es allen Bekannten erzählt, um meine Demütigung zu unterstreichen, und das hätte es zehnmal schlimmer gemacht. Hab ich dir je erzählt, daß meine Mutter mich morgens nie aus dem Bett gekriegt hat?»

«Du meinst, als die Schule um halb sieben anfing? Ich wollte auch nie aufstehen. Erinnerst du dich? Wir waren so viele, daß die Schule aus allen Nähten platzte, und daraufhin haben sie in Schichten unterrichtet. Wenn man seine Freunde in der Mittagspause verpaßte, sah man sie den ganzen Tag nicht.»

«Die arme Mom mußte um fünf aufstehen und versuchen, mich hochzukriegen, weil ich in der Sieben-Uhr-Schicht war. Ich hab mich einfach nicht gerührt. Schließlich hat sie mich mit Wasser begossen. Diese Frau scheute vor keinem Mittel zurück, wenn seine Wirksamkeit erst einmal erwiesen war.» Harry lächelte. «Ich vermisse sie. Komisch, heute macht es mir nichts aus, früh aufzustehen. Ich tu's sogar gern. Zu schade, daß Mutter nicht mehr erleben durfte, wie aus mir eine Frühaufsteherin geworden ist.» Sie sammelte sich. «Ich muß Josiah was Aufmunterndes sagen.»

Harry schlenderte zu Josiah hinüber, dem Mrs. Hogendobber inzwischen buchstäblich Samariterdienste leistete, indem sie ihm von Lazarus erzählte. Josiah erwiderte, auch er schöpfe Trost aus dem Gedanken, daß Lazarus von den Toten auferstanden sei, er, Josiah, sei jedoch ein Geschlagener, kein Toter. Sie müsse sich eine bessere Geschichte einfallen lassen. Dann reichte er Harry die Hand.

«Liebe Harry, du wirst mir vergeben, daß ich nicht aufstehe.»

«Josiah, dies ist das erste Mal, daß ich sehe, wie jemandes Augen zu seinem Hemd passen. Kastanienbraun.»

«Ich ziehe die Bezeichnung *Burgunder* vor.» Er lehnte sich zurück.

«Also das sieht Ihnen ähnlich, etwas so Schlimmes auf die leichte Schulter zu nehmen.» Mrs. Hogendobber bemühte sich redlich vorzugeben, daß sie Josiah gewogen sei und ihm alles Gute wünschte. Nicht daß sie ihn nicht leiden konnte, aber sie hatte es im Gefühl, daß er kein richtiger Mann war, und sie wußte, daß er kein praktizierender Christ war.

«So schlimm ist es gar nicht. Der Mann war verwirrt und schwer angeschlagen. Ich weiß nicht, warum Berryman verwirrt ist, aber wenn ich mit Unserer Lieben Frau von der Zellulitis verheiratet wäre, wäre ich vielleicht auch verwirrt.»

Harry lachte. Er war schrecklich, aber er traf ins Schwarze.

«Ich hatte keine Ahnung, daß Linda Berryman sich für den Film interessiert.» Mrs. Hogendobber nahm zaghaft einen Gin Rickey – nicht daß sie eine Säuferin wäre, Gott bewahre, aber es war ein ungewöhnlich strapaziöser Tag gewesen, und die Sonne war über den Jordan.

Fair, der Josiah gegenüber saß, brach in Gelächter aus

und hielt sich dann den Mund zu. Mrs. Hogendobber zu korrigieren lohnte sich nicht.

«Was habe ich da von der liebenswürdigen Mrs. Murphy und der grimmigen Tee Tucker gehört, die auf frischer Tat, ich meine auf frischer Tatze, in Maudes Laden ertappt wurden – den ich übrigens kaufe?» fragte Josiah Harry.

«Ich habe keine Ahnung, wie sie da reingekommen sind.»

«Ich habe sie gefunden, müssen Sie wissen.» Mrs. Hogendobber schilderte bis ins Detail die Vorkommnisse, die zur Entdeckung der Tiere geführt hatten. Sie hielt die Information über das Pult zurück, warf Harry jedoch einen verschwörerischen Blick zu.

Josiah klaubte einen imaginären Fussel von seinem Ärmel. «Wünschst du dir nicht, daß sie sprechen könnten?»

«Nein.» Harry lächelte. «Ich möchte nicht, daß alle meine Geheimnisse kennen.»

«Du hast Geheimnisse?» Fair wandte sich abrupt nach Harry um.

«Hat die nicht jeder?» schoß Harry zurück.

Im Zimmer wurde es einen Moment still, dann kam die Unterhaltung wieder in Schwung.

«Ich nicht», sagte Mrs. Hogendobber in aufrichtigem Ton. Dann fiel ihr ein, daß sie jetzt eins hatte. Der Gedanke gefiel ihr durchaus.

«Ein winziges Geheimnis, Mrs. H., ein flüchtiger Sündenfall, oder wenigstens ein Fall vom Hocker», neckte Josiah sie. «Ich stimme Harry zu – jeder von uns hat Geheimnisse.»

«Ja, und einer hat eine Mordsphantasie.» Susan konnte sprachliche Übertreibungen eigentlich nicht ausstehen, aber hier paßte das Wort.

Harry schied aus der Unterhaltung über Geheimnisse aus, als Mim sich einschaltete. Sie ging zu Little Marilyn hinüber, die einem Gespräch mit ihr jetzt nicht ausweichen konnte.

«Marilyn.»

«Harry.»

«Du sprichst nicht mit mir, und das gefällt mir nicht.»

«Harry», flüsterte Little Marilyn, «nicht vor meiner Mutter. Ich bin nicht wütend auf dich. Sie ist wütend.» Es schien, daß sie wirklich Angst hatte.

Harry senkte ebenfalls die Stimme. «Wann löst du dich endlich von ihrem Rockzipfel und nimmst dein Leben selbst in die Hand? Um Himmels willen, L. M., du bist über dreißig.»

Little Marilyn wurde rot. Sie war nicht an aufrichtige Gespräche gewöhnt, da man bei Mim Themen nur umkreiste. Etwas direkt anzusprechen war taktlos. Aber das Leben im Nirwana der wohlhabenden weißen Amerikaner wurde allmählich schal. «Ach, weißt du –» ihre Stimme war jetzt fast unhörbar – «wenn ich verheiratet bin, kann ich tun und lassen, was ich will.»

«Woher weißt du, daß du nicht einen Boss gegen den anderen tauschst?»

«Nicht bei Fitz-Gilbert. Er ist nicht im entferntesten wie Mutter, deswegen mag ich ihn ja.» Das Bekenntnis entfuhr Marilyn, ehe sie sich darüber klarwerden konnte, was es bedeutete.

«Du kannst auch jetzt tun, was du willst.»

«Warum dieses plötzliche Interesse an mir? Du hast mich früher nie besonders beachtet.» Ein kriegerischer Tonfall schlich sich in ihre Stimme. Wenn sie gegen Mama rebellieren sollte, warum dann nicht an Harry üben?

«Ich habe deinen Bruder sehr gern. Er ist einer der wunderbarsten Menschen, die ich je gekannt habe. Er liebt dich, und du wirst ihm weh tun, wenn du ihn von deiner Hochzeit ausschließt. Und ich denke, wenn du aufhören würdest, mit dieser oberflächlichen verlogenen Schickeria rumzuhängen, könnte ich auch lernen, dich zu mögen. Warum fährst du nicht mal zu den Ställen raus und klebst dir ein bißchen Pferdemist an die Schuhe? Als wir Kinder waren, warst du eine gute Reiterin. Fahr für ein Wochenende nach New York. Tu einfach mal was.»

«Oberflächlich? Verlogen? Du beleidigst meine Freunde.»

«Falsch. Das sind Freunde, die deine Mutter dir ausgesucht hat. Du hast keine Freunde außer deinem Bruder.» Dies entfuhr Harry, weil sie unter der Oberfläche ihres gesitteten Benehmens müde, sorgenvoll und gereizt war.

«Bist du etwa besser dran?» Little Marilyn bekam allmählich Spaß an der Sache. «Ich kriege wenigstens den Mann, den ich mir wünsche. Du verlierst deinen.»

Harry blinzelte. Das war eine neue Little Marilyn. Die alte mochte sie nicht. Die neue war eine echte Überraschung.

«Harry?» Josiahs Stimme schwebte über das Geplapper hinweg. «Harry!» Er rief etwas lauter. Sie drehte sich um. «Das muß eine glänzende Unterhaltung sein. Du hast mich nicht gehört, dabei rufe ich schon die ganze Zeit.»

Little Marilyn ging trotzig als erste zu Josiah. Harry bildete die Nachhut.

«Ihr zwei Mädels habt geplappert wie die Blauhäher», sagte Mim in gereiztem Ton. Da stieß Jim, ihr Mann, mit einem dröhnenden Gruß die Haustür auf, was Mim noch mehr reizte.

Harry beobachtete Little Marilyns untadelige Mutter und dachte, in ihrer Gesellschaft zu sein sei dasselbe, wie tief in eine Zitrone hineinzubeißen.

Fair rettete die Situation, denn Harry war drauf und dran, allen klipp und klar zu sagen, was sie von ihnen hielt. Er spürte, wie durcheinander und mürrisch sie war. Er wußte, daß er seine Frau nicht mehr liebte, aber wenn man fast ein Jahrzehnt mit jemandem zusammengewesen war, seine Eigenarten kannte und sich für ihn verantwortlich gefühlt hatte, konnte man mit den alten Gewohnheiten nur schwer brechen. Und so rettete er Harry in diesem Moment vor sich selbst.

«Was hattest du eigentlich in Rick Shaws Dienstwagen zu suchen?» fragte er.

Wie ein sanfter Bodennebel legte sich allmählich ein Schweigen über den Raum.

«Wir sind zum Greenwood-Tunnel gefahren», sagte Harry leichthin.

«In dieser Hitze?» fragte Josiah ungläubig.

«Vielleicht war das Ricks Methode, sie für das Verhör mürbe zu machen», sagte Susan.

«Ich glaube, die Tunnels haben etwas mit den Morden zu tun.» Harry wußte, daß sie den Mund hätte halten sollen.

«Lächerlich», blaffte Mim. «Sie sind schon über vierzig Jahre geschlossen.»

Jim konterte: «Im Moment ist keine Idee lächerlich.»

«Was ist mit den Geschichten von einem Schatz?» meinte Mrs. Hogendobber. «Schließlich muß etwas Wahres dran sein, sonst wären sie nicht über hundert Jahre kursiert. Vielleicht handelt es sich um einen ganz außergewöhnlichen Schatz.»

«Wie mein göttlicher Sekretär da drüben.» Josiah deutete mit der Hand darauf wie ein lässiger Versteigerer. «Was ich dir sagen wollte, Mim, du brauchst unbedingt diesen Sekretär. Das Satinholz schimmert im Licht der Jahrhunderte.»

«Nun mal langsam, Josiah.» Mim lächelte. «Wir verhängen ein Verkaufsmoratorium, bis deine Augen und Nase geheilt sind.»

«Wenn es einen Schatz gäbe, hätte die C & O ihn gefunden.» Fair machte sich noch einen Drink. «Die Leute lieben Geschichten von aussichtslosen Fällen, Gespenstern und vergrabenen Schätzen.»

«Claudius Crozet war ein Genie. Wenn er einen Schatz hätte verstecken wollen, hätte er es gekonnt», warf Mrs. Hogendobber ein. «Crozet war es, der den Staat Virginia warnte, daß Joseph Carrington Cabells Kanalgesellschaft nicht funktionieren würde. Cabell war in den Jahrzehnten vor dem Sezessionskrieg ein einflußreicher Mann, und er hat Crozet sein ganzes Leben lang schikaniert. Cabell allein hat die Entwicklung der Eisenbahn behindert, von der Crozet glaubte, daß sie die Zukunft verkündete. Und Crozet hatte recht. Die Kanalgesellschaft ist eingegangen; sie hat die Investoren und den Staat Millionen und Abermillionen Dollar gekostet.»

«Mrs. Hogendobber, ich bin schwer beeindruckt. Ich hatte keine Ahnung, daß Sie so gut Bescheid wissen über unseren... Schutzheiligen.» Josiah richtete sich in seinem Sessel auf und sank mit einem unterdrückten Stöhnen zurück.

«Hier.» Fair reichte ihm einen steifen Drink.

«Ich —» Mrs. Hogendobber, die es nicht gewöhnt war zu lügen, verlor den Faden.

Harry half ihr aus der Klemme. «Ich sagte Ihnen ja, Sie sollten lieber auf den Vorsitz des Komitees ‹Wir feiern Crozet› verzichten.»

«Ich?» murmelte Mrs. Hogendobber.

«Mrs. H., Sie haben *zuviel* um die Ohren. Die jüngsten Ereignisse *und* das Komitee... ich komme morgen rüber und helfe Ihnen, ja?»

Mrs. Hogendobber begriff die verschlüsselte Botschaft. Sie nickte zustimmend.

«Also, Harry, was habt ihr beim Greenwood-Tunnel gefunden? Einen Haufen Gulden und Louisdors und goldene russische Samoware?» Josiah lächelte.

«Einen Haufen Kermesbeeren, Geißblatt und Kudzu.»

«Ein feiner Schatz.» Little Marilyn betonte das Wort «Schatz» bewußt affektiert.

«Tja —» Josiah atmete Whiskeydunst aus — «ich rechne es euch hoch an, daß ihr in dieser irrsinnigen Hitze da oben wart. Wir müssen herausfinden, wer dieser... Mensch ist, und keine These ist dabei zu abwegig.» Er prostete Harry zu.

In dieser Nacht bekam Harry, die vergessen hatte, etwas Anständiges zu essen, plötzlich einen Heißhunger. Sie stellte den alten Mixer ihrer Mutter an und schüttete Milch, Vanilleeis, Weizenkeime und Mandeln hinein. Die Mandeln klapperten, als die Messer sie zerkleinerten. Sie trank das Gemisch direkt aus dem Mixbecher.

Tucker kam bellend in die Küche und sprang auf die Hinterbeine. *« Das ist er! Das ist er!»*

«Tucker, geh da runter. Du darfst das Glas ausschlekken, wenn ich fertig bin.»

Mrs. Murphy, die den Radau hörte, erhob sich vom Wohnzimmersofa. *«Was ist los, Tucker?»*

*«Da ist dieser Geruch.»* Tucker drehte sich so schnell im Kreis, daß ihr schneeweißer Latz nicht mehr klar zu erkennen war. *«Ähnlich wie der Schildkrötengeruch, bloß angenehmer, süßer.»*

Mrs. Murphy sprang auf die Anrichte und beschnupperte die Weizenkeim- und Mandelkrümel. Der Eiscremegeruch war stark. Sie schnüffelte angestrengt und sprang dann von der Anrichte auf Harrys Schulter.

«He, jetzt ist es aber genug. Diese schlechten Manieren habt ihr nicht zu Hause gelernt.» Harry stellte ihren Becher auf die Anrichte, hob Mrs. Murphy von ihrer Schulter und setzte sie sachte auf die Erde.

Tucker gab der Katze einen Nasenkuß. *«Was hab ich dir gesagt?»*

*«Ziemlich ähnlich. Die Mandeln riechen nicht direkt nach Schildkröte, aber eine Schildkröte riecht auch nicht direkt wie das, was wir bei der Betonfabrik und auf den Bahngleisen gerochen haben. Was mag das bloß sein?»*

Mrs. Murphy und Tucker saßen nebeneinander und starrten zu Harry hinauf, die den letzten Tropfen trank.

«Ach ja, richtig.» Harry nahm Hundekuchen und Katzenkekse aus dem Schrank. Sie gab jedem Tier ein Stück. Die beiden ignorierten das Futter.

«Nicht bloß schlechte Manieren, obendrein auch noch

wählerisch.» Harry wedelte mit dem Katzenkeks vor Mrs. Murphys Nase. «Ein Häppchen für Mommy.»

*«Wenn sie mit der Mommy-Nummer anfängt, wird sie als nächstes gurren und surren. Iß lieber auf»*, riet Tucker.

*«Ich versuche den Mandelgeruch in der Nase zu behalten... Oh, hm, wahrscheinlich hast du recht.»* Mrs. Murphy nahm den Keks zierlich aus Harrys Fingern.

Tucker, weniger zurückhaltend, verschlang ihren Kuchen mit dem glasurähnlichen Überzug.

«Braves Kätzchen. Braves Hündchen.»

*«Ich wünschte, sie würde aufhören, mit uns zu reden wie mit kleinen Kindern»*, murrte Mrs. Murphy.

## 24

Der Samstag war ein strahlender Tag, ziemlich ungewöhnlich für den schwülen Julimonat. Die Berge glitzerten hellblau, der Himmel zeigte sich in einem cremigen Rotkehlcheneierblau. Mim Sanburne stolzierte zu dem kleinen Anlegesteg am See, der ebenfalls im klaren Licht schimmerte. Ihr Pontonboot *Mim's Vim*, die Seitenwände geschrubbt, das Deck geschrubbt, schaukelte sachte auf den plätschernden kleinen Wellen. Die Bar lief über von alkoholischen Genüssen. Ein großer Weidenkorb voll leckerer Spezialitäten, wie mit Rahmkäse gefüllte Schotenerbsen, stand neben dem Steuerrad. Alles war glänzend, Mims Ausstaffierung eingeschlossen. Sie trug eine strahlendweiße Matrosenhose, rote Espadrilles, ein quergestreiftes rot-weißes T-Shirt und ihre Kapitänsmütze. Ihr Lippenstift, ein grellroter Fleck, reflektierte das Licht.

Jim Sanburne und Rick Shaw steckten im Haus die Köpfe zusammen. Mim hatte ihren Mann sagen hören, man solle das FBI einschalten, aber Rick wiederholte ständig, der Fall lohne nicht für das FBI.

Little Marilyn folgte einem Diener, der die hübschen Körbchen mit den Partygeschenken trug. Beim Anblick der Körbe kam Mim flüchtig der Gedanke an Maude Bly Modena. Sie verbannte ihn schleunigst wieder aus ihrem Kopf. Ihre Theorie war, daß Maude Kellys Mörder überrascht haben mußte und deswegen umgebracht worden war. Mim wußte aus zahlreichen Fernsehsendungen, daß ein Mörder oft ein zweites Mal morden mußte, um seine Spuren zu verwischen.

Nachdem sie die kleinen Geschenke auf ihrem Boot arrangiert hatte, schlenderte Mim träge zur Terrasse hinauf und ging ums Haus herum nach vorn. Trichterlilien prunkten knallgelb und orangerot. Seltsamerweise blühte ihre Glyzine noch, und der Lavendel stand in voller Pracht. Sie konnte die Ankunft ihrer Freundinnen Port und Elliewood sowie Miranda Hogendobber kaum erwarten. Nicht daß Miranda ihnen gesellschaftlich das Wasser hätte reichen können, aber Mim hatte Harry gestern abend bei Josiah deutlich zu ihr sagen hören, daß sie dem neu gebildeten Komitee «Wir feiern Crozet» vorstehen solle, und Big Marilyn beabsichtigte, einem solchen Komitee ebenfalls anzugehören. Überdies waren die niederen Klassen mächtig geschmeichelt, wenn sie hin und wieder an den kleinen Zusammenkünften der Elite teilhaben durften. Mim war überzeugt, daß Miranda sich überschlagen würde, wenn Mim zu verstehen gab, daß auch sie in den Komiteevorstand einzutreten gedenke. Vorrangiges Ziel des Tages würde es sein, Miranda von der Religion, Port von den Enkelkindern und Elliewood von den Morden fernzuhalten. Keine Mordgespräche heute – die verbat sie sich entschieden.

Während Mim darauf wartete, daß die beiden vornehmen Damen sowie die eine weniger vornehme über die gut drei Kilometer lange Zufahrt vorgefahren kamen, erlaubte sie sich einen geistigen Rückblick auf ihre «Weiße Party». Von Josiah in Silber und Weiß dekoriert, hatte es diejenige von Mims Parties werden sollen, über die in *Town and Country* berichtet wurde. Sie hatte für die Anwesenheit eines Reporters gesorgt. Josiah hatte den Kontakt mit der Presse hergestellt. Sie hätte sich nie dazu herabgelassen, offen Publizität zu suchen.

Jim hatte den Learjet zwischen New York und Kalifornien hin- und herdüsen lassen, um die Leute abzuholen. Nur zweihundert von Mims besten und liebsten Freunden.

Josiah, der sich der Planierkünste von Stuart Tapscott bediente, hatte am Ende des parkartigen Gartens einen zehn Meter langen, ovalen Teich angelegt. Die Tische wurden zwischen den Gartenwegen gedeckt, und die ganz besonderen Gäste wurden rund um den Teich plaziert. Josiah kleidete den Boden des Teichs aus, so daß es ein richtiges Schwimmbecken war. Er strich den Grund kobaltblau, und unter Wasser leuchteten Lampen. Doch von der Beleuchtung abgesehen paßte der Teich gut in die Landschaft. Prachtvolle Seerosen zierten die Wasserfläche, desgleichen gesetzte Schwäne, die mit Medikamenten ruhiggestellt waren. Je weiter der Abend fortschritt, desto mehr ließ die Wirkung des Mittels nach, und die Schwäne durchliefen eine Persönlichkeitsveränderung. Sie schalteten von heiter auf kampflustig um. Tropfend, flügelschlagend und heftig aufeinander einhackend schritten sie aus dem Teich, um ihren Anspruch auf Brandy und Petits fours geltend zu machen. Sie schrien und attackierten die Gäste, von denen einige, die zuviel Brandy konsumiert hatten, in den Teich flohen. Mim selbst wurde von einem der größeren Schwäne belästigt. Sie wurde in letzter Minute von Jim gerettet, der sie einfach hochhob und den Tisch dem gierigen Vogel überließ.

Fotos von dem Debakel erschienen in großer Aufmachung in *Town and Country*. Das Heft, in unbeschwertem

Ton gehalten, erklärte den Abend zwar nicht zur gesellschaftlichen Katastrophe, aber Mim wurmte es dennoch.

Miranda Hogendobber kam überpünktlich in ihrem uralten, aber makellosen Ford Falcon die Zufahrt hinauf, alsbald gefolgt von Elliewood und Port. Nach überschwenglichen Begrüßungen half Little Marilyn ihrer Mutter, die Damen zu verladen. Sie stieß das Pontonboot ab und winkte ihm vom Ufer aus nach. Dann setzte sie sich auf den Steg und ließ die Zehen ins Wasser baumeln.

Die erste Runde Drinks lockerte alle etwas auf. Selbst Miranda erlaubte sich ein wenig Alkohol, da er ein effektives Mittel gegen das Magenleiden war, das sie letzte Nacht heimgesucht hatte. Sie schlug die zweite Runde aus, nahm jedoch bei der dritten wieder ein winziges Schlückchen.

Mim nahm ein frisches Kartenspiel aus der Zellophanhülle, das noch nach Farbe roch. Port und Elliewood spielten gegen Miranda und Mim. Mim mühte sich unausgesetzt um Miranda, was Port und Elliewood amüsierte, die merkten, daß Mim auf irgendwas aus war. Gelegentlich winkte Mim der sonnenbadenden Little Marilyn auf dem Steg zu. Alles war einfach perfekt, denn Mim gewann.

Nach der ersten Kartenrunde bestand Mim darauf, den Motor anzuwerfen und über den See zu flitzen. Hohe Geschwindigkeiten waren eine Schwäche von ihr. Sie versetzte Port in Angst und Schrecken, die sie unentwegt anflehte, langsamer zu fahren, doch Mim, sternhagelvoll, sagte wörtlich zu Port, sie solle das Maul halten und wild und gefährlich leben.

Schließlich hielt sie das Boot für den Mittagsimbiß an. Anfangs fiel keiner von ihnen auf, daß etwas nicht stimmte. Die Wirkung der Drinks und die tiefe Dankbarkeit, Mim nicht mehr am Ruder zu wissen, betäubten ihre Sinne.

Dann fühlte Port etwas ziemlich Nasses. Sie blickte auf den Boden. «Mim, ich habe nasse Füße.»

Alle sahen auf den Boden. Alle hatten nasse Füße.

«Legt eure Füße auf den Tisch.» Mim schenkte ihnen noch eine Runde ein.

«Ich habe das bestimmte Gefühl, daß wir tiefer im Wasser liegen», sagte Mrs. Hogendobber mit ruhiger Stimme.

«Miranda, wir *liegen* tiefer im Wasser», echote Port, das Gesicht unter der Sonnenbräune weiß.

Mim zog ihre triefenden Schuhe aus und lehnte sich zurück, um noch einen zu kippen. Die Gruppe starrte sie an.

«Kannst du schöpfen? Ich meine, Mim, Schätzchen, hast du eine Pumpe an Bord?» fragte Elliewood. Elliewood, die nie fluchte, mußte ihren ganzen Willen zusammennehmen, um «Schätzchen» zu sagen. Am liebsten hätte sie «Idiot» gesagt, «Arschloch» – alles, was Mims Aufmerksamkeit hervorgerufen hätte.

Mittlerweile stand ihnen das Wasser bis zur Wade. Port, außerstande, sich noch länger zu beherrschen, stieß einen herzzerreißenden Schrei aus. «Wir sinken! Hilfe, mein Gott, wir sinken.»

Sie erschreckte die anderen Frauen dermaßen, daß Miranda sich die Ohren zuhielt und Elliewood von ihrem Stuhl fiel. Ihren Drink verschüttete sie dabei jedoch nicht.

«Ich werde ertrinken. Ich will nicht sterben», jammerte Port.

«Halt den Mund! Halt auf der Stelle den Mund. Du blamierst mich.» Mim spie die Worte hervor. «Little Marilyn sitzt auf dem Steg. Ich winke ihr. Es gibt nicht den geringsten Grund zur Beunruhigung.»

Mim winkte ihrer Tochter. Little Marilyn rührte sich nicht.

Elliewood und Miranda winkten ebenfalls.

«Little Marilyn», rief ihre Mutter.

Little Marilyn saß still wie ein Stein.

«Little Marilyn! Little Marilyn!» riefen die anderen drei.

«Ich kann nicht schwimmen! Ich werde ertrinken», plärrte Port.

«Würdest du bitte still sein», gebot Mim. «Du kannst dich am Boot festhalten.»

«Das verdammte Boot sinkt, du Miststück!» schrie Port.

Erbost stieß Mim Port von ihrem Stuhl. Port klatschte ins Wasser, kam aber sofort wieder hoch. Sie holte aus und erwischte Mim in der Gegend der linken Brust.

Elliewood packte Mim, und Miranda packte Port.

«Genug jetzt», befahl Miranda. «Das führt zu nichts.»

«Wer sind Sie, daß Sie befehlen, was ich zu tun habe?» Port wurde rotzig.

«Laß das, Port.» Obwohl sie ziemlich tief in der Patsche saß, wollte Mim sich ihr Spiel nicht aus der Hand nehmen lassen. Sie widmete ihre Aufmerksamkeit wieder Little Marilyn. Sie schrie. Sie brüllte. Sie zog kühn ihr rot-weißes T-Shirt aus und schwenkte es über ihrem Kopf, wobei ihre Stützkorsage für alle sichtbar in der Sonne glänzte.

Little Marilyn, die die ganze Zeit zu ihnen herübergesehen hatte, erhob sich schließlich und ging – rannte nicht, sondern ging – zum Haus.

«Sie läßt uns sterben», schluchzte Port.

«Können Sie schwimmen?» fragte Miranda Elliewood trocken. «Ich nicht.»

«Ich schon», erwiderte Elliewood.

«Ich auch», sagte Mim.

«Du läßt mich hier zurück, das weiß ich. Mim, du bist eine kaltherzige, egozentrische Schlange. Das bist du immer gewesen und das wirst du immer sein. Ich verfluche dich mit meinem ersterbenden Atem.» Port hatte offensichtlich einst geheime Träume gehegt, Schauspielerin zu werden.

«Halt dein verficktes Maul!» schrie Mim.

Der Gebrauch dieses Wortes verdatterte die Mädels mehr als die Tatsache, daß sie sanken.

Mim fuhr fort: «Wenn nicht rechtzeitig Hilfe kommt, und

ich bin sicher, daß sie kommt, bringen wir dich trotzdem ans Ufer, aber du mußt dich hinlegen und den Mund halten. Ich betone: *Mund halten.*»

Port legte den Kopf in die Hände und weinte.

Miranda machte sich mit stiller Entschlossenheit darauf gefaßt, vor ihren Schöpfer zu treten.

Nach wenigen Minuten erschienen Jim, Rick Shaw und Little Marilyn am Ufer. Little Marilyn deutete auf die verzweifelte Truppe. Mim vergaß, daß sie ihr Hemd ausgezogen hatte. Miranda vergaß es nicht. Sie stellte sich vor Mim.

Jim schleppte ein Kanu aus dem Bootshaus, und Rick sprang in seinen Dienstwagen. Er brauste zu den Nachbarn am anderen Seeufer. Eigentlich wollten ihn diese ihr kleines Motorboot nicht benutzen lassen. Der Anblick der sinkenden Mim war ihnen eine Augenweide. Aber schließlich fügten sie sich. Die Frauen wurden gerettet, als ihnen das Wasser bis über die Taille gestiegen war.

Später kippten Jim und Rick das Boot um. Ein Ponton war aufgeschlitzt und dann mit einer Art wasserlöslichem Pech verklebt worden. Mim, die sich von ihrem Mißgeschick vollkommen erholt hatte, stand neben dem Boot. Jim wünschte, sie hätte das nicht gesehen.

«Jemand wollte mich umbringen.» Mim blinzelte.

«Es könnte vom Grund aufgerissen worden sein», log Jim.

«Du kannst mir nichts erzählen. Ich bin nie auf Grund gelaufen. Jemand wollte mich umbringen!» Mim war eher erbost als ängstlich.

«Vielleicht wollte man Ihnen bloß eins auswischen.» Rick ging wieder in die Hocke, um den Riß zu inspizieren.

Mim schrie jetzt Zeter und Mordio. Sie riß die Antenne ihres schnurlosen Telefons heraus, um ihre Freundinnen anzurufen.

«Tun Sie das nicht, Mrs. Sanburne.» Rick schob die Antenne zurück.

«Warum nicht?»

«Es könnte ratsam sein, daß wir den Vorfall eine Weile für uns behalten. Dann macht der Schuldige vielleicht einen Fehler, stellt eine verräterische Frage – Sie verstehen?»

«Vollkommen.» Mim schürzte die Lippen.

«Mim, Liebling, mach dir keine Sorgen. Ich engagiere Tag und Nacht Leibwächter für dich.» Jim legte seinen Arm um die Schultern seiner Frau.

«Das ist zu auffällig», erwiderte Mim.

Nach einigem Hin und Her hatte Jim sie überzeugt. Er sagte, er werde weibliche Leibwächter besorgen, und sie würden sie als Austauschstudentinnen ausgeben.

Als Little Marilyn später von ihrer Mutter wegen ihrer Untätigkeit auf dem Steg in die Mangel genommen wurde, erklärte sie, die sinkende Mim sei ein so traumatischer Anblick gewesen, daß die Aussicht, ihre Mutter zu verlieren, sie vorübergehend gelähmt habe.

# 25.

Montags hatte Harry immer ein Gefühl, als ob sie mit einem Zahnstocher eine Tonne Papier schaufelte. Susans Postwurfsendungen türmten sich wie das Matterhorn. Harry konnte sie nicht in ihrem Postfach unterbringen. Josiah erhielt die Zeitschrift *Country Life* aus England und einen Brief von einem Antiquitätenhändler aus Frankreich. Fairs Fach war gestopft voll mit Anzeigen von pharmazeutischen Firmen: *Machen Sie jetzt Schluß mit den Fadenwürmern!* Mrs. Hogendobber würde sich über den Empfang ihres christlichen Versandhauskatalogs freuen.

Jesusbecher waren der Knüller; man konnte aber auch ein mit der Bergpredigt bedrucktes T-Shirt kaufen.

Harry beneidete Christus. Er hatte vor dem Zeitalter der Kreditkarte gelebt. Der Besitz einer Kreditkarte im Zeitalter des Versandhauskatalogs war eine prekäre Angelegenheit. Der Bankrott, einen Telefonanruf entfernt, konnte einen binnen zwei Minuten ereilen.

Mißlaunig stülpte sie den letzten Postsack um, und Briefe, Postkarten und Rechnungen flatterten heraus wie weißes Konfetti. Mrs. Murphy duckte sich, wackelte mit dem Hinterteil und stürzte sich auf den köstlichen Haufen.

«Aber nicht mit den Krallen. Die Leute merken sonst, daß du mit ihrer Post spielst, und das ist ein Staatsverbrechen.» Harry kraulte sie am Schwanzansatz.

Tucker sah von ihrem Lager unter dem Schalter zu, wie Mrs. Murphy ans Ende des Raums flitzte, eine Kehrtwendung vollzog und in den Haufen zurückstürmte.

*«Eine Wucht!»*

Tucker zuckte mit den Ohren. *«Du liebst Papier. Ich weiß nicht, warum. Ich find's langweilig.»*

*«Das Knistern hört sich herrlich an.»* Mrs. Murphy wälzte sich in den Briefen. *«Und das Material der verschiedenen Briefe kitzelt meine Ballen.»*

*«Wenn du es sagst.»* Tucker klang nicht überzeugt.

Unterdessen schlitterte Mrs. Murphy auf der Post, ähnlich wie Kinder ohne Schlittschuhe auf dem Eis schlittern.

«Jetzt ist es genug. Sonst reißt du noch was kaputt.» Harry griff nach der Katze, aber sie wich ihr aus. Harry bemerkte eine Postkarte zuoberst auf dem letzten Haufen, den Mrs. Murphy gestürmt hatte. Auf der Karte war eine Ritterrüstung abgebildet. Harry nahm sie in die Hand und drehte sie um.

In Computerschrift geschrieben und an sie addressiert stand da: «Bring mich nicht in Harnisch.»

Harry ließ die Karte fallen, als wäre sie glühendheiß. Ihr Herz klopfte.

«*Was Harry nur hat?*» rief Tucker Mrs. Murphy zu, die immer noch auf den Briefen schlitterte.

Die Katze hielt an. «*Sie ist kreidebleich.*»

Harry sortierte die Post langsam, wie in Trance, aber ihre Gedanken rasten so schnell, daß sie von der Geschwindigkeit nahezu gelähmt war. Der Mörder mußte einer von Josiahs Gästen gewesen sein, und er gab ihr zu verstehen, sie solle sich um ihre eigenen Angelegenheiten kümmern. Ihre Amateurschnüffelei hatte einen Nerv getroffen. Der Mörder oder die Mörderin wußte jedoch nicht, daß Harry wußte, daß die Postkarten sein oder ihr Signal waren. Auch war dem Mörder nicht bekannt, daß Harry und Mrs. Hogendobber mehr über Maude wußten, als sie sich anmerken ließen. Harry setzte sich hin, legte den Kopf zwischen die Hände und atmete tief durch. Wenn sie den Kopf zwischen die Knie steckte, würde sie bewußtlos werden. Ihre Hände mußten genügen. Als ihre Gedanken zu Mrs. Hogendobber zurückkehrten, begriff Harry, daß sie ihr die unbedingte Notwendigkeit klarmachen mußte, keiner Menschenseele von dem zweiten Ordner zu erzählen. Auch wenn Mrs. Hogendobber einen Schutzengel hatte, es wäre sinnlos, ihn auf die Probe zu stellen.

Der Gedanke schoß ihr durch den Kopf, daß Fair die Harnischkarte geschickt haben könnte. Dies entsprach seiner krankhaften Idee von Humor. Absolut krankhaft. Die Karte kam vielleicht gar nicht von dem Mörder. Harry klammerte sich nur einen Augenblick lang an diese Hoffnung. Fair hatte seine Fehler, aber so verrückt war er nicht. Ihre Hoffnung verpuffte wie eine verlöschende Kerze. Sie wußte Bescheid.

Harry rief Rick Shaw an und erzählte ihm die Neuigkeiten. Er sagte, er käme gleich vorbei. Dann sortierte sie die Post zu Ende. Der einzige Lichtblick war eine Postkarte von Lindsey Astrove, die immer noch in Europa war.

Mrs. Hogendobber erschien auf der Treppe. Tucker lief zur Tür und wedelte mit dem Schwanz. Seit Mrs. H. die beiden Tiere aus Maudes Laden befreit hatte, hegte Tucker innige Gefühle für sie.

Harry öffnete die Tür, packte Mrs. Hogendobber und zerrte sie ins Postamt. Sie schloß hinter ihr die Tür.

«Harry, ich bin durchaus imstande, mich allein fortzubewegen. Sie müssen von meiner Todesnäheerfahrung auf Mims Boot gehört haben. Ich danke Gott dem Herrn für meine Rettung.»

«Nein, ich habe keinen Pieps gehört. Ich möchte davon hören, aber nicht gerade jetzt. Ich möchte Sie inständig bitten, keinem Menschen von den Kontobüchern zu erzählen. Wenn Sie es tun, bringen Sie sich in Gefahr.»

«Das weiß ich», erwiderte Mrs. Hogendobber. «Und ich weiß noch mehr. Ich habe die Bücher bis auf den letzten Penny, die letzte Dezimalstelle geprüft. Die Frau hat genügend Verpackungsmaterial bestellt, daß sämtliche Einwohner von Crozet damit hätten umziehen können. Das ergibt keinen Sinn. Und dann das Geld, das sie eingenommen hat! Unsere Maude wäre nie auf Sozialhilfe angewiesen gewesen.»

«Wieviel Geld?»

«Sie ist fünf Jahre hier gewesen – durchschnittlich an die hundertfünfzigtausend Dollar im Jahr auf der linken Buchseite, wenn Sie verstehen, was ich meine.»

«Das ist ein Haufen Styroporchips.» Die Angst wich ein wenig von Harry, da ihre Neugierde die Oberhand gewann.

«Ich verstehe das einfach nicht.» Mrs. Hogendobber warf die Arme in die Luft.

«Ich schon – halbwegs.» Harry sah aus dem vorderen Fenster, um sich zu vergewissern, daß niemand hereinkam. «Als erstes Opfer haben wir einen reichen Mann, der eine Betonfabrik und große Schwerlaster besaß. Das zweite Opfer war eine Frau, die mit Verpackungen handelte. Sie haben etwas transportiert.»

«Rauschgift. Maude brachte alles fertig. Sie konnte

einen Diamanten verpacken oder eine Königsschlange. Wissen Sie noch, wie sie Donna Eicher geholfen hat, Ameisenfarmen zu verfrachten?»

«Und ob!» Harry dachte daran, wie Donna Eicher vor drei Jahren mit ihren Ameisenfarmen angefangen hatte. Die Beobachtung der Insekten, die zwischen zwei Plexiglasplatten Imperien schufen, übte auf manche Leute einen großen Reiz aus. Sie verlor ihren Reiz für Donna, als ihr Inventar ausriß und den Inhalt ihrer Speisekammer verschlang.

«Wenn Maude Ameisen verfrachten konnte, konnte sie bestimmt auch Kokain verfrachten.»

«Heute haben sie Hunde, die die Päckchen riechen. Das habe ich in der Zeitung gelesen.» Harry dachte laut. «Sie hätte es an ihnen vorbeischmuggeln müssen.»

*«Wir können alles riechen. Meine Nase kann eine ganze Symphonie von Gerüchen wahrnehmen»*, kläffte Tucker.

*«Ach, Tucker, hör auf damit. Ja, du hast eine gute Nase. Laß uns deswegen kein Trara machen.»* Mrs. Murphy wollte hören, was die Frauen besprachen.

«Ein Kinderspiel.» Mrs. Hogendobber machte eine Handbewegung. «Sie hätte die Drogen mit etwas anderem umwickeln können, das ebenfalls stark duftete, um die Hunde abzulenken – Kampfer, Minze, was weiß ich. Hundertfünfzigtausend Dollar im Jahr – wo sonst kann man solche Gewinne machen?» Sie stand mit dem Rücken zur Tür, die gerade aufgegangen war.

Harry zwinkerte Mrs. Hogendobber zu, die daraufhin verstummte. Harry lächelte. «Hallo, Courtney. Was treibst denn du so in diesem Sommer?»

«Nichts Besonderes, Mrs. Haristeen. Guten Morgen, Mrs. Hogendobber.» Courtney war mutlos, aber höflich.

«Wie schlimm ist es?» fragte Harry.

«Danny Tucker hat für den Rest des Sommers Hausarrest. Er hat Ausgehverbot! Ich kann nicht glauben, daß Mr. und Mrs. Tucker so grausam sind.»

«Hat er dir gesagt, warum?» erkundigte sich Harry.

«Nein.»

«Mr. und Mrs. Tucker sind eigentlich gar nicht so grausam. Was er getan hat, muß also schon sehr düselig gewesen sein», sagte Harry.

«‹Düselig› ist ein komisches Wort.» Courtney zerknitterte die Post, indem sie sie in den Händen drehte. Sie achtete nicht darauf.

«Kommt von Duesenberg», verkündete Mrs. Hogendobber dröhnend. «Der Duesenberg war ein schönes, teures Automobil in den zwanziger Jahren, aber wenn man einen besaß, mußte man auch einen Mechaniker haben. Er ging dauernd kaputt. Düselig ist also etwas Außergewöhnliches und Schlechtes.»

«Oh.» Courtney war interessiert. «Hatten Sie einen?»

«Das war etwas vor meiner Zeit, aber ich habe einmal einen Duesenberg gesehen, und mein Vater, der Autos liebte, hat mir davon erzählt.»

Für Courtney waren die zwanziger Jahre so fern wie das elfte Jahrhundert. Alter war etwas, das sie nicht verstand, und sie war nicht sicher, ob sie Mrs. Hogendobber soeben beleidigt hatte. Sie wußte, daß ihre Frage Mrs. Sanburne beleidigt haben würde. In diesem Nebel der Verwirrung verließ Courtney das Postamt.

«Ein liebes Kind.» Mrs. Hogendobber schwenkte ihre Handtasche. «In dieser Stadt vergißt niemand etwas. Ich jedenfalls nicht.»

«Ja?» Harry wartete auf einen Satz, der den Sinnzusammenhang herstellte.

«Ach, ich weiß nicht», sagte Mrs. Hogendobber. «Ist mir bloß eben durch den Kopf gegangen. Ich hätte schon vor fünf Minuten in der Bibelstunde sein sollen, aber ich halte ständig Verbindung mit Ihnen und möchte, daß Sie es umgekehrt auch tun.»

«Abgemacht.»

Mrs. Hogendobber enteilte zu ihrem kirchlichen Damenkränzchen, und Harry wartete auf den Durchmarsch der Truppen, die in Erwartung eines Liebesbriefs gespannt ihre Schließfächer öffneten und stöhnten, wenn sie statt dessen eine Rechnung vorfanden. Sie wartete auch auf Rick Shaw. Sie wußte nicht, ob er ein guter Sheriff war oder nicht. Es war noch zu früh, das zu beurteilen, aber sie fühlte sich sicherer, wenn er in der Nähe war.

## 26

Fair Haristeen wusch sich die Hände, nachdem er einen ungeborenen zehn Monate alten Fetus operiert hatte. Bei dem Stammbaum war das Fohlen hunderttausend Dollar wert, schon bevor es geworfen wurde. Fetaloperationen waren eine neue Technik, und Fair, ein begabter Chirurg, war bei den Züchtern von Vollblutpferden in Virginia gefragt. Sein Können und die Achtung, die ihm entgegengebracht wurde, stiegen ihm nicht zu Kopf. Fair machte nach wie vor auch in bescheidenen Ställen seine Runde. Er liebte seine Arbeit, und wenn er sich einmal Zeit gönnte, über sich nachzudenken, wußte er, daß es seine Arbeit war, die ihn am Leben hielt.

Als er die Tür des Operationszimmers öffnete, sah er Boom Boom Craycroft in seinem Sprechzimmer sitzen. Sie lächelte.

«Kummer mit den Pferden?»

«Nein. Bloß... Kummer. Ich bin gekommen, um mich zu entschuldigen für mein Benehmen an dem Tag, als Kelly ermordet wurde. Ich hab meinen ganzen Frust an dir ausgelassen – aber an so etwas mußt du inzwischen ja gewöhnt sein.»

Fair, der auf eine Entschuldigung nicht gefaßt war, räusperte sich. «Ist schon gut.»

«Gar nichts ist gut und mir ist nicht gut und die ganze Stadt ist verrückt.» Ihre Stimme schnappte über. «Ich habe mir ein paar ernste Gedanken gemacht. Das wird aber auch Zeit, wirst du sagen. Nein, du würdest gar nichts sagen. Du bist zu sehr Gentleman, bis auf das eine Mal, als du im Suff die Beherrschung verloren hast. Aber ich habe über mich und Kelly nachgedacht. Er ist eigentlich nie erwachsen geworden. Er war immer der schlaue Junge, der den Leuten eines draufgab, und ich bin auch nie erwachsen geworden. Wir hatten es nicht nötig. Reiche Leute werden nicht erwachsen.»

«Manche reichen Leute schon.»

«Nenn mir bloß drei.» Boom Booms schwarze Augen blitzten.

«Stafford Sanburne in unserer Generation.»

Sie lächelte. «Einer. Schön, ich nehme an, du hast recht. Vielleicht muß man leiden, um erwachsen zu werden, und wir können gewöhnlich jemanden bezahlen, damit er für uns leidet. Diesmal hat es nicht funktioniert. Hiervor kann ich nicht weglaufen.» Sie legte den Kopf zurück und ließ ihren graziösen Hals sehen. «Ich bin auch gekommen, um mich zu entschuldigen, weil ich nicht verstanden habe, wie wichtig deine Arbeit für dich ist. Ich glaube nicht, daß ich je verstehen werde, daß es wunderbar ist, einem Pferd in die Eingeweide zu greifen, aber – für dich ist es wunderbar. Jedenfalls, es tut mir leid. Ich hab mich entschuldigt. Das wollte ich dir sagen, und jetzt gehe ich.»

«Geh nicht.» Fair fühlte sich wie ein Bettler, und das Gefühl war ihm zuwider. «Gib mir die Chance, auch etwas zu sagen. Du warst nicht alle Tage ein verwöhntes Gör, und ich war auch kein Heiliger. Wir waren noch Kinder, als wir geheiratet haben. Harry ist ein anständiger Mensch. Kelly war ein anständiger Mensch. Aber was wußten wir denn mit Anfang Zwanzig? Ich dachte, die

Liebe wäre Sex und Lachen. Eine einzige große Party. Himmel, Boom Boom, ich hatte nicht mehr Ahnung, was ich von einer Frau brauchte, als... hm... von Kernfusion.»

«Fission.»

«Fission ist, wenn sie auseinanderknallen. Fusion ist, wenn sie zusammenkommen», verbesserte Fair sie.

«Ich habe dich verbessert. Eine unfeine Angewohnheit.»

«Boom Boom, ich kann verstehen, daß du über dein Leben nachdenkst, aber mußt du so umwerfend höflich sein?»

«Nein.»

«Jedenfalls, ich habe auch Fehler gemacht, und Harry hat sie zu spüren bekommen. Ich frage mich, ob jeder nur dadurch lernt, daß er andere Menschen verletzt.»

«Ist es nicht komisch? Ich habe das Gefühl, Kelly jetzt besser zu kennen als zu seinen Lebzeiten. Ich nehme an, du hast irgendwie das Gefühl, Harry besser zu kennen, seit ihr einen gewissen Abstand habt. Weißt du, daß wir gerade zum erstenmal offen und ehrlich miteinander reden? Gott, ist das immer so? Muß es eine Krise geben, damit man ehrlich zueinander ist?»

«Ich weiß nicht.»

«Müssen wir unsere Ehen ruinieren, bevor wir Freunde werden können? Warum können wir nicht gleichzeitig Freunde und Liebende sein? Ich meine, schließt sich das etwa gegenseitig aus?»

«Ich weiß nicht. Ich weiß nur —» Fair senkte die Augen — «daß ich, wenn wir zusammen sind, etwas fühle, das ich noch nie gefühlt habe.»

«Liebst du Harry noch?» Boom Boom hielt den Atem an.

«Nicht auf die romantische Art. Im Moment bin ich so wütend auf sie, daß ich mir nicht vorstellen kann, jemals mit ihr befreundet zu sein, aber alle sagen, das geht vorbei.»

«Sie liebt dich.»

«Nein, tut sie nicht. Im Grunde ihres Herzens weiß sie das. Ich hasse es, sie anzulügen. Ich kenne alle ihre Gründe, aber wenn sie selbst dahinterkommt, wird sie mich am meisten wegen der Lügen hassen.»

Boom Boom saß einen Moment schweigend. Für sie als Frau gab es vieles, was sie Fair über seine Gefühle für Harry hätte sagen können, aber sie hatte schon genug riskiert, indem sie hergekommen war, um sich zu entschuldigen. Sie würde kein weiteres Risiko eingehen, jedenfalls nicht, bis sie sich stärker fühlte. «Ich leite jetzt die Firma, weißt du.» Sie wechselte das Thema.

«Nein, das wußte ich nicht. Es wird dir und der Firma guttun.»

«Ist das nicht ein Witz, Fair? Ich bin dreiunddreißig Jahre alt, und ich mußte nie im Leben pünktlich zur Arbeit kommen oder irgendwem für irgendwas verantwortlich sein. Ich bin... ich bin richtig aufgeregt. Ich bedaure, daß so etwas Entsetzliches passieren mußte, damit ich aufwache. Ich wünschte, ich hätte etwas tun, etwas aus mir machen können, als Kelly noch lebte, aber... ich werde es jetzt tun.»

«Das freut mich für dich.»

Sie schwieg einen Moment, und Tränen traten ihr in die Augen. «Fair –» sie konnte kaum sprechen – «ich brauche dich.»

## 27

*E*in heftiges Nachmittagsgewitter verdüsterte und durchnäßte Crozet. Es war ein Gewittersommer. Harry konnte in dem strömenden Regen nicht einmal zu den Bahngleisen hinübersehen. Tucker hatte sich auf ihr Lager verkrochen, und Mrs. Murphy, der der Donner ebenfalls nicht geheuer war, heftete sich an Harry wie eine Klette.

Sie hörte ein Zischen und einen Knall. Der Strom war ausgefallen, kein unübliches Vorkommnis.

Der Himmel war schwärzlich-grün. Er war Harry unheimlich. Sie tastete unter dem Schalter nach den Kerzen, die sie dort immer vorrätig hielt, fand sie und zündete ein paar an. Dann stellte sie sich an das vordere Fenster und beobachtete die von heftigen Windböen gepeitschte Sintflut. Mrs. Murphy sprang auf ihre Schulter. Harry griff nach ihr und nahm die Katze in den Arm. Sie hätschelte sie wie ein Baby, wiegte sie und dachte an Rick Shaws Reaktion auf die Postkarte: «Bedeckt halten.»

Das war leichter gesagt als getan. Der Tod zweier Bürger von Crozet mußte irgendwie zu erklären sein. Und sie hatte das Gefühl, das Ende eines zerfaserten Fadens in der Hand zu halten. Wenn sie den Faden Schritt für Schritt zurückverfolgen könnte, würde sie die Lösung finden. Sie wußte auch, daß sie vielleicht mehr finden würde, als ihr lieb war – eine Lösung bedeutete in diesem Fall nicht, daß ihre Neugierde auf positive Weise gestillt werden würde. Geheimnisse waren oft häßlich. Sie war dabei, die Fassaden der Stadt Schicht für Schicht abzuschälen. Das konnte ihr eigenes Leben in Gefahr bringen. Rick hatte ihr das deutlich gesagt. Sie sei ihm eine Hilfe gewesen, und er sei dankbar dafür, aber sie sei kein Profi, deshalb solle sie sich raushalten. Sie fragte sich, ob es ihm neben seiner Besorgnis um sie nicht auch ein bißchen darum ging, sein

Gesicht zu wahren. Der Sheriff und seine Leute bewegten sich im Kreis. Das sollten die Bürger lieber nicht wissen. Sie fragte sich, ob Rick, wenn er die Morde aufklärte, befördert werden würde. Vielleicht wollte er allein im Rampenlicht stehen.

Wie auch immer, er tat seine Arbeit, und zu dieser Arbeit gehörte es, die Bürger von Albemarle County zu schützen, und das schloß sie, Harry, ein.

Eine Gestalt tauchte aus dem strömenden Regen auf; ihr Ölzeug flatterte im Wind. Sie steuerte aufs Postamt zu. Harrys Nackenhaare sträubten sich. Mrs. Murphy spürte das, sprang herunter und machte einen Buckel.

Die Tür flog auf, und ein völlig durchnäßter Bob Berryman stürmte herein. Ein Schwall von Blättern wehte hinter ihm her. Er lehnte sich mit dem Körper gegen die Tür, um sie zu schließen.

«Verdammt!» brüllte er. «Sogar die Natur ist gegen uns.» Er war offenbar völlig durcheinander.

Gelähmt vor Angst wich Harry am Schalter entlang zurück. Bob folgte ihr. Er tropfte beim Gehen. Auch wenn Harry aus Leibeskräften schrie – bei diesem Wetter würde sie niemand hören.

Tucker huschte unter dem Schalter hervor. *«Sie fürchtet sich vor Bob Berryman?»*

*«Ja.»* Mrs. Murphy ließ die Augen nicht von Berrymans glänzendem Gesicht.

«Was kann ich für dich tun?» quiekste Harry.

Bob deutete mit dem Finger über den Schalter. «Gib mir so 'nen Einschreibezettel. Harry, bist du krank? Du siehst so... komisch aus.»

*«Tucker, kannst du zur Tür raus, wenn ich sie aufmache?»* fragte Mrs. Murphy. *«Er hat die Briefe geklaut. Wenn er derjenige ist und auf Harry losgeht, könnten wir ihn angreifen.»*

*«Ja.»* Tucker flitzte zu der Tür, die Harrys Arbeitsbereich vom Kundenraum trennte.

Mrs. Murphy streckte sich zu voller Länge und fummelte an dem Türknauf herum. Der hier hatte die richtige Höhe für sie. Wenn sie die Tür öffnete, würde sie Harry einen ihrer besten Tricks verraten, aber Mrs. Murphy wußte, daß sie keine andere Wahl hatte. Sie konzentrierte sich bis zum äußersten und hielt den Türknauf zwischen zwei Pfoten. Mit einer raschen Bewegung drückte sie ihn nach links, und die Tür sprang auf.

«Kluge Katze», bemerkte Berryman.

«So macht sie das also», sagte Harry matt.

Tucker kam scheinbar unbefangen herausgezockelt und ließ sich drei Schritte von Berrymans saftigem Fußknöchel entfernt nieder. Mrs. Murphy sprang wieder auf den Schalter, um zu beobachten und abzuwarten.

«Der Zettel, Harry.» Berrymans Stimme erfüllte den Raum.

Harry nahm einen Einschreibezettel und füllte ihn bei flackerndem Kerzenlicht aus, während der Regen an das vordere Fenster schlug. Sie zerriß den ersten Zettel und fing einen neuen an.

«Ich mach das schon», murmelte sie.

Berryman langte hinüber und griff nach ihrer Hand. Sie erstarrte. Tucker bewegte sich vorwärts, und Mrs. Murphy schlich an den Rand des Schalters. Berryman beobachtete die Katze und sah zu dem Hund hinunter. Tucker entblößte die Fänge.

«Ruf deinen Hund zurück.»

«Laß zuerst meine Hand los.» Harry nahm sich zusammen.

Er ließ ihre Hand los. Tucker setzte sich, sah jedoch Berryman unentwegt an.

«Hab keine Angst vor mir. Ich hab Maude nicht umgebracht. Das denkst du doch, nicht?

«Ich —»

«Ich war's nicht. Ich weiß, ich hab keine gute Figur gemacht, aber ich konnte es auf der Beerdigung nicht mehr ertragen. Josiahs kluge Ratschläge», sagte er erbittert, «waren der Tropfen, der das Faß zum Überlaufen brachte. Was weiß denn der von Männern und Frauen?»

Harry meinte verwirrt: «Ich nehme an, er weiß eine ganze Menge.»

«Du machst wohl Witze. Er nutzt Mim Sanburne aus, um in Palm Beach und Saratoga und New York und Gott weiß wo Parties feiern zu können.»

«Das habe ich nicht gemeint. Er ist ein guter Beobachter, und weil er nicht verheiratet ist und keine enge Beziehung hat, hat er mehr Zeit als andere Leute. Ich schätze, er —»

«Du magst ihn. Alle Frauen mögen ihn. Ich kann mir beim besten Willen nicht vorstellen, warum. Maude hat für ihn geschwärmt. Sie sagte, er konnte sie so zum Lachen bringen, daß sie Seitenstiche bekam. Er quasselte über Kleider, Make-up und Dekorationen. Sie haben ständig die Köpfe zusammengesteckt. Ich habe ihr immer gesagt, daß er nichts ist als ein erstklassiger Verkäufer, aber sie sagte, ich soll nicht so kleinkariert sein – sie werde ihn nicht aufgeben. Sie sagte, er gäbe ihr, was ich ihr nicht geben könnte, und ich gäbe ihr, was er ihr nicht geben könnte.» Bob kniff die Lippen zusammen. «Ich hasse die blöde Schwuchtel.»

«Nenn ihn nicht Schwuchtel», tadelte Harry. «Mir ist es egal, mit wem er schläft und mit wem nicht. Du bist wütend auf ihn, weil er eng mit Maude befreundet war. Du warst eifersüchtig auf ihn.»

«So, jetzt ist die Katze aus dem Sack.» Er seufzte. «Es macht mir nichts mehr aus. Willst du wissen, warum ich ihn geschlagen habe? Er kam zu mir und sagte, ich solle mich zusammennehmen. ‹Denk an deine Frau›, sagte er. Ich hatte befürchtet, daß Maude ihm von uns erzählt hätte, und jetzt wußte ich es. Verdammter Kerl! Kommt daher und trieft vor Besorgnis. Er wollte nicht, daß Linda in die Luft ginge und sein inszeniertes Begräbnis ruinierte. Er hat sich nichts aus Maude gemacht.»

«Hat er wohl. Er hat einen großen Teil der Beerdigung bezahlt.»

«Wir haben alle dafür bezahlt. Er wollte gut dastehen, damit er den Laden übernehmen kann. Er hat mit Maude genausoviel über ihr Geschäft geredet wie über Wimperntusche. Er wußte, wie einträglich es ist. Ich – mir ist das Geschäft egal. Okay, jetzt ist es heraus. Ich habe Maude geliebt. Sie ist tot, und ich würde alles darum geben, sie zurückzubekommen.» Er machte eine Pause. «Ich werde Linda verlassen. Sie kann das Haus behalten, den Wagen, alles. Ich behalte meine Firma. Ich werde allein sein, aber mein Leben ist dann wenigstens keine Lüge mehr.» Das Bekenntnis beruhigte ihn. «Ich habe Maude nicht umgebracht. Ich hätte ihr nie ein Haar gekrümmt.»

«Es tut mir so leid, Bob.»

«Mir auch.» Er reichte ihr den fürs Finanzamt bestimmten Umschlag. «Der Regen hat nachgelassen.» Als ihm bewußt wurde, was er gesagt hatte, wurde er verlegen. Er zögerte einen Moment, bevor er ging.

Harry verstand. «Ich halte den Mund.»

«Du kannst es erzählen, wem du willst. Ich entschuldige mich für meinen Ausbruch. Ich bedaure nicht, was ich dir erzählt habe. Ich bedaure, wie ich es dir erzählt habe. Du brauchst es dir eigentlich nicht gefallen zu lassen. Ich bin mit den Nerven so rauf und runter. Ich kenn mich selbst nicht mehr. Rauf und runter.» Anders konnte er seine Stimmungsumschwünge nicht beschreiben.

«Ich glaube, unter den Umständen ist das ganz natürlich.»

«Ich weiß nicht. Manchmal hab ich das Gefühl, ich werde verrückt.»

«Das gibt sich. Sei nicht so hart zu dir selbst.»

Er lächelte ein verkniffenes Lächeln, murmelte etwas und ging.

Erschöpft von der Begegnung, setzte Harry sich mit einem Plumps hin. Tucker lief zu ihr.

«*So, so, es waren also Liebesbriefe.*» Mrs. Murphy dachte laut.

«*Vermutlich, aber wir wissen es nicht*», erwiderte Tucker. «*Und selbst wenn – er hätte sie in einem Streit umbringen können. Menschen tun so was. Ich habe im Fernsehen gehört, daß jeden Tag vierhundertfünfunddreißig Amerikaner umgebracht werden. Ich glaube, so hat es der Nachrichtensprecher gesagt. Die töten für alles.*»

«*Ich weiß, aber ich glaube nicht, daß er sie getötet hat. Ich glaube, er hat Harry die Wahrheit gesagt.*»

«Was miaust du, Miezekatze? Jetzt bin ich dir auf die Schliche gekommen. Du hast immer die Türen aufgemacht, stimmt's? Du kleiner Schlaumeier.» Harry streichelte Tuckers Ohren, während sich Mrs. Murphy an ihren Beinen rieb. Die Lebenskraft strömte langsam in ihre Gliedmaßen zurück, die sich, als Bob ins Postamt gekommen war, vor lauter Angst so schwer angefühlt hatten. Sie hoffte, der Rest des Tages würde besser verlaufen. Doch leider wurde Harrys Tag eher schlimmer.

Mrs. Hogendobber fuhr in ihrem Falcon vor. Sie spannte einen Regenschirm auf. Mrs. H. sah keinen Grund, sich ein praktischeres Auto zuzulegen, und ihrer Meinung nach wurden für einen Autokauf auf Raten ohnehin Wucherzinsen erhoben. Dennoch fuhr sie einmal im Monat zu Art Bushey, dem Fordhändler, um ihm die Möglichkeit zu geben, ihr einen neuen Wagen zu verkaufen. Art wußte genau, daß sie nicht die geringsten Kaufabsichten hegte. Sie schmachtete ihn an, und galant wie er war, führte er sie jedesmal, wenn sie auf seinen Parkplatz einbog, zum Mittagessen aus.

«Harry! Ich habe einen Fehler gemacht, einen winzig kleinen Fehler, aber ich dachte, Sie sollten es wissen. Ich hätte es Ihnen schon früher sagen sollen, aber ich habe nicht daran gedacht. Ich hab's einfach vergessen. Als Sie von der Party, oder wie Sie das bei Josiah nennen wollen, weggegangen sind, bin ich noch dageblieben. Mim und ich sprachen über den Zustand der Moral heutzutage. Dann erwähnte Mim, daß Sie Little Marilyn ermutigt hätten, sich mit Stafford in New York in Verbindung zu setzen. Ich sprach von Vergebung, und sie sagte mir hochmütig, sie brauche keine Predigt, dafür würde sie in die St. Paulskirche gehen, und ich sagte, Vergebung erstrecke sich auch auf die übrigen sechs Wochentage.»

«Es tut mir leid, daß sie so unhöflich zu Ihnen war.» Harry lehnte sich an den Schalter.

«Nein, nein, darum geht es nicht. Sehen Sie, dann sprach Josiah davon, daß die Regierung, die Bundesregierung, denjenigen, die sich um Steuern zu drücken versuchten, nie richtig verziehen habe, und Ned, der kam, als Sie schon gegangen waren – er wirkte sehr abgespannt, muß ich sagen –, also, Ned lachte und sagte, das Finanzamt verzeihe niemandem. Die Macht, Steuern zu erheben, sei die Macht zu zerstören, und ich sagte, es sei vielleicht gut, daß Maude tot ist, weil sie sie früher oder später erwischt hätten.»

«O nein!» rief Harry aus.

«Das Gespräch ging dann zu anderen Themen über, und es ist mir erst jetzt wieder eingefallen.»

«Wieso jetzt?»

«Das weiß ich nicht genau. Der Regen hat mich an das viele Wasser in Mims Boot erinnert. Was, wenn – wenn der Mörder es gar nicht auf Mim abgesehen hatte? Mim kann schließlich schwimmen.»

«Ich verstehe.» Harry rieb sich die Schläfen. Das war schlimmer als Kopfschmerzen. Die Geschichte, wie Mim mit ihrem Ponton baden gegangen war, war in der ganzen Stadt bekannt, weil die Arbeiter, von denen Jim das Boot auf seinen Laster laden ließ, den Schaden gesehen hatten. Mittlerweile zog jedermann aus allem voreilige Schlüsse, und überall in der Stadt wurde getratscht, daß Mim das ausersehene Opfer gewesen war.

Mrs. Hogendobber atmete tief durch. «Was mach ich jetzt?»

«Wenn irgendwer auf Ihren Schnitzer zu sprechen kommt – Sie wissen schon, wenn jemand eine Suggestivfrage über Maude oder das Finanzamt stellt –, rufen Sie mich sofort an. Oder besser, rufen Sie Rick Shaw an.»

«Ach du liebe Güte.»

«Mrs. H., Sie müssen mir vertrauen. Der Mörder gibt ein Signal, bevor er zuschlägt – ich kann Ihnen nicht sagen, was für eines. Er gibt ein Warnzeichen, und deswegen frage ich mich, ob der aufgeschlitzte Ponton wirklich Ihnen galt.»

«Glauben Sie, er will mich umbringen? Wollen Sie das damit sagen?» Ihre Stimme war ganz ruhig.

«Das will ich nicht hoffen.»

«Wenn ich es Rick Shaw erzähle, wird er wissen, was wir getan haben.»

«Ich finde, wir sollten es ihm lieber sagen. Was wird er tun? Uns verhaften? Hören Sie, Sie müssen sich genau erinnern, wer dort war, nachdem ich gegangen bin.»

«Ich, Mim, Little Marilyn, Jim, der alte Dr. Johnson und Ned. Dabei fällt mir ein, was ist mit Ned und Susan los? Oh, Susan war natürlich auch da.»

«Besinnen Sie sich nur auf die Namen, dann erzähle ich Ihnen von Ned.»

Das gab ihr Auftrieb. «Hmm, Fair und Josiah – na ja, das ist ja klar.»

«Gar nichts ist klar. Sind Sie sicher, daß sonst niemand da war? Wie steht's mit Market? Oder mit den Kindern?»

«Nein. Market war nicht da und Courtney auch nicht.»

«Das sieht nicht gut aus.»

Mrs. Hogendobber stützte sich mit dem Rücken gegen die Wand. Sie wischte sich die Stirn. «Ich bin es nicht gewöhnt, den Menschen nicht zu trauen. Ich fühle mich schrecklich.»

Harrys Stimme wurde sanft. «Niemand von uns ist daran gewöhnt. Man kann nicht von uns erwarten, daß wir unser Verhalten über Nacht ändern – und vielleicht ist es auch besser, wenn wir das nicht tun. Aber solange wir den Mörder nicht gefaßt haben, müssen wir auf der Hut sein. Wollen Sie nicht lieber Larrys Frau heute nacht bei sich schlafen lassen, oder, besser noch, zu ihnen gehen?»

«Meinen Sie, daß das nötig ist?»

«Eigentlich nicht», log Harry. «Aber warum ein Risiko eingehen?»

«Sie glauben, daß Maude und Kelly Rauschgift verschoben haben, nicht? Sie müssen zusammen Geschäfte gemacht haben. Aber wer ist der Drahtzieher?»

«Irgendein netter Mensch in Crozet, mit dem wir Tennis spielen oder zur Kirche gehen. Eine Person, die wir seit Jahren kennen.»

«Warum?» Mrs. Hogendobber mochte wohl Predigten über das Böse halten, aber wenn sie wirklich mit ihm konfrontiert wurde, wußte sie nicht mehr ein noch aus. Sie stellte sich den Teufel mit grünen Hörnern oder als Menschen mit zähnefletschender Fratze vor. Es war ihr nicht ein einziges Mal in ihrem langen und relativ glücklichen Leben in den Sinn gekommen, daß das Böse normal sein könnte.

Als Antwort auf Mrs. Hogendobbers Frage zuckte Harry die Achseln. «Liebe oder Geld.»

Als Mrs. Hogendobber weggefahren war, kehrte Harry mit neuer Kraft an die Arbeit zurück. Wenn sie sich, was Mrs. Hogendobber betraf, auch ratlos fühlte, so konnte sie sich wenigstens nützlich machen, indem sie das Postamt putzte. Wenigstens eine Sache in ihrem Leben konnte sie in den Griff kriegen.

Dann trat Fair ins Postamt.

«Ich habe mich bemüht, ein guter Ehemann zu sein – das weißt du, oder?» Fair räusperte sich.

«Ja.» Harry hielt den Atem an.

«Wir haben nie darüber gesprochen, was wir wirklich voneinander erwarteten. Vielleicht hätten wir darüber reden sollen.»

«Was ist los? Komm, sag schon, laß es raus, um Himmels willen.» Harry war drauf und dran, die Hand nach ihm auszustrecken. Sie nahm sich zusammen.

Fair stammelte: «Nichts ist los. Wir haben Fehler gemacht. Das wollte ich bloß sagen.»

Er ging. Er hatte ihr von Boom Boom erzählen wollen. Die Wahrheit. Er hatte es versucht. Er konnte es nicht.

Harry fragte sich, ob er in die Morde verwickelt war. Er benahm sich so merkwürdig. Es konnte nicht sein. Ausgeschlossen.

## 28

Mrs. Hogendobbers Befürchtungen waren berechtigt. Rick Shaw schäumte, als sie und Harry gestanden, den zweiten Ordner kopiert zu haben.

Als Harry nach Hause kam, befand sie, daß, wenn dies vielleicht auch nicht der schlimmste Tag ihres Lebens gewesen war, er doch immerhin so schlimm gewesen war, daß sie ihn kein zweites Mal hätte erleben wollen.

Sie rief Susan an und erzählte ihr von Fairs sonderbarem Benehmen. Susan erklärte, Fair befinde sich im Trauerstadium der Scheidung. Harry bat sie, morgen vormittag auf eine lange Kaffeepause ins Postamt zu kommen. Als sie aufgelegt hatte, beschloß sie, Susan dann auch von der Postkarte mit der Rüstung zu erzählen, die sie erhalten hatte. Sie mußte wissen, was Susan dazu zu sagen hatte. Außerdem – wenn sie ihrer besten Freundin nicht trauen konnte, war das Leben nicht mehr lebenswert.

## 29

Tucker nagte hinter der Fleischtheke an einem großen Knochen. Market Shiflett hatte ihr in Spendierlaune einen frischen geschenkt. Mrs. Murphy und Pewter bekamen kleinere Rindsknochen. Sie kauten munter vor sich hin, während sie sich gegenseitig über die neuesten Ereignisse unterrichteten. Ozzie, Bob Berrymans australischer Schäferhund, sei vollkommen am Boden zerstört. Pewter behauptete, er wedle kaum mit dem Schwanz und belle fast nie. Mim Sanburnes hochnäsiger Afghane sei gestern seiner Hoden verlustig gegangen. Die Tierneuigkeiten, normalerweise im Sommer reichlich vorhanden, blieben dieses Jahr hinter den Menschenneuigkeiten zurück.

Tucker schilderte Rick Shaws temperamentvollen Ausbruch. Die arme Mrs. Hogendobber hatte gedacht, sie käme ins Gefängnis.

Courtney achtete kaum auf die drei Tiere, die Knochen mahlten und sich unterhielten. Ihre großen Ohrringe klimperten.

*«Seit wann kleidet sich denn Courtney wie eine Zigeunerin?»* wollte die in puncto Kleidung konservative Mrs. Murphy wissen.

*«Sie will Danny Tucker auf sich aufmerksam machen. Er mäht heute Maude Bly Modenas Rasen. Er wird sie hören, bevor er sie sieht.»* Pewter hatte so viel gefressen, daß sie sich auf die Seite legte und den Kopf auf die ausgestreckte Vorderpfote stützte.

*«Schätze, du hast gehört, was er getan hat?»*

*«Mrs. Murphy hat es mir gestern erzählt, als du auf dem Topf warst, wie Harry das nennt.»* Pewter lachte. *«Ich hab eigentlich nichts gegen Harrys Ausdrücke, aber wenn sie dich auf den Topf schickt, hebt sie die Stimme um eine halbe Oktave. Stell dir vor, Courtney steckt sich nicht nur große Reifen in die Ohren; gestern abend, als Market weg war, hat sie sich*

*doch wahrhaftig einen Martini gemacht. Sie möchte erfahren wirken, und sie denkt, daß das mit einem Martini zu schaffen ist. Ha! Schmeckt wie Feuerzeugbenzin.»*

*«Sie ist jung.»* Mrs. Murphy riß eine zarte Faser roten Fleisches vom Knochen.

*«Wem sagst du das. Die Menschen brauchen vierzig Jahre, um erwachsen zu werden, und die Hälfte von ihnen wird es nicht mal dann. Wir sind mit sechs Monaten bereit für die Welt.»*

*«Aber richtig erwachsen sind wir dann noch nicht, Pewter.»* Mrs. Murphy leckte sich das Maul. *«Ich würde sagen, das dauert etwa ein Jahr. Ich frage mich, wieso die Menschen so lange brauchen.»*

*«Zurückgeblieben»*, lautete Pewters prompte Antwort. *«Ich meine, seht euch doch Courtney Shiflett an. Wenn sie mein Kind wäre – die Ringe wären so schnell aus ihren Ohren verschwunden, daß sie nicht wüßte, wie ihr geschieht.»*

*«Aber sie arbeitet wenigstens. Denkt mal an all die Menschen, die ihren Lebensunterhalt nicht verdienen, bevor sie Mitte Zwanzig sind. Sie arbeitet nach der Schule, und sie arbeitet im Sommer. Sie ist ein braves Kind.»* Mrs. Murphy hielt die meisten Menschen für faul, besonders die jungen.

*«Wenn du sie so gern hast, dann versuch mal, mit ihr zu leben. Wenn ich dieses George Michael-Band noch ein einziges Mal höre, werde ich es mit diesen meinen Krallen zerreißen.»* Pewter ließ ihre imponierenden Krallen aufblitzen. *«Außerdem wird das Mädchen noch taub – und ich obendrein –, wenn sie diese Dröhnkiste nicht leiser dreht. Manchmal denke ich, ich sollte einfach verschwinden und nie zurückkommen – und mich von Feldmäusen ernähren.»*

*«Du bist zu dick zum Mäusefangen.»* Mrs. Murphy konnte es nicht lassen.

*«Dann erkläre ich hiermit feierlich, daß ich vorige Woche eine gefangen habe. Ich habe sie Market geschenkt, und er hat den Kopf geschüttelt und etwas gemurmelt. Er hätte sich ruhig bedanken können.»*

«*Sie mögen keine Mäuse.*» Tucker schlabberte an ihrem Knochen.

«*Versuch mal, ihnen einen Vogel zu schenken.*» Mrs. Murphy verdrehte die Augen. «*Das ist das ärgste. Harry heult und begräbt den Vogel. Sie mag die Maulwürfe und Mäuse, die ich ihr bringe. Ich breche ihnen sauber das Genick. Kein Blut, kein Gerupfe. Saubere Arbeit, das darf ich wohl sagen.*»

Pewter rülpste. «*Verzeihung. Saubere Arbeit... Mrs. Murphy, die Menschenmorde waren eine Metzelei*», dachte sie laut.

«*Wieso?*» Tucker setzte sich auf, legte aber für alle Fälle die Pfote auf ihren Knochen. Pewter war dafür bekannt, daß sie Futter stahl. «*Es lohnt nicht, einen Menschen mit solchem Aufwand zu töten. Einen in einen Betonmischer werfen und einen anderen auf die Bahngleise fesseln. Ursprünglich war es saubere Arbeit. Aber als sie tot waren, hat der Mörder Hackfleisch aus ihnen gemacht.*»

Pewter sah auf. «*Der Mörder ist offenbar kein Vegetarier.*» Dann warf sie den Kopf zurück und lachte.

Mrs. Murphy stupste Pewter mit der Pfote. «*Sehr komisch.*»

«*Fand ich auch.*»

Tucker sagte: «*Die Polizei gibt nicht bekannt, wie Kelly und Maude gestorben sind – falls man es weiß. Die Metzelei mußte sein, um irgendwas zu verbergen oder uns von dem abzulenken, was die Leute gemacht haben, bevor sie starben.*»

«*Sehr richtig, Tucker.*» Mrs. Murphy kam ordentlich in Fahrt. «*Was haben sie mitten in der Nacht gemacht? Kelly war in der Betonfabrik. Hat er gearbeitet? Vielleicht. Und Maude ist freiwillig zu den Bahngleisen westlich der Stadt gegangen. Menschen schlafen nachts. Wenn sie wach werden, muß es sich um was Wichtiges gehandelt haben, oder –*» sie machte eine Pause – «*es muß sich um etwas gehandelt haben, was sie zu tun gewohnt waren.*»

# 30

M rs. Murphy und Tucker sind an der Hintertür.» Susan unterbrach Harry, die die Post sortierte und gleichzeitig alles berichtete.

«Laß sie rein, ja?»

Susan öffnete die Hintertür, und die beiden Freundinnen sausten miauend und bellend hinein. «Sie freuen sich, dich zu sehen.»

«Und wie gut sie gelaunt sind. Market hat heute Knochen spendiert.»

*«Wir haben vermutlich ein Teil von dem Puzzle zusammengesetzt»*, verkündete Mrs. Murphy.

*«Sie haben unter einer Decke gesteckt, Kelly und Maude, mit irgendwas —»*, rief Tucker.

*«Nachts, wenn's keiner sehen konnte»*, unterbrach Mrs. Murphy.

«Ist ja gut, Mädels, beruhigt euch.» Harry lächelte.

Mrs. Murphy sprang entmutigt in den Postbehälter. *«Ich geb's auf! Sie ist so begriffsstutzig.»*

Tucker erwiderte: *«Versuch mal, es ihr auf andere Weise beizubringen.»*

Mrs. Murphy steckte den Kopf aus dem Behälter. *«Gehen wir nach draußen.»* Sie sprang heraus.

Tucker und die Katze flitzten zur Hintertür. Tucker bellte und winselte ein bißchen.

«Sag bloß nicht, daß du mal mußt. Du bist gerade erst reingekommen», schalt Harry.

Tucker bellte noch ein wenig. *«Was machen wir, wenn wir draußen sind?»*

*«Weiß ich noch nicht.»*

Harry öffnete ungehalten die Tür, und Tucker rannte sie beinahe über den Haufen.

«Corgis sind viel schneller als man denkt», bemerkte Susan.

Susan und Harry waren das gestrige Gespräch mit Fair noch einmal durchgegangen, und nun waren sie beide deprimiert. Harry kippte den letzten Postsack aus, der dreiviertelvoll war. Susan stürzte sich auf die Postkarten. Sie hielt den Atem an. Eine Reihe italienischer Postkarten erschreckte sie, aber auf der Vorderseite waren keine Friedhöfe abgebildet, und beim Umdrehen wurde jeweils eine Ziffer in der rechten Ecke sowie die Unterschrift ihrer reisenden Freundin Lindsay Astrove sichtbar. Susan und Harry atmeten gleichzeitig aus.

«Ich lese dir Lindsays Karten vor, während du die Post in die Fächer verteilst.» Susan setzte sich auf einen Hocker, schlug die Beine übereinander, ordnete die Postkarten und begann:

«Ein Auslandsaufenthalt ist so toll nun auch wieder nicht. Ich bin mit dem Zug über die Alpen gefahren, und als er in Venedig ankam, blieb mir fast das Herz stehen. Es war wunderschön. Von da an ging's nur noch bergab.»

«Die Venezianer sind so ungehobelt, wie man es sich kaum vorstellen kann. Ihr Leben besteht darin, die Touristen nach Strich und Faden auszunehmen. Sie lächeln nie, auch nicht untereinander. Ich war jedoch entschlossen, diese irdische Plage gewissermaßen zu überwinden und die Schönheit der Stadt in mich aufzunehmen. Voller Blasen und erschöpft bin ich von einem Ort zum anderen gelatscht und habe Gott den Herrn auf einem Gemälde nach dem anderen gesehen. Ich sah Jesus am Kreuz, vom Kreuz abgenommen, im Mantel, im Lendentuch, mit Nägeln, ohne Nägel, blutend, nicht blutend, Haare hoch, Haare runter. Was man sich nur vorstellen kann, ich hab's gesehen. Neben den Gemälden gab's noch diverse andere künstlerische Darstellungen des Herrn mitsamt seinen engsten Freunden und Verwandten.»

«Natürlich gab es viele, viele, viele Abbildungen der jungfräulichen Mutter Maria (ein kleiner Widerspruch in sich). Jedoch ist es mir in ganz Venedig nicht gelungen, einen einzigen Schnappschuß von Josef und dem Esel aufzutreiben. Ich konnte daraus nur schließen, daß sie sich seiner Dummheit schämen, Marias Geschichte über sich und Gott und dieser Empfängnismasche geglaubt zu haben, und daß sie ihn bloß Weihnachten hervorholen.»

«Ich bin zu dem einzig logischen Schluß gekommen, daß diese Kunstwerke, da sie alle gleich aussehen, möglicherweise von ein und demselben Mann stammen. Ich finde es plausibel, daß einer sie alle geschaffen und viele Namen benutzt hat. Oder vielleicht haben alle kleinen italienischen Jungen, die zwischen 1300 und 1799 geboren wurden und deren Nachname auf ‹i› oder ‹o› endete, ein Malbuch gekriegt, wo man Ziffern auf gestrichelten Linien verbinden muß. Bestimmt gibt es für dies alles eine logische Erklärung.»

«Noch ein Gedanke zum Abschluß, dann mache ich mich auf nach Rom. Ich bin froh, daß Jesus in Italien offenbar soviel besser angekommen ist als in Spanien. Die ganze Kunst wäre sonst in Neonfarben auf Samt statt in Öl auf Leinwand gemalt worden.»

«Auf nach Rom – die Eklige Stadt. Rom vereinigt die schlimmsten Eigenschaften von New York und Los Angeles. Das einzige, was die Römer gut können, ist hupen. Die lauteste Stadt der Welt. Die Römer machen den Venezianern im Ungehobeltsein Konkurrenz. Das Essen ist in beiden Städten nicht annähernd so gut wie beim schlechtesten Italiener von San Francisco.»

«Wie Du Dir vermutlich denken kannst, mußte ich ins Vatikanische Museum hinein. Ich mußte auch aus dem Vatikanischen Museum hinaus, weil ich lauthals verkündete, daß es einfach abstoßend sei zu sehen, welche Reichtümer die Kirche hortet. Allein von den Zinsen könnte man in weniger als einem Jahr Krebs, AIDS, Hunger und Obdachlosigkeit in den Griff kriegen. Plötzlich konnten all die

Leute, die angeblich nicht Englisch sprachen, diese Sprache fließend. Ich wurde hinauskomplimentiert. Ich hab nicht mal den Papst in seinen Satingewändern zu sehen bekommen.»

«Der Rest von Rom war auch nicht umwerfend. Das Kolosseum war ein Trümmerfeld, die Spanische Treppe voll von Drogensüchtigen und Betrunkenen, und am Trevi-Brunnen ging's zu wie in einer Aufreißerbar. Die Designer-Läden waren eine Wucht. Ein Designer-Outfit sitzt nicht, paßt nicht und kostet nicht weniger als eine feste Bleibe. Habe in dieser Stadt nichts gekauft. Ich habe Rom verlassen und mich gefragt, warum sich die Westgoten die Mühe gemacht haben, es zu erobern. Aber Monaco war sagenhaft. Die Leute, das Essen, das Flair, das Fehlen von Renaissancekultur!»

«Ich sehe Euch alle im September wieder, wenn ich soviel von der Alten Welt aufgenommen habe, wie ich irgend verdauen kann. Ich denke allmählich, Mim, Little Marilyn, Josiah und Co. müssen goldige Tölpel sein, daß sie wegen Europa, Möbeln und einem Gesichtslifting in der Schweiz derart aus dem Häuschen geraten. Wie Du weißt, verkörpert Mim für mich die Bedingungen menschlichen Daseins schlechthin. Und zeig diese Karten nicht Mrs. Hogendobber! Zeig sie Susan.     In Liebe Lindsay»

Susan und Harry lachten, bis ihnen die Tränen über die Wangen kullerten. Als sie sich endlich wieder gefangen hatten, wurde ihnen bewußt, daß sie seit Kellys Ermordung nicht mehr richtig gelacht hatten. Die Anspannung hatte wirklich ihren Tribut gefordert.

«Wie viele Postkarten hat sie dafür gebraucht?»

Susan fächerte sie auf wie Spielkarten.

«Einundzwanzig.»

«An wen sind sie adressiert?»

«An dich. Du bist die einzige, der sie so was schreiben kann.»

Harry lächelte und nahm die Postkarten an sich. «Ich

freue mich schon darauf, daß Lindsay nach Hause kommt. Vielleicht ist bis September alles vorbei.»

«Hoffentlich.»

*«Zerleg ihn in kleine Stücke. So.»* Mrs. Murphy sezierte den Spatzenleichnam, und ringsum flogen die Federn. Ein angewiderter Ausdruck huschte über Tuckers hübsches Gesicht. *«Ach komm, Welsh Corgis sind doch hart im Nehmen. Reiß den Maulwurf, den ich gefangen habe, in drei Teile.»*

*«Sie wird sich ekeln.»*

*«Dann ekelt sie sich eben. Aber vielleicht dringt in ihr Unterbewußtsein, was wir ihr sagen wollen.»*

*«Sie ist schlau für einen Menschen. Sie weiß, daß es zwischen Kelly und Maude eine Verbindung gibt.»*

*«Tucker, sei nicht so zimperlich. Ich will, daß sie weiß, daß wir's wissen. Vielleicht hört sie zur Abwechslung endlich mal auf uns.»*

Mit deutlichem Mangel an Begeisterung riß Tucker den noch warmen Maulwurf in drei Teile. Und als wäre das noch nicht schlimm genug, hieß Mrs. Murphy sie die Stücke zur Hintertür des Postamts tragen.

Harry öffnete die Tür. Keines der Tiere rührte sich. Sie saßen vielmehr neben ihrer Beute, die Mrs. Murphy sorgsam arrangiert hatte.

«So was Ekelhaftes!» rief Harry aus.

*«Ich hab dir gleich gesagt, sie wird sich ekeln»*, fuhr Tucker die Tigerkatze an.

*«Darauf kommt es nicht an.»*

«Was?» rief Susan.

«Die Katze und der Hund haben die Überreste von einem Maulwurf und von etwas angeschleppt, was vor kurzem noch ein Vogel gewesen sein muß.» Harry sah genauer hin. «Uff. Der Maulwurf ist in drei Teile zerlegt.»

Susan steckte den Kopf aus der Hintertür. «Wie Maude.»

«Entsetzlich. Wie kannst du so etwas sagen?»

«Na ja, es ist nicht schwer, auf solche Gedanken zu kommen.» Susan streichelte Tuckers Kopf. «Sie tun ja nur, was für sie natürlich ist, und sie haben dir diese traurigen Leichen zum Geschenk gemacht. Du solltest ihnen gebührend danken.»

«Ich werde ihnen gebührend danken, sobald ich das hier weggeputzt habe.»

Ob die Leichen von Vogel und Maulwurf Harry inspirierten oder nicht, konnten die Tiere nicht sagen – jedenfalls fuhr sie mit ihrem blauen Wagen zu Kellys Betonfabrik und ließ sie draußen, während sie auf einen Plausch hineinging.

Nachdem sie in Kellys Büro, das nun seine Frau übernommen hatte, eine Weile vorsichtig um das Thema herumgeredet hatte, hielt Harry den Moment für gekommen. Sie beugte sich ruhig zu Boom Boom vor und fragte: «Hatte Kelly je geschäftlich mit Maude zu tun?»

Eine Welle der Erleichterung glitt über das Gesicht der betörenden Frau. «Oh – sicher. Sie hat die Weihnachtspost an seine Geschäftspartner verschickt, meinst du das?»

«Nein.» Harry bemerkte die Fotos von Kelly mit den Bezirksbeamten, dem Rektor der Universität von Virginia, den Regierungsvertretern. «Wie sah es aus mit Geschäften in größerem Stil?»

«Darüber gibt es keine Unterlagen.» Zur Sicherheit fragte Boom Boom bei Marie auf der Gegensprechanlage nach, und Marie bestätigte, was sie gesagt hatte.

«Und was ist mit einer intimeren Beziehung?» flüsterte Harry und wartete auf die Reaktion.

Außerehelicher Sex, für viele schockierend, verletzte Boom Booms Psyche kaum. Sie erwartete dergleichen, sogar von ihrem Mann. «Nein. Maude war nicht Kellys Typ. Allerdings scheint sie Bob Berrymans Typ gewesen zu sein.»

«Weiß das die ganze Stadt?» fragte Harry und wußte, daß es so war.

«Linda ergeht sich in Ohnmachtsanfällen. Als nächstes kommen die Gesundbeter, nehme ich an. Schwer zu glauben, daß Linda oder Maude ihn liebten, aber man kann ja nie wissen.» Ihre Wimpern, so lang, daß sie überall früher eintrafen als sie selbst, flatterten einen Moment.

«Nein.»

Boom Boom errötete. «Kelly war kein Heiliger, und unsere Ehe war alles andere als vollkommen. Wenn er fremdging, hätte er es nie in der Nähe von zu Hause getan. Was denkst du? Du glaubst offenbar, daß zwischen meinem Mann und Maude was war.»

«Ich weiß nicht. Ich hab so ein Gefühl, daß sie zusammen Geschäfte machten. Illegale.»

Boom Boom wurde etwas steifer. «Er hat auf legale Weise massenhaft Geld verdient.»

«Kelly hat den Staat gern beschissen. Ein großer unversteuerter Gewinn wäre für sein rebellisches Ich sehr verlockend gewesen – wenn sie zum Beispiel Rauschgift verschoben hätten, meine ich.»

Boom Boom, die realistisch über Kelly dachte, zögerte. Dieser Gedanke war ihr seit seiner Ermordung auch schon ein paarmal gekommen. «Ich weiß nicht, aber ich hoffe sehr, daß du diese Gedanken für dich behältst. Er ist tot. Zieh jetzt nicht seinen Namen in den Dreck.»

«Tu ich nicht, aber ich muß der Sache auf den Grund gehen. Denkst du, daß Kellys und Maudes Tod zusammenhängen?»

«Also, zuerst habe ich gar nicht gedacht, punctum. Ich war nach dem Schock total ausgeleert, und in die Leere strömte nur Wut. Ich möchte diesen Schweinehund umbringen. Mit bloßen Händen.» Sie legte ihre Hände zusammen, als würge sie jemanden. «Im Lauf der Tage – es kommt mir komischerweise wie Jahre vor – bin ich es dann immer wieder durchgegangen. Ich weiß nicht warum, aber ich glaube, daß sein Tod mit ihrem zusammenhängt.»

«Sie haben was verschoben – darauf läuft es immer wieder hinaus, egal, wie man es angeht.»

«Im Gegensatz zu dem, was die Typen von der Regierung der Öffentlichkeit erzählen, sind Drogen leicht zu verschieben. Es ist möglich. Sie sind weiß Gott auch leicht zu verstecken. Sie brauchen nicht viel Platz. Du kannst für zwei Millionen Dollar Kokain in diese Schreibtischschubladen stopfen.»

«Was immer sie getan haben, sie sind mit einem oder mehreren Partnern aneinandergeraten.» Erst nachdem ihr diese Worte über die Lippen gekommen waren, wurde Harry klar, daß Boom Boom einer dieser Partner sein könnte. Sie war immer auf Profit aus gewesen. Andererseits konnte Harry sich beim besten Willen nicht vorstellen, daß Boom Boom mit Kellys Mörder Geschäfte machte.

«Wenn du es herausfindest, Mary Minor Haristeen, dann sag es mir zwanzig Minuten bevor du es Rick Shaw sagst. Ich zahle dir zehntausend Dollar für die Information.»

Harry schluckte. Zehntausend Dollar. Gott, die hatte sie dringend nötig.

Schweigen umfing sie; eine Art atmosphärischer Widerstreit hing in der Luft. Boom Boom brach das Schweigen: «Überleg's dir.»

Harry schluckte noch einmal. «Mach ich.» Sie zögerte. «Wieso hab ich das Gefühl, daß du mir was verheimlichst?»

Boom Booms Gesicht wurde plötzlich starr. «Ich erzähle dir alles, was ich über Kelly weiß. Wenn er ein Geheimnis hatte, dann hat er es mir verschwiegen.»

«Was ist mit Fair?» Harrys Lippen waren weiß.

«Ich weiß nicht, was du meinst.» Boom Booms Augen huschten durch den Raum. «Bist du gekommen, weil du was über Kelly wissen wolltest oder weil du was über Fair wissen willst? Du hast ihn rausgeworfen, Harry. Was kümmert's dich, was er macht?»

«Es wird mich immer kümmern, was er macht. Ich kann

bloß nicht mit ihm leben.» Harry wurde rot. «Er war einfach nicht... da.»

«Wie meinst du das?»

«Er war gefühlsmäßig nicht da.» Sie seufzte. «Daß eine Ehe kaputtgeht, ist eine Sache, aber es ist genauso schlimm, daß dabei Freundschaften kaputtgehen. Alle Leute ergreifen Partei.»

«Was hattest du erwartet?» Kein Mitgefühl von Boom Booms Seite.

Das brachte das Faß zum Überlaufen. «Von dir jedenfalls mehr!» Harry biß die Zähne zusammen. «Zwischen ihm und Kelly war es nicht mehr wie früher, seit Fair sich an dich rangemacht hat, aber wir sind befreundet geblieben.»

«Das war voriges Jahr. Alle waren betrunken! Sieh mal, Harry, die Menschen wollen sich nicht in Selbstbetrachtungen ergehen. Laß mich dir einen Rat geben, was Crozet betrifft.»

Harry unterbrach sie. «Ich habe mein ganzes Leben hier gelebt. Was weißt du, das ich nicht weiß?»

«Daß eine Scheidung die Leute erschreckt. Von außen betrachtet schien eure Ehe in Ordnung. Die Leute wollen nicht glauben, daß der Schein trügen könnte. Jetzt hast du Verwirrung gestiftet. Du siehst vielleicht in dich hinein, aber das nützt dir in der öffentlichen Meinung gar nichts. Wir befinden uns in Albemarle County. Keine Veränderungen bitte. Laß alles, wie es ist. Bleib, wie du bist. Sich ändern wird als Schuldgeständnis betrachtet. Himmel, die Leute leben lieber in ihrem häuslichen Elend, als daß sie eine Chance ergreifen, etwas daran zu ändern.»

Noch nie hatte Harry von Boom Boom derart unverblümte Wahrheiten zu hören bekommen. Sie machte den Mund auf, aber sie brachte keinen Ton heraus. Schließlich fand sie die Sprache wieder. «Wie ich sehe, hast du viel nachgedacht.»

«Allerdings.»

Das Gespräch hatte die Spannung vergrößert, anstatt sie aufzulösen.

Als Harry nach Hause fuhr, kam es ihr vor, als seien die Nachmittagsschatten länger geworden. Das Gefühl einer Bedrohung begann sie zu quälen.

Sie blieb bei ihrem eingespielten täglichen Einerlei, wie es alle taten. Anfangs hatten dieses Einerlei wie auch der Gedanke an die Scheidung ihr Entsetzen über die Morde gedämpft, aber jetzt fühlte sie sich aus dem Gleichgewicht geworfen, das Einerlei erschien ihr wie eine Farce. Die makabren Morde wurden ihr allmählich in ihrer ganzen Realität bewußt.

Sie trat aufs Gaspedal, aber sie konnte den Schatten, die die sinkende Sonne warf, nicht davonfahren.

## *31*

Schade, daß Du nicht hier bist.» Harrys Hände zitterten, als sie die an Mrs. George Hogendobber adressierte Postkarte las. Die Vorderseite der Karte war eine schöne Hochglanzfotografie von Puschkins Grab. Wieder nahm ein sorgfältig gefälschter Poststempel die obere rechte Ecke der Rückseite ein.

Harry rief Rick Shaw an, aber er war nicht im Büro. «Dann holen Sie ihn!» schrie sie die Telefonistin an. Anschließend drückte sie auf den Knopf und wählte Mrs. Hogendobbers Nummer.

«Hallo.»

Harry hätte nie gedacht, daß sie einmal so froh sein würde, diese energische Stimme zu hören. «Mrs. Hogendobber, geht es Ihnen gut?»

«Sie rufen mich am frühen Morgen an, um zu hören, ob es mir gutgeht? Ich bin in einer Viertelstunde sowieso bei Ihnen.»

«Ich hole Sie ab.» Harry rang nach Luft und atmete tief durch.

«Wie bitte? Mary Minor Haristeen, ich bin schon zum Postamt gegangen, als Sie noch nicht auf der Welt waren.»

«Bitte tun Sie, was ich sage, Mrs. H. Gehen Sie auf die vordere Veranda, so daß alle Sie sehen können. Ich bin in einer Minute da. Tun Sie's, bitte.» Sie legte den Hörer auf und stürmte aus der Tür, dicht gefolgt von Tucker und Mrs. Murphy.

Mrs. Hogendobber schwang auf ihrer Hollywood-Schaukel, eine perplexe Mrs. Hogendobber, eine verärgerte Mrs. Hogendobber, aber eine lebendige Mrs. Hogendobber.

Harry brach bei ihrem Anblick in Tränen aus. «Gott sei Dank!»

«Um Himmels willen, was ist mit Ihnen, Mädchen? Sie brauchen ein Alka-Seltzer.»

«Sie müssen hier weg. Raus aus Crozet. Wie wär's mit Ihrer Schwester in Greenville, North Carolina?»

«Da ist es genauso heiß wie hier.»

«Wie wär's mit Ihrem Neffen in Atlanta?»

«Atlanta ist noch schlimmer als Greenville. Ich gehe nirgendshin. Leiden Sie unter einem Hitzschlag? Vielleicht sind Sie überarbeitet. Wollen wir nicht hineingehen und zusammen beten? Dann werden Sie bald die Hand des Herrn auf Ihrer Schulter spüren.»

«Das hoffe ich inständig, aber Sie kommen mit mir ins Postamt und gehen nicht wieder weg, bis Rick Shaw eintrifft.»

Tucker leckte Mrs. Hogendobbers Fesseln. Mrs. Hogendobber verscheuchte sie, aber Tucker kam wieder. Schließlich ließ Mrs. Hogendobber sie lecken. Sie war an diesem stickigheißen Morgen ohnehin verschwitzt. Was machten da schon nasse Fesseln?

«Würden Sie mir sagen, was hier vorgeht?»

«Ja. Jedes Mordopfer hat eine Postkarte ohne Unterschrift erhalten. In einer Computerschrift. Sieht aus wie eine richtige Handschrift, ist aber keine. Vorn auf jeder Postkarte war eine Fotografie von einem berühmten Friedhof. Der Text lautete: ‹Schade, daß du nicht hier bist.› Sie haben heute morgen eine bekommen.»

Mrs. Hogendobbers Hand flatterte an ihren gewaltigen Busen. «Ich?»

Harry nickte. «Sie.»

«Was habe ich getan? Ich habe noch nie einen Joint zu Gesicht beommen, geschweige denn Stoff verkauft.»

«Oh, Mrs. H., ich weiß nicht, ob es irgendwas mit Rauschgift zu tun hat, aber der Mörder hat erfahren, daß Sie den zweiten Satz Bücher gesehen haben. Auf dem Treffen bei Josiah.»

Mrs. Hogendobbers Augen wurden schmal. Es mochte ihr an Sinn für Humor mangeln, aber es mangelte ihr nicht an einer raschen Auffassungsgabe. «Ach, dann hat Maude nicht nur das Finanzamt betrogen. Der Ordner ist auch ein Konto ihres Umsatzes mit ihrem Partner, wer immer das war.» Sie hielt sich auf beiden Seiten an der Hollywood-Schaukel fest. «Jemand auf Josiahs Party. Das ist absurd!»

«Ja – aber es ist wahr. Sie sind in Gefahr.»

Überaus gefaßt stand Mrs. Hogendobber auf und begleitete Harry ins Postamt. Sie erholte sich genügend, um sagen zu können: «Ich habe immer gewußt, daß Sie die Postkarten lesen, Harry.»

Als Rick Shaw mit Officer Cooper kam, scheuchte er alle ins Hinterzimmer.

«Harry, benehmen Sie sich normal. Wenn Sie Leute kommen hören, gehen Sie nach vorn und sprechen mit ihnen.» Er betrachtete die Postkarte.

«Wie sieht's mit Fingerabdrücken aus?» fragte Officer Cooper.

«Ich schicke die Karten ins Labor. Aber der Mörder ist gewieft. Keine Fingerabdrücke. Keine auf den Postkarten, keine auf den Leichen, nichts. Dieses Manns- oder Weibsbild muß unsichtbar sein. Wir lassen von den Computerfirmen in der Stadt überprüfen, ob sich an der Schrift etwas erkennen läßt. Leider sind Computer nicht wie Schreibmaschinen, die sich aufspüren lassen. Ein maschinengeschriebener Brief ist fast wie ein Fingerabdruck. Elektronisch Gedrucktes ist, hm, homogenisiert. Wir geben uns Mühe, aber in diesem Punkt haben wir nicht viel Hoffnung.»

Officer Cooper beobachtete Mrs. Murphy, die versuchte, sich in eine Kleenexschachtel auf dem Bord zu zwängen.

«Er oder sie hält uns zum Narren. Der Mörder schickt eine Warnung, auch wenn die Opfer nicht merken, daß es eine Warnung ist», sagte Harry.

«Ich hasse die Typen, die mit solchen ausgefeilten Feinheiten daherkommen.» Rick zog ein Gesicht. «Ein ordentlicher Mord im Familienkreis ist mir allemal lieber.» Er schwenkte seinen Stuhl herum, so daß er Mrs. Hogendobber gegenübersaß. «Sie werden hier schleunigst verschwinden, Madam.»

«Ich bin bereit hinzunehmen, was Gott für mich bereithält.» Sie streckte das Kinn vor. «Ich war bereit, in Mims See zu ertrinken. Das hier ist auch nichts anderes.»

«Die Wege des Herrn sind unergründlich, aber meine nicht», entgegnete Rick. «Sie können Verwandte besuchen, und wir sorgen dafür, daß Sie heil und gesund ankommen. Wir werden die Behörden vor Ort verständigen, damit sie Ihr Wohlergehen im Auge behalten, und wir werden keinen Menschen über Ihren Verbleib unterrichten. Wenn Sie die Stadt nicht verlassen, stecken wir Sie ins Gefängnis. Wir werden Sie gut behandeln, aber, meine liebe Mrs. Hogendobber, Sie werden nicht das dritte Opfer dieses kalten, berechnenden Mörders werden. Haben Sie mich verstanden?»

«Ja.» Mrs. Hogendobbers Antwort klang nicht kleinlaut.

«Schön. Sie gehen mit Officer Cooper nach Hause und packen. Sie können entscheiden, was Sie tun werden, und Sie sagen es niemandem außer mir.»

«Nicht mal Harry?»

«Nicht mal Harry.»

Mrs. Hogendobber nahm Harrys Hand und drückte sie. «Machen Sie sich um mich keine Sorgen. Ich schließe Sie in meine Gebete ein.»

«Danke.» Harry war gerührt. «Und ich Sie in meine.»

Als Mrs. Hogendobber und Officer Cooper durch die Hintertür hinausgegangen waren, zerknüllte Harry einen Postsack.

«Er wird wissen, daß ich es weiß und daß Sie es wissen», sagte der Sheriff. «Er wird nicht wissen, ob es sonst noch jemand weiß. Weiß es sonst noch jemand?»

«Susan Tucker.»

Ricks Augenbrauen zogen sich zusammen. «Verflixt und zugenäht, Harry, können Sie denn nie den Mund halten?»

«Sie ist meine beste Freundin. Und falls mir was zustößt, möchte ich, daß irgend jemand wenigstens so viel weiß wie ich.»

«Woher wissen Sie, daß Susan nicht die Mörderin ist?»

«Nie. Nie. Niemals. Sie ist meine beste Freundin.»

«Ihre beste Freundin. Harry, Frauen, die seit dreißig Jahren verheiratet sind, entdecken, daß ihr Mann in einer anderen Stadt eine zweite Frau hat. Oder Kinder wachsen auf und entdecken, daß ihr geliebter Daddy ein Nazikriegsverbrecher war, der in die Vereinigten Staaten entkam. Die Leute sind nicht, was sie scheinen, und dieser Mörder scheint normal, angepaßt, und – ja, einer von uns zu sein. Er oder sie ist von hier. Susan steht genauso unter Verdacht wie alle anderen. Und was ist mit Fair? Er kennt sich in der Medizin aus. Ärzte sind findige Mörder.»

«Susan und Fair würden es einfach nicht tun, das ist alles.»

Rick atmete durch die Nase aus. «Ich bewundere Ihr Vertrauen zu Ihren Freunden. Falls es nicht berechtigt ist, haben Sie eine gute Chance, bald vor Ihren Schöpfer zu treten.» Er nahm einen Stift und klopfte sich damit an die Wange. «Glauben Sie, Susan hat es Ned erzählt?»

«Nein.»

«Ehefrauen sprechen gewöhnlich mit ihren Männern. Und umgekehrt.»

«Sie hat mir ihr Wort gegeben, und ich kenne sie viel länger, als Ned sie kennt. Sie wird nichts sagen.»

«Dann sind Sie, Susan und Mrs. Hogendobber die einzigen, die das Postkartensignal kennen?»

«Ja.»

Er klopfte ununterbrochen. «Wir sind nur eine kleine Mannschaft, aber ich werde Officer Cooper zu Ihrer Bewachung abstellen. Sie wird hier im Postamt bleiben und auch mit Ihnen nach Hause gehen. Zumindest für ein paar Tage.»

«Ist das nötig?»

«Unbedingt. In maximal zwölf Stunden wird der Mörder wissen, daß Mrs. Hogendobber die Stadt verlassen hat, und den Rest wird er sich denken. Sie taucht nicht in der Bibelstunde auf. Man wird Fragen stellen. Ich werde veranlassen, daß sie vom Bahnhof aus ein paar Telefongespräche führt. Sie kann sagen, daß ihre Schwester krank geworden ist und sie schleunigst nach Greenville muß. Welchen Ort sie auch angibt, es wird natürlich nicht der richtige sein. Aber Mrs. Hogendobbers Deckadresse wird den Mörder nicht täuschen, sowenig wie Mims Austauschstudentinnen irgend jemanden täuschen. Die Abreise kommt zu plötzlich; Mrs. Hogendobber pflegt es normalerweise schon Tage vorher zu verkünden, wenn sie bloß nach Charlottesville fährt. Bei einer unumgänglichen Reise, die sie über die Grenzen von Virginia führt, würde sie eine Anzeige in den *Daily Progress* setzen. Sehen Sie, das ist ja das Fatale an diesem Menschen – er kennt unser aller Gewohnheiten, Schwächen, das tägliche Einerlei. Wenn er sich Mrs. H. nicht schnappen kann, bin ich nicht sicher, was er als nächstes tun wird. Er fällt womöglich über Sie her, oder er wird vielleicht nervös und macht einen Fehler. Einen winzigen nur, der uns aber weiterhilft.»

«Ich hoffe, daß letzteres der Fall sein wird.»

«Das hoffe ich auch, aber ich will kein Risiko eingehen.»

Mrs. Murphy und Tucker merkten sich jedes Wort. Wenn Harry in Gefahr war, gab es keine Zeit zu verlieren.

## *32*

Officer Coopers Anwesenheit im Postamt war für alle verblüffend. Mim, Little Marilyn und die Leibwächterin blieben bei ihrem Anblick stehen.

Little Marilyn wich nicht von der Seite ihrer Mutter, ebensowenig die Leibwächterin, die eine Rasur hätte vertragen können.

«Ah, Harry, ich wollte mit dir über den diesjährigen Krebsball sprechen.» Little Marilyn biß sich auf die Lippe, während Mim wartete.

Harry hatte seit sechs Jahren alljährlich dem Komitee angehört. «Ja.»

«Da du jetzt in Scheidung lebst, gehört es sich einfach nicht, daß du im Komitee bist.» Little Marilyn besaß wenigstens den Mut, es ihr ins Gesicht zu sagen.

«Was?» Harry konnte es nicht glauben – es war zu albern und zu peinlich.

Mim sprang ihrer Tochter bei. «Wir können Sie nicht im Programm aufführen. Denken Sie doch nur, was Sie der lieben, guten Mignon Haristeen damit antun würden.»

Mignon Haristeen, Fairs Mutter, stand auch im Gesellschaftsregister und war daher wichtig für Mim.

«Meine Güte, sie lebt in Hobe Sound.» Harry platzte der Kragen. «Ich glaube, es ist ihr schnurzpiepegal, was wir in Crozet tun.»

«Also wirklich, haben Sie denn überhaupt kein Taktgefühl?» Mim hörte sich an wie eine alte Lehrerin.

«Himmel noch mal, wer seid ihr zwei denn, daß ihr mich aus dem Krebsball rausschmeißen wollt?» Harry schäumte. «Mim, Sie leben in einer völlig zerrütteten Ehe. Sie haben sich billig verkauft. Mir ist es schnuppe, ob Jim zig Millionen Dollar hat. Was sind zig Millionen Dollar verglichen mit Ihrem emotionalen Wohl, mit Ihrer Seele?»

Mim brüllte zurück: «Ich hab mein eigenes Geld mit in die Ehe gebracht!»

Indem sie das sagte, sagte sie alles. Ihr Leben drehte sich um Geld. Die Liebe hatte nichts damit zu tun.

Sie knallte die Tür zu, und Little Marilyn und die Leibwächterin mußten rennen, um sie einzuholen.

Schlimm genug, daß Harry die Beherrschung verloren hatte; obendrein hatte sie Mim vor Officer Cooper kritisiert.

Mim, gleichsam in der weißen Grabstätte ihrer makellosen Abstammung bestattet, war von Harry, einer Person niedrigen Rangs, beleidigt worden. Oh, sie hatte Harry vieles nachgesehen. Fair hatte zwar wenig Geld, aber die Haristeens hatten wenigstens einen Stammbaum. Sie hatten einst Geld gehabt, auch wenn sie es im Bürgerkrieg verloren hatten. Sie hatten sich finanziell nie mehr erholt, aber das war nun mal das Geschick des Südens. Es bedurfte solcher Parvenüs wie Jim, um wieder zu Geld zu kommen.

Mim riß beinahe die Tür ihres Volvos heraus. Sie würde Mignon Haristeen anrufen, sobald sie nach Hause kam.

Courtney kam hereingeweht, als Mim hinausfegte. «He, was hat die denn?»

«Wechseljahre», sagte Harry.

Officer Cooper lachte. Courtney verstand nicht recht. Sie riß das Schließfach auf.

«Vorsichtig, Courtney. Du verbiegst noch die Scharniere.»

«Verzeihung, Mrs. Haristeen. Officer Cooper, was machen Sie hier?»

«Ich bewahre euer Postfach vor Betrug und verbogenen Scharnieren.»

Mrs. Murphy steckte ihre Pfote von hinten in das geöffnete Fach. Sie konnte die meisten Fächer erreichen, wenn der fahrbare Postbehälter darunter stand, so wie jetzt. Courtney berührte ihre Pfote. Mrs. Murphy hatte diesen Trick bei Mrs. Hogendobber angewandt, die kreischte, als sie die behaarte kleine Pfote sah. So war sie, tapfer, was ihre üble Postkarte anging, aber eine Katzenpfote machte ihr angst. Na ja, sie war nicht an Tiere gewöhnt. Mrs. Murphy dachte darüber nach, während Courtney mit ihr spielte.

Danny Tucker öffnete die Tür und schloß sie vorsichtig, eine Abweichung von dem Krach, den er üblicherweise veranstaltete. Seit der Kreditkartenepisode trat er sehr behutsam auf.

«Hallo, Harry, Officer Cooper.» Er sah Courtney an. «Hallo, Courtney.»

«Hallo, Danny.» Courtney schloß das Fach, womit sie Mrs. Murphy großer Wonnen beraubte.

Danny beugte sich über den Schalter. «Mom meint, du solltest heute abend zum Essen kommen», richtete er Harry aus. «Dad bleibt über Nacht in Richmond.»

«Gern. Officer Cooper wird mich begleiten.»

«Hast du Ärger?» Danny hoffte es halbwegs, denn dann wäre er nicht der einzige, über dessen Kopf eine drohende Gewitterwolke hing.

«Nein.»

«Verwarnung wegen Überschreitung der Geschwindigkeitsbegrenzung», sagte Officer Cooper lakonisch.

«Du?» rief Danny aus. «Die alte Karre fährt doch nicht mehr als achtzig, wenn's hochkommt.»

«Der Zustand meines Wagens ist sehr beklagenswert, aber der Zustand meines Bankkontos ist noch trauriger. Daher der Wagen. Und ich habe noch nie eine Verwarnung wegen Geschwindigkeitsüberschreitung bekommen. Keine einzige.»

«Warum baust du nicht einen neuen Motor ein, oder einen überholten? Mein Kumpel Alex Baumgartner, der kann mit einem Motor alles machen. Billig ist er auch.»

«Ich werde es wohlwollend bedenken.» Harry lächelte. «Und sag deiner Mom, wir kommen gegen halb sieben. Paßt Ihnen das, Coop?»

«Prima.» Officer Cynthia Cooper lebte allein. Eine hausgemachte Mahlzeit war für sie ein Stück vom Himmel.

Dannys Augen funkelten. Er wollte weltgewandt erscheinen, trotzdem sah er aus wie der Vierzehnjährige, der er war. «Courtney, komm doch auch.»

«Ich denke, du hast Hausarrest.» Warum Entgegenkommen zeigen?

«Hab ich auch, aber du kannst mich doch besuchen. Ist ja nur zum Abendessen, und Mom meint, du hast einen guten Einfluß.» Er lachte.

«Du kannst mit uns im Dienstwagen fahren», bot Officer Cooper ihr an.

«Ich muß erst Daddy fragen.» Sie eilte hinaus und war in ein paar Sekunden zurück. «Er sagt, ich darf.»

Josiah kam herein. «Ich höre, du stehst unter Bewachung. Außerdem haben mich Mim, Little Marilyn und diese Leibwache fast über den Haufen gerannt. Hallo, Kinder.» Er bemerkte Courtney und Danny.

«Tag, Mr. DeWitt.» Sie verließen das Postamt, um sich draußen zu unterhalten.

Josiah schob die Unterlippe vor; er tat ganz ernst. «Ich verbürge mich für den Charakter dieser Frau. Sauber wie frischgefallener Schnee. Rein wie ein Gebirgsbach. Ehrlich wie Abe Lincoln. Könnten wir sie doch nur bestechen.»

«Gebt euch mehr Mühe.» Harry lächelte.

Er holte seine Post und rief um die Ecke: «Kann ich irgendwas tun, um dich von Officer Cooper zu befreien? Nicht daß wir Sie nicht wirklich gern haben, Officer Cooper, aber Sie werden das Sexualleben des armen Mädchens ruinieren.»

«Welches Sexualleben?» fragte Harry.

«Eben.» Josiah kam wieder an den Schalter. Sein Ton wurde ernster. «Geht's dir gut?»

«Bestens.»

«Ich nehm dich beim Wort.» Er zögerte, senkte die Augen, hob sie dann wieder. «Was von Stafford gekommen?»

«Nicht daß ich wüßte, und Mim hat mir zu verstehen gegeben, daß ich bei ihr untendurch bin, aber das ist sie bei mir auch, die hochnäsige Zicke.»

Josiahs Augen weiteten sich. Er hatte Harry selten wütend gesehen. «Sie hat sämtliche existierenden Eigenschaftswörter bemüht, um mir ihre Gefühle bezüglich der ‹Stafford-Episode› zu schildern, wie sie das nennt. Mim und ich haben eine Art Abkommen. Sie mischt sich nicht in mein Privatleben, und ich mische mich nicht in ihres, aber in dieser Sache liegt sie völlig falsch. Und warum Little Marilyn sich ausgerechnet Fitz-Gilbert ausgesucht hat, bleibt erst recht ein Geheimnis. Wäre er noch ein bißchen stiller, könnte man glauben, der Mann läge im Koma.»

«Wann wird er sich zeigen?» fragte Harry.

«Mama plant eine kleine ‹Geschichte› im Farmington Country Club, aber sie verschiebt den Termin immer wieder. Sie ist nervöser, als sie sich anmerken läßt, wegen... dieser Sache.»

«Sind wir das nicht alle?» Harry schob den Stempelhalter hin und her.

Josiah strich sich über die graumelierten Haare. «Ja – aber ich denke lieber nicht daran. Ich kann es sowieso nicht ändern.»

## 33

Die Ohren gespitzt, um Mäusegeräusche aufzufangen, durchstreifte Mrs. Murphy die Scheune. Es war ein langer Tag im Postamt gewesen. Als sie nach Hause kamen, war Mrs. Murphy, von Tucker begleitet, zur Scheune geeilt. Oben auf dem Heuboden gewahrte sie einen schwarzen Schwanz, der über die Seite eines Strohballens herabhing. Sie kletterte die Leiter zum Boden hinauf. *«Paddy?»*

Er öffnete ein goldenes Auge. *«Du wunderbares Wesen. Ich habe auf dich gewartet. Gut, daß du mich geweckt hast, sonst hätte ich glatt bis heute nacht durchgeschlafen.»* Er streckte sich. *«Ich habe mich an unsere kurze Unterhaltung erinnert, in einer Vollmondnacht, unter einem Sternenbaldachin...»*

Sie schlug mit dem Schwanz. Seine blumige Sprache machte sie ungeduldig. Er fuhr fort:

*«Und wiewohl ich abgewiesen wurde, haben sich deine Worte meinem Herzen eingeprägt. Ich habe etwas Merkwürdiges gesehen. Es ist mir nicht gleich besonders merkwürdig vorgekommen, und ich wünschte jetzt, es wäre so gewesen, weil*

*ich dann gleich nachgeforscht hätte, aber mein Blut war in Wallung, und du weißt, wie das ist.»*

«*Was?*» Mrs. Murphys Ohren zuckten; ihre Schnurrhaare schnellten nach vorn. Jeder Muskel war gespannt.

«*Ich war nahe beim alten Greenwood-Tunnel auf der Jagd. Ein Kaninchen kam aus dem Tunnel geflitzt, und ich verfolgte es bis zu Purcell McCues Hof. Dort kam der verdammte Apportierhund mit triefender Schnauze rausgelaufen, und ich hab mein Kaninchen verloren.»*

«*Bist du auf einen Baum rauf?*»

«*Ich? Wegen eines zahnlosen alten Köters? Nein, ich bin direkt unter seiner Nase vorbeigesaust und dann nach Hause gegangen. Dann fiel mir ein, was du gesagt hattest, und ich bin hergekommen.»*

«*Der Tunnel ist versiegelt.»*

«*Aber ich hab das Kaninchen rauskommen sehen.»*

«*Erinnerst du dich genau, wo?»*

«*Es ist ziemlich schnell gerannt, aber ich glaube, es war in Bodennähe. Da ist alles mit Laub bedeckt. Schwer zu sehen.»*

«*Woher weißt du, daß es sich nicht im Laub versteckt hatte und du es rausgescheucht hast?»*

«*Ich schwöre, ich sah es aus einer Öffnung unten am Boden flitzen. Ich kann's nicht ganz sicher sagen, aber egal — ich dachte, es interessiert dich vielleicht.»*

«*Das tut es, Paddy. Ich weiß gar nicht, wie ich dir dafür danken soll.»*

«*Aber ich.»*

«*So nicht.»* Mrs. Murphy gab ihm einen Klaps hinter die Ohren. «*Komm, wir erzählen es Tucker.»*

Die zwei Katzen gingen zu Tucker hinunter. Das Gespräch wurde hitzig.

«*Wir müssen hin!*» überschrie Tucker die Stimmen der anderen. «*Das ist die einzige Möglichkeit, es rauszukriegen.»*

«*Ich weiß, daß wir hinmüssen, aber es ist eine gute Tages-*

*reise, und wir können Harry nicht allein lassen, jetzt, wo sie in Gefahr ist.»* Mrs. Murphy fauchte, so sehr ereiferte sie sich.

*«Wie wollt ihr sie überhaupt dazu kriegen, sich den Tunnel mal anzusehen?»* Menschen standen bei Paddy nicht hoch im Kurs.

*«Harry kapiert, wenn man's ihr oft genug sagt.»* Tucker verteidigte ihre Freundin.

*«Wenn uns bloß was einfällt...»*

*«Noch mehr tote Vögel und Maulwürfe?»*

*«Nein.»* Mrs. Murphy sprang auf den Wassertrog. *«Die Fotokopien. Versuchen wir's mal damit, wenn wir wieder reingehen.»*

*«Oh.»* Tuckers wäßrigbraune Augen trübten sich. *«Sie wird fuchsteufelswild werden.»*

*«Lieber auf die Palme gehen als unter die Erde kommen»*, sagte Paddy trocken.

# 34

*I*ch sollte quaken lernen, weil ich nämlich die nächsten drei Tage nur noch watscheln kann.» Officer Cynthia Cooper rieb sich den Magen, als sie hinter Harry ins Haus trat.

«Mim gibt ein Vermögen für ihre Köchin aus, und Susan Tucker kocht viel besser – und dazu noch umsonst.» Harry warf ihren Beutel auf den Küchentisch. Sie waren durch die Hintertür gekommen. Das letzte Mal, daß Harry den Vordereingang benutzt hatte, war bei der Beerdigungsfeier ihres Vaters gewesen. «Ich zeig Ihnen das Gästezimmer.»

«Nein, ich schlafe in Ihrem Zimmer, und Sie schlafen im

Gästezimmer. Wenn jemand auf der Suche nach Ihnen herumschleicht, kommt er oder sie zuerst in Ihr Schlafzimmer.»

«Sie glauben doch nicht wirklich, daß der Mörder sich mitten in der Nacht hier anschleicht, bloß weil er weiß, daß ich das Postkartensignal entschlüsselt habe?» Harry wollte sich gern selbst ein bißchen Mut machen.

«Es ist unwahrscheinlich, aber an diesen Verbrechen ist ja alles unwahrscheinlich.»

«*Mir nach!*» rief Mrs. Murphy über die Schulter. Sie sauste in Harrys Schlafzimmer, stieß eine Lampe um und warf die Fotokopien auf den Schlingenteppich.

«*Juhuu!*» Tucker gab vor, Mrs. Murphy zu jagen. «*Soll ich die Papiere anknabbern?*»

«*Nein, Schwachkopf, lauf ums Bett herum*», wies Mrs. Murphy den Hund an. «*Wenn sie kommt, um uns zu vermöbeln, verstecken wir uns unterm Bett.*»

Gefolgt von Officer Cooper stürmte Harry ins Schlafzimmer. «Schluß jetzt, ihr zwei!»

Mrs. Murphy hüpfte auf die Matratze, schlug einen vollendeten Purzelbaum, und als Harry sie packen wollte, flitzte sie davon und drückte sich flach unters Bett. Tucker war schon da.

Der Musselinstoff an der Unterseite der Matratze hing einladend herunter. Von Zeit zu Zeit pflegte sich Mrs. Murphy auf den Rücken zu legen und sich Pfote für Pfote von einem Ende des Betts zum anderen zu hangeln. Stoffetzen zeugten von ihrer Klettertechnik in Rückenlage. Sie langte hinauf und schlug die Krallen hinein.

«*Nicht*», warnte Tucker. «*Sie ist so schon wütend genug.*»

«Jetzt reicht's, ihr zwei! Ich meine es ernst, wirklich ernst diesmal. Verdammt, die Lampe ist kaputt.»

«War sie wertvoll?» Officer Cooper kniete sich hin, um die Scherben aufzulesen. Sie sah sich einem Hündchen mit angelegten Ohren gegenüber, das sie anstarrte. «Der Hund lacht mich aus, ich schwöre es.»

«Eine echte Komödiantin.» Harry ging ebenfalls auf die Knie. «Mrs. Murphy, was hast du mit meinem Bett gemacht?»

*«Wenn du hier drunter öfter saubermachen würdest, hättest du es längst gemerkt»*, antwortete Mrs. Murphy.

«Die Lampe war nicht nur nicht wertvoll, es war die scheußlichste Lampe weit und breit. Ich bin bloß nie dazu gekommen, eine anständige zu kaufen. Ich habe ja kaum noch Zeit zum Zähneputzen und zum Essen.»

«Hmm», sagte Cooper.

*«O nein»*, stöhnte Mrs. Murphy. *«Jetzt kommt das Klagelied über den Fluß der Zeit, graue Haare und verlangsamte Reflexe. Ich wünschte, sie wäre schon fertig damit! Verdammt, Harry, die Papiere!»*

«Maunz mich nicht an, Miezekatze. Ich könnte mich aufs Bett setzen und so lange warten, bis du rauskommst», drohte Harry, noch auf den Knien. «Ich räum das Durcheinander lieber mal auf.» Sie begann, die Papiere aufzusammeln.

Officer Cooper las ein Blatt, während sie half. «Wo haben Sie die gefunden?»

«Das wissen Sie ganz genau. Oder informiert Rick Shaw Sie nicht über alles?»

«Oh, das hier und dieser Ordner, sind das die Sachen, die Sie aus Maudes Pult geklaut haben? Darüber hat er sich wirklich ins Hemd gemacht.» Sie kicherte.

«Ja.» Harry legte die Papiere aufs Bett. «Mrs. Hogendobber und ich haben sie kopiert. Wir haben aber die Arbeit der Polizei nicht behindert.»

«Unser Sheriff will alles wissen. Er ist ein guter Sheriff.» Sie fing wieder an zu lesen.

«Welchen Brief haben Sie da?» Harrys Knie knackten, als sie sich aufrichtete, um sich aufs Bett zu setzen.

«Vom 4. November 1851. An den Präsidenten und die Direktoren, Amt für öffentliche Bauvorhaben, vom Ingenieurbüro der Blue Ridge Railroad Company.»

«Zu schade, daß er nicht mit ‹Lieber Schatz› beginnen konnte – stellen Sie sich vor, wieviel Schreibpapier er dabei gespart hätte», bemerkte Harry. «Ich glaube, in dem Brief geht es um die Behelfsbrücke bei Waynesboro, damit die Männer das Material über die Berge schleppen konnten.»

«Ja, das ist der Brief. Kaum zu glauben. Der ursprüngliche Arbeitslohn bei Abschluß des Tunnelvertrags betrug fünfundsiebzig Cent am Tag, und er schnellte für einige Arbeiter auf siebenundachtzigeinhalb hoch, für andere sogar auf einen Dollar. Die Männer haben für siebenundachtzigeinhalb Cent ihr Leben riskiert!»

«Eine andere Welt.» Harry reichte Officer Cooper ein anderes Blatt. Die Deckenlampe warf einen matten Schatten auf die blonden Haare der Polizistin. «Der hier ist interessant.» Sie fing an zu lesen.

«8. November 1853. Er hat viel im November geschrieben, nicht?» Sie las weiter. «‹... wurden wir plötzlich vom Ausbruch einer großen Wasserader überrascht, weswegen wir gezwungen waren, Kräfte von der Arbeit abzuziehen und zum Pumpen abzustellen, bis wir Maschinen für denselben Zweck beschaffen konnten, die von Pferden angetrieben wurden. Dieser Umstand hat sich im Laufe des Jahres mehrmals wiederholt, trafen wir doch immer wieder auf Wasseradern, und nun belaufen sich die Wassermassen, die wir in Schach halten müssen, auf nicht weniger als dreihundertfünfzig Liter pro Minute, mehr als zwanzigtausend Liter pro Stunde.›» Sie pfiff. «Die hätten dadrin ertrinken können.»

«Tunnels graben ist eine gefährliche Arbeit, und damals gab es noch kein Dynamit, müssen Sie bedenken. Er baute eine Unterführung, um das Wasser abzupumpen, und das war die längste Unterführung, von der je berichtet wurde. Hier ist noch ein Brief.»

Mrs. Murphy murrte. *«Ich hab keine Lust, unterm Bett zu schlafen. Werden sie's nun endlich kapieren oder nicht?»*

«*Keine Ahnung.*» Tucker gähnte.

«Hmm.» Cooper betrachtete blinzelnd das Blatt. «9. Dezember 1855. Lauter technisches Zeug über Gefälle und Kurven und das Verschalen der Ausschachtung.» Sie wählte eine dramatischere Stelle aus. «‹...irgendwann im Februar 1854 blockierte ein immenser Bergrutsch den westlichen Eingang vollkommen, und da er, aus einer Höhe von etwa dreißig Meter kommend, ebenso schnell niederging, wie er weggeschaufelt werden konnte, verhinderte er bis spät in den Herbst desselben Jahres den Bau eines Bogens an diesem Ende des Tunnels.›» Sie wandte sich an Harry. «Wie alt war Claudius Crozet damals?»

«Er ist am 31. Dezember 1789 geboren, also muß das kurz vor seinem sechsundsechzigsten Geburtstag gewesen sein.»

«Und da hat er diese körperlichen Strapazen noch durchgestanden? Er muß unglaublich zäh gewesen sein.»

«War er auch. Er war wirklich ein Genie. Die Politik kostete ihn seine Stellung als Chefingenieur des Staates Virginia, doch weil zwölf Ingenieure zusammen nicht die Arbeit eines Crozet leisten konnten, mußte Richmond 1831 klein beigeben und ihn zurückholen. Das war lange bevor er die Tunnels baute. Wissen Sie, was er sonst noch gemacht hat?»

«Keine Ahnung.»

«Er hat die erste Tafel in West Point eingeführt. Er begann dort 1816 zu unterrichten. Können Sie sich einen Unterricht ohne Tafel vorstellen? Amerika muß primitiv gewesen sein. Das Bildungsniveau in West Point war so niedrig, daß er seinen Schülern Mathematik beibringen mußte, bevor er sie in Maschinenbau unterrichten konnte. Ein Wunder, daß wir den Mexikanischen Krieg nicht verloren haben.»

«Offenbar hat er den Bildungsstandard angehoben. Lee war Ingenieur, wissen Sie.»

«Ich weiß. Das weiß jedes brave Südstaatenkind – und es weiß von Stonewall Jacksons Talschlacht. Und daß ‹jedermann› mehrere sind, nicht einer, und daß Maisbrot – wie bin ich dadrauf gekommen?»

«Sie sind aufgedreht. Der viele Zucker in Susans Sauce zu dem Kalbfleisch.»

«Schon möglich. Hier, der ist mir der liebste.» Harry zog einen Brief aus dem unordentlichen Haufen. «Crozet wurde von den Zeitungen kritisiert, weil er so lange für die Tunnels brauchte, und wegen ihrer Lage, und er schrieb einem Freund: ‹Seltsame Dinge gehen hier vor, von denen Du gewiß etwas vernommen hast. In etlichen Zeitungen sind höchst unflätige und ungerechte Angriffe gegen mich erschienen, insbesondere im *Valley Star*. Obwohl wenige Menschen solche Dinge bemerken werden, es sei denn mit Abscheu, geziemt es sich doch, daß ich davon unterrichtet werde, andernfalls die Saat der Verleumdung rings um mich her gedeihen könnte, ohne daß ich die Möglichkeit hätte, sie rechtzeitig zu beschneiden.› Dann bittet er seinen Freund, ihm Zeitungsausschnitte zu schicken, die ihm in die Hände fallen. Als Adresse gab er ‹Brooksville, Albemarle› an.» Sie streifte ihre Schuhe von den Füßen und legte den Brief hin. «Je mehr Dinge sich verändern, desto mehr bleiben sich gleich. Versucht man etwas Neues zu tun, etwas Fortschrittliches, wird man gekreuzigt. Ich kann es ihm nicht verdenken, daß er verärgert war.»

«Glauben Sie, daß in einem der Tunnels ein Schatz liegt?»

«Oh – das würde ich gern glauben.» Harry krümmte ihre Zehen.

«*Auto! Auto! Auto!*» warnte Tucker und rannte unter dem Bett hervor zur Haustür.

«Licht aus!» befahl Officer Cooper. «Legen Sie sich auf den Boden!»

Harry warf sich so fest auf den Boden, daß sie einen Moment lang keine Luft mehr bekam und sich Nase an Nase mit Mrs. Murphy sah, die sich gerade unter dem Bett hervorwand.

Officer Cooper, die Pistole in der Hand, schlich zur Eingangstür. Sie wartete. Wer immer in dem Wagen war, stieg nicht aus, obwohl die Scheinwerfer ausgeschaltet worden waren. Das Licht im Wohnzimmer zeugte davon, daß jemand zu Hause war, und Tucker heulte sich die Seele aus dem Leib.

«*Halt die Schnauze.*» Mrs. Murphy gab dem Hund einen Stoß. «*Wir wissen, daß draußen ein Auto ist. Du sicherst die Hintertür. Ich nehm die vordere.*»

Tucker tat wie geheißen. Officer Cooper drückte sich flach neben die Eingangstür.

Die Wagentür schlug zu. Schritte klapperten zur Haustür. Einen langen, quälenden Augenblick geschah nichts. Dann ein leises Klopfen.

Ein lauteres Klopfen, gefolgt von: «Harry, bist du da?»

«Ja», rief Harry aus dem Schlafzimmer. «Es ist Boom Boom Craycroft», sagte sie zu Officer Cooper.

«Bleiben Sie auf dem Boden!» schrie Cooper.

«Harry, was ist los?» Boom Boom hörte Cynthia Coopers Stimme, erkannte sie aber nicht.

«Bleiben Sie, wo Sie sind. Heben Sie die Hände hinter den Kopf.» Officer Cooper knipste das Verandalicht an und erblickte eine verdatterte Boom Boom mit hinter dem Kopf verschränkten Händen.

«Ich bin nicht bewaffnet», sagte Boom Boom. «Aber im Handschuhfach liegt eine Achtunddreißiger. Sie ist registriert.»

Mrs. Murphy folgte Officer Cooper auf den Fersen. Wenn etwas schiefging, konnte sie immer noch ein Bein hochklettern – in Boom Booms Fall ein nacktes – und sich so tief wie möglich hineinkrallen.

Officer Cooper öffnete langsam die Tür. «Bleiben Sie, wo Sie sind.» Sie durchsuchte Boom Boom.

Harry, auf allen vieren, spähte um die Schlafzimmertür. Leicht belämmert stand sie auf.

Boom Boom erhaschte einen Blick auf sie. «Harry, ist alles in Ordnung?»

«Klar. Boom Boom, was machst du hier?»

«Darf ich reinkommen?» Boom Booms Augen richteten sich auf Officer Cooper.

«Wenn Sie die Hände hinter dem Kopf behalten.»

Boom Boom trat ins Haus, und Cooper schloß die Tür hinter ihr, die Waffe noch im Anschlag. Boom Boom hatte Harry eine Menge erzählen wollen, aber in Officer Coopers Gegenwart fühlte sie sich gehemmt.

«Harry, ich habe Kellys Büro komplett durchgewühlt. Seit du vorbeigekommen bist, hab ich dauernd dran denken müssen, und – ich hab was gefunden.»

## 35

Zerknüllte Bögen gelbes Karopapier, die mit Bleistift eingekreisten Kilometerangaben verschmiert, leuchteten unter der Küchenlampe. Harry, Boom Boom, Officer Cooper, Mrs. Murphy und Tucker waren um den alten Tisch mit der Porzellanplatte versammelt. Immer noch mißtrauisch, behielt Coop ihre Pistole in der Hand.

«Ich habe die Fahrten der Lastwagen mit der Abschreibung in Maries Ordner verglichen. Sie stimmen nicht überein», erklärte Boom Boom. «Und diese Rechnung ist nirgends abgebucht.» Sie brachte eine verblichene Rechnung über eine Riesenmenge Epoxyd und Harzlack zum Vorschein. Die Rechnung kam aus North Carolina.

«Vielleicht bedeuten die Mehrkilometer bei den Wagen,

daß sie die Ware wieder hierher zurücktransportiert haben?» meinte Harry.

«Es sind drei Stunden bis Greensboro und drei Stunden zurück. Wir haben hier Tausende von Kilometern vor uns.» Boom Booms blaßmokka lackierter Fingernagel pinnte die lange Zahlenreihe fest wie einen Schmetterling. «Und noch was. Ich habe in der Fabrik herumgefragt, ob jemand in den letzten vier Jahren Extra-Fuhren hatte. Kein Mensch hatte welche. Das besagt nicht, daß nicht jemand vielleicht lügt, aber meine Vermutung ist, daß, was immer transportiert wurde, Kelly selbst gefahren ist.»

Officer Cooper blätterte die Kilometerzahlen der vergangenen vier Jahre durch. «Es läßt sich nicht sagen, ob es kurze oder weite Fahrten waren. Sie haben bloß die Zahlen pro Monat.»

«Stimmt. Aber ich habe sie von Maries Zahlen abgezogen, vielmehr, ich habe Maries Zahlen von diesen hier abgezogen, und dabei kam für den großen Lastwagen ein Durchschnitt von anderthalbtausend Kilometern pro Monat heraus. Bei den anderen Lastern ist die Differenz kleiner.»

«Herrgott, das ist wirklich eine Menge Harz.» Harry schob ihren Stuhl zurück. «Möchte jemand was trinken?»

«Nein danke», sagten beide.

«Er hat nicht Harz und Epoxyd transportiert. Darüber habe ich eine einzige Rechnung gefunden. Ich meine, es könnten noch mehr dasein, aber ich hab nur die eine gefunden, deshalb denke ich, er hat in dem großen Laster etwas anderes befördert und gelegentlich auch einen kleineren Lieferwagen benutzt.»

«Boom Boom, anderthalbtausend Kilometer im Monat, das ist die Strecke nach Miami, Drogenhochburg der USA», bemerkte Coop. «Nein, das nehme ich zurück. Jede Stadt mit mehr als fünfhunderttausend Einwohnern ist heutzutage eine Drogenhochburg.»

«Wenn Kelly Rauschgift verschoben hat, war er bestimmt schlau genug, es als was anderes zu tarnen.» Harry hatte Kelly immer gern gemocht. «Und er hat die Laster oft gefahren. Er war gern im Freien, er liebte körperliche Arbeit. Ich vermute, er und Maude haben sich vor vier Jahren zusammengetan. Sie muß ihm geholfen haben, das Zeug zu verpacken – falls es Rauschgift war.»

«Versteifen Sie sich nicht auf Kokain oder gar Heroin», riet Officer Cooper. «Es gibt einen großen Markt für Speed und Steroide. Damit hätte er die Südamerikaner umgangen. Die lassen nicht mit sich spaßen.»

«Er hatte früher schon mal mit Rauschgift zu tun, nicht?» fragte Harry.

Boom Boom sagte nichts.

«Er ist tot. Gegen Verbrechen aus der Vergangenheit kann ich nicht vorgehen», sagte Coop.

Boom Boom seufzte. «Er hat es aufgegeben. Er hat aufgehört, das Zeug zu nehmen. Er sagte immer, zwischen den Drogenbaronen und hohen Regierungsbeamten bestünde eine geheime Absprache über den Drogenhandel. Die bestechlichen Kongreßabgeordneten und ihre Untergebenen wollten sich ihr steuerfreies Einkommen nicht nehmen lassen. ‹Eine verfluchte Sünde ist das›, sagte er immer. ‹Das amerikanische Volk verliert Milliarden von Dollars an Steuern wegen der Drogen, Steuern, mit denen Menschen geholfen werden könnte. Warum ist ausgerechnet Alkohol eine vom Staat subventionierte Droge, wenn alle anderen verboten sind? Den Handel kann man nicht unterbinden. Man kann ein bestimmtes Verhalten der Menschen nicht durch Gesetze erzwingen.› Er hat sich sehr darüber aufgeregt.»

«Tabak», setzte Officer Cooper lakonisch hinzu.

«Was?» fragte Boom Boom.

«Eine legale Droge. Die am weitesten verbreitete Droge, die wir haben. Fragen Sie Rick Shaw.» Bei der Vorstellung, wie Rick immer wieder mal eine Zigarette stibitzte, mußte Coop lachen.

«Wir hier in Virginia wissen alles über Tabak.» Harry betrachtete die gelben Bögen. «Wo hast du die gefunden?»

«Hinter dem Rahmen des Posters, das er an der Wand hatte. Du weißt doch, das, wo die Ente mit einem Drink in ihrem Liegestuhl sitzt, und über ihrem Kopf sind Einschußlöcher. Dort habe ich natürlich zuallerletzt nachgesehen. Die Ecke der Rückenverstärkung war umgeknickt.»

«Ich muß das beschlagnahmen.» Cooper griff nach den Papieren in Harrys Hand.

«Ich möchte nicht, daß irgendwas hiervon in die Zeitung kommt. Wenn Sie endlich herauskriegen, wer der Mörder ist, kriegen Sie auch heraus, was sie tatsächlich gemacht haben. Die bisherige Publizität war aufreibend genug. Mir reicht's!»

«Ich kann die Presse nicht kontrollieren, Boom Boom», erwiderte Cooper wahrheitsgemäß.

«Das ist Ricks Sache, Officer Cooper hat damit nichts zu tun», erinnerte Harry Boom Boom.

«Bitte tun Sie, was Sie können», bat Boom Boom.

«Ich werde mich bemühen.»

Boom Boom ging. Harry und die Polizistin sahen sie die Zufahrt hinunterfahren.

Mrs. Murphy, die der Unterhaltung höflich zugehört hatte, stieß einen lauten Schrei aus. *«Geht zu den Tunnels. Deshalb hab ich die Papiere auf den Boden geschmissen. Es lohnt sich, genauer hinzusehen.»*

«Die hat Lungen.» Cooper grinste.

«Du hast heute abend bei Susan die Reste gekriegt.» Harry sprach mit ihrer Mutterstimme.

*«Hör auf mich!»* kreischte Mrs. Murphy.

Tucker schnupperte an Mrs. Murphys Schwanz, der über den Tisch hing. *«Spar dir deine Worte.»*

*«Ach, verdammt.»*

«Na gut.» Harry stand auf und öffnete eine große Dose Fischbällchen. Sie hielt der Katze vier von den köstlichen

Leckerbissen unter die hellen Schnurrhaare. In einer plötzlichen Anwandlung stieß Mrs. Murphy die Leckereien von der Anrichte und stolzierte hinaus.

«So was Empfindsames», sagte Cooper, während Tukker die Leckerbissen verspeiste.

«Wie Menschen», sagte Harry.

## *36*

Am nächsten Morgen um Viertel vor acht klingelte im Postamt von Crozet das Telefon.

«Hallo», meldete sich Harry.

«Haben Sie den Mörder schon erwischt?» dröhnte Mrs. Hogendobbers Stimme.

«Wie geht es Ihnen?» Harry war erstaunt, daß Mr. Hogendobbers Anruf sie so freute.

«Ich langweile mich, langweile mich, langweile mich. Vom Tod bedroht zu sein ist nichts gegen die Qual, nicht auf dem laufenden zu sein. Haben Sie ihn erwischt?»

«Nein.»

«Irgendwelche Anhaltspunkte?»

«Ja.»

«Sagen Sie's mir. Ich bin weit weg, ich kann nichts ausplaudern.»

«Hebe dich weg von mir, Satan.»

«Mary Minor Haristeen, wie können Sie es wagen, mir mit einem solchen Zitat zu kommen? Ich bin erschüttert über Ihren Verdacht, daß ich Sie hätte versuchen wollen. Ich versuche nur zu helfen. Manchmal sieht ein anderer bei der Betrachtung desselben Beweisstücks etwas Neues. Auf diese Weise sind schon viele Fälle gelöst worden.»

«Sie sind weit weg; Rick Shaw kann Ihnen das Leben nicht zur Hölle machen. Aber mir, wenn ich was ausplaudere.»

Dieser Gedanke leuchtete Mrs. Hogendobber ein. «Aber eine Lösung des Falls würde ihn begeistern. Hören Sie, ich kenne Sie seit dem Tag Ihrer Geburt. Das hübscheste kleine Baby, das ich je gesehen habe. Hübscher noch als Boom Boom Craycroft —»

«Jetzt übertreiben Sie aber», unterbrach Harry.

«Doch, bei meiner Seele, es stimmt. Sie wissen, ich würde kein Sterbenswörtchen darüber verlauten lassen, und ich habe gute Ideen.»

«Mrs. Hogendobber, ich kann nicht so frei sprechen, wie ich es gern täte.»

«Oh, ich verstehe.» Mrs. Hogendobbers Stimme drückte ihre Begeisterung über die Entwicklung aus. «Jemand, den wir kennen?»

«Ja, aber nicht aus dem engsten Kreis.»

«Reverend Jones.»

«Wie kommen Sie ausgerechnet auf ihn?»

«Er ist ein reizender Mensch, aber er gehört nicht meiner Konfession an. Für mich zählt er nicht zum engsten Kreis.»

«Von uns geht fast keiner in Ihre Kirche. Ich bin Episkopalin.»

Mrs. Hogendobber, erklärte Expertin auf dem Gebiet der protestantischen Kirchen, korrigierte Harry. «Sie stehen der katholischen Kirche entschieden zu nahe, und Reverend Jones auch. Die wahre Reformation fand statt, als Kirchen wie meine, das Heilige Licht, den Menschen das Wort Gottes zugänglich machten. Aber Sie gehen ja nicht mal in die St. Paulskirche, deshalb sollten Sie aufhören zu behaupten, daß Sie Episkopalin sind. Sie sind vom Episkopalismus abgefallen.»

«Jeder Engel fällt mal.»

«Harry, über solche Themen scherzt man nicht. Und es

dauert mich, daß Sie sich nicht zum Licht bekehren. Deswegen nennen wir uns das Heilige Licht.»

«Ja, Ma'am.»

«Wer ist bei Ihnen? Jemand, der es übelnähme, wenn Sie's mir erzählten?»

«Ich glaube nicht. Es ist Officer Cooper.»

«Tatsächlich?» Die rauhe Stimme klang plötzlich viel höher.

«Tatsächlich. Jetzt muß ich wieder an die Arbeit. Passen Sie auf sich auf.»

«Ich will nach Hause.» Mrs. Hogendobber hörte sich an wie ein unglückliches Kind.

«Wir möchten auch, daß Sie nach Hause kommen.» Harry dachte bei sich: Manche von uns möchten es. Harry vermißte sie wirklich.

«Ich rufe morgen wieder an. Meine Nummer darf ich Ihnen nicht geben. Wiedersehen.»

«Wiedersehen.» Harry legte auf. «Sie ist eine Nervensäge.»

«An der Tür steht noch eine.»

Harry lächelte und schwig, während sie Mim Sanburne, die ungewöhnlich früh dran war, die Tür aufschloß. Mim blieb kurz stehen, grüßte aber nicht.

«Guten Morgen, Mim.» Harry fand, eine Lektion in guten Manieren könnte amüsant sein.

Big Marilyns von Meisterhand ergrautes Haar reflektierte das Licht. «Stehen Sie unter Hausarrest?»

«Wir nehmen gerade das Stempelgesetz durch und wie es zur Revolution führte», erwiderte Officer Cooper schlagfertig.

«Ehrerbietung ist bei Angestellten des öffentlichen Dienstes sehr gefragt. Unser Sheriff ist stolz auf seine Leute. Allerdings —» Mim brachte nicht zu Ende, was eine Drohung hatte werden sollen, denn Josiah öffnete schwungvoll die Tür. Sie erzählte Harry auch nicht, daß sie tatsächlich Mignon Haristeen angerufen und diese ihr gesagt hatte, sie solle sich gefälligst um ihre eigenen Angelegenheiten kümmern und Harry wieder in das Krebsballkomitee aufnehmen. Mignon sagte, sie bedaure die Scheidung natürlich, aber Harry habe für wohltätige Zwecke schwer geschuftet, und die Wohltätigkeit ginge vor. Daraufhin hatte Mim klein beigegeben.

«Laß alles stehen und liegen und komm in den Laden», sagte Josiah zu Harry. «Ich habe ein Wunder vollbracht.»

«Ich komm rüber, wenn Larry mich in der Mittagspause ablöst.»

«So macht es keinen Spaß. Wir sollten jetzt gleich gehen – je mehr, desto lustiger.» Mit einer großzügigen Gebärde schloß er Mim und Officer Cooper mit ein.

«Mit Vergnügen», sagte Mim ohne Überzeugung.

Susan kam gleichzeitig mit Rick Shaw vorgefahren.

Josiah beobachtete sie durchs Fenster. «Ich beneide dich, Harry. Du bist der Nabel von Crozet – der reinste Hauptbahnhof.»

«Hallo», rief Susan.

Rick Shaw folgte ihr auf dem Fuße.

«Ich brauch heute Begleitung beim Reiten», sagte er. «Ich dachte an Sie, Harry.»

«Okay – aber ich bin sicher, daß wir vor Hitze zerschmelzen werden.»

Rick schob sich hinter den Schalter und nahm Boom Booms Papiere von Office Cooper entgegen. Er gab sich keine Mühe, die Unterlagen zu verstecken, aber er machte auch nicht darauf aufmerksam. «War sie ein braves Mädchen?» Er nickte zu Harry hinüber.

«Kreuzbrav.»

«Officer Cooper, wie lange wollen Sie Harry noch beschatten? Werde ich je eine Chance zu einem intimen Abendessen mit ihr bekommen?» Josiah betonte «intim».

«Nur wenn Sie das Kochen übernehmen», gab Officer Cooper prompt zurück.

«Wo ist Mrs. Murphy?» fragte Susan.

«Sie schmollt im Postbehälter», sagte Harry.

«Sheriff Shaw, möchten Sie sich den Laden ansehen, bevor ich eröffne? Er ist nicht wiederzuerkennen», beharrte Josiah.

Das stimmte. Harry schaute nach dem Mittagessen vorbei, oder vielmehr nach dem, was als Mittagspause begann und als Appetitverderber endete. Sie sauste in die Pizzeria und erspähte Boom Boom und Fair an einem Tisch, in ein ernsthaftes Gespräch vertieft. Sie war im Begriff, Boom Boom mehr und Fair weniger zu mögen, aber zusammen konnte sie sie nicht ertragen. Sie ging hinaus, ohne einen einzigen Bissen Pizza gegessen zu haben.

Maudes Laden hatte sich in einen Ausstellungsraum mit hochwertigen Antiquitäten verwandelt, in jene schick urbane und doch ländliche Mixtur, die Josiahs Stärke war. Das Verpackungsmaterial war im Hinterzimmer arrangiert und sah ebenfalls einladend aus. Officer Cooper kramte herum. Sie liebte Antiquitäten.

«Du bist bedrückt, Süße. Was ist los?» Josiah schob sich an Harrys Seite.

«Ach, Fair und Boom Boom waren in der Pizzeria. Es ist albern, aber es tut weh.»

Er legte ihr den Arm um die Schultern. «Harry, jeder, der je aus Liebe starb, hatte es verdient. Es gibt noch mehr von der Sorte auf der Welt, und außerdem hast du schon viel zuviel Zeit auf Pharamond Haristeen verschwendet. Viel zuviel.»

«Scheint mir auch so.»

Officer Cooper ließ sich in einem gemütlichen Schaukelstuhl nieder, um die Diskussion besser genießen zu können.

«Morgen ist ein neuer Tag, heller und schöner.» Er wandte sich an Cooper. «Sie und ich werden Freunde werden. Wie ich sehe, haben Sie einen erlesenen Geschmack. Aber sagen Sie, ist meine Lieblingsposthalterin tatsächlich in Gefahr?»

«Das kann ich nicht beantworten.»

Josiah zog Harry noch näher an sich. «Ich bin nicht von gestern. Mrs. Hogendobber ist in sichtlich großer Eile weggeschickt worden. Wenn sie sozusagen im Urlaub ist und du einen Polizeiwachhund – Verzeihung – hast, dann bedeutet das, daß die Obrigkeit ihret- und deinetwegen besorgt ist. Schön, das bin ich auch.»

Officer Cooper schlug die Beine übereinander. «Ich weiß, Sie haben längst mit Rick gesprochen, aber um mich zufriedenzustellen – was glauben Sie, wer der Mörder ist?»

«Ich weiß es nicht, das ist ja das Frustrierende... es sei denn, es war Mrs. Hogendobber, und Sie haben sie eingesperrt, um zu verhindern, daß sie von den Crozetern gelyncht wird. Mrs. Hogendobber eine Mörderin – unwahrscheinlich, obwohl sie eine Unterhaltung schneller abwürgen kann als ein Limburger Käse.»

«Irgendeine Idee, was das Motiv angeht?» fragte Harry.

«Eine Art Groll, nehme ich an.»

«Warum sagen Sie das?» Officer Cooper setzte sich auf.

«Er hat die Leichen irgendwie erniedrigt. Ich meine, das zeugt von einem starken Gefühl. Wut, vielleicht Eifersucht. Oder er hat einen Korb bekommen.»

«Du bist ein Romantiker. Ich glaube, es ging schlicht und einfach um Geld.» Harry verschränkte die Arme über der Brust. «Und die Verstümmelung der Leichen dient dazu, uns von der Hauptsache abzulenken.»

«Welche wäre?» Josiah hob die Augenbrauen.

«Verdammt, wenn ich das wüßte.» Harry warf die Hände in die Luft.

«Nein. Es wäre fatal, wenn du es wüßtest, denn dann würde er dich umbringen – nach deiner Ansicht. Nach meiner Ansicht bist du vollkommen sicher.»

«Hoffen wir, daß Sie recht haben.» Officer Cooper lächelte Josiah an.

# 37

Mrs. Murphy, Tucker und Pewter rekelten sich unter dem indischen Flieder hinter Maudes Laden und warteten, daß Harry von den gesellschaftlichen Verpflichtungen erlöst würde.

Pewter schlug auf eine rote Ameise ein, die durchs Gras huschte. «*Schwarze Ameisen gehen ja noch, aber diese kleinen roten brennen wie Feuer.*»

«*Immer noch besser als Flöhe.*» Mrs. Murphy lag auf dem Rücken, alle vier Beine in der Luft, den Schwanz ausgestreckt.

«*Letztes Jahr war's am schlimmsten, am allerschlimmsten.*» Tucker spitzte die Ohren und entspannte sich wieder. «*Jede Woche wurde ich pitschnaß gebadet und mit einem Flohvertilger übergossen. Das war das Schlimmste.*»

«*Bei mir war's Flohschaum. Harry badet mich nicht gern, und ich bin ihr dankbar dafür. Aber, Pewter, dieser Schaum stinkt wie ranzige Himbeeren, und er ist klebrig. Im Gras und im Dreck wälzen hilft nicht, nicht mal an einer Baumrinde reiben. Dieses Jahr bin ich bloß einmal eingeschäumt worden.*»

«*Market schwört auf Flohhalsbänder. In der ersten Woche waren die Dämpfe so stark, daß meine Augen tränten. Danach hab ich rausgekriegt, wie man die Dinger abstreifen kann. Er ist so schwer von Begriff, daß vier Flohhalsbänder verlorengehen mußten, ehe er aufgab.*»

«*Magst du Menschen?*» fragte Tucker Pewter.

«*Nicht besonders. Ein paar mag ich. Die meisten nicht*», lautete Pewters freimütige Antwort.

«*Warum?*» Mrs. Murphy verdrehte den Kopf, um Pewter besser ansehen zu können. Sie blieb auf dem Rücken liegen.

«*Man kann ihnen nicht trauen. Himmel noch mal, sie können sich nicht mal gegenseitig trauen. Nimm zum Beispiel eine Katze. Wenn du in das Revier einer anderen Katze gerätst, merkst du es sofort. Sofern es keinen wichtigen Grund gibt, dich dort aufzuhalten, verziehst du dich. Die Grenzen sind klar. Bei Menschen ist nichts klar, nicht mal die Paarung. Ein Mensch paart sich oft mit einem anderen Menschen wegen der gesellschaftlichen Anerkennung, selten mit dem, der für ihn der Richtige ist. Menschen sind eher wie Schafe als wie Katzen. Sie sind leicht zu leiten, und sie gucken nicht, wo sie hingehen, bis es zu spät ist.»*

«*Nicht alle sind wie Schafe*», entgegnete Tucker.

«*Nein, aber die meisten, da stimme ich Pewter zu*», warf Mrs. Murphy ein. «*Vor Urzeiten ist mit den Menschen etwas Schreckliches passiert. Sie haben sich von der Natur getrennt. Wir leben bei einem Menschen, der mit den Jahreszeiten und anderen Tieren vertraut ist, aber Harry kommt ja auch vom Land. Solche sind dünn gesät. Und je weiter sich die Menschen von der Natur entfernen, desto verrückter werden sie. Und das wird sie am Ende vernichten.»*

«*Es schert mich nicht die Bohne, wenn sie sich vernichten, alle miteinander. Ich will bloß nicht mit untergehen, falls du von der Bombe sprichst.*» Pewter peitschte mit ihrem Schwanz das Gras.

«*Die Bombe ist es ja gar nicht.*» Mrs. Murphy schüttelte sich und setzte sich auf. «*Sie werden die Fische in den Flüssen töten und dann die Fische in den Meeren. Sie werden immer mehr Säugetierarten ausrotten. Sie werden kein gutes Trinkwasser mehr haben, wenn die Fische erst tot sind. Sie werden nicht mal mehr gute Luft zum Atmen haben. Wenn du nicht genug Sauerstoff hast, wie kannst du dann klar denken? Sogar ein Eichhörnchen kann eine schlechte Getreideernte deuten und hält sich mit der Vermehrung entsprechend zurück. Ein Mensch kann seine Ernten nicht deuten. Sie vermehren sich immer weiter. Wißt ihr, daß in diesem Moment, wo ich dies sage, mehr als fünf Milliarden Menschen auf der Erde sind? Sie können ihre Kinder nicht ernähren und vermehren sich doch immerzu.»*

Tuckers Augen blickten besorgt. «*Sie sind krank. Krank an Leib und Seele.*»

«*Sie wollen einfach nicht einsehen, daß auch sie eine Tierart sind und daß die Naturgesetze auch für sie gelten.*» Pewters Pupillen wurden weit.

«*Sie finden die Gesetze der Natur grausam. Weißt du, Pewter, du hast recht. Sie sind verrückt. Sie scharen sich zu Millionen zusammen, um sich in einem Krieg gegenseitig zu töten. Wurden im Zweiten Weltkrieg nicht annähernd fünfundvierzig Millionen von ihnen abgeschlachtet? Und im Ersten Weltkrieg ungefähr zehn Millionen? Es ist fast zum Lachen.*» Mrs. Murphy sah Harry und Officer Cooper Maudes Laden durch den Hintereingang verlassen. «*Es ist mir ehrlich gesagt ziemlich schnuppe, ob sie millionenweise sterben, aber ich möchte nicht, daß Harry stirbt.*»

Pewter gluckste, ein Ton, der um eine Nuance heller war als Schnurren. «*Ja, Harry ist ein Pfundskerl. Wir sollten sie zur Ehrenkatze ernennen.*»

«*Oder zum Ehrenhund*», ergänzte Tucker. «*Sie sagt, Katzen und Hunde sind die Laren und Penaten eines Hauses, seine Schutzgeister. Harry steht auf Mythologie, und der Vergleich gefällt mir.*»

Harry und Officer Cooper gingen zum Fliederstrauch hinüber.

«Ein Katzen-Kränzchen.» Harry kraulte Pewter am Schwanzansatz. Tucker leckte ihre Hand. «Entschuldige, ein Katzen-und-Hunde-Kränzchen. Kommt jetzt, ihr Trabanten. Zurück an die Arbeit.»

## 38

$B$ob Berryman war stolz auf seine Konstitution. Mit Anfang Fünfzig war er kräftiger als zu der Zeit, als er an der Crozet High School Football gespielt hatte; entsprechend war er noch eitler geworden, was seine sportlichen Fähigkeiten anging. Was ihm mit der Zeit an Schnelligkeit abhanden kam, machte Bob Berryman durch Raffinesse wett. Er spielte regelmäßig Softball und Golf. Er war es gewöhnt, Männer zu beherrschen und von Frauen Unterwerfung zu erfahren. Maude Bly Modena hatte sich ihm nicht unterworfen. Wenn er es recht bedachte, hatte er sich gerade deswegen in sie verliebt.

Er dachte kaum an etwas anderes. Er führte sich jeden Moment ihrer gemeinsamen Zeit wieder und wieder vor Augen. Er suchte diese Erinnerungen, Fragmente von Gesprächen und Gelächter nach Hinweisen ab. Was noch viel schmerzlicher war, er kehrte heute zu den Bahngleisen zurück. Was konnte es hier draußen geben, auf halbem Wege zwischen Crozet und Greenwood?

Unmittelbar vor ihrem Tod war Maude auf dieser Strecke gejoggt. Einmal die Woche lief sie den Weg an den Schienen entlang. Sie wechselte ihre Laufrouten gern. Sie sagte, sonst wäre es ihr langweilig. Sie lief die Bahnstrecke jedoch nicht öfter als andere Joggingrouten. Er war sie alle abgelaufen, mit Ozzie auf den Fersen.

Er hatte nie den Eindruck gehabt, daß Kelly und Maude sich nahestanden. Hier kam er nicht weiter. Er nahm sich im Geist sämtliche Leute in Crozet vor. War sie freundlich zu ihnen gewesen? Was dachte sie wirklich von ihnen?

Ein warmer Wind peitschte seine schütteren Haare, ein Serengetiwind, wüstenhaft trocken. Der Teer auf den Bahngleisen stank. Berryman spähte ostwärts zur Stadt, dann westwärts zum Greenwood-Tunnel.

Sie hatte immer Witze über Crozets Schatz gemacht;

und gründlich, wie Maude war, hatte sie sich einiges an Lektüre über Claudius Crozet besorgt. Der Ingenieur faszinierte sie. Wenn sie den Schatz nur finden könnte, dann könnte sie sich zur Ruhe setzen. Der Einzelhandel sei strapaziös, sagte sie, aber diese Ansicht teilte sie mit ihm, denn Berryman verhökerte mehr Viehtransporter als sonst jemand an der Ostküste.

Erst um zehn Uhr an diesem Abend, in der Stille seines kürzlich gemieteten Zimmers, war Berryman klargeworden, daß der Tunnel etwas mit Maude zu tun haben mußte. Von unbändiger Neugierde ebenso getrieben wie von Schmerz, eilte er, ohne zu zögern, zu seinem Wagen, eine Taschenlampe in der Hand, Ozzie an seiner Seite, und fuhr hin.

Die Kraxelei in Richtung Tunnel, tückisch in der Dunkelheit auf dem überwucherten Schienenstrang, brachte ihn bald zum Keuchen. Ozzie, dessen Sinne viel schärfer waren als die seines Herrn, witterte einen anderen Menschengeruch. Er sah den fahlen Schimmer an der unteren Tunnelkante, wo gesprenkeltes Licht durch das Laubwerk drang. In dem Tunnel war jemand. Ozzie bellte seinem Herrn eine Warnung zu. Er hätte besser geschwiegen. Das Licht wurde unverzüglich gelöscht.

Berryman lehnte sich an die versiegelte Tunnelöffnung, um zu verschnaufen. Ozzie hörte den Menschen durch das dichte Gebüsch schleichen. Er sauste hinterher. Ein einziger Schuß setzte Ozzies Leben ein Ende. Der Schäferhund jaulte auf und stürzte.

Berryman, der immer zuerst an seinen Hund dachte und dann an sich selbst, lief zu der Stelle, wo Ozzie verschwunden war. Er brach durchs Gebüsch und erblickte den Mörder.

«Du!»

Innerhalb einer Sekunde war auch er tot.

## *39*

$R$ick Shaw, Dr. Hayden McIntire sowie Clai Cordle und Diana Farrell vom Rettungsdienst starrten auf Bob Berrymans Leiche. Er saß aufrecht hinter dem Lenkrad seines Wagens. Ozzie lag neben ihm, ebenfalls erschossen. Bob war durchs Herz und obendrein noch durch den Kopf geschossen worden. In seiner Brusttasche steckte eine Postkarte von General Lees Grabmal in Lexington, Virginia. «Schade, daß Du nicht hier bist», stand darauf. Kein Poststempel. Sein Wagen war auf der Kreuzung Whitehall Road und Railroad Avenue geparkt, einen Steinwurf von Postamt, Bahnhof und Market Shifletts Geschäft entfernt. Ein Farmer auf dem Weg zu seinen im Norden der Stadt gepachteten Feldern hatte die Leiche morgens gegen Viertel vor fünf gefunden.

«Können Sie schon irgendwas sagen?» fragte Rick Hayden.

«Sechs Stunden. Der Untersuchungsrichter wird es genauer feststellen lassen, aber mehr als sechs sind es nicht, vielleicht etwas weniger.» Jedesmal wenn er Ozzie ansah, dachte Hayden, sein Herz müßte brechen. Der Hund und Bob waren im Leben unzertrennlich gewesen, und nun waren sie es auch im Tod.

Rick nickte. Er griff nach dem Mobiltelefon in seinem Dienstwagen und wies die Zentrale an, ihn mit Officer Cooper zu verbinden.

Kurz darauf hörte er ihre verschlafene Stimme.

«Coop. Schon wieder einer. Bob Berryman. Aber diesmal war der Mörder in Eile. Er hat auf sein übliches Verfahren verzichtet. Kein Zyanid. Er hatte auch keine Zeit, die Leiche zu zerstückeln. Er hat lediglich zwei Einschüsse und eine Postkarte hinterlassen. Bleiben Sie bei Harry. Wir reden später miteinander. Ende.»

## *40*

Mrs. Murphy und Tucker erfuhren die Neuigkeit von der Stadtschreierin Pewter. Die dicke graue Katze, die gewöhnlich im Schaufenster schlief, hatte den Wagen am frühen Morgen in der Nähe gehört. Für Pewter war es nichts Besonderes, vor Morgengrauen Personen- und Lieferwagen zu hören. Schließlich mußten die Betrunkenen irgendwann nach Hause kommen, desgleichen die Liebespaare, und die Farmer mußten aufstehen, bevor es hell wurde. Ozzies Tod traf die Tiere wie eine Bombe. Wurde er getötet, als er Berryman beschützte? Wurde er getötet, damit er Rick Shaw nicht zu dem Mörder führen konnte? Oder war der Mörder übergeschnappt und fiel jetzt über Tiere her?

*«Hätte ich es nur gewußt, dann wäre ich auf die Gefriertruhe gesprungen und hätte gesehen, wer das getan hat»*, stöhnte Pewter.

*«Du konntest es aber nicht wissen»*, tröstete Tucker sie.

*«Armer Ozzie»*, seufzte Mrs. Murphy. Der riesenhafte Hund hatte ihre Geduld oft auf eine harte Probe gestellt, aber nie hätte sie ihm den Tod gewünscht.

Das Postamt verwandelte sich nach und nach in ein Tollhaus. Harry hatte ein wenig Zeit, sich auf dieses neue Entsetzen einzustellen, weil Officer Cooper sie darauf vorbereitete, aber niemand war auf den Ansturm der Reporter vorbereitet. Sogar die *New York Times* schickte einen Reporter. Zum Glück gab es in Crozet keine Hotels, so daß der Medienheuschreckenschwarm sich in Charlottesville einnisten, Autos mieten und damit die paar Kilometer nach Westen fahren mußte.

Rob Collier mußte sich durch einen Verkehrsstau kämpfen, um die Post abliefern zu können. Er schmiß die Säcke auf den Boden und knallte rasch die Tür hinter sich zu, weil ein Journalist sich hineinzudrängen suchte.

«Vielleicht sollten wir die Fenster vernageln», sagte Harry.

Mrs. Murphy, Tucker und Pewter kratzten an der Hintertür. Officer Cooper ließ sie rein. «Ich glaube, Ihre Kinder waren mal eben austreten. Pewter haben sie gleich mit angeschleppt.»

*«Nicht einen Moment länger bleibe ich im Laden drüben!»* klagte Pewter. *«Da kann man sich nicht mal umdrehen.»*

*«Du bist lange genug geblieben, um deine Visage vor alle Fernsehkameras zu halten»*, bemerkte Mrs. Murphy.

*«Das habe ich nicht getan! Sie wollten mich unbedingt zu einem Schwerpunkt ihrer Berichterstattung machen.»*

«Mädels, Mädels, beruhigt euch.» Harry kippte ihnen eine Runde Trockenfutter in einen Napf und ging wieder nach vorn.

Rob starrte aus dem Fenster. «Im Radio haben sie gesagt, daß der Mörder ein Zeichen hinterläßt und daß Rick deshalb weiß, daß es derselbe war. Bob Berryman... nun, meine Damen, wenigstens hat er den Weg ins Jenseits mit Höchstgeschwindigkeit zurückgelegt.»

Officer Cooper trat neben ihn. «Wir leben in einem seltsamen Land, nicht? Wir interessieren uns mehr für schlechte Nachrichten als für gute. Glauben Sie, all die Reporter wären hier, wenn jemand ein Kind vor dem Ertrinken gerettet hätte?»

«Die Lokalpresse vielleicht. Das wär's aber auch schon gewesen.» Rob wandte sich Harry zu. «Bis heute nachmittag. Kann später werden.»

«Paß gut auf dich auf, Rob.»

«Ja. Und du auf dich.» Er stieß die Eingangstür auf und schloß sie geschwind hinter sich, dann sprintete er zum Wagen.

Das Telefon klingelte.

«Harry», tönte die bekannte Stimme. «Ich habe gerade die Fernsehnachrichten gesehen. Bob Berryman!»

«Mrs. Hogendobber, die Welt ist verrückt geworden»,

sagte Harry. «Kommen Sie nicht nach Hause. Was auch geschieht, bleiben Sie, wo Sie sind.»

«Die Zeiten, die Sitten. Die Menschen haben Gott verlassen, Harry – aber er hat uns nicht verlassen. Es wird Zeit für eine neue Ordnung.»

«Ich hatte immer den Verdacht, daß die Frauen sich unter einer neuen Ordnung immer noch an ihrem alten Platz wiederfinden.»

«Feminismus! Sie denken in Zeiten wie diesen noch an Feminismus?» Mrs. Hogendobber war bestürzt und zugleich wütend, weil sie sich so weit vom Ort des Geschehens entfernt befand.

«Ich rede nicht von Feminismus, sondern davon, wer Ihre Kirche leitet. Frauen etwa?» Harry war jeder Gesprächsstoff lieber als dieser jüngste Mord. Sie hatte mehr Angst, als sie sich anmerken ließ.

«Nein – aber wir steuern eine ganze Menge bei, Harry, eine ganze Menge.»

«Das ist nicht dasselbe, wie die erste Geige zu spielen oder an der Macht zumindest teilzuhaben.» Susan klopfte ans Fenster. Harry klemmte den Hörer zwischen Schulter und Ohr und machte mit den Händen ein Zeichen, daß sie gleich fertig sei. «Mrs. Hogendobber, entschuldigen Sie. Ich bin so durcheinander. Die Reporter sind eingefallen, eine Landplage. Ich lasse es an Ihnen aus. Vergessen Sie alles, was ich gesagt habe.»

«Auf gar keinen Fall. Sie haben mir etwas zu denken gegeben», erwiderte sie, was gar nicht ihre Art war. Reisen schien Mrs. H. liberaler zu machen. «Und passen Sie gut auf, hören Sie?»

«Ich höre.»

«Ich ruf morgen wieder an. Bye-bye.»

Harry legte den Hörer auf. Officer Cooper ließ Susan herein.

«Jesus, Maria und Josef. Wenn der Mörder wider Erwarten doch ein Herz hat, schießt er vielleicht auf die Reporter. Was sollen wir bloß machen? Ich mußte zu Fuß herkommen. Da draußen ist alles verstopft.»

«Weißt du —» Harry schob Susan einen Postsack hin, zum Teufel mit den Vorschriften — «ich glaube, der Mörder genießt diese Situation.»

Officer Cooper schnappte sich einen Postbehälter. «Das glaube ich auch.»

«Also, ich hab eine Idee.» Harry winkte Susan und Coop nahe zu sich heran. Sie flüsterte: «Spielen wir ihm unsererseits einen kleinen Streich. Stecken wir allen eine Friedhofspostkarte ins Schließfach.»

«Du machst Witze.» Susan fuhr sich unwillkürlich mit den Händen an die Brust, wie um sich zu schützen.

«Nein, überhaupt nicht. Keiner weiß von den Postkarten, nur ich und du und Rick und Coop. Die anderen wissen von einem Signal, aber sie wissen nicht, was es ist. Oder glauben Sie, Rick hat es sonst noch jemandem erzählt?»

«Noch nicht», antwortete Coop.

«Wir machen niemandem Angst, außer dem Mörder», sagte Harry. «Er hat keine Ahnung, wer ihm die Postkarte geschickt hat. Aber er wird merken, daß auch wir unser Spiel mit ihm treiben.»

«Du tätest verdammt gut daran zu hoffen, daß er nicht rauskriegt, wer wir sind.» Susan verschränkte die Arme.

«Wenn er dahinterkommt, werden wir's wohl ausfechten müssen», erwiderte Harry.

«Harry, das können Sie vergessen. Er wird Sie sehr schnell außer Gefecht setzen.» Coops Stimme war leise.

«Okay, okay, ich sollte nicht so großspurig daherreden. Er hat dreimal gemordet. Was bedeutet ihm schon ein weiterer Mord? Aber ich glaube, wir könnten ihn nervös machen. Verflucht noch mal, es ist einen Versuch wert. Susan, kaufst du die Postkarten? Ich weiß, daß es welche von Jeffersons Grab gibt. Vielleicht findest du noch andere.»

«Ich mach's, aber ich hab Angst», gestand Susan.

# *41*

Rick ging die Wände hoch. Er hatte einen dritten Mord am Hals, die Presse fiel über ihn her wie ein Stechmückenschwarm, und Mary Minor Haristeen kam ihm mit einer hirnrissigen Idee von irgendwelchen Postkarten.

Er fuhr quietschend in Larry Johnsons Zufahrt und knallte die Tür seines Dienstwagens mit aller Wucht zu. Es war ein Wunder, daß sie nicht abfiel. Der alte Arzt im Ruhestand, der gerade mit seinen geliebten blaßgelben Rosen beschäftigt war, fuhr gelassen mit dem Sprühen fort. Bis er bei ihm angelangt war, hatte Rick sich etwas beruhigt.

«Larry.»

«Sheriff. Ungeziefer wird die Welt regieren, da bin ich ganz sicher.» Die Handspritze, mit der der robuste alte Herr den Japankäfern zu Leibe rückte, zischte. «Was kann ich für Sie tun? Beruhigungspillen?»

«Die könnte ich weiß Gott gebrauchen.» Rick atmete aus. «Larry, ich hätte schon längst zu Ihnen kommen sollen. Ich hoffe, ich habe Sie nicht gekränkt. Es war eine Selbstverständlichkeit, Hayden hinzuzuziehen, weil er jetzt die Praxis hat, aber Sie kennen alles und jeden viel länger als Hayden. Ich hoffe, Sie können mir helfen.»

«Hayden ist ein feiner Kerl.» Zisch, zisch. «Kennen Sie den Spruch, ein neuer Arzt erfordere einen größeren Friedhof?»

«Nein, nie gehört.»

«Auf Hayden trifft das nicht zu. Er hat sich auf unsere Art eingelassen. Ist ja auch eigentlich kein Yankee. In Maryland aufgewachsen. Junger Mann, glänzende Zukunft.»

«Ja. Wir werden wohl langsam alt, Larry, wenn uns achtunddreißig jung vorkommt. Wissen Sie noch, daß es uns mal uralt erschien?»

Larry nickte und sprühte heftig weiter. «Banzai, ihr verdammten geflügelten Quälgeister! Los, tretet vor den Kaiser.» Er war im Zweiten Weltkrieg und in Korea Militärarzt gewesen, bevor er die Praxis übernommen hatte. Sein Vater, Lynton Johnson, hatte vor ihm in Crozet praktiziert.

«Ich möchte Sie bitten, die Schweigepflicht zu brechen. Sie müssen es natürlich nicht tun, aber Sie praktizieren ja nicht mehr, da ist es vielleicht nicht so schlimm.»

«Ich höre.»

«Haben Sie je Anzeichen von etwas Ungewöhnlichem bemerkt? Medikamente verschrieben, die die Persönlichkeit verändern?»

«Einmal, in den sechziger Jahren, habe ich Miranda Hogendobber Diätpillen verschrieben. Meine Güte, sie hat wochenlang ununterbrochen geplappert. Das war ein Fehler. Trotzdem nahm sie in zwei Jahren nur zwei Pfund ab. Mim hat ein Nervenleiden –»

«Was für ein Nervenleiden?»

«Dies und das und sonst noch was. Die Frau hatte schon eine Liste mit Beschwerden beieinander, als sie noch im Mutterleib war. Kaum erblickte sie das Licht der Welt, hatte sie sie schon ausposaunt. Und daß Stafford eine Farbige geheiratet hat, gab ihr den Rest...»

«Eine Schwarze, Larry.»

«Als ich ein Kind war, war das ein Schimpfwort. Weißt du, es ist furchtbar schwer, rückgängig zu machen, was man achtzig Jahre lang gelernt hat, aber schön, ich geb meinen Fehler zu. Das hübsche Ding war das Beste, das Allerbeste, was Stafford passieren konnte. Sie hat einen Mann aus ihm gemacht. Mim war gefährlich nahe am Rand eines Nervenzusammenbruchs. Ich hab ihr natürlich Valium gegeben.»

«Könnte sie labil genug sein, um einen Mord zu begehen?» Rick kam der Gedanke, daß sie ihr Pontonboot selbst aufgeschlitzt haben könnte, um als Zielscheibe zu erscheinen.

«Das könnte jeder unter den richtigen Umständen – unter den falschen, sollte ich vielleicht lieber sagen –, aber nein, das glaube ich nicht. Mim hat sich wieder beruhigt. Oh, sie kann bösartig sein wie eine sich häutende Schlange, aber sie ist nicht mehr auf Valium angewiesen. Jetzt haben wir übrigen es nötig.»

«Haben Sie Kelly Craycroft behandelt?»

«Ich habe Kelly ins Drogenrehabilitationszentrum eingewiesen.»

«Und?»

«Kelly Craycroft war ein faszinierender Mistkerl. Er erkannte keine Gesetze an, außer seine eigenen, und trotzdem hatte der Mann Sinn und Verstand. Er neigte zum Suchtverhalten. Liegt in der Familie.»

«Wie steht es mit erblichem Wahnsinn? In wessen Familie liegt der?»

«In etwa neunzig Prozent der vornehmsten Familien von Virginia, würde ich sagen.» Ein garstiges Lächeln erschien auf dem Gesicht des Arztes. Das Sprühen wurde schwächer.

«Geben Sie her. Ich möchte auch ein paar erledigen.» Rick attackierte die Käfer, ihre schillernden Flügel wurden naß von dem Gift. Ein Surren, dann ein Spritzen, und die Käfer fielen auf die Erde; die gepanzerten Hüllen machten ein leise klirrendes Geräusch. «Und Harry? War sie mal krank? Labil?»

«Hat sich beim Hockeyspielen im College mal den Rücken verrenkt. Immer wenn die Schmerzen mal wieder aufflammten, hab ich ihr Motrin gegeben. Ich glaube, Hayden gibt es ihr heute noch. Harry ist ein kluges Mädchen, das nie den richtigen Beruf gefunden hat. Trotzdem scheint sie glücklich zu sein. Sie halten doch nicht sie für die Mörderin, oder?»

«Nein.» Rick rieb seine Nase. Das Sprühzeug roch widerlich. «Was meinen Sie, Larry?»

«Ich halte den- oder diejenige nicht für wahnsinnig.»

«Fair Haristeen hat für keine der Mordnächte ein Alibi... und er hat ein Motiv, was Kelly betrifft. Da er jetzt allein lebt, sagt er, gibt es niemanden, der für ihn bürgt.»

Larry rieb sich die Stirn. «Das hatte ich befürchtet.»

«Wie sieht's mit Zyanid aus? Wie schwer ist es herzustellen?» wollte Rick wissen.

«Ziemlich schwer, aber jemand mit medizinischen Kenntnissen dürfte da keinerlei Schwierigkeiten haben.»

«Auch ein Tierarzt nicht?»

«Auch ein Tierarzt nicht. Aber jeder intelligente Mensch, der auf dem College einen Chemiekurs belegt hat, kann es hinkriegen. Zyanid ist eine einfache Zusammensetzung: Zyan mit einem metallischen oder einem organischen Radikal. Zyankali pustet einem das Licht aus, bevor man Zeit hat zu blinzeln. Anstreicher, Möbelbeizer, sogar Automechaniker haben Zugang zu Chemikalien, die, richtig destilliert, tödlich wirken können. Man kann es im Spülstein herstellen.» Larry betrachtete befriedigt den Regen sterbender Käfer. «Sie wissen, was der eigentliche Kern der Sache ist, nicht wahr?»

«Nein.» Ricks Stimme wurde hell vor Spannung.

«Es ist etwas direkt vor unserer Nase. Irgendwas, woran wir gewöhnt sind, was wir täglich sehen, woran wir täglich vorübergehen, und irgend jemand, an den wir gewöhnt sind, den wir täglich sehen und an dem wir täglich vorübergehen. Was auch immer es ist, es ist so sehr ein Teil unseres Lebens, daß wir es nicht mehr bemerken. Wir müssen unsere Umwelt, unseren Alltag mit neuen Augen betrachten. Nicht nur die Personen, Rick, sondern die ganze Kulisse. Das hat Bob Berryman getan. Deswegen ist er tot.»

## 42

Rick verhaftete Pharamond Haristeen III. Er hatte kein Alibi. Er war kräftig gebaut, hochintelligent und verfügte über medizinische Sachkenntnis. Er hatte einen Groll gegen Kelly gehegt und umgekehrt. Was er gegen Maude Bly Modena gehabt haben könnte, wußte Rick nicht so recht, aber seine Verhaftung würde die Presse und die Öffentlichkeit beschwichtigen. Sie würde möglicherweise auch Fairs Leben ruinieren, wenn er nicht der Mörder war. Rick zog diesen Umstand in Betracht und verhaftete ihn trotzdem. Er mußte auf Nummer Sicher gehen. Er hatte auch Harrys Plan zugestimmt. Was hatte er zu verlieren, außer wenn Harry diejenige war? Er gab ihr einen Revolver, und niemand außer Cynthia Cooper wußte, daß Harry jetzt bewaffnet war.

Mrs. Murphy lag ausgestreckt auf dem Hackklotz in Harrys Küche. Ihr Schwanz wippte rhythmisch auf und ab. Tucker saß bei Harry am Küchentisch. Harry, Susan und Officer Cooper beugten sich über die Postkarten und schrieben wieder und wieder: «Schade, daß Du nicht hier bist.»

Das Telefon läutete. Es war Danny, der seine Mutter sprechen wollte. Susan nahm den Hörer. «Was ist denn jetzt schon wieder?» Sie hörte zu, während er stöhnend erzählte, daß Dad den Fernseher abgeschaltet hatte, damit er sein Zimmer aufräumte. Während sie die Klagelitanei über sich ergehen ließ, wurde Susan bewußt, daß ein Kind im Teenageralter eine Frau rapide altern ließ. Ein Ehemann in mittleren Jahren beschleunigte diesen Prozeß noch mehr. «Tu, was dein Vater sagt.» Darauf folgte ein neuer Ausbruch. «Danny, wenn ich nach Hause komme und zwischen dir und deinem Vater vermitteln muß, kriegst du Hausarrest bis Weihnachten!» Erneutes Geheule. «Er kriegt auch Hausarrest. Geh, räum dein Zimmer auf und stör mich nicht. Ich wäre nicht hier, wenn es nicht wichtig wäre. Wiedersehn.» Peng, knallte sie den Hörer hin.

«Glückliche Familien», sagte Harry.

«Ein Sohn in diesem Alter ist gar nicht so schwierig. Die Kombination von Vater und Sohn, die ist das Problem. Manchmal denke ich, Ned nimmt es Danny übel, daß er stärker wird als er. Er ist schon fünf Zentimeter größer als Ned.»

«Die alte Geschichte.» Cooper nahm sich die nächste Postkarte vor. Dolley Madisons Grabstein zierte die Vorderseite. «Wie viele noch?»

«Ungefähr hundertfünfundzwanzig. Es sind vierhundertzwei Schließfächer, und wir nähern uns der Zielgeraden.»

«Warum so wenige?» fragte Susan.

«Sie wollen noch mehr?» Cooper war fassungslos.

«Nein, aber meines Wissens hat Crozet dreitausend Einwohner.»

«Die anderen haben keine Schließfächer. Die meisten von meinen Leuten wohnen mitten in der Stadt.» Harrys Zeige- und Mittelfinger begannen zu schmerzen.

Während die drei Frauen weiterkritzelten, machte Mrs. Murphy einen Schrank auf und kroch hinein.

Tucker war sauer, weil sie nicht herumklettern konnte wie die Katze. *«Geh nicht da rein. Sonst kann ich dich nicht mehr sehen.»*

Mrs. Murphy steckte den Kopf heraus. *«Ich riech die Gewürze so gern. Hier drin ist ein Kräutertee, der erinnert mich an Katzenminze.»*

*«Ich schätze, da oben ist nichts, was nach Rinderknochen riecht?»*

*«Bouillonwürfel. Im Päckchen. Ich hol sie raus.»* Sie untersuchte das Päckchen. *«Schade, daß wir Bob Berryman nicht beschnüffeln konnten. Ob er auch diesen Geruch an sich hatte?»*

*«Glaub ich nicht. Die Kugel hat ihn erledigt. Ich hab alle,*

*die ins Postamt kamen, untersucht, bloß für den Fall, daß sie den Geruch an sich haben – so wie ihre Arbeitsgerüche. Rob riecht nach Benzin und Schweiß. Market riecht köstlich. Mim durchtränkt sich mit diesem gräßlichen Parfum. Fair riecht nach Pferden und Medizin. Von Little Marilyns Haarspray tränen mir die Augen. Josiah riecht nach Möbelpolitur plus Aftershave. Kelly roch nach Betonstaub. Ihre Gerüche sind so charakteristisch wie ihre Stimmen.»*

*«Wonach riecht Harry für dich?»*

*«Nach uns. Unser Geruch umhüllt sie, aber sie weiß es nicht. Ich sehe immer zu, daß ich mich an ihr reibe und auf ihrem Schoß sitze, genau wie du. Das hält andere Tiere von dummen Gedanken ab.»*

Harry sah auf und erblickte Mrs. Murphy, die an dem Bouillonpäckchen knabberte. «Laß das.» Die Katze sprang aus dem Schrank, bevor Harry sie packen konnte.

*«Wetten, du kriegst einen Bouillonwürfel.»* Mrs. Murphy zwinkerte.

«Damit kann man nichts mehr anfangen», wütete Harry. Sie öffnete das Päckchen und gab Tucker einen der Würfel, die Mrs. Murphy angeknabbert hatte. Die Tigerkatze setzte sich frech auf die Anrichte. «Hier, verflixt noch mal, du hast dich genug dafür angestrengt, aber deine Manieren gehen zum Teufel.» Mrs. Murphy nahm den Würfel zierlich aus Harrys Fingern.

«Fertig!» jubelte Officer Cooper.

«Jetzt werden wir sehen, ob's klappt.» Harry kniff die Augen zusammen.

Was herunterklappte war Harrys Kinnladen, als sie den Fernseher einschaltete und sah, wie Fair abgeführt wurde. Dieser verdammte Rick Shaw. Er hatte niemandem was gesagt.

Sie zog ihre Schuhe an und schleppte Cooper zum Gefängnis. Zu spät. Fair war schon wieder auf freiem Fuß. Ein Alibi war beigebracht worden, ein Alibi, das Harry ebenso aus der Fassung brachte wie Fair selber.

## 43

Ned paffte seine Pfeife. Auf Harrys Bitte wartete Officer Cooper mit Susan im Wohnzimmer. Die Morde waren grauenhaft, aber dies hier war schmerzlich.

Nachdem sie erfahren hatte, daß Boom Boom Fair befreit hatte, indem sie zu Protokoll gegeben hatte, er sei sowohl in der Nacht von Kellys Ermordung wie auch in der Nacht von Maudes Ermordung bei ihr gewesen, hatte Harry Susan noch einmal angerufen.

Logisch betrachtet wußte sie, daß es absurd war, erschüttert zu sein. Ihr Mann war untreu gewesen. Millionen Ehemänner waren untreu. Im tiefsten Innern wußte sie auch, daß diese Affäre schon vor der Trennung bestanden haben mußte. Sie wollte die Scheidung, mit oder ohne Affäre, aber als sie im Gefängnis die Einzelheiten erfuhr, brach sie unwillkürlich in Tränen aus.

Sie rief Ned an. Er sagte, sie solle sofort zu ihm kommen.

«... unüberwindliche Differenzen. Das kannst du natürlich ändern und jetzt wegen Ehebruch klagen. Harry, das Scheidungsrecht in Virginia ist – nun ja, sagen wir mal, wir sind hier nicht in Kalifornien. Wenn du wegen Ehebruch klagst und das Gericht entscheidet zu deinen Gunsten, brauchst du das Vermögen nicht zu teilen, das ihr in der Ehe gebildet habt.»

«Mit anderen Worten, das wäre seine Strafe fürs Fremdgehen.» Harrys Augen wurden wieder feucht.

«Das Gesetz nennt es nicht Strafe, wenn –»

«Aber es ist eine, oder nicht? Wegen Ehebruch zu klagen ist ein Racheinstrument.» Sie ließ sich in den Sessel sinken. Ihr Kopf schmerzte. Ihr Herz schmerzte.

Neds Worte waren wohlüberlegt. «Man könnte sagen, daß eine solche Klage in den Händen einiger Anwälte und Personen zu einem Racheinstrument wird.»

Nach einer langen, nachdenklichen Pause sprach Harry

mit fester, klarer Stimme: «Ned, es ist schlimm genug, daß eine Scheidung in dieser Stadt zum öffentlichen Spektakel wird. Dieses... dieses Ehebruchverfahren würde das Spektakel für mich zum Alptraum und für die Mim Sanburnes dieser Welt zu einem richtigen Affentheater machen. Weißt du —» sie blickte zur Decke hoch — «ich kann nicht mal sagen, daß er unrecht getan hat. Sie hat was, was ich nicht habe.»

Der Freund in Ned war stärker als der Anwalt. «Sie kann dir nicht das Wasser reichen, Harry. Du bist die Beste.»

Das brachte Harry erneut zum Weinen. «Danke.» Als sie sich wieder gefaßt hatte, fuhr sie fort: «Was habe ich zu gewinnen, indem ich ihn verletze, weil ich verletzt bin? Ich sehe keinen Vorteil, außer mehr Geld, falls ich gewinne, und bei meiner Scheidung geht es nicht um Geld — es geht tatsächlich um unüberwindliche Differenzen. Ich bleibe dabei. Manchmal, Ned, lassen sich die Dinge trotz der besten Absichten und der besten Menschen —» sie lächelte — «eben nicht bereinigen.»

«Du bist Klasse, Schätzchen.» Ned kam herüber, setzte sich auf die Sessellehne und klopfte Harry auf den Rücken.

«Vielleicht.» Sie lachte ein wenig. «Gelegentlich bin ich imstande, mich wie ein vernünftiger, erwachsener Mensch zu benehmen. Ich will die Sache hinter mich bringen. Ich will mein Leben fortsetzen.»

## 44

Pünktlich wie die Uhr rief Mrs. Hogendobber am nächsten Morgen um Viertel vor acht wieder an, um sich den neuesten Klatsch erzählen zu lassen. Pewter kam von nebenan zu Besuch. Die gefüllten Schließfächer warteten auf ihre Besitzer, und als die Tür um acht Uhr aufging, verhielten sich Harry und Officer Cooper völlig normal. Sie versuchten es jedenfalls, doch Officer Cooper postierte sich so, daß sie die Fächer im Blick hatte. Harry verbrannte Energie, indem sie Mrs. Murphy, Pewter und sogar Tucker im Postbehälter herumkutschierte.

Danny Tucker kam als erster, schaufelte die Post heraus, sah sie aber nicht durch. «Schade, daß ich dich gestern abend nicht gesehen habe. Mom sagte, du hattest mit Dad was Geschäftliches zu besprechen gehabt.»

«Ja. Wir haben ein paar Dinge geklärt.»

In diesem Moment polterte Ned Tucker die Treppe herauf. «Hallo allerseits.» Er schenkte Harry ein breites Lächeln, dann sah er die Post in den Händen seines Sohnes. «Die nehm ich.» Er blätterte sie rasch durch, blinzelte, als er die Postkarte sah, las sie und sagte laut: «Das ist Susans Handschrift. Was hat sie denn jetzt schon wieder vor?»

Daran hatte Harry nicht gedacht. Sie hätten sich die Namen besser aufteilen sollen. Sie war gespannt, wer sonst noch ihre Handschriften erkannte.

«Dad, ich bin wirklich brav gewesen, und heute abend ist eine Party –»

«Die Antwort ist nein.»

«Ach, Dad, bis Halloween könnte ich tot sein.»

«Das ist nicht witzig, Dan.» Ned öffnete die Tür. «Harry, ich befreie dich von unserer Gegenwart.» Unsanft schob er seinen protestierenden Sohn nach draußen.

«Schreiben Sie regelmäßig Briefe?» fragte Harry Coop.

«Nein. Und Sie?»

«Nicht oft. Das hier haben wir jedenfalls vermasselt.»

«Hoffen wir, daß er keinem was davon sagt, außer Susan. Möchte wissen, was sie ihm erzählt.»

Market war der nächste. Er sortierte seine Post und warf die Postwurfsendungen mitsamt der Postkarte in den Abfall. «Verdammter Mist.»

«Hört sich gar nicht nach dir an, Market.» Harry zwang sich zu einem leichten Tonfall.

«Das Geschäft blüht, aber ich würde lieber weniger verdienen und dafür meinen Seelenfrieden wiederhaben. Wenn noch ein einziger Reporter oder sadistischer Tourist in meinen Laden trampelt, werde ich ihn eigenhändig rausprügeln. Einer von diesen Zeitungsschnüfflern hat meiner Tochter aufgelauert und die Unverschämtheit besessen, sie zum Essen einzuladen. Sie ist vierzehn Jahre alt!»

«Denk an *Lolita*», sagte Harry.

«Ich kenne keine Lolita, und wenn ich eine kennen würde, würde ich ihr raten, ihren Namen zu ändern.»

Er stelzte hinaus.

*«Ich geh nicht nach Hause, bis seine Laune sich gebessert hat»*, erklärte Pewter ihren Gefährtinnen.

*«Bislang war Harrys Idee ein Reinfall.»* Mrs. Murphy leckte ihre Pfote.

Fair kam ein wenig linkisch herein. «Meine Damen.»

«Fair», erwiderten sie gleichzeitig.

«Hm, Harry —»

«Später, Fair. Ich habe jetzt nicht die Kraft, es zu hören.» Harry schnitt ihm das Wort ab.

Er trat an sein Schließfach und zerrte die Post heraus.

«Himmel, was ist denn das?» Er ging zu Harry und reichte ihr die Postkarte.

«Ein hübsches Bild von Jeffersons Gedenktafel.»

«‹Schade, daß Du nicht hier bist›», las Fair laut vor. «Tom meint vielleicht, ich sollte ihm Gesellschaft leisten. Das tun ja inzwischen einige andere auch; ich glaube, ich hab einen schönen Schlamassel angerichtet.» Er schob die Karte über den Schalter. «Wenn T.J. heute nach Albemarle County zurückkehrte, würde er sterben vor Sehnsucht, von hier wegzukommen.»

«Warum sagen Sie das?» fragte Officer Cooper.

«Die Leute kleben so am Althergebrachten. Ich meine, der Mann verkörperte fortschrittliches Denken, in der Politik, in der Architektur. Seit seinem Tod haben wir keine Fortschritte mehr gemacht.»

«Du hörst dich an wie Maude Bly Modena», bemerkte Harry.

«So? Kann schon sein.»

«Ich nehme an, du wirst dich jetzt öffentlich mit Boom Boom zeigen.»

Fair funkelte Harry böse an. «Das war ein Schlag unter die Gürtellinie.» Er sturmte hinaus.

«Herrje, es ist nicht mal zehn Uhr morgens. Ich bin gespannt, wen wir sonst noch beleidigen können.» Officer Cooper lachte.

«Das macht die Anspannung, und dann die vielen Reporter, die einem auf die Nerven gehen. Und... ich weiß nicht. Die Luft fühlt sich schwer an, wie vor einem Sturm.»

Reverend Jones, Clai Cordle, Diana Farrell und Donna Eicher holten ihre Post ab. Daraus ergab sich nichts. Donna nahm auch die Post für Linda Berryman mit.

Als sich das Postamt wieder geleert hatte, bemerkte Harry: «Es war ziemlich geschmacklos von uns, eine Karte in Linda Berrymans Fach zu stecken.»

«In diesem Fall rechtfertigt das Gemeinwohl so ziemlich jede Gemeinheit.»

Hayden McIntire schaute vorbei. Auch er ging hinaus, ohne sich seine Post anzusehen.

Boom Boom Craycroft aber erfaßte die Bedeutung der Karte sofort, als sie ihre Post in drei Stapel teilte: Privates, Geschäftliches, Postwurfsendungen. «Wie hübsch.»

Sie reichte Harry die Postkarte. «Würdest du mir das jetzt wünschen?»

«Ich hab auch eine gekriegt», flunkerte Harry.

«Krankhafter Humor.» Boom Boom schürzte verächtlich die Lippen. «Diese Morde stellen jeden Verrückten in den Schatten, den wir hier je hatten. Manchmal denke ich, ganz Crozet ist verrückt. Wieso eitern wir hier wie ein Pikkel am Arsch der Blue Ridge Mountains? Der arme Claudius Crozet. Er hätte was Besseres verdient.» Sie machte eine Pause, dann sagte sie zu Harry: «Hm, ich schätze, du hast auch was Besseres verdient, aber ich bringe es nicht fertig, mich zu entschuldigen. Ich fühle mich nicht schuldig.»

Als sie hinausging, bemerkte die verblüffte Harry, daß Mrs. Murphy auf die Stempelkissen zusteuerte. Schnell spurtete sie an ihr vorbei und klappte die Schachteln zu. Mrs. Murphy zockelte daran vorüber, als gingen sie sie nichts an. Dieser Aufruhr wegen Boom Boom und Fair hatte auch die Katze in Aufregung versetzt. Sie war unglücklich darüber, Harry leiden zu sehen.

Der Name Crozet hatte einen Nerv in Harrys Hirn in Tätigkeit gesetzt. «Cooper, wenn ich den vergrabenen Schatz fände, müßte ich dafür Einkommensteuer zahlen?»

«Wir zahlen in diesem Land sogar Erbschaftssteuer. Natürlich müßten Sie zahlen.»

*«Vielleicht kommt sie jetzt endlich drauf.»* Mrs. Murphy stolzierte auf und ab.

*«Wo drauf?»* Pewter konnte es nicht ausstehen, weniger zu wissen als die anderen, deshalb weihte Tucker sie ein.

«Die Gewinne in Maudes Hauptbuch. Vielleicht hängen sie mit dem stückweisen Verkauf des Schatzes zusammen.»

«Sind Sie von Sinnen?» Cooper lächelte. «Aber die Erklärung ist so gut wie jede andere. Sie läßt nur die winzige, unbedeutende Kleinigkeit außer acht, daß die Tunnels versiegelt sind. Steine, Schutt, Beton. Armer Claudius.

Ich würde mir um ihn mehr Sorgen machen, wenn er zurückkehrte, als um Thomas Jefferson. Stellen Sie sich vor, Sie kommen zurück und sehen Ihr Lebenswerk, ein Meisterwerk der Ingenieurskunst, versiegelt und vergessen.»

«Lassen Sie uns nach der Arbeit hingehen.»

«Gut. Machen wir.»

In diesem Augenblick betraten Mim, Little Marilyn und ihre ständige Begleiterin das Gebäude. Josiah folgte ihnen, wie ein gutgepflegter Terrier, auf dem Fuße.

Mutter und Tochter, zwischen denen offensichtlich dicke Luft herrschte, verbreiteten ihre gedrückte Stimmung im ganzen Raum. Josiah sortierte unauffällig seine Post am Schalter, während die Frauen in leisem Ton miteinander sprachen.

Der leise Ton explodierte jäh, als Mim Little Marilyn die Post aus der Hand riß. «Die nehme ich.»

«Ich kann die Post genausogut sortieren wie du.»

«Du bist zu langsam.» Mim blätterte hektisch die Post durch. Die Postkarte drang kaum in ihr Bewußtsein. Sie hielt nach etwas anderem Ausschau.

«Mutter, gib mir meine Post!»

Josiah las seine Postkarte. Dolley Madisons Grabmal. Er lächelte Harry an. «Ist das ein Scherz von dir?»

«Ich geb dir gleich deine Post.» Die Sehnen an Mims Hals traten hervor.

Little Marilyn, das Gesicht purpurrot, schlug ihrer Mutter mit dem Handrücken auf die Hände, und die Post flog durch die Gegend. Mrs. Murphy sprang auf den Schalter, um zuzusehen, Pewter desgleichen. Tucker bettelte hinter dem Schalter, nach vorne gelassen zu werden, und Harry öffnete ihr die Tür. Sie setzte sich neben die Frankiermaschine und sah zu.

«Ich weiß, wonach du suchst, Mutter, und du wirst es nicht finden.»

Mim heuchelte Selbstbeherrschung und bückte sich, um die Antworten auf die Hochzeitseinladungen aufzuheben. Josiah ließ seine Post auf dem Schalter liegen und trat zu ihr. «Möchtest du nicht ein wenig frische Luft schnappen, Mim? Ich heb das auf.»

«Ich brauche keine frische Luft. Ich brauche eine neue Tochter.»

«Schön. Dann hättest du *gar kein* Kind mehr», schrie Little Marilyn sie an. «Du suchst nach einem Brief von Stafford. Du wirst keinen finden, Mutter, weil ich ihm nicht geschrieben habe.» Little Marilyn machte eine Pause, um Atem zu holen und um der dramatischen Wirkung willen. «Ich habe ihn angerufen.»

«Was hast du?» Mim sprang so schnell auf, daß ihr das Blut aus dem Kopf wich.

«Mim, Liebling –» Josiah suchte sie zu beruhigen. Sie stieß ihn weg.

«Du hast richtig gehört. Ich habe ihn angerufen. Er ist mein Bruder, und ich liebe ihn, und wenn er nicht zu meiner Hochzeit kommt, dann kommst du auch nicht. Ich bin diejenige, die heiratet, nicht du.»

«Wag es ja nicht, so mit mir zu sprechen.»

«Ich spreche mit dir, wie's mir paßt. Ich habe immer alles getan, was du von mir verlangt hast. Ich habe die richtigen Schulen besucht. Ich habe die geeigneten femininen Sportarten getrieben, du weißt schon, Mutter, die, bei denen man nicht schwitzt. Entschuldige – glüht. Ich habe die richtigen Freundinnen gehabt. Ich kann sie nicht ausstehen! Sie sind langweilig. Aber sie sind *comme il faut*. Ich heirate den richtigen Mann. Wir werden zwei blonde Kinder haben, und sie werden die richtigen Schulen besuchen, den richtigen Sport betreiben bis zum Überdruß. Ich steige runter von dem Karussell. *Jetzt*. Wenn du draufbleiben willst, schön. Du wirst nicht merken, daß du dich im Kreis drehst, bis du tot bist.» Little Marilyn zitterte vor Wut, die allmählich in Erleichterung und sogar in Glück überging. Sie tat es, endlich. Sie wehrte sich.

Harry, die kaum zu atmen wagte, hätte am liebsten applaudiert. Officer Cooper sprangen fast die Augen aus dem Kopf. So also benahm man sich in der oberen Mittelklasse? Die öffentliche Bloßstellung würde Mim am Ende mehr zusetzen als die bloßgestellten Gefühle.

«Liebling, laß uns das woanders besprechen, bitte.» Josiah nahm sachte Mims Arm. Diesmal ließ sie sich von ihm führen.

«Little Marilyn, wir reden später darüber.»

«Nein. Es gibt nichts zu reden. Ich heirate Fitz-Gilbert Hamilton. Er ist nicht gerade aufregend, aber er ist ein guter Mensch, und ich hoffe von ganzem Herzen, daß wir unsere Sache miteinander gut machen, Mutter! Ich möchte glücklich sein, und sei es nur für einen Tag in meinem Leben. Du bist zu meiner Hochzeit eingeladen. Die Frau meines Bruders wird meine Brautführerin sein.»

«O mein *Gott*.» Mim wurde ohnmächtig.


## 45

*E*rst in den Stunden des schwindenden Lichts, als sich gegen sieben Uhr abends lange, kupferfarbene Schatten ausbreiteten, wurde Harry klar, was sich im Postamt eigentlich abgespielt hatte.

Josiah und Officer Cooper hatten Mim wiederbelebt, Little Marilyn war gegangen. Sofern sie die verzweiflungsvolle Lage ihrer Mutter bekümmerte, hatte sie es gut verborgen. Mim hatte sie im Laufe der Jahre oft genug zur Verzweiflung getrieben. Wenn sie im Postamt ohnmächtig wurde und sich den Schädel brach, dann war das eben so.

Die Leibwache rieb Mim Amylnitrit unter die Nase, und

als sie zu sich kam, sagte sie: «Ich passe hier nicht mehr her. Mein Leben ist wie ein altes Kleid.»

Für einen kurzen Augenblick bedauerte Harry sie.

Josiah kümmerte sich um Mim und brachte sie zu seinem Laden.

Den restlichen Tag über strömten Leute zum Postamt herein und hinaus. Harry und Officer Cooper hatten kaum Zeit, auf die Toilette zu gehen, geschweige denn zum Nachdenken.

Zum Denken kamen sie später, als die Frauen, beide bewaffnet, in der drückenden, vom grünen Duft der Vegetation geschwängerten Hitze den alten, steilen Schienenstrang zum Greenwood-Tunnel erklommen. Mrs. Murphy und Tucker hatten sich geweigert, in dem weiter unten geparkten Wagen zu bleiben. Auch sie keuchten.

«Die Leute haben mal Balken hier raufgeschleppt. Selbst mit Maultieren war das eine elende Schufterei.»

«Die alten Schienen führten zum Tunnel. Crozet hat Versorgungswege und -gleise angelegt, bevor–» Harry brach ab. Ein gelber Schwalbenschwanz tänzelte vor ihnen und flog davon.

«*Ist das ein Scherz von dir?* Coop... Coop! Das hat Josiah zu mir gesagt, nachdem er seine Karte gelesen hatte.»

«Na und? Ned hat Susans Handschrift erkannt. ‹Schade, daß Du nicht hier bist› war eine Pleite.»

«Begreifen Sie denn nicht? Der Mörder weiß, daß außer dem Sheriff nur ich es bin, die das Postkartensignal kennt. Ich war es, die zu Mrs. Hogendobber lief, noch bevor Ihre Leute bei ihr ankamen. Ich bekomme die Post als erste zu sehen. Er hat sich verraten. Er ist es! Herrgott, Josiah DeWitt. Ich hab ihn gern. Wie kann man einen Mörder gern haben?»

Officer Cooper nahm die Information mit unbewegtem Gesicht zur Kenntnis. «Also, wenn jemand in dem Tunnel ist, sitzen wir ganz schön in der Tinte.»

«Wie die Ente auf Kelly Craycrofts Poster.» Harrys

Gedanken rasten. «Ich weiß nicht, wie lange er braucht, um zu merken, was er getan hat.»

«Nicht lange. Aber unsere Leute sind überall. Er wird vielleicht nicht imstande sein, seinen Laden frühzeitig zu verlassen. Aber sobald er zugemacht hat, wird er auf Sie losgehen.»

«Er weiß nicht, wo ich bin.»

«Dann kommt er in der Nacht hierher – falls hier wirklich etwas ist –, oder er macht sich aus dem Staub. Ich weiß nicht, was er tun wird, aber er hat keine Angst.»

Der von Kudzu umkränzte verschlossene Tunneleingang ragte vor ihnen auf.

«Los, weiter», drängte Harry.

Cooper fuhr ihr mentales Radar aus und ging vorsichtig auf den Eingang zu. Harry, ein paar Schritte hinter ihr, nahm die Oberseite des Tunnels in Augenschein. Es wäre beschwerlich, oberhalb des Tunnels auf den Berg zu steigen, ja, es würde Stunden dauern. Aber es war zu schaffen.

Der Tunneleingang war tatsächlich versiegelt. Nur mit Dynamit hätte man ihn öffnen können.

*«Komm, wir suchen Paddys Kaninchenloch.»* Mrs. Murphy und Tucker schwärmten aus.

Die Nase am Boden, entdeckte Tucker die schwachen Überbleibsel von Bobs und Ozzies Witterung. *«Ozzie und Berryman waren hier.»*

Mrs. Murphy nickte. *«Paddy hat vielleicht recht. Wenn Berryman hier oben war, dann ist hier ein Schatz!»* Sie raste der Corgihündin voraus, während Harry und Coop auf Zehenspitzen die Tunnelöffnung abschritten.

Hinter dem Laubwerk verborgen befand sich ganz unten am Tunnel ein kleines Loch. Ein Kaninchen konnte leicht hinein- und herausgelangen. Mrs. Murphy ebenfalls.

*«Geh da nicht rein»*, warnte Tucker. *«Wir gehen zusammen.»*

*«Okay, ich zuerst. Ich hab bessere Augen.»* Mrs. Murphy schlüpfte durch das Loch. *«Heiliges Kanonenrohr!»*

*«Alles in Ordnung?»* Tucker, halb drinnen und halb draußen, scharrte mit den Vorderpfoten, was das Zeug hielt.

*«Ich denke schon.»* Mrs. Murphy lief zu ihrer Freundin zurück. *«Kannst du schon was sehen?»*

*«Kaum.»* Tucker blinzelte, aber sie kam sich vor wie in einem Meer aus chinesischer Tusche.

Langsam gewöhnten sich ihre Augen an die Dunkelheit, und sie sah den Schatz. Es war nicht Claudius Crozets Schatz, aber es war ein ungeheures Vermögen an Gemälden, Louis Quinze-Möbeln und Teppichen, sorgsam in dicke Schonbezüge verpackt. Mrs. Murphy sprang auf einen Louis Quinze-Schreibtisch. Ein vergoldetes Kästchen stand darauf. Sie hob mit einer Pfote den Deckel. Drinnen glitzerte alter, kostbarer Schmuck. Neben dem Tunneleingang war eine alte Förderlore abgestellt. Darauf thronte ein riesiger bauchiger Schrank.

*«Hol Harry.»*

Tucker flitzte zum Kaninchenloch und bellte.

«Wo ist der Hund?» Officer Cooper sah sich um. «Hört sich an, als wäre er im Tunnel. Das ist unmöglich.»

Harry zerrte Gestrüpp, Kudzu und Ranken beiseite, um an die rechte Tunnelecke heranzukommen. Tucker bellte zu ihren Füßen. «Da ist ein Kaninchenloch. Tucker, komm da raus.»

Officer Cooper ließ sich auf alle viere nieder. Eine schwarze nasse Nase zuckte. «Komm schon, Köter.»

*«Kommt ihr doch rein»*, erwiderte Tucker.

*«Sie passen nicht durch.»* Mrs. Murphy gesellte sich zu ihr. *«Gehen wir raus. Es muß einen anderen Eingang geben.»*

Tucker zwängte sich ächzend aus dem Loch. Mrs. Murphy tänzelte hinaus. Tucker sprang an Harry hoch. Mrs. Murphy umrundete ihre menschliche Freundin. Harry verstand. Sie ging in die Hocke, und dann, als Cooper ihr den Weg frei machte, legte sie sich flach auf den Bauch. «Da drinnen ist was. Ich brauche eine Taschenlampe.»

Auch Cooper legte sich hin. Harry rückte beiseite, damit

sie besser sehen konnte, und sie wölbte die Hände um die Augen. «Antiquitäten. Ich kann nicht viel sehen, aber ich sehe eine große Kommode.»

Harry sprang auf und fuhr mit den Händen über die Tunnelöffnung. Cooper trat zu ihr. Harry klopfte gegen die rechte Seite des versiegelten Tunneleingangs. Es klang hohl.

«Epoxyd und Harz. Jetzt wird es verständlich, nicht?» sagte Harry.

«Die Möbel wurden nicht durch das Kaninchenloch gezwängt, es sei denn, Josiah verfügt über Zaubertränke wie in *Alice im Wunderland*. Irgendwo muß ein Knopf oder ein Riegel sein. Ich wette, Kelly hat es Spaß gemacht, das anzufertigen. Wie lange mag er wohl dazu gebraucht haben?»

«Wenn er nachts gearbeitet hat – ich weiß nicht, ein paar Monate. Einen Monat. Ich hab's.» Coop fand einen Riegel, den eine dicke Ranke verdeckte. Sie war auf der falschen Oberfläche befestigt. Rundherum wuchs natürliches Laubwerk. Mit einem Klicken öffnete sich eine Tür, die groß genug war, um eine Schienenlore hindurchzubekommen. Die beiden Frauen betraten den Tunnel. Die Tiere sausten hinter ihnen her.

«Hier drin befindet sich ein Vermögen», flüsterte Harry.

Tucker stellte die Ohren auf. Mrs. Murphy erstarrte.

*«Nicht bellen, Tucker. Er weiß, daß die Menschen hier sind, aber er weiß nicht, daß wir hier sind. Du mußt winseln, um Harry zu warnen.»*

Tucker jaulte leise. Harry bückte sich, um sie zu streicheln. *«Mommy, bitte sei vorsichtig»*, jammerte der Hund.

*«Versteck dich, Tuck, versteck dich.»* Mrs. Murphy sprang von einem Schreibtisch auf einen Kleiderschrank neben dem Eingang. Tucker versteckte sich hinter der Lore.

Harry spürte die Angst der Tiere. «Cooper, Cooper», flüsterte sie und packte Cynthias Arm. «Da stimmt was nicht.»

Cooper zog ihre Pistole. Harry tat desgleichen.

Leichte Tritte drangen an ihre Ohren. Im Tunnelinnern wurden die Geräusche entlang der hundertsechzig Meter Gestein verstärkt und verzerrt. Harry schlich zur rechten Seite des Eingangs. Sie stellte sich auf die andere Seite der Lore. Cooper blieb links im tiefen Schatten.

Sie vernahmen eine bekannte, liebenswürdige Stimme. Josiah war zu schlau, sich in der Öffnung zu zeigen. «Ich habe dich unterschätzt, Harry. Man soll eine Frau nie unterschätzen. Officer Cooper, ich weiß, daß Sie bewaffnet sind. Ich schlage vor, Sie werfen Ihre Waffe heraus. Es gibt keinen Grund, Claudius Crozets Werk mit Blut zu besudeln – schon gar nicht mit meinem.» Cooper verhielt sich still. «Wenn Sie Ihre Waffe nicht zu mir herauswerfen, werfe ich diesen benzingetränkten Lappen und den winzigen Molotowcocktail in den Tunnel hinein, den ich zufällig für abendliche Belustigungen bei mir habe. Ich habe auch eine Pistole, wie Sie sich sicher denken können. Es ist Kellys. Wenn die Ballistiker ihren Bericht über Bob Berryman abliefern, werden sie den sterngeschmückten Staatsdiener Rick Shaw enttäuschen und ihm erzählen müssen, daß Bob mit der Waffe eines Toten ermordet wurde. Es ist unangenehm, in den Flammen zu sterben, aber wenn Sie herauslaufen, werde ich gezwungen sein, Sie zu erschießen. Wenn Sie Ihre Waffe rauswerfen, Officer Cooper, können wir vielleicht ein Geschäft miteinander machen. Etwas Lukrativeres als Ihr unermeßliches Staatsbedienstetengehalt ist allemal drin – das gilt auch für dich, Harry.»

«Was für Geschäfte hast du mit Kelly gemacht? Oder mit Maude?» Harrys Stimme, scharf und fest, hallte durch den Tunnel.

«Kellys Vertrag sah ausgezeichnete Bedingungen vor, aber nach vier Jahren bei zwanzig Prozent wurde er etwas habgierig. Wie du siehst, sind in dem Tunnel genügend Vorräte angehäuft, so daß ich für die Zukunft auf seine Dienste verzichten konnte. Wenn meine Bestände zur Neige gehen, findet sich ein anderer profitgieriger Schwächling.»

«Du hast seine Straßenbaufirma benutzt.»

«Natürlich.»

«Und seine Lastwagen.»

«Harry, strapaziere meine Geduld nicht mit Fragen, deren Antwort auf der Hand liegt. Officer Cooper, werfen Sie Ihre Waffe heraus.»

«Zuerst will ich wissen, warum Sie Maude umgebracht haben. Was sie getan hat, liegt ebenfalls auf der Hand.»

«Maude war ein lieber Mensch, aber leider haben ihre Eierstöcke über ihren Kopf bestimmt. Sehen Sie, sie hat Bob Berryman tatsächlich geliebt. Als geschäftliche Gründe mich zwangen, Kelly Craycroft aus der Unternehmensführung zu entfernen, wollte sie sich nicht an einem Mord mitschuldig machen.»

«Und? War sie mitschuldig?»

«Nein. Aber sie hat Angst bekommen. Was, wenn ich erwischt und unser einträgliches Unternehmen aufgedeckt würde? Berryman hielt sie ewig hin und sagte ihr, er würde Linda verlassen, und Maude hat diesen nichtsnutzigen Kerl geliebt. Ein schwankender Partner ist schlimmer als überhaupt kein Partner. Sie hätte uns verraten können, oder schlimmer noch, sie hätte sich Bob Berryman gegenüber verplappern können – Bettgeflüster –, und der mit seinem komischen Ehrgefühl wäre schnurstracks zu den Sachwaltern der Obrigkeit getrabt. Sie sehen, die arme Maude mußte verschwinden. So, meine Damen, das war Aufschub genug. Werfen Sie die Waffe raus.»

«Hast du versucht, Mrs. Hogendobber zu ertränken?» Harry wollte, daß er weiterredete. Sie hatte keinen Plan, aber so gewann sie immerhin Zeit zum Überlegen.

«Nein. Raus mit der Waffe.»

Harry senkte die Stimme auf Klatschtonlage und betete, daß Josiah diesen Tonfall unwiderstehlich finden möge.

«Wenn du die Pontons nicht aufgeschlitzt hast, wer dann?»

Er lachte. «Ich glaube, das war Little Marilyn. Sie hat keine Hilfe geholt, bis sie merkte, daß zwei von den Damen auf Mims Jacht nicht schwimmen konnten. Sie wollte ihrer Mutter einfach nur die Party verderben. Ich kann es nicht beweisen, aber das ist meine Vermutung.» Er lachte wieder. «Ich hätte alles darum gegeben, das Boot sinken zu sehen. Mims Gesicht muß puterrot gewesen sein.» Er hielt inne. «Okay, genug geschwätzt. Wirklich, es muß nicht sein, daß jemandem von uns etwas zustößt. Wir brauchen bloß zusammenzuarbeiten.»

«Wie haben Sie Kelly und Maude dazu gebracht, Zyanid zu nehmen?»

«Sie ziehen die Sache in die Länge», seufzte Josiah. «Ich habe einfach Zyanid auf ein Taschentuch geträufelt und so getan, als wär's Kölnisch Wasser, und es ihnen rasch auf den Mund gedrückt! Simsalabim! Schon waren sie tot. Jetzt aber weiter im Programm, Mädels.»

Harry warf ein: «Du hättest sie nicht verstümmeln müssen.»

«Eine künstlerische Note.» Er kicherte.

«Noch eine winzig kleine Frage.» Harry rang nach Luft. Ihre Stimme klang trotz der erstickenden Umgebung nach stählerner Ruhe. «Ich weiß, daß du die Ware in einer Lore hierhergeschafft hast, aber woher hast du sie bekommen?»

Josiah triumphierte. «Das ist das Allerbeste, Harry. Mim Sanburne! Ich bin jahrelang mit ihr unterwegs gewesen. In den feinsten Häusern. New York, Newport, Palm Beach, Richmond, Charleston, Savannah, wo immer eine elegante Party stattfand, bei der man unbedingt dabeisein mußte. Ich habe die Ware taxiert, und ein, zwei Jahre später – *voilà* – kam ich zu einem anderen Zweck wieder. Keine Einladung mit Prägedruck mehr nötig. Das war der einfache Teil. Man besticht einen Hausangestellten – die Reichen sind bekanntlich knausrig. Man bezahlt jemandem genug, daß er davon ein Jahr leben kann, und eine Fahrkarte nach Rio, einfache Fahrt. Es war leicht, ins

Haus zu gelangen, wenn die Herrschaften fort waren. Der schwierige Teil war, die Lore aus dem Lastwagen auf die Schienen zu bekommen und in den Tunnel zu rollen – und am nächsten Tag wach zu bleiben. Aber richtig schwer schuften mußten wir nie. Vielleicht drei Häuser im Jahr. Der Absatz ist einfach, sobald sich der Trubel gelegt hat. Eine kleine Fuhre nach Wilmington oder Charlotte. Ein Abstecher nach Memphis. Die hochnäsige Mim würde sterben, was? Sie rümpft ihre lange Nase über Gott und die Welt, aber sie verkehrt mit einem Verbrecher – einem eleganten Verbrecher allerdings.»

«Große Gewinnspanne, wie?»

«O ja, süß sind die Früchte des Kapitalismus – eine Lektion, die du nie gelernt hast, Mädchen. So, die Zeit ist um.» Seine hypnotische Stimme verhieß, daß alles gut ausgehen würde, daß das Ganze bloß ein köstlicher Ulk war.

Harry schob sich näher an die Öffnung heran und gab Coop pantomimisch zu verstehen, daß sie ihre Waffe hinauswerfen würde. Cooper nickte. Mrs. Murphy sträubte kampfbereit ihren Schwanz.

«Du wirfst den Molotowcocktail nicht rein. Das Feuer würde dein ganzes Lager vernichten. Der Rauch und die Erschütterung würden ganz Crozet hierherlocken. Damit wäre alles verdorben. Wenn wir ins Geschäft kommen wollen, sollten wir uns lieber von jetzt an vertrauen. Du wirfst deine Waffe zuerst hin, und Officer Cooper wirft ihre raus.»

«Du willst mich wohl für dumm verkaufen, Harry. Ich werfe meine Waffe nicht zuerst hin», ereiferte er sich.

«Du bist doch so kreativ, Josiah. Überleg dir was», spottete Harry. «Du könntest uns aushungern, aber Rick Shaw würde deine Abwesenheit bemerken. Und unsere auch. So geht's nicht. Wir sollten lieber jetzt zu einer Einigung kommen.»

«Du bist hart im Verhandeln.»

«Man soll eine Frau nie unterschätzen», äffte Harry ihn

nach. «Es wäre unangenehm, wenn einer von uns den anderen töten würde; denn du könntest die Leiche erst mitten in der Nacht beseitigen, und in dieser Hitze fängt sie nach zwei bis drei Stunden zu stinken an. Das wäre widerlich.»

«Ganz recht», erwiderte Josiah knapp. «Was würdest du tun, wenn ich der Tote wäre?»

«Was du mit Maude getan hast. Dann würde ich ein Jahr warten, und Coop und ich würden deine Waren verkaufen. Oh, wir haben nicht deine Kontakte, Josiah, aber ich bin sicher, daß wir etwas herausschlagen könnten.» Sie log, was das Zeug hielt.

«Sei kein Esel! Mit mir kannst du ein Vermögen verdienen. Wenn du's auf eigene Faust machst, wirst du erwischt.»

«Bis hierher bin ich immerhin schon gekommen.»

Es folgte ein langes Schweigen. Der ungezündete Molotowcocktail wurde vor die Öffnung gelegt. Josiahs Hand zog sich geschwind zurück.

«Ein unumstößlicher Beweis dafür, was für ein Heiliger ich bin. Da ist der Molotowcocktail.»

«Josiah —» Harry hoffte noch immer, ihn durch Gespräche ablenken zu können — «wie hast du die Poststempel gefälscht?»

«Meine latente künstlerische Ader gelangte vorübergehend an die Oberfläche.» Er lächelte. «Ich verfüge über diverse Wachse, Farben, Beizen, etwas Goldbronze, alles mögliche, um die Möbel zu restaurieren. Ich habe eine Farbe zusammengemischt und die Stempelbuchstaben aus alten Typen zusammengesetzt. Der Text kam mit Hilfe meines Computers zustande. Ich finde, die Postkarten waren ein Bravourstück. Zu gern habe ich mir das Gesicht des armen Rick Shaw vorgestellt, wie er versucht, daraus schlau zu werden — nachdem er gemerkt hat, daß die Postkarten ein Zeichen waren. Du hast es sehr schnell gemerkt. Ich war ungeheuer beeindruckt.»

«Aber du hattest keine Angst?»
«Ich? Nie.»
«Deine Waffe.» Harrys Stimme ließ die Forderung klingen wie eine höfliche Bitte.

«Was ist mit Coop? Ist sie wirklich da drin? Ich möchte ihre Stimme noch mal hören. Woher weiß ich, daß du sie nicht inzwischen umgebracht hast?» Josiah stellte seinerseits eine Forderung. Er wollte hören, wo Coop war.

«Hier.» Cooper nickte Harry zu. Dann stellte sie sich geschwind neben Mrs. Murphy. Tucker legte die Vorderpfoten auf die Lore.

Harry sagte auf Coopers Zeichen: «Ich zähle bis drei, dann wirfst du deine Waffe hin. Sie wirft ihre hin. Eins... zwei... drei.» Sie warf ihre Pistole hinaus, und gleichzeitig warf Josiah seine in die Öffnung.

Er hatte eine zweite Waffe. Er verschwendete keine Zeit. Er stürmte in den Tunnel und feuerte wild um sich. Mrs. Murphy sprang mit ausgefahrenen Krallen auf seinen Kopf. Dann rutschte sie auf seinen Rücken. Tucker stieß die Lore an, die trotz ihres langsamen Tempos Josiah aus dem Gleichgewicht warf, als sie in ihn hineinrumpelte. Tucker biß ihn in die Hand, die die Waffe hielt, und er sank schwankend auf den Tunnelboden, wo sein Knie auf eine Stahlschiene aufschlug. Ohne daß der Hund sein Handgelenk losließ, hob Josiah die Hand mit der Waffe und zielte auf Harry, die sich fallen ließ und zur Seite rollte. Mrs. Murphy hing an seinem Rücken und schlug ihre Krallen mit aller Kraft hinein. Cooper gab präzise und mit geübter Beherrschung einen einzigen Schuß ab. Josiah ächzte, als die Kugel mit einem dumpfen Knall in seinen Rumpf drang. Er ballerte wild drauflos. Cooper schoß noch einmal. Zwischen die Augen. Er zuckte zusammen und war tot.

«Tucker!» Harry rannte zu dem Hund, der verletzt war, aber mit dem Schwanz wedelte.

Cooper nahm Mrs. Murphy auf den Arm und ging zu

Harry hinüber. Sie küßte die Katze, deren Fell noch gesträubt war. «Gut gemacht, Mrs. Murphy.» Sie bückte sich, um Josiahs Puls zu fühlen. Dann ließ sie seinen Arm fallen wie ein verfaultes Stück Fleisch. «Harry, wenn die zwei ihn nicht aus dem Gleichgewicht gebracht hätten, hätte er eine von uns erwischt. Er hatte eine Schnellfeuerwaffe. Der Tunnel ist nicht besonders breit. Er war kein Dummkopf, außer daß er sich im Postamt verplappert hat.»

Harry setzte sich auf die feuchte Erde, und Tucker leckte ihr die Tränen vom Gesicht. Mrs. Murphy stellte sich auf die Hinterbeine und legte die Vorderpfoten an Harrys Hals. Harry rieb ihre Wange in Mrs. Murphys weichem Fell.

«Komisch, Cooper, ich hab nicht an mich gedacht. Ich hab an diese beiden gedacht. Wenn er Mrs. Murphy oder Tucker etwas angetan hätte, ich wäre imstande gewesen, ihn mit meinen bloßen Händen zu töten. Mein Verstand war vollkommen ruhig und glasklar.»

«Sie haben Mumm, Harry. Ich war bewaffnet. Sie haben Ihre Waffe rausgeworfen, um ihn reinzulegen.»

«Sonst wäre er nicht reingekommen. Ich weiß nicht – vielleicht doch. Gott, es kommt mir vor wie ein Traum. So ein gerissener Schweinehund. Er hatte zwei Pistolen.»

Cooper filzte die Leiche. «Und ein Stilett.»

## 46

*E*rleichtert kehrte Mrs. Hogendobber am Tag nach der Schießerei mit Josiah zurück. Für die Medien waren die heroische Posthalterin, ihre tapfere Katze und ihr mutiger Hund sowie die beherzte Officer Cooper, die im Feuerhagel so kühl geblieben war, ein gefundenes Fressen. Harry fand den Rummel fast so schlimm, wie im Tunnel in der Falle zu sitzen.

Rick Shaw, der über das Gefecht mit Josiah genau informiert worden war, erwähnte in seinem Bericht mit keinem Wort, daß Josiah sich an Mim Sanburnes Arm Zutritt zu den Häusern der Reichen verschafft hatte. Natürlich wußte es ganz Crozet, und Mims reiche Freundinnen wußten es auch, aber wenigstens dieses Detail wurde nicht in großer Aufmachung überall in Amerika verbreitet. Big Jim freute sich insgeheim, daß der Snobismus seiner Frau zum Verhängnis geworden war, und er war heilfroh, Josiah los zu sein.

Pewter beneidete ihre Freundinnen schrecklich und fraß doppelt soviel wie sonst, als Entschädigung dafür, daß ihr der Ruhm verwehrt war.

Fair und Boom Boom traten nun gemeinsam in der Öffentlichkeit auf. Noch wurden keine Versprechungen gemacht. Sie kämpften darum, mitten in dem glühendheißen Klatsch über sie Boden unter den Füßen zu bekommen. Harry wurde von der harten Ehefrau, die ihren Mann hinausgeworfen hatte, zum unschuldigen Opfer – nach der öffentlichen, nicht nach Harrys eigener Meinung.

Susan bewog Harry, es zur Entspannung einmal mit Golf zu versuchen. Harry war nicht sicher, daß es sie entspannte, aber sie wurde ganz besessen davon.

Little Marilyn und Mim versöhnten sich bis zu einem gewissen Grade. Mim besaß genug Verstand, um zu wissen, daß sie ihre Tochter nie wieder beherrschen würde.

Rob brachte pünktlich die Post und holte sie ebenso pünktlich ab. Harry las weiterhin die Postkarten. Lindsay Astrove kehrte aus Europa zurück und bedauerte, das Drama verpaßt zu haben. Jim Sanburne und der Stadtrat von Crozet beschlossen, aus dem Skandal Geld zu schlagen. Sie boten Tunneltouren an. Die Touristen fuhren in Handkarren hinauf. Eine hübsche Broschüre über das Leben von Claudius Crozet wurde gedruckt und für zwölf Dollar fünfzig verkauft.

Das Leben wurde wieder normal, was immer das war.

Crozet war ein unvollkommener Winkel in der Welt, mit seltenen Momenten der Vollkommenheit. Harry, Mrs. Murphy und Tucker wurden an einem klaren Tag im September Zeugen eines solchen.

Harry blickte aus dem Fenster des Postamts und sah Stafford Sanburne mit seiner schönen Frau aus dem Zug steigen. Er wurde von Mim und Little Marilyn begrüßt. Er strahlte übers ganze Gesicht. Harry auch.

## Nachwort

Ich hoffe, mein erster Kriminalroman hat Ihnen gefallen. Wenn ja, sagen Sie es meinem Verleger. Vielleicht gibt er mir einen Vorschuß auf den nächsten.

Oh, ich höre Schritte in der Diele.

«Sneaky Pie, was ist das da in meiner Schreibmaschine?»

# Ruhe in Fetzen

*Der Familie Beegle
und ihren Dalmatinern gewidmet*

# Personen der Handlung

*Mary Minor Haristeen (Harry),* die junge Posthalterin von Crozet, die mit ihrer Neugierde beinahe ihre Katze und sich selbst umbringt

*Mrs. Murphy,* Harrys graue Tigerkatze, die eine auffallende Ähnlichkeit mit der Autorin Sneaky Pie aufweist und einmalig intelligent ist

*Tee Tucker,* Harrys Welsh Corgi, Mrs. Murphys Freundin und Vertraute, eine lebensfrohe Seele

*Pharamond Haristeen (Fair),* Tierarzt, ehemals mit Harry verheiratet

*Boom Boom Craycroft,* eine umwerfende Schönheit, die der besseren Gesellschaft angehört

*Blair Bainbridge,* ein gutaussehendes männliches Model und Aussteiger aus dem hektischen Konkurrenzkampf in Manhattan. Er zieht nach Crozet, weil er Frieden und Ruhe sucht, findet aber alles andere als das

*Mrs. George Hogendobber (Miranda),* eine Witwe, die emphatisch auf ihrer persönlichen Auslegung der Bibel beharrt

*Market Shiflett,* Besitzer von Shiflett's Market neben dem Postamt

*Pewter,* Markets dicke graue Katze, die sich notfalls auch von der Futterschüssel lösen kann

*Susan Tucker,* Harrys beste Freundin, die das Leben nicht allzu ernst nimmt, bis ihre Nachbarn ermordet werden

*Ned Tucker,* Rechtsanwalt und Susans Ehemann

*Jim Sanburne,* Bürgermeister von Crozet

*Big Marilyn Sanburne (Mim),* tonangebend in der Gesellschaft von Crozet und ein schrecklicher Snob

*Little Marilyn Sanburne,* Mims Tochter und nicht so dumm, wie sie scheint

*Fitz-Gilbert Hamilton,* Little Marilyns Ehemann, ist reich durch Heirat und von Haus aus. Nachdem sein Ehrgeiz erschöpft ist, ist er damit zufrieden, sehr gut zu leben und ein «Anwalt von Stand» zu sein

*Cabell Hall,* als Bankdirektor ein angesehener Herr in Crozet und im Begriff, in den Ruhestand zu gehen

*Ben Seifert,* Cabell Halls Schützling, hat einen weiten Weg zurückgelegt vom unerfahrenen Kassierer zum höheren Bankangestellten. Er war auf der High School eine Klasse über Harry

*Rick Shaw,* Bezirkssheriff von Albemarle County

*Officer Cynthia Cooper,* Polizistin

*Rob Collier,* Postfahrer

*Paddy,* Mrs. Murphys Exmann, ein kesser Kater

*Simon,* ein Opossum, das auf Menschen nicht gut zu sprechen ist. Langsam erliegt er Harrys Nettigkeit. Er wohnt mit einer mürrischen Eule und einer überwinternden Kletternatter auf dem Heuboden

Liebe Leserin, lieber Leser,

Ein Hoch auf Katzenminze und Champagner!

Dank Euch quillt mein Postfach über von Briefen, Fotos, Spielzeugmäuschen und knusprigem Knabberzeug. Als ich mit der Mrs.-Murphy-Serie anfing, hätte ich nicht gedacht, daß es bei Euch draußen so viele lesende Katzen gibt... und auch ein paar Menschen.

Arme Mutter, sie bemüht sich, nicht zu nörgeln. Sie rackert sich wie eine Sklavin mit ihren «wichtigen Themen» ab, die sie als Komödien verkleidet, und ich kritzle meine Krimiserie hin und bin ein Star. Das zeigt mal wieder, daß die meisten Katzen und ein paar Hunde erkannt haben, daß eine lockere Einstellung zu einem Thema immer noch das Beste ist. Vielleicht wird Mom dies in einigen Jahrzehnten für sich selbst erkennen.

Die beste Neuigkeit ist, daß ich mir eine eigene Schreibmaschine zulegen konnte. Ich habe eine gebrauchte IBM Selectric III erstanden und muß nicht mehr mitten in der Nacht heimlich in Mutters Arbeitszimmer schleichen. Ich habe sogar ein eigenes Arbeitszimmer. Meint Ihr, ich sollte Pewter als Sekretärin einstellen?

Nochmals vielen Dank Euch Katzen da draußen, und auch den Hunden. Paßt auf Eure Menschen auf. Und was Euch Menschen angeht, nun ja, ein frisches

Lachssteak wäre ein köstlicher Leckerbissen für die Katze in Eurem Leben.

        Alles Gute, alles Liebe, alles Schöne
        *SNEAKY PIE*

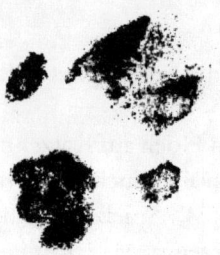

# 1

Goldenes Licht überflutete die Kleinstadt Crozet, Virginia. Mary Minor Haristeen sah von den Briefen auf, die sie gerade sortierte, und trat an das große Glasfenster, um die Aussicht zu bewundern. Die ganze Stadt sah aus wie mit geschmolzener Butter übergossen. Die Dachfirste glänzten, die schlichten Schindelhäuser besaßen eine liebliche Anmut. Das Licht lockte Harry dermaßen, daß sie sich ihre Jeansjacke überzog und zur Hintertür hinausging. Mrs. Murphy, Harrys getigerte Katze, und Tee Tucker, ihre Corgihündin, erhoben sich von ihrem Nachmittagsnickerchen, um Harry zu begleiten. Die langen Oktobersonnenstrahlen vergoldeten die große Wetterfahne in Gestalt eines trabenden Pferdes auf Miranda Hogendobbers Haus an der St. George Avenue, das von der Gasse hinter dem Postamt zu sehen war.

Die strahlenden Herbsttage weckten Erinnerungen an hitzige Footballspiele, Schulschwärme und kühle Nächte. Sosehr Harry kaltes Wetter haßte, sosehr liebte sie es, sich ein, zwei neue Pullover kaufen zu müssen. In der Crozet High School hatte sie an einem weit zurückliegenden Oktobertag – im Jahre 1973, um genau zu sein – einen flauschigen roten Pullover getragen und den Blick von Fair Haristeen auf sich gezogen. Die Eichen verwandelten sich in orangefarbene Fackeln, die Ahornbäume färbten sich blutrot, und die Buchen wurden gelb, damals wie heute. Die Herbstfarben waren ihr im Gedächtnis geblieben, und dieser Herbst würde genauso werden. Ihre Scheidung von Fair war sechs Monate her, oder war es ein Jahr? Sie wußte es wirklich nicht mehr, oder vielleicht wollte sie sich nicht erinnern. Ihre Freundinnen blätterten ihre Adressenhefte nach Namen verfügbarer Junggesellen durch. Es gab zwei: Dr. Larry Johnston, den verwitweten Arzt im Ruhestand, der zwei Jahre älter war als Gott; und natürlich Pharamond Haristeen. Selbst wenn sie Fair wiederhaben wollte, was ganz entschieden nicht der Fall war: er war in eine Romanze mit Boom Boom Craycroft verwickelt, der schönen zweiunddreißigjährigen Witwe von Kelly Craycroft.

Harry sann darüber nach, daß alle Leute in der Stadt Spitznamen hatten. Olivia war Boom Boom, und Pharamond war Fair. Sie selbst war Harry, und Peter Shiflett, der Besitzer des Lebensmittelladens nebenan, wurde Market genannt. Cabell Hall, Direktor der Allied National Bank in Richmond, war Cab oder Cabby; Florence, seine Ehefrau seit siebenundzwanzig Jahren, wurde Taxi gerufen. Die Marilyn Sanburnes, senior und junior, hießen Big Marilyn oder Mim und Little Marilyn. Wie nahe sie einem die Leute brachten, diese kleinen Spitznamen, diese Markenzeichen der Vertrautheit, die Kosenamen. Die Einwohner von Crozet lachten über die Eigenarten ihrer Nachbarn, sagten voraus, wer was zu wem sagen würde und wann. Das waren die Freuden einer Kleinstadt, die allerdings dieselben Probleme und Schmerzen, dieselben Grausamkeiten, Ungerechtigkeiten und selbstzerstörerischen Verhaltensweisen überdeckten, wie sie in größerem Maßstab in Charlottesville, zwanzig Kilometer östlich, oder in Richmond, gut hundert Kilometer hinter Charlottesville, zu finden waren. Die Tünche der Zivilisation, so unentbehrlich für das alltägliche Leben, konnte in einer Krise schnell abblättern. Manchmal bedurfte es gar keiner Krise: Dad kam betrunken nach Hause und prügelte

Frau und Kinder windelweich, oder ein Ehemann kam vorzeitig von der Arbeit in sein mit Hypotheken belastetes Heim und fand seine Frau mit einem anderen Mann im Bett. Oh, in Crozet konnte das nicht passieren, aber es passierte doch. Harry wußte es. Ein Postamt ist das Nervenzentrum jeder Gemeinde, und Harry wußte meist früher als die anderen, was vorging, wenn die Türen geschlossen und die Lichter ausgeknipst waren. Wenn ein Postfach vollgestopft war mit einem Stoß amtlicher Mitteilungen oder mit einer auffälligen Ansammlung von Zahnarztrechnungen, fügte Harry die Geschichten zusammen, die dem Blick verborgen waren.

Wenn Harry ihre Tiere besser verstünde, wüßte sie sogar noch mehr, denn die Corgihündin Tee Tucker konnte unter die Verandastufen huschen, und Mrs. Murphy konnte auf den Heuboden springen, eine Leistung, die die behende Tigerkatze elegant und mühelos vollbrachte. Katze und Hündin verfügten über eine Fülle von Informationen, die sie ihrer relativ intelligenten menschlichen Gefährtin mitteilen konnten. Aber das war nicht einfach. Manchmal mußte sich Mrs. Murphy vor Mutter Harry auf der Erde wälzen, oder Tee Tucker mußte sie am Hosenbein packen.

Heute tratschten die Tiere nicht über Menschen oder über ihresgleichen. Sie saßen neben Harry und beobachteten Miranda Hogendobber, die, angetan mit rotem Faltenrock, gelbem Pullover und Gartenhandschuhen, ihr kleines Beet beackerte, auf dem massenhaft Speise- und Zierkürbisse gediehen. Harry winkte Mrs. Hogendobber zu, die den Gruß erwiderte.

«Harry», rief Susan Tucker, Harrys beste Freundin, aus dem Postamt.

«Ich bin hier draußen.»

Susan öffnete die Hintertür. «Die reinste Postkartenidylle. Herbst in Mittelvirginia.»

Während sie sprach, ging die Hintertür des Lebensmittelladens auf, und Pewter, die dicke graue Katze der Shifletts, kam mit einem Hühnerbein im Maul herausgeflitzt.

Market rief der Katze nach: «Verdammte Scheiße, Pewter, heute kriegst du kein Abendessen.» Er starrte hinter ihr her, wie sie aufs Postamt zusteuerte, und als er aufsah, erblickte er Harry und Susan. «Entschuldigt, meine Damen, wenn ich gewußt hätte, daß ihr da seid, hätte ich keine so unanständigen Worte in den Mund genommen.»

Harry lachte. «Ach, Market, wir benutzen noch viel schlimmere.»

*«Gibst du uns was ab?»* wollte Mrs. Murphy von Pewter wissen, als sie an ihnen vorbeisauste.

*«Wie soll sie denn antworten? Sie hat die Schnauze voll»*, sagte Tucker. *«Außerdem, es wäre das erste Mal, daß Pewter auch nur einen Krümel Fressen abgibt.»*

*«Da hast du leider recht.»* Mrs. Murphy folgte ihrer grauen Freundin. Man konnte nie wissen.

Pewter blieb stehen, kaum daß sie außer Reichweite des resignierten Market war, der jetzt auf die Damen einredete. Sie riß einen verlockenden Batzen Huhn herunter.

*«Wie hast du das von Market stibitzen können?»* Mrs. Murphys goldgelbe Augen wurden weit.

Pewter, die alte Angeberin, sagte kauend, wobei sie vorsichtshalber eine Pfote auf dem Hühnerschenkel behielt: *«Er hat ein gegrilltes Hähnchen auf die Theke gelegt. Little Marilyn hat ihn gebeten, es zu zerteilen, und als er sich umdrehte, bin ich mit dem Schenkel auf und davon.»* Sie kaute am nächsten schmackhaften Bissen.

*«Bist 'n schlaues Mädchen, was?»* Tucker schnupperte den köstlichen Duft.

*«In der Tat, das bin ich. Little Marilyn hat gebrüllt, sie ißt kein Huhn, wo eine Katze reingebissen hat, und ehrlich gesagt, ich*

*würde auch nichts essen, was Little Marilyn angefaßt hat. Die wird langsam schon so ein hochnäsiges Biest wie ihre Mutter.»*

Blitzschnell schnappte sich Mrs. Murphy das Hühnerbein, während Tucker die dicke Katze schubste, so daß sie das Gleichgewicht verlor. Mrs. Murphy sauste durch die Gasse in Miranda Hogendobbers Garten, gefolgt von der triumphierenden Tucker und der fauchenden Pewter.

*«Gib das wieder her, du gestreiftes Arschloch!»*

*«Du gibst nie was ab, Pewter»*, sagte Tucker, während Mrs. Murphy durch die Maisreihen zu den mondartigen Zierkürbissen rannte.

«Harry», brüllte Mrs. Hogendobber, «diese Kreaturen bringen mich noch mal unter die Erde!» Drohend schwang sie ihre Hacke vor Tucker. Tucker rannte weg. Jetzt jagte Pewter Mrs. Murphy durch die Reihen mit den Speisekürbissen, aber Mrs. Murphy, behende und durchtrainiert, sprang über ein ausladendes Kürbisgewächs mit der sahnig gelben Frucht in der Mitte. Sie steuerte auf die Zierkürbisse zu.

Market lachte. «Findet ihr nicht, wir sollten Miranda mal auf die Sanburnes loslassen?» Er sprach von Little Marilyn und Mim, ihrem ebenso unausstehlichen Mutterteil.

Susan und Harry mußten lachen, was Mrs. Hogendobber erzürnte, die glaubte, sie lachten über sie.

«Das ist überhaupt nicht komisch. Die ruinieren mir meinen Garten. Meine schönen Kürbisse. Sie wissen doch, daß ich auf der Ernteausstellung mit meinen Kürbissen gewinnen will.» Mirandas Gesicht färbte sich bräunlichrot.

Tucker blickte voll Verwunderung hoch. *«Die Farbe habe ich bei einem Menschen noch nie gesehen.»*

*«Tucker, Vorsicht, die Hacke!»* brüllte Mrs. Murphy. Sie ließ den Hühnerschenkel fallen.

Pewter schnappte ihn sich. Das Fett unter ihrem Bauch

schwabbelte, als sie heimwärts flitzte. Um Schnurrhaaresbreite wäre sie mit Market zusammengestoßen, dem sie seitwärts schlitternd auswich.

Er lachte. «Die sind so scharf drauf, ich werd mal den Rest vom Huhn auch noch rüberbringen.»

Als er mit dem Huhn wiederkam, hatte sich Mrs. Hogendobber schnaufend und keuchend gegen die Hintertür des Postamts fallen lassen.

«Tucker hätte mir die Hüfte brechen können. Was, wenn sie mich jetzt umgerannt hätte?» Mrs. Hogendobber sonnte sich in der Vorstellung von Gefahr und Zerstörung.

Market biß sich auf die Zunge. Er hätte gern gesagt, sie sei so gut gepolstert, daß sie sich da keine Sorgen zu machen brauche. Aber er blieb gnädig und schnitt Fleisch von dem Huhn herunter für die drei Tiere, die einander schleunigst alle Missetaten verziehen. Hühnerfleisch war zu wichtig, da durften persönliche Querelen nicht im Weg stehen.

«Tut mir leid, Mrs. Hogendobber. Alles in Ordnung mit Ihnen?»

«Na klar. Ich wünschte bloß, Sie könnten mal Ihre Schützlinge zur Raison bringen.»

«Sie brauchen einen Corgi», sagte Susan Tucker fürsorglich.

«Nein. Ich hab mein Leben lang für meinen Mann gesorgt. Jetzt muß ich nicht auch noch für einen Hund sorgen. George hat wenigstens ein Gehalt mit nach Hause gebracht. Gott hab ihn selig.»

«Hunde sind höchst unterhaltsam», ergänzte Harry.

«Und was ist mit den Flöhen?» Mrs. Hogendobber war interessierter, als sie zugeben wollte.

«Gegen die sind Sie auch ohne Hund nicht gefeit», antwortete Harry.

«Ich habe keine Flöhe.»

«Miranda, bei warmem Wetter kriegen alle Flöhe», klärte Market sie auf.

«Sie vielleicht. Aber wenn ich ein Lebensmittelgeschäft hätte, würde ich dafür sorgen, daß es im Umkreis von fünfzig Metern keinen einzigen Floh gibt.» Mrs. Hogendobber schürzte die Lippen, die in mattglänzendem Rot geschminkt waren, passend zu ihrem Faltenrock. «Und ich würde öfter Sonderangebote machen.»

«Hören Sie mal, Miranda.» Market, der dies schon bis zum Überdruß gehört hatte, setzte zu einer leidenschaftlichen Verteidigung seiner Preispolitik an.

Eine unbekannte Stimme unterbrach diese sinnlose Debatte: «Ist jemand da?»

«Wer ist denn das?» Mrs. Hogendobbers Augenbrauen wölbten sich aufwärts.

Harry und Susan zuckten die Achseln. Miranda marschierte ins Postamt. Da ihr verstorbener Ehemann George über vierzig Jahre lang Posthalter gewesen war, hatte sie das Gefühl, tun zu können, was ihr paßte. Harry heftete sich an ihre Fersen, Susan und Market bildeten die Nachhut. Die Tiere, die das Huhn inzwischen vertilgt hatten, flitzten hinein.

Auf der anderen Seite des Schalters stand der bestaussehende Mann, den Mrs. Hogendobber seit Clark Gable gesichtet hatte. Susan und Harry hätten vielleicht ein jüngeres Männlichkeitsidol erkoren, aber welchen Jahrgang man auch zum Vergleich heranzog, dieser Typ war phänomenal. Sanfte, haselnußbraune Augen erstrahlten in einem markanten Gesicht, das rauh war und doch empfindsam, und sein lockiges braunes Haar war perfekt geschnitten. Seine Hände waren kräftig. Ja, er vermittelte insgesamt einen Eindruck von Kraft und Stärke. Über gutsitzenden Jeans trug er einen wassermelonengrünen Pullover, aus dessen hochgeschobenen Ärmeln sonnengebräunte, muskulöse Unterarme hervorsahen.

Einen Moment lang sagte niemand ein Wort. Aber schnell durchbrach Miranda die Stille. «Miranda Hogendobber.» Sie streckte die Hand aus.

«Blair Bainbridge. Aber bitte, nennen Sie mich Blair.»

Miranda hatte jetzt Oberwasser und konnte die anderen vorstellen. «Das ist unsere Posthalterin Mary Minor Haristeen. Susan Tucker, Ehefrau von Ned Tucker, einem sehr guten Anwalt, falls Sie mal einen brauchen sollten, und Market Shiflett, dem der Laden nebenan gehört, was sehr bequem ist und wo es die sündhaften Dove-Riegel gibt.»

*«Hey, hey, und was ist mit uns?»* tönte es im Chor von unten.

Harry hob Mrs. Murphy hoch. «Das ist Mrs. Murphy, das ist Tee Tucker, und das graue Kätzchen ist Pewter, Markets unschätzbare Gehilfin, obwohl sie oft hier drüben ist und die Post abholt.»

Blair lächelte und schüttelte Mrs. Murphy die Pfote, worüber Harry entzückt war. Mrs. Murphy hatte nichts dagegen. Dann bückte sich der Traum von einem Mann und tätschelte Pewter den Kopf. Tucker hielt ihm die Pfote hin, und Blair schüttelte sie.

«Sehr erfreut, dich kennenzulernen.»

*«Ganz meinerseits»*, erwiderte Tucker.

«Kann ich etwas für Sie tun?» fragte Harry, während die anderen sich erwartungsvoll vorbeugten.

«Ja. Ich hätte gern ein Postfach, wenn eins frei ist.»

«Ich hab einige. Möchten Sie lieber eine gerade Zahl oder eine ungerade?» Harry lächelte. Sie konnte bezaubernd sein, wenn sie lächelte. Sie gehörte zu den Frauen, die hübsch waren, ohne daß sie viel dafür tun mußten. Man bekam, was man sah.

«Gerade.»

«Wie wär's mit vierundvierzig? Oder mit dreizehn – ich hätte fast vergessen, daß die Dreizehn noch frei ist.»

«Nehmen Sie bloß nicht die Dreizehn.» Miranda schüttelte den Kopf. «Bringt Unglück.»

«Dann vierundvierzig.»

«Vierunddreißig fünfundneunzig bitte.» Harry füllte den Postfachschein aus und stempelte ihn mit dunkelroter Farbe.

Blair händigte ihr einen Scheck aus und sie ihm den Schlüssel.

«Gibt es auch eine Mrs. Bainbridge?» fragte Mrs. Hogendobber unverblümt. «Der Name kommt mir so bekannt vor.»

Market verdrehte die Augen gen Himmel.

«Nein, ich hatte noch nicht das Glück, die richtige Frau zu finden, mit der –»

«Harry ist ledig, müssen Sie wissen. Geschieden, besser gesagt.» Mrs. Hogendobber nickte zu Harry hinüber.

In diesem Augenblick hätten ihr Harry und Susan am liebsten die Kehle aufgeschlitzt.

«Mrs. Hogendobber, Mr. Bainbridge muß bei seinem ersten Besuch im Postamt wirklich nicht gleich meinen ganzen Lebenslauf zu hören bekommen.»

«Bei meinem nächsten Besuch werden Sie ihn mir vielleicht selbst erzählen.» Er schob den Schlüssel in die Tasche, lächelte und ging. Er stieg in einen kohlschwarzen Ford F 350 Kombi-Transporter. Mr. Bainbridge schien einiges darin abschleppen zu wollen.

«Miranda, wie konnten Sie?» rief Susan aus.

«Wie konnte ich was?»

«Das wissen Sie ganz genau», nahm Market den Faden auf.

Miranda, nach einer Pause: «Sie meinen, daß ich Harrys

Familienstand erwähnt habe? Hören Sie, ich bin älter als Sie alle. Der erste Eindruck ist entscheidend. Von mir mag er vielleicht nicht den besten ersten Eindruck haben, aber ich wette, er hat einen guten von Harry, die die Situation mit dem ihr eigenen Takt und Humor gemeistert hat. Und wenn er heute abend nach Hause kommt, weiß er, daß es in Crozet eine hübsche unverheiratete Frau gibt.» Mit dieser erstaunlichen Feststellung fegte sie zum Hintereingang hinaus.

«Ich will verdammt sein.» Markets Kinn sackte hinunter.

«*Du nimmst mir das Wort aus dem Mund*», kicherte Pewter.

«Mädels, ich geh wieder an die Arbeit. Das war einfach zuviel für mich.» Lachend öffnete Market die Eingangstür. Er blieb stehen. «Los, komm, du kleiner Gauner.»

Pewter miaute freundlich und folgte ihrem Vater zur Tür hinaus.

«*Hättest du gedacht, daß Rotunda so schnell rennen kann?*» sagte Tucker zu Mrs. Murphy.

«*Das war wirklich eine Überraschung.*» Mrs. Murphy wälzte sich auf dem Boden und zeigte ihren hübschen lederbraunen Unterbauch.

«*Das wird ein Herbst voller Überraschungen. Ich spür's in den Knochen.*» Tucker grinste und wedelte mit ihrem Stummelschwanz.

Mrs. Murphy warf ihr einen Blick zu. Die Katze war nicht in der Stimmung für Prophezeiungen. Katzen verstanden von diesen Dingen ohnehin mehr als Hunde. Sie hatte keine Lust einzugestehen, daß sie Tucker recht gab. Es lag was in der Luft. Aber was?

Harry legte den Scheck in die Schublade unter dem Schalter. Die beschriebene Seite lag oben, und Harry schaute sich ihn noch einmal an. «Yellow Mountain Farm.»

«Es gibt keine Yellow Mountain Farm.» Susan beugte sich vor, um den Scheck zu begutachten.

«Foxden.»

«Was? Die steht seit über einem Jahr leer. Wer würde so was kaufen?»

«Ein Yankee.» Harry schloß die Tür. «Oder jemand aus Kalifornien.»

«Nein.» Susan ließ die Stimme sinken.

«Um den Yellow Mountain steht außer Foxden weit und breit nichts zum Verkauf.»

«Aber Harry, wir wissen doch normalerweise alles, und darüber, daß Foxden verkauft ist, haben wir kein Wort, keinen mucksigen Pieps gehört.»

Noch während Susan sprach, griff Harry zum Telefon und wählte. «Jane Fogleman bitte.» Es folgte eine kurze Pause. «Jane, warum hast du mir nicht gesagt, daß Foxden verkauft ist?»

Am anderen Ende der Leitung erwiderte Jane: «Weil wir Anweisung hatten, den Mund zu halten, bis der Kauf perfekt war, und das ging heute morgen bei McGuire, Woods, Battle und Boothe über die Bühne.»

«Ich kann's nicht fassen, daß du es vor uns geheimgehalten hast. Susan und ich haben ihn gerade kennengelernt.»

«Mr. Bainbridge wünschte es so.» Jane hielt einen Moment die Luft an. «Ist dir je so ein Mann begegnet? Ich kann dir sagen, Mädchen...»

Harry gab sich uninteressiert. «Sieht nicht schlecht aus.»

«Nicht schlecht? Sterben könnte man für den!» explodierte Jane.

«Hoffen wir, daß das niemand tun muß», bemerkte Harry trocken. «So, du hast mir gesagt, was ich wissen wollte. Gruß von Susan, und wir werden dir nicht so schnell verzeihen.»

«Alles klar», lachte Jane und hängte ein.

«Foxden.» Harry legte den Hörer auf die Gabel.

«Herrgott, was hatten wir Spaß auf der alten Farm. Der kleine Stall mit den sechs Pferdeboxen und der Schnickschnack am Haus und, ach, der Friedhof nicht zu vergessen. Erinnerst du dich an den einzigen wirklich alten Grabstein mit dem kleinen Engel, der Harfe spielte?»

«Ja. Die MacGregors waren so liebe Leute.»

«Und sie haben ewig gelebt. Keine Kinder. Wahrscheinlich haben sie uns deswegen erlaubt, überall rumzurennen.» Susan hatte fast das Gefühl, als sei die alte Elizabeth MacGregor im Raum anwesend. Ein komisches Gefühl, irrational, aber angenehm, denn Elizabeth und ihr Mann Mackie waren das Salz der Erde gewesen.

«Ich hoffe, Blair Bainbridge hat in Foxden so viel Glück wie die MacGregors.»

«Er sollte bei dem Namen bleiben.»

«Das ist seine Sache», erwiderte Harry.

«Wetten, Miranda wird ihn dazu bringen.» Susan holte tief Luft. «Du hast einen neuen Nachbarn, Mädchen. Stirbst du nicht vor Neugierde?»

Harry schüttelte den Kopf. «Nein.»

«Lügnerin.»

«Bin ich nicht.»

«Ach Harry, du mußt endlich mal über die Scheidung wegkommen.»

«Ich bin über die Scheidung weg, und ich will mich nicht als Meisterin im Sehnen und Schmachten profilieren, trotz deiner Schikanen im letzten halben Jahr.»

Susan hob die Stimme: «Du kannst nicht ewig leben wie eine Nonne.»

«Ich lebe, wie ich leben will.»

*«Die fangen schon wieder an»*, bemerkte Tucker.

Mrs. Murphy nickte. *«Tucker, wollen wir heute abend nach Foxden rüber, wenn wir aus dem Haus können? Laß uns diesen*

*Bainbridge mal unter die Lupe nehmen. Ich meine, wenn alle anfangen, ihm Mom zuzuschustern, sollten wir mal ein paar Fakten einholen.»*

«Glänzende Idee.»

## 2

Um elf Uhr an diesem Abend schlief Harry tief und fest. Mrs. Murphy, die Behendigkeit selbst, zog die Hintertür auf. Harry schloß selten ab, und heute abend hatte sie die Tür nicht fest zugeklinkt. Es erforderte von der Katze mit ihren geschickten Pfoten nur ein wenig Geduld, um die Tür ganz aufzubekommen. Die Fliegentür war ein Kinderspiel. Tukker stieß sie mit der Nase auf, der Haken schnellte aus der Befestigung.

Es war eine für Oktober ungewöhnlich warme Nacht, ein letztes Aufflackern des Spätsommers. Harrys alter supermanblauer Ford Transporter parkte bei der Scheune. Der Wagen lief wie geschmiert. Die Tiere trotteten an dem Transporter vorbei.

Tucker schnupperte. *«Warte mal.»*

Mrs. Murphy setzte sich und putzte sich das Gesicht, während Tucker, die Nase am Boden, der Scheune zustrebte. *«Schon wieder Simon?»*

Simon, das Opossum, streunte mit Vorliebe auf dem Gelände herum. Harry warf oft Marshmallows und Tischabfälle hinaus. Simon unternahm alle Anstrengungen, um diese Leckerbissen zu ergattern, bevor die Waschbären ankamen. Er konnte die Waschbären nicht leiden, und die Waschbären konnten ihn nicht leiden.

Tucker antwortete nicht auf Mrs. Murphys Frage, sondern drückte sich in die Scheune. Der Duft von Timotheusheu, Grünfutter und Kleie umwehte ihre empfindlichen Nüstern. Die Pferde blieben nachts draußen und wurden in der Mittagshitze hereingebracht. Hierbei würde es noch eine Woche bleiben; bald aber würde der Herbstfrost die Weiden silbern färben, und die Pferde müßten sich nachts drinnen aufhalten, geborgen in ihren Boxen und gewärmt von ihren Triple-Crown-Decken.

Eine kleine Spitznase lugte aus der Futterkammer hervor.
*«Tucker.»*

*«Simon, du hast in der Futterkammer nichts zu suchen.»* Tukkers leises Knurren klang vorwurfsvoll.

*«Die Waschbären waren früher da als sonst, deswegen bin ich hier reingerannt.»* Die Futterreste der Waschbären bewiesen, daß Simon die Wahrheit sprach. *«Hallo, Mrs. Murphy»*, begrüßte Simon die geschmeidige Katze, als sie in den Stall kam.

*«Hallo. Sag, warst du mal drüben in Foxden?»* Mrs. Murphy ließ ihre Schnurrhaare vorschnellen.

*«Gestern abend. Da gibt's noch nichts zu fressen.»* Simon konzentrierte sich auf sein Hauptanliegen.

*«Wir gehen rüber, nachsehen.»*

*«Nicht viel zu sehen, bloß der große Transporter von diesem neuen Typ. Und ein Anhänger. Sieht so aus, als wollte er Pferde kaufen, aber noch sind keine da.»* Simon lachte, denn er wußte, in wenigen Wochen würden die Pferdehändler versuchen, Blair Bainbridge das Geld aus der Tasche zu ziehen. *«Wißt ihr, was ich vermisse? Die alte Mrs. MacGregor hat immer heißen Ahornsirup in den Schnee gegossen, um Bonbons zu machen, und sie hat mir immer was dagelassen. Könnt ihr Harry nicht dazu bringen, das auch mal zu machen, wenn es schneit?»*

*«Simon, du kannst von Glück sagen, daß du Tischabfälle kriegst, Harry hält nicht viel vom Kochen. Na ja, jetzt gehen wir*

*jedenfalls nach Foxden und gucken mal, was da am Kochen ist.»*
Tucker lächelte über ihr kleines Wortspiel.

Mrs. Murphy starrte Tucker an. Sie liebte Tucker, aber manchmal fand sie Hunde ausgesprochen dämlich.

Sie gingen weiter. Simon, eine Brotkruste mampfend, blieb zurück. Als sie die zwanzig Morgen auf der Westseite von Harrys Farm überquerten, riefen sie nach Harrys Pferden Tomahawk und Gin Fizz, die mit einem Wiehern antworteten.

Harry hatte die Farm ihrer Eltern geerbt, als vor Jahren ihr Vater gestorben war. Wie ihre Eltern hielt sie alles tipptopp. Die meisten Umzäunungen waren in gutem Zustand, aber kommendes Frühjahr würde sie den Zaun entlang dem Bach zwischen ihrem Grundstück und Foxden erneuern müssen. Ihre Scheune hatte dieses Jahr einen neuen roten Anstrich mit weißer Verzierung bekommen. Die Heuernte war gut gediehen. Die Ballen, aufgerollt wie riesige «Shredded Wheats», waren an der Ostumzäunung aufgereiht. Alles in allem bestellte Harry 120 Morgen. Sie wurde die Arbeit auf der Farm nie leid, und am glücklichsten war sie, wenn sie auf dem vorsintflutlichen, gut fünfunddreißig Jahre alten Ford Traktor eine Egge oder einen Pflug übers Feld zog.

Sie stand gerne morgens um halb sechs auf, nur im tiefsten Winter fiel es ihr ein bißchen schwer, aber dann tat sie es trotzdem. Die Arbeit draußen nahm so viel von Harrys Freizeit in Anspruch, daß sie mit der Instandhaltung des Hauses nicht immer nachkam. Es hatte einen frischen Außenanstrich nötig. Innen hatten Susan und sie es letzten Winter gestrichen. Sogar Mrs. Hogendobber war für einen Tag gekommen, um zu helfen. Harrys überdimensionales Sofa und die Sessel müßten neu bezogen werden. Ihre Eltern hatten die Stücke 1949 kurz nach ihrer Heirat auf einer Versteigerung erstanden. Sie schätzten, daß die Möbel aus den dreißiger

Jahren stammten. Harry war es ziemlich egal, wie alt die Möbel waren; es waren jedenfalls die bequemsten, auf denen sie je gesessen hatte. Mrs. Murphy und Tucker durften sich ungehindert auf dem Sofa lümmeln, deswegen mochten es die beiden auch.

Ein schmaler Bach mit starker Strömung bildete die Grenze zwischen Harrys Grundstück und Foxden. Tucker kletterte die Böschung hinunter und tauchte hinein. Das Wasser war nicht tief. Mrs. Murphy, die Wasser nicht viel abgewinnen konnte, beschrieb einen Kreis, nahm einen Anlauf und sprang sowohl über den Bach als auch über Tucker hinüber.

Von dort sausten sie zum Haus, vorbei an der kleinen Anhöhe mit dem Friedhof. Aus einem Fenster im ersten Stock fiel Licht in die Dunkelheit. Riesengroße Styrax-, Walnußbäume und Eichen beschirmten das 1837 erbaute Fachwerkhaus, das einen Anbau von 1904 hatte. Mrs. Murphy kletterte auf den hohen Walnußbaum und spazierte lässig auf einen Ast, um in das erhellte Zimmer zu spähen. Tucker winselte und stöhnte am Fuß des Baumes.

«*Schnauze, Tucker. Du bist schuld, wenn wir hier weggejagt werden.*»

«*Sag doch mal, was du siehst.*»

«*Erst, wenn ich wieder unten bin. Woher sollen wir wissen, ob dies nicht ein Mensch mit guten Ohren ist? Es gibt nämlich welche, die gut hören.*»

In dem erhellten Zimmer war Blair Bainbridge mit der Drecksarbeit beschäftigt, die Tapete mit Dampf zu lösen. Schmutzige Streifen mit Pfingstrosenmuster, die Blüten in einem schauerlichen Pink, hingen herab. Hin und wieder setzte Blair das Dampfgerät ab und riß an der Tapete. Er hatte ein T-Shirt an, an seinen Armen klebten kleine Stückchen Tapete. Ein tragbarer CD-Player auf der anderen Seite des

Zimmers spendete mit Bachs Erstem Brandenburgischem Konzert ein wenig Trost. Weder Möbel noch Kisten standen herum.

Mrs. Murphy kletterte vom Baum herunter und berichtete Tucker, daß nicht viel los sei. Sie drehten eine Runde um das Haus. Die Sträucher waren zurückgestutzt, der Garten gemulcht, die toten Zweige von den Bäumen geschnitten. Mrs. Murphy öffnete das Fliegengitter vor der Hintertür. Auf der Veranda davor standen zwei Regiestühle; eine Apfelsinenkiste diente als Tisch. Der alte schmiedeeiserne Fußabtreter in Form eines Dackels lag immer noch gleich links neben der Tür. Weder Katze noch Hund konnten sich hoch genug recken, um zum Hintertürfenster hineinzusehen.

*«Laß uns in den Stall gehen»*, schlug Tucker vor.

Der Stall – sechs Boxen und in der Mitte ein kleiner Wirtschaftsraum – hatte nichts Außergewöhnliches zu bieten. Die Böden in den Boxen sahen aus wie Mondkrater; sie mußten aufgefüllt und geebnet werden. Blair Bainbridge würde sich an dieser Arbeit die Zähne ausbeißen. Boxen festzustampfen war schlimmer, als mit Lehm und Steinstaub beladene Schubkarren zu schleppen. Überall hingen Spinnweben, ein paar Spinnen beendeten soeben ihre Wintervorbereitungen. Mäuse räumten mit den Körnern auf, die in der Futterkammer übriggeblieben waren. Mrs. Murphy bedauerte, daß sie nicht die Zeit hatte, mit ihnen Fangen zu spielen.

Sie verließen den Stall und inspizierten den Transporter und den Anhänger, beides nagelneu. Wer konnte sich gleichzeitig einen neuen Transporter und einen Anhänger leisten? Mr. Bainbridge lebte offensichtlich nicht von Sozialhilfe.

*«Viel haben wir nicht herausbekommen»*, seufzte Tucker. *«Außer der Tatsache, daß er Geld hat.»*

*«Ein bißchen mehr wissen wir schon.»* Mrs. Murphy spürte einen Biß in der Schulter. Sie duckte sich erbost. *«Er ist*

*unabhängig und schuftet schwer. Er will, daß der Besitz anständig aussieht, und er will Pferde. Und es ist keine Frau in der Nähe, es scheint in seinem Leben überhaupt keine zu geben.»*

«*Das kann man nie wissen.»* Tucker schüttelte den Kopf.

«*Da ist keine Frau. Sonst würden wir sie riechen.»*

«*Ja, aber wir können nicht wissen, ob nicht eine zu Besuch kommt. Vielleicht bringt er hier alles auf Vordermann, um ihr zu imponieren.»*

«*Nein. Ich kann's nicht beweisen, aber ich spüre es. Er will allein sein. Er hört besinnliche Musik. Ich glaube, er befreit sich von jemand oder von etwas.»*

Tucker fand, daß Mrs. Murphy voreilige Schlüsse zog, aber sie hielt den Mund, sonst hätte sie einen Vortrag über sich ergehen lassen müssen, wie mysteriös Katzen seien und daß Katzen Dinge wüßten, von denen Hunde nichts verstünden. Einfach zum Kotzen.

Auf dem Heimweg kamen die beiden am Friedhof vorbei. Der schmiedeeiserne Zaun, der das Gelände abgrenzte, war mit Lanzenspitzen gekrönt. Eine Seite war eingefallen.

«*Laß uns reingehen.»* Tucker lief hinüber.

Der Friedhof war fast zweihundert Jahre lang von Jones und MacGregors benutzt worden. Auf dem ältesten Grabstein war zu lesen: CAPTAIN FRANCIS EGBERT JONES, GEBOREN 1730, GESTORBEN 1802. Einst hatte am Bach eine kleine Blockhütte gestanden, aber dann waren die Jones zunehmend wohlhabender geworden und hatten das Fachwerkhaus gebaut. Das Fundament der Blockhütte am Bach war noch erhalten. Auf den diversen Grabsteinen, kleinere für die Kinder, von denen zwei gleich nach dem Bürgerkrieg von Scharlach dahingerafft worden waren, waren Gravuren und Sprüche. Nach jenem entsetzlichen Krieg hatte eine Jones-Tochter, Estella Lynch Jones, einen Mac-Gregor geheiratet, und so kam es, daß hier MacGregors begraben lagen, einschließlich der letzten Bewohner von Foxden.

Der Friedhof war seit Mrs. MacGregors Tod nicht mehr gepflegt worden. Ned Tucker, Susans Ehemann und der Verwalter des Anwesens, hatte die Felder an Mr. Stuart Tapscott verpachtet. Was er nutzte, mußte er unterhalten, und das tat er. Der Friedhof jedoch barg die sterblichen Überreste der Familien Jones und MacGregor, und für die Pflege waren deren Verwandte zuständig, nicht Mr. Tapscott. Der einzige Nachkomme, Reverend Herbert Jones, belastet mit kirchlichen Pflichten und einem schlimmen Rücken, war außerstande, das Gelände instand zu halten.

Es sah ganz so aus, als ob sich diese Dinge mit Blair Bainbridge ändern würden. Die umgekippten Grabsteine waren aufgerichtet, das Gras war gemäht, und neben Elizabeth MacGregors Grabstein war ein kleiner Kamelienstrauch gepflanzt. Es würde allerdings mehr als eine Person erfordern, den Eisenzaun aufzurichten und zu reparieren.

*«Sieht aus, als hätte sich Mr. Bainbridge auch hier zu schaffen gemacht»*, bemerkte Mrs. Murphy.

*«Hier, das ist mein Lieblingsgrab.»* Tucker blieb an der Gedenktafel für Colonel Ezekiel Abram Jones stehen, geboren 1812 und gestorben 1861, gefallen in der ersten Schlacht bei Manassas. Die Inschrift lautete: LIEBER STEHEND STERBEN ALS KNIEND LEBEN. Ein passender Spruch für einen gefallenen Konföderierten, der für seine Überzeugung bezahlt hatte; in seiner unbeabsichtigten Parallele zum Unrecht der Sklaverei aber auch ein ironischer Spruch.

*«Mir gefällt dieser hier.»* Mrs. Murphy sprang auf einen viereckigen Grabstein mit einem eingemeißelten Engel, der Harfe spielte. Er zierte das Grab von Ezekiels Ehefrau Martha Selena, die ihren Mann um dreißig Jahre überlebt hatte. Die Inschrift lautete: SIE SPIELT MIT DEN ENGELN.

Die Tiere zogen nun nach Hause; keines erwähnte den kleinen Friedhof auf Harrys Farm. Nicht, daß die Grabstätte von Harrys Vorfahren nicht liebevoll und gut gepflegt wäre, aber da waren auch kleine Grabsteine für die geliebten Haustiere der Familie. Für Mrs. Murphy und Tucker war das eine ernüchternde Aussicht, an die sie lieber nicht erinnert wurden.

Sie schlüpften so leise ins Haus, wie sie es verlassen hatten, und beide Tiere taten ihr Bestes, um die Tür zuzuschieben. Es gelang ihnen nicht ganz, so daß die Küche kalt war, als Harry um halb sechs aufstand. Katze und Hund mußten sich eine Flut unanständiger Wörter anhören, die sie zum Kichern brachten. Die Entdeckung, daß der Haken der Fliegentür verbogen war, rief einen weiteren Schwall von Schimpfwörtern hervor. Harry vergaß dies alles, als die Sonne aufging und der Osthimmel pfirsichfarben, golden und rosa glühte.

Diese so außergewöhnlich schönen Oktobertage und -nächte sollten Harry und ihren Freundinnen aus der Tierwelt noch zu schaffen machen. Alles wirkte so vollkommen. Niemand ist im Angesicht der Schönheit auf Böses gefaßt.

## 3

Nicht nur, daß er keine Angst hat, er ist einfach skrupellos.» Mrs. Hogendobbers Altstimme vibrierte, als sie diese bedeutungsvolle Geschichte erzählte. «Ich war total erschüttert, als ich erfuhr, daß Ben Seifert, der Zweigstellenleiter unserer hiesigen Bank, unlautere Geschäfte macht. Er wollte mich doch tatsächlich überreden, eine Hypothek auf mein Haus aufzunehmen, das voll und ganz bezahlt ist, Mr. Bainbridge. Er sagte, er sei überzeugt, es müßte renoviert werden. ‹Renoviert? Inwiefern?› habe ich gefragt, und er fragte, ob mich eine moderne Küche und eine Mikrowelle denn nicht begeistern würden. Ich will keine Mikrowelle. Man kriegt Krebs davon. Dann kam Cabby Hall, der Direktor, in die Bank, und ich bin schnurstracks hin zu ihm. Hab ihm alles erzählt, und er hat Ben zur Rede gestellt. Ich erzähle Ihnen das bloß, damit Sie sich vorsehen. Wir sind hier zwar in einer Kleinstadt, aber unsere Bankleute versuchen genauso Geld zu verkaufen wie die Jungs in den großen Städten, Mr. Bainbridge. Seien Sie auf der Hut!» Miranda mußte innehalten, um Atem zu holen.

«Bitte nennen Sie mich doch Blair.»

«Und als Krönung des Ganzen kam dann der Chorleiter von meiner Kirche in die Bank marschiert, um mir mitzuteilen, daß er glaube, Boom Boom Craycroft hätte Fair Haristeen gebeten, sie zu heiraten, oder vielleicht war's auch andersrum.»

«Er kriegt sie vielleicht auch anders rum.» Blair lächelte. Seine strahlend weißen Zähne ließen ihn noch attraktiver wirken.

«Ja, genau. Wie sich herausstellte, hatte es gar keinen Heiratsantrag gegeben.» Mrs. Hogendobber faltete die Hände. Sie ließ sich nicht gern bei ihren Geschichten unterbrechen, aber sie erblühte unter Blair Bainbridges Aufmerksamkeit – und ihr war doppelter Genuß beschieden, denn Susan Tukker und Harry konnten sehen, daß Blair seinen schwarzen Transporter vor Mrs. Hogendobbers Haus geparkt hatte. Natürlich würde sie mit ihm durch ihren Garten spazieren, ihn mit Tips überschütten, wie man zu gigantischen Kürbissen kam, und ihn dann mit den Gaben ihres gärtnerischen Könnens beglücken. Sie könnte dabei vielleicht sogar etwas über ihn herausbekommen. Vor einiger Zeit hatte sich Mrs. Hogendobber bei Ned Tucker ein paar Nummern des *New York Magazine* geliehen, wegen der Kreuzworträtsel. Nachdem sie Blair neulich kennengelernt hatte, war ihr eingefallen, weshalb ihr sein Name bekannt vorgekommen war: Sie hatte in einer der Zeitschriften etwas über ihn gelesen. Es war ein Artikel über eine Romanze in der Modebranche. Als Blair sich ihr vorstellte, konnte sie sich nur vage an die Geschichte erinnern. Sie hoffte, heute mehr über seine unglückliche Liebe zu einem schönen Model namens Robin Mangione herauszufinden, um die es in jenem Artikel gegangen war.

Die Türglocke läutete und machte ihr Vorhaben zunichte. Mrs. Hogendobber öffnete, und Reverend Herbert Jones marschierte durch die Tür.

Dies ließ gleichsam die Milch in ihrem hervorragenden Kaffee gerinnen. Mrs. Hogendobber wähnte sich im Wettstreit mit allen konkurrierenden Verkündern des Christentums. Der ehrwürdige Reverend Jones war Pastor der lutheranischen Kirche. Seine Gemeinde, größer als die ihre in der Kirche zum Heiligen Licht, spornte ihre Bekehrungsbemühungen nur um so mehr an. Die Kirche hatte früher Heiliglichtkirche geheißen, aber vor zwei Monaten hatte Miranda den Priester und die Gemeinde bewogen, sie in Kirche zum Heiligen Licht umzutaufen. Ihre Gründe, wenngleich stichhaltig, waren weniger überzeugend als ihr entnervender Enthusiasmus, daher der Namenswechsel.

Reverend Jones bekam eine Tasse Kaffee und frische Hörnchen serviert, und zu dritt setzten sie die Unterhaltung fort.

«Mr. Bainbridge, ich möchte Sie in unserer kleinen Gemeinde willkommen heißen und Ihnen danken für die Instandsetzung meines Familienfriedhofs. Wegen Bandscheibenbeschwerden war ich nicht in der Lage, meinen Verpflichtungen gegenüber meinen Vorfahren so nachzukommen, wie sie es verdienen.»

«Es war mir ein Vergnügen, Reverend.»

«Nun, Herbie» – Miranda verfiel in einen vertraulichen Ton –, «Sie können Mr. Bainbridge nicht in den Schoß Ihrer Kirche locken, bevor ich Gelegenheit hatte, ihm von unserer Kirche zum Heiligen Licht zu erzählen.»

Blair guckte auf sein Hörnchen. Mrs. Hogendobbers Worten schien eine Schwefelwolke zu entschweben.

«Der junge Mann wird seinen Weg finden. Alle Wege führen zu Gott, Miranda.»

«Versuchen Sie nur nicht, mich mit Ihrer Toleranz abzulenken», fauchte sie.

Reverend Jones steckte den Seitenhieb ein. «Das würde ich nie tun.»

«Ich weiß Ihre Besorgnis um meine Seele zu schätzen.» Blairs Baritonstimme schmeichelte Mrs. Hogendobbers Ohren. «Aber ich muß Sie leider beide enttäuschen. Ich bin nämlich katholisch, und wenn ich auch nicht sagen kann, daß ich meinen Glauben so überzeugt ausübe, wie der Papst es wünschen würde – immerhin gehe ich doch gelegentlich zur Messe.»

Der Reverend legte sein Hörnchen hin. Es triefte vor Orangenmarmelade, die Mrs. Hogendobbers geschickte Hände gekocht hatten. «Ein Lutheraner ist nichts anderes als ein Katholik ohne Weihrauch.»

Das brachte Blair und seine Gastgeberin zum Lachen. Der Reverend ließ das Dogma niemals zwischenmenschlicher Zuneigung im Weg stehen, und mitten in dunkler Nacht konnte auch er bei der Starrheit der Lehre oft wenig Trost finden. Reverend Jones war ein aufrechter Hirte seiner Herde. Sollten sich die Intellektuellen Gedanken machen um

Wandlung und jungfräuliche Geburt – er hatte Babys zu taufen, Paare zu beraten, Kranken beizustehen und Begräbnisse zu vollziehen. Letztere Aufgabe haßte er besonders, aber er betete im stillen, daß die Seelen seiner Herde in den Himmel kämen, selbst die der erbärmlichsten Tröpfe.

«Reverend, darf ich fragen, woher Sie wissen, daß der Friedhof gemäht ist?» wunderte sich Blair.

«Harry hat es mir heute morgen auf dem Weg zum Dienst erzählt. Ihr Hund ist hingeflitzt, sagte sie, als sie draußen zu tun hatte, und sie hat das Tier auf dem Friedhof eingefangen.»

«Sie geht zu Fuß zur Arbeit?» Blair war fassungslos. «Das müssen mindestens drei Kilometer sein. Für eine Strecke.»

«O ja. Sie liebt die Bewegung. Wenn sie zum Postamt kommt, hat sie schon gut zwei, drei Stunden auf der Farm gearbeitet. Die geborene Farmerin, unsere Harry. Sie hat es in den Knochen. Sie wird Ihnen eine gute Nachbarin sein.»

«Das erinnert mich daran, daß Sie Ihren Besitz in Yellow Mountain Farm umbenannt haben.» Mrs. Hogendobber war auf eine weitschweifende Begründung gefaßt.

«Er liegt am Fuß des Yellow Mountain, und da habe ich natürlich –»

Sie unterbrach ihn. «Er heißt seit Beginn des 18. Jahrhunderts Foxden, und ich muß mich sehr wundern, daß Jane Fogleman Sie nicht aufgeklärt hat, wo sie doch eigentlich eine Fontäne der Informationen ist.»

Der Reverend hielt sich diesmal klugerweise zurück, obwohl das betreffende Stück Land einst seinen Vorfahren gehört hatte. Er besaß weder das Geld, es zu kaufen, noch die Neigung, es zu bebauen, und so fand er, daß er kaum das Recht hatte, dem Mann zu sagen, wie er seine neue Errungenschaft nennen sollte.

«So lange?» Blair überlegte einen Moment. «Kann sein, daß Jane es erwähnt hat.»

«Haben Sie Ihren Vertrag gelesen?» fragte Mrs. Hogendobber.

«Nein, das habe ich den Anwälten überlassen. Dafür habe ich mich bemüht, auf dem Grundstück ein bißchen zu roden.»

«Hartriegel», sagte der Reverend ruhig, während er das nächste Hörnchen vertilgte.

«Heißt das Zeug so?»

«Klingt nicht gerade vornehm, ich weiß.» Herbie lachte.

«Herbert, Sie lenken vorsätzlich vom Thema ab. Ich führe dieses Gespräch im Auftrag der Historischen Gesellschaft von Groß-Crozet.»

«Mrs. Hogendobber, wenn Ihnen und der Historischen Gesellschaft so viel daran liegt, werde ich den Namen Foxden selbstverständlich beibehalten.»

«Oh.» Mrs. Hogendobber hatte nicht mit einem so leichten Sieg gerechnet. Sie war regelrecht enttäuscht.

Reverend Jones kicherte vor sich hin: Die Historische Gesellschaft von Crozet verwandle sich manchmal in eine hysterische Gesellschaft, aber er sei froh, daß die alte Farm ihren Namen behalten würde.

Die beiden Herren erhoben sich, denn sie wollten gehen, und Miranda vergaß, Blair einen Kürbis zu schenken, einen von den weniger gelungenen, weil sie den Riesenkürbis für die Ernteausstellung zurückbehielt.

Blair begleitete Reverend Jones zu seiner Kirche. Dann verabschiedete er sich von ihm, kehrte um und ging zum Postamt. Er überholte einen Landstreicher in alten Jeans und einer Baseballjacke, der an den Bahngleisen entlangging. Der Mann schien alterslos, er hätte dreißig oder fünfzig sein können. Blair erschrak. Mit so etwas hatte er in Crozet nicht gerechnet.

Als Blair die Tür zum Postamt aufstieß, sauste Tucker heraus, um ihn zu begrüßen. Mrs. Murphy hingegen zögerte mit ihrem Urteil. Hunde brauchten dermaßen viel Beachtung und Zuwendung, daß sie sich nach Mrs. Murphys Einschätzung viel leichter reinlegen ließen als eine Katze. Hätte sie aber eine Minute nachgedacht, hätte sie zugeben müssen, daß sie ihrer besten Freundin unrecht tat. Tuckers Instinkt für Menschen traf meistens ins Schwarze. Mrs. Murphy gestattete sich ein Rekeln auf dem Schalter, und Blair ging zu ihr und kraulte ihr die Ohren.

«Tag, Kinderchen.»

Sie erwiderten seinen Gruß, und Harry meldete sich aus dem Hinterzimmer. «Hört sich an wie mein neuer Nachbar. Sehen Sie mal in Ihr Postfach. Sie haben eine rosa Paketbenachrichtigung.»

«Ist das Paket auch rosa?»

Das Paket plumpste fast im selben Moment auf den Schalter, als Blair das Schließfach zumachte. Ein Platsch und ein Klicken. Er schnippte zur Unterstreichung des Rhythmus mit den Fingern.

Harry fragte gedehnt: «Musikalisch?»

«Glücklich.»

«Fein.» Sie schob ihm das Paket hin.

«Was dagegen, wenn ich es aufmache?»

«Nein, damit stillen Sie meine angeborene Neugierde.»

Gerade als sie sich vorbeugte, stürmte Little Marilyn zur Tür herein, begleitet von ihrem Ehemann, der mit einer neuen Hornbrille protzte. Fitz-Gilbert Hamilton verschlang *Esquire* und *GQ*. Wohin das führte, war für alle zu sehen.

«Ein Penner auf den Straßen von Crozet!» klagte Little Marilyn.

«Was?»

Little Marilyn zeigte nach draußen. Harry kam hinter dem Schalter hervor, um den abgemagerten, bärtigen Kerl in

Augenschein zu nehmen, dessen Gesicht im Profil zu sehen war. Sie kehrte zu ihrem Schalter zurück.

Fitz-Gilbert sagte: «Manche Leute haben eben Pech.»

«Manche Leute sind faul», erklärte Little Marilyn, die in ihrem ganzen Leben noch keinen Tag gearbeitet hatte.

Sie stieß mit Blair zusammen, als sie sich umdrehte, um den Landstreicher noch einmal zu mustern.

«Verzeihung. Bin schon weg.» Blair schob seinen Karton auf dem Schalter zur Seite.

Harry wollte sie gerade miteinander bekannt machen, da streckte Fitz-Gilbert die Hand aus und sagte forsch: «Fitz-Gilbert Hamilton, Princeton 1980.»

Blair blinzelte, dann schüttelte er ihm die Hand. «Blair Bainbridge, Yale 1979.»

Das brachte Fitz-Gilbert für einen Moment aus der Fassung. «Und davor?»

«St. Paul's», lautete die gelassene Antwort.

«Andover», sagte Fitz-Gilbert.

«Wetten, ihr habt gemeinsame Freunde», setzte Little Marilyn hinzu – uninteressiert, weil das Gespräch sich nicht um sie drehte.

«Wir müssen uns mal auf ein Bier treffen und klönen», schlug Fitz-Gilbert vor. Er war aufrichtig freundlich, seine Frau dagegen war nur korrekt.

«Gerne, mit Vergnügen. Ich wohne drüben in Foxden.»

«Das wissen wir schon», gab Little Marilyn ihren Senf dazu.

«Kleinstadt. Alle wissen alles.» Fitz-Gilbert lachte.

Die Hamiltons gingen hinaus, beladen mit Post und Versandhauskatalogen.

«Die Crème de la crème von Crozet.» Blair sah zu Harry hinüber.

«Das glauben sie zumindest.» Harry sah keinen Grund,

mit ihrer Einschätzung von Little Marilyn und ihrem Mann hinterm Berg zu halten.

Mrs. Murphy sprang in Blairs Paket.

«Warum mögen Sie sie nicht?» fragte Blair.

«Sie brauchen sich bloß Momma anzusehen. Big Marilyn – oder Mim.»

«Big Marilyn?»

«Ich nehme Sie nicht auf den Arm. Sie hatten soeben das Vergnügen, Little Marilyn kennenzulernen. Ihr Vater ist der Bürgermeister von Crozet, und die haben mehr Geld als Gott. Sie hat Fitz-Gilbert vor etwa einem Jahr geheiratet, mit einem Pomp wie bei der Hochzeit von Prinz Charles und Lady Di. Hat Mrs. Hogendobber Sie nicht aufgeklärt?»

«Sie hat durchblicken lassen, daß jeder hier eine Geschichte hat, die sie mit Vergnügen erzählen würde, aber ich glaube, Reverend Jones hat sie in ihrem Vorhaben unterbrochen.» Blair mußte lachen. Die Leute in dieser Stadt waren irrsinnig amüsant, und Harry gefiel ihm. Sympathie auf den ersten Blick – eine Phrase, die ihm dauernd im Kopf herumging, er wußte auch nicht, warum.

Harry bemerkte Mrs. Murphy, die in Blairs Paket raschelte. «He, he, raus da, Miezekatze.»

Als Antwort wühlte Mrs. Murphy sich noch tiefer in den Karton. Nur ihre Ohrenspitzen schauten heraus.

Harry beugte sich über den Karton. «Verdufte!»

Mrs. Murphy miaute, ein Miauen, das größten Zorn ausdrückte.

Blair lachte. «Was sagt sie?»

«Spielverderber», erwiderte Harry, und um die Katze zu ärgern, stellte sie den Karton auf den Boden.

*«Nein, das hat sie nicht gesagt»*, jaulte Tucker. *«Sie hat gesagt: ‹Friß Scheiße und krepier.›»*

*«Halt die Schnauze, Miststück»*, grummelte Mrs. Murphy

in den Tiefen des Kartons. Das Seidenpapier knisterte ihr ungeheuer aufregend in den Ohren.

Tucker, die nicht so leicht zu kränken war, rannte zu dem Karton und zog an der Lasche.

*«Laß das»*, tönte es von drinnen.

Tucker blieb stehen und steckte den Kopf in den Karton, ihre kalte Nase berührte Mrs. Murphys Gesicht. Die Katze sprang aus dem Karton, drehte sich in der Luft und krallte sich an dem Hund fest. Tucker blieb still stehen, und Mrs. Murphy wälzte sich unter den Bauch des Hundes. Dann raste Tucker im Postamt herum, und die Katze baumelte unter ihr wie ein Sioux auf dem Kriegspfad.

Blair Bainbridge bog sich vor Lachen.

Harry lachte auch. «Die kleinen Freuden.»

«Nicht kleine – große, wirklich. Ich kann mich nicht erinnern, daß ich schon mal so was Komisches gesehen habe.»

Mrs. Murphy ließ sich fallen. Tucker lief zum Karton zurück. *«Ich hab gewonnen.»*

«Haben Sie da was Zerbrechliches drin?» fragte Harry.

«Nein. Bloß ein paar Gartengeräte.» Er öffnete den Karton, um sie ihr zu zeigen. «Ich hab die Sachen bestellt, um Blumenzwiebeln zu setzen. Wenn ich sofort damit anfange, könnte ich einen herrlichen Frühling haben, denke ich.»

«Ich habe einen Traktor. Er ist fast vierzig Jahre alt, aber er funktioniert einwandfrei. Sagen Sie mir Bescheid, wenn Sie ihn brauchen.»

«Äh, hm, ich wüßte gar nichts damit anzufangen. Ich kann nicht Traktor fahren», gestand Blair.

«Woher kommen Sie, Mr. Bainbridge?»

«New York City.»

Harry sann darüber nach. «Sind Sie dort geboren?»

«Ja. Ich bin in der East Sixty-fourth Street aufgewachsen.»

Ein Yankee. Harry beschloß, keinen weiteren Gedanken daran zu verschwenden. «Schön, dann bringe ich Ihnen Traktorfahren bei.»

«Ich bezahl's Ihnen.»

«Aber Mr. Bainbridge», sagte Harry erstaunt. «Wir sind hier in Crozet. In Virginia.» Sie machte eine Pause und senkte die Stimme. «Dies ist der Süden. Irgendwann wird sich etwas ergeben, das Sie für mich tun können. Sprechen Sie nicht von Geld. Außerdem ist es genau das, was mit Little Marilyn und Fitz-Gilbert nicht stimmt. Zuviel Geld.»

Blair lachte. «Sie finden, man kann zuviel Geld haben?»

«Ja, das finde ich allerdings.»

Blair Bainbridge verbrachte den Rest des Tages und die halbe Nacht damit, darüber nachzudenken.

# 4

Die Tür zur Allied National Bank schwang auf, und der Landstreicher fegte vorbei an Marion Molnar, vorbei an den Kassierern. Marion stand auf und folgte der Erscheinung, die in Benjamin Seiferts Büro schlenderte und die Tür schloß.

Ben, ein aufgehender Stern in der Allied-National-Hierarchie, ein Schützling von Direktor Cabell Hall, öffnete gerade den Mund, um etwas zu sagen, als Marion hinter dem Besucher hereinstürmte.

«Ich will Cabell Hall sprechen», verlangte der.

«Er ist in der Hauptstelle», sagte Marion.

Ben erhob sich und stellte sich schützend zwischen den ungewaschenen Typ und Marion. «Ich mach das schon.»

Marion zögerte, dann kehrte sie an ihren Schreibtisch zurück, und Ben schloß die Tür. Marion konnte nicht hören, was gesprochen wurde; keiner von beiden hob die Stimme.

Nach wenigen Minuten kam Ben mit dem Mann in der Baseballjacke heraus.

«Ich begleite den Herrn hinaus.» Er blinzelte Marion zu und ging.

## 5

Tau netzte das Gras, als Harry, Mrs. Murphy und Tucker an den Bahngleisen entlanggingen. Die Nacht war wieder ungewöhnlich warm gewesen, und der Tag versprach genauso zu werden. Die schrägen Sonnenstrahlen tränkten Crozet in heitere Hoffnung – so zumindest pflegte Harry über den Morgen zu denken.

Auf der Höhe des Bahnhofs kam ihr Mrs. Hogendobber mit kleinen Hanteln in den Fäusten entgegen.

«Morgen, Harry.»

«Morgen, Mrs. H.» Harry winkte, als die strebsame Gestalt vorüberkeuchte, bekleidet mit einem alten Pullover und einem Rock, der übers Knie reichte. Mrs. Hogendobber war der unumstößlichen Ansicht, daß Frauen keine Hosen tragen sollten, aber Turnschuhe ließ sie gelten. Sogar ihre Schwester in Greenville, South Carolina, meinte, gegen Hosen sei nichts einzuwenden, Miranda aber erklärte, ihre gute Mutter habe ein Vermögen für Anstandsunterricht ausgegeben, ihre Würde als Dame zu bewahren sei das wenigste, womit sie dieses elterliche Opfer vergelten könne.

Harry erreichte die Tür zum Postamt im selben Moment, als Rob Collier mit dem großen Postauto angetuckert kam. Ächzend lud er die Postsäcke ab, beklagte sich bitter, daß der Klatsch im Hauptpostamt in Charlottesville dünn gesät sei, sprang wieder in den Wagen und raste davon.

Während Harry die Post sortierte, kam Boom Boom Craycroft hereingeschlendert. Ihrem Auftritt fehlte nur noch ein Fanfarenstoß. Im Gegensatz zu Mrs. Hogendobber trug sie Hosen, vorwiegend hautenge Jeans, und sie hatte eine Vorliebe für T-Shirts oder sonstige Oberteile, die den Blick auf ihren Busen lenkten. Sie war früh entwickelt gewesen, schon im sechsten Schuljahr. Die Jungen sagten jedesmal «Baboom, Baboom», wenn sie vorübertänzelte. Mit den Jahren verkürzte sich das zu Boom Boom. Ob dieser Spitzname sie störte, war nicht zu erkennen. Es schien sie jedenfalls zu freuen, daß ihre Vorzüge schon Legende waren.

Es schien sie nicht zu freuen, Harry zu sehen.

«Guten Morgen, Boom Boom.»

«Guten Morgen, Harry. Was für mich dabei?»

«Hab ich schon ins Fach gelegt. Wie kommt's, daß du schon so früh in der Stadt bist?»

«Ich stehe jetzt immer zeitig auf, um soviel Licht wie möglich mitzukriegen. Ich leide nämlich an jahreszeitlich bedingter Erregungsstörung, und der Winter macht mich depressiv.»

Harry, seit langem vertraut mit Boom Booms endlosen Krankheitslisten, mit denen man mehrere medizinische Lehrbücher hätte füllen können, konnte sich nicht verkneifen zu sagen: «Aber Boom Boom, ich dachte, du hättest das überwunden, indem du Milchprodukte von deinem Speisezettel abgesetzt hast.»

«Nein, das war wegen meiner Schleimbeschwerden.»

«Ach so.» Harry dachte bei sich, wenn Boom Boom nur

die Hälfte der lebhaft beschriebenen Gebrechen hätte, über die sie klagte, dann wäre sie tot. Harry hätte dagegen absolut nichts einzuwenden gehabt.

«Wir» – und hiermit meinte Boom Boom sich und Harrys Ex-Ehemann Fair – «waren gestern abend bei Mim. Little Marilyn und Fitz-Gilbert waren auch da, wir haben Pictionary gespielt. Du hättest sehen sollen, wie Mim sich ins Zeug gelegt hat. Sie muß immer gewinnen.»

«Und? Hat sie gewonnen?»

«Wir haben sie gewinnen lassen. Sonst würde sie uns dieses Jahr beim Erntefest nicht an ihren Tisch einladen. Du weißt ja, wie sie ist. Sag mal, Little Marilyn und Fitz-Gilbert haben erwähnt, sie hätten diesen Neuen getroffen – ‹göttlich› soll er aussehen, hat Marilyn gesagt –, und der ist nun dein Nachbar. Und er hat in Yale studiert. Was hat ein Yale-Absolvent hier zu suchen? Der Süden schickt seine Söhne nach Princeton, also muß er ein Yankee sein. Ich war mal mit einem Yale-Mann zusammen, von der Verbindung ‹Skull and Bones›. Schädel und Knochen, haha, die reine Ironie, denn beim Tanzen mit ihm hab ich mir doch wahrhaftig den Fußknöchel gebrochen.»

Harry fand es übertrieben, das als Ironie zu bezeichnen. In Wirklichkeit wollte Boom Boom sie ja nur wissen lassen, daß sie nicht nur einen Yale-Mann gekannt hatte, sondern einen «Skull and Bones»-Mann – nicht «Wolf's Head» oder eine der «geringeren» Geheimgesellschaften, sondern «Skull and Bones». In Yale angenommen zu werden war nach Harrys Meinung Ehre genug; gehörte man dazu noch einer Geheimgesellschaft an, na großartig, doch tat man gut daran, darüber den Mund zu halten. Aber Boom Boom konnte ja nie den Mund halten.

Tucker gähnte hinter dem Schalter. *«Murph, spring in den Postkarren.»*

«*Okay.*» Mrs. Murphy wackelte mit dem Hinterteil, nahm Anlauf und sprang von dem Schalter, von dem aus sie das verdeckte Gefecht zwischen den Menschen belauscht hatte. Sie landete genau in der Mitte des Postkarrens, der nun mit metallisch klappernden Rädern durchs Hinterzimmer rollte. Tucker rannte bellend nebenher.

«He, ihr beiden.» Harry kicherte.

«Ich muß los, sonst komme ich zu spät zu meiner Low-Impact Aerobic-Stunde. Schönen Tag noch.» Mit diesem geheuchelten Wunsch ging Boom Boom hinaus.

Boom Boom zog die Männer an. Das war für Harry ein neuer Beweis dafür, daß die zwei Geschlechter Frauen nicht auf dieselbe Weise sahen. Vielleicht kamen Männer und Frauen von verschiedenen Planeten – das dachte Harry zumindest, wenn sie einen schlechten Tag hatte. Boom Boom hatte ein anziehendes Gesicht und ihre legendären Titten, aber Harry sah auch, daß sie eine Hypochonderin reinsten Wassers war. Immer, wenn sie Gefahr lief, eine nützliche Arbeit zu verrichten, gelang es ihr, sich eine furchtbare Krankheit zuzuziehen.

Susan Tucker hatte oft gebrummt, daß Boom Boom nie mit armen Männern bumsen würde. Nun hatte sie dieses Prinzip bei Fair Haristeen durchbrochen, und Harry wußte, daß Boom Boom es früher oder später satt haben würde, nicht immer, wenn sie Lust darauf hatte, neue Ohrringe, Reisen ins Ausland und neue Autos zu bekommen. Freilich hatte sie selbst genug Geld, um es mit vollen Händen ausgeben zu können, aber das machte längst nicht soviel Spaß, wie dafür zu sorgen, daß es jemand anderem durch die Finger rann. Sie würde warten, bis ein reicher Kerl in Sichtweite war, und Fair dann blitzschnell fallenlassen. Harry wäre gerne ein guter Mensch gewesen, der sich nicht diebisch auf diesen Moment freute. Aber ein so guter Mensch war sie nicht.

Dieser Traum von einer späten Rache wurde unterbrochen, als Mim Sanburne ins Postamt schritt. Angetan mit einem österreichischen Walkjanker, auf dem Kopf einen kekken Jägerhut mit einer Fasanenfeder, hätte sie aus Tirol kommen können. Ein erfreulicher Gedanke, denn das würde bedeuten, daß sie nach Tirol zurückfliegen würde.

«Harry», grüßte Mim herrisch.

«Mrs. Sanburne.»

Mim hatte ein Schließfach mit einer niedrigen Nummer, eine weitere Bestätigung ihres Status, denn die Familie hatte dieses Fach, seit der Postdienst in Crozet eingerichtet wurde. Mim hatte beide Arme voll von Briefen und Hochglanzillustrierten, die sie auf den Schalter warf. «Ich höre, Sie haben einen gutaussehenden Begleiter.»

«So?» lautete die erstaunte Entgegnung.

Mrs. Murphy sprang in dem Postbehälter herum, und Tucker schnappte von unten nach dem beweglichen Gebilde in dem Sackleinen.

«Mein Schwiegersohn Fitz-Gilbert sagt, er hat ihn erkannt, diesen Blair Bainbridge. Er ist ein Model. Er hat ihn in *Esquire*, *GQ* und so weiter gesehen. Ich meine, diese Models sind ein bißchen verquer, wenn Sie verstehen, was ich meine?»

«Nein, Mrs. Sanburne.»

«Ich will Sie nur beschützen, Harry. Diese hübschen Kerle heiraten Frauen, aber sie bevorzugen Männer, wenn ich so deutlich werden muß.»

«Erstens, ich hab nichts mit ihm.»

Das war eine echte Enttäuschung für Mim. «Oh.»

«Zweitens, ich habe keine Ahnung von seinen sexuellen Vorlieben, aber er scheint sehr nett zu sein, und vorerst nehme ich ihn einfach so, wie er ist. Drittens, ich habe gerade Urlaub von Männern.»

Mim fuchtelte mit ihrer Hand über dem Kopf herum, was sie als dramatische Geste empfand. «Das sagt jede Frau, bis sie dem nächsten Mann begegnet, und es wird einen nächsten geben. Männer sind wie Busse – einer kommt immer um die Ecke.»

«Ein interessanter Gedanke.» Harry lächelte.

Mim schaltete ihre Stimme auf die Tonlage «wichtige Information» um. «Wissen Sie, meine Liebe, Boom Boom wird Fair eines Tages satt haben. Wenn er zur Vernunft gekommen ist, nehmen Sie ihn zurück.»

Da jedermann seine Nase in jedermanns Angelegenheiten steckte, war Harry über diesen ungebetenen intimen Rat der Bürgermeistersgattin nicht gekränkt. «Das kann ich unmöglich tun.»

Ein wissendes Lächeln breitete sich auf dem sorgfältig geschminkten Gesicht aus. «Der Teufel, den man kennt, ist immer noch besser als der Teufel, den man nicht kennt.» Mit diesem weisen Ratschlag steuerte Mim auf die Tür zu, blieb stehen, machte kehrt, schnappte sich ihre Post und die Illustrierten vom Schalter und ging endgültig.

Harry verschränkte die Arme vor ihrem durchaus kräftigen Oberkörper und sah ihre Tiere an. «Mädels, die Menschen quatschen verdammt blödes Zeug.»

Mrs. Murphy rief aus dem Postbehälter: *«Mim ist eine dumme Pute. Was soll's? Schubs mich an.»*

«Du hast es dir da drin ja richtig gemütlich gemacht.» Harry faßte den Postbehälter an der Ecke und rollte Mrs. Murphy beschwingt durchs Postamt, während Tucker aufgeregt kläffte.

Susan stürmte durch die Hintertür herein, sah, wie sie herumtollten, und setzte Tucker in einen zweiten Postkarren. «Wer schneller ist!»

Als sie schon fast außer Atem waren, hörten sie ein Kratzen

an der Hintertür. Sie öffneten, und Pewter schlenderte herein. Darauf hievte Harry ächzend die graue Katze hoch, setzte sie zu Mrs. Murphy in den Karren und rollte beide Katzen zugleich. Sie stieß mit Susan und Tucker zusammen.

Pewter langte mißmutig nach oben und bekam mit den Pfoten die Ecke des Postkarrens zu fassen. Sie wollte gerade herausspringen, als Mrs. Murphy gellte: *«Bleib drin, du Angsthase.»*

Als Antwort sprang Pewter auf die Tigerkatze; die zwei kullerten übereinander und miauten vor Vergnügen, als das Postkarrenwettrennen fortgesetzt wurde.

Susan untermalte das ganze mit Geräuscheffekten: «Uiiih!»

«He, laß uns hinten rausgehen und ein Wettrennen durch die kleine Straße machen», forderte Harry sie heraus.

*«Au ja!»* antworteten die Tiere begeistert.

Harry öffnete die Hintertür. Sie und Susan hoben die Postbehälter vorsichtig über die Stufen, und bald sausten und jagten sie in dem schmalen Sträßchen hin und her. Market Shiflett sah sie, als er den Abfall hinaustrug, und feuerte sie an. Mrs. Hogendobber beschattete die Augen und blickte von ihren Kürbissen hoch. Lächelnd schüttelte sie den Kopf und machte sich wieder an die Arbeit.

Am Ende waren die Frauen total erledigt. Langsam schoben sie die Behälter zum Postamt zurück.

«Wie kommt es, daß man solche Dinge vergißt, wenn man älter wird?» fragte Susan.

«Keine Ahnung», lachte Harry und betrachtete Mrs. Murphy und Pewter, wie sie zusammen in dem Behälter saßen.

«Ich frag mich, warum wir noch spielen?» dachte Susan laut.

«Weil wir erkannt haben, daß das Geheimnis der Jugendlichkeit die gehemmte Entwicklung ist.» Harry boxte Susan in die Schulter. «Ha.»

Der ganze lange Tag war voller Gelächter, Sonnenschein und guter Laune. Als Harry am Nachmittag den vorsintflutlichen Traktor anließ, kam Blair Bainbridge mit seinem Transporter vorgefahren und fragte, ob sie wohl zu ihm herüberkommen könnte, um ihm bei dem alten Friedhofszaun zu helfen.

Also tuckerte Harry die Straße entlang, Mrs. Murphy auf dem Schoß. Tucker fuhr bei Blair mit. Harry hob den eingefallenen Zaun an, während Blair ihn mit Betonklötzen stützte, bis er die Eckpfosten befestigen konnte. Es machte Spaß, mit Blair zu arbeiten. Harry fühlte sich den Menschen am nächsten, wenn sie mit ihnen arbeitete oder Spiele spielte. Blair scheute sich nicht, sich schmutzig zu machen, was sie erstaunlich fand, denn schließlich war er ein Stadtmensch. Vermutlich war er über sie gleichermaßen erstaunt. Sie gab ihm Ratschläge, wie er seinen Stall wiederherstellen, wie er die Boxen ausstatten und wie er Energiesparlampen aufhängen könne.

«Warum keine Glühbirnen?» fragte Blair. «Das sieht freundlicher aus.»

«Und ist viel teurer. Warum unnötig Geld ausgeben?» Sie setzte ihre blaue Giants-Kappe wieder auf.

«Ich mag's aber gern, wenn's nett aussieht.»

«Hängen Sie die Sparleuchten hoch oben in den Dachfirst, und an den Boxen entlang installieren Sie normale Lampen mit Metallschirmen. Sonst werden Sie Glassplitter aus den Köpfen Ihrer Pferde klauben müssen. Das heißt, wenn Sie unbedingt Glühbirnen wollen.»

Blair wischte sich die Hände an seinen Jeans ab.

«Ich stelle mich wohl ziemlich blöd an.»

«Nein, Sie müssen einfach noch lernen, wie's auf dem

Land zugeht. Ich würde mich in New York City auch nicht zurechtfinden.» Sie machte eine Pause. «Fitz-Gilbert Hamilton sagt, Sie sind Model?»

«Von Zeit zu Zeit.»

«Arbeitslos?»

Harrys Unkenntnis bezüglich seines Berufs amüsierte ihn und machte sie ihm irgendwie liebenswert. «Nicht direkt. Ich könnte zu Aufnahmen fliegen. Ich will bloß nicht mehr in New York leben und, nun ja, ich will diese Arbeit auch nicht mein ganzes Leben machen. Die Bezahlung ist super, aber es ist nicht... das Richtige.»

Harry zuckte die Achseln. «Wer so aussieht wie Sie, soll ruhig Geld damit verdienen.»

Blair brüllte vor Lachen. Er war es nicht gewohnt, daß Frauen so offen zu ihm waren. Sie waren zu sehr damit befaßt, zu flirten und es darauf anzulegen, mit ihm zum nächsten großen gesellschaftlichen Ereignis zu gehen. «Harry, sind Sie immer so direkt?»

«Eigentlich schon.» Harry lächelte. «Und he, wenn Ihnen die Arbeit nicht gefällt, hoffe ich, daß Sie schnell etwas Besseres finden.»

«Ich würde gern Pferde züchten.»

«Mr. Bainbridge, ein Ratschlag in drei Worten. *Tun Sie's nicht.*» Er machte ein langes Gesicht. Sie beeilte sich hinzuzufügen: «Es verschlingt massenhaft Geld. Besser, Sie kaufen einjährige oder ältere Pferde und dressieren sie. Ehrlich. Wir können uns demnächst mal zusammensetzen und darüber reden. Ich muß nach Hause, bevor es dunkel wird. Muß noch den Düngerstreuer anstellen und einen Zaunpfosten rausziehen.»

«Sie haben mir geholfen – und jetzt helfe ich Ihnen.» Blair wußte nicht, daß ein Pferd dressieren bedeutete, das Tier zuzureiten und zu trainieren. Er hatte so viele Fragen gestellt, daß er beschloß, Harry eine Pause zu gönnen. Er würde ein andermal fragen, was der Ausdruck bedeutete.

Sie fuhren zu Harry nach Hause. Diesmal fuhr Mrs. Murphy bei Blair mit und Tucker bei Harry.

Mrs. Murphy, die auf dem Beifahrersitz saß, konzentrierte sich auf Blair. Ein anregender Duft, der von seinem Körper ausging, kräuselte sich um ihre Nase, eine Mischung aus natürlichem Geruch, Eau de Cologne und Schweiß. Er lächelte beim Fahren. Was noch besser war, er sprach mit ihr wie mit einem intelligenten Wesen. Er sagte ihr, sie sei ein hübsches Kätzchen. Sie schnurrte. Er sagte, er sehe ihr an, daß sie eine Meisterin im Mäusefangen sei, und sobald er sich eingelebt habe, werde er sie bitten, ein, zwei Katzen für ihn zu finden. Es gebe nichts Traurigeres auf der Welt als einen Menschen ohne Katze. Sie unterlegte ihr Schnurren mit Glucksern.

Als sie in Harrys Zufahrt einbogen, war Mrs. Murphy überzeugt davon, daß Blair vollkommen betört von ihr war. Dabei war es genau umgekehrt.

Die Arbeit am Zaunpfosten war nicht so einfach, wie sie geglaubt hatten, aber am Ende schafften sie es. Der Dünger konnte bis morgen warten, denn inzwischen war die Sonne untergegangen, und es schien kein Mond, in dessen Licht man hätte arbeiten können. Harry bat Blair in ihre Küche und kochte eine Kanne Jamaican-Blue-Kaffee.

«Harry», zog Blair sie auf, «ich dachte, Sie sind so sparsam. Diese Marke kostet ein Vermögen.»

«Ich spare mein Geld für mein Vergnügen», konterte Harry.

Während sie Kaffee tranken und die wenigen Plätzchen aßen, die Harry noch hatte, erzählte sie ihm von den MacGregors und den Jones, die Geschichte von Foxden, so wie sie sie kannte, und die Geschichte von Crozet, das nach Claudius Crozet benannt war, ebenfalls so wie sie sie kannte.

«Eins müssen Sie mir noch verraten.» Er beugte sich vor, seine sanften haselnußbraunen Augen leuchteten auf. «Warum haben alle Farmen Fox im Namen? Lauter Füchse. Fox Covert, Fox Ridge, Fox Hollow, Red Fox, Gray Fox, Wily Fox, Fox Haven, Fox Ridge, Fox Run» – er holte Luft – «Foxcroft, Fox Hills, Foxfield, Fox –»

«Und Foxtrott?» ergänzte Harry.

«Ach was. Das haben Sie sich ausgedacht.»

«Stimmt.» Harry brach in Lachen aus, und Blair lachte mit ihr.

Um halb zehn brach er auf. Er pfiff während der ganzen Heimfahrt. Harry spülte das Geschirr und versuchte sich zu erinnern, wann sie sich zuletzt mit einem nagelneuen Bekannten so gut verstanden hatte.

Katze und Hund kuschelten sich aneinander und wünschten, die Menschen würden begreifen, was doch auf der Hand lag. Harry und Blair waren füreinander bestimmt. Die Tiere waren gespannt, wie lange es dauern würde, bis sie es merkten, und wer, wenn überhaupt, sich ihnen in den Weg stellen würde. Die Menschen machen immer aus allem einen solchen Schlamassel.

# 6

Das milde Wetter hielt zur großen Freude von ganz Crozet noch drei Tage an. Mim verlor keine Zeit: Sie lag Little Marilyn in den Ohren, Blair Bainbridge zu sich nach Hause einzuladen; Mim wollte dann mal eben wie zufällig vorbeikommen. Sie bedauerte sehr, daß Blair zu jung für sie sei, und äußerte es laut, aber das war ihre übliche Masche bei gut aussehenden Männern. Jim, ihr Mann, lachte über ihre Standardbemerkung.

Fitz-Gilbert Hamiltons Arbeitszimmer erschien Blair wie eine Hymne an Princeton. Wieviel Orange und Schwarz konnte ein Mensch vertragen? Fitz-Gilbert ließ es sich nicht nehmen, Blair sein Mannschaftsfoto zu zeigen. Er zeigte ihm sogar das Squashfoto aus seiner Collegezeit in Andover. Blair fragte ihn, was mit seinen Haaren passiert sei, was Fitz-Gilbert auf seinen fliehenden Haaransatz bezog. Blair versicherte ihm eiligst, das habe er nicht gemeint; ihm sei aufgefallen, daß der junge Fitz-Gilbert blond war. Little Marilyn kicherte und sagte, als Student habe sich ihr Mann die Haare gefärbt. Fitz-Gilbert sagte großspurig, alle Jungs hätten das getan – es habe nichts zu bedeuten.

Das Ergebnis dieser Unterhaltung war, daß Fitz-Gilbert am nächsten Morgen mit blonden Haaren im Postamt erschien. Harry starrte auf den hellen Schopf über seinem freundlichen Gesicht und hielt es für das Beste, eine entsprechende Bemerkung zu machen.

«Haben Sie beschlossen, als Blondine zu leben, Fitz? Big Marilyn scheint auf Sie abzufärben.»

Mim flog alle sechs Wochen nach New York City, um sich die Haare und Gott weiß was noch machen zu lassen.

«Gestern abend hat meine Frau nach Durchsicht meiner Jahresalben gefunden, daß ich blond besser aussehe. Was meinen Sie? Haben Blonde mehr Spaß?»

Harry begutachtete den Effekt. «Sie sehen aus wie ein richtiger Schuljunge. Ich glaube, Sie haben Ihren Spaß, egal, welche Haarfarbe Sie haben.»

«In Richmond hätte ich das nicht machen können. In dieser Anwaltskanzlei.» Er legte sich die Hände im Würgegriff um den Hals. «Seit ich meine eigene Kanzlei habe, kann ich tun und lassen, was ich will. Großartiges Gefühl. Ganz abgesehen davon, daß ich jetzt bessere Arbeit leiste.»

«Ich weiß nicht, was ich tun würde, wenn ich mich zur Arbeit in Schale werfen müßte.»

«Es wäre noch schlimmer, wenn Sie die Katze und den Hund nicht mit zur Arbeit nehmen könnten», bemerkte Fitz-Gilbert. «Wissen Sie, ich glaube, der Mensch ist nicht dazu geschaffen, in großen Firmen zu arbeiten. Schauen Sie sich Cabell Hall an, der vor Jahren von der Chase Manhattan Bank zur Allied National gewechselt ist. Nach einer Weile zermürbt die ewige Mühle einer riesigen Firma selbst die fähigsten Leute. Das gefällt mir so an Crozet: Die Stadt ist klein, die Betriebe sind klein, die Leute sind freundlich. Am Anfang wußte ich nicht, wie ich den Umzug von Richmond nach hier verkraften würde. Ich dachte, es könnte langweilig werden.» Er lächelte. «Aber im Umkreis der Sanburnes wird es dem Leben wohl kaum gelingen, langweilig zu sein.»

Harry lächelte zurück, hielt aber wohlweislich den Mund. Fitz-Gilbert ging hinaus, quetschte sein großes Gestell in seinen Mercedes 560 SL und brauste davon. Fitz und Little Marilyn hatten den SL in Perlschwarz, einen weißen Range Rover, einen silbernen Mercedes 420 SL und einen funkelnden Chevy-Halbtonner mit Allradantrieb.

Im Laufe des Tages sank die Temperatur um gut neun auf knapp sieben Grad. Dräuende schwarze Wolken ballten sich auf den Gipfeln der Blue Ridge Mountains zusammen. Es fing an zu regnen, bevor Harry Dienstschluß hatte. Mrs. Hogendobber fuhr Harry liebenswürdigerweise nach Hause, obwohl sie sich über Mrs. Murphy und Tucker in ihrem Wagen beklagte, einem alten Ford Falcon. Sie beklagte sich auch über den Wagen. Dieses vertraute Thema – Mrs. Hogendobber hatte über ihren Wagen gejammert, seit

George ihn 1963 gekauft hatte – lullte Harry in einen tranceartigen Halbschlaf.

«... brauche bald vier neue Reifen, und ich frag mich, Miranda, lohnt es sich? Ich denke mir, ich gebe die Karre in Zahlung, und dann gehe ich zum Fordhändler Brady-Bushy und erkundige mich nach den Preisen, und Harry, ich kann Ihnen sagen, mein Herz fängt regelrecht zu rasen an. Wer kann sich ein neues Auto leisten? Also heißt es flicken, flicken und nochmals flicken. Nanu, sieh mal einer an!» rief sie aus. «Harry, sind Sie wach? Hab ich mit mir selbst gesprochen? Da, gucken Sie mal.»

«Hah?» Harrys Augen folgten Mrs. Hogendobbers Zeigefinger.

Ein großes Schild hing an einem neuen Pfosten. Der Hintergrund war jägergrün, das Schild selbst war in Gold eingefaßt, und auch die Beschriftung war golden. Ein Fuchs lugte aus seinem Bau. Über diesem realistischen Gemälde stand zu lesen: FOXDEN. Fuchsbau.

«Das muß eine hübsche Stange gekostet haben», sagte Mrs. Hogendobber in mißbilligendem Ton.

«Heute morgen war es noch nicht da.»

«Dieser Bainbridge muß stinkreich sein, wenn er so ein Schild aufstellen kann. Als nächstes setzt er vielleicht noch Steinwälle, und die billigsten, ich meine die allerbilligsten, die man kriegen kann, kosten dreihundert Dollar pro viertel Kubikmeter.»

«Geben Sie nicht vorschnell sein Geld für ihn aus. Ein hübsches Schild heißt noch lange nicht, daß er überschnappt und sozusagen seine sämtlichen Waren in die Auslage stellt.»

Als sie in die lange Zufahrt einbogen, die zu Harrys Schindelhaus führte, bat Harry Miranda Hogendobber auf eine Tasse Tee hinein. Mrs. Hogendobber lehnte ab. Sie müsse zu einer Kirchenversammlung, und außerdem wisse sie, daß

Harry zu tun habe. Angesichts des steten Temperaturabfalls und der finsteren Wolken, die den Berg hinunterschlitterten wie auf einer pechschwarzen Rodelbahn, war Harry froh über die Ablehnung. Mrs. Hogendobber wendete in der Zufahrt, und Harry eilte in die Scheune. Mrs. Murphy und Tucker liefen weit voraus.

Ihre dicke Stalljacke hing an einem Sattelhaken. Harry warf sie sich über, vertauschte die Turnschuhe mit hohen Gummistiefeln und pflanzte sich ihre Giants-Kappe auf den Kopf. Sie nahm die Stallhalfter und Leitzügel und ging zur Westweide. Der Regen peitschte ihr ins Gesicht. Mrs. Murphy blieb in der Scheune, aber Tucker kam mit.

Tomahawk und Gin Fizz, froh, ihre Mutter zu sehen, trabten herbei. Kurz darauf war die kleine Familie in der Scheune versammelt. Der Regen wurde stärker und prasselte auf das Blechdach. Ein steifer Wind blies schneidend von Nordosten.

Während Harry Kleie mit heißem Wasser vermischte und Grünfutter abmaß, durchstreifte Mrs. Murphy den Heuboden. Da alle drei beim Betreten der Scheune so viel Lärm gemacht hatten, waren die Mäuse vorgewarnt. Die große alte Eule hockte in den Dachsparren. Mrs. Murphy konnte die Eule nicht leiden, was auf Gegenseitigkeit beruhte, da sie sich die Mäuse streitig machten. Grobe Worte fielen jedoch selten. Sie hatten sich die Devise «leben und leben lassen» zu eigen gemacht.

Ein rosa Näschen über gesträubten Barthaaren lugte hinter einem Heuballen hervor. «*Mrs. Murphy?*»

«*Simon, was machst du hier?*» Mrs. Murphys Schwanz stellte sich senkrecht.

«*Das Gewitter kam so schnell. Weißt du, ich hab mir überlegt, dies wäre ein guter Platz zum Überwintern. Dein Mensch hat doch wohl nichts dagegen, oder?*»

*«Solange du vom Getreide wegbleibst, macht es ihr wohl nichts aus. Aber hüte dich vor der Schlange!»*

*«Die ist schon im Winterschlaf... oder tut zumindest so.»* Simons Barthaare zuckten verschmitzt.

*«Wo?»*

Simon gab durch Zeichen zu verstehen, daß die 1,20 m lange Kletternatter sich unter dem Heu an der Südseite des Heubodens, der wärmsten Stelle, zusammengeringelt hatte.

*«Guter Gott, ich hoffe bloß, daß Harry nicht den Ballen hochhebt und sie entdeckt. Sie würde einen Herzschlag kriegen.»*

Mrs. Murphy ging zu der Stelle. Sie konnte eine Schwanzspitze sehen, mehr nicht.

Sie kam zurück und setzte sich neben Simon.

*«Die Eule haßt die Schlange»*, bemerkte Simon.

*«Ach, die meckert doch über alles.»*

*«Wer?»*

*«Du»*, rief Mrs. Murphy nach oben.

*«Ich meckere nicht, aber du kletterst andauernd hier rauf und reißt dein großes Maul auf. Das erschreckt die Mäuse.»*

*«Für dich ist es zu früh zum Jagen.»*

*«Das ändert nichts daran, daß du ein großes Maul hast.»*

Die Eule plusterte ihr Gefieder auf, dann drehte sie einfach den Kopf weg. Sie konnte ihren prächtigen Kopf fast um 360 Grad herumdrehen, was die anderen Tiere sehr faszinierte. Vom Standpunkt der Eule hatten Vierbeiner ein äußerst enges Gesichtsfeld.

Mrs. Murphy und Simon kicherten, dann kletterte Mrs. Murphy die Leiter wieder hinunter.

Als Harry fertig war, tollten Mrs. Murphy und Tucker ungeduldig zum Haus.

Nebenan rannte Blair, kalt und durchnäßt bis auf die Haut, ebenfalls in sein Haus. Er war, einen knappen Kilometer von jedem Unterstand entfernt, vom Regen überrascht worden.

Bis er sich abgetrocknet hatte, war der Himmel durchzogen von rosagelben Blitzen. Es war ein ungewöhnliches Herbstgewitter. Als Blair in die Küche trat, um sich eine Suppe heiß zu machen, warfen ihn ein ohrenbetäubender Knall und ein blendender rosa Blitz zurück. Als er sich erholt hatte, sah er aus dem Transformatorenkasten an dem Mast neben seinem Haus Rauch aufsteigen. Der Blitz hatte in den Transformator eingeschlagen. Das elektrische Knistern hielt ein paar Sekunden an, dann erstarb es.

Blair rieb sich die Augen. Sie brannten. Das Haus war jetzt stockfinster, und er hatte keine Kerzen. Es gab so viel zu tun, um das Haus überhaupt bewohnbar zu machen, daß er noch nicht dazu gekommen war, Kerzen oder eine Taschenlampe zu kaufen, von Möbeln ganz zu schweigen.

Er dachte daran, zu Harry hinüberzugehen, entschied sich aber dagegen, weil er fürchtete, wie ein Trottel dazustehen.

Als er aus dem Küchenfenster sah, zuckte wieder ein beängstigender Blitzstrahl zur Erde und schlug in einen Baum ein, der auf halbem Wege zwischen Blairs Haus und dem Friedhof stand. Eine Sekunde lang glaubte Blair eine einsame Gestalt auf dem Friedhof stehen zu sehen. Dann hüllte die Finsternis wieder alles ein, und der Wind heulte wie der Teufel.

# 7

Äste lagen auf der Weide wie ausgerissene Arme und Beine. Als Harry an ihrem Zaun entlangstreifte, roch sie das Harz, vermischt mit dem sumpfigen Erdgeruch. Sie hatte keine Zeit gehabt, die fünfzig Morgen Laubbaumbestand zu inspizieren. Sie konnte sich denken, daß ganze Bäume entwurzelt waren, denn als sie in der Nacht wach lag, wie hypnotisiert von der Gewalt des Sturmes, hatte sie in der Ferne das ächzende, wehe Splittern und Krachen der in den Tod stürzenden Bäume gehört. Nur gut, daß rings ums Haus keine Bäume entwurzelt und daß Scheune und Nebengebäude intakt geblieben waren.

*«Ich hasse es, naß zu werden»*, beschwerte sich Mrs. Murphy. Alle paar Schritte reckte sie die Pfoten in die Luft und schüttelte sie.

*«Dann geh halt wieder rein, du Waschlappen.»* Mrs. Murphys übertriebene Zimperlichkeit belustigte und reizte Tucker. Nichts konnte Tuckers Corgi-Laune so steigern wie eine vergnügte Planscherei im Bach, eine Tollerei im Schlamm oder, wenn sie wirklich Glück hatte, eine Suhlerei in was richtig Abgestorbenem. Und da sie kurze Beine hatte und somit nahe am Boden war, fühlte sie sich dazu berufen, sich schmutzig zu machen. Es wäre etwas anderes, wenn sie eine dänische Dogge wäre. Vieles wäre anders, wenn sie eine dänische Dogge wäre. Zum einen könnte sie Mrs. Murphy mit überlegener Würde einfach ignorieren. Wie die Dinge lagen, würde das allerdings zur Folge haben, daß die Katze Tucker auf Zehenspitzen umrunden und ihr Ohrfeigen versetzen würde. Wäre es nicht spaßig zu beobachten, wie Mrs. Murphy das bei einer dänischen Dogge tat?

«*Und wenn was Wichtiges passiert? Dann kann ich nicht weg.*»
Mrs. Murphy schüttelte Schlamm von ihrer Pfote auf Harrys Hosenbein. «*Außerdem sehen drei Augenpaare mehr als eins.*»

«Himmel, Arsch und Wolkenbruch.»

Hund und Katze blieben stehen und folgten Harrys Blick. Der Bach zwischen ihrer Farm und Foxden war über die Ufer getreten und hatte alles vor sich hergewälzt. Schlamm, Gras, Äste und ein alter Reifen, der vom Yellow Mountain heruntergespült worden sein mußte, waren in die Bäume entlang dem Ufer gekracht. Einiges von dem Zeug hatte sich verheddert, der Rest schoß in beängstigendem Tempo stromabwärts. Mrs. Murphys Augen weiteten sich. Das Tosen des Wassers machte ihr angst und bange.

Als Harry sich dem Bach nähern wollte, versank sie bis zu den Knöcheln in heimtückischem Matsch. Sie besann sich eines Besseren und gab's auf.

Der bleierne Himmel über ihr bot keine Hoffnung auf Wetterbesserung. Fluchend, die Füße kalt und naß, patschte Harry in die Scheune. Sie dachte an ihre Mutter, die zu sagen pflegte, daß alles sich ständig erneuert. «Du mußt erkennen, daß auch Zerstörung Erneuerung in sich birgt, Harry», sagte sie immer.

Als Kind hatte Harry nicht begriffen, wovon ihre Mutter sprach. Grace Hepworth Minor war Bibliothekarin in der Stadtbücherei gewesen, und Harry hatte ihre Äußerungen darauf zurückgeführt, daß sie zu viele tiefgründige Bücher gelesen hatte. Mit den Jahren wurde ihr immer klarer, wie klug ihre Mutter gewesen war. Ein Anblick wie dieser, anfangs so entmutigend, ließ auch an Neubeginn denken, an Befreiung von Überflüssigem, an Kräftigung.

Wie bedauerte sie, daß ihre Mutter tot war, denn sie hätte gern über die emotionale Erneuerung in der Zerstörung gesprochen. Diese Erfahrung machte sie durch ihre Scheidung.

Tucker, der Mutters Schweigen und ihre nachdenkliche Miene auffielen, sagte: «*Die Menschen denken zuviel.*»
«*Oder überhaupt nicht*», entgegnete die Katze frech.

## 8

**A**m späten Vormittag wurde der Regen wieder stärker. Eher gleichmäßig als sintflutartig, trug er wenig dazu bei, die Stimmung der Menschen zu heben. Mrs. Hogendobbers schöner rotseidener Regenschirm war der Lichtblick des Tages. Und natürlich ihr Gesprächsdrang. Sie hatte sich bemüßigt gefühlt, alle anzurufen, die in Crozet noch ein funktionierendes Telefon hatten, und sich nach ihrem Befinden zu erkundigen. Sie hatte erfahren, daß Blairs Transformator explodiert war. Die Fenster der Allied National Bank waren zersplittert. Die Schindeln von Herbie Jones' Kirche lagen im Stadtzentrum auf der Straße verstreut. Susan Tuckers Autodach war durch einen Ast beschädigt worden und, Schrecken aller Schrecken, Mims Pontonboot, ihr ganzer Stolz und ihre ganze Freude, lag gekentert auf der Seite. Und das Allerschlimmste, ihr Privatsee war eine einzige Schlammasse.

«Hab ich was vergessen?»

Mit dem spitzen Ende einer Sicherheitsnadel reinigte Harry die Buchstaben und Zahlen ihrer Frankiermaschine. Sie waren mit dunkelroter Stempelfarbe verstopft. «Ihren Riesenkürbis?»

«Oh, den hab ich gestern abend reingeholt.» Mrs. Hogendobber griff zum Besen und begann, den getrockneten Schlamm zur Eingangstür hinauszukehren.

«Das brauchen Sie nicht zu machen.»

«Ich weiß, aber bei George hab ich das auch immer gemacht. Es gibt mir das Gefühl, nützlich zu sein.» Die Erdklumpen flogen in hohem Bogen auf den Parkplatz. «Im Wetterbericht haben sie noch drei Tage Regen vorausgesagt.»

«Wenn die Tiere paarweise gehen, wissen wir, daß uns eine Katastrophe bevorsteht.»

«Harry, machen Sie sich nicht lustig über das Alte Testament. Der Herr läßt sein Licht nicht über Gotteslästerer scheinen.»

«Ich lästere Gott doch gar nicht.»

«Ich dachte, ich könnte Ihnen vielleicht so große Angst einjagen, daß Sie in die Kirche gehen.» Ein listiges Lächeln huschte über Mrs. Hogendobbers Lippen, die heute bräunlichorange geschminkt waren.

Fair Haristeen kam herein, putzte sich die Stiefel ab und antwortete Mrs. Hogendobber. «Harry geht zu Hochzeiten, Taufen und Beerdigungen in die Kirche. Sie sagt, ihre Kirche ist die Natur.» Er lächelte seine Exfrau an.

«Genau.» Harry war froh, daß ihm nichts passiert war. Zumindest nicht in diesem Sturm.

«Bei Little Marilyn und bei Boom Boom ist die Brücke weggespült. Kaum zu glauben, daß unser Bach so viel Schaden anrichten kann.»

«Dann müssen sie wohl auf ihrem Ufer bleiben», sagte Mrs. Hogendobber.

«Sieht ganz so aus.» Fair lächelte. «Es sei denn, Moses kehrt wieder.»

«Ich weiß, was ich vergessen habe zu erzählen», rief Mrs. Hogendobber, ohne auf die biblische Anspielung einzugehen. «Die Katze hat sämtliche Hostien gefressen!»

«Cazenovia von der espiskopalischen St.-Paul-Kirche?» fragte Fair.

«Ja, kennen Sie sie?» Mrs. Hogendobber sprach von der Katze wie von einem Pfarrkind.

«Ich hab ihr letztes Jahr die Zähne gereinigt.»

Harry lachte. «Ist sie auch an den Wein gegangen?»

Mrs. Hogendobber gab sich alle Mühe, nicht in die Heiterkeit einzustimmen – schließlich waren Brot und Wein der Leib und das Blut unseres Herrn Jesus Christus –, aber die Vorstellung, daß eine Katze zur Kommunion ging, war schon sehr komisch.

«Harry, hast du Lust, mit mir Mittag zu essen?» fragte Fair.

«Wann denn?» Sie griff geistesabwesend nach einem Kugelschreiber, der auf dem Schalter lag, und schob ihn sich hinters Ohr.

«Jetzt. Es ist Mittag.»

«Ist mir kaum aufgefallen, es ist so dunkel draußen.»

«Gehen Sie nur, Harry, ich halte solange die Stellung», erbot sich Mrs. Hogendobber. Scheidungen betrübten sie, und die Scheidung der Haristeens besonders, denn beide Parteien waren anständige Menschen. Sie begriff nicht, daß man sich auseinanderleben konnte, denn sie und George hatten sich in ihrer langen Ehe immer nahegestanden. Es war freilich hilfreich gewesen, daß George, wenn sie «spring!» sagte, immer nur gefragt hatte: «Wie hoch?»

«Willst du die Kinder mitnehmen?» Fair nickte zu den Tieren hinüber.

«Ja, nehmen Sie sie mit, Harry. Lassen Sie mich nicht mit diesem Wildfang von einer Katze allein. Sie versteckt sich in den Postbehältern, und wenn ich vorbeigehe, springt sie raus und krallt sich in meinen Rock. Und dann bellt der Hund. Harry, Sie müssen den beiden Disziplin beibringen.»

«*Ach du dickes Ei.*» Tucker nieste.

«*Warum sagen die Menschen immer ‹dickes Ei›? Warum nicht*

‹ach ihr dicken Eierstöcke›?» fragte Mrs. Murphy laut und vernehmlich.

Da niemand eine Antwort wußte, ließ sie sich hochheben und zum Schnellimbiß entführen.

Die Unterhaltung zwischen Fair und Harry blieb gelinde gesagt oberflächlich. Harrys Fragen nach Fairs Tierarztpraxis wurden pflichtschuldigst beantwortet. Sie erzählte von dem Sturm. Sie lachten über Fitz-Gilberts blonde Haare, und dann lachten sie herzhaft über Mims Pontonboot, das Schlagseite hatte. Mim und das verflixte Boot hatten im Laufe der Jahre eine Menge Aufruhr verursacht – einmal war es ins Nachbardock gekracht, und Mim und die Insassen wären beinahe ertrunken. Eine Einladung auf ihre «kleine Yacht», wie sie das Boot geziert nannte, war mit tödlicher Sicherheit ein Sirenengesang. Doch eine Absage bedeutete die Verbannung aus den oberen Rängen der Gesellschaft von Crozet.

Als das Lachen erstarb, sagte Fair mit seinem ernstesten Gesicht: «Ich wünschte, du und Boom Boom könntet wieder Freundinnen sein. Früher wart ihr befreundet.»

«Befreundet würde ich nicht sagen.» Harry legte vorsichtshalber ihre Plastikgabel hin. «Wir haben gesellschaftlich verkehrt, als Kelly noch lebte. Wir sind miteinander ausgekommen, aber das war auch alles.»

«Sie versteht, warum du nicht ihre Freundin sein willst, aber es tut ihr weh. Sie gibt sich robust, aber sie ist sehr empfindsam.» Er nahm einen Schluck heißen Kaffee aus dem Styroporbecher.

Harry hätte am liebsten erwidert, daß Boom Boom durchaus empfindsam sei, was sie selbst betraf, aber nicht gegenüber anderen. Und was war eigentlich mit ihren, Harrys, Gefühlen? Vielleicht sollte er besser mit Boom Boom über Harrys Empfindlichkeiten sprechen. Sie merkte, daß Flair rettungslos verknallt war. Boom Boom wickelte ihn in ihre emotionalen Ansprüche ein, die so uferlos waren wie ihre materiellen Ansprüche. Vielleicht brauchten die Männer Frauen wie Boom Boom, um sich bedeutend zu fühlen. Bis sie vor Erschöpfung umfielen.

Da Harry schwieg, fuhr Fair zögernd fort: «Ich wünschte, es wäre anders gelaufen, oder vielleicht wünsche ich es auch nicht. Es war Zeit für uns.»

«Vermutlich.» Harry spielte mit ihrem Kugelschreiber.

«Ich bin dir nicht böse. Ich hoffe, du mir auch nicht.» Seine blonden Brauen beschirmten seine blauen Augen.

Harry hatte seit der Kindergartenzeit in diese Augen geblickt. «Das ist leichter gesagt als getan. Immer, wenn Frauen über Emotionen reden wollen, werden die Männer rational, du jedenfalls. Ich kann unsere Ehe nicht einfach ausradieren und sagen, laß uns Freunde sein. Ich habe auch ein Ego. Ich wünschte, wir wären anders auseinandergegangen, aber was geschehen ist, ist geschehen. Ich möchte lieber gut als schlecht von dir denken.»

«Schön, und was ist jetzt mit Boom Boom?»

«Wo ist sie?» Harry wich der Frage einen Moment aus.

«Die Brücke ist doch weggespült.»

«Ach ja, das hatte ich vergessen. Sobald das Wasser zurückgeht, wird sie wohl eine Furt zum Durchwaten finden.»

«Zum Glück sind wenigstens die Telefonleitungen in Ordnung. Ich hab heute morgen mit ihr gesprochen. Sie hat eine furchtbare Migräne. Du weißt ja, wie niedriger Luftdruck ihr zusetzt.»

«Ganz zu schweigen von Knoblauch.»

«Genau.» Fair erinnerte sich, wie Boom Boom einmal eilends ins Krankenhaus geschafft worden war, nachdem sie den verbotenen Knoblauch zu sich genommen hatte.

«Und wir dürfen an diesen kaltfeuchten Tagen auch ihr

Rheuma im Rücken nicht vergessen. Oder ihre Neigung zu Hitzschlag, vor allem wenn irgendeine Art von Arbeit ansteht.» Harry lächelte übers ganze Gesicht, das Lächeln des Sieges.

«Mach dich nicht lustig über sie. Du weißt, wie schwer sie es in ihrer Familie hatte. Der Vater war Alkoholiker, und die Mutter hatte eine Affäre nach der anderen.»

«Tja, der Apfel fällt nicht weit vom Stamm.» Harry langte mit ihrem Kugelschreiber hinüber, stieß ein Loch in den Styroporbecher und drehte ihn so herum, daß die Flüssigkeit auf Fairs Kordhose tropfte. Dann stand sie auf und schritt hinaus. Mrs. Murphy und Tucker spurteten hinterher.

Fair blieb wutentbrannt sitzen und wischte sich mit der linken Hand den Kaffee von der Hose, während er mit der rechten versuchte, den Strom aus dem Becher aufzuhalten.

## 9

Der Bach umwirbelte die größeren Steine, kleine Strudel bildeten sich und lösten sich auf. Tucker ging am Ufer auf und ab, das glitschig war vom Schlamm, der sich abgelagert hatte. Das Wasser war zurückgegangen und floß wieder innerhalb seiner Ufer, aber der Wasserstand war immer noch hoch und die Strömung reißend. Nebel hing über den Weiden und den Bäumen, die nun kahl waren, denn die schweren Regengüsse hatten das leuchtende Herbstlaub fast vollständig heruntergefegt.

Hoch auf dem Heuboden beobachtete Mrs. Murphy durch eine Ritze in den Brettern ihre Freundin. Als sie Tucker aus den Augen verlor, brach sie ihre Unterhaltung mit Simon ab und eilte die Leiter hinunter. Leise fluchend ließ sie die Hoffnung, trocken zu bleiben, fahren und rannte über die Felder. Wasser bespritzte ihren sahnegelben Bauch, was ihre schlechte Laune noch verschlimmerte. Tucker konnte die dämlichsten Sachen anstellen. Als Mrs. Murphy beim Bach anlangte, war die Corgihündin mittendrin und wippte auf der Spitze eines riesigen Gesteinsbrockens.

«*Komm da raus*», forderte Mrs. Murphy sie auf.

«*Nein*», weigerte sich Tucker. «*Riech mal.*»

Mrs. Murphy hielt die Nase in die Luft. «*Ich rieche Schlamm, Harz und abgestandenes Wasser.*»

«*Es ist ein ganz schwacher Hauch. Süßlich. Und dann ist es plötzlich wieder weg. Ich muß es finden.*»

«*Was meinst du mit süßlich?*» Mrs. Murphy schlug mit dem Schwanz.

«*Verdammt, jetzt ist es wieder weg.*»

«*Tucker, du hast kurze Beine – in dieser Strömung zu schwimmen ist keine gute Idee.*»

«*Ich muß den Geruch wiederfinden.*» Damit stieß sie sich von dem Stein ab, sprang ins Wasser und ruderte mit aller Kraft. Das schlammige Wasser schlug über ihrem Kopf zusammen. Sie tauchte auf und schwamm schräg hinüber zum anderen Ufer.

Mrs. Murphy schrie, was das Zeug hielt, aber Tucker achtete nicht auf sie. Als die Corgihündin das Ufer erreichte, war sie so erschöpft, daß sie sich einen Moment ausruhen mußte. Aber der Geruch war jetzt etwas stärker. Auf wackligen Beinen schüttelte sie sich und erklomm mühsam den Schlammhang, zu dem die Böschung am Bach geworden war.

«*Alles klar?*» rief die Katze.

«*Ja.*»

«*Ich bleib hier, bis du zurückkommst.*»

«*Okay.*» Tucker kletterte über die Böschung und witterte. Sie fand die Richtung und trottete über Blair Bainbridges Gelände. Der Geruch wurde mit jedem Schritt intensiver. Vor dem kleinen Friedhof blieb Tucker stehen.

Der heftige Sturm hatte die Grabsteine umgeworfen, die Blair aufgerichtet hatte, und der schadhafte Teil des schmiedeeisernen Zauns war wieder umgestürzt. Vorsichtig bahnte sich die Hündin einen Weg durch den Schutt auf dem Friedhof. Der Geruch war jetzt kristallklar und verlockend, äußerst verlockend.

Die Nase am Boden, ging sie zu dem Grabstein mit dem gemeißelten harfespielenden Engel. Vor dem Stein wiesen die Finger einer Menschenhand zum Himmel. Die Gewalt von Wind und Regen hatte den lockeren Mutterboden abgedeckt; ein Stückchen Grasnarbe war aufgerollt wie ein kleiner Teppich. Tucker beschnüffelte auch dies. Als sie letzte Woche mit Mrs. Murphy an dem Friedhof vorbeigekommen war, hatte sie keinen verlockenden Geruch, keine sichtbare Veränderung des Bodens wahrgenommen. Der Verwesungsgestank, der jeden Hund belebte, vertrieb ihre Verwunderung über die Grasnarbe. Sie begann die Hand auszugraben. Bald war die ganze Hand zu sehen. Tucker biß in den fleischigen, geschwollenen Ballen und zerrte. Die Hand ließ sich mühelos aus der Erde ziehen. Dann sah Tucker, daß die Hand am Gelenk abgetrennt war, fein säuberlich, und daß die Fingerkuppen fehlten.

Vor lauter Begeisterung über ihren Fund vergaß Tucker ihre Erschöpfung und raste durch den Morast zum Bach. Sie blieb stehen, weil sie sich nicht traute, ins Wasser zu tauchen, aus Furcht, ihre pikante Beute zu verlieren.

Mrs. Murphy war sprachlos.

Tucker legte die Hand vorsichtig ab. «*Ich hab's gewußt! Ich hab gewußt, ich rieche was köstlich Totes.*»

*«Tucker, kau da nicht drauf rum.»* Mrs. Murphy ekelte sich.
*«Warum nicht? Ich hab sie gefunden. Ich hab die Arbeit gemacht. Sie gehört mir!»* Sie bellte in hoher Tonlage, weil sie so aufgeregt war.
*«Ich will die Hand nicht, Tucker, aber sie ist ein böses Omen.»*
*«Ist nicht wahr. Weißt du noch, wie Harry uns von dem Hund vorgelesen hat, der Vespasian, als er General war, eine Hand brachte, und die Seher haben daraufhin prophezeit, daß er Kaiser von Rom werden würde, und dann ist er es tatsächlich geworden? Es ist ein gutes Zeichen.»*

Mrs. Murphy erinnerte sich vage, daß Harry diese Geschichte einmal aus einem ihrer vielen Geschichtsbücher vorgelesen hatte, aber das war jetzt kaum ihr Hauptinteresse. *«Hör zu. Die Menschen packen ihre Toten in Kisten. Wenn du eine Hand gefunden hast, heißt das, die Leiche war nicht verpackt.»*
*«Na und? Die Hand gehört mir!»* Tucker heulte, was ihre Lungen hergaben, obgleich sie in einem Moment der Besinnung einsah, daß Mrs. Murphy recht hatte. Menschen zerstückelten ihre Toten nicht.

*«Tucker, wenn du die Hand vernichtest, dann vernichtest du ein Beweisstück. Du wirst ganz schön in der Scheiße sitzen, und außerdem bringst du Mutter in die Bredouille.»*

Tucker hockte sich niedergeschlagen neben die kostbare Hand, ein grausiger Anblick. *«Sie gehört aber mir.»*
*«Tut mir leid. Aber da stimmt was nicht, siehst du das nicht ein?»*
*«Nein.»* Ihre Stimme war jetzt schwächer.
*«Wenn ein toter Mensch nicht in einer Kiste ist, bedeutet das entweder, daß er oder sie krank war und weit entfernt von anderen gestorben ist oder daß er oder sie ermordet wurde. Die anderen Menschen müssen es erfahren. Du weißt, wie sie sind, Tucker. Manche töten zum Vergnügen. Das ist gefährlich für die übrigen.»*

Tucker setzte sich auf. *«Warum sind sie so?»*
*«Ich weiß es nicht, sie wissen es ja selbst nicht. Es ist eine Krank-*

heit in der Gattung. *So ähnlich, wie wenn Hunde einen Verwesungsgeruch nicht wittern. Bitte, Tucker, mach kein Hackfleisch aus dem Beweisstück. Laß mich versuchen, Mutter zu holen. Versprich mir, daß du wartest.»*

*«Es kann Stunden dauern, bis sie schnallt, was du ihr sagen willst.»*

*«Ich weiß. Du mußt warten.»*

Die unglückliche Hündin legte den Kopf schief und seufzte. *«Na gut, Murphy.»*

Mrs. Murphy flog über die Weiden, ihre Füße berührten kaum die durchweichte Erde. Sie fand Harry auf der Ladefläche des Transporters. Behende sprang Mrs. Murphy auf den Wagen. Sie miaute. Sie rieb sich an Harrys Bein. Sie miaute lauter.

«He, kleine Miezekatze, ich hab zu tun.»

Es wurde dunkler. Mrs. Murphy verzweifelte allmählich. *«Komm mit, Mom. Los komm. Sofort.»*

«Was ist bloß in dich gefahren?» Harry war verwirrt.

Mrs. Murphy maunzte und schrie aus Leibeskräften. Am Ende sprang sie hoch, grub ihre Krallen in Harrys Jeans und kletterte an ihrem Bein hinauf. Harry brüllte, Mrs. Murphy sprang von ihrem Bein herunter und rannte ein paar Schritte weg. Harry rieb sich das Bein. Mrs. Murphy rannte zurück und machte Anstalten, das andere Bein zu erklimmen.

Harry streckte die Hand aus. «Wehe!»

*«Dann komm mit, Dummkopf.»* Mrs. Murphy lief wieder fort von ihr.

Schließlich folgte Harry. Sie hatte keine Ahnung, was los war, aber sie lebte jetzt sieben Jahre mit Mrs. Murphy zusammen, lange genug und nahe genug, um ein bißchen über das Wesen von Katzen zu wissen.

Die Katze eilte über die Wiese. Wenn Harry langsamer wurde, rannte Mrs. Murphy zurück und preschte dann wieder los, wobei sie versuchte, sie anzuspornen. Harry legte Tempo zu.

Als Tucker die beiden kommen sah, fing sie an zu bellen.

Schwer atmend blieb Harry an der Böschung stehen. «O verdammt, Tucker, wie bist du da rübergekommen?»

«*Guck doch!*» schrie die Katze.

«*Mommy, ich hab sie gefunden, sie gehört mir. Wenn ich sie abgeben muß, will ich einen Fleischknochen dafür*», feilschte Tucker. Sie hob die Hand mit der Schnauze auf.

Harry brauchte eine Minute, bis sie in dem schwindenden Licht etwas erkennen konnte. Zuerst traute sie ihren Augen nicht. Aber dann traute sie ihnen doch. «O mein Gott.»

## 10

Rick Shaw, der Bezirkssheriff von Albemarle County, bückte sich mit seiner Taschenlampe. Officer Cynthia Cooper, schon auf den Knien, hob die Finger behutsam mit ihrem Taschenmesser an.

«So was hab ich noch nie gesehen», murmelte Shaw. Er zog eine Zigarette aus seiner Tasche.

Der Sheriff bekämpfte seine Nikotinsucht mit niederschmetternden Resultaten. Jetzt hatte sogar Cooper angefangen, Zigaretten zu stibitzen.

Tucker saß da und starrte auf die Hand. Blair Bainbridge, dem ein bißchen übel war, und Harry standen neben Tucker. Mrs. Murphy ruhte sich an Harrys Hals gekuschelt aus. Sie hatte kalte Füße und war müde, weswegen Harry sie sich wie eine Stola um den Hals geschlungen hatte.

«Harry, haben Sie eine Ahnung, wo die herkommt?»

*«Ich weiß es»*, gab Tucker unaufgefordert preis.

«Wie gesagt, der Hund saß mit dieser Hand am Bachufer. Ich bin nach Hause gelaufen und hab Sie angerufen, dann bin ich in den Wagen gesprungen, um mich hier mit Ihnen zu treffen. Mehr weiß ich nicht.»

«Und Sie, Mr. ... äh...»

«Blair Bainbridge.»

«Mr. Bainbridge, ist Ihnen etwas Ungewöhnliches aufgefallen? Vor diesem Fund, meine ich?»

«Nein.»

Rick grunzte beim Aufstehen. Cynthia Cooper stopfte die Hand in eine Plastiktüte.

*«Kommt mit mir, dann zeig ich's euch!»*

Tucker rannte kläffend zum Friedhof.

«Sie hat eine Menge zu sagen.» Cynthia lächelte. Sie hatte den kleinen Hund und die Katze gern.

Shaw machte einen Lungenzug, dann stieß er eine dünne blaue Rauchwolke aus, die sich nicht aufwärts ringelte. Was höchstwahrscheinlich noch mehr Regen bedeutete.

Tucker saß vor dem Friedhof und jaulte.

«Ich geh jedenfalls nachsehen, was sie hat.» Harry folgte ihrem Hund.

«Ich auch.» Cynthia folgte Harry, die Tüte mit der Hand nahm sie mit.

Rick murrte, aber seine Neugierde war geweckt. Blair schloß sich ihm an. Als die Menschen bei dem Eisenzaun anlangten, bellte Tucker wieder und ging zu dem Grabmal mit dem Harfenengel. Cooper richtete den Strahl ihrer Taschenlampe dorthin, wo Tucker war.

*«Genau hier»*, erklärte Tucker.

Harry blinzelte. «Coop, das untersuchen Sie besser.»

Wieder ging Cynthia auf die Knie. Tucker grub in der

Erde. Sie traf auf ein Luftloch, und der eindeutige Geruch von verwesendem Fleisch schlug Cynthia ins Gesicht. Die junge Frau taumelte rückwärts und kämpfte gegen den Brechreiz.

Rick Shaw, unterdessen neben ihr, drehte den Kopf zur Seite. «Mir scheint, es gibt Arbeit für uns.»

Blair sagte mit aschfahlem Gesicht: «Soll ich einen Spaten aus dem Schuppen holen?»

«Nein danke», sagte der Sheriff. «Ich denke, wir postieren hier heute nacht einen Mann und fangen bei Tageslicht an. Ich möchte nicht riskieren, Beweise zu vernichten, weil wir nichts sehen können.»

Auf dem Rückweg zum Streifenwagen blieb Blair stehen und wandte sich an den Sheriff, der sich bereits die nächste Zigarette angezündet hatte. «Ich habe doch etwas gesehen. In der Gewitternacht ist der Blitz in meinen Transformator eingeschlagen. Ich hatte keine Kerzen und stand am Küchenfenster.» Er zeigte auf das Fenster. «Dann kam wieder ein starker Blitz und hat den Baum gespalten, und einen Moment dachte ich, ich hätte jemanden auf dem Friedhof stehen sehen. Ich hab das nicht weiter ernst genommen. Es schien mir einfach nicht möglich.»

Shaw trug dies geschwind in sein kleines Notizbuch ein, während Coop nach einem Posten zur Bewachung des Friedhofs telefonierte.

Harry lag ein Witz über die Totenwache auf der Zunge, aber sie hielt den Mund. In ernsten Situationen kam ihr Sinn für Humor immer auf Hochtouren.

«Mr. Bainbridge, Sie haben nicht vor, demnächst zu verreisen?»

«Nein.»

«Schön. Ich muß Ihnen vielleicht noch ein paar Fragen stellen.» Rick lehnte sich an den Wagen. «Ich rufe Herbie

Jones an. Es ist sein Friedhof. Harry, wollen Sie nicht nach Hause gehen und was essen? Die Abendessenszeit ist längst vorbei, und Sie sehen kränklich aus.»

«Mir ist der Appetit vergangen», antwortete Harry.

«Tja, mir auch. An solche Sachen gewöhnt man sich nie.» Der Sheriff klopfte ihr auf den Rücken.

Als Harry zur Tür hereinkam, griff sie zum Telefon und rief Susan an. Kaum war das Gespräch beendet, rief sie Miranda Hogendobber an. Denn wenn Miranda es als letzte erführe, das wäre beinahe so entsetzlich wie die Entdeckung der Hand.

## 11

Beim ersten Tageslicht begannen zwei Männer rings um den Grabstein mit dem harfespielenden Engel vorsichtig die Erde umzugraben. Larry Johnson, Arzt im Ruhestand, war zum Untersuchungsrichter von Crozet bestellt worden – ein geruhsamer Job, da es normalerweise herzlich wenig zu tun gab. Er schaute zu, zusammen mit Reverend Herbie Jones. Rick Shaw und Cynthia Cooper siebten sorgsam die Erde, die die Männer mit ihren Spaten umgruben. Harry und Blair blieben hinten beim Zaun. Miranda Hogendobber kam in ihrem Falcon vorgefahren, stürmte aus dem Wagen und marschierte zum Friedhof.

«Harry, Sie haben Miranda angerufen. Geben Sie's zu. Ich weiß es», erregte sich Rick.

«Ja nun... sie hat eine interessante Art zu denken.»

«Ich muß doch sehr bitten.» Rick schüttelte den Kopf.

«Erzhaltige Erde.» Einer der grabenden Männer zog sich sein Halstuch vor die Nase.

«Ich hab was. Ich hab was.» Der andere Mann griff hinab und legte vorsichtig ein Bein frei.

In diesem Moment erreichte Miranda Hogendobber den Hügel. Sie warf einen Blick auf das verwesende Bein, das mit einer zerrissenen Hose bekleidet war und den Fuß noch in einem Turnschuh stecken hatte, und fiel in Ohnmacht.

«Dafür sind Sie verantwortlich!» Rick wies mit dem Zeigefinger auf Harry.

Harry sah ein, daß er recht hatte. Schnell lief sie zu Mrs. Hogendobber und wuchtete sie mit Blairs Hilfe hoch. Sie kam zu sich. Da sie nicht wußten, was ein zweiter Blick auf den schauerlichen Fund anrichten würde, redeten sie ihr gut zu. Zuerst sträubte sie sich, aber dann ließ sie sich von den beiden in Blairs Haus führen.

Die Polizei setzte ihre Arbeit fort und entdeckte eine zweite Hand, ebenfalls mit abgeschnittenen Fingerkuppen, und noch ein Bein, das wie sein Gegenstück an der Stelle abgetrennt war, wo der Oberschenkelknochen sich mit dem Bekken verbindet.

Um die Mittagszeit, nach stundenlangem Sieben und Graben, sagte Rick den Männern, daß sie aufhören könnten.

«Sollen wir bei den anderen Gräbern weitermachen?»

«Da ist die Erde nicht aufgerissen; mir wäre es lieber, Sie ließen es bleiben», sagte Reverend Jones. «Lassen Sie die Toten in Frieden ruhen.»

Rick wischte sich die Stirn. «Reverend, ich habe durchaus Sinn für Pietät, aber wenn wir noch einmal herkommen müssen, dann... Sie verstehen.»

«Ich weiß, aber Sie stehen auf meiner Mutter.» Ein leicht vorwurfsvoller Ton hatte sich in Herbs volle Stimme eingeschlichen. Er war verstörter, als ihm selbst bewußt war.

«Verzeihung.» Rick trat rasch beiseite. «Gehen Sie wieder an Ihre Arbeit, Reverend. Ich melde mich, wenn's was gibt.»

«Wer würde so etwas tun?» Herbie deutete auf die stinkenden Beweisstücke.

«Einen Mord begehen?» Cynthia Cooper breitete die Hände aus, die Handflächen nach oben. «Scheinbar durchschnittliche Leute begehen Morde. Das passiert jeden Tag.»

«Ich meine, wie kann man einen Menschen so zerstückeln?» Die Augen des Pastors waren feucht.

«Ich weiß es nicht», erwiderte Rick. «Aber wer das getan hat, hat sich die größte Mühe gegeben, alles zu beseitigen, was der Identifizierung dient.»

Als der brave Reverend gegangen war, entfernten sich die vier Gesetzeshüter ein Stück weit von dem Geruch und berieten sich. Wo war der Rumpf, und wo war der Kopf?

Sie sollten es bald erfahren.

# 12

Die gestärkte Schürze knisterte, als Tiffany Hayes, das Hausmädchen, an den Tisch trat. Little Marilyn, in einen bodenlangen lilaseidenen Morgenrock gehüllt, saß Fitz-Gilbert gegenüber, der fürs Büro angezogen war. Das zartrosa Hemd und die Hosenträger vervollständigten das überlegt zusammengestellte Ensemble.

Tiffany servierte Eier, Speck, Grütze und diverse Marmeladen. «Ist das alles, Mrs. Hamilton?»

Little Marilyn begutachtete kritisch ihr Essen. «Roberta hat den Petersilienzweig auf den Eiern vergessen.»

Tiffany knickste und begab sich in die Küche, wo sie Roberta über ihr schreckliches Versäumnis unterrichtete. Bei jeder Mahlzeit beleidigte irgendeine Kleinigkeit Little Marilyns hochentwickelten Dekorationssinn.

Die Hände in die Hüften gestemmt, erwiderte Roberta der beipflichtenden Tiffany: «Meinetwegen soll sie eine Schweinsblase fressen.»

In der Frühstücksecke genossen die Eheleute ein entspanntes Mahl. Für kurze Zeit war es sonnig, aber dann zogen wieder Wolken auf.

Little Marilyn seufzte. «Ist das nicht ein komisches Wetter?»

Fritz-Gilbert senkte die Stimme. «Die Jahreszeitenwechsel sind voller Überraschungen. – Genau wie du.»

Little Marilyn lächelte scheu. Es war ihre Idee gewesen, ihren Mann heute morgen beim Duschen zu überfallen. Die Sexberatungsbücher zum Thema «Mehr Lust» zahlten sich aus.

«Für Blonde ist das Leben aufregender.» Er fuhr sich mit der Hand über seine Tolle. Seine Haare waren exakt geschnitten, mit kurzen Koteletten, kurz an den Seiten und am Hinterkopf, am Oberkopf etwas länger. «Es gefällt dir wirklich, oder?»

«Ja. Und deine Hosenträger gefallen mir auch.» Sie lehnte sich über den Tisch und ließ einen Träger schnappen.

«Halter, meine Liebe. Hosenträger sind was für alte Männer.» Er verdrückte seine Frühstückseier. «Marilyn» – Pause – «würdest du mich auch lieben, wenn ich, nun ja, kein Andover-Princeton-Absolvent wäre? Wenn ich kein Hamilton wäre?» Er spielte auf seine erlauchte Familie an, deren Geschichte in Amerika bis ins siebzehnte Jahrhundert zurückreichte.

Die Hamiltons, ursprünglich aus England stammend, waren zuerst auf den Westindischen Inseln gelandet, wo sie mit Zuckerrohr ein Vermögen verdienten. Ein Sohn, den es nach einer größeren Bühne für seine Talente gelüstete, war nach Philadelphia gesegelt. Diesem ehrgeizigen Stamm war eine lange Reihe von Staatsdienern, Geschäftsleuten und gelegentlichen Schurken entsprossen. Fitz-Gilberts Zweig der Familie, der New Yorker Zweig, erlitt zahlreiche Verluste, bis nur noch Fitz' unmittelbare Familie übrigblieb. Einen Sommer nach Fitz' mittlerem High-School-Abschluß vernichtete ein schicksalhafter Flugzeugabsturz die New Yorker Hamiltons. Mit sechzehn war Fitz-Gilbert ein Waisenknabe.

Fitz schien den Schock zu überwinden. Den Sommer über arbeitete er als Botenjunge bei einem Börsenmakler, ganz so, wie es sein Vater geplant hatte. Trotz seiner blaublütigen Bekannten war in jenen Tagen ein anderer Junge in der Maklerfirma sein einziger richtiger Freund, ein intelligenter Bursche aus Brooklyn namens Tommy Norton. An den Wochenenden entflohen sie der Wall Street, meistens in die Hampton Roads oder nach Cape Cod.

Fitz' stoische Ruhe beeindruckte jedermann, aber Cabell Hall, sein Vormund und Treuhänder an der Chase Manhattan Bank, machte sich Sorgen. In Fitz' Fassade zeigten sich Risse. Er fuhr ein Auto zu Schrott, entkam aber unverletzt. Cabell ging nicht in die Luft. «Jungs sind eben Jungs», befand er. Dann schwängerte Fitz ein Mädchen, und Cabell besorgte einen angesehenen Arzt, der das in Ordnung brachte. Im zweiten Sommer von Fitz' Lehrzeit an der Wall Street schließlich erlitten er und Tommy Norton auf Cape Cod einen Autounfall. Beide waren sturzbetrunken. Zum Glück trugen sie nur Gesichtsverletzungen und Prellungen davon, als sie durch die Windschutzscheibe flogen. Da Fitz am Steuer gesessen hatte, kam er für die Arztkosten auf, was bedeutete, daß ihnen die allerbeste Pflege zuteil wurde. Aber

Fitz genas nur körperlich. Er hatte das Schicksal herausgefordert und beinahe nicht nur sich, sondern auch seinen besten Freund getötet. Ein Nervenzusammenbruch war die Folge. Cabell verfrachtete ihn in eine teure, ruhige Klinik in Connecticut.

Bevor sie heirateten, hatte Fitz Little Marilyn seine Geschichte erzählt, aber seither hatte er sie nie mehr erwähnt.

Jetzt sah Little Marilyn ihn an und wußte nicht, wovon er redete. Fitz war aus vornehmer Familie, reich und amüsant. Sie konnte sich nicht erinnern, in irgendeinem ihrer Bücher gelesen zu haben, daß Männer bestätigt haben mußten, daß sie etwas wert waren. Die Bücher konzentrierten sich auf die sexuellen Freuden und darauf, wie eine Frau ihrem Ehemann durch eine berufliche Krise und durch die gefürchteten männlichen Wechseljahre half, aber davon waren sie noch Jahre entfernt. Vermutlich spielte er ihr etwas vor. Fitz war erfindungsreich.

«Ich würde dich lieben, und wenn du» – sie suchte nach etwas Abfälligem – «ein Iraker wärst.»

Er lachte. «Das ist weit hergeholt. Ach ja, der Mittlere Osten, die Bedürfnisanstalt des Menschengeschlechts.»

«Was die wohl über uns sagen?»

«Teufelssaat», sagte er mit drohender Stimme in einem Akzent, den er für irakisch hielt.

Eines von den vierzehn Telefonen in dem überdimensionalen Haus zwitscherte. Das grelle Telefonklingeln war zu unharmonisch für Little Marilyn, die glaubte, das absolute Gehör zu haben. Deswegen gab sie bündelweise Geld für Telefone mit Vogelstimmen aus. Infolgedessen klang es in ihrem Haus wie in einer metallischen Voliere.

Tiffany erschien. «Ich glaube, es ist Ihre Mutter, Miss Mim, aber ich habe kein Wort verstanden.»

Ein kurzer Anflug von Zorn überkam Marilyn Sanburne

Hamilton, und sie runzelte ihre weiße Stirn. Sie griff zum Telefon, und ihre Stimme verriet nicht die Spur von Verärgerung. «Mutter, Darling.»

Mutter-Darling tobte, raste und stieß dermaßen seltsame Laute aus, daß Fitz seine Serviette hinlegte, aufstand und sich hinter seine Frau stellte, die Hände auf ihren schmalen Schultern. Sie sah zu ihrem Mann auf und bedeutete ihm, daß auch sie kein Wort verstand. Dann veränderte sich ihre Miene; die Stimme in der Ohrmuschel hatte sich zu purer Hysterie gesteigert.

«Mutter, wir sind gleich bei dir.» Die gehorsame Tochter legte den Hörer auf.

«Was ist los?»

«Keine Ahnung. Sie hat nur geschrien und gebrüllt. O Fitz, wir sollten uns beeilen.»

«Wo ist dein Vater?»

«Er ist heute in Richmond auf einer Bürgermeisterversammlung.»

«Ach du lieber Gott.» Wenn Mims Mann nicht da war, ruhte die Last des Tröstens und Zuspruchs auf Fitz. Kein Wunder, daß Jim Sanburne jede Gelegenheit nutzte, zu verreisen.

# 13

Die Stadtbewohner, die sich nicht im Postamt versammelt hatten, waren in Market Shifletts Laden. Harry versuchte hektisch, die Post zu sortieren. Sie hatte sogar Susan Tucker angerufen und sie gebeten, ihr zu helfen. Mrs. Hogendobber, die vor dem Schalter Stellung bezogen hatte, erzählte jedem ihre blutrünstige Geschichte, mit allen abscheulichen Details.

Ein energisches Kratzen an der Hintertür ließ Tucker aufmerken, und sie bellte. Susan stand auf und öffnete. Pewter kam herein, den Schwanz senkrecht nach oben, die Schnurrhaare nach vorn gestellt.

«Hallo, Pewter.»

«*Hallo, Susan.*» Pewter rieb sich an Susans Bein und dann an Tucker.

Mrs. Murphy spielte in den geöffneten Schließfächern.

Pewter sah hoch und sprach zu dem gestreiften Schwanz, der aus Nr. 31 hing. «*Drüben im Laden ist der Teufel los. Wie sieht's hier aus?*»

«*Genauso.*»

«*Ich hab die Hand gefunden*», brüstete sich Tucker.

«*Das weiß alle Welt, Tucker. Vermutlich kommst du in die Zeitung – wieder mal.*» Der gelbe Neid ließ den dicken grauen Leib erzittern. «*Mrs. Murphy, dreh dich um, damit ich mit dir reden kann.*»

«*Geht nicht.*» Mrs. Murphy kam im Rückwärtsgang aus dem Schließfach, hing einen Moment nur an den Krallen und ließ sich dann locker auf den Boden fallen.

Gewöhnlich amüsierten sich Susan und Harry bei den artistischen Darbietungen der behenden Tigerkatze, aber heute achteten sie kaum darauf.

Blair rief an, um Harry mitzuteilen, daß Rick Shaw beschlossen hatte, den Friedhof nicht sofort aufzureißen, und um ihr für ihre gute Nachbarschaft zu danken.

Da Blair ein Außenstehender war, fiel der Verdacht natürlich sofort auf ihn. Immerhin waren die abgetrennten Hände und Beine auf seinem – na ja, eigentlich Herbies – Friedhof gefunden worden. Und keinem Menschen würde es jemals einfallen, Reverend Jones zu verdächtigen.

Ideen und Phantasievorstellungen wirbelten auf wie ein Heuschreckenschwarm und sanken wieder zur Erde. Harry hörte den Leuten zu, die sich im Postamt drängten, während sie sich zugleich bemühte, ihre Arbeit zu Ende zu bringen. Die Theorien reichten von altmodischer Rache bis hin zum Dämonenkult. Da niemand eine Ahnung hatte, zu wem die Körperteile gehörten, fehlte den Theorien der Bezug zu einer persönlichen Wirklichkeit.

Ein eigenartiger Gedanke kam Harry in den Sinn. Die meisten Mutmaßungen drehten sich um die Frage des Motivs. Warum? Die mal lauter, mal leiser werdenden Stimmen ihrer Freunde, Nachbarn und auch ihrer wenigen Feinde oder zeitweiligen Feinde gingen alle davon aus, daß das Opfer sein grausames Schicksal selbst verschuldet haben müsse. Die grundsätzliche Frage, die Harry sich stellte, galt nicht dem Motiv, sondern lautete: Warum müssen die Menschen immer dem Opfer die Schuld geben? Hoffen sie, damit das Böse abzuwehren? Wird eine Frau vergewaltigt, beschuldigt man sie, sich aufreizend angezogen zu haben. Wird ein Mann beraubt, hätte er nicht so unvernünftig sein sollen, durch die Straßen jenes Stadtviertels zu gehen. Sind die Menschen unfähig, die Willkür des Bösen zu akzeptieren? Offensichtlich.

Als Rick Shaw mit heulenden Sirenen vorüberraste, verstummte die Gruppe und sah ihm nach. Dicht hinter Rick Shaw folgte Cynthia Cooper in ihrem Dienstwagen.

Fair Haristeen öffnete die Tür und trat auf die Straße. Er wußte, daß Rick Shaw nicht so schnell fuhr, bloß um irgendwo Hände und Beine abzuladen; es mußte wieder etwas passiert sein. Er ging zu Markets Laden hinüber, um zu hören, ob jemand frischere Neuigkeiten hatte. Harrys Nähe war ihm nicht besonders unangenehm. Fair fand, daß Frauen die meiste Zeit irrational waren; diese Meinung wurde bestärkt durch Boom Boom, die Logik für vulgär hielt. Er hatte Harry schon verziehen, daß sie ein Loch in seinen Kaffeebecher gebohrt hatte. Vor ihm tat sie so, als würde sie ihn nicht beachten, aber sie beobachtete ihn, während er nach nebenan schlenderte. Sie stieß einen Seufzer der Erleichterung aus. Seine Anwesenheit scheuerte wie ein Kieselstein im Schuh.

«*Hör mal, ich will meinen Fleischknochen.*» Tucker wurde langsam sauer. «*Das war abgemacht.*»

«*Abgemacht?*» Pewters lange graue Wimpern klimperten.

Ehe Tucker es ihr erklären konnte, flog die Tür auf, und Tiffany Hayes, noch in ihrer strahlend weißen Schürze, platzte herein. «In Mrs. Sanburnes Bootshaus ist 'ne nakkichte Leiche ohne Kopf!»

Für den Bruchteil einer Sekunde herrschte Fassungslosigkeit, dann stürmten die Fragen auf Tiffany ein. Woher sie das wisse? Wer es sei? Und so weiter.

Tiffany räusperte sich und trat an den Schalter. Susan kam von hinten nach vorne. Mrs. Murphy und Pewter sprangen auf den Schalter und marschierten im Kreis, um sich Papiere zum Draufsetzen zu suchen, und ließen sich nieder. Tucker lief um den Schalter herum, tauchte zwischen Beinen hindurch nach vorne, um Tiffany besser sehen zu können.

Reverend Jones, der wie immer schnell schaltete, sauste nach nebenan, um die Leute aus dem Laden zu holen. Bald war das Postamt voller, als es die feuerpolizeilichen Sicherheitsvorschriften erlaubten.

Sobald sich alle hereingequetscht hatten, lieferte Tiffany die Fakten. «Ich hab Little Marilyn und Mr. Fitz gerade ihre Eier gebracht. Sie hatte natürlich wieder was zu meckern, aber was soll's. Ich bin wieder in die Küche, und da hat das Telefon geklingelt. Roberta hatte die Hände voll Mehl, und

Jack war noch nicht im Dienst, da bin ich drangegangen. Ich hab Mrs. Sanburnes Stimme erkannt, aber meine Güte, ich hab kein Wort von dem verstanden, was die Frau zu mir gesagt hat. Sie hat geheult und geschrien und gestöhnt, und ich hab einfach den Hörer hingelegt und bin aus der Küche und hab Little Marilyn gesagt, ihre Mutter ist am Apparat und ich kann sie nicht verstehen. Ich konnte schließlich nicht sagen: ‹Ihre Mutter hat 'nen Tobsuchtsanfall, der sich gewaschen hat›, oder? Ich hab gewartet, wie Little Marilyn ans Telefon ging, und sie konnte ihre Mutter auch nicht besser verstehen als ich. Und eh ich mich versah, rennt sie die Treppe rauf und will sich zurechtmachen, und Mr. Fitz wartet unten. Er war so nervös, daß er's nicht mehr ausgehalten hat, und er ist die Treppe raufgestürmt und hat ihr klipp und klar gesagt, jetzt ist keine Zeit zum Schminken und sie müßten los. Dann sind sie mit dem weißen Jeep von ihr losgefahren. Es dauert keine zwanzig Minuten, bis das Telefon wieder klingelt, und Jack ist jetzt da und geht ran, aber Roberta und ich konnten nicht anders, wir sind auch rangegangen. Es war Mr. Fitz. Im Hintergrund konnten wir die beiden Marilyns hören, sie haben gekreischt wie die Furien. Mr. Fitz war ein bißchen zittrig, aber er hat Jack erzählt, in Mims Bootshaus schwimmt 'ne Leiche ohne Kopf. Er hat zu Jack gesagt, er soll rumtelefonieren und seine ganzen Geschäftstermine und Little Marilyns sämtliche Verabredungen für heute absagen. Dann hat er gesagt, Jack soll zusehen, ob er Mr. Sanburne in Richmond erreichen kann. Der Sheriff wäre schon unterwegs und wir brauchten keine Angst zu haben. Niemand wäre in Gefahr. Jack hat ein paar Fragen gestellt, und Mr. Fitz hat ihm gesagt, er soll sich keine Gedanken machen, wenn er seine Arbeit heute nicht getan kriegt. Gott sei Dank haben wir Mr. Fitz.»

Sie war mit ihrem Bericht zu Ende. Dies war womöglich

das einzige Mal in ihrem Leben, daß Tiffany im Mittelpunkt stand. Es hatte etwas Rührendes.

Aber Tiffany wußte nichts davon, daß die Hände und Beine in Foxden ausgegraben worden waren. So konnte Miranda Hogendobber ihre Geschichte noch einmal erzählen. Für Miranda war es ganz natürlich, im Mittelpunkt zu stehen.

Dankbar, daß Mrs. Hogendobber den Sektor «Unterhaltung» übernahm, machte sich Harry wieder an die Verteilung der Post. Sie war froh, daß sie hinter den Fächern stand; denn sie lachte leise, und die Tränen liefen ihr aus den Augen. Susan ging zu ihr, weil sie dachte, Harry weinte.

Harry wischte sich die Tränen ab und flüsterte: «Ausgerechnet Mim! Was wird *Town and Country* dazu sagen?»

Susan lachte jetzt so herzhaft wie Harry. «Wer immer es war, hat vielleicht den Fehler gemacht, mit ihrem Pontonboot zu segeln.»

Darauf brachen beide wieder in Kichern aus. Harry legte sich die Hand auf den Mund, um ihre Stimme zu dämpfen. «Mim hat sich verausgabt und immer neue Besitztümer angeschafft. Jetzt hat sie ein echtes Original.»

Das gab ihnen den Rest. Sie fielen fast auf die Erde. Der Ausbruch war natürlich zum Teil auf die Anspannung zurückzuführen. Aber er war auch ganz konkret Mims Charakter zuzuschreiben. Miranda sagte immer, irgendwo in Mim stecke ein guter Kern, den bloß niemand entdecken wolle. Mim hatte von der Wiege an ihr Leben damit zugebracht, die Leute mit ihrem ewigen Gefasel von Abstammung und Geld zu schikanieren. Aber diese beiden Dinge sind weniger häufig miteinander verbunden, als es Mim lieb wäre. Egal, was für eine Lebensgeschichte einer hatte, Mim konnte sie übertreffen; wenn nicht, neigte sie den Kopf in einem Winkel, der ihren Abscheu und ihre gesellschaftliche Überheblichkeit zum Ausdruck brachte.

Keiner sprach es laut aus, aber vermutlich freute es die meisten Leute, daß eine aufgeschwemmte Leiche ihren Weg in Mims Bootshaus gefunden hatte. Bei den Sanburnes stanken noch ganz andere Dinge als ein faulender Rumpf.

## 14

Der Glanz des vom Feuer erhellten Mahagoniholzes in Herbie Jones' Bibliothek ließ die Züge des Reverend jugendlich weich erscheinen. Der leichte Regen auf der Fensterscheibe unterstrich seine Stimmung. Er war in sich gekehrt und nachdenklich und zudem erschöpft. Er hatte vergessen, wie strapaziös erschütternde Ereignisse sein können. Carol, seine Frau, die veilchenblauen Augen voll Mitgefühl, redete ihm zu, etwas zu essen. Als er ablehnte, wußte sie, daß er litt.

«Möchtest du nicht wenigstens eine Tasse Kakao?»

«Was? Ach nein, Liebes. Ich habe Cabell in der Bank getroffen. Er meint, wir haben es mit einem Verrückten zu tun. Ein Durchreisender, so eine Art wandernder Serienmörder. Ich glaube das nicht. Ich glaube, der Mörder ist einer von uns.»

Ein lautes Knacken im Kamin ließ ihn auffahren. Er setzte sich wieder hin.

«Ich bring dir den Kakao, und wenn du ihn nicht willst, dann trinkt ihn eben die Katze. Er wird an dieser entsetzlichen Schweinerei nichts ändern, aber du wirst dich besser fühlen.»

Es läutete an der Haustür. Carol öffnete. Zwei Tassen Kakao. Sie bat Blair Bainbridge in die Bibliothek. Auch er wirkte erschöpft.

Reverend Jones erhob sich von seinem Sessel, um seinen hereingeschneiten Gast zu begrüßen.

«Oh, bitte bleiben Sie sitzen, Reverend.»

«Nehmen Sie Platz.»

Ella, die Katze, leistete ihnen Gesellschaft. Ihr voller Name lautete Elevation, und sie machte diesem Namen alle Ehre. Hostien fressen wie die ungezogene episkopalische Katze war nicht ihr Stil, aber einmal hatte Ella an einem Sonntagmorgen eine Predigt von Herbie zerfetzt. Zum erstenmal im Leben hielt er eine Predigt aus dem Stegreif. Und ohne Ellas mutwillige Zerstörung wäre er wohl nie auf das Thema «mit allen Gottesgeschöpfen leben» gekommen. Es wurde die beste Predigt seines Lebens. Die Pfarrkinder baten um Kopien. Da er nicht eine einzige Notiz hatte, glaubte er seine Predigt nicht rekonstruieren zu können, aber Carol half ihm. Sie war ebenfalls gerührt über ihres Mannes liebevolle Fürsprache für alle Lebewesen und hatte sich jedes Wort gemerkt. Die Predigt, die in vielen Kirchenzeitungen abgedruckt wurde, sogar außerhalb seiner eigenen lutheranischen Konfession, hatte den Reverend zu einer Kirchenberühmtheit gemacht.

Ella musterte Blair eingehend, weil sie ihn noch nicht kannte. Zufrieden legte sie sich vor dem Feuer auf die Seite, während die Männer plauderten. Carol brachte eine große Kanne Kakao herein, entschuldigte sich dann und ging nach oben, um sich wieder ihrer Arbeit zu widmen.

«Entschuldigen Sie, daß ich so unangemeldet hereinplatze.»

«Blair, wir sind hier auf dem Land. Wenn Sie vorher anrufen würden, würden die Leute Sie für hochnäsig halten.» Herbie schenkte sich und seinem Gast eine Tasse dampfenden Kakao ein; der schwere Duft erfüllte den Raum.

«Ich bin nur gekommen, um Ihnen zu sagen, wie leid es mir tut, daß diese, dieses – ich weiß nicht mal, wie ich es nennen soll.» Blair runzelte die Stirn. «Nun ja, daß diese grauenhafte Entdeckung auf der Parzelle Ihrer Familie gemacht wurde. Da Sie Probleme mit dem Rücken haben, bin ich bereit, alle nötigen Reparaturen vorzunehmen, sobald Sheriff Shaw mich läßt.»

«Danke.» Der Reverend meinte es ernst.

«Wie lange es wohl dauern wird, bis die Leute denken, daß ich es getan habe?» entfuhr es Blair.

«Oh, diese Möglichkeit wurde schon erwogen, und die meisten haben sie gleich wieder verworfen, mit Ausnahme von Rick, der nie jemanden von der Leine läßt und nie vorschnell urteilt. In seinem Beruf muß man wohl so sein, schätze ich.»

«Verworfen...?»

Herbie bewegte die rechte Hand in der Luft, eine freundliche, wegwerfende Geste, während er mit der linken seine Kakaotasse samt Untertasse hielt. «Sie sind noch nicht lange genug hier, um Marilyn Sanburne zu hassen. Sie hätten die Leiche oder das, was von ihr übrig war, nicht in ihrem Bootshaus deponiert.»

«Ich hätte sie dorthin treiben lassen können.»

«Ich habe kurz nach der Entdeckung mit Rick Shaw gesprochen.» Herb stellte seine Tasse auf den Tisch. Ella beäugte sie interessiert. «Dem Zustand der Leiche nach bezweifelt er entschieden, daß sie ins Bootshaus getrieben sein kann, ohne daß jemand auf dem See etwas gemerkt hat; schließlich geht so etwas langsam. Außerdem war die Tür des Bootshauses geschlossen.»

«Sie hätte von unten hineintreiben können.»

«Die Leiche war auf ungefähr das Dreifache ihrer normalen Größe aufgeschwemmt.»

Blair unterdrückte einen unwillkürlichen Schauder. «Die arme Frau wird Alpträume haben.»

«Es hat nicht viel gefehlt, und man hätte sie mit einem Bolzenschußgerät ruhigstellen müssen. Little Marilyn war auch ziemlich erschüttert. Und ich glaube, Fitz-Gilbert dürfte es für eine Weile den Appetit verschlagen haben. Mir ist er übrigens auch vergangen.»

«Mir auch.» Blair beobachtete ein am unteren Ende königsblau und zur Mitte hin karmesinrot glühendes Holzscheit, aus dem hellgelbe Flammen schossen.

«Ich mache mir Sorgen wegen der Reporter. Es wird morgen in der Zeitung stehen. Haarklein. Und wenn die Leiche erst identifiziert ist, werden sie über uns hereinbrechen wie Fliegenschwärme.» Herb wünschte, er hätte das nicht gesagt; denn es erinnerte ihn an die Beine und Hände.

«Reverend Jones –»

«Herbie», wurde Blair unterbrochen.

«Herbie, warum hassen die Leute Marilyn Sanburne? Ich bin ihr erst einmal begegnet. Sie hat sich über Stammbäume ausgelassen, aber schließlich hat jeder eine Schwäche.»

«Einen Snob kann keiner leiden, Blair. Nicht mal ein anderer Snob. Stellen Sie sich so ein Leben vor, jahrein, jahraus von Mim taxiert, bei jeder Gelegenheit von ihr in die Schranken gewiesen werden. Sie arbeitet hart für wohltätige Einrichtungen, das läßt sich nicht leugnen, aber sogar während sie gute Werke tut, schikaniert sie andere Leute. Ihr Sohn Stafford hat eine Schwarze geheiratet, und das hat das Schlechteste in Mim und, darf ich hinzufügen, das Beste in allen anderen zum Vorschein gebracht. Sie hat ihn enterbt. Er lebt mit seiner Frau in New York. Sie sind gewissermaßen der Ausgleich zu Little Marilyns Ehe. Ich weiß nicht, die meisten Leute schauen bei anderen nicht hinter die Fassade, und Mims Fassade ist kalt und hart.»

«Aber Sie denken anders von ihr, nicht?»

Der junge Mann war ein genauer Beobachter. Herb

mochte ihn mit jeder Minute lieber. «Ja, ich denke anders von ihr.» Er zog sich ein Polster für die Füße heran, machte Blair ein Zeichen, sich auch eins zu holen, und faltete die Hände vor der Brust. «Sie müssen wissen, Marilyn Sanburne ist eine geborene Marilyn Urquhart Conrad. Die Urquharts, schottischen Ursprungs, waren eine der ersten Familien, die hierher in den fernen Westen kamen. Kaum zu glauben, noch während des Unabhängigkeitskrieges war dies eine rauhe Gegend, Grenzgebiet. Davor, um 1720, 1730, riskierte man sein Leben, um zu den Blue Ridge Mountains zu gelangen. Marilyns Mutter, Isabelle Urquhart Conrad, setzte ihren drei Kindern Flausen in den Kopf, weil sie königlichen Geblüts waren. Die amerikanische Version. Ihr Mann, Jimp Conrad, der keinen so erlauchten Stammbaum aufweisen konnte wie die Urquharts, war zu sehr damit beschäftigt, Land zu kaufen, um sich groß darum zu kümmern, wie seine Kinder erzogen wurden. Ein Männerproblem, würde ich sagen. Jedenfalls stieg Marilyns zwei Brüdern die Sache mit dem Adel zu Kopf, und sie befanden, daß sie sich ihren Lebensunterhalt nicht mit so etwas Ordinärem wie Arbeit sichern dürften. James wurde Rennjockey und starb bei einem gräßlichen Unfall in Culpeper. Das war direkt nach dem Zweiten Weltkrieg. Das Pferd hat ihn zu Tode geschleift. Ich hab's mit eigenen Augen gesehen. Theodore, der jüngere Bruder, ebenfalls ein guter Reiter, hat sich schlicht und einfach totgesoffen. Der Kummer brachte Jimp um und machte Isabelle zu einer verbitterten Frau. Sie fühlte sich, als sei sie die einzige, die jemals Söhne verloren hatte. Sie vergaß, daß Hunderttausende von amerikanischen Müttern erst vor kurzer Zeit ihre Söhne im Schlamm von Europa und im Sand des Südpazifiks verloren hatten. Die Verbitterung der Mutter färbte auf Mim ab. Da sie nun das einzige Kind war, wurde ihr die Pflege ihrer Mutter aufgebürdet, als Isabelle alt wurde. Gesellschaftliche Überheblichkeit wurde vielleicht ihre Zuflucht.»

Er schwieg einen Moment, dann fuhr er fort: «Sehen Sie, ich erlebe viele Menschen, die in einer Krise stecken. Und im Laufe der Jahre habe ich festgestellt, daß zweierlei passieren kann. Entweder öffnen sich die Menschen und erlangen Größe; der Schmerz führt zu Mitgefühl für andere und zu einer Einsicht in sich selbst, zum Empfinden der Liebe Gottes, wenn Sie wollen. Oder sie verschließen sich durch Alkohol, Rauschgift, Promiskuität oder Verbitterung. Verbitterung ist, wie jede Form von selbstzerstörerischem Verhalten, eine Beleidigung Gottes. Das Leben ist ein Geschenk, das man genießen und mit anderen teilen muß.» Er verfiel in Schweigen.

Ella schnurrte, während sie lauschte. Sie liebte Herbies Stimme, das tiefe, männliche Dröhnen, aber sie liebte auch, was er sagte. Den Menschen fiel es so schwer zu erkennen, daß das Leben eine Lust ist, solange man genug zu fressen, ein warmes Lager und jede Menge Katzenminze hat. Sie war sehr froh über Herbs Überzeugung, daß das Leben meistens wunderbar war.

Lange Zeit saßen die beiden Männer in stillem Einverständnis nebeneinander.

Schließlich sprach Blair. «Herbie, ich gebe mir Mühe, mich zu öffnen. Aber ich habe nicht viel Übung darin.»

Da Herb spürte, daß Blair ihm irgendwann in Zukunft, wenn er sich sicher fühlte, seine Geschichte erzählen würde, hakte er klugerweise nicht nach. Er versicherte ihm statt dessen, was er selbst aufrichtig glaubte: «Vertrauen Sie auf Gott. Er wird Ihnen den Weg weisen.»

## 15

Sowenig der Sheriff und Officer Cooper über die aufgefundenen Leichenteile wußten, es war ihnen immerhin bekannt, daß ein Landstreicher, und zwar kein alter Mann, vor kurzem in der Stadt gewesen war.

Unermüdliche Laufereien, Telefongespräche und Befragungen führten die beiden schließlich zur Allied National Bank.

Marion Molnar erinnerte sich lebhaft an den Kerl mit dem Bart. Auf seine königsblaue Baseballjacke waren die orangefarbenen Buchstaben METS aufgestickt gewesen. Als fanatische Anhängerin der Orioles hatte dies Marion ebenso empört wie sein Benehmen.

Sie führte Rick und Cynthia in Ben Seiferts Büro.

Strahlend schüttelte Ben ihnen die Hände und bat sie, sich zu setzen.

«O ja, der ist in mein Büro stolziert und hat sich wahnsinnig aufgespielt. Hat mir eine irrsinnige Geschichte über seine Geldanlagen aufgetischt. Er wollte auf der Stelle mit Cabell Hall sprechen.»

«Haben Sie den Direktor geholt?» fragte Rick.

«Nein. Ich habe gesagt, ich bringe ihn zu unserer Hauptstelle im Einkaufscenter von Charlottesville. Mir ist nichts anderes eingefallen, um ihn hier wegzubekommen.» Ben ließ seine Knöchel knacken.

«Und was dann?» fragte Cynthia.

«Ich habe ihn bis zum östlichen Stadtrand gefahren. Schließlich habe ich ihm seine verrückte Idee ausgeredet, und er ist bereitwillig ausgestiegen. Danach habe ich ihn nicht wiedergesehen.»

«Danke, Ben. Wir rufen Sie an, wenn wir Sie brauchen», sagte Rick.

«Freut mich, wenn ich Ihnen behilflich sein konnte.» Ben begleitete sie zum Haupteingang.

Kaum war der Streifenwagen außer Sicht, schloß Ben seine Bürotür und griff zum Telefon. «Hör zu, du Arschloch, die Bullen waren hier wegen diesem Penner. Das gefällt mir nicht!» Ben, ein Junge vom Lande, hatte sich im Laufe der Zeit verwandelt und seine rauhen Kanten abgeschliffen. Er war jetzt ein aalglatter Schöntuer und ein großes Tier in der Handelskammer. In seiner pomadigen neuen Inkarnation war fast nichts von dem alten Ben übriggeblieben, aber die Sorge ließ ihn wiederauferstehen.

# 16

Unter dem Vorsitz von Miranda Hogendobber trat das Festkomitee für die Ernteausstellung zusammen, um sich eiligst über die Veranstaltungen und den anschließenden Ball zu beraten. Das beliebte Erntefest und der Ball, die mit Halloween zusammenfielen, wurden von Jung und Alt voll Ungeduld erwartet. Die ganze Stadt fand sich zu dem Fest ein. Die Kinder wetteiferten um die schönste und die schaurigste Verkleidung, sie konkurrierten in Apfelhüpfen, Kostüm-Wettlaufen und in anderen Belustigungen, die in den frühen Abendstunden stattfanden. Diese Spiele hatten den Vorteil, daß die Kinder von der Straße weggehalten wurden und allen das Trick-or-Treat-Süßigkeitenbestechungssyndrom erspart blieb, das die Erwachsenen ja immer veranlaßte, soviel zu vertilgen wie die Kleinen. Die Kinder, vom Essen so angestrengt wie von den Belustigungen, schliefen auf dem Ball ein, während die Erwachsenen tanzten. Schlafsäcke waren so zahlreich vertreten wie Kürbisse.

Das Problem, das Mrs. Hogendobber, Taxi Hall und ihrem Stab zu schaffen machte, betraf Harry Haristeen und Susan Tucker. Nein, die zwei hatten nichts Schlimmes angestellt; es ging darum, daß sie jedes Jahr als Ichabod Crane und der kopflose Reiter auftraten. Harry war der Reiter. Harrys Tomahawk war ein braunes Pferd, aber nachts sah es schwarz aus, und seine Nüstern wurden immer rot angemalt. Es bot einen furchterregenden Anblick. Harry mühte sich alle Jahre ab, durch die Schlitze in ihrem Umhang zu sehen, sobald sie den Kürbiskopf auf den fliehenden Ichabod geschleudert hatte. Einmal hatte sie die Orientierung verloren und war vom Pferd gefallen, was alle amüsierte außer sie selbst; aber später hatte auch sie darüber gelacht.

Was war zu tun? Die Tradition fortzusetzen, die in Crozet gepflegt wurde, seit Washington Irving seine unsterbliche Erzählung veröffentlicht hatte, schien in diesem Jahr von zweifelhaftem Geschmack. Schließlich war erst vor kurzem die kopflose Leiche aufgefunden worden.

Nach einer quälenden Debatte faßte das ehrenwerte Komitee den Beschluß, Ichabod Crane zu streichen. Da es noch ein paar Tage vor dem Ball war, hatten sie Zeit genug, sich etwas anderes zu überlegen. Die Bibliothekarin schlug vor, für die Kinder eine Geschichte zum Vorlesen auszusuchen. Keine ideale Lösung, aber besser als nichts.

Mirandas Schritte auf dem Weg zum Postamt wurden immer schleppender. Sie erreichte den Eingang. Dort blieb sie einen Moment stehen. Sie atmete tief durch. Sie öffnete die Eingangstür.

«Harry!» dröhnte sie.

«Ich bin direkt vor Ihnen, Sie brauchen nicht zu brüllen.»

«Ach so. Es tut mir leid, aber das Ernteballkomitee hat beschlossen, und ich halte das für eine kluge Entscheidung, die Aufführung mit dem kopflosen Reiter ausfallen zu lassen.»

Harry war sichtlich enttäuscht, aber der Entschluß leuchtete ihr ein. «Nehmen Sie's nicht so schwer, Mrs. H. Nächstes Jahr führen wir's wieder auf.»

Ein Seufzer der Erleichterung entschlüpfte Mirandas roten Lippen. «Ich bin so froh, daß Sie es einsehen.»

«Danke, daß Sie es mir gesagt haben. Soll ich es Susan sagen?»

«Nein, ich gehe gleich zu ihr. Das ist meine Aufgabe.»

Als sie ging, betrachtete Harry die gestrafften Schultern, den geraden Rücken. Miranda war manchmal eine Nervensäge – wer ist das nicht –, aber sie wußte stets, was zu tun war und auf welche Weise. Das bewunderte Harry.

# 17

Fitz-Gilbert hätte sich eine Sekretärin nehmen können, um sich den Anschein eines beschäftigten Anwalts zu geben – der er nicht war.

Es sieht nicht gut aus, wenn ein Mann nichts arbeitet, auch bei einem sehr wohlhabenden Mann nicht, deshalb hatte er zum Schein sein Büro; allerdings hatte es sich als willkommene Zufluchtsstätte vor seiner Schwiegermutter und gelegentlich seiner Frau bewährt.

Er war nicht mehr im Büro gewesen, seit vor zwei Tagen der Rumpf in Mims Bootshaus aufgetaucht war.

Fitz-Gilbert öffnete die Tür und erblickte Chaos. Die Stühle waren umgeworfen, Papiere waren überall verstreut, die Schubladen des Aktenschranks hingen schief.

Er griff zum Telefon und rief Sheriff Shaw an.

## 18

Wenn Überreste einer Menschenleiche gefunden wurden, so war das zwar unschön, aber keine Seltenheit. Alle Jahre stolpern in Virginia Jäger über von Vögeln und Aasfressern säuberlich abgenagte Leichen, denen noch ein paar Kleiderfetzen an den Knochen klebten. Manche waren versehentlich von anderen Jägern erschossen worden; ein andermal war ein alter Mensch, der an einer Krankheit oder an Gedächtnisschwund litt, einfach im Winter losgegangen, hatte sich in Wind und Wetter verirrt und war gestorben. Dann gab es die gequälten Seelen, die in den Wald gingen, um allem selbst ein Ende zu machen. Morde kamen allerdings nicht so oft vor.

Was diese zerstückelte Leiche betraf, so stand für Rick Shaw fest, daß es sich um Mord handelte. Das Leben eines Bezirkssheriffs besteht gewöhnlich aus Vorladungen, die zugestellt werden müssen, aus Zeugenbefragungen bei Wilderei oder Grundstücksstreitigkeiten, aus der Verfolgung von Rasern und dem Einlochen von Betrunkenen. Ein Mord sorgt für Aufregung. Ohne daß es Rick bewußt gewesen wäre, arbeitete sein Verstand schneller, als wenn er an seinem überhäuften Schreibtisch saß; er konzentrierte sich und war voller Eifer. Ein ungerechter Tod war nötig, um ihn zum Leben zu erwecken.

«Los, Cooper.» Er drehte sich auf seinem Stuhl herum, indem er sich mit den Fußballen abstieß. «Her damit.»

«Womit?»

«Das wissen Sie doch ganz genau.» Er streckte die Hand aus.

Gereizt zog Cynthia ihre große Schreibtischschublade auf, nahm eine Schachtel Lucky Strikes ohne Filter heraus und knallte sie Rick in die Hand. «Sie könnten wenigstens Filterzigaretten rauchen.»

«Dann würde ich zwei Schachteln am Tag rauchen statt einer. Wo soll da der Unterschied sein? Und glauben Sie bloß nicht, ich wüßte nicht, daß Sie sich welche mopsen.»

So gesehen, konnte Cooper keinen Unterschied erkennen. Die Oberfläche ihres Schreibtisches glänzte, die Maserung des alten Eichenholzes verlieh dem Möbelstück Gediegenheit. Säuberliche Papierstapel mit Briefbeschwerern darauf kontrastierten mit Ricks Schreibtisch. Die Denkweisen der zwei kontrastierten ebenfalls. Cooper war logisch, ordentlich und zurückhaltend. Rick war intuitiv, unordentlich und so offen, wie es seine Stellung eben zuließ. Cooper mochte das Politische an dem Job. Er nicht. Da er gut zwanzig Jahre älter war als sie, war er stets der Sheriff und sie seine Assistentin. Wenn kein Unfall dazwischenkäme, konnte Cooper sich darauf freuen, irgendwann der erste weibliche Sheriff von Albemarle County zu werden. Rick hielt sich nicht für einen Feministen. Er hatte sie damals nicht haben wollen, aber mit den Jahren lernte er sie aufgrund ihrer Leistungen schätzen. Nach einer Weile vergaß er, daß sie eine Frau war, oder es spielte keine Rolle mehr. Er betrachtete sie als seine rechte Hand, und er fand es in Ordnung, eines Tages den Bezirk an sie zu übergeben; allerdings war er noch nicht soweit, sich zur Ruhe zu setzen. Dafür war er zu jung.

Die Zigarette beruhigte ihn. Die Telefone schrillten. Das

kleine Büro verfügte über eine Sekretärin und mehrere Teilzeitbeschäftigte. Die Dienststelle mußte dringend erweitert werden, aber bislang hatten die Bezirksoberen dem überarbeiteten Sheriff keine Gelder dazu bewilligt.

Gestern war ein Reporter des Lokalblatts erschienen, und Rick hatte sich geweigert, auf die grausigen Einzelheiten des Falls einzugehen. Seine zurückhaltenden Bemerkungen hatten dem Reporter fürs erste genügt, aber Rick wußte, daß er wiederkommen würde. Rick und Coop hofften, genug Antworten parat zu haben, um einer Panik oder dem Anrücken einer Schwadron von Reportern von anderen Zeitungen zuvorzukommen, ganz zu schweigen vom Fernsehen.

«Was sagen Sie nun zu diesem Fall, Boss?»

«Das Naheliegende. Das wichtigste für den Mörder war, daß sein Opfer nicht identifiziert werden kann. Keine Fingerabdrücke. Keine Kleidungsstücke am Rumpf. Kein Kopf. Wer immer der arme Kerl war, er wußte zuviel. Und wir würden auch zuviel wissen, wenn wir wüßten, wer er war.»

«Ich kann mir nicht erklären, warum der Mörder sich die Mühe gemacht hat, die Leiche zu zerstückeln. Eine Menge Arbeit. Dann mußte er oder sie sie einpacken, damit sie nicht alles vollblutete, und dann die Teile durch die Gegend transportieren, um sie abzuladen.»

«Vielleicht war es ein Bestattungsunternehmer oder jemand, der Erfahrung mit Toten hat. Vielleicht hat er die Leiche ausbluten lassen, bevor er sie zerlegte.»

«Oder ein Arzt», ergänzte Cynthia.

«Vielleicht sogar ein Tierarzt.»

«Aber nicht Fair Haristeen. Der Ärmste wurde schon bei Kelly Craycrofts Ermordung verdächtigt.»

«Ja, und nun ist er bei Boom Boom gelandet, oder etwa nicht?»

«Tja, der arme Kerl.» Cynthia brach in Lachen aus.

Rick lachte mit. «Das Weib wird ihn zum Wahnsinn treiben. Aber hübsch ist sie.»

«Das sagen die Männer immer.» Cynthia lächelte.

«Hm, ich begreife nicht, wie ihr Frauen für Mel Gibson schwärmen könnt. Was ist so besonders an ihm?» Rick drückte seine Zigarette aus.

«Wenn Sie das wüßten, hätten Sie und ich uns viel mehr zu sagen», stichelte Cynthia.

«Sehr witzig.» Er griff nach dem nächsten Sargnagel.

«Nicht, Sie haben doch gerade eine ausgemacht!»

«Tatsächlich?» Er nahm den Aschenbecher in die Hand und zählte die Kippen. «Scheint zu stimmen. Die hier qualmt noch.» Er zerdrückte sie noch einmal.

«Sie werden mal wieder von einer Ahnung geplagt. Ich weiß es doch. Nun spucken Sie's schon aus.»

Er hob eine Schulter und ließ sie sinken. Er kam sich ein bißchen komisch vor, wenn ihn diese Ahnungen befielen, denn er konnte sie weder erklären noch rechtfertigen. Männern wird beigebracht, zu untermauern, was sie sagen. Das war ihm in diesem Fall nicht möglich, aber im Laufe der Zeit hatte er gelernt, eigenartige Empfindungen oder seltsame Ideen nicht gleich zu verwerfen. Oft führten sie ihn zu brauchbaren Beweisen, brauchbaren Erkenntnissen.

«Na los, Boss. Ich merke es doch, wenn Sie Witterung aufnehmen», drängte Cynthia.

Er faltete die Hände auf seinem Schreibtisch. «Nur soviel. Daß die Leiche zerstückelt wurde, ergibt einen Sinn. Das gibt mir keine Rätsel auf. Die Regengüsse sind unserem Mörder in die Quere gekommen. Und die kleine Tucker. Sonst wäre die Chance nicht gering gewesen, daß die Beine und Hände nie gefunden worden wären. Aber das Bootshaus, das paßt nicht ins Bild.»

«Vielleicht hat er den Rumpf in den See geworfen, und als

er hochkam, hat er ihn mit einem Haken oder was rangezogen und ins Bootshaus gezerrt.» Cynthia hielt inne, um nachzudenken. «Aber dann hätten alle diese Person, ob männlich oder weiblich, gesehen, es sei denn, es war mitten in der Nacht, aber das Erscheinen einer Wasserleiche kann man nicht vorausplanen, oder?»

«Nee. Deswegen geht ja die Rechnung nicht auf. Das Stück Fleisch ist ins Bootshaus *gebracht* worden. Es gibt keine andere Erklärung.»

«Wenn der Mörder sich in der Gemeinde auskannte, hätte er von Mims Pontonboot am Dock gewußt. Ins Bootshaus geht fast keiner, außer wenn sie mal wieder eine Bootspartie plant. Es eignet sich zum Verstecken einer Leiche so gut wie jeder andere Ort.»

«Wirklich?»

Sie starrten sich an. Dann fragte Cynthia: «Ob der Kopf wohl auch noch auftauchen wird?»

«Halb hoffe ich es, halb nicht.» Er konnte der Versuchung nicht widerstehen. Er nahm sich eine Zigarette, zögerte aber mit dem Anzünden. «Erkundigen Sie sich mal, ob in New York was gegen Blair Bainbridge vorliegt.»

«Okay. Sonst noch jemand?»

«Alle anderen kennen wir. Oder glauben wir zu kennen.»

# 19

Die hauchdünne Eisdecke knackste, obwohl Mrs. Murphy vorsichtig auftrat. In der Nacht hatte es endlich zu regnen aufgehört, und sie war zeitig aufgestanden, um Feldmäuse zu jagen. Tucker, die sich in Harrys Bett auf die Seite gewälzt hatte, lag noch in tiefem Schlaf.

Obwohl das Unterfell der Katze schon dichter wurde, fröstelte sie in dem steifen Wind. Noch ein Monat, und ihr Fell würde sie besser gegen die Kälte schützen. Die Aussicht, in vollem Tempo hinter einem Kaninchen oder einer Maus herzuwetzen, begeisterte Mrs. Murphy. Was machte da schon das bißchen Kälte? Wenn sich eine Maus in ihr Loch verkroch, war die Jagd zu Ende, aber die Kaninchen rannten häufig quer durch Wiesen und Wälder. Gelegentlich erwischte sie ein Kaninchen, öfter aber eine Maus. Sie schlich sich seitlich heran und packte sie an der Kehle, wenn sie konnte. Wenn nicht, ließ sie sie fallen und drehte sie herum. Mrs. Murphy erledigte ihre Beute blitzschnell; sie hielt nichts von der Quälerei, das Opfer zu beuteln, bis es zerfetzt und blöde war vom vielen Herumwerfen. Ein blitzschnell gebrochenes Genick, und im Bruchteil einer Sekunde war es vorbei. Meistens brachte sie die Beute zu Harry.

Durch den Frost hielten sich die Gerüche. Trotzdem war es kein guter Tag zum Jagen. Einmal knurrte sie, als sie eine Rotfüchsin witterte. Mrs. Murphy und Füchse wetteiferten um dasselbe Futter, deswegen konnte Mrs. Murphy ihre Rivalin nicht leiden. Außerdem war vor Jahren, als sie noch ein kleines Kätzchen war, ein Fuchs in den Hühnerstall eingedrungen und hatte sämtliche Hühner getötet. Die Federn waren umhergewirbelt wie Schneeflocken, und das Bild der traurigen Leichen von zehn Hennen und einem Hahn war ihr im Gedächtnis geblieben. Sie hätte den Räuber nicht abwehren können, weil sie noch so klein war, aber Harrys Entsetzen über den Anblick war Mrs. Murphy an die Nieren gegangen. Danach hielt Harry keine Hühner mehr, was bedauerlich war, denn als kleines Kätzchen hatte Mrs. Murphy es geliebt, sich flach ins Gras zu legen und die gelben Küken zu beobachten, die piepsend umherliefen.

Wenn Tucker sich nicht so anstellen würde, könnte Harry sich einen großen Hund anschaffen, einen, der im Freien lebte, um Füchse und die verteufelten Waschbären zu verjagen. Ein junger Hund aus dem Tierheim, einer mit großen Pfoten, der hier aufwachsen würde, das wäre genau das richtige. Aber wann immer Mrs. Murphy das nur erwähnte, bekam Tucker einen Tobsuchtsanfall.

*«Würdest du eine zweite Katze dulden?»* kreischte sie dann.

*«Wenn wir einen Mäuseüberschuß hätten, würde mir wohl nichts anderes übrigbleiben»*, gab Mrs. Murphy gewöhnlich zur Antwort.

Tucker behauptete, mit einem Fuchs könnte sie wohl fertig werden. Das war eine glatte Lüge. Sie konnte es nicht. Wenn ein Fuchs sich verkroch, konnte sie ihn womöglich ausgraben, aber was würde sie dann mit ihm machen? Tucker war nicht gut im Töten. Corgis waren tapfere Hunde – Mrs. Murphy hatte dafür genügend Beweise gesehen –, aber zumindest Tucker war kein Jägertyp. Corgis, zum Viehhüten gezüchtet, waren kurzbeinig, so daß sie sich, wenn eine Kuh austrat, schnell wegducken konnten. Zäh, behende und gewöhnt an Tiere, die viel größer waren als sie selbst, konnten Corgis mit fast allen großen Haustieren arbeiten. Aber der Jagdtrieb lag ihnen nicht im Blut, weswegen Mrs. Murphy gewöhnlich allein auf Beutezug ging.

Ein tiefes, sanftes Miauen in der Nähe erregte Mrs. Mur-

phys Aufmerksamkeit. Sie verkrampfte und entspannte sich dann, als ihr ungeheuer gutaussehender Exmann aus dem Wald geschlichen kam. Paddy trug wie immer seinen schwarzen Frack; seine weiße Hemdbrust war makellos, aber die weißen Gamaschen waren schmutzig. Seine herrlichen Augen funkelten, und in unverhohlener Freude darüber, seine Exfrau zu sehen, machte er einen Luftsprung.

«*Auf der Jagd, Süße? Komm, wir tun uns zusammen.*»

«*Danke, Paddy, ich kann das besser allein.*»

Er setzte sich und schlug mit dem Schwanz. «*Das sagst du immer. Weißt du, Murph, du bleibst nicht ewig jung und schön.*»

«*Du auch nicht*», antwortete sie schnippisch. «*Treibst du dich noch mit der silbergrauen Schlampe herum?*»

«*Ach die? Die hat mich genervt.*» Paddy sprach von einer seiner zahlreichen Liebschaften. Bei dieser handelte es sich um eine silbergraue Langhaarkatze von außerordentlicher Schönheit. «*Ich kann es nicht ausstehen, wenn sie jeden Augenblick wissen wollen, wo du gewesen bist und was du denkst. Ich mach jetzt mal Pause.*» Seine rosa Zunge unterstrich die Wirkung seiner weißen Reißzähne. «*Du hast das nie getan.*»

«*Ich hatte selbst zuviel zu tun, um mich auch noch darum zu scheren, was du gemacht hast.*» Sie wechselte das Thema. «*Hast du was erwischt?*»

«*Die Jagd läuft nicht gut. Lassen wir sie noch ein bißchen hungriger werden, dann fangen wir uns ein paar. Die Feldmäuse sind zur Zeit dick und zufrieden.*»

«*Wo kommst du jetzt her?*»

«*Yellow Mountain. Ich bin mitten in der Nacht weg von zu Hause. Ich hab ja das Türchen – ich verstehe nicht, warum Harry dir nicht so eins einbaut. Also, eigentlich wollte ich zum ersten Eisenbahntunnel, aber der war mir zu weit, und die Jagdaussichten waren sowieso trübe, da bin ich lieber den Berg raufgezockelt.*»

«*Und da war auch nicht viel zu holen?*»

«Nein», erwiderte er.

«Paddy, hast du von den Leichenteilen auf dem Friedhof gehört?»

«Na und, was soll's? Die Menschen bringen sich gegenseitig um, und dann tun sie so, als ob sie es schrecklich fänden. Wenn es so schrecklich ist, warum tun sie's dann so oft?»

«Keine Ahnung.»

«Und überleg doch mal, Murphy. Wenn der neue Mensch zu Hause ist, warum schleppt der Mörder dann die Leichenteile seine Zufahrt rauf? Zu riskant.»

«Vielleicht wußte er nicht, daß der Mann eingezogen war.»

«In Crozet? Wenn du niest, sagt dein Nachbar ‹Gesundheit›. Ich glaube, er oder sie hat irgendwo im Umkreis von etwa einem Kilometer geparkt – zwei Beine und zwei Hände sind nicht so schwer zu tragen. Ist von der Yellow Mountain Road gekommen, in den alten Forstweg eingebogen und durch den Wald und über die Weide zum Friedhof gegangen. Ihr hättet die Person von eurem Grundstück aus nicht sehen können, außer von der Westweide. Ihr seid aber meistens bei Sonnenuntergang nicht mehr auf der Westweide, weil die Pferde schon in ihre Boxen gebracht wurden. Dieser Neue, der war ein Risiko, aber der Friedhof ist weit genug vom Haus entfernt, so daß er dort zwar jemanden hätte sehen können, aber ich bezweifle, daß er etwas hören konnte. Natürlich kann es auch sein, daß es der Neue selber war.»

Mrs. Murphy klopfte auf ein totes Blatt. «Da ist was dran, Paddy.»

«Du mußt wissen, Menschen töten nur aus zwei Gründen.»

«Und die wären?»

«Liebe oder Geld.» Seine weißen Schnurrhaare zitterten vor Übermut. Beide Gründe schienen Paddy absurd.

«Drogen.»

«Das hängt wiederum mit Geld zusammen», klärte Paddy sie auf. «Egal, worum's bei diesem Fall geht, am Ende läuft es auf

*Liebe oder Geld hinaus. Harry ist nicht in Gefahr, mit ihr hat es nichts zu tun. Du machst dir immer so viele Sorgen um Harry. Dabei ist sie doch ziemlich robust.»*

*«Du hast recht. Ich wünschte bloß, ihre Sinne wären schärfer. Ihr entgeht zuviel. Manchmal dauert es zehn oder zwanzig Sekunden, bis sie etwas hört, und auch dann kann sie das Knirschen der verschiedenen Reifen nicht unterscheiden. Aber die unterschiedlichen Motorengeräusche erkennt sie. Sie hat ziemlich gute Augen, aber stell dir vor, sie kann aus fünfhundert Meter Entfernung keine Feldmaus erkennen. Auch wenn ihre Augen bei Tag besser sind, sie kriegt einfach die Bewegung nicht mit. Hören ist so leicht, man muß einfach lauschen und die Augen folgen lassen. Nachts sieht sie natürlich nicht so gut, und kein Mensch kann auch nur die kleinste Kleinigkeit wittern. Ich weiß einfach nicht, wie sie mit so schwachen Sinnen funktionieren kann, und das macht mir Sorgen.»*

*«Wenn sich ein Tiger an Harry heranpirschen würde, dann würde ich mir Sorgen machen. Da die Sinne bei einem Menschen so schlecht sind wie beim anderen, sind sie alle gleich. Und da sie einander anscheinend selbst die ärgsten Feinde sind, sind sie bestens gerüstet, sich gegenseitig zu bekämpfen. Ansonsten hat Harry dich und Tucker, und ihr könnt ihr auf die Sprünge helfen, wenn sie zuhört.»*

*«Auf mich hört sie – meistens. Sie kann aber auch sehr stur sein. Selektives Hörvermögen.»*

*«So sind sie alle.»* Paddy nickte ernsthaft. *«Hey, wollen wir über die vordere Weide rennen, auf den Walnußbaum am Bach klettern, den großen Ast entlanglaufen und auf der anderen Seite runterspringen? Wir können im Nu an eurer Hintertür sein. Wetten, ich bin erster.»*

*«Also los!»*

Sie rasten wie die Verrückten und kamen an die hintere Verandatür. Harry, die Kaffeetasse in der Hand und noch verschlafen, machte auf. Die beiden stürmten in die Küche.

«Auf Katzentour?» Lächelnd kraulte sie Mrs. Murphys Kopf. Und Paddys auch.

## 20

Eine klirrende Nacht mit hellen Sternen wie Diamantensplitter lieferte den perfekten Rahmen für Halloween. Jedes Jahr wurde in der Crozet High School, kurz CHS genannt, die Ernteausstellung veranstaltet. Bevor die Schule 1892 erbaut wurde, fand die Ausstellung auf einer Wiese gegenüber dem Bahnhof statt. Die Schule war ein prunkvolles Musterbeispiel für die viktorianische Architektur. Man konnte sie nur lieben oder hassen. Da fast alle, die den Ernteball besuchten, auf der CHS ihren Abschluß gemacht hatten, liebten sie sie.

Nicht so Mim Sanburne, die Madeira-Absolventin war, und auch nicht Little Marilyn, die in die Pfennigabsatzstapfen ihrer Mutter getreten war. Nein, die CHS hatte den Beigeschmack des Vulgären, Pöbelhaften, der Massenanstalt. Jim Sanburne, der Bürgermeister von Crozet, hatte 1939 auf der CHS seinen Abschluß gemacht. Er schritt gemessen zwischen den Tischreihen auf und ab, die auf dem Footballfeld aufgestellt waren. Die Tische waren beladen mit Mais, Speisekürbissen, Kartoffeln, Weizengarben und riesengroßen Zierkürbissen.

Der Bürgermeister von Crozet und sein Schwiegersohn hatten am Morgen die Wettbewerbsmeldungen in Listen eingetragen. Um Unparteilichkeit zu gewährleisten, trug Fitz alle Meldungen von Bodenerzeugnissen ein. Da sein Schwiegervater diese Kategorie zu beurteilen hatte, war es ratsam, daß er die Produkte nicht vorzeitig zu sehen bekam.

Die handwerklichen Erzeugnisse waren in den Schulfluren ausgestellt. Mrs. Hogendobber machte ein, zwei Schritte, blieb stehen, begutachtete, rieb sich das Kinn, setzte ihre Brille ab und wieder auf und sagte: «Hmmm.» Diesen Vorgang wiederholte sie vor jedem Ausstellungsstück. Miranda führte die Beurteilung der Handwerkskunst in ungeahnte Höhen der Seriosität.

Die Turnhalle, als Hexenhöhle dekoriert, war nach der Preisverleihung der Treffpunkt für alle. Der Tanz lockte selbst Lahme und Gebrechliche. Alles, was atmete, ließ sich sehen. Rick Shaw und Cynthia Cooper saßen in der Turnhalle und beurteilten Kostüme. Kinder tollten als Ninja Turtles, Engel, Teufel und Cowboys herum, und ein kleines Mädchen, dessen Eltern auf ihrem Hof Milchwirtschaft betrieben, war als Milchkarton gekommen. Die Teenager, ebenfalls kostümiert, zogen es vor, unter sich zu bleiben; aber da die Dekoration für den Ernteball den Schülern der CHS zufiel, heimsten sie Ehre ein. Jede Abschlußklasse hatte den Ehrgeiz, die vorjährige zu übertreffen. Die Klassen der Unter- und Mittelstufe wurden verpflichtet, ebenfalls mitzuhelfen, und am Halloweentag fiel der Unterricht aus, damit sie die Dekorationen anbringen konnten.

Während Harry, Susan und Blair an den Ausstellungsstücken vorbeischlenderten, bewunderten sie die kleinen fliegenden Hexen über ihnen. Die Elektronikfreaks der Schule hatten komplizierte Drahtsysteme konstruiert, mit deren Hilfe die Hexen per Fernbedienung gesteuert wurden. Auch Gespenster und Kobolde flogen umher. Die Aufregung steigerte sich; denn wenn dies der Auftakt war, wie würde dann erst der Tanz sein? Der bildete jedesmal den Höhepunkt.

Harry und Susan, deren Klasse 1976 den Ernteball gestaltet hatte, gestanden wehmütig ein, daß dies die besten Dekorationen waren, die sie seit damals gesehen hatten. Mit Kreppapier gaben sich diese Jugendlichen nicht zufrieden. Die Farben Orange und Schwarz schlängelten sich in streng-sinnlicher Art-déco-Manier über die Wände und die im Freien stehenden Tische. Susan nahm voller Stolz die Glückwünsche der anderen Eltern entgegen. Ihr Sohn Danny vertrat die Mittelstufe im Dekorationsausschuß, und die fliegenden Dämonen waren seine Idee gewesen. Er war entschlossen, seine Mutter auszustechen, und war schon auf dem besten Wege, Sprecher der Oberstufe zu werden. Seine jüngere Schwester hatte sich ebenfalls nützlich gemacht. Brookie überlegte sich jetzt schon, was in zwei Jahren sein würde, wenn sie ihre Klasse auf dem Ernteball repräsentierte. Würde sie dies hier übertreffen können? Susan und Ned hatten ihre Kinder für ein paar Jahre auf eine Privatschule in Charlottesville geschickt, mit dem Ergebnis, daß beide sich zu fürchterlichen Snobs entwickelt hatten. Kurz entschlossen hatten sie die Kinder wieder von der Privatschule genommen, worüber am Ende alle erleichtert waren.

Blair betrachtete das alles verwundert und amüsiert. Diese jungen Leute bewiesen Elan und Gemeinschaftsgeist, woran es in seiner Internatsschule gefehlt hatte. Er beneidete die Schüler beinahe, obwohl er eine hervorragende Ausbildung und makellose gesellschaftliche Kontakte genossen hatte.

Boom Boom und Fair bildeten die Jury beim Viehwettbewerb. Harry stellte Boom Boom und Blair förmlich vor. Boom Boom warf einen einzigen Blick auf diesen Apollo und sog hörbar die Luft ein. Fair, von einem prachtvollen Holstein-Kalb entzückt, zog es vor, Boom Booms Reaktion nicht zu beachten. Boom Boom, die viel zu intelligent war, um offen zu flirten, ließ einfach ihre Ausstrahlung wirken.

Als sie weitergingen, bemerkte Susan: «Den Boom-Boom-Streif hat sie Ihnen erspart.»

«Was ist das?»

«Auf der High School – auf diesem Grund und Boden, stellen Sie sich vor – ist Boom Boom immer an den Jungs vorbeigeschlichen und hat sie sachte mit ihren Torpedos gestreift. Die Jungs sind natürlich vor Verlegenheit und Wonne fast gestorben.»

«Ja.» Harry lachte. «Und dann hat sie gesagt: ‹Verfluchte Torpedos und volle Kraft voraus.› Boom Boom kann sehr komisch sein, wenn sie es sich in den Kopf setzt. Oder in die Titten.»

«Sie haben mir noch nicht erzählt, was für ein Thema Sie hatten, als Sie beide den Ernteball gestaltet haben.» Blair zeigte wenig Interesse für Boom Boom, aber sehr viel für Harry und Susan, was beide mächtig freute.

Susan senkte die Stimme. «Der Hund von Baskerville.»

Harrys Augen leuchteten auf. «Man würde es nicht für möglich halten. Ich meine, wir haben an dem Tag mit der Arbeit begonnen, als die Schule anfing. Die Sprecher und Stellvertreter werden am Ende der Mittelstufe gewählt. Wirklich eine Bombensache –»

Susan unterbrach sie. «Ist das zu fassen? Wir erinnern uns noch an alles. Tschuldigung, Harry.»

«Schon gut. Also, Susan hat das Thema vorgeschlagen, und wir haben die Schule wie eine viktorianische Villa dekoriert. Samtvorhänge, alte Sofas – ich schwöre, wir haben sämtliche Trödelläden weit und breit abgegrast. Den Rest haben uns die Eltern geliehen. Wir hatten rollenweise altes Wurstpapier – von Market Shiflett gespendet –, und die Kunstschüler haben daraus Steine gestaltet, mit denen haben wir dann draußen Mauerimitationen gebaut.»

«Vergiß die Beleuchtung nicht.»

«Ach ja, im ersten Stock, wo die Fenster dunkel waren, ging ein Junge von Zimmer zu Zimmer und schwenkte eine Laterne. Das hat die Kinder mordsmäßig erschreckt, wenn sie hochsahen. Er hatte sich auch das Gesicht angemalt. Mr. MacGregor hat uns sogar –»

«Mein Mr. MacGregor?» fragte Blair.

«Genau der», sagte Susan.

«Er hat uns sogar seinen Bluthund geliehen, Karl den Ersten, der ein unheimliches Klagegeheul von sich gab.»

«Wir sind mit ihm in den leeren Fluren auf und ab gegangen und baten ihn zu heulen, und er hat's getan, der brave Hund. Wir haben den Kleinen wirklich eine Heidenangst eingejagt; wir sind mit ihm in den ersten Stock gegangen, haben ein Fenster aufgemacht, und sein durchdringendes Geheul drang durch die Nacht.» Susan schauderte vor Wonne.

«Die Schüler der Abschlußklasse hatten sich als historische Figuren verkleidet. Herrgott, war das ein Spaß!»

Sie waren unterdessen nach draußen gegangen. Reverend Herbie Jones und Carol winkten von den Weizengarben herüber. Einige Leute sagten, daß sie Harry auf Tomahawk dieses Jahr vermissen würden. Der Lokalreporter strich umher. Alle waren gut gelaunt. Natürlich sprachen die Leute über die grauenhaften Funde, aber da niemand persönlich betroffen war – das Opfer war keiner, den sie kannten –, wandte man sich bald delikaten persönlichen Klatschgeschichten zu. Mim, Little Marilyn und Fitz-Gilbert stolzierten umher. Mim quittierte jedermanns Mitgefühl mit einem Nicken und bat dann, die Sache nicht mehr zu erwähnen. Ihre Nerven seien wundgescheuert, sagte sie.

Eine treue Seele fehlte dieses Jahr: Fats Domino, die Riesenkatze, die in den vergangenen fünfzehn Jahren immer die Halloweenkatze gespielt hatte. Fats war an Altersschwäche eingegangen, und Pewter mußte einspringen. Ihr dunkelgraues Fell konnte nachts fast als schwarz gelten, und sie hatte nicht einen einzigen weißen Fleck. Sie tappte frohgemut über die Tische; hier und da blieb sie stehen, um sich von ihren Bewunderern streicheln zu lassen.

Pewter sonnte sich im Rampenlicht. Je mehr Beachtung ihr zuteil wurde, desto lauter schnurrte sie. Viele Leute machten Schnappschüsse von ihr, und sie setzte sich bereitwillig in Pose. Auch der Zeitungsfotograf machte ein paar Aufnahmen. Schön, die verflixte Tucker hatte einmal in der Zeitung gestanden, damals, als der letzte Mord in Crozet geschah, aber Pewter wußte, sie würde in Farbe auf der Titelseite erscheinen, denn das Erntefest kam immer auf die Titelseite. Auch konnte sie sich ihre diebische Freude darüber nicht verkneifen, daß Mrs. Murphy und Tucker zu Hause bleiben mußten, während sie der Star der Veranstaltung war.

Die Handwerks- und Viehpreise waren verliehen worden, und jetzt wurden die Erntepreise bekanntgegeben. Miranda stellte sich flugs hinter ihren Kürbis. Das gigantische Kürbisgewächs neben dem ihren war unbestreitbar größer, aber Miranda hoffte, die unvollkommene Form des Konkurrenten würde Jim Sanburne veranlassen, zu ihren Gunsten zu entscheiden. Bei dem großen Gewühl und dem vielen Geplauder bemerkte sie nicht, daß Pewter sich den Kürbissen näherte. Mrs. Hogendobber sah keinen Anlaß, sich in diesem Augenblick der Katze zuzuwenden.

Mim, Little Marilyn und Fitz-Gilbert traten beiseite. Mim bemerkte Harry und Blair.

«Ich weiß, dieser Bainbridge war in Yale und St. Paul's, aber eigentlich wissen wir nicht, wer er ist. Harry sollte sich lieber vorsehen.»

«Du hattest nie was gegen Fair, als die beiden verheiratet waren, und er ist kein Börsenmakler.» Little Marilyn traf lediglich eine Feststellung, sie wollte keinen Streit vom Zaun brechen.

«Damals», fauchte Mim sie an, «war ich froh, daß Harry überhaupt geheiratet hat. Ich hatte schon befürchtet, sie würde enden wie Mildred Yost.»

Mildred Yost, ein hübsches Mädchen, das in Madeira in Mims Klasse ging, hatte so lange ihre vielen Verehrer zurückgewiesen, bis sie schließlich ausblieben. Nun führte sie ein Leben als alte Jungfer, ein Zustand, den Mim beängstigend fand. Alleinstehende Frauen brachten es nun mal nicht bis an die Spitze der Gesellschaft. Wenn eine Frau schon ohne Mann sein mußte, dann höchstens als Witwe.

«Mutter» – Fitz-Gilbert sagte «Mutter» zu Mim –, «Harry legt keinen Wert darauf, an die Spitze der Gesellschaft aufzusteigen.»

«Ob sie Wert darauf legt oder nicht, sie sollte keinen Mann von niederem Stand heiraten... ich meine, wenn sie erst die Voraussetzungen geschaffen hat, um heiraten zu *können*.»

Mim plapperte weiter in diesem Stil, lauter sinnloses Zeug. Fitz-Gilbert hörte sie verächtlich sagen, eine geschiedene Frau bewege sich am Rande der Verruchtheit. Warum interessierte sich Mim so sehr dafür, mit wem Harry zusammen war? fragte er sich. Aus keinem anderen Grund, als daß sie der Meinung war, ohne ihre ausdrückliche Zustimmung dürfe in Crozet nichts geschehen. Wie üblich waren Mims Äußerungen nicht von Wohlwollen geprägt. Sie beschwerte sich sogar, die kleinen Hexen, Gespenster und Kobolde über ihr surrten so stark, daß sie davon Kopfweh bekäme. Durch die Erschütterung über die jüngsten Ereignisse war sie noch mürrischer als gewöhnlich. Fitz kümmerte sich nicht weiter um sie.

Danny Tucker, als Hercule Poirot verkleidet, stellte sich

fix neben Mrs. Hogendobber. Er war der Besitzer des gigantischen Kürbisses.

«Danny, warum hast du mir nichts davon gesagt, daß du dieses... Gewächs gezogen hast?»

«Mom wollte nicht, daß Sie sich aufregen. Wir wissen doch alle, daß Sie das blaue Band wollen.»

Pewter ließ sich zwischen den zwei riesigen orangegelben Kürbissen nieder, die in die Endrunde gekommen waren. Mrs. Hogendobber, die sich mit Danny unterhielt, hatte die Katze immer noch nicht bemerkt. Pewter war beleidigt.

Jim hob Mirandas Kürbis hoch und setzte ihn schnell wieder ab. «Diese Scheißdinger werden von Jahr zu Jahr schwerer.» Miranda warf ihm einen Blick zu. «Verzeihung, Miranda.»

Pewter witterte Kürbispampe, als sei das Innere ausgekratzt worden, um Kürbispastete zu machen. Sie beschnupperte Mirandas Kürbis.

«Seht ihr, die Katze mag meinen Kürbis.» Miranda lächelte in die Menge.

«*Ich mag überhaupt keine Kürbisse*», erwiderte Pewter.

«Den hier soll ich hochheben? Der ist so groß, daß ich glatt umfallen könnte.» Jim lächelte, aber dann nahm er Dannys Kürbis doch zwischen seine großen Hände. Der gigantische Kürbis war viel schwerer als der andere, merkwürdig schwer. Er stellte ihn wieder hin. Verwundert hob er ihn noch einmal auf.

Pewter, die ihre Neugierde einfach nie zügeln konnte, inspizierte die Rückseite des Kürbisses. Ein äußerst exakter, sehr großer Kreis war herausgeschnitten und dann wieder eingeklebt worden. Wenn man nicht danach suchte, war die Pfuscherei leicht zu übersehen.

«*Guckt mal*», sagte sie eindringlich.

Danny Tucker war der einzige Mensch, der auf sie hörte.

Er hob seinen Kürbis hoch. «Bürgermeister Sanburne, ich weiß, mein Kürbis ist schwer, aber nicht so schwer. Da stimmt was nicht.»

«Das ist dein Kürbis», erklärte Miranda.

«Ja, aber er ist zu schwer.» Danny hob ihn wieder auf.

Pewter schlug auf die Hinterseite der orangegelben Kugel. Das führte Dannys Augen, die viel schärfer waren als Jims oder Mirandas, zu der geflickten Stelle.

«Jim, wir warten. Wir wollen einen Sieger», rief Mim ungeduldig.

«Ja, meine Liebe, Momentchen noch.» Die Menge lachte.

Danny stieß an den Kreis. Der Kreis wackelte. Danny zog ein Taschenmesser aus seiner Jacke und fuhr damit an der Schnittlinie entlang. Der Klebstoff löste sich leicht, und Danny stemmte den großen Kreis heraus. «Oh, mein Gott!» Danny sah einen Hinterkopf. Er dachte, ein Freund habe ihm einen Streich gespielt. Er packte den Kopf an den Haaren und zog ihn heraus. Süßlicher Gestank wehte ihn an. Das war kein Streich, kein Gummi- oder Plastikkopf. Da Danny nicht recht wußte, was er tun sollte, hielt er den Kopf von sich weg, so daß die Menge das abscheuliche Ding deutlich sehen konnte. Was von den Augen übrig war, starrte die Leute an.

Als Danny nun merkte, was er in der Hand hielt, ließ er den Kopf fallen. Mit einem ekelhaften Platschen plumpste er auf den Tisch.

Pewter sprang fort. Sie lief zu den Speisekürbissen. Wenn das hier zu den Pflichten einer Halloweenkatze gehörte, dann trat sie von ihrem Amt zurück.

Die Leute kreischten. Wie im Reflex überreichte Jim Sanburne Miranda das Band.

«Ich will es nicht!» schrie Miranda.

Boom Boom Craycroft fiel in eine tiefe Ohnmacht. Der

nächste Plumps, der zu hören war, war Blair Bainbridge, der auf die Erde sank.

Dann kreischte Little Marilyn: «Das Gesicht hab ich schon mal gesehen!»

## 21

Therapeuten aus den Nachbarorten stellten sich zur Verfügung, um den Schülern der CHS über das Trauma des Gesehenen hinwegzuhelfen.

Rick fragte sich, ob sie ihm vielleicht ebenfalls helfen könnten. Auch ihn hatte es beim Anblick des verwesenden Kopfes gegraust, aber nicht so sehr, daß er Alpträume hatte. Als er und Cynthia Cooper den Kopf abholten, hatten sie als erstes mit zugehaltener Nase den offenen Mund untersucht. Nicht ein Zahn war in dem Kopf verblieben. Eine Identifizierung anhand von Zahnarztkarteien fiel flach.

Cynthia führte Little Marilyn fort von dem Anblick und bat sie, ihre Aussage zu präzisieren.

«Ich kenne ihn nicht, aber ich glaube, das ist der Landstreicher, der hier herumschlich, es ist vielleicht zehn Tage her. An das genaue Datum kann ich mich nicht erinnern. Er kam am Postamt vorbei, und ich ging ans Fenster und habe ihn genau gesehen. Das ist alles, was ich Ihnen sagen kann.» Sie zitterte.

Cynthia klopfte Little Marilyn auf den Rücken. «Danke. Sie haben hiervon mehr als genug mitgekriegt.»

Fitz-Gilbert legte seine Arme um sie. «Komm, mein Herz, wir gehen nach Hause.»

«Was ist mit Mutter?»

«Dein Vater kümmert sich um sie.»

Gehorsam ließ sich Little Marilyn von Fitz zu ihrem Range Rover führen.

Cynthia schob ihr Notizbuch wieder in die Tasche. Rick sprach mit anderen Beobachtern, und der Pressefotograf machte ein paar Aufnahmen.

Cynthia nahm von Harry, Susan, Herb, Carol und Market Aussagen auf, einfach von allen, die sie finden konnte. Sie hätte sogar Pewter befragt, wenn es möglich gewesen wäre. Market hielt die Katze auf dem Arm, beide waren dankbar für die beruhigende Wärme des anderen.

Cabell Hall, der seiner Frau die Hand hielt, machte Cynthia den Vorschlag, sie und Rick könnten vielleicht die Videotheken bewegen, ihre gruseligsten Horrorfilme zurückzuhalten, bis sich die Aufregung gelegt habe.

«Mr. Hall, dazu bin ich nicht befugt, aber Sie als prominenter Bürger könnten das veranlassen, oder Ihre Frau. Auf Sie hören die Leute.»

«Dann mach ich's», versprach Taxi Hall.

Cynthia brauchte über eine Stunde, um alle Leute vom Schauplatz zu entfernen. Endlich hatten Cynthia und Rick einen Moment für sich.

«Schlimmer, als ich dachte.» Rick schlug sich nervös auf die Schenkel.

«Tja, ich hatte gedacht, daß wir den Kopf irgendwo im Wald finden würden, wenn überhaupt. Daß irgendwer irgendwie darüber stolpern würde.»

«Wissen Sie, womit wir es hier zu tun haben, Coop?» Rick atmete die kühle Nachtluft ein. «Wir haben es mit einem Mörder zu tun, der einen ziemlich kranken Humor hat.»

## 22

**F**euerschein wirft Schatten an die Wände, die man je nach Stimmung als freundliche Gestalten oder als mißgebildete Ungeheuer empfindet. Susan, Harry und Blair saßen an Harrys Kamin. Die besten Freundinnen hatten entschieden, daß Blair ein bißchen Gesellschaft brauchte, bevor er in sein leeres Haus zurückkehrte.

Das Erntefest hatte alle aus der Fassung gebracht, und als Harry ihre Haustür aufmachte, wartete eine weitere Überraschung auf sie. Aus Wut, weil sie zu Hause bleiben mußte, hatte Tucker Harrys Lieblingspantoffeln zerfetzt. Mrs. Murphy hatte ihr davon abgeraten, aber wenn Tucker wütend war, war sie nicht zur Raison zu bringen. Zur Strafe wurde der Hund in der Küche eingesperrt, während die Erwachsenen sich im Wohnzimmer unterhielten. Zu allem Unglück durfte Mrs. Murphy mit ins Wohnzimmer. Tucker legte den Kopf zwischen die Pfoten und jaulte.

«Komm schon, Harry, laß sie rein», bat Susan.

«Du hast leicht reden – es waren ja nicht deine Pantoffeln.»

«Du hättest Tucker lieber mitnehmen sollen. Sie findet mehr Hinweise als alle anderen.» Susan warf einen Blick auf die wachsame Mrs. Murphy, die auf Harrys Sessel hockte. «Mrs. Murphy natürlich auch.»

Harry besann sich auf ihre Pflichten als Gastgeberin. «Hat jemand Hunger?»

«Nein.» Blair schüttelte den Kopf.

«Ich auch nicht», erklärte Susan. «Sie Ärmster.» Sie deutete auf Blair. «Sie ziehen hierher, um Frieden und Ruhe zu finden, und alles dreht sich um einen Mord.»

Die Muskeln in Blairs hübschem Gesicht strafften sich.

«Der menschlichen Natur kann man nicht entfliehen. Erinnern Sie sich an die Männer von der Bounty, die auf der Insel Pitcairn ausgesetzt wurden?»

«Ich erinnere mich an den wunderbaren Film mit Charles Laughton als Captain Bligh», sagte Susan.

«Im wirklichen Leben haben sich die Engländer, die damals im Paradies strandeten, bald ihre eigene Variante der Hölle geschaffen. Das Übel war in ihnen. Die Eingeborenen – es waren hauptsächlich Frauen, weil die Weißen die Männer getötet hatten – schlitzten den Engländern mitten in der Nacht, als sie schliefen, die Kehlen auf. Das glauben jedenfalls die Historiker. Kein Mensch weiß, wie die Meuterer wirklich starben, man weiß nur, daß Jahre später, als ein europäisches Schiff vorbeikam, die ‹zivilisierten› Männer verschwunden waren.»

«Wollen Sie damit andeuten, daß Crozet eine kleinere Ausgabe von Manhattan ist?» Harry beugte sich vor und stocherte mit dem Kaminbesteck aus Messing, das sie von ihren Eltern geerbt hatte, im Feuer.

«Big Marilyn als Brooke Astor.» Dann fügte Susan hinzu: «Brooke Astor ist wirklich eine große Dame. Mim tut nur so.»

«Alles in allem geht es in Crozet friedlicher zu als in Manhattan, aber unsere Fehler zeigen sich, wo immer wir auch sein mögen – in kleinerem Maßstab. Leidenschaften sind Leidenschaften, egal, in welchem Jahrhundert und an welchem Ort.» Blair starrte ins Feuer.

«Stimmt.» Harry kuschelte sich wieder in ihren Sessel. «Hat Little Marylin nicht gesagt, sie hätte das Gesicht wiedererkannt?» Bei der Erinnerung an den Kopf wurde Harry schlecht.

«Ein Landstreicher, den sie an den Gleisen entlanggehen sah, als sie im Postamt war.» Blair fügte hinzu: «Ich kann mich auch dunkel an ihn erinnern. Er hatte alte Jeans an und eine Baseballjacke. Ich hab nicht weiter auf ihn geachtet. Haben Sie ihn gesehen?»

Harry nickte. «Die METS-Jacke ist mir aufgefallen. Das ist aber auch schon alles. Na ja, auch wenn die Leichenteile zu dem Kerl gehören, wissen wir immer noch nicht, wer er ist.»

«Ein Student an der Uni von Virginia?»

«Gott, Susan, das will ich nicht hoffen.» Harry gestattete Mrs. Murphy, sich auf ihrem Schoß niederzulassen.

«Zu alt.» Blair faltete die Hände.

«Ist ein bißchen schwer zu schätzen.» Auch Susan hatte den grausigen Anblick vor Augen.

«Meine Damen, ich denke, ich geh nach Hause. Ich bin fix und fertig, und es ist mir peinlich, daß ich in Ohnmacht gefallen bin. Die Sache hat mich ziemlich mitgenommen.»

Harry begleitete ihn zur Tür und sagte ihm gute Nacht. Als sie zu Susan zurückkam, hatte Mrs. Murphy den Sessel mit Beschlag belegt. Sie hob die protestierende Katze hoch und setzte sich wieder hin.

«Blair war heute abend reserviert», bemerkte Susan. «Muß ein schöner Schock für ihn gewesen sein. Er hat kein einziges Möbelstück im Haus, er kennt keinen von uns, und dann werden auf seinem Grund und Boden Leichenteile gefunden. Und jetzt das. Aus der Traum vom idyllischen Landleben.»

«Das einzig Gute heute abend war der Anblick, wie Boom Boom ohnmächtig wurde.»

«Du bist gemein», sagte Susan lachend.

«Du mußt zugeben, es war komisch.»

«Ein bißchen. Fair hatte das Vergnügen, sie wiederzubeleben, in ihrer voluminösen Handtasche nach Beruhigungspillen zu wühlen und sie dann nach Hause zu bringen. Wenn sie zu zickig wird, könnte er ihr eine Ace-Spritze verpassen.»

Der Gedanke, daß Boom Boom mit einem Pferde-Tranquilizer ruhiggestellt würde, amüsierte Susan. «Ich würde sagen, Boom Boom ist nicht leicht zu halten», sagte sie. Dieser Pferdeausdruck war durchaus angemessen, denn Boom Boom war alles andere als leicht zu halten.

«Wir müssen jetzt wohl über irgendwas lachen. Die ganze Sache ist so makaber, was bleibt uns sonst übrig?» Harry kraulte Mrs. Murphy hinter den Ohren.

«Ich weiß nicht.»

«Hast du Angst?»

«Und du?»

«Ich hab dich zuerst gefragt.»

«Nicht um mich», antwortete Susan.

«Ich auch nicht, weil ich nicht glaube, daß der Mord was mit mir zu tun hat, aber wenn ich nun hineingezogen werde? Der Mörder hätte die Teile ja auch auf meinem Friedhof vergraben können.»

«Ich glaube, uns passiert nichts, wenn wir ihm nicht im Weg sind», sagte Susan.

«Aber was heißt ‹im Weg›? Und warum das alles?»

Mrs. Murphy schlug ein Auge auf und sagte: *«Liebe oder Geld.»*

## 23

Der Sonntag dämmerte eisig, aber klar herauf. Die Temperatur würde vielleicht auf zehn Grad klettern, aber kaum darüber. Harry liebte die Sonntage. Sie konnte von Sonnenaufgang bis Sonnenuntergang ohne Unterbrechung arbeiten.

Für heute hatte sie sich vorgenommen, die Pferdeboxen auszumisten, Kalk aufzubringen und dann die Seiten mit Holzspänen aufzuschütten. Körperliche Arbeit hielt ihren Geist wach. In der Scheune schob sie eine Entspannungskassette in die Stereoanlage und machte sich daran, die Schubkarre zu beladen. Der Düngerstreuer hatte seinen Standplatz unterhalb einer kleinen Erdaufschüttung. So konnte Harry die Schubkarre auf die Aufschüttung schieben und den Inhalt in den Streuwagen kippen. Sie und ihr Vater hatten die Rampe Ende der sechziger Jahre gebaut. Harry war damals zwölf gewesen. Sie hatte so hart und so eifrig gearbeitet, daß ihr Vater ihr zur Belohnung eine maßgeschneiderte Cowboyüberhose kaufte. Die Rampe hatte all die Jahre überstanden, und die Erinnerung an die Hose hatte ebensolange gehalten.

Harrys Eltern waren beide der Meinung gewesen, daß müßige Hände Teufelswerk verrichteten. Getreu ihrer Erziehung konnte Harry nicht stillsitzen. Am glücklichsten war sie, wenn sie arbeitete, und mit Arbeit kurierte sie fast alle Krankheiten. Nach der Scheidung hatte sie oft nicht schlafen können und manchmal sechzehn bis achtzehn Stunden am Tag gearbeitet. Der Farm war dieser Eifer anzusehen. Harry auch. Ihr Gewicht sank auf fünfzig Kilo, zuwenig für eine Frau von fast eins siebzig. Am Ende hatten Susan und Mrs. Hogendobber sie mit einem Trick zum Arzt gelotst. Hayden McIntire, der vorgewarnt war, hatte die Tür zu seinem Sprechzimmer fest zugemacht, als sie Harry hineinbugsierten. Eine $B_{12}$-Injektion und eine gehörige Standpauke überzeugten sie, daß es besser für sie sei, mehr zu essen. Hayden verschrieb ihr außerdem ein leichtes Beruhigungsmittel, damit sie schlafen konnte. Sie nahm es eine Woche lang, dann warf sie es weg. Harry haßte Medikamente jeder Art, aber ihr Körper nahm Schlaf und Nahrung wieder auf, Haydens Kur hatte also ihren Zweck erfüllt, so oder so.

Der Kreislauf der Jahreszeiten, der sich wiederholende Rhythmus von Pflanzen, Jäten, Ernten und winterlichen Reparaturen machte es Harry jedes Jahr bewußt, daß das Leben einmal zu Ende gehen würde. Vielleicht nicht das Leben an sich, wohl aber ihr eigenes. Es gab einen Anfang, eine Mitte und einen Schluß. Sie war noch nicht ganz in der Mitte, aber es gab schmerzliche Hinweise, daß sie nicht mehr fünfzehn war. Verletzungen brauchten länger, bis sie heilten. Erfreulicherweise verfügte sie über mehr Energie als in ihrer Teenagerzeit; was sich aber am meisten verändert hatte, war ihr Verstand. Sie war gerade lange genug auf der Welt, um Ereignisse und Menschen einer zweiten und dritten Betrachtung zu unterziehen. Sie ließ sich nicht leicht beeindrucken oder zum Narren halten. Auch aus diesem Grund fand sie die meisten Filme sterbenslangweilig. Sie hatte Varianten der Handlung meist schon zuvor gesehen. Die Filme fesselten eine neue Generation von Fünfzehnjährigen, aber Harry konnte nichts damit anfangen. Was sie fesselte, waren gut geleistete Arbeit, Lachen mit Freunden, ein stiller Ritt auf einem Pferd. Sie hatte sich nach der Scheidung aus dem Wirbel des gesellschaftlichen Lebens zurückgezogen – kein großer Verzicht, aber sie mußte erschüttert feststellen, wie wenig eine alleinstehende Frau galt. Ein alleinstehender Mann war ein Gewinn, eine alleinstehende Frau eine Last. Weil die verheirateten Frauen sie fürchteten, vermutete Susan.

Wenn es Fair auch an Geld fehlte, an Prestige in seinem Beruf fehlte es ihm nicht, und so hatte er Harry zu Banketten, langweiligen Abendessen bei Pferdezüchtern und noch langweiligeren Abendessen in Saratoga geschleppt. Es war immer dieselbe Parade von gekonnt gelifteten Gesichtern, gutem Bourbon-Whisky und abgedroschenen Geschichten. Sie war froh, daß sie das hinter sich hatte. Boom Boom konnte das alles haben. Und Fair konnte Boom Boom auch haben.

Harry wußte nicht, warum sie neulich so wütend auf Fair gewesen war. Sie liebte ihn nicht mehr, aber sie hatte ihn gern. Wie sollte man einen Mann nicht gern haben, den man seit dem ersten Schuljahr kannte und den man auf den ersten Blick gemocht hatte? Deswegen ging es ihr gegen den Strich, daß er von Boom Boom so verblendet war. Wenn er eine vernünftige Frau fände, eine wie Susan, wäre sie erleichtert. Boom Boom würde so viel von seiner Energie und seinem Geld schlucken, daß am Ende seine Arbeit darunter leiden würde. Er hatte sich seine Praxis in jahrelanger Mühe aufgebaut. Boom Boom könnte sie im Ablauf eines einzigen Jahres ruinieren, wenn er nicht aufwachte.

Der süßliche Geruch von Kieferspänen betörte ihre Sinne. Harry griff zum Hörer des Wandtelefons. Sie wollte Fair anrufen und ihm sagen, was sie wirklich dachte. Dann hängte sie ein. Was brächte das schon? Er würde nicht auf sie hören. Menschen in seiner Situation hören nie auf andere. Sie müssen von allein aufwachen.

Sie verteilte frische Streu in den Boxen.

Mrs. Murphy inspizierte den Heuboden. Simon, der fest schlief, hörte es nicht, wie sie auf Zehenspitzen um ihn herumschlichen. Er hatte ein altes T-Shirt von Harry nach oben geschleppt und dann einen Heuballen ein Stück ausgehöhlt. Simon lag zusammengerollt auf dem T-Shirt in der Kuhle. Mrs. Murphy ging auf die Südseite des Heubodens. Die Schlange lag im Winterschlaf. Bis zum Frühling würde nichts sie aufwecken. Die Eule ganz oben schlief auch. Zufrieden, weil alles war, wie es sein sollte, kletterte Mrs. Murphy die Leiter wieder hinunter.

«*Tucker!*» rief sie.

«*Was gibt's?*» Tucker trieb sich in der Sattelkammer herum.

«*Hast du Lust auf einen Spaziergang?*»

«*Wohin?*»

*«Zu den Foxden-Weiden hinter der Yellow Mountain Road.»*

*«Warum dahin?»*

*«Paddy hat mich neulich auf die Idee gebracht, und heute ist die erste Gelegenheit, daß ich sie mir mal bei Tageslicht ansehe.»*

*«Okay.»* Tucker stand auf, schüttelte sich und zockelte dann mit ihrer Freundin hinaus an die frische Luft.

Mrs. Murphy erzählte Tucker von Paddys Gedanken, jemand könnte auf dem alten Forstweg hinter der Yellow Mountain Road geparkt und die Leichenteile in einem Plastiksack oder ähnlichem auf den Friedhof geschleppt haben.

Bei den Weiden angelangt, hielt Tucker die Nase am Boden. Es war zuviel Regen gefallen und zuviel Zeit vergangen. Sie witterte Feldmäuse, Rehe, Füchse, jede Menge wilde Truthühner; sogar den schwachen Geruch eines Rotluchses nahm sie wahr.

Während Tucker die Nase am Boden hielt, ließ Mrs. Murphy ihre scharfen Augen schweifen, aber da war nichts, absolut nichts, kein metallisches Blinken, kein Fetzen Fleisch.

*«Was gefunden?»*

*«Nein, zu spät.»* Tucker hob den Kopf. *«Wie konnte die Leiche sonst auf den Friedhof gelangen? Wenn der Mörder nicht über diese Weiden gegangen ist, dann hätte er – oder sie – direkt vor Gottes und Blairs Augen durch Blairs Zufahrt gehen müssen. Paddy hat recht. Er ist hier durchgekommen. Wenn es nicht Blair selbst war.»*

Mrs. Murphy warf den Kopf herum und sah ihrer Freundin ins Gesicht. *«Du glaubst doch nicht, daß er es war, oder?»*

*«Ich will's nicht hoffen. Aber wer weiß?»*

Die Katze sträubte ihr Fell, ließ es wieder zusammenfallen, dann machte sie sich auf den Heimweg. *«Weißt du, was ich glaube?»*

*«Nein.»*

*«Ich glaube, morgen bei der Arbeit wird es unerträglich. Die fette Nudel quatscht bestimmt pausenlos von dem Kopf in dem Kürbis. Ihr Name und ihr Bild waren in der Zeitung. Gott sei uns gnädig.»* Mrs. Murphy lachte.

## 24

*«... und die Maden hatten ein Festessen, das sag ich euch.»* Pewter hockte auf der Haube von Harrys Transporter, der hinter dem Postamt parkte.

Mrs. Murphy, die sich neben sie gesetzt hatte, hörte sich die endlose Eigenloblitanei an. Tucker saß auf der Erde.

*«Ich hab gehört, du bist in die Speisekürbisse getürmt»*, rief Tucker hinauf.

*«Ist doch klar, du Schwachkopf, ich wollte das Beweisstück nicht beschädigen»*, prahlte Pewter. *«Junge, Junge, ihr hättet hören sollen, wie die Leute gekreischt haben, als sie merkten, daß er echt war. Ein paar haben sogar gekotzt. Ich hab von meinem Aussichtspunkt alle beobachtet, jeden einzelnen. Mrs. Hogendobber war entsetzt, aber sie hat einen Magen aus Eisen. Armer Danny, den hat's vielleicht gegraust! Susan und Ned sind gleich zu ihm gerannt, aber er wollte lieber zu seinen Freunden. So sind sie nun mal in diesem Alter. Oh, Big Marilyn, die hat's überhaupt nicht gegraust. Sie war fuchsteufelswild. Ich dachte, nach der Leiche im Bootshaus würde sie jetzt durchdrehen, aber nein, sie war bloß wütend, scheißwütend, sag ich euch. Fitz stand da mit offenem Mund. Little Marilyn hat gebrüllt, sie hätte das Gesicht schon mal gesehen – was davon noch vorhanden war. Harry hat keine Miene verzogen. Sie stand da wie ein Stein und hat bloß geguckt. Ihr wißt ja, wie sie ist, wenn*

*was Schreckliches passiert. Ganz ruhig und starr. Oh, Boom Boom ist umgekippt, Titten voraus in den Sand, und Blair hat's auch umgehauen. Das war vielleicht ein Abend! Ich hab gleich gemerkt, daß mit dem Kürbis was nicht stimmte. Ich hab daneben gesessen. Menschen brauchen immer so lange, bis sie sehen, was unsereinem sofort ins Auge springt.»* Pewter stieß einen überlegenen Seufzer aus.

Mrs. Murphy schlug mit dem Schwanz. *«Dich hat's aber auch ein klitzekleines bißchen gegraust.»*

Pewter drehte den Kopf herum. Sie blähte die Brust, nicht gewillt, sich von ihrer besten Freundin, die zugleich ein Quell der Qual sein konnte, piesacken zu lassen. *«Ganz bestimmt nicht.»*

In der Nähe fiel eine Tür zu. Die Tiere drehten sich um und sahen Mrs. Hogendobber durch die Gasse schreiten. Als sie sich den Tieren näherte, öffnete sie den Mund, um ihnen etwas zu sagen, machte ihn jedoch wieder zu. Sie würde sich ganz schön dämlich vorkommen, wenn sie ein Gespräch mit Tieren beginnen würde. Was sie allerdings nicht davon abhielt, Selbstgespräche zu führen. Sie lächelte den Tieren zu und ging ins Postamt.

*«Warum ist Harry mit dem Wagen gekommen?»* fragte Pewter.

*«Sie war gestern total am Ende»*, antwortete Tucker.

Mrs. Murphy leckte sich die rechte Vorderpfote und putzte sich dann damit die Ohren. *«Pewter, hast du eine Theorie?»*

*«Ja, wir haben es hier eindeutig mit einem Fall von Wahnsinn zu tun.»*

Mrs. Murphy befeuchtete die andere Pfote. *«Das glaube ich nicht.»*

*«Und wieso nicht, du Klugscheißer?»* fauchte Pewter.

Mrs. Murphy ignorierte die Beleidigungen. *«Wenn ein Mensch Zeit hat, einen Mord zu planen, kann er ihn als Unfall oder natürlichen Tod tarnen. Wenn einer in der Hitze der Leiden-*

*schaft tötet, gibt es eine Schußwunde oder eine Stichwunde, stimmt's?»*

«Stimmt», antwortete Tucker, während Pewters Augen sich zu Schlitzen verengten.

*«Murphy, das wissen wir alles.»*

*«Dann wissen wir auch, daß es im Affekt geschah und daß keine Leidenschaft im Spiel war. Jemand in Crozet ist von dem Toten überrascht worden.»*

*«Eine gräßliche Überraschung.»* Tucker folgte dem Gedankengang ihrer Freundin. *«Aber wer? Und was hatte das Opfer bloß so Schreckliches an sich, daß es dafür sterben mußte?»*

*«Wenn wir das wissen, wissen wir alles»*, sagte die Katze leise.

## 25

**D**ie Ergebnisse des Untersuchungsrichters lagen sauber getippt auf Rick Shaws Schreibtisch. Der Tote war weiß, männlich, Anfang Dreißig. Seine Identität war unbekannt. Bekannt war jedoch, daß dieser Mann, der in der Blüte seines Lebens hätte stehen sollen, an Unterernährung und einem Leberschaden gelitten hatte. In akribischer Pflichterfüllung hatte Larry Johnson in seiner steilen Handschrift angefügt, daß Alkoholmißbrauch zwar zu dem Leberschaden beigetragen, die Krankheit des Organs aber auch andere Ursachen gehabt haben könne. Auch die jahrelange Einnahme gewisser Medikamente könne den Leberschaden verursacht haben.

Cooper stürmte ins Büro. Sie warf dem Sheriff neuen Papierkram auf den Schreibtisch. «Weitere Berichte von Samstagabend.»

Rick stöhnte und schob die Papiere beiseite. «Sie haben nichts zu dem Bericht des Untersuchungsrichters gesagt.»

«Todesursache war ein Schlag auf den Kopf. Sogar ein Kind kann so jemanden töten, der Schlag muß nur richtig treffen. Wir tappen noch immer im dunkeln.»

«Könnte Rache das Motiv sein?»

Sie hatte es satt, Ideen hin und her zu wälzen. Sackgassen frustrierten sie. Das Faxgerät piepste. Beinahe geistesabwesend ging sie hin. «Boss, kommen Sie mal.»

Rick trat zu ihr und sah langsam die Seiten aus dem Gerät gleiten. Es war der Polizeibericht über Blair Bainbridge.

Er hatte unter dem Verdacht gestanden, seine Geliebte ermordet zu haben, eine Schauspielerin. Man hatte ihn allerdings nicht lange verdächtigt. Der Mörder, ein besessener Fan, war von der Polizei aufgegriffen worden und hatte ein Geständnis abgelegt. Das Unheimliche daran war, daß die Leiche der Frau zerstückelt worden war.

«Scheiße», lautete Cynthias Reaktion.

«Los, gehen wir», lautete die von Rick.

# 26

**D**icke Arbeitshandschuhe schützten Blairs Hände, während er Grabsteine aufrichtete, die Grasnarbe wieder an Ort und Stelle rückte und feststampfte. Die kahlen Bäume säumten den kleinen Friedhof wie trauernde Wächter. Blair brach seine Arbeit ab, als er den Polizeiwagen in die Zufahrt einbiegen sah. Schwungvoll zog er das Eisentor auf und lief Rock Shaw und Cynthia Cooper hügelab entgegen.

Ein kalter Wind wehte vom Yellow Mountain herüber. Blair bat Rick und Cynthia herein. Apfelsinenkisten mußten als Stühle herhalten.

«Wissen Sie, um diese Jahreszeit finden erstklassige Versteigerungen statt», erklärte ihm Cooper. «Gucken Sie mal im Branchenverzeichnis nach. Ich habe mein Haus auch mit Hilfe solcher Versteigerungen möbliert.»

«Ich werde mich umsehen.»

Rick bemerkte, daß Blair sich einen schmalen Schnurrbart wachsen ließ. «Steht demnächst ein Job als Model an?»

«Wie haben Sie das erraten?» Blair lächelte.

Rick fuhr sich mit dem Finger unterhalb der Nase entlang. «Lassen Sie mich zur Sache kommen. Ich bin nicht zum Spaß hier, wie Sie sicher schon vermutet haben. In Ihren Polizeiakten steht, daß eine Schauspielerin, mit der Sie zusammen waren, brutal ermordet und zerstückelt wurde. Was haben Sie dazu zu sagen?»

Blair wurde blaß. «Es war furchtbar. Ich dachte, ich würde eine kleine Erleichterung spüren, als die Polizei den Mörder fand. Habe ich wohl auch, denn da wußte ich, daß er niemanden mehr umbringen würde, aber das half nicht gegen die... Leere.»

«Gibt es jemanden in Crozet oder in Charlottesville, der von dieser Sache wissen könnte?»

«Nicht daß ich wüßte. Sicher, einige Leute kennen mein Gesicht aus Zeitschriften, aber hier kennt mich keiner. Es sieht wohl nicht gut für mich aus, wie?»

«Sagen wir, Sie sind ein unbekannter Faktor.» Rick verlagerte sein Gewicht. Die Apfelsinenkiste war nicht bequem.

«Ich habe niemanden umgebracht. Ich glaube, ich könnte aus Notwehr töten oder um jemanden zu beschützen, den ich liebe, aber ansonsten glaube ich nicht, daß ich es könnte.»

«Was der eine als Notwehr definiert, könnte ein anderer als

Mord definieren.» Cynthia betrachtete Blairs schönes Gesicht.

«Ich bin bereit, in jeder Form mit Ihnen zusammenzuarbeiten. Und ich habe mich geweigert, mit der Presse zu sprechen. Die machen alles nur noch schlimmer.»

«Möchten Sie mir nicht erzählen, was in New York passiert ist?» Ricks Stimme war fest, emotionslos.

Blair fuhr sich mit den Händen durchs Haar. «Wissen Sie, Sheriff, ich möchte das gerne vergessen. Deswegen bin ich hierhergekommen. Können Sie sich vorstellen, wie mir zumute war, als der Kopf aus dem Kürbis gezogen wurde?»

Der Ton des Sheriffs wurde sanfter. «Das war für keinen von uns ein schöner Anblick.»

Blair atmete tief ein. «Ich kannte Robin Mangione von Aufnahmen für Baker und Reeves, das große New Yorker Kaufhaus. Das dürfte vor drei Jahren gewesen sein. Eins führte zum anderen, und wir ließen unsere anderen Bekanntschaften sausen und fingen eine Beziehung an. Wir mußten beide oft außerhalb der Stadt arbeiten, aber in New York waren wir immer zusammen.»

«Sie haben nicht zusammengewohnt?» fragte Rick.

«Nein. In New York ist es ein bißchen anders als hier. In einer Stadt wie Crozet heiraten die Leute. In New York kann man ein Leben lang so gut wie verheiratet sein und trotzdem getrennte Wohnungen haben. Vielleicht braucht man wegen der Millionen von Menschen stärker als hier das Gefühl, für sich sein zu können, einen Platz für sich allein zu haben. Außerdem hatte ich nie das Ziel, mit jemandem zusammenzuwohnen.»

«Und Robins Ziele?» Cooper war höchst skeptisch, was dieses Getrenntwohnen anging.

«Ehrlich gesagt, sie war unabhängiger als ich. Jedenfalls, die Männer beteten Robin an. Sie konnte den ganzen Verkehr aufhalten. Ruhm, und zwar jede Art von Ruhm, bringt Gutes und Schlechtes mit sich. Das Strandgut des Ruhms, wie ich das nenne. Und Robin wurde manchmal von Verehrern belästigt. Gewöhnlich ließ sich das Problem mit einem scharfen Wort von ihr oder von mir aus der Welt schaffen. Außer für den Kerl, der sie umgebracht hat.»

«Was wissen Sie über ihn?»

«Kaum mehr als Sie, nur, daß ich ihn dann in der Gerichtsverhandlung gesehen habe. Er ist klein, mit einer Halbglatze, einer von diesen Typen, die einem auf der Straße nie auffallen würden. Er schickte Briefe. Er rief an. Sie besorgte sich eine andere Nummer. Er wartete vor dem Theater auf sie. Ich habe sie dann immer abgeholt, weil er so lästig wurde. Er begann zu drohen. Wir haben die Polizei informiert. Das Resultat ist bekannt.» Rick sah einen Moment zu Boden, während Blair fortfuhr: «Und eines Tages, als ich zu Aufnahmen auswärts war, hat er das Schloß aufgebrochen und ist in ihre Wohnung eingedrungen. Sie war allein. Den Rest kennen Sie.»

Den kannten sie allerdings. Stanley Richard, der wahnsinnige Verehrer, war in Panik geraten, nachdem er Robin getötet hatte. In New York City eine Leiche zu beseitigen würde sogar den Erfindungsreichtum eines weitaus intelligenteren Mannes als Stanley auf eine harte Probe stellen. Er steckte sie in die Badewanne, schlitzte ihr Kehle, Hand- und Fußgelenke auf und versuchte, soviel Blut wie möglich aus der Leiche auslaufen zu lassen. Dann zerstückelte er sie mit Hilfe eines Fleischermessers. Er warf Teile der Leiche in den Müllschlucker, aber durch die Knochen war er schnell verstopft. Verzweifelt verbrachte der Mann dann den Rest der Nacht damit, die Leiche in kleinen Stücken nach draußen zu schleppen und im Osten, Westen, Norden und Süden abzuladen. Den Kopf bewahrte er für Sheep Meadow mitten im Central

Park auf, wo er ihn erschöpft ins Gras legte. Er wurde im Morgengrauen von einem Jogger beobachtet, der die Sache dem ersten Polizisten meldete, der ihm über den Weg lief.

Weder Rick noch Cynthia hielten es für nötig, diese Einzelheiten wieder aufzuwärmen.

«Finden Sie es nicht seltsam, daß –»

«*Seltsam?*» fiel Blair Rick ins Wort. «Es ist krankhaft!»

«Haben Sie irgendwelche Feinde?» fragte Cynthia.

Blair verstummte für eine Weile. «Manchmal meine Agentin.»

«Wie heißt sie?» Rick hatte Bleistift und Block gezückt.

«Gwendolyn Blackwell. Sie ist nicht meine Feindin, aber sie wird sauer, wenn ich nicht jeden Job annehme, der sich bietet. Die Frau würde mich vorzeitig ins Grab bringen, wenn ich sie ließe.»

«Ist das alles? Keine wütenden Ehemänner? Keine sitzengelassenen Damen? Kein eifersüchtiger Nebenbuhler?»

«Sheriff, das Leben eines Fotomodells ist nicht so glamourös, wie Sie vielleicht meinen.»

«Ich dachte, ihr Jungs wärt alle schwul», entfuhr es Rick.

«Halb und halb, würde ich sagen.» Blair hatte das so oft gehört, daß er sich nicht darüber aufregte.

«Fällt Ihnen irgend jemand ein – egal, wenn es noch so abwegig scheint –, *irgend*wer, der genug weiß, um zu wiederholen, was mit Robin passiert ist?»

Blair sah Cynthia tief in die Augen. Sie bekam Herzklopfen. «Kein Mensch. Ich glaube wirklich, es ist ein grausiger Zufall.»

Als Rick und Cynthia gingen, waren sie so ratlos wie zuvor, als sie gekommen waren. Sie würden Blair im Auge behalten, aber sie behielten ja jeden im Auge.

# 27

Die westliche Hälfte von Albemarle County würde bald das Schild einer Planierraupe zu fühlen bekommen. Der mächtige Staat Virginia und sein Verkehrsministerium, eine autokratische Behörde, hatten den Bau einer Umgehungsstraße durch einen Großteil des besten Ackerlandes im Bezirk beschlossen. Betriebe würden vernichtet, Weiden planiert, Besitzwerte gelöscht und Träume erstickt werden. Die Westumgehung, wie sie allgemein genannt wurde, galt schon als veraltet, bevor sie begonnen wurde. Dies kümmerte das Verkehrsministerium sowenig wie die Tatsache, daß die Straße die Wasserscheide gefährdete. Die Behörden wollten die Westumgehung und würden sie bekommen, egal, wer verdrängt und wie stark die Landschaft verschandelt wurde.

Der Aufruhr, den diese Willkür hervorrief, stellte die Fortsetzungsgeschichte von dem Kopf im Kürbis in den Schatten. Da niemand die Leiche identifizieren konnte, verpuffte das Interesse. Es sprang höchstens eine gute Geschichte für künftige Halloweenfeiern dabei heraus.

Die Ruhepause wurde von Bürgermeister Jim Sanburne und den Würdenträgern der Stadt Crozet begrüßt. Big Marilyn weigerte sich, das Thema zu erörtern, und es verlief in ihren Kreisen im Sande, also unter jenen sechs oder sieben Damen, die so große Snobs waren wie sie selbst.

Little Marilyn hatte sich soweit erholt, daß sie ihren Bruder Stafford anrief und ihn übers Wochenende zu sich nach Hause einlud. Hierüber regte sich Mim mehr auf als über die versammelten Leichenteile. Es bedeutete, daß sie mit seiner Frau Brenda gesellschaftlich verkehren mußte.

Dieses Unbehagen, von Mim in überreichlichem Maße auf

ihre Tochter übertragen, hätte beinahe bewirkt, daß die junge Frau klein beigab und ihren Bruder mit seiner Frau wieder auslud. Aber die Eröffnung der Jagdsaison stand bevor, ein wunderschöner Anblick, und Stafford liebte es, solche Ereignisse zu fotografieren. Little Marilyn ließ sich nicht beirren. Stafford würde nächstes Wochenende zu Hause sein.

Fitz-Gilbert, der den Wirbel der stürmenden Weiber satt hatte, beschloß, an diesem Abend spät nach Hause zu kommen. Zuerst kehrte er bei Charly ein, wo er mit Ben Seifert zusammenstieß, der gerade hinausging. Fitz kippte ein Bier und zog weiter. In Sloans Kneipe traf er Fair Haristeen und setzte sich auf den Barhocker neben dem Tierarzt.

«Ein freier Abend?»

Fair bestellte Fitz ein Bier. «Könnte man sagen. Und du?»

«Diese Woche war die Hölle. Jemand hat mein Büro durchwühlt. Scheint nichts mit dem... Mord... zu tun zu haben, aber es hat Nerven gekostet, ich hatte ohnehin schon genug um die Ohren, und seine Assistentin war da, sie haben sich Notizen gemacht und so weiter. Etwas Geld hat gefehlt und ein CD-Player, aber das hat sie offensichtlich nicht besonders interessiert. Dann hat Cabell Hall mich angerufen, ich soll meine Wertpapiere im Auge behalten, da der Markt zur Zeit auf einer Einbahnstraße ist – bergab. Und meine Schwiegermutter – ach du meine Güte, wechseln wir das Thema. Oh, vorhin bei Charly habe ich Ben Seifert getroffen. Der Mann ist in Ordnung, aber er brennt geradezu darauf, eines Tages Cabells Nachfolger zu werden. Bei der Vorstellung, daß Ben Seifert Direktor der National Allied Bank werden soll, wird mir ganz anders. Und dann ist da natürlich noch mein Schwiegervater. Er will die Nationalgarde herholen. Soweit meine Probleme. Und wie sieht's bei dir aus?» fragte Fitz.

«Ich weiß nicht.» Fair war verstört. «Boom Boom ist mit

diesem Kerl weggegangen, diesem Fotomodell. Sie sagt, er hat sie auf den Krebshilfeball eingeladen, aber ich bin nicht sicher. Er schien nicht besonders an ihr interessiert zu sein, als ich ihn kennenlernte. Ich dachte eher, daß er Harry mochte.»

«Auf die Frauen.» Fitz-Gilbert lächelte. «Ich weiß nichts über sie, aber ich hab eine.» Er stieß mit Fair an.

Fair lachte. «Mein Daddy hat immer gesagt, ‹du kannst nicht mit ihnen leben, aber ohne sie auch nicht›. Damals wußte ich nicht, was er meinte. Heute weiß ich es.»

«Marilyn allein ist prima. Nur wenn ihre Mutter dabei ist...» Fitz-Gilbert wischte sich Schaum vom Mund. «Meine Schwiegermutter kann vielleicht eine Keifzange sein. Ich hab schon ein schlechtes Gewissen, bloß weil ich hier bin... als hätte ich mich von der Leine losgerissen. Aber ich bin froh, daß sie mich nicht auf den Krebsball geschleppt haben. Marilyn sagt, sie erträgt nur eine gewisse Anzahl davon im Jahr, außerdem will sie alles für Stafford und Brenda vorbereiten. Gott sei Dank. Ich kann eine Pause gebrauchen.»

Fair wechselte das Thema. «Glaubst du, dieser Neue mag Harry? Ich dachte, Typen wie der fliegen auf langbeinige Blondinen oder auf Kerle.»

«Über seine Vorlieben kann ich nichts sagen, aber Harry sieht gut aus. So natürlich. Von der vielen frischen Luft. Ich werde nie verstehen, warum ihr zwei Schluß gemacht habt, Kumpel.»

Fair, der es nicht gewöhnt war, sich über persönliche Dinge auszutauschen, saß still da und bestellte sich noch ein Bier. «Sie ist ein guter Mensch. Wir sind zusammen aufgewachsen. Auf der High School waren wir unzertrennlich. Sie war mehr eine Schwester für mich als eine Ehefrau.»

«Ja, aber Boom Boom kennst du auch schon, seit ihr klein wart», konterte Fitz.

«Das ist nicht dasselbe.»

«Da hast du recht.»

«Und was willst du damit sagen?» Fair spürte ein unangenehmes Kribbeln im Rücken.

«Ah... na ja, ich meine, sie sind vollkommen verschieden. Die eine ist ein Reitpferd und die andere... ein Rennpferd.» Eigentlich wollte er sagen, ‹die eine ist ein Reitpferd und die andere eine dumme Pute›, aber das verkniff er sich. «Boom Boom heizt dir mächtig ein. Ich hab sie Motoren in Gang bringen sehen, die jahrelang keinen Muckser gemacht hatten.»

Fair strahlte übers ganze Gesicht. «Sie ist attraktiv.»

«Dynamit, mein Freund, Dynamit.» Fitz, weniger gehemmt als sonst, kam in Fahrt. «Aber ich würde Harry jederzeit nehmen. Sie ist witzig. Sie ist eine Partnerin. Sie ist eine Freundin. Das andere – he, Fair, das kühlt sich ab.»

«Du drehst ja richtig auf», bekam er trocken zur Antwort.

«Du kannst mir jederzeit sagen, daß ich die Klappe halten soll.»

«Da wir schon beim Thema sind, erzähl mir doch mal, was du an Little Marilyn findest. Sie ist eine Miniaturausgabe ihrer Mutter und auf dem besten Wege, so kalt zu werden wie ein Klotz. Und soweit ich das beurteilen kann, vernachlässigt sie sogar die ehrenamtliche Wohlfahrtsarbeit. Ich möchte wissen, was –»

«An ihr dran ist?» Fitz beschloß, nicht gekränkt zu sein. Immerhin ließ er einiges heraus, da mußte er auch was einstecken. «Die Wahrheit? Die Wahrheit ist, ich habe sie geheiratet, weil es so gut zusammenpaßte. Zwei ansehnliche Familienvermögen. Zwei große Familiennamen. Wenn meine Eltern noch lebten, sie wären stolz. Oberflächliches Zeug, genaugenommen. Und in meiner Jugend hab ich's wild getrieben. Ich mußte zur Ruhe kommen. Seltsam, inzwischen liebe ich Marilyn. Du kennst die echte Marilyn nicht. Wenn sie sich nicht verausgabt in ihrem ewigen Bemühen, überlegen zu sein, ist sie einfach Spitze. Sie ist ein scheuer kleiner Käfer und hat ein gutes Herz. Und das Komische ist, ich glaube, sie hat mich auch gern. Ich glaube nicht, daß sie mich aus Liebe geheiratet hat, sowenig wie ich sie aus Liebe geheiratet habe. Sie ging die Ehe ein, die diese *alte Vettel*» – er zischte das Wort hervor – «von einer Mutter inszeniert hatte. Vielleicht war Mim klüger als wir. Wie auch immer, ich habe meine Frau lieben gelernt. Und ich hoffe, daß ich sie eines Tages von hier weglotsen kann. Wir gehen irgendwohin, wo die Namen Sanburne und Hamilton absolut nichts bedeuten.»

Fair starrte Fitz an, und Fitz starrte zurück. Dann brachen sie in Lachen aus.

«Noch ein Bier für meinen Freund.» Fitz warf Geld auf die Theke.

Fair griff begierig nach dem kalten Glas. «Eigentlich könnten wir uns vollaufen lassen.»

«Ganz meine Meinung.»

Als Fitz nach Hause kam, war das Abendessen kalt und seine Frau alles andere als gut gelaunt. Er beschwichtigte sie mit dem Leckerbissen, daß Boom Boom mit Blair auf den Krebshilfeball gegangen war, dann schenkte er ihr und sich einen edlen Sherry als Schlaftrunk ein, eines ihrer Rituale. Bis sie ins Bett schlüpften, hatte Marilyn ihrem Mann verziehen.

## 28

**A**m Ende einer alten Landstraße stritten sich zwei Männer. Eine schwere Wolkendecke verstärkte die gespannte, düstere Stimmung. Weiter oben in der Ferne war die versiegelte Höhle des ersten Tunnels zu sehen, den Claudius Crozet durch die Blue Ridge Mountains getrieben hatte.

Einer der beiden Männer schüttelte die geballten Fäuste vor dem Gesicht des anderen. «Du verdammter Blutsauger! Keinen Cent kriegst du mehr von mir. Woher sollte ich ahnen, daß er auftauchen würde? Er war jahrelang eingesperrt!»

Ben Seifert, der Bedrohte, lachte nur. «Er ist in meinem Büro aufgetaucht, nicht in deinem, du Arschloch, und ich will was haben für meine Mühen – einen Bonus!»

Ehe er sich's versah, wurde ihm ein buntes Kletterseil um den Hals gezurrt, und er erstickte an dem Wort «Bonus». Es dauerte keine zwei Minuten, da war er erdrosselt.

Immer noch wütend, trampelte der Mörder wie wild auf dem Toten herum und brach ihm dabei ein paar Rippen. Dann schüttelte er den Kopf, besann sich und bückte sich, um die schlaffe Leiche aufzuheben, ein unangenehmes Unterfangen, denn der Sterbende hatte seine Eingeweide entleert.

Fluchend hievte er sich die Leiche über die Schulter – er war ein kräftiger Mann – und trug sie den Hang hinauf. Der Tunnel war zwar nach dem Zweiten Weltkrieg versiegelt worden, aber ein früherer Bewohner von Crozet hatte einmal ein paar Steine gelockert, um einen Zugang zu schaffen. Die Eisenbahngesellschaft hatte es versäumt, den Tunnel neu zu versiegeln.

Der Mann war jetzt bei klarem Verstand. Er entfernte die Steine vorsichtig, um sich nicht die Hände aufzuscheuern, dann schleppte er die Leiche in den Tunnel. Er konnte das Tappen kleiner Pfoten hören, als er seine unerwünschte Last auf die Erde warf. Er ging hinaus und rückte die Steine wieder an Ort und Stelle. Dann stapfte er den Hügel hinunter, sammelte sich und klopfte seine Kleider ab. Es spazierte selten jemand zu den Tunnels hinauf. Mit etwas Glück würde es Monate dauern, bevor man den Mistkerl fand, falls überhaupt.

Das Problem war Seiferts Auto. Er untersuchte Sitze, Kofferraum und Handschuhfach, um sich zu vergewissern, daß keine Notiz herumlag, kein Hinweis auf ihre Verabredung. Dann ließ er den Motor an und fuhr in einen Vorstadtbezirk. Den Wagen ließ er an einer Tankstelle stehen. Er wischte das Lenkrad ab, den Türgriff, alles, was er angefaßt hatte. Das Auto glänzte, als er fertig war. Schlauerweise hatte er seinen eigenen Wagen fünf Kilometer entfernt abgestellt, an der Stelle, wo das Opfer ihn abgeholt hatte. Das war heute nacht um eins gewesen. Jetzt war es halb fünf Uhr morgens, und bald würde die Dunkelheit dem Licht weichen.

Er joggte die fünf Kilometer zu seinem Wagen, der bei den Craycroft-Zementwerken hinter einem Zementlaster parkte. Sofern nicht jemand um die Betonmischmaschine herumgegangen war, hatte niemand den Wagen gesehen.

Er hatte damit gerechnet, daß sein unerwünschter Partner eventuell umgebracht werden mußte, daher die Vorbereitungen. Nicht, daß er den dämlichen Saukerl ermorden wollte, aber der war unersättlich geworden. Er hatte ihn aufhörlich geschröpft. Da war ihm kaum eine andere Wahl geblieben.

Erpressungen pflegten selten damit zu enden, daß beide Parteien übers ganze Gesicht lächelten.

# 29

**B**riefe paßten in die Schließfächer, aber Zeitschriften mußten geknickt werden. Keiner in Crozet bekam so viele Zeitschriften geschickt wie Ned Tucker. Noch erstaunlicher war, daß er sie auch las. Susan sagte, es sei, als lebe man mit einem Lexikon zusammen.

Die Morgentemperatur lag bei vier Grad Celsius, deswegen marschierten Harry, Mrs. Murphy und Tucker in flottem Tempo zur Arbeit. Den blauen Transporter nahm Harry nur, wenn das Wetter saumäßig war oder sie Besorgungen machen mußte. Da sie ihre Lebensmitteleinkäufe gestern getätigt hatte, ließ sie die blaue Kiste vor der Scheune stehen.

Harry genoß die Stille auf dem Weg zur Arbeit und die frühe Stunde, die sie im Postamt allein war, nachdem Rob Collier die Post abgeladen hatte. Der beständige Rhythmus ihrer Tätigkeiten beruhigte sie, es war wie eine Arbeitsliturgie. In der Wiederholung lag Trost.

Die Hintertür wurde geöffnet und geschlossen. Mrs. Murphy, Tucker und sogar Harry erkannten am Schritt, daß es Mrs. Hogendobber war.

«Harry.»

«Mrs. H.»

«Ich habe Sie auf dem Krebsball vermißt.»

«Mich hat keiner eingeladen.»

«Sie hätten solo hingehen können. Ich mache das manchmal.»

«Das konnte ich mir nicht leisten, bei dem Eintrittspreis von 150 Dollar.»

«Das hatte ich ganz vergessen. Larry Johnson hat den Eintritt für mich bezahlt. Er ist ein ganz guter Tänzer.»

«Wer war alles da?»

«Susan und Ned. Sie hatte ihr pfirsichfarbenes Organdykleid an. Es steht ihr sehr gut. Herbie und Carol. Sie hatte das gletscherblaue Kleid mit der Straußenfederrüsche an. Sie hätten Mim sehen sollen. Ihre Robe sah aus, als hätte Bob Mackie sie für *Denver Clan* entworfen.»

«Im Ernst?»

«So wahr ich hier stehe. Das Kleid muß soviel gekostet haben wie ein Toyota. In ganz Los Angeles ist bestimmt keine einzige Glasperle mehr zu haben. Wenn man Mim damit in ihren See werfen würde, sie würde sämtliche Fische anlocken.»

Harry kicherte. «Vielleicht käme sie mit Fischen besser zurecht als mit Menschen.»

«Weiter. Ich muß nachdenken. Ned und Susan hatte ich schon. Fair war nicht da. Little Marilyn und Fitz auch nicht – sie machen wohl mal Pause vom Smoking-und-Abendkleid-Zirkus. Die meisten Leute vom Keswick- und vom Farmington-Jagdclub haben sich sehen lassen und auch die Clique vom Country Club. Das war's.» Mr. Hogendobber griff sich eine Handvoll Post und half beim Sortieren.

Mrs. Murphy saß in einem Postbehälter. Sie hatte so lange darauf gewartet, angeschubst zu werden, daß sie darüber eingeschlafen war. Mrs. Hogendobbers Ankunft hatte sie geweckt.

«Was hatten Sie an?»

«Sie kennen doch das smaragdgrüne Satinkleid, das ich Weihnachten immer anziehe?»

«Ach, ja.»

«Ich habe es in Schwarz mit goldenem Besatz nachnähen lassen. In Schwarz sehe ich nicht so fett aus.»

«Sie sind doch nicht fett», versicherte ihr Harry. Das stimmte. Fett war sie nicht, aber sie war, nun ja, ausladend.

«Von wegen. Wenn ich noch mehr esse, sehe ich bald aus wie eine Kuh.»

«Wieso haben Sie mir nicht gesagt, daß Blair Boom Boom auf den Ball begleitet hat?»

«Wenn Sie's schon wissen, warum soll ich es Ihnen erzählen?» Mrs. Hogendobber stellte sich zu gern hinter die Postfächer und warf die Briefe ein. «Ja, es stimmt. Eigentlich glaube ich, daß sie ihn gefragt hat, denn die Eintrittskarten waren auf ihren Namen ausgestellt. So ein Flittchen.»

«Hat er sich amüsiert?»

«Er sah sehr gut aus in seinem Smoking, und sein neuer Schnurrbart gefällt mir. Erinnert mich an Ronald Colman. Boom Boom hat ihn zu allen Leuten hingeschleppt, um ihn vorzustellen. Sie hatte ihr Partygesicht aufgesetzt. Ich denke schon, daß er sich amüsiert hat.»

«Keine grauenhafte Krankheit?»

«Nein. Sie hat so viel getanzt, daß sie vermutlich gar nicht dazu kam, ihm von den Leiden ihrer Jugend zu erzählen, und davon, wie schrecklich ihre Eltern waren.» Miranda verzog keine Miene, während sie dies sagte, aber ihre Augen blitzten.

«Meine Güte, da kann er sich auf was gefaßt machen: ‹Leben und Wirken der Boom Boom Craycroft›.»

«Machen Sie sich wegen der mal keine Sorgen.»

«Tu ich doch gar nicht.»

«Harry, ich kenne Sie seit Ihrer Geburt. Lügen Sie mich nicht an. Ich erinnere mich noch an den Tag, als Sie darauf bestanden, Harry genannt zu werden statt Mary. Komisch, daß Sie dann später Fair Haristeen geheiratet haben.»

«Sie erinnern sich an alles.»

«Stimmt. Sie waren vier Jahre alt, und Sie liebten Ihre kleine Katze – warten Sie mal, ja, Skippy hieß sie. Sie wollten behaart sein wie Skippy, deswegen wollten Sie Hairy genannt werden, und daraus ist dann Harry geworden. Sie dachten, wenn man Sie so riefe, würde Ihnen ein Fell wachsen und Sie würden sich in ein Kätzchen verwandeln. Der Name ist Ihnen geblieben.»

«Skippy war eine herrliche Katze.»

Das schreckte Mrs. Murphy aus ihrem Halbschlaf auf. *«Nicht so herrlich wie Murphy!»*

«*Ha!*» Tucker lachte.

*«Sei still, Tucker. Du hattest auch einen Vorgänger. Einen Schäferhund. Sein Foto steht zu Hause auf dem Schreibtisch, daß du's nur weißt.»*

*«Na wenn schon.»*

«Spielstunde!» Harry hörte das Miauen und dachte, Mrs. Murphy wollte im Postbehälter angeschubst werden. Obwohl die Katze nichts davon gesagt hatte, wälzte sie sich munter in dem mit Sackleinwand ausgekleideten Karren.

Mrs. Hogendobber schloß den Haupteingang auf. Kaum hatte sie den Schlüssel herumgedreht, als Blair erschien. Er trug eine dicke rotkarierte Jacke über einem Flanellhemd. Er putzte sich die Stiefel am Fußkratzer ab.

«Guten Morgen, Mrs. Hogendobber. Den Tanz mit Ihnen gestern abend habe ich wirklich genossen. Sie schweben ja förmlich übers Parkett.»

Mrs. Hogendobber wurde rot. «Wie lieb, daß Sie das sagen.»

Blair schritt geradewegs zum Schalter. «Harry.»

«Keine Päckchen heute.»

«Ich will keine Päckchen. Ich will Ihre Aufmerksamkeit.»

Die von Mrs. Hogendobber bekam er noch dazu.

«Okay.» Harry beugte sich über den Schalter. «Ich bin ganz Ohr.»

«Ich habe gehört, daß an den Wochenenden Versteigerungen von Möbeln und Antiquitäten stattfinden. Können Sie mir sagen, welche gut sind, und wollen Sie mit mir kommen? Ich hab's allmählich satt, auf dem Fußboden zu sitzen.»

«Natürlich.» Harry war sehr hilfsbereit.

Mrs. Murphy murrte und hüpfte aus dem Postbehälter, der daraufhin klappernd über den Boden rollte. Sie sprang auf den Schalter.

«Und dann würde ich mich freuen, wenn Sie mich zu einem Abendessen begleiten würden, das Little Marilyn morgen für Stafford und Brenda gibt. Ich weiß, es ist sehr kurzfristig, aber sie hat mich auch erst heute morgen angerufen.»

«Was zieht man dazu an?» Harry traute ihren Ohren nicht.

«Ich ziehe ein gelbes Hemd an, einen blaugrünen Schlips und ein braunes Fischgrät-Sakko. Hilft Ihnen das weiter?»

«Ja.» Mrs. Hogendobber antwortete ihm, weil sie wußte, daß Harry in solchen Dingen hilflos war.

«Ich habe Sie noch nie in Schale gesehen, Harry.» Blair lächelte. «Ich hole Sie morgen abend um sieben ab.» Er machte eine Pause. «Ich habe Sie gestern abend auf dem Krebsball vermißt.»

Harry wollte gerade sagen, daß sie nicht eingeladen war, aber Mrs. Hogendobber sprang in die Bresche. «Harry hatte eine andere Verabredung. Sie hat ja immer so viel vor.»

«Ach. Ich hätte gerne mit Ihnen getanzt.» Er schob seine Hände in die Taschen. «Diese Craycroft ist eine richtige Quasselstrippe. Sie hat pausenlos von sich geredet. Ich weiß, es ist unhöflich von mir, sie zu kritisieren, wo sie sich doch solche Mühe gegeben hat, mich mit den Leuten bekannt zu machen, aber du lieber Himmel» – er stieß einen langen Seufzer aus –, «die ist vielleicht gesprächig!»

Harry und Mrs. Hogendobber bemühten sich beide, ihre Freude über diese Bemerkung zu verbergen.

«*Boom Boom weiß, daß du reich bist*», meldete sich Mrs.

Murphy zu Wort. «*Außerdem bist du alleinstehend, siehst gut aus, und darüber hinaus ist sie sich nicht zu schade, Fair mit dir auf die Palme zu bringen.*»

«Sie hat heute morgen eine Menge zu erzählen, was?» Blair tätschelte Mrs. Murphys Kopf.

«*Worauf du dich verlassen kannst, Freundchen. Halt dich an mich, ich klär dich über alle auf.*»

Blair lachte. «Hör mal, Murphy – ich meine Mrs. Murphy, wie unhöflich von mir –, du hast mir versprochen, mir bei der Suche nach einer Freundin zu helfen, die so ist wie du.»

«*Ich glaube, ich muß kotzen*», murmelte Tucker auf dem Fußboden.

Blair nahm seine Post, ging zur Tür und blieb stehen. «Harry?»

«Ja?»

Er hob fragend die Hände. Mrs. Hogendobber gab Harry hinter dem Schalter einen Tritt. Blair konnte es nicht sehen.

«O ja, ich komme gern mit.»

«Morgen um sieben.» Er ging pfeifend hinaus.

«Das hat weh getan. Morgen hab ich ein geschwollenes Fußgelenk.»

«Sie haben einfach keinen Verstand, wenn es um Männer geht!» erregte sich Miranda.

«Was wohl in ihn gefahren ist?» Harrys Blick folgte ihm zu seinem Kombi.

«Man soll nicht nach den Gründen fragen. Man soll nur ja und amen sagen.»

Just in diesem Moment kam Susan zum Hintereingang hereingeschlendert. «‹Sechshundert Mann ritten ins Tal des Todes›», beendete sie das Zitat.

«Blair Bainbridge hat sie gerade gebeten, ihn morgen abend zu einem Essen bei den Hamiltons zu begleiten, und er will mit ihr zu ein paar Versteigerungen gehen.»

«Juhuu!» Susan klatschte in die Hände. «Gut gemacht, Mädchen.»

«Ich hab gar nichts gemacht.»

«Susan, helfen Sie mir. Sie hätte ihm fast gesagt, daß sie keine Verabredung für den Krebsball hatte. Sie wird ihre Jeans für das Essen aufbügeln und glauben, sie ist gut angezogen. Wir müssen etwas unternehmen.»

Miranda und Susan sahen sich an, dann sahen sie beide Harry an. Ehe sie sich's versah, hatten sie je einen Arm von ihr gepackt, und sie wurde zum Hintereingang hinausbugsiert und in Susans Wagen verfrachtet.

«He, he, ich kann die Arbeit nicht im Stich lassen.»

«Ich halte die Stellung, meine Liebe.» Miranda schlug die Tür zu, und Susan ließ den Motor an.

## 30

Die Allied National Bank unternahm nichts wegen Benjamin Seiferts Verspätung. Niemand rief Cabell Hall an, um ihn von Bens Abwesenheit in Kenntnis zu setzen. Wenn Ben von einem solchen Anruf erfahren hätte, hätte der Missetäter seinen Job die längste Zeit gehabt. Benjamin, der oft unterwegs war und im Büro nicht viel auf Organisation hielt, hatte vielleicht einen Vormittagstermin verabredet, ohne der Sekretärin Bescheid zu sagen. Ben, ein großes Licht bei Allied National, durfte sich darauf freuen, die riesige neue Zweigstelle zu übernehmen, die an der Route 29N in Charlottesville gebaut wurde, und deshalb wollte es sich niemand mit ihm verderben. Den schlaueren Angestellten war klar, daß seine

Ambitionen über die neue Zweigstelle an der 29N hinausreichten.

Daß er sich nach der Mittagspause nicht meldete, fand das kleine Team sonderbar. Um drei Uhr war Marion Molnar so beunruhigt, daß sie bei ihm zu Hause anrief. Niemand ging ans Telefon. Benjamin, der geschieden war, war oft bis in die frühen Morgenstunden unterwegs. Aber so lange hielt kein Kater an.

Gegen siebzehn Uhr machten sich alle ernsthafte Sorgen. Sie riefen Rick Shaw an. Er versprach, sich umzuhören. Fast um dieselbe Zeit wie Marion rief Yancey Mills, der Besitzer der kleinen Tankstelle, bei Shaw an. Er habe Benjamins Wagen erkannt. Er habe angenommen, mit dem Auto sei etwas nicht in Ordnung und daß Benjamin im Laufe des Tages anrufen würde. Aber jetzt sei es kurz vor Geschäftsschluß, er habe noch nichts gehört, und bei Ben zu Hause gehe keiner ans Telefon.

Rick schickte Cynthia Cooper zu der Tankstelle. Sie sah sich den Wagen an. Schien in Ordnung zu sein. Weder sie noch Rick sahen Grund zur Panik, aber sie tätigten doch die Routineanrufe. Cynthia rief Bens Eltern an. Inzwischen hatte sie ein etwas mulmiges Gefühl. Wenn sie bis morgen früh keine Spur von ihm fänden, wollten sie sich auf die Suche machen. Was, wenn Ben einen Kredit nicht bewilligt oder die Bank eine Zwangsvollstreckung durchgeführt hatte und jemand ihn dafür hatte bezahlen lassen wollen? Es schien weit hergeholt, aber schließlich war ja nichts mehr normal.

# 31

Es war ihr Gesicht, das ihr aus dem Spiegel entgegensah, aber Harry mußte sich erst daran gewöhnen. Der neue Haarschnitt betonte die hohen Wangenknochen, die vollen Lippen und das kräftige Kinn, die so stark an die Hepworths, die Familie ihrer Mutter, erinnerten. Auch die klaren braunen Minor-Augen blickten sie an. Wie jedermann in Crozet vereinte Harry die Züge der Eltern in sich, ein genetisches Zeugnis für das Roulette der menschlichen Fortpflanzung. Das Glück blieb Harry gewogen. Für andere, darunter manche Freunde, galt das nicht. In einer Familie in Crozet wurde eine nach der anderen von Multipler Sklerose heimgesucht; andere konnten den Zangen des Krebses nicht entkommen, wieder andere hatten einen ausgeprägten Hang zu Alkohol oder Drogen geerbt. Je älter Harry wurde, desto mehr fühlte sie sich vom Glück begünstigt.

Während sie ihr Spiegelbild betrachtete, dachte sie an ihre Mutter, die vor ebendiesem Spiegel gesessen hatte, die Farbtiegel aufgestellt, die Lippenstifte in Reih und Glied wie untersetzte Soldaten, die Puderquasten lauernd wie pfirsichfarbene Tellerminen. Sosehr Grace Hepworth Minor ihrem einzigen Kind zuredete, schmeichelte, sosehr sie es bestach – Harry hatte sich der Verlockung femininer Künstlichkeit standhaft verweigert. Sie war damals zu jung, um ihre eiserne Ablehnung der kommerzialisierten Weiblichkeit in Worte zu fassen. Sie wußte lediglich, daß sie das nicht wollte, und niemand konnte sie von dieser Haltung abbringen. Im Laufe der Jahre bewährte sich diese instinktive Ablehnung. Harry fand, daß sie sauber und ordentlich, gesund und anziehend aussah. Ein Mann, der den ganzen falschen Kram brauchte, war in ihren Augen kein richtiger Mann. Sie wollte um ihrer selbst willen geliebt werden und nicht dafür, daß sie einen Haufen Geld ausgab, um der landläufigen Definition von Weiblichkeit zu entsprechen. Allerdings hatte Harry es auch nie für nötig befunden, zu beweisen, daß sie feminin war. Sie fühlte sich feminin, und das genügte ihr. Ihm sollte es auch genügen. Und Fair hatte es ja auch eine Weile genügt.

In dieser Hinsicht waren Boom Boom und Harry die entgegengesetzten Pole der Philosophie der Weiblichkeit. Vielleicht war das der Grund, weshalb sie sich nicht riechen konnten. Boom Boom gab jeden Monat durchschnittlich tausend Dollar für ihre Instandhaltung aus. Sie ließ sich zupfen, färben, massieren. Sie war überschwemmt mit Nährstoffen, die auf ihren besonderen Hormonbedarf abgestimmt waren. Das stand zumindest auf den Flaschen. Sie hielt ständig Diät. Sie fand nichts dabei, zum Einkaufen nach New York zu fliegen. Dann trudelten die gepfefferten Rechnungen ein. Ein Paar Krokoschuhe von Gucci kostete 1200 Dollar. Gepflegt, hochmodisch und bestrebt, jeglichen Makel, ob echt oder eingebildet, zu überdecken, verkörperte Boom Boom den Siegeszug der amerikanischen Kosmetik, Mode und Schönheitschirurgie. Ihre Ichbezogenheit, durch diese Kultur genährt, wuchs sich zu hochgradiger Egozentrik aus. Boom Boom vermarktete sich als Schmuckstück. Mit der Zeit wurde sie eins. Viele Männer machten Jagd auf dieses Schmuckstück.

Als Harry die neue Harry betrachtete, die sie Mirandas und Susans Unerbittlichkeit zu verdanken hatte, entdeckte sie erleichtert eine Menge von der alten Harry. Okay, ein bißchen Rouge betonte die Wangen, Lippenstift verlieh ihrem Mund Wärme, aber nichts war übertrieben. Kein widerwärtiger Lidschatten. Die Wimperntusche betonte lediglich ihre ohnehin langen schwarzen Wimpern. Sie sah aus wie sie selbst, vielleicht sogar mehr als sonst. Sie versuchte, sich damit anzufreunden, versuchte, sich in dem schlichten Wildlederrock und der Seidenbluse zu gefallen, die Susan sie unter Androhung der Todesstrafe zu kaufen gezwungen hatte. Geld ausgeben ist schmerzlicher als jede Strafe, dachte sie; man spürt es länger.

Zu spät. Der Scheck war ausgestellt, der Kauf nach Hause getragen. Es war ohnehin keine Zeit mehr, sich darüber zu grämen, denn Blair klopfte an die Haustür.

Harry ging öffnen.

Blair musterte sie. «Sie sind die einzige Frau, die ich kenne, die in Jeans genausogut aussieht wie im Rock. Na los, gehen wir.»

Mrs. Murphy und Tucker standen auf der Rückenlehne des Sofas und sahen den Menschen nach, wie sie die Zufahrt entlangfuhren.

*«Na, was sagst du?»* fragte Tucker die Katze.

*«Sie sieht scharf aus.»* Mrs. Murphy zwinkerte Tucker zu. *«Bist du nicht froh, daß wir keine Kleider tragen müssen? Du würdest in einem Baumwollfähnchen vielleicht irre aussehen!»*

*«Und du müßtest vier BHs anziehen.»* Tucker stupste Mrs. Murphy in die Rippen, so daß sie fast vom Sofa kippte.

Das entsprach Mrs. Murphys schrägem Sinn für Humor. Sie schoß von der Sofalehne und forderte Tucker auf, sie zu fangen. Mrs. Murphy stürmte geradewegs zur Wand, damit Tucker dachte, sie könne nicht mehr zurück, dann stieß sie sich mit allen vieren an der Wand ab und flog im Absprung direkt über Tuckers Kopf, während der Hund zur Wand schlitterte und mit einem schweren Plumps dort landete. Mrs. Murphy vollführte dieses Manöver in teuflischer Absicht. Wütend drehte Tucker sich so schnell auf ihren Beinen, daß sie wackelte wie im Zeitraffer. Sie wetzten im Kreis herum, bis am Ende, als Tucker unter einen Beistelltisch flitzte und Mrs. Murphy darauf hin und her hüpfte, die Lampe auf dem Tisch schwankte und wackelte, umkippte und auf dem Boden zerschellte. Das Klirren erschreckte die zwei, und sie flohen in die Küche. Nachdem ein paar Minuten Stille war, wagten sie sich wieder hinaus.

«*Ach du Scheiße*», sagte Tucker.

«*Sie braucht sowieso eine neue Lampe. Die hier war so alt, daß sie schon graue Haare hatte.*»

«*Harry wird mir die Schuld geben.*» Tucker fühlte sich bereits gescholten.

«*Sobald wir den Wagen hören, verstecken wir uns unterm Bett. Dann kann sie wüten und toben, bis sie sich abgeregt hat. Bis morgen früh ist sie drüber weg.*»

«*Gute Idee.*»

## 32

**D**ie Baisertörtchen.» Mit einem triumphierenden Nicken wies Little Marilyn Tiffany an, das Dessert aufzutragen.

Little Marilyn pflegte die Nouvelle Cuisine. Big Marilyn folgte ihrem Beispiel. Es war das erste Mal, daß die Mutter die Tochter nachahmte. Jim Sanburne klagte, Nouvelle Cuisine sei eine raffinierte Methode, den Menschen weniger zu essen zu geben. Vogelfutter war seine Bezeichnung dafür. Glücklicherweise waren Big Marilyn und Jim heute nicht zu dem kleinen Abendessen eingeladen. Wohl aber Cabell Hall. Fitz schmeichelte dem bedeutenden Banker unaufhörlich, was er damit rechtfertigte, daß Cabell ihn vor drei Jahren mit Marilyn zusammengebracht hatte. Little Marilyns unleidliche Natur wurde durch die Abwesenheit ihrer Mutter etwas gemildert, und so überschüttete auch sie Cabell und Taxi mit ihrer Aufmerksamkeit.

«Taxi, erzählen Sie Blair, wie Sie zu Ihrem Spitznamen gekommen sind.» Little Marilyn strahlte die ältere Frau an.

«Ach was. Das will er bestimmt nicht hören.» Taxi lächelte.

«Doch, ich würde es gerne hören», ermunterte Blair sie, während Cabby seine Frau, mit der er seit fast drei Jahrzehnten verheiratet war, zärtlich ansah.

«Cabell wird Cabby genannt. Heißt ja auch Taxi. Schön und gut, aber als die Kinder klein waren, habe ich sie zur Schule kutschiert. Ich habe sie von der Schule abgeholt. Ich habe sie zum Arzt gefahren, zum Zahnarzt, zu den Pfadfindern, zur Tanzstunde, Klavierstunde und Tennisstunde. Eines Tages kam ich hundemüde und mies gelaunt nach Hause. Mein Mann, der selbst gerade von einem harten Arbeitstag nach Hause gekommen war, wollte wissen, wie ich denn von meinen hausfraulichen Pflichten so geschlaucht sein konnte. Ich habe ihm laut und deutlich erklärt, was ich den ganzen Tag gemacht hatte, und er sagte, ich solle doch gleich einen öffentlichen Taxidienst aufziehen, wenn ich schon für meine eigenen Kinder einen betriebe. Der Name ist mir geblieben. Er hat mehr Sex als der Name Florence.»

«Mein Herz, du wärst auch sexy, wenn du Amanda heißen würdest», schmeichelte ihr Cabby.

«Was haben Sie gegen den Namen Amanda?» fragte Brenda Sanburne.

«Miss Amanda Westover war die gefürchtete Geschichtslehrerin bei uns im Internat», klärte ihr Mann sie auf. «Sie hat Cabell unterrichtet, mich, womöglich sogar Großvater. Ein richtiges Ekel.» Stafford Sanburne und Cabell Hall waren beide Choate-Absolventen.

«Nicht so ein Ekel wie mein Vorgänger in der Bank.» Cabell blinzelte.

«Artie Schubert.» Little Marilyn versuchte, sich auf ein Gesicht zu besinnen. «War das nicht Artie Schubert?»

«Sie waren noch zu klein, um sich zu erinnern.» Taxi tätschelte Marilyns beringte Hand. «Wie ich hörte, hat er immer, wenn jemand ein Darlehen wollte, ein schrecklich unangenehmes Theater gemacht. Cabby und ich waren damals noch in Manhattan, und dann wurde ihm von einem Vorstandsmitglied der Allied National die Leitung der Bank angeboten. Richmond kam uns vor wie das Ende der Welt –»

Cabby unterbrach sie: «Ganz so schlimm war es nicht.»

«Und nachher hat uns Mittelvirginia so gut gefallen, daß wir hier ein Haus gekauft haben, und Cabby ist jeden Tag zur Arbeit gependelt.»

«Das tu ich immer noch. Montags, mittwochs und freitags. Dienstags und donnerstags bin ich in der Zweigstelle im Einkaufszentrum von Charlottesville. Wissen Sie, daß wir mit unserer Wachstumsrate in den letzten zehn Jahren jede andere Bank in Virginia übertroffen haben – prozentual natürlich. Wir sind immer noch eine kleine Bank, verglichen mit der Central Fidelity, Crestar oder Nations Bank.»

«Liebling, dies ist eine private Einladung, keine Börsenmaklerversammlung.» Taxi lachte. «Man merkt meinem Mann an, wie sehr er seine Arbeit liebt, nicht wahr?»

Während die Gäste Taxi zustimmten und sich überlegten, wie die Menschen zu ihrem Beruf finden, fragte Fitz-Gilbert Blair: «Werden Sie zur Eröffnung der Jagdsaison kommen?»

Blair gab die Frage an Harry weiter: «Werde ich zur Eröffnung der Jagdsaison kommen?»

Stafford beugte sich zu Blair hinüber. «Wenn sie Sie nicht mitnimmt, tu ich's. Harry wird wohl morgen reiten.»

«Wollen Sie mir nicht morgen früh bei den Vorbereitungen helfen?» fragte Harry mit unschuldiger Stimme. «Anschließend können Sie dann dort alle Leute treffen.»

Alle anderen mußten schallend lachen, sogar Brenda Sanburne, die sich genügend auskannte, um zu wissen, daß die Vorbereitungen für eine Fuchsjagd eine nervenaufreibende Angelegenheit sein können.

«Viel Vergnügen, Harry.» Fitz-Gilbert prostete ihr zu.

«Jetzt werde ich aber neugierig. Um wieviel Uhr muß ich bei Ihrer Scheune sein?»

Harry drehte ihre Gabel zwischen den Händen. «Halb acht.»

«Das ist nicht so schlimm», fand Blair.

«Wenn sie heute abend genug trinken, dann schon», prophezeite Stafford.

«Sprich mir nicht von so was.» Fitz-Gilbert faßte sich an die Stirn.

«Ich muß schon sagen, du warst gestern abend ganz schön besäuselt. Heute morgen bin ich neben einem Häufchen Elend aufgewacht.» Little Marilyn machte einen Schmollmund.

«Blair, wußten Sie, daß es in Virginia mehr Fuchsjagd-Clubs gibt als in jedem anderen Staat in Amerika? Neunzehn insgesamt, davon zwei in Albemarle County», klärte Cabell ihn auf. «Keswick im Osten und Farmington im Westen.»

«Nein, das wußte ich nicht. Ich nehme an, es gibt jede Menge Füchse. Worin unterscheiden sich denn die zwei hiesigen Clubs? Warum gibt es nicht einen einzigen großen Club?»

Harry antwortete mit einem hinterhältigen Lächeln: «Ja, wissen Sie, Blair, im Keswick-Jagdclub ist altes, uraltes Virginia-Geld, das in alten, uralten Virginia-Häusern beheimatet ist. Im Farmington-Jagdclub ist altes, uraltes Virginia-Geld, das verteilt wurde.»

Dies rief einen Aufschrei und brüllendes Gelächter hervor. Stafford erstickte fast an seinem Nachtisch.

Als sie sich von der bissigen Bemerkung erholt hatten, unterhielt sich die kleine Gruppe über New York, den Untergang des Theaters, ein Thema, das eine lebhafte Diskussion auslöste, da Blair nicht glaubte, daß es mit dem Theater bergab ging, während Brenda davon überzeugt war. Blair gab ein paar komische Geschichten aus der Model-Szene zum besten, die durch sein Nachahmungstalent überaus lebendig wurden. Alle meinten, daß es mit der Börse trübe aussehe und sie auf bessere Zeiten warten sollten.

Nach dem Dessert setzten sich die Damen in die Fensternische im Wohnzimmer. Brenda mochte Harry gern. Viele Weiße waren liebenswert, aber man konnte ihnen nicht richtig trauen. Obwohl sie Harry nur flüchtig kannte, hatte Brenda das Gefühl, ihr trauen zu können. Die Posthalterin war sozusagen farbenblind. Harry war aufrichtig und verstellte sich nicht, und das wußte Brenda zu schätzen. Wenn eine weiße Person sagte: «Ich persönlich habe keine Vorurteile», dann wußte man, daß es kritisch wurde.

Die Herren zogen sich zu Kognak und kubanischen Zigarren zurück. Fitz-Gilbert war stolz auf seine Schmuggelware und wollte seine Quelle nicht preisgeben. Wer einmal eine Montecristo geraucht hatte, für den gab es kein Zurück.

«Eines Tages wirst du die Katze aus dem Sack lassen.» Stafford hielt sich die Zigarre unter die Nase und ließ sich von dem betörenden Duft des Tabaks erregen.

Cabell lachte. «Eher friert die Hölle zu. Fitz kann Geheimnisse für sich behalten.»

«Der einzige Grund, weswegen ihr Jungs nett zu mir seid, sind meine Zigarren.»

«Und die Tatsache, daß du in Andover der erste Ruderer warst.» Stafford pafte drauflos.

«Sie sehen eher nach einem Ringer aus als nach einem Ruderer.» Auch Blair ergab sich der Trägheit, die die Zigarre erzeugte.

«Als Kind war ich dünn wie eine Bohnenstange.» Fitz klopfte sich auf sein Bäuchlein. «Damit ist es vorbei.»

«Kannten Sie in Andover Binky Colfax? Mein Jahrgang in Yale.»

«Binky Colfax. Er hat die Abschiedsrede gehalten.» Fitz-Gilbert blätterte in seinem Jahrbuch und reichte es Blair.

«Gott, nur gut, daß Binky Akademiker ist.» Blair lachte. «Er ist nämlich jetzt in der Verwaltung. Staatssekretär im Außenministerium. Wenn ich daran denke, was für ein Schwächling der Kerl war, wird mir angst und bange um unsere Regierung. Ich meine, wenn man sich vorstellt, was für Leute wir gekannt haben in Yale, Harvard, Princeton und...»

«Stanford», warf Stafford ein.

«Muß ich?» fragte Blair.

«Ah-ja.» Stafford nickte.

«... Stanford. Die Trottel sind in die Regierung gegangen oder in die Forschung. In zehn Jahren werden sie die Bürokraten im Dienste derer sein, die die Wahlen gewinnen.» Blair schüttelte den Kopf.

«Glauben Sie, daß jede Generation dasselbe durchmacht? Eines Tages nimmt man die Zeitung in die Hand oder guckt sich die Sechsuhrnachrichten an, und siehe da, wieder eins von diesen Würstchen.» Fitz-Gilbert lachte.

«Mein Vater – er war Yale Jahrgang 49 – hat gesagt, das hätte ihm immer eine Heidenangst gemacht. Dann hat er sich dran gewöhnt», sagte Blair.

Cabby meinte: «Alle wursteln sich durch. Wie muß ich mir denn vorkommen? Die Jungs von meinem Jahrgang in Dartmouth gehen nach und nach in Pension. Pension? Und ich weiß noch genau, damals hatten wir nichts anderes im Sinn als...»

Er brach ab, weil seine Gastgeberin den Kopf zur Bibliothek hereinsteckte, die Hand im Türrahmen. «Seid ihr noch nicht fertig? Wir haben in der letzten Dreiviertelstunde sämtliche Probleme der Welt gelöst.»

«Einsam, Schätzchen?» rief Fitz ihr zu.

«Oh, ein klitzekleines bißchen.»

«Wir sind in einer Minute drüben.»

«Wissen Sie, Fitz, ich glaube, wir dürften eine Menge gemeinsame Bekannte haben, nachdem so viele von unseren Schulkameraden nach Yale gegangen sind. Wir müssen demnächst mal unsere Unterlagen vergleichen», sagte Blair.

«Ja, gerne.» Fitz, von Little Marilyn abgelenkt, hatte nicht richtig zugehört.

«Yale und Princeton. Igitt.» Stafford hielt den Daumen nach unten.

«Und Sie waren in Stanford?» fragte ihn Blair.

«Ja. Wirtschaftswissenschaft.»

«Ah.» Blair nickte. Kein Wunder, daß Stafford als Investmentbanker so viel Geld verdiente, und kein Wunder, daß Cabell ihn strahlend anlächelte. Die beiden redeten zweifellos auch am Wochende über Geschäfte.

«War schlau von dir, daß du nicht Anwalt geworden bist.» Fitz drehte seine Zigarre zwischen den Fingern, auf deren schöner, schlichter Bauchbinde MONTECRISTO stand.

«Ein Anwalt ist eine angeheuerte Kanone, selbst wenn's ums Steuerrecht geht. Ich werde nie begreifen, wie ich das Juraexamen bestanden habe, es hat mich so gelangweilt.»

«Es gibt schlimmere Berufe.» Cabell kniff vor dem Qualm die Augen zusammen. «Sie hätten Proktologe werden können.»

Die Männer lachten.

Das Telefon klingelte. Tiffany rief aus der Küche: «Mr. Hamilton.»

«Entschuldigen Sie mich.»

Als Fitz den Hörer abnahm, gingen Stafford, Cabell und Blair zu den Damen ins Wohnzimmer. Wenige Minuten später kam Fitz-Gilbert nach.

«Hat jemand von euch Ben Seifert gesehen oder was von ihm gehört?»

«Nein. Warum?» fragte Little Marilyn.

«Er ist heute nicht zur Arbeit erschienen. Cynthia Cooper war am Apparat. Sie hat den ganzen Abend seine Mitarbeiter und seine Angehörigen angerufen. Jetzt ruft sie Freunde und Bekannte an. Ich habe ihr gesagt, daß Sie hier sind, Cabby. Sie möchte Sie gern sprechen.»

Cabell ging zum Telefon.

«Er verbringt fast mehr Zeit auf Achse als im Büro», erlaubte sich Harry zu bemerken, nachdem Bens Chef außer Hörweite war.

«Ich habe ihm erst letzte Woche gesagt, er soll auf sich aufpassen, aber ihr kennt ja Ben.» Fitz zog sich einen Sessel heran. «Wetten, wenn er wieder auftaucht, wird er eine phantastische Geschichte zum besten geben.»

Harry machte den Mund auf und wieder zu. Sie hatte sagen wollen: «Und wenn hier ein Zusammenhang mit dem Mord an dem Landstreicher besteht?» Vielleicht war ja Ben der Mörder und hatte sich abgesetzt? Aber sie wußte, wie empfindlich Marilyn auf das Thema reagierte, und so sagte sie nichts.

Harry hatte Ben Seifert vollkommen vergessen, als Blair sie vor ihrer Haustür absetzte. Er versprach, am nächsten Morgen um halb acht dazusein. Sie öffnete die Tür und machte Licht. Nur eine Lampe ging an. Harry sah sich die Bescherung auf dem Fußboden an; das Lampenkabel war aus der Wand gerissen.

«Tucker! Mrs. Murphy!»

Die beiden Tiere kicherten unterm Bett, blieben aber, wo sie waren. Harry ging ins Schlafzimmer, kniete sich hin, spähte unters Bett und sah sich von zwei glänzenden Augenpaaren angestarrt.

«Ich weiß, daß ihr zwei das wart.»

*«Das mußt du uns erst mal beweisen.»* Das war alles, was Mrs. Murphy dazu zu sagen hatte. Sie schlug mit dem Schwanz.

«Ich hatte einen schönen Abend und lasse mir von euch nicht die Laune verderben.»

Nur gut, daß Harry so dachte. Der Lauf der Ereignisse sollte früh genug alles verderben.

## 33

Silbrig und beige glitzerte die Erde unter der Frostschicht. Die Sonne, die bleich und tief am Himmel stand, verwandelte den Bodennebel in einen champagnerfarbenen Schleier. Mrs. Murphy und Tucker kuschelten sich in der Sattelkammer in eine Pferdedecke und sahen zu, wie Harry Tomahawk striegelte.

Blair kam um Viertel vor acht. Harry hatte Tomahawk schon gebürstet und eingeflochten, ihm die Hufe mit Fett eingeschmiert und ihn abermals gebürstet, und nun konnte sie selbst eine gründliche Säuberung vertragen.

«Wann sind Sie aufgestanden?» Blair bewunderte ihr Werk.

«Halb sechs. Um die Zeit stehe ich immer auf. Ich

wünschte, ich könnte länger schlafen, aber ich kann's nicht, nicht mal, wenn ich nachts um halb eins ins Bett gehe.»

«Was kann ich tun?»

Harry zog ihren Monteuranzug aus, unter dem ihre lederne Reithose zum Vorschein kam. Über das gute weiße Hemd hatte sie einen dicken Pullover gezogen. Ihre abgetragenen Reitstiefel lehnten blankgeputzt an der Sattelkammerwand. Ihre Melone hing gebürstet an einem Sattelhaken. Harry hatte sich ihre Jagdfarben verdient, als sie noch zur High School ging, und ihr alter schwarzer Melton mit dem belgisch-blauen Kragen hing ordentlich auf der anderen Seite des Sattelhakens.

Harry legte eine schwere wollene Decke über Tomahawk und band sie vorne zu. Sie entriegelte die Querbalken und führte ihn in seine Box. «Daß du mir ja nicht auf die Idee kommst, deine Zöpfe zu scheuern, Tommy, und verheddere dich nicht in deiner Decke.» Sie klopfte ihrem Pferd auf den Hals. «Tommy wird brav sein, aber vorsichtshalber ermahne ich ihn immer», sagte sie zu Blair. «Kommen Sie, es ist alles fertig. Gehen wir Kaffee trinken.»

Nach einem leichten Frühstück sah Blair Harry zu, wie sie Tomahawks schwere Decke durch eine leichtere ersetzte, ihm das Lederhalfter überstreifte und ihn auf ihren Pferde-Anhänger verlud, der wie der Transporter vom Alter gezeichnet war, aber noch gute Dienste leistete. Blair schwang sich in die Fahrerkabine, den Fotoapparat in der Manteltasche, fertig zum Jagdtreffen.

Allmählich lernte er Harrys Hang zu Notbehelfen schätzen, denn ihm wurde klar, wie wenig Geld sie tatsächlich hatte. Falscher Stolz in punkto Besitztümern gehörte nicht zu ihren Fehlern, wohl aber der Stolz, allein zurechtzukommen. Sie mochte nicht um Hilfe bitten, und als das blaue Ungetüm dahintuckerte, fiel Blair ein, was für ein bescheidenes Geschenk es gewesen wäre, ihr seinen Ford-Kombi auszuleihen, um den Anhänger zu ziehen. Hätte er höflich gefragt, sie hätte sein Angebot vielleicht angenommen. Harry war komisch. Sie scheute Gefälligkeiten, vielleicht, weil ihr die Mittel fehlten, sich zu revanchieren, aber so wie Blair sie einschätzte, gelang es ihr immer, ihr Konto ausgeglichen zu halten.

Die Eröffnung der Jagdsaison lockte jeden hinaus, der je ein Bein über ein Pferd geschwungen hatte. Blair wollte seinen Augen nicht trauen, als Harry auf die ebene Weide fuhr. Die Landschaft war mit Pferdeanhängern übersät. Es gab kleine Anhänger für ein Pferd, Zwei-Pferde-Anhänger, Vier-Pferde-Anhänger, mehrere Sattelschlepper, die Gefährte zogen, in denen eine ganze Familie Platz gefunden hätte, Imperatore-Laster mit Aufbau und sogar einen Mitsubishi-Laster, dessen stupsnasige Schnauze sowohl Bewunderung als Spott auslöste.

Die Pferde, die abgeladen und an diesen Gefährten angebunden waren, sorgten für Farbtupfer. Jeder Stall hatte seine eigenen Farben, die im Anstrich der Anhänger und am Outfit der Pferde zum Ausdruck kamen: Die Decken wiesen auf ihre Zugehörigkeit hin. Harrys Farben waren Königsblau und Gold, und so war Tomahawks blaue Decke mit Gold eingefaßt, und in seinen Schweif war eine goldene Kordel eingeflochten. Da waren Decken in unzähligen Farbkombinationen: Jägergrün mit Rot, Rot mit Gold, Schwarz mit Rot, Blau mit Grün, Braun mit Blau, Braun mit Jägergrün, Silber mit Grün, Himmelblau mit Weiß, Weiß mit jeder Farbe, und eine Decke war sogar lila mit Rosa. Die lila-rosa Decke gehörte Mrs. Annabelle Milliken, die vor Jahren eine lila-weiße Decke bestellt hatte; die Verkäuferin hatte die Farben falsch notiert, und Mrs. Milliken war zu höflich gewesen, um sie zu korrigieren. Nach einer Weile hatten sich alle an die Farbkombination gewöhnt. Sogar Mrs. Milliken.

Big Marilyns Farben waren Rot und Gold. Ihr Pferd, ein glänzender brauner Wallach, hätte einem Gemälde von Ben Marshall entsprungen sein können, während Little Marilyns Kastanienbrauner aussah, als sei er aus einem Bild von George Stubbs getrabt.

Harry band ihre Krawatte um, zog die kanariengelbe Weste, den Jagdrock und die Rehlederhandschuhe an und setzte sich die Melone auf. Die Anhängerstoßstange als Steighilfe benutzend, schwang sie sich in den Sattel. Blair bot ihr seine Hände als Steighilfe an, aber sie sagte, sie und Tomahawk seien das Do-it-yourself-Verfahren gewöhnt. Der gute Tommy, mit einer D-Trense, stand still, die Ohren gespitzt. Er liebte die Jagd. Blair reichte Harry ihre Jagdpeitsche mit der langen Schnur genau in dem Moment, als Jock Fiery vorüberritt und ihr «Waidmannsheil» wünschte.

Als Harry davontrabte, um sich die Begrüßungsreden von Master Jill Summers und Tim Bishop anzuhören, tat sich Blair mit Mrs. Hogendobber zusammen. Sie betrachteten die Szenerie. Jack Eicher, der Hundeführer, brachte die Hunde auf die andere Seite der Jagdgesellschaft. Pferd, Hunde, Treiber und Feld schimmerten im sanften Licht. Susan schloß sich der Gruppe an. Sie mühte sich noch mit ihrem Haarnetz ab und ließ es schließlich fallen. Gloria Fennel, Hilltoppermaster, zog ein neues Haarnetz aus ihrer Tasche und gab es Susan.

Blair fragte Mrs. Hogendobber: «Reiten hier alle?»

«Ich nicht, wie Sie sehen.» Sie nickte zu Stafford und Brenda hinüber, die beide wie verrückt fotografierten. «Er ist früher geritten.»

«Ich nehme am besten ein paar Reitstunden.»

«Lynne Beegle.» Mrs. Hogendobber deutete auf eine zierliche junge Dame auf einem herrlich gebauten Vollblüter. «Die ganze Familie reitet. Sie ist eine ausgezeichnete Lehrerin.»

Ehe Blair weitere Fragen stellen konnte, führte die Treiberwehr, die aus drei Pikören, dem Hundeführer und den Mastern bestand, die Hunde an die Stelle, wo die Weide abfiel. Das Feld folgte.

«Jetzt werden die Jagdhunde losgelassen.»

Blair vernahm ein aufgeregtes «Huuh, huup, huup, huhh». Er konnte mit den Lauten nichts anfangen, aber die Hunde wußten, was sie zu tun hatten. Sie schwärmten aus, die Nasen am Boden, die Schwänze gen Himmel gestreckt. Bald schlug eine Hündin namens Streisand tiefkehlig an. Ein weiterer Hund stimmte ein, dann noch einer. Blair lief es kalt über den Rücken, als er den Chor hörte. Das Tier in ihm setzte sich gegenüber seinem hochentwickelten Verstand durch. Er wollte auch jagen.

Das wollte auch Mrs. Hogendobber, die ihn durch ein Handzeichen aufforderte, zu Fuß zu folgen. Mrs. H. kannte jeden Zentimeter des westlichen Bezirks. Als begeisterte Anhängerin der Niederjagd konnte sie vorausahnen, wohin es die Hunde treiben würde, und oft fand sie den besten Platz zum Zuschauen. Mrs. H. erklärte Blair, die Niederjagd sei der Fuchsjagd sehr ähnlich, nur daß das Jagdwild Kaninchen seien und das Feld zu Fuß folge. Blair gewann einen ganz neuen Respekt vor Mrs. Hogendobber, für die selbst die größten Unebenheiten im Boden kein Hindernis darstellten.

Sie erreichten einen großen Hügel, von wo sie ein langes, flaches Tal überblicken konnten. Die Hunde, die der Fuchsspur folgten, rasten über die Wiese. Der Jagdführer, derjenige unter den Treibern, dem es oblag, für Ordnung zu sorgen und das Feld zu dirigieren, führte die Jagd über die erste von einer Reihe Hürden – eine zweiseitige, schräge Palisade, die von beiden Seiten übersprungen werden konnte. Sie war beachtliche 1,70 m hoch. Blair deutete auf eine Gestalt, die mühelos über die Palisade setzte. «Ist das Harry?»

«Ja. Susan ist direkt hinter ihr, und Mim liegt nicht weit zurück.»

«Kaum zu glauben, daß Mim die Strapazen der Fuchsjagd auf sich nimmt.»

«Bei ihrem ganzen Getue hat die Frau eine eiserne Kondition. Reiten kann sie.» Mrs. Hogendobber verschränkte die Arme. Big Marilyns brauner Wallach schien über die Palisade zu schweben. Er nahm die Hürde ohne jede Anstrengung.

Harry lächelte, als das Tempo sich steigerte. Sie liebte ein zügiges Rennen, trotzdem freute sie sich über das erste Hindernis. Sie hielten an, der Hundeführer leinte die Hunde wieder an, damit sie die Spur neu aufnehmen konnten. Mit Harry im ersten Pulk waren Reverend Herbert Jones, prächtig anzusehen in seinem scharlachroten Jagdrock, Carol, die in ihrer schwarzen Jacke mit dem belgischblauen Kragen und der Reitkappe wie eine Zauberin aussah, Big Marilyn und Little Marilyn, beide in Reitfrack und Zylinder, die Kragen ihrer Fräcke mit ihren Jagdfarben garniert, und Fitz-Gilbert in seinem schwarzen Rock mit Melone. Fitz hatte sich seine Farben noch nicht verdient, deswegen stand es ihm nicht zu, sich mit dem roten Reitrock zu schmücken. Die Gruppe hinter ihnen holte auf, jemand brüllte «Halt!», und die Nachfolgenden hielten an. Harry sah sich um, und sie verspürte plötzlich eine große Zuneigung für diese Menschen. Wenn sie beide auf dem Boden standen, hätte sie Mim ohrfeigen können, aber zu Pferde blieb der Gesellschaftstyrannin keine Zeit, allen Leuten zu sagen, was sie zu tun hatten.

Nach wenigen Augenblicken hatten die Hunde die Spur wieder aufgenommen; sie gaben Laut und liefen bald darauf auf das zerklüftete Land zu, das einst den ersten Jones gehörte, die sich in dieser Gegend angesiedelt hatten.

An einem wilden Flüßchen entlang verlief eine steile Böschung. Harry hörte die Hunde durchs Wasser platschen. Der Jagdführer machte die beste Stelle zum Durchwaten aus, die zwar tief war, aber guten Halt bot. Andernfalls müßte man Felsen hinunterrutschen, oder man blieb im Morast stecken. Die Pferde bahnten sich einen Weg hinunter zum Fluß. Harry, die als eine der ersten am Fluß anlangte, sah, wie das Pferd eines Treibers plötzlich bis zum Bauch versank. Rasch zog sie die Beine über den Sattel, gerade im richtigen Augenblick. Hinter ihr fluchte Fitz-Gilbert, der nicht so fix gewesen war und nun nasse Füße hatte.

Zum Ärgern war keine Zeit, denn am anderen Ufer angekommen, stürmte das Feld den Hunden nach. Susan, die unmittelbar hinter Harry ritt, rief: «Da vorne, der Zaun. Scharf nach rechts, Harry!»

Harry hatte vergessen, wie tückisch dieser Zaun war. Es war wie bei einer zu kurz geratenen behelfsmäßigen Landebahn für Flugzeuge. Man mußte nach der Landung sofort wenden, andernfalls krachte man in die Bäume. Tomahawk glitt mühelos über den Zaun. In der Luft und beim Aufsetzen gab Harry Druck mit dem linken Schenkel und ließ den rechten Zügel locker, indem sie die rechte Hand in seitlichem Abstand von Tommys Hals hielt. Er wendete fabelhaft, ebenso Susans Pferd, das Harrys dicht auf den Fersen war. Mim nahm den Zaun kühn im Winkel, damit sie nicht so viel korrigieren mußte. Little Marilyn und Fitz setzten über den Zaun. Harry konnte nicht über die Schulter blicken, um zu sehen, wer ihn sonst noch übersprang, weil sie so schnell ritt, daß ihr die Augen tränten.

Sie donnerten am Waldrand entlang, dann fanden sie einen Wildpfad durch das dichte Gestrüpp. Harry haßte es, durch den Wald zu galoppieren. Sie hatte immer Angst, einen Knieschützer zu verlieren, aber das Tempo war zu schön, und es blieb keine Zeit, sich deswegen zu sorgen. Zudem wand Tomahawk sich geschickt zwischen den Bäumen hindurch und schaffte es spielend, seine Flanken und Harrys Beine von den Stämmen fernzuhalten. Das Feld fädelte sich zwischen Eichen, Storax- und Ahornbäumen hindurch und gelangte schließlich auf eine Wiese, die sich wellenförmig bis zu den Bergen erstreckte. Harry ließ die Zügel auf Tomahawks Hals fallen, und der Gute flog förmlich dahin. Seine Lust vereinte sich mit ihrer. Susan kam an ihre Seite, ihr Apfelschimmel rannte mit angelegten Ohren. Das tat er immer. Es hatte nichts zu bedeuten, abgesehen davon, daß es manchmal Leute erschreckte, die Susan oder das Pferd nicht kannten.

Ein Bretterzaun, unterbrochen von einer 1,85-m-Palisade, kam in Sicht. Ehe sie sich's versah, hatte Harry auf der anderen Seite aufgesetzt. Ihre Lungen brannten von der Geschwindigkeit und der kalten Morgenluft. Aus dem linken Augenwinkel konnte sie Big Marilyn sehen. Aufrecht in den Steigbügeln stehend, die Hände oben am Hals ihres Wallachs, trieb Mim ihr Tier vorwärts. Sie war entschlossen, Harry zu überholen. Ein Wettrennen, und was für ein Gelände dafür! Harry blickte zu Mim hinüber, Mim blickte zurück. Erdklumpen flogen in die Luft. Susan, die keinesfalls zurückfallen wollte, blieb dicht bei ihnen. Weiter vorne lockte ein großes Hindernis mit einem steilen Gefälle auf der anderen Seite. Der Jagdführer setzte hinüber. Mims Pferd war dicht vor Tomahawk. Harry fiel vorsichtshalber hinter Mims Vollblüter zurück. Es hatte keinen Sinn, spontan gemeinsam ein Hindernis zu überspringen. Mim setzte mühelos hinüber. Indem Harry ihr Gewicht in die Hacken verlagerte, bereitete sie sich darauf vor, die Erschütterung beim Aufsetzen auf der anderen Seite abzufangen, trotzdem schlug ihr das Herz bis zum Hals. Diese Hindernisse mit einem Gefälle auf der anderen Seite gaben einem das Gefühl, als schwebe man für immer durch die Lüfte, und das Aufsetzen war oft eine erschütternde Überraschung.

Ein steiler Hügel erhob sich vor ihnen, und sie ritten hinauf; unter ihnen knirschten kleine Steinchen. Auf dem Hügelkamm hielten sie an. Die Hunde hatten die Spur wieder verloren.

«Gutes Rennen.» Mim lächelte. «Gutes Rennen, Harry.»

Mrs. Hogendobber und Blair fuhren in dem Falcon zu der Stelle, wohin es die Jagd ihrer Meinung nach treiben würde. Das alte Gefährt vollzog vorsichtig eine Wende. Mrs. Hogendobber sprang hinaus. «Beeilen Sie sich!»

Schwer atmend folgte Blair ihr wieder einen steilen Hügel hinauf. Dieser hier bot einen überwältigenden Blick auf die Blue Ridge Mountains. Blairs Blick folgte Mrs. Hogendobbers Zeigefinger.

«Da oben, das ist Crozets erster Tunnel. Genau hier ist die Grenze vom Farmington-Revier.»

«Was meinen Sie damit?»

«Nun, ein Landesverband teilt das Revier auf. In den Bergen kann keiner jagen, das Gelände ist zu rauh, und das Gebiet auf der anderen Seite gehört zu einem anderen Jagdrevier, Glenmore, glaube ich. Im Norden haben wir Rappahanock, dann Old Dominion, im Osten Keswick und dann Deep Run. Sie müssen sich das wie Staaten vorstellen.»

«Ich weiß nicht, wann ich jemals etwas so Schönes gesehen habe. Haben die Hunde die Spur verloren?»

«Ja. Sie nehmen sie auf, solange der Hundeführer sie angeleint hält. Sie müssen sich das vorstellen, wie wenn für Füchse ein Netz mit einer Schlinge ausgeworfen wird. Es ist eine gute Meute. Flink und tüchtig.»

In weiter, weiter Ferne hörte sie das merkwürdige Heulen eines Hundes.

Unten wandten alle die Köpfe.

Außer Atem flüsterte Fitz Little Marilyn zu: «Schätzchen, können wir bald abhauen?»

«Du schon.»

«Das Gelände ist stark zerklüftet. Ich will dich nicht allein lassen.»

«Ich bin nicht allein, und ich reite besser als du», entgegnete Little Marilyn, ein bißchen aufbrausend, aber noch immer im Flüsterton.

Der Hundeführer folgte dem Heulen des einzelnen Hundes. Die Meute rückte auf das Klagen zu. Der Jagdführer wartete einen Moment, dann bedeutete er dem Feld, Abstand zu halten. Der sanft hügelige Erdboden knirschte. Neue Felsvorsprünge forderten die Trittsicherheit der Pferde heraus.

«Wir sind bald außerhalb des Reviers», sagte Harry zu Susan. Sie sprach leise. Es war irritierend, wenn man sich anstrengte, die Hunde zu hören, und hinter einem jemand quatschte. Sie wollte die anderen nicht stören.

«Ja, er muß die Hunde zurückholen.»

«Wir reiten auf den Tunnel zu», stellte Mim fest.

«Da können wir nicht hin. Sollten wir auch nicht. Wer weiß, was da oben ist? Das hat uns gerade noch gefehlt, daß ein Bär oder so was aus dem Tunnel stürmt und die Pferde scheu macht.» Little Marilyn war von dieser Aussicht alles andere als begeistert.

«Wir können da nicht hin, das steht fest. Außerdem hat Chesapeake and Ohio den Tunnel versiegelt», fügte Fitz-Gilbert hinzu.

«Ja, aber Kelly Craycroft hat ihn wieder aufgemacht.» Susan spielte darauf an, daß Kelly Craycroft den Tunnel wieder geöffnet und listig getarnt hatte. «Ob die Bahn ihn wohl neu versiegelt hat?»

«Das will ich gar nicht wissen.» Fitz' Pferd wurde unruhig.

Das Heulen des Hundes erhielt bald Antwort. Die Meute arbeitete sich zum Tunnel vor. Der Jagdführer hielt das Feld zurück. Der Hundeführer blieb stehen. Er blies in sein Horn, doch nur ein paar von den Hunden kehrten um. Der abgeirrte Hund heulte und heulte. Ein paar andere stimmten in die heisere Klage ein.

«Die lassen mich im Stich. Die Hunde lassen mich im Stich», sagte der Hundeführer, beschämt über ihren Ungehorsam, zu einem Pikör, der mit ihm ritt, um die Hunde wieder heranzuholen.

Der Pikör knallte mit seiner Peitsche nach einem Nachzügler, der schleunigst wieder zu der Meute stieß. «Rehwild? Aber sie haben nie Rehe gejagt. Außer Big Lou.»

«Das da oben ist nicht Big Lou.» Der Hundeführer bewegte sich auf das Klagen zu. «Komm mit, laß uns die Burschen wieder runterkriegen, bevor sie uns die schöne Jagd verderben.»

Die zwei Treiberpferde bahnten sich einen Weg durch das unwegsame Gelände. Jetzt konnten sie den Tunnel sehen. Die Hunde schnüffelten und hechelten am Eingang. Ein großer Geier flog über ihnen, stieß tollkühn auf einer Luftströmung herab und verschwand im Tunnel.

«Verdammt», rief der Pikör.

Der Hundeführer blies in sein Horn. Der Pikör machte reichlich Gebrauch von seiner Peitsche, aber die Tiere lärmten weiter. Sie waren nicht ratlos, sie waren außer sich.

Dem Hundeführer war so etwas in seinen mehr als vierzig Jahren als Jäger noch nie passiert. Er saß ab und reichte dem Pikör seine Zügel. Er bewegte sich auf den Tunneleingang zu. Der Geier kam heraus, ein zweiter gleich hinterher. Der Hundeführer sah, daß ihnen verfaulte Fleischbrocken aus den Schnäbeln hingen. Er bekam auch eine Geruchswolke davon mit. Als er sich dem Tunnel näherte, erwischte er eine weitere, viel strengere Ladung. Die Hunde winselten jetzt. Einer wälzte sich sogar auf den Rücken. Der Hundeführer bemerkte, daß am Tunneleingang mehrere Steine herausgefallen waren. Ein starker Verwesungsgestank, der ihm vom Leben auf dem Land wohlvertraut war, wehte ihm aus der Öffnung entgegen. Er trat gegen die Steine, und ein paar kullerten fort. Die Eisenbahngesellschaft hatte es also doch versäumt, den Eingang wieder zu versiegeln. Blinzelnd versuchte er, in die Dunkelheit zu spähen, doch seine Nase sagte ihm genug. Es dauerte ein paar Sekunden, bis ihm klar wurde, daß das tote Wesen ein Mensch war. Er wich unwillkürlich zurück. Die Hunde winselten kläglich. Er rief sie fort von dem Tunnel. Er schwankte leicht, als er ins Licht hinaus trat.

«Es ist Benjamin Seifert.»

## 34

Auf der langen Mahagoni-Anrichte schimmerte ein erlesenes georgianisches Teeservice, umringt von zierlichen blauweißen Teetassen, die Ende des siebzehnten Jahrhunderts aus England herübergeschafft worden waren. Ein Hepplewhite-Tisch, beladen mit Schinkenschnittchen, Käseomeletten, Artischockensalat, Schnittkäse, Hackfleischpastete und frischem Brot stand in der Mitte des Speisezimmers. Brownies und ein mächtiger Kuchen rundeten das Angebot ab.

Susan hatte für das Jagdfrühstück ihr Bestes gegeben. Das aufgeregte Gemurmel, gewöhnlich ein Anzeichen für eine erfolgreiche Jagd, bedeutete heute etwas anderes.

Nachdem der Hundeführer Ben Seifert identifiziert hatte, war er mit dem Pikör zu den Mastern, dem Feldmaster und den anderen Pikören hinuntergeritten. Sie beschlossen, die Hunde zu verladen und in die Zwinger zurückzubringen. Erst als alle Menschen in sicherer Entfernung vom Tunnel waren und sich zum Frühstück begeben hatten, eröffneten die Master ihnen die Neuigkeit.

Nachdem die Hunde verfrachtet waren, kehrten der Hundeführer und der Pikör, der ihn zu dem grausigen Fundort begleitet hatte, zum Tunnel zurück, um Rick Shaw und Cynthia Cooper zu helfen.

Trotz der betrüblichen Nachricht trieb der Appetit die Reiter und ihre Zuschauer ans Buffet. Die Speisen schwanden, und Susan füllte Platten und Schüsseln wieder auf. Ned, ihr Mann, kümmerte sich um die Bar.

Big Marilyn, die in einem aprikosenfarbenen Ohrensessel saß, balancierte ihren Teller auf den Knien. Aus ebendiesem Grund konnte sie Buffets nicht ausstehen. Mim wollte an einem Tisch sitzen. Herbie und Carol saßen auf dem Fußboden, zusammen mit Harry, Blair und Boom Boom, die sich betont charmant gab.

Cabell und Taxi trafen später ein und wurden von einer Person, die es gut meinte, von der Neuigkeit unterrichtet. Sie waren so erschüttert, daß sie sofort wieder nach Hause gingen.

Fair stand am Buffet. Er bemerkte die Gruppe auf dem Boden und brachte Nachtisch für alle, auch für seine Exfrau. Fitz-Gilbert und Little Marilyn leisteten Mim Gesellschaft. Mrs. Hogendobber wollte in ihrem Rock nicht auf der Erde sitzen und nahm deshalb den anderen Ohrensessel in Beschlag, der in sanftem Mintgrün gehalten war.

«Miranda.» Big Marilyn spießte ein Stück Omelette auf. «Deine Meinung.»

«Sollen wir die Gesellschaft nach ihren unzufriedenen Mitgliedern beurteilen?»

«Was meinst du damit?» fragte Big Marilyn, ehe Mrs. Hogendobber neuen Atem schöpfen konnte.

«Crozet kommt wieder in die Zeitung. Was bei uns Schreckliches passiert ist, wird überall herumposaunt. Man wird uns anhand dieser Morde beurteilen statt anhand unserer guten Bürger.»

«Danach hatte ich nicht gefragt», fuhr Mim sie an. «Was glaubst du, wer Ben Seifert getötet hat?»

«Noch wissen wir nicht, ob er ermordet wurde», warf Fitz-Gilbert ein.

«Du glaubst doch nicht etwa, daß er in den Tunnel gegangen ist und sich umgebracht hat? Er wäre der letzte, der Selbstmord begehen würde.»

«Was denken Sie, Mim?» Susan wußte, daß ihr Gast darauf brannte, ihre Meinung zu äußern.

«Ich denke, wenn Geld von Hand zu Hand geht, bleibt es manchmal an den Fingern kleben. Wir wissen alle, daß Ben Seifert mit der Arbeitsmoral nicht gerade auf gutem Fuße stand. Aber er lebte ausnehmend gut, oder nicht?» Alle nickten zustimmend. «Der einzige Mensch, der ihn vielleicht hätte ermorden wollen, ist seine Exfrau, aber so dumm ist sie nicht. Nein, er hat an irgend jemandes Treuhandvermögen manipuliert. Das war ihm zuzutrauen.»

«Mutter, das ist ein hartes Urteil.»

«Ich sehe keinen Grund, damit hinterm Berg zu halten.»

«Er, beziehungsweise die Bank, hat das Geld von vielen von uns verwaltet. Er wußte also, wer was hatte.» Fitz vertilgte ein Brownie. «Aber Cabell hätte ihm das Fell über die Ohren gezogen, wenn er auch nur eine Sekunde hätte annehmen müssen, daß Ben unredlich wäre.»

«Vielleicht ist jemand zahlungsunfähig geworden», überlegte Carol Jones laut. «Und vielleicht hat derjenige erwartet, daß Ben ihm entgegenkommt. Und wenn er es nicht getan hat?»

«Oder jemand hat ihn beim Griff in die Kasse erwischt», fügte Reverend Jones hinzu.

«Ich glaube nicht, daß dies irgendwas mit Ben und klebrigen Fingern zu tun hat.» Harry setzte sich in den Schneidersitz. «Bens Tod hängt mit der nicht identifzierten Leiche zusammen.»

«Ach Harry, das ist an den Haaren herbeigezogen.» Fitz griff nach seiner Bloody Mary.

«Es ist so ein Gefühl, ich kann's nicht erklären.» Harrys stille Überzeugung geriet ins Wanken.

«Halten Sie sich an Ihre Gefühle. Ich halte mich lieber an Fakten», stichelte Fitz-Gilbert.

Fair nahm Harry in Schutz: «Früher hab ich genauso gedacht, aber im Zusammenleben mit Harry habe ich gelernt, auf... nun ja, auf Gefühle zu hören.»

«So, und was sagt Ihnen nun Ihre innere Stimme?» Mim betonte «innere» mit anmaßender Schärfe.

«Daß wir gar nicht viel wissen», sagte Harry bestimmt. «Daß einer von uns ermordet wurde und wir uns im Schlaf nicht mehr so sicher fühlen können, weil wir nicht einen einzigen Hinweis, nicht das geringste Anzeichen für ein Motiv haben. Haben wir es mit einem Irren zu tun, der bei Vollmond zuschlägt? Ist es jemand, der eine alte Rechnung zu begleichen hatte? Soll mit dieser Tat etwas anderes vertuscht werden? Etwas, das wir uns nicht im entferntesten vorstellen können? Meine innere Stimme rät mir, wachsame Blicke in alle Richtungen zu werfen.»

Das ließ die Runde einen Moment lang verstummen.

«Sie haben recht.» Herbie stellte seinen Teller auf den Couchtisch. «Und ich schließe nicht aus, daß etwas Satanisches im Spiel sein könnte. Ich habe bisher nichts davon gesagt, weil es so beunruhigend ist. Aber gewisse Kulte verüben Ritualmorde, und die Art, wie sie ihre Opfer töten, ist Teil des Rituals. Wir haben eine zerstückelte Leiche, und wir wissen nicht, wie Ben gestorben ist.»

«Wissen wir, wie der andere Mann gestorben ist?» fragte Little Marilyn.

«Durch einen Schlag auf den Kopf», klärte Ned Tucker sie auf. «Larry Johnson hat die Autopsie vorgenommen, und ich habe ihn anschließend getroffen. Herbie, ich glaube nicht, daß bei satanischen Kulthandlungen Köpfe eingeschlagen werden.»

«Nein, bei den meisten nicht.»

«Damit wären wir wieder da, wo wir angefangen haben.» Fitz stand auf, um sich noch einen Nachtisch zu holen. «Wir sind nicht in Gefahr. Ich wette, wenn die Behörden Bens Bücher überprüfen, werden sie Unregelmäßigkeiten finden. Oder einen zweiten Satz Bücher.»

«Selbst wenn wir es mit einer Veruntreuung von Geldern zu tun haben, wissen wir trotzdem nicht, wer Ben oder den anderen Mann umgebracht hat», stellte Susan fest.

«Diese Morde haben etwas mit Satan zu tun», tönte Mrs. Hogendobbers klare Altstimme. «Der Teufel hat seine langen Krallen in jemanden gesenkt, und, verzeihen Sie den Ausdruck, jetzt ist die Hölle los.»

# 35

Lange Schatten fielen auf die Gräber von Grace und Cliff Minor. Die Sonne ging unter, ein goldenes Orakel, dessen Flammenzungen von den Blue Ridge Mountains emporleckten. Scharlachrot stiegen die Streifen zum Firmament, dann wechselten sie die Farbe, wurden golden, goldrosa, lavendelblau, purpurn und schließlich preußischblau, der erste Kuß der Nacht.

Harry hatte sich ihren Schal um den Hals gewickelt und betrachtete das letzte Spiel der Sonne an diesem Tag. Mrs. Murphy und Tucker saßen zu ihren Füßen. Die schmerzende Melancholie des Sonnenuntergangs durchstach sie wie mit Nadeln. Sie betrauerte den Verlust der Sonne; sie wollte baden in Fluten von Licht. Immer, wenn es dämmerte, ließ sie ihre Arbeit für einen Augenblick ruhen, um sich zu versichern, daß die Sonne morgen wiederkehren würde wie neugeboren. Und heute abend regte sich dieselbe Hoffnung, doch mit größerer Anstrengung. Die Zukunft ist stets blind. Die Sonne würde sich erheben, aber würde auch sie, Harry, sich erheben?

Kein Mensch glaubt, daß er sterben wird; weder ihre Mutter noch ihr Vater hatten es geglaubt. Es ist wie beim Fangenspiel mit Abschlagen – der Tod «ist», er jagt umher, berührt Menschen, und sie fallen um. Bestimmt würde sie aufstehen, wenn es tagte, ein neuer Tag würde sich entfalten wie eine aufblühende Rose. Aber hatte Ben Seifert das nicht auch geglaubt? Den Verlust eines Elternteils, schmerzlich und zutiefst erschütternd, empfand Harry anders als den Verlust eines Gleichaltrigen. Benjamin Seifert hatte ein Jahr vor Harry an der Crozet High School den Abschluß gemacht.

Diesmal hatte der Tod jemanden geholt, der ihr nahestand – zumindest was das Alter betraf.

Ein schreckliches Gefühl von Verlassenheit überkam Harry. Unter diesen Grabsteinen lagen die zwei Menschen, die ihr das Leben geschenkt hatten. Sie erinnerte sich an ihre Belehrungen, sie erinnerte sich an ihre Stimmen, und sie erinnerte sich an ihr Lachen. Wer würde sich an sie erinnern, wenn Harry nicht mehr da wäre, und wer würde die Erinnerung an ihr eigenes Leben bewahren? Jahrhundert um Jahrhundert torkelte die Menschheit zwei Schritte vorwärts und einen zurück, aber immer gab es gute Menschen, komische Menschen, starke Menschen, und die Erinnerung an sie wurde mit den Jahren ausgelöscht. Königen und Königinnen wurde eine Erwähnung in den Chroniken zuteil, aber was war mit den Pferdetrainern, den Bauern, den Näherinnen? Und mit den Posthalterinnen und Postkutschenfahrern? Wer bewahrte die Erinnerung an ihr Leben?

Einsamkeit übermannte Harry. Wenn sie gekonnt hätte, sie hätte jedes Leben umarmt und hochgehalten. Wie die Dinge lagen, hatte sie mit ihrem eigenen Leben zu kämpfen.

Neuerdings fürchtete Harry die kommenden Jahre. Früher war die Zeit ihre Verbündete gewesen. Jetzt war sie sich da nicht mehr so sicher. Wenn der Tod einen jeden Moment krallen kann, dann sollte man das Leben lieber voll auskosten. Das Schlimmste wäre, ins Grab zu gehen, ohne gelebt zu haben.

Die Fingerspitzen kribbelten ihr von der schneidenden Nachtluft, und ihre Zehen schmerzten. Sie pfiff nach Tukker und Mrs. Murphy und machte sich auf den Weg ins Haus.

Harry hatte kein introvertiertes, nachdenkliches Naturell. Sie liebte ihre Arbeit. Sie liebte es, die Früchte ihrer Arbeit zu sehen. Tiefschürfende Gedanken und philosophische Betrachtungen überließ sie anderen. Aber nach der heutigen Erschütterung war Harry in sich gekehrt, und sie war durchströmt vom Leben in seiner ganzen Traurigkeit und Harmonie.

## 36

Ein fürchterliches Spektakel draußen weckte Mrs. Murphy und Tucker. Mrs. Murphy lief ans Fenster.

*«Das sind Simon und die Waschbären.»*

Tucker bellte, um Harry zu wecken, denn bei dieser Kälte hielt Harry die Hintertür fest geschlossen, und sie konnten nicht hinaus auf die vergitterte Veranda. Deren Tür ließ sich leicht öffnen; wenn Harry nur die Hintertür aufmachte, konnten sie nach draußen.

«Laß mich in Ruhe, Tucker», stöhnte Harry.

*«Aufwachen, Mom. Komm schon.»*

«Verdammter Mist.» Harrys Füße berührten den kalten Boden. Sie dachte, der Hund bellte ein Tier an oder müßte mal austreten. Sie polterte die Treppe hinunter und öffnete die Hintertür, und beide Tiere sausten hinaus. «Geht nur und friert euch die Ärsche ab. Ich laß euch nicht wieder rein.»

Katze und Hund hatten keine Zeit, ihr zu antworten. Sie flitzten zu Simon, der von zwei maskierten Waschbären gegen die Stallwand gedrückt wurde.

*«Das gibt's doch wohl nicht!»* bellte Tucker.

Mrs. Murphy, das Fell gesträubt bis zum äußersten, die Ohren flach angelegt, fauchte und heulte: *«Ich kratz euch die Augen aus!»*

Die Waschbären hatten keine Lust zu kämpfen und trollten sich.

«*Danke*», keuchte Simon mit bebenden Flanken.

«*Was war denn los?*» fragte Mrs. Murphy.

«*Blair hat Marshmallows rausgestellt. Die mag ich so gern. Diese Ekelpakete leider auch. Sie haben mich gejagt.*» Ein Blutstropfen sickerte aus Simons Nase. Am linken Ohr blutete er auch.

«*Bist ja ganz schön lädiert. Wollen wir auf den Heuboden gehen?*» schlug Mrs. Murphy vor.

«*Ich hab noch Hunger. Hat Harry Reste rausgestellt?*»

«*Nein. Sie hatte einen schlimmen Tag*», antwortete Tucker. «*Die Menschen haben heute wieder eine Leiche gefunden.*»

«*In Fetzen?*» Simon war neugierig.

«*Das nicht, aber die Geier waren dran.*» Mrs. Murphy zitterte, als ein Windstoß kam. Es fühlte sich an wie achtzehn Grad unter Null.

«*Ich hab mich immer gefragt, was Vögel an den Augen finden. Da gehen sie als erstes dran: an die Augen und den Kopf.*» Simon rieb sich das Ohr, das zu brennen begonnen hatte.

«*Laßt uns reingehen. Kommt. Es ist scheußlich hier draußen.*»

Sie zwängten sich unter dem großen Scheunentor hindurch. Simon blieb stehen, um ein paar Körner aufzulesen, die Tomahawk und Gin Fizz hatten fallen lassen. Da die Pferde schlampige Esser waren, konnte Simon sich über die Nachlese hermachen.

«*Das dürfte bis morgen vorhalten.*» Das graue Opossum setzte sich hin und drapierte seinen rosa Schwanz um sich herum. «*Kommt rauf, oben im Heu ist es warm.*»

«*Ich kann die Leiter nicht raufklettern*», winselte Tucker.

«*Ach ja, das hatte ich vergessen.*» Simon rieb sich die Nase.

«*Gehen wir in die Sattelkammer. Da ist die alte schwere Pferdedecke drin, die Gin Fizz zerrissen hat. Sie hat ein Wollfutter, da können wir uns reinkuscheln.*»

*« Sie hängt auf dem Sattelgestell »*, rief Tucker.

*«Ja? Dann schubs ich sie runter.»* Schon hakte Mrs. Murphy ihre Krallen unter die Unterseite der Tür. Diese, alt und verzogen, gab etwas nach, und die Katze klemmte ihre Pfote dahinter. Tucker hielt unterdessen die Nase am Boden, um zu sehen, ob sie helfen konnte. Nach einer Minute ging die Tür quietschend auf. Die Katze sprang auf das Sattelgestell, grub ihre Krallen in die Pferdedecke und beugte sich damit nach vorn. Sie kam mit der Decke herunter. Die drei kuschelten sich nebeneinander hinein.

Geplagt von ihrem schlechten Gewissen, weil sie ihre Lieblinge draußen gelassen hatte, eilte Harry am nächsten Morgen in die Scheune. Sie wußte, daß sie sie dort finden würde, aber sie war doch sehr überrascht, sie mit einem Opossum zusammengekuschelt in der Sattelkammer anzutreffen. Simon war ebenfalls überrascht, so sehr, daß er sich totstellte.

Tucker leckte Harrys behandschuhte Hände, Mrs. Murphy rieb sich an ihren Beinen.

Harry bemerkte Simons eingerissenes Ohr und die aufgeschrammte Nase. «Der kleine Kerl war wohl in einen Boxkampf verwickelt.»

*«Simon, wach auf. Wir wissen, daß du nicht tot bist.»* Mrs. Murphy klopfte ihm aufs Hinterteil.

Harry nahm eine Tube Heilsalbe, und während Simon die Augen noch fester zukniff, rieb sie seine Wunden ein. Er hielt es nicht aus. Er machte ein Auge auf.

Mrs. Murphy klopfte wieder auf sein Hinterteil. *«Siehst du, sie ist gar nicht so übel. Sie ist ein guter Mensch.»*

Simon, der Menschen nicht traute, verhielt sich still, aber Tucker redete ihm zu: *«Mach ein dankbares Gesicht, Simon, dann gibt sie dir vielleicht was zu fressen. Laß dich von ihr hochnehmen. Das gefällt ihr.»*

Harry streichelte Simons putziges Köpfchen. «Das wird schon wieder, mein Kleiner. Du kannst hierbleiben, wenn du willst, und ich mach derweil meine Arbeit.» Sie ließ die Tiere allein und kletterte auf den Heuboden.

Simon geriet für einen Moment in Panik. *«Sie wird doch meine Schätze nicht stehlen, oder? Ich gehe lieber mal nachsehen.»* Simon verließ die Sattelkammer und umfaßte die unterste Leitersprosse. Er bewegte sich flink. Mrs. Murphy folgte ihm. Tucker blieb, wo sie war, und sah nach oben. Sie konnte hören, wie das Heu bewegt wurde, als Harry daranging, es durch die Bodenluken in die Pferdeboxen zu werfen.

Harry drehte sich um und sah Simon und Mrs. Murphy nach hinten eilen. Sie warf ihren Heuballen hin und folgte ihnen. «Ihr zwei seid ja richtig dicke Freunde.»

Harry mußte über das T-Shirt lachen. Simons Nest war seit Mrs. Murphys letztem Besuch gewaltig verschönert worden.

*«Ruhe da unten»*, rief die Eule.

*«Selber Ruhe, Plattgesicht»*, fauchte Mrs. Murphy.

Harry kniete sich hin, und Simon huschte in seine Kuhle. Er hatte einen Rest von der Kordel hinaufgebracht, die Harry Tomahawk zur Jagderöffnung in die Mähne geflochten hatte. Außerdem hatte er den Futtersack zerfetzt und ihn streifenweise nach oben gebracht. Simons Nest war jetzt sehr gemütlich, und das T-Shirt war liebevoll über seine selbstgemachte Isolierung gebreitet. Ein Kugelschreiber, zwei Pennymünzen und das zerfranste Ende einer alten Longe waren adrett in einer Ecke arrangiert.

«Hübsche Wohnung», bewunderte Harry das Werk des Opossums.

Ein flimmriges Glitzern fiel Mrs. Murphy in ihr scharfes Auge. *«Was ist das?»*

«*Hab ich drüben in Foxden gefunden.*»

Harry lächelte über die Schaustücke: «Ich wußte gar nicht, daß Opossums Hamster sind.»

«*Ich arbeite nach dem Prinzip, lieber etwas haben und nicht brauchen als etwas brauchen und nicht haben. Und im übrigen bin ich kein Hamster*», stellte Simon würdevoll klar.

«*Wo in Foxden hast du das hier gefunden?*» fragte Mrs. Murphy und griff nach dem glitzernden Gegenstand. Als sie ihn zu sich heranzog, sah sie, daß es ein verbogener Ohrring war.

«*Ich mag hübsche Dinge.*» Ängstlich beobachtete Simon Harry, die ihrer Katze den Ohrring abnahm. «*Ich hab's auf dem alten Forstweg im Wald gefunden – mitten in der Wildnis.*»

«Gold.» Harry legte den Ohrring auf ihren Handteller. Er kam ihr irgendwie bekannt vor. Es war eindeutig ein teures Stück. Sie konnte den Stempel nicht erkennen, denn der Ohrring war offenbar überfahren oder zertreten worden. Aber die Buchstaben T-I-F von Tiffany waren lesbar. Sie drehte den Ohrring hin und her.

«*Sie gibt ihn mir doch zurück?*» fragte Simon ängstlich. «*Ich meine, sie ist keine Diebin, oder?*»

«*Nein, eine Diebin ist sie nicht, aber wenn du ihn in Foxden gefunden hast, sollte sie ihn mitnehmen. Es könnte ein Hinweis sein.*»

«*Na und? Die Menschen bringen sich andauernd gegenseitig um. Kaum, daß sie einen erwischt haben, fängt der nächste zu morden an.*»

«*So schlimm ist es nun auch wieder nicht.*»

Die Eule rief wieder: «*Ihr sollt leise sein!*»

Harry liebte Eulengeschrei, aber sie bemerkte den griesgrämigen Unterton. Sie legte den Ohrring in Simons Nest zurück. «Na, mein Kleiner, mir scheint, du gehörst zur Familie. Ich werd dir Essensreste rausstellen.»

Simon steckte sichtlich erleichtert die Nase aus seinem

Nest und musterte Harry mit seinen hellen Augen. Dann sagte er zu Mrs. Murphy: *«Bin ich froh, daß sie mich nicht töten will.»*

*«Harry tötet keine Tiere.»*

*«Sie geht auf die Fuchsjagd»*, gab er schlagfertig zurück.

Während Harry sich wieder daranmachte, den Pferden das Heu hinunterzuwerfen, diskutierten die Katze und das Opossum über dieses Thema.

*«Simon, sie töten nur die alten Füchse oder die kranken. Die gesunden sind zu schlau, um sich fangen zu lassen.»*

*«Und der Fuchs, der voriges Jahr in Posy Dents Garage gelaufen ist? Der war jung.»*

*«Und diese Ausnahme bestätigt die Regel. Er war dumm.»* Mrs. Murphy lachte. *«Ich denke über Füchse wie du über Waschbären. Ah, Harry geht wieder runter, da geh ich mit. Da sie jetzt weiß, wo du wohnst, wird sie sich vielleicht öfter mit dir unterhalten wollen. So ist sie eben, also versuch nett zu ihr zu sein. Sie ist prima. Sie hat deine Schrammen verarztet.»*

Simon dachte darüber nach. *«Ich will's versuchen.»*

*«Schön.»* Mrs. Murphy turnte die Leiter hinunter.

Während sie mit Tucker zum Frühstück ins Haus zockelte, erzählte die Katze dem Hund von dem Ohrring. Je mehr sie redeten, desto mehr Fragen kamen auf. Keines der Tiere war sicher, daß der Ohrring für die Aufklärung des Mordfalls von Bedeutung war, aber wenn Simon ihn an einer verdächtigen Stelle gefunden hatte, war sein Wert nicht zu unterschätzen. Sie hatten die ganze Zeit angenommen, der Mörder sei ein Mann, aber es konnte auch eine Frau sein. Die Leiche war zerstückelt und an verschiedenen Orten versteckt worden. Die einzelnen Teile waren nicht schwer. Ben Seifert in den Tunnel zu schleppen mochte ein hartes Stück Arbeit gewesen sein, aber vielleicht hingen die zwei Todesfälle ja nicht zusammen.

Mrs. Murphy blieb stehen. «*Tucker, vielleicht sind wir auf dem Holzweg. Vielleicht ist der Mörder ein Mann, tötet aber für eine Frau.*»

«*Um sich Rivalen vom Hals zu schaffen?*»

«*Könnte sein. Oder vielleicht gibt sie ihm die Aufträge – vielleicht ist sie das Hirn hinter den Muskeln. Ich wünschte, wir könnten Mom klarmachen, wie wichtig der Ohrring ist, aber sie weiß nicht, woher er kommt, und wir können es ihr nicht sagen.*»

«*Murphy, und wenn wir ihn uns von Simon geben lassen und dort hinlegen, wo er ihn gefunden hat?*»

«*Selbst wenn er sich davon trennt, wie kriegen wir Harry dorthin?*»

Inzwischen waren sie im Haus angekommen und warteten auf ihr Frühstück.

Tucker hatte eine Idee: «*Und wenn ein Mann für eine Frau tötet, um sie zu halten? Wenn er etwas weiß, was sie nicht weiß?*»

Mrs. Murphy lehnte ihren Kopf einen Moment an Tuckers Schulter. «*Hoffentlich kriegen wir es heraus, ich hab nämlich ein mulmiges Gefühl bei der Geschichte.*»

## 37

Larry Johnson hatte nicht nur vorsichtshalber eine Gewebeprobe nach Richmond geschickt; er hatte auch klugerweise den Kopf der nicht identifizierten Leiche behalten, statt ihn dem Sheriff zu überlassen. Nachdem er sich mit einem Gerichtsmediziner in Verbindung gesetzt hatte, schickte Larry den Kopf zu einem Rekonstruktionslabor in Washington, D. C. Da Crozet über keinen Armenfriedhof verfügte, besorgte Reverend Jones eine Grabstätte auf einem kommerziellen Friedhof an der Route 29 in Charlottesville. Als er seine Gemeinde um Spenden bat, kam einiges zusammen, und zu seiner freudigen Überraschung glichen die Sanburnes, die Hamiltons und Blair Bainbridge die Differenz aus. Der Unbekannte wurde sodann unter einem Messingschild zur letzten Ruhe gebettet, auf dem zwar kein Name, aber immerhin eine Nummer stand.

Larry hätte es sich nicht träumen lassen, daß er noch eine zweite Leiche am Hals haben würde. Bens Eltern veranlaßten die Bestattung im Familiengrab der Seiferts, und Cabell Hall kümmerte sich um alle Formalitäten, was für das verzweifelte Elternpaar eine enorme Hilfe war. Larrys Untersuchung ergab, daß Ben mit einem Strick erdrosselt worden und der Tod schätzungsweise drei Tage vor Entdeckung der Leiche eingetreten war. Die Temperatur zwischen Tag und Nacht schwankte so stark, daß er die genaue Todeszeit anhand des Zustands der Leiche nicht bestimmten konnte. Daß sich Tiere an der Leiche zu schaffen gemacht hatten, kam noch erschwerend hinzu. Larry bestand darauf, daß es Bens Eltern erspart wurde, die Leiche zu identifizieren. Er kannte Ben, das genügte zur Identifikation. Ausnahmsweise gab Rick Shaw ihm nach.

Rick hatte sich zunächst gesträubt, den Kopf des ersten Opfers fortschaffen zu lassen. Er trennte sich ungern von diesem Beweisstück. So beschädigt der Kopf auch war, er war seine einzige Hoffnung. Irgendwer mußte das Opfer gekannt haben. Larry zeigte ihm geduldig die Arbeiten der Rekonstruktionskünstler. Cynthia Cooper stand auf seiner Seite, denn es imponierte ihr, was auf diesem Gebiet alles geleistet werden konnte.

Nachdem man den Kopf in seinem gegenwärtigen Zustand sorgfältig studiert hatte, wurde der Schädel von dem noch vorhandenen Fleisch befreit und dann neu gestaltet, Gesicht, Zähne, Haare, alles. Zur Unterstützung wurden Zeichnungen angefertigt. Von dem fertiggestellten Kopf wurden Zeichnungen und Fotografien an Rick Shaw sowie an weitere Polizeidienststellen und Sheriffbüros geschickt. Weitreichende Aktionen zahlen sich aus; irgendwer irgendwo könnte das Gesicht erkennen.

Nachdem ein zweiter Mord dicht auf den ersten gefolgt war, hatte Larry Johnson in Washington angerufen und um Beeilung gebeten.

Und man hatte sich beeilt. Rick Shaw kam mit einem großen weißen Umschlag in der Hand ins Postamt.

«Sheriff, soll ich den für Sie wiegen?» erbot sich Harry.

«Nein. Ist gerade mit dem Paketschnelldienst gekommen.» Rick zog eine Fotografie hervor und schob sie Harry über den Schalter. «Das ist eine Rekonstruktion vom Kopf des zerstückelten Opfers. Sieht nicht übel aus, der Bursche, finden Sie nicht?»

Harry betrachtete die Fotografie. Das Gesicht war freundlich, nicht hübsch, aber sympathisch. Das seitlich gescheitelte rotblonde Haar verlieh ihm etwas Adrettes. Der Mann hatte ein vorspringendes Kinn. «Das könnte ein x-beliebiger Mann sein.»

«Hängen Sie's an die Wand. Hoffen wir, daß ihn hier jemand erkennt. Daß es eine Erinnerung auslöst.»

«Oder einen Fehler.»

«Harry, das werden Sie eher wissen als ich.» Rick klopfte zweimal auf den Schalter. Das war seine Art, «seien Sie vorsichtig» zu sagen.

Sie pinnte die Fotografie neben dem Schalter an die Wand. So war sie nicht zu übersehen. Mrs. Murphy starrte das Bild an. Es war niemand, den sie kannte, und sie sah Menschen aus einem völlig anderen Blickwinkel als Harry.

Brookie und Danny Tucker kamen nach der Schule vorbei. Harry erklärte ihnen, wen die Fotografie darstellte. Danny konnte nicht glauben, daß es eine Nachbildung des Kopfes war, den er aus seinem Kürbis gezogen hatte. Der fotografierte Kopf hatte keinen Bart, was den Mann jünger wirken ließ.

Später kam Mim vorbei. Auch sie betrachtete die Fotografie. «Meinen Sie nicht, daß das die Leute nervös macht?»

«Lieber nervös als tot.»

Die eisblauen Augen sahen Harry ins Gesicht. «Glauben Sie etwa, hier ist ein Massenmörder am Werk? Sie ziehen voreilige Schlüsse. Diesem Mann kann alles mögliche zugestoßen sein.» Ihr langer, mattglänzend lackierter Fingernagel deutete auf das ausdruckslose Gesicht. «Woher sollen wir wissen, daß er nicht bei irgendeiner abartigen Sexgeschichte getötet wurde? Ein Obdachloser, um den sich niemand sorgt, bekommt eine Mahlzeit und ein Bad angeboten. Wer kann das wissen?»

Interessant, was für ein Splitter von Mims Phantasien hier sichtbar wurde. Harry antwortete: «Ich kann mir keine Frau vorstellen, die mit einem Mann ins Bett geht, um ihn dann umzubringen und zu zerstückeln.»

«Insekten tun das andauernd.»

«Aber wir sind Säugetiere.»

«*Und zwar von der armseligsten Sorte*», kicherte Tucker.

Mim fuhr fort: «Vielleicht war es eine ganze Gruppe.»

«In meinen wildesten Phantasien kann ich mir in dieser Stadt keine Gruppe vorstellen, die so etwas tun würde. Partnertausch, ja. Sexualmord, nein.»

Mims Augen leuchteten auf. «Partnertausch? Was wissen Sie, was ich nicht weiß?»

«Die Posthalterin in einer Kleinstadt weiß alles», zog Harry sie auf.

«Alles nicht, sonst wüßten Sie ja, wer der Mörder ist. Ich glaube trotz allem, es ist eine Gruppenaffäre, und Ben hat mit dringesteckt. Oder es ging um Geld. Aber ich habe heute mit Cabell Hall gesprochen, er hat die Bücher durchkämmen lassen, sie wurden haargenau unter die Lupe genommen, und es ist alles in Ordnung. Seltsam, höchst seltsam.»

Boom Boom, Fair, Fitz-Gilbert und Little Marilyn drängelten sich gleichzeitig herein. Auch sie sahen sich das Foto an.

«Mir wird schlecht, wenn ich nur daran denke.» Boom Boom griff sich an den Magen. «Ich war tagelang völlig fertig. Dabei dachte ich, ich hätte alles gesehen, als mein Mann ermordet wurde.»

Fair legte seinen Arm um sie. «Was würde Kelly wohl hierzu gesagt haben?»

«Ihm wäre bestimmt was Komisches dazu eingefallen.» Little Marilyn hatte Boom Booms verstorbenen Mann gern gehabt.

Fitz-Gilbert stieß fast mit der Nase an die Fotografie. «Ist das nicht toll, was man alles machen kann? Stellt euch vor, die flicken ein Gesicht zusammen, und das bei dem Zustand, in dem der Kopf war. Wirklich erstaunlich. Wetten, er sieht besser aus als im Leben.»

«Die Organisation, die dahintersteckt, ist auch erstaunlich», fand Harry. «Rick hat mir gesagt, diese Fotografie wird in allen Polizeiwachen des Landes aufgehängt. Er hofft, daß es sich auszahlt.»

«Das hoffen wir auch», verkündete Mim.

Mrs. Hogendobber kam durch den Hintereingang. Sie eilte herbei, um zu sehen, was vorging, und wurde vor das Foto geführt. «Er war jung. Dreißig, Anfang Dreißig, würde ich sagen. Ein Jammer. Ein Jammer, daß ein Leben so jung und gewaltsam enden mußte, und wir wissen nicht mal, wer er war.»

«Er war ein Nichtsnutz, soviel steht fest.» Fitz-Gilbert spielte auf das Vagabundendasein des Mannes an.

«Niemand ist ein Nichtsnutz. Er muß etwas durchgemacht haben, etwas Schlimmes, vielleicht eine Krankheit.» Mrs. Hogendobber verschränkte die Arme.

«Wetten, er war einer von denen, die in einem Rehazentrum gelebt haben. Es sind so viele Zentren geschlossen worden, nachdem die Programme gekürzt wurden. Die Billigpensionen in den Großstädten sollen überlaufen sein von solchen Menschen – Halbnormale, sozusagen, oder solche, die nicht hundertprozentig ticken. Jedenfalls kommt der Staat für ihre Unterbringung auf, weil sie nicht arbeiten können. Ich wette, so einer war er. Einfach hinausgestoßen in eine Welt, in der er nicht zurechtkam.» Little Marilyn dämpfte ihre hohe Stimme ein kleines bißchen.

«Aber warum, um Himmels willen, ist er dann bloß nach Crozet gekommen?» Mim konnte nichts unwidersprochen hinnehmen, was ihre Tochter sagte.

«Auf dem Weg nach Miami?» überlegte Fitz-Gilbert. «Die Obdachlosen, die die Städte im Norden verlassen können, versuchen sich im Winter zu den Städten im Sonnengürtel durchzuschlagen. Vielleicht ist er am Pennsylvania-Bahnhof auf einen Güterzug aufgesprungen.»

«Was könnte er mit Ben Seifert gemeinsam gehabt haben?» wunderte sich Boom Boom.

«Pech.» Fitz lächelte.

«Falls diese Morde zusammenhängen, dann gibt es einen interessanten Aspekt.» Harry streichelte Mrs. Murphy, die sich auf dem Schalter lümmelte. «Der Mörder wollte nicht, daß wir das zerstückelte Opfer erkennen, aber ihn oder sie hat es nicht im mindesten gestört, daß wir Ben Seifert erkennen würden.»

«Man identifiziere den Zerstückelten, und wir kommen der Sache schon näher», ergänzte Mrs. Hogendobber.

«Das ist es ja, was mir angst macht», gestand Mim. «Es ist ganz nahe. Die Morde passieren hier bei uns.»

## 38

Mehrere Pullover übereinander, Wintergolfhandschuhe und dicke Socken schützten Cabby und Taxi Hall vor der Kälte. Als begeisterte Golfspieler versuchten sie, wenn Cabell Feierabend hatte, neun Löcher einzuschieben, wenn es die Jahreszeit erlaubte, und sie ließen kein einziges Wochenende aus.

Mit einem lockeren Abschlag vom Tee brachte Taxi ihren Ball mitten auf den Fairway. «Guter Schlag, wenn ich mich mal selbst loben darf.»

Sie trat zur Seite, als Cabell sein orangerotes Tee in die Erde steckte. Er legte einen leuchtend gelben Ball auf das Tee, trat zurück, sprach den Ball an und schlug. Der Ball flog in die Luft und machte einen Slice in den Wald. Cabell sagte nichts, sondern setzte sich wieder in den Golfwagen. Taxi stieg zu ihm. Sie kamen zum Wald. Weil der Ball eine so leuchtende Farbe hatte, konnten sie ihn leicht ausmachen, obwohl er in die Blätter geplumpst war.

Cabell bedachte die Ballposition und griff zu einem Fünfereisen. Es war ein riskanter Schlag, da er entweder zwischen den Bäumen hindurch oder über sie hinweg schlagen mußte. Er stellte sich breitbeinig hin, atmete tief durch und schlug.

«Was für ein Schlag!» rief Taxi, als der Ball wunderbarerweise über die Bäume flog.

Cabby lächelte sein erstes ehrliches Lächeln, seit Ben tot aufgefunden worden war. «Nicht schlecht für 'nen alten Mann.»

Sie kehrten zum Caddie zurück. «Schatz», sagte Taxi, «was ist los, ich meine, abgesehen von dem, was ohnehin klar ist?»

«Nichts», log er.

«Du sollst nichts vor mir geheimhalten.» Ihre Stimme klang bestimmt und vorwurfsvoll.

«Florence, mein Herz, ich bin einfach fertig. Nervöse Angestellte, die Ermittlungen des Sheriffs und eine nicht endende Flut von Fragen unserer Kunden – ich bin erledigt, kaputt, nenn's, wie du willst.»

«Okay, dann nenn ich's nachdenklich. Ich weiß, wie du bist, wenn Probleme bei der Bank und irgendwelche Leute dich fertigmachen. Das hier ist etwas anderes. Sind die Bücher frisiert? War Ben ein Dieb?»

«Ich habe dir doch gleich nachdem wir das Ergebnis der Buchprüfung hatten – sie haben rund um die Uhr gearbeitet, bin mal gespannt auf die Endrechnung –, nein. Bens Bücher sind in Ordnung.»

«Ist jemand dabei, sein Treuhandvermögen durchzuforsten? Fitz-Gilbert wirft mit Geld um sich, als gäbe es kein Morgen.»

Cabby schüttelte den Kopf. «Für ihn *gibt* es kein Morgen. Er hat mehr Geld als Gott. Als er ein Junge war, habe ich versucht, ihm einzutrichtern, ein bißchen Maß zu halten, aber das ist mir offensichtlich nicht gelungen. Sein Vermögen, vereint mit dem der Sanburnes» – Cabell schwang seinen Schläger –, «wozu da maßhalten?»

«Es sieht nicht gut aus, wenn ein Mann nicht arbeitet, egal, wieviel Geld er hat. Er könnte wenigstens für wohltätige Zwecke arbeiten.» Taxi stieg auf die Fahrerseite des Golfwagens. Cabell sprang ebenfalls hinein. «Guck mal», sagte sie und zeigte hin, «du hast eine gute Lage. Ich frage mich, wie du den Schlag hingekriegt hast.»

«Ich mich auch.»

«Cab, sitzen wir in der Tinte?»

«Nein, Liebste. Unsere Aktien stehen gut. Ich habe genug auf die Seite gelegt. Aber ich stehe vor einem Rätsel. Ich kann mir nicht vorstellen, in was Ben da hineingeraten ist. Immerhin sollte er mein Nachfolger werden. Ich habe ihm vertraut. Wie stehe ich jetzt im Vorstand da?»

Taxi warf ihrem Mann einen scharfen Blick zu. «Du hast Ben nie richtig gemocht.»

Cabell seufzte. «Nein. Er war ein mistiger kleiner Arschkriecher, dem Geld und vornehme Herkunft imponierten, aber er hat härter gearbeitet, als man ihm zugetraut hätte. Er hatte hervorragende Ideen, und ich hatte das Gefühl, er würde die Bank leiten können, wenn ich aufhöre.»

«Mit anderen Worten, man braucht das Huhn nicht zu lieben, um das Omelette zu genießen.»

«Ich habe nie gesagt, daß ich Ben nicht mag. Nicht ein einziges Mal in den acht Jahren, die er bei der Bank war, habe ich das gesagt.»

Taxi hielt bei dem leuchtend gelben Ball an. «Wir sind siebenundzwanzig Jahre verheiratet.»

«Oh.» Cabby blieb noch einen Moment sitzen, dann stieg er aus und überlegte lange, welches Eisen er nehmen sollte.

«Das Siebener», riet Taxi ihm.

«Hm» – er warf einen Blick auf das Green – «tja, da könntest du recht haben.»

Während sie das Spiel fortsetzten, machte sich Cabell Hall Gedanken über den Unterschied zwischen Frauen und Männern. Oder vielleicht zwischen seiner Frau und ihm. Taxi wußte stets besser über ihn Bescheid, als ihm bewußt war. Er war sich nicht sicher, ob er seine Frau so gut kannte wie sie ihn: seine Vorlieben, Abneigungen, verborgenen Ängste. Sicher, er hielt sein Berufsleben weitgehend von ihr fern, aber sie ließ ihn ja auch nicht an jedem Augenblick ihres Tageslaufs teilhaben. Ob der Mann, der die Waschmaschine reparieren sollte, pünktlich kam, kümmerte ihn so wenig, wie es sie kümmerte, ob ein Kassierer eine schlimme Erkältung hatte.

Trotz alledem war es eine eigenartige Erkenntnis, daß seine Lebenspartnerin in ihn hineinsehen konnte und ihn womöglich durchschaute.

«Cabell», unterbrach Taxi seine Träumerei, «das mit Fitz meine ich ernst. Ein Mann braucht ein richtiges Leben, richtige Verantwortung. Sicher, Fitz scheint soweit ganz glücklich zu sein, aber er ist so ziellos. Das geht bestimmt alles darauf zurück, daß er seine Eltern verloren hat, als er so jung war. Du hast alles für ihn getan, was du konntest, aber –»

«Schatz, du kannst Fitz nicht bessern. Das kann keiner. Er läßt sich, umgeben von Gegenständen, durchs Leben treiben. Außerdem, wenn er etwas Nützliches tun würde, sagen wir, sich Ostern um die Wohltätigkeitsveranstaltung zugunsten behinderter Kinder kümmern, dann könnte er sich nicht mit seiner Frau tummeln. Die Arbeit könnte dem Hochseeangeln in Florida und dem Skiurlaub in Aspen im Wege stehen.»

«War bloß so eine Idee.» Taxi chippte aufs Green.

Er wartete, dann fragte er: «Hast du eine Ahnung, wer Ben umgebracht hat?»

«Keinen blassen Schimmer.»

Cabell atmete lange und leise aus, schüttelte den Kopf, schnappte sich aus einer Tasche einen Putter, den er für seinen hielt. «Ich schwöre, ich schlage mir das jetzt alles aus dem Kopf und konzentriere mich auf das Golfspiel.»

«Dann schlage ich vor, tu meinen Putter zurück und nimm deinen eigenen.»

# 39

**S**pät in der Nacht klingelte bei Harry das Telefon.

Susan entschuldigte sich in aufgeregtem Ton. «Ich weiß, du schläfst, aber ich mußte dich wecken.»

«Alles in Ordnung mit dir?» antwortete eine verschlafene Stimme.

«Ja. Ned ist vor ungefähr einer Viertelstunde aus dem Büro nach Hause gekommen. Er war Bens Anwalt, wie du weißt. Rick war bei ihm im Büro und hat ihm eine Menge Fragen gestellt, von denen Ned nicht eine beantworten konnte, weil er für Ben ausschließlich in Grundstücksgeschäften tätig war. Also, der Sheriff und die Bank haben sich nach Überprüfung der Bücher Bens Privatkonten vorgenommen. Ben Seifert hatte siebenhundertfünfzigtausend Dollar angesammelt, verteilt auf die Bank, die Börse und den Warenmarkt. Sogar Cabell Hall war erstaunt, wie raffiniert Ben war.»

Jetzt war Harry hellwach. «Siebenhundertfünfzigtausend Dollar? Susan, er kann bei der Bank allerhöchstens fünfundvierzigtausend im Jahr verdient haben. Banken sind bekanntlich knauserig.»

«Ich weiß. Sie haben auch seinen Steuerberater kommen lassen und seine Steuererklärungen genau nachgeprüft. Er hat die Gelder ziemlich schlau deklariert. Die meisten Einkünfte hat er als Kursgewinne ausgewiesen, so nennt man das, glaube ich. Der Steuerberater hat erklärt, Ben hätte gesagt, er wollte ihm seine Aufstellungen schicken, aber er hätte es nicht getan. Er sagte, er hätte Ben oft genug gewarnt. Wenn keine Unterlagen da seien, sei die nächste Steuerprüfung Bens Problem. Vorausgesetzt, daß der Tag jemals käme.»

«Komisch.»

«Was ist komisch?»

«Bei der Einkommensteuer hat er nicht betrogen, aber irgendwo muß er betrogen haben. Eigentlich klingt es nicht nach Betrug. Es klingt nach Schmiergeldern oder Geldwäsche.»

«Ich hätte Ben nie für so gerissen gehalten.»

«War er auch nicht», bestätigte Harry. «Aber wer immer mit ihm da drin steckte, der war gerissen. Oder ist es.»

«Gerissene Leute morden nicht.»

«Doch, wenn sie in die Enge getrieben werden, schon –»

«Willst du nicht in die Stadt kommen und eine Weile bei mir wohnen?»

«Warum?»

«Du weißt doch, was Cynthia Cooper uns von Blair erzählt hat. Von seiner Freundin, meine ich.»

«Ja.»

«Er scheint mir ziemlich gerissen zu sein.»

«Sagt dir dein Instinkt, daß er ein Mörder ist?»

«Ich weiß nicht mehr, was ich denken oder fühlen soll.»

Harry setzte sich im Bett auf. «Susan, mir ist gerade etwas eingefallen. Hör zu, kannst du morgen früh bei mir vorbeikommen, bevor ich zum Dienst gehe? Es hört sich verrückt an, aber ich habe ein kleines Opossum gefunden –»

«Hör mir auf mit deinen Pflegefällen, Harry! Ich hab das Eichhörnchen mit dem gebrochenen Bein aufgenommen, weißt du noch? Es hat meine Kleider angeknabbert.»

«Nein, nein. Der kleine Kerl hatte in seinem Nest einen Ohrring. Er ist verbogen, aber, nun ja, ich weiß nicht. Es ist ein sehr teurer Ohrring, und er kann ihn überall aufgelesen haben. Wenn er nun etwas mit diesen Todesfällen zu tun hat?»

«Okay, ich komm morgen rüber. Schließ deine Türen ab.»
«Hab ich schon.» Harry legte auf.

Mrs. Murphy sagte zu Tucker, die auch auf dem Bett lag: *«Manchmal ist sie schlauer, als man meint.»*

## 40

Simon hörte Harry die Leiter hinaufklettern. Er freute sich auf sie, weil sie ihm gestern abend leckere Hühnerknochen, altbackene Kekse und Hershey's Schokoküsse nach draußen gestellt hatte.

Mrs. Murphy schlug ihre Krallen in den Holm der Holzleiter und hangelte sich auf den Heuboden, bevor die Menschen oben anlangten. *«Du brauchst keine Angst zu haben, Simon. Harry bringt eine Freundin mit.»*

*«Mehr als einen Menschen kann ich unmöglich ertragen.»* Simon verkroch sich tiefer in die Heu- und Luzerneballen.

Harry und Susan hockten sich vor Simons Nest.

«Berechnest du ihm was für die Einrichtung?» witzelte Susan.

*«Er nimmt sich alles, was nicht niet- und nagelfest ist.»* Mrs. Murphy lachte.

*«Ich nehme nur gute Qualität»*, flüsterte das Opossum.

«Hier.» Harry holte den Ohrring aus dem Nest.

Susan nahm ihn in die Hand. «Gute Arbeit, Tiffany.»

«Sag ich doch.» Harry nahm den Ohrring und hielt ihn ans Licht. «Dir gehört er nicht, und mir gehört er nicht. Und Elizabeth MacGregor hat er auch nicht gehört.»

«Was hat Mrs. MacGregor damit zu tun?»

«Die einzigen Frauen hier draußen an der Yellow Mountain Road sind ich, du, wenn du mich besuchst, und früher Elizabeth MacGregor. Ach ja, Miranda kommt auch manchmal vorbei, aber solche Ohrringe sind nicht ihr Stil. Zu jugendlich.»

«Stimmt. Aber wir werden nie rauskriegen, wo er hergekommen ist.»

«Vielleicht doch. Wir wissen, daß dieses Nest die Basis ist. Das Territorium eines Opossums hat allerhöchstens einen Umkreis von zweieinhalb Kilometern. Wenn wir diesen Umkreis nach Norden, Osten, Süden und Westen abschreiten, haben wir eine ziemlich gute Vorstellung, wo der Ohrring hergekommen sein könnte.»

*«Ich kann's ihr sagen»*, rief Simon aus seinem Versteck.

*«Sie kann dich nicht verstehen, aber sie wird sich's ausrechnen»*, sagte Mrs. Murphy.

*«Und die andere, ist die in Ordnung?»*

*«Ja»*, versicherte die Katze.

Simon steckte den Kopf über den Luzerneballen, dann bewegte er sich vorsichtig auf die beiden Frauen zu. Harry hielt ihm ein großes Erdnußbutterplätzchen hin. Er kam näher, setzte sich, nahm das Plätzchen und legte es in sein Nest.

«Ist der putzig», flüsterte Susan. «Du konntest schon immer gut mit Tieren umgehen.»

«Dafür nicht mit Männern.»

«Die zählen nicht.»

Simon verblüffte sie, als er Harry den Ohrring entriß und damit in sein Nest flitzte. *«Meiner!»*

«Vielleicht ist er ein Transvestit.» Harry lachte Simon an, dann kam ihr eins von jenen delikaten Häppchen in den Sinn, die einem bei der Lektüre historischer Werke aufgetischt werden. Unter der Herrschaft Elizabeths I. hatten in England nur die maskulinsten Männer Ohrringe getragen.

Noch immer lachend, kletterten sie die Leiter hinunter.

«*Na?*» fragte Tucker.

«Wir müssen das Territorium des Opossums einkreisen», dachte Harry laut.

«*Laß uns zum Friedhof rennen und gucken, ob sie uns folgen.*» Tuckers Vorschlag klang vernünftig.

«*Du kennst Harry – sie wird gründlich vorgehen.*» Die Katze ging zur Stalltür hinaus, Tucker hinterher.

Begleitet von den Tieren, schritten die zwei Frauen die Grenzen des Opossumterrains ab. Als sie am Friedhof vorüberkamen, zogen beide den Schluß, es könnte eine wenn auch entfernte Möglichkeit geben, daß der Ohrring von dort kam.

Susan blieb an dem Eisenzaun stehen. «Woher sollen wir wissen, daß es nicht Blairs Ohrring ist? Er könnte seiner Freundin gehört haben. Oder es gibt vielleicht eine Frau, von der wir nichts wissen.»

«Ich frag ihn.»

«Das ist vielleicht nicht so ratsam.»

Harry überlegte. «Ich bin da zwar anderer Meinung, aber ich werde mich nach deinem Rat richten.» Sie machte eine Pause. «Was schlägst du denn vor?»

«Daß wir vorsichtig unsere Freundinnen fragen, ob eine einen Ohrring verloren hat und wie er aussieht.»

«Herrgott, Susan, wenn wir es mit einer Mörderin zu tun haben oder wenn eine Frau da mit drinsteckt, dann wird das –»

Susan hob die Hände. «Du hast recht. Hast ja recht. Nächster Plan: Wir durchsuchen die Schmuckkästen unserer Freundinnen.»

«Das ist leichter gesagt als getan.»

«Aber es läßt sich machen.»

# 41

**D**ie Eisblumen an den Fensterscheiben bildeten ein kristallenes Kaleidoskop. Die silbernen Kringel reflektierten das Licht der Lampe. Draußen war es stockfinster.

In Porthault-Bettwäsche und eine Daunensteppdecke gekuschelt, studierten Little Marilyn und Fitz-Gilbert ihre Weihnachtslisten.

Little Marilyn hakte Carol Jones' Namen ab.

Fitz warf einen Blick auf ihre Liste. «Was hast du für Carol besorgt?»

«Den wunderbaren Fotoband, der zu einer Biographie einer Frau aus Montana zusammengestellt wurde. Was für ein Leben. Und die Fotos sind nur durch einen glücklichen Zufall erhalten geblieben.»

Fitz deutete auf einen Namen auf ihrer Liste.

«Streich den.»

Little Marilyn hatte die vorjährige Weihnachtsliste als Vorlage fotokopiert und vergessen, Ben Seiferts Namen zu streichen. Sie verzog das Gesicht.

Sie wandten sich wieder ihren Listen zu, und nach einer Weile unterbrach Little Marilyn ihren Mann. «Ben hatte Zugang zu unseren Geschäftsunterlagen.»

«Hhmm.» Fitz hörte nicht richtig hin.

«Hast du unsere Investitionen überprüft?»

«Ja.» Fitz war nicht sonderlich interessiert.

Sie stieß ihn mit dem Ellbogen an.

«Autsch.» Er drehte sich zu ihr hin. «Was soll das?»

«Und? Unsere Investitionen?»

«Erstens, Ben war Banker, kein Börsenmakler. Er hätte mit unseren Anlagen kaum etwas anstellen können. Cabby hat unsere Konten vorsichtshalber gründlich überprüft. Es ist alles in Ordnung.»

«Du konntest Ben nicht leiden, stimmt's?»

«Du etwa?» Fitz hob eine Augenbraue.

«Nein.»

«Warum fragst du mich dann, was du schon weißt?»

«Komisch, wie man auf Menschen reagiert. Du konntest ihn nicht leiden. Ich konnte ihn nicht leiden. Trotzdem waren wir nett zu ihm.»

«Wir sind nett zu allen Leuten.» Fitz war überzeugt, daß das die Wahrheit war, obwohl seine Frau manchmal eine Imitation ihrer herrischen Mutter sein konnte. Sie nahmen sich wieder ihre Listen vor. Little Marilyn unterbrach ihn erneut. «Und wenn es Ben war, der dein Büro durchwühlt hat?»

Fitz gab es auf, sich weiter mit der Liste zu beschäftigen. «Wie kommst du bloß auf solche Ideen?»

«Ich weiß nicht. Ist mir einfach so durch den Kopf gegangen. Aber was konnte er von dir wollen? Es sei denn, er hat unsere Konten umgeleitet, aber du und Cabell sagten ja, es ist alles in Ordnung.»

«Ja. Es ist alles in Ordnung. Ich weiß nicht, wer mein Büro verwüstet hat. Rick Shaw hat keinen Hinweis, und da Computer und Fotokopierer unangetastet waren, betrachtet er es als einen Fall von willkürlichem Vandalismus. Höchstwahrscheinlich Jugendliche.»

«Wie in Earlysville, wo sie die Briefkästen mit Baseballschlägern demoliert haben?»

«Wann war das?» Fitz' Augen weiteten sich gespannt.

«Liest du den ‹Kriminalreport› in der Sonntagszeitung nicht?» Er schüttelte den Kopf, und Little Marilyn fuhr fort: «Seit sechs, sieben Monaten fährt jemand nachmittags durch die Gegend und zertrümmert die Briefkästen mit Baseballschlägern.»

«Dir entgeht aber auch gar nichts, was, Schätzchen?» Fitz legte seinen Arm um sie.

Sie lächelte ihn an. «Sobald sich die Lage hier entspannt...»

«Du meinst, sobald das Chaos ein bißchen nachläßt?»

«Ja... Laß uns in den Homestead-Ferienclub fahren. Ich brauch ein bißchen Erholung von alledem. Und ich brauch Erholung von Mutter.»

«Amen.»

## 42

Die Wochen vergingen. In der Hektik der Weihnachtsvorbereitungen gerieten die jüngsten bizarren Ereignisse in den Hintergrund, bis sie buchstäblich unter der Festtagsfreude begraben waren. Virginia stürzte sich in den Winter, die Skier variierten zwischen Stahlgrau und Grellblau. Die Berge, so launisch wie das Wetter, wechselten stündlich die Farbe. Die einzigen beständigen Farbflecken waren die hellroten Stechpalmenbeeren und die orangeroten Feuerdornbeeren. Die Felder färbten sich braun, auf den nicht so gut bestellten Äckern wogte leuchtend die Besenhirse. Der Erdboden taute und gefror, taute und gefror, so daß man nie sicher sein konnte, ob die Fuchsjagd stattfand. Harry rief vor jedem vereinbarten Termin an.

Das Postamt, mit Tonnen von Post überschwemmt, führte bei Harry zu einer Einschätzung des Weihnachtsfestes, die sich sehr von der anderer Leute unterschied. Die Weihnachtskarte mußte der Teufel erfunden haben. Die Massen, verblüffend gewaltig in diesem Jahr, hatten Harry veranlaßt, Mrs. Hogendobber für den ganzen Dezember einzustellen, und sie holte für ihre Freundin eine gute Bezahlung heraus.

Susan hatte unterdessen in Boom Booms Schmuck gekramt, ein müheloses Unterfangen, da Boom Boom ihre Pretiosen nur zu gerne vorführte. Harry hatte Mirandas Schmuckkassette durchgesehen, ein nicht ganz so müheloses Unterfangen, weil Miranda ständig «Wozu?» fragte und Harry log, es hätte mit Weihnachten zu tun. Nun mußte sie Miranda zu Weihnachten ein Paar Ohrringe kaufen. Biff McGuire und Pat Harlan fanden genau die richtigen für Mrs. H., große Ovale aus Blattgold. Sie kosteten etwas mehr, als es für Harry erschwinglich war, aber was soll's – Miranda war im Postamt ein Felsen der Brandung gewesen. Harry stürzte sich noch in weitere Unkosten und kaufte ein Paar dicke Goldkugeln für Susan. Damit war ihr Budget erschöpft, nur Geschenke für Mrs. Murphy und Tucker waren natürlich noch drin.

Mit Fair und Boom Boom ging es auf und ab. Boom Boom bat Blair, sie zu einer Versammlung der Piedmonter Umweltschutzbewegung zu begleiten, unter dem Vorwand, ihn mit den progressiven Leuten der Umgebung bekannt machen zu wollen. Was sie auch tat. Sie zeigte sich von ihrer besten Seite, und Blair revidierte seine Meinung über Boom Boom immerhin soweit, daß er sie zu einer Wohltätigkeitsgala in New York einlud.

Harry und Miranda standen bis zu den Knien in Weihnachtskarten, als Fair Haristeen die Eingangstür aufstieß.

«Hallo», rief Harry ihm zu. «Fair, wir kommen nicht mehr nach. Ich weiß, es ist noch mehr Post für dich da, als in deinem Postfach steckt, aber ich weiß nicht, wann ich sie finde. Du siehst ja, hier herrscht Hochbetrieb.»

«Deswegen bin ich nicht gekommen. Morgen, Mrs. Hogendobber.»

«Morgen, Fair.»

«Du weißt wahrscheinlich schon, daß Boom Boom heute morgen nach New York abgereist ist. Weihnachtskaufrausch.»

«Ja.» Harry wußte nicht, wieviel Fair wußte, deshalb hielt sie sich bedeckt.

«Vermutlich weißt du auch, daß Blair Bainbridge sie auf den Knickerbocker-Weihnachtsball im Waldorf Astoria mitnimmt. Wie ich höre, werden Prinzen und Herzöge anwesend sein.»

Er wußte es also. «Hört sich ziemlich pompös an.»

«Europack», urteilte Mrs. Hogendobber.

«Miranda, Sie haben wieder mal die Revolverblätter gelesen, als Sie im Supermarkt an der Kasse anstanden.»

Mrs. Hogendobber warf den nächsten leeren Postsack in den Behälter; sie verfehlte Mrs. Murphy um Haaresbreite. «Na und? Ich bin auch bestens über die Ehe von Charles und Diana informiert. Falls es jemanden interessiert.» Sie lächelte.

«Mich interessiert nur», sagte Fair zu Mrs. Hogendobber, «ob Blair und Boom Boom was miteinander haben.»

«Woher soll ich das wissen?»

«Sie kennen Boom Boom.»

«Fair, verzeih das Wortspiel, aber das ist nicht fair», warf Harry ein.

«Ich wette, du lachst dir einen Ast, Harry. Und ich gucke dumm aus der Wäsche.»

«Hältst du mich für so rachsüchtig?»

«Mit einem Wort, ja.» Er machte auf dem Absatz kehrt und stürmte hinaus.

Miranda stellte sich neben Harry. «Vergessen Sie's. Das geht vorbei. Und er schaut wirklich dumm aus der Wäsche.»

«Und zwar aus der schmutzigen. Sieht ganz schön beklekkert aus.» Harry fing an zu kichern.

«Bitte keine Schadenfreude, Mary Minor Haristeen. Der Herr blickt nicht mit Milde auf die Schadenfrohen. Und wenn ich mich recht erinnere, haben Sie Blair Bainbridge gern.»

Das ernüchterte Harry im Nu. «Klar, ich mag ihn, aber verzehren tu ich mich nicht nach ihm.»

«*Ha!*» schnaubte Tucker.

«Gern haben Sie ihn trotzdem», beharrte Miranda.

«Okay, okay, ich hab ihn gern. Wieso nimmt eigentlich ganz Crozet Anstoß an einer alleinstehenden Person? Bloß weil ich meinen Nachbarn mag, heißt es noch lange nicht, daß ich mit ihm schlafen will, und es heißt noch lange nicht, daß ich ihn heiraten will. Alle zäumen sie das Pferd von hinten auf. Ich lebe gern allein, wirklich. Ich brauche Fair nicht mehr seine Klamotten nachzuräumen, ich muß sie nicht mehr waschen und bügeln, und ich brauch mir nicht zu überlegen, was ich zum Abendessen kochen soll. Ich brauch nicht um sieben ans Telefon zu gehen, um zu hören, daß es Probleme mit einer fohlenden Stute gibt und er nicht nach Hause kommt. Und ich vermute, eine der Stuten war Boom Boom Craycroft. Ich dachte, mich tritt ein Pferd. Ich will mich nie wieder um einen Mann kümmern.»

«Na, na, eine Ehe ist ein Fifty-fifty-Unternehmen.»

«Ach Quatsch, Miranda. Zeigen Sie mir eine x-beliebige Ehe in dieser Stadt, und ich werde Ihnen nachweisen, daß die Frauen fünfundsiebzig Prozent der Arbeit machen, sowohl körperlich wie emotional. Himmel, die Hälfte der Männer hier in der Gegend mäht nicht mal den Rasen. Das erledigen ihre Frauen.»

Das Körnchen Wahrheit in diesem Ausbruch veranlaßte Miranda, darüber nachzudenken. Wenn sie einmal einen

Standpunkt eingenommen hatte, fiel es ihr sehr schwer, ihn zu revidieren – abschwächen vielleicht, revidieren nein. «Aber, meine Liebe, glauben Sie nicht, daß die Männer von ihrer Arbeit erledigt sind?»

«Wer hat so viel Geld, daß er sich eine Ehefrau leisten kann, die nicht arbeitet? Die Frauen sind genauso erledigt. Wenn ich nach Hause kam, hatte ich die Hausarbeit am Hals. Er wollte sie nicht machen, dabei habe ich selbst auch verdammt hart gearbeitet.»

Little Marilyn kam herein.

«Habt ihr Krach, ihr zwei?»

«Nein!» brüllte Harry sie an.

«Weihnachten», sagte Miranda lächelnd, als würde das die Spannung erklären.

«Nimm Valium. Wie meine Mutter. Sie hat an die dreihundert Namen auf ihrer Einkaufsliste. Du kannst dir vorstellen, wie durchgedreht sie ist. Ich kann nicht behaupten, daß mir das Ganze Spaß macht. Aber wir haben einen Ruf zu bewahren, und wir dürfen die kleinen Leute nicht im Stich lassen.»

Da brannte bei Harry die Sicherung durch. «Schön, Marilyn, dann gestatte mir, daß ich dich und deine Mutter von einer Person befreie, die zu den kleinen Leuten gehört!» Harry ging zur Hintertür hinaus und knallte sie zu.

Little Marilyn zog einen Flunsch. «Sie konnte mich schon als Kind nicht leiden.»

Miranda, deren gesellschaftliche Position unantastbar war, sprach ein offenes Wort. «Marilyn, Sie machen es einem wirklich nicht leicht.»

«Was meinen Sie damit?»

«Sie tragen die Nase so hoch, daß Sie ertrinken, wenn es regnet. Hören Sie auf, Ihre Mutter zu imitieren. Seien Sie Sie selbst. Jawohl, seien Sie Sie selbst. Das ist das einzige, was Sie besser können als alle anderen. Sie werden viel glücklicher sein, und die Leute um Sie herum auch.»

Diese erfrischende Brise Aufrichtigkeit verblüffte die jüngere Frau dermaßen, daß sie blinzelte, sich aber nicht vom Fleck rührte.

Mrs. Murphy, die halb aus dem Postbehälter hing, betrachtete die verdatterte Marilyn.

*«Tucker, geh um den Schalter rum. Little Marilyn kriegt gleich entweder 'nen Ohnmachtsanfall oder 'nen Schreikrampf.»*

Tucker schlich gehorsam um die Tür herum. Ihre Pfoten klickten auf den Holzdielen.

Little Marilyn schnaufte tief durch. «Mrs. Hogendobber, Sie haben kein Recht, so mit mir zu sprechen.»

«Ich nehme mir das Recht. Ich gehöre zu den wenigen Menschen, die hinter Ihre Fassade schauen, und ich gehöre zu den wenigen, die Sie trotzdem mögen.»

«Eine komische Vorstellung von Freundschaft haben Sie.» Little Marilyns schmales Gesicht bekam wieder Farbe.

«Kind, gehen Sie nach Hause und denken Sie darüber nach. Wer sagt Ihnen die Wahrheit? Wen würden Sie um drei Uhr nachts anrufen, wenn Sie sich mies fühlen? Ihre Mutter? Wohl kaum. Tun Sie irgendwas in Ihrem Leben, das Sie richtig glücklich macht? Wie viele Armbänder, Ketten und Autos können Sie sich kaufen? Aber macht das alles Sie glücklich? Wissen Sie, Marilyn, das Leben ist wie ein Flugzeugträger. Wenn bei der Navigation ein Fehler passiert, braucht das Schiff anderthalb Kilometer, bloß um zu wenden.»

«Ich bin kein Flugzeugträger.» Little Marilyn hatte sich genügend erholt, um kehrtzumachen und zu gehen.

Miranda knallte Briefe auf den Schalter. «Der Tag fängt ja gut an», sagte sie zu der Katze und dem Hund, merkte dann, mit wem sie sprach, und schüttelte den Kopf. «Was tu ich da?»

«*Du führst ein intelligentes Gespräch*», schnurrte Mrs. Murphy.

Harry öffnete verlegen die Hintertür. «Tut mir leid.»

«Schon gut.» Miranda öffnete den nächsten Postsack.

«Ich hasse Weihnachten.»

«Kommen Sie, lassen Sie sich von der Arbeit nicht kleinkriegen.»

«Es ist nicht nur das. Die Morde gehen mir nicht aus dem Kopf, und ich glaube, daß Blair mit Boom Boom auf diesen dämlichen Ball geht, das wurmt mich mehr, als ich gedacht hätte. Aber warum hätte er mich einladen sollen? Ich kann mir die Reise nach New York nicht leisten, und ich hab nichts anzuziehen. Mit mir am Arm kann kein Mann Eindruck schinden. Trotzdem...» Ihre Stimme verlor sich. «Und ich kann es nicht fassen, daß Fair diesem Weib verfallen sein soll.» Sie machte eine Pause. «Und Weihnachten vermisse ich Mom und Dad am allermeisten.»

Tucker setzte sich neben Harrys Füße, und Mrs. Murphy ging ebenfalls zu ihr.

Miranda verstand. Auch sie mußte mit Verlusten leben. «Verzeihen Sie, Harry. Weil Sie jung sind, denke ich manchmal, alles müßte wunderbar sein. Aber ich weiß, wie das ist, die Weihnachtslieder zu hören und zu wünschen, die alten vertrauten Stimmen würden mit uns singen. Nichts wird wieder so, wie es einst war.» Sie trat zu Harry und klopfte ihr auf den Rücken, denn Mrs. Hogendobber lag es nicht, ihre Gefühle überschwenglich zu offenbaren. «Gott schließt keine Tür, ohne eine andere zu öffnen. Das sollten Sie nie vergessen.»

# 43

**G**länzende Schärpen spannten sich quer über manche Männerbrust, Orden baumelten über Herzen. Die in Uniform gekommen waren, ließen die Herzen der Damen höher schlagen. So stattliche Herren, so schöne Frauen, beladen mit Juwelen, deren Gesamtsumme das Bruttosozialprodukt von Bolivien überstieg.

Boom Boom schwirrte der Kopf. Blair, im Frack, glitt mit ihr über die Tanzfläche, eine der elegantesten in ganz Amerika. Was war Crozet dagegen? Boom Boom hatte das Gefühl, angekommen zu sein. Wenn sie Blair nicht den Kopf verdrehen konnte – Blair war aufmerksam, aber sie spürte, daß sie ihn körperlich nicht reizte –, dann würde sie sich einen anderen angeln, bevor die Nacht der Dämmerung wich.

Ein korallenrotes Kleid betonte ihren dunklen Teint, der tiefe Ausschnitt lenkte die Aufmerksamkeit auf ihre Prachtstücke. Als sie und Blair nach dem Tanz an ihren Tisch zurückkehrten, kam einer seiner Studienfreunde zu ihnen. Nachdem sie vorgestellt worden waren, zog sich Orlando Heguay einen Stuhl heran.

«Na, wie ist das Leben in der Provinz?»

«Interessant.»

Orlando lächelte Boom Boom an. «Wenn diese reizende Dame der Beweis ist, würde ich zustimmen.»

Boom Boom lächelte zurück. Ihre Zähne schimmerten; sie hatte sie einen Tag zuvor extra reinigen lassen. «Sie schmeicheln mir.»

«Ganz im Gegenteil. Mir fehlen die Worte.»

Blair lächelte großmütig. «Komm mich Silvester besuchen. Bis dahin habe ich vielleicht sogar Möbel.»

«Abgemacht.»

«Orlando, hilf meinem Gedächtnis auf die Sprünge. Warst du in Exeter oder Andover?»

«Andover. Carlos war in Exeter. Mutter und Dad meinten, wir sollten auf getrennte Colleges gehen, weil wir so starke Konkurrenten waren. Und jetzt haben wir eine gemeinsame Firma. Ich schätze, sie hatten recht.»

«Und was für eine Firma ist das, Mr. Heguay?»

«Bitte nennen Sie mich Orlando.» Er lächelte wieder. Er war ein gutaussehender Mann. «Carlos und ich sind Eigentümer der Atlantic Company. Wir vermitteln Architekten und Innenarchitekten an diverse Kunden sowohl in Südamerika wie in Nordamerika. Ich war ursprünglich der Architekt und Carlos der Innenarchitekt, aber jetzt haben wir ein Team von fünfzehn Angestellten.»

«Hört sich an, als würde Ihnen das Spaß machen», gurrte Boom Boom.

«Tut es auch.»

Blair, amüsiert über Boom Booms Interesse – das von Orlando erwidert wurde –, fragte: «Warst du nicht mit Fitz-Gilbert Hamilton auf der Schule?»

«War ein Jahr unter mir. Der arme Kerl.»

«Inwiefern?»

«Seine Eltern sind eines Sommers beim Absturz eines Kleinflugzeugs ums Leben gekommen. Dann hatte er mit einem Freund einen Autounfall. Es sah gar nicht gut aus. Er soll einen Nervenzusammenbruch gehabt haben. Alle waren erstaunt, daß er's geschafft hat, im Herbst nach Princeton zu kommen; denn in seinem letzten Collegejahr ist viel über ihn gemunkelt worden. Die Leute dachten, er wäre endgültig abgedreht.»

«Er lebt auch in Crozet... scheint vollkommen normal zu sein.»

«Wer hätte das gedacht. Erinnerst du dich an Izzy Diamond?»

«Ich weiß noch, wie er unbedingt in die Pen-and-Scroll-Geheimgesellschaft aufgenommen werden wollte. Ich dachte schon, er würde sterben, wenn sie ihn nicht nähmen. Sie haben ihn tatsächlich nicht genommen.»

«Vor kurzem haben sie ihn wegen Investmentbetrugs verhaftet.»

*«Izzy Diamond?»*

«Ja.» Orlandos Augenbrauen schnellten in die Höhe, dann sah er Boom Boom an. «Wie unhöflich von uns, in College-Erinnerungen zu schwelgen. Mademoiselle, darf ich Sie um diesen Tanz bitten?» Er wandte sich an Blair: «Du mußt dir eine andere Partnerin suchen.»

Blair lächelte und winkte ab. Er war Boom Boom dankbar, daß sie ihm den Zugang zur Gesellschaft von Mittelvirginia ebnete. Er mochte sie ganz gern, obwohl ihr ständiges Bedürfnis, im Mittelpunkt zu stehen, ihn zunehmend langweilte. Auf den Knickerbocker-Ball hatte er sie eigentlich nur eingeladen, um sich zu revanchieren. Es freute ihn riesig, daß Orlando sie so attraktiv fand. Viele der anwesenden Herren warfen Boom Boom bewundernde Blicke zu. Blair hatte für eine Weile genug von Frauen, obwohl er sich zu den seltsamsten Zeiten dabei ertappte, wie er an Harry dachte. Was sie wohl auf einem Ball machen würde? Nicht, daß sie unbeholfen wäre, aber er konnte sie sich nicht im Ballkleid vorstellen. Ihre natürliche Kluft waren Stiefel, Jeans und Hemd. Da Harry einen kleinen Hintern hatte, unterstrich diese Kluft ihre körperlichen Reize. Sie war so praktisch, so realistisch. Plötzlich wünschte Blair, sie wäre bei ihm. Ihr würden bestimmt ein paar witzige Bemerkungen über diese Leute einfallen.

## 44

**W**er bietet fünfzehntausend? Höre ich fünfzehntausend? Neu kriegen Sie den nicht unter fünfunddreißig. Wer bietet fünfzehntausend?»

Während der Versteigerer sang, schimpfte, scherzte und sich aufregte, standen Harry und Blair am Rand des Auktionsgeländes. Ein leichter Regen dämpfte die Aufmerksamkeit; bei den sinkenden Temperaturen konnte der Regen leicht in Schnee übergehen. Die Leute stampften mit den Füßen und rieben sich die Hände. Obwohl Harry eine lange seidene Unterhose, ein T-Shirt, einen dicken Pullover und ihre Daunenjacke trug, spürten Nase, Hände und Füße die schneidende Kälte. Ihren Körper konnte sie immer warm halten, aber bei den Armen und Beinen erwies es sich als schwierig.

Blair trat von einem Fuß auf den anderen. «Meinen Sie wirklich, ich brauche einen Traktor mit siebzig PS?»

«Fünfundvierzig oder so würden Ihnen reichen, aber wenn Sie einen mit siebzig haben, können Sie alles machen. Sie wollen Ihren hinteren Acker umpflügen und düngen, stimmt's? Vielleicht wollen Sie Gestrüpp roden. Sie haben in Foxden eine Menge zu tun. Der John Deere ist alt, ich weiß, aber in gutem Zustand, und wenn Sie auch nur ein kleines bißchen technisches Geschick haben, können Sie ihn problemlos instand halten.»

«Brauche ich einen Planierschild?»

«Um die Zufahrt freizuräumen? Sie könnten ohne Schild durch den Winter kommen. In Virginia schneit es gewöhnlich nicht viel. Konzentrieren wir uns auf das Wesentliche.»

Das Leben auf dem Land erwies sich als komplizierter und

kostspieliger, als Blair es sich vorgestellt hatte. Zum Glück hatte er die nötigen Mittel, und zum Glück hatte er Harry. Ohne sie wäre er zu einem Händler gegangen und hätte für neue Gerätschaften mitsamt Unmengen Zubehör, das er vorerst nicht brauchte und vielleicht nie benutzen würde, einen Haufen Geld bezahlt.

Auf den grün-gelben John-Deere-Traktor hatten es außer Blair noch mehr Leute abgesehen. Es wurde lebhaft geboten, aber schließlich erhielt er bei 22 500 den Zuschlag. Es war ein sagenhaft günstiger Kauf. Das Bieten besorgte Harry.

Begeistert von Blairs Errungenschaft, kletterte Harry auf den Traktor, ließ ihn an und tuckerte im ersten Gang zu ihrem Anhänger. Sie hatte eine Holzrampe mitgebracht, die irrsinnig schwer war. Sie ließ den Traktor laufen, legte den Leerlauf ein und zog die Bremse an.

«Blair, wir werden wohl einen zweiten Mann brauchen.»

Er hob ein Ende an. «Wie haben Sie das Ding da überhaupt drangekriegt?»

«Ich verwahre die Rampe auf dem alten Heuwagen, und wenn ich sie brauche, bringe ich sie zu der Erdrampe und schiebe sie von dort auf den Anhänger, der rückwärts an der Rampe steht. Ich erweitere dabei allerdings mein Schimpfwörterrepertoire.» Sie bemerkte Mr. Tapscott, der einen Hinterkipper erstanden hatte. «Hey, Stuart, helfen Sie mir mal.»

Mr. Tapscott schlenderte herüber, ein großer Mann mit prachtvollen grauen Haaren. «Wird aber auch Zeit, daß Sie sich einen neuen Traktor zulegen, und heute haben Sie einen wirklich guten Kauf gemacht.»

«Blair hat ihn gekauft. Ich hab bloß geboten.» Harry stellte sie einander vor.

Mr. Tapscott musterte Blair. Da er Harry gern hatte, war sein Blick kritisch. Er wollte nicht, daß sich ein Mann an sie heranmachte, der kein Rückgrat hatte.

«Harry hat mir den Fahrweg gezeigt, den Sie bei Reverend Jones angelegt haben. Gute Arbeit.»

«Hat Spaß gemacht.» Mr. Tapscott lächelte. «Na, fühlen Sie sich stark?»

Travis, Stuarts Sohn, kam hinzu, um bei dem Manöver zu helfen. Die Männer stellten die schwere Rampe mühelos auf, und Harry, die auf dem Fahrersitz saß, ließ den Traktor an den Anhänger rollen. Dann schoben die Männer die Rampe in den Anhänger, indem sie sie gegen den Traktor lehnten.

Blair streckte seine Hand aus. «Danke, Mr. Tapscott.»

«War mir ein Vergnügen, dem Freund einer Freundin behilflich zu sein.» Er lächelte und wünschte ihnen einen guten Tag.

Harry fuhr ihren Transporter langsam, weil die Rampe möglichst wenig gegen den Traktor bumpern sollte.

«Ich bringe ihn zu mir, dann können wir den Traktor direkt rüberfahren. Anschließend können Sie mir helfen, die Holzrampe runterzuschieben. Ich wünschte, ich würde mal eine für meine Zwecke geeignete Aluminiumrampe finden, aber ich habe kein Glück.»

«Auf den Jagdtreffen habe ich Anhänger mit Rampen gesehen.»

«Sicher, aber diese Anhänger sind so teuer – vor allem die aus Aluminium, und das sind die besten. Mein Viehanhänger ist ganz brauchbar, aber nicht mit einem mit Rampe zu vergleichen, die sind einfach Spitze.»

Sie fuhr rückwärts an die Erdrampe heran. Beim zweiten Anlauf hatte sie es geschafft. Sie konnten Tucker im Haus bellen hören. Sie rollten den Traktor herunter, danach schoben und zogen sie an der Holzrampe.

«Wie wollen wir die da runterkriegen?» Blair war ratlos, denn die schwere Holzrampe saß bedenklich schief auf der Erdaufschüttung.

«Passen Sie auf.» Harry zog den Anhänger weg, sprang aus dem Transporter und kuppelte ihn aus. Dann stieg sie wieder in den Transporter und fuhr ihn rückwärts an den alten Heuwagen heran. An der langen Deichsel des Wagens hing eine Kette, ein Überbleibsel aus der Zeit, als er noch von Pferden gezogen wurde. Sie warf die Kette über die Kugelkopfkupplung an ihrer Stoßstange. Harry hatte klugerweise beide Kupplungstypen: die in die Bodenplatte ihres Transporters genietete Stahlplatte mit der Kugel für den Anhänger und außerdem die unter dem Transporter ans Fahrgestell angeschweißte Kupplung mit dem umsetzbaren Kugelkopf. Dann fuhr sie den Heuwagen neben die Erdaufschüttung.

«Okay, jetzt schieben wir die Rampe auf den Wagen.»

Blair, der trotz der Kälte schwitzte, schob die schwere Holzrampe auf die Erdrampe. «Geschafft.»

Harry stellte den Motor ab, kurbelte ihre Fenster hoch und stieg aus dem Transporter. «Blair, ich war wohl ein bißchen voreilig. Ich glaube, es fängt bald an zu schneien. Wir können den Traktor in meine Scheune stellen, oder Sie fahren ihn zu sich rüber, und ich komme mit Ihrem Transporter nach.»

Wie aufs Stichwort trudelten die ersten Schneeflocken vom dunkelnden Himmel.

«Lassen wir ihn hier. Ich kann die Maschine noch nicht bedienen. Wollen Sie's mir immer noch beibringen?»

«Klar, ist ganz einfach.»

Jetzt war es, als hätte sich am Himmel ein Reißverschluß geöffnet, und der Schnee rieselte nur so herunter. Die zwei gingen ins Haus, nachdem Harry den Traktor in die Scheune gestellt hatte. Freudig begrüßten die Tiere ihre Mutter. Sie setzte Kaffeewasser auf und kramte Luncheonmeat hervor, um Sandwiches zu machen.

«Harry, Ihr Transporter hat keinen Vierradantrieb, oder?»
«Nein.»
«Heben Sie mir meine Sandwiches noch zwanzig Minuten auf. Ich rase zu Market und kaufe ein bißchen was ein, denn es sieht nach einem richtigen Schneesturm aus. Ihre Vorratskammer ist fast leer und meine auch.»

Ehe sie protestieren konnte, war er schon weg. Eine Stunde später kam er mit acht Tüten Lebensmitteln zurück. Er hatte ein Brathuhn gekauft, einen Schweinebraten, Kartoffeln, Chips, Cola, Kopfsalat, diverse Käse, Gemüse, Äpfel, auch welche für die Pferde, Pfannkuchenmischung, Milch, Butter, Brownie-Mischung, eine Sechserpackung mexikanisches Bier, teuren Bohnenkaffee, eine Kaffeemühle und zwei Tüten Katzen- und Hundefutter. Harry staunte nicht schlecht, als er die Sachen wegräumte und im Küchenkamin Feuer machte, unter Zuhilfenahme eines großen Holzscheits und von etwas gespaltenem Holz, das sie auf der Veranda gestapelt hatte. Ihr Protest wurde ignoriert.

«Jetzt können wir essen.»
«Blair, ich weiß nicht, wie man Schweinebraten macht.»
«Sie machen gute Sandwiches. Wenn es so weitergeht, wie der Wetterbericht sagt, haben wir bis morgen mittag einen halben Meter Schnee. Dann komm ich rüber und zeig Ihnen, wie man Schweinebraten macht. Können Sie Waffeln bakken?»
«Ich hab meiner Mutter immer dabei zugeguckt. Kann ich bestimmt.»
«Sie machen Frühstück, und ich mach Abendessen. Dazwischen streichen wir Ihre Sattelkammer.»
«Haben Sie auch Farbe gekauft?»
«Ist hinten im Wagen.»
«Blair, die wird doch fest bei der Kälte.» Harry sprang auf und lief hinaus, gefolgt von Blair. Sie lachten, während sie

die Farbe in die Küche schleppten, die Haare mit Schneeflokken getüpfelt, die Füße naß. Sie aßen zu Ende, zogen die Schuhe aus und setzten sich wieder, die Füße am Feuer.

Mrs. Murphy streckte sich vor dem Kamin aus, Tucker ebenso.

«Warum haben Sie mich nicht gefragt, wieso ich mit Boom Boom auf dem Knickerbocker-Ball war?»

«Das geht mich nichts an.»

«Ich entschuldige mich dafür, daß ich Sie nicht gefragt habe, aber Boom Boom hat mir sehr geholfen, und zwei Sekunden lang fand ich sie reizvoll, und da dachte ich, ich nehm sie mit ins Waldorf, gewissermaßen als Dankeschön.»

«Wie Ihr Einkauf?»

Er dachte darüber nach. «Ja und nein. Ich mag Leute nicht ausnutzen, und Sie haben mir beide geholfen. Sie hat dort einen Studienkollegen von mir kennengelernt, Orlando Heguay. Der hat groß eingeschlagen bei ihr.»

«Reich?»

«Hm, und obendrein sieht er gut aus.»

Harry lächelte. Es wurde dunkler, und ein mildes Purpurrot legte sich wie ein melancholisches Netz über den Schnee. Blair erzählte Harry von seinen ständigen Kämpfen mit seinem Vater, der gewollt hatte, daß er Arzt wurde wie er selber oder aber Geschäftsmann. Er erzählte von seinen zwei Schwestern und seiner Mutter, und schließlich kam er auf seine ermordete Freundin zu sprechen. Blair erklärte, er fühle sich erst jetzt allmählich wieder wie ein Mensch, obwohl es schon anderthalb Jahre her sei.

Harry zeigte Mitgefühl, und als er sie nach ihrem Leben fragte, erzählte sie ihm, wie sie auf dem Smith College Kunstgeschichte studiert, ihre berufliche Bestimmung aber nicht gefunden hatte und schließlich bei dem Job im Postamt gelandet war, der ihr wirklich Freude mache. Ihre Ehe sei wie ein zweiter Job gewesen, und nach der Scheidung habe sie sich gewundert, wieviel freie Zeit sie hatte. Sie wolle sich nach etwas umsehen, das sie neben dem Postdienst tun könnte. Sie habe an eine Agentur für Pferdebilder gedacht, aber sie kenne sich auf dem Markt nicht genügend aus. Sie habe jedoch keine Eile. Auch sie habe das Gefühl, daß sie langsam aufwache.

Sie überlegte, ob sie ihn bitten solle zu bleiben. Sein Haus war so kahl, aber es schien ihr nicht richtig, ihn jetzt schon zu fragen. Harry lag es nicht, etwas zu überstürzen.

Als er aufstand, um nach Hause zu fahren, umarmte sie ihn zum Abschied, dankte ihm für die Lebensmittel und sagte: «Dann bis morgen.»

Sie sah seinen Rücklichtern nach, als er die kurvige Zufahrt hinunterfuhr. Dann zog sie ihre Jacke an und brachte Essensreste für das Opossum nach draußen.

## 45

Harry hatte sich's mit dem neuesten Roman von Susan Isaac im Bett gemütlich gemacht, als zu ihrer Verwunderung das Telefon klingelte.

Fairs Stimme knatterte in der Leitung. «Kannst du mich hören?»

«Ja, einigermaßen.»

«Die Leitungen sind am Vereisen. Vielleicht bist du bald ohne Strom und Telefon. Bist du allein?»

«Was soll die Frage. Und du? Bist du allein?»

«Ja. Ich mach mir Sorgen um dich, Harry. Was alles geschehen könnte, wenn du von der Welt abgeschnitten bist!»

«Mir passiert schon nichts.»

«Das kannst du nicht wissen. Daß noch nichts passiert ist, muß nicht heißen, daß du nicht in Gefahr bist.»

«Vielleicht bist du in Gefahr.» Harry seufzte. «Fair, soll das etwa eine Entschuldigung sein?»

«Äh... hm, ja.»

«Ist bei Boom Boom der Lack ab?»

Lange war nur ein Knistern in der Leitung zu hören, bis Fair schließlich sagte: «Ich weiß nicht.»

«Fair, ich war deine Frau, und davor war ich eine deiner besten Freundinnen. Vielleicht können wir mit der Zeit wieder gute Freunde werden. Sag mal: Hast du einen Haufen Geld für Boom Boom ausgegeben?»

Diesmal war das Schweigen quälend. «Ich denke ja, für meine Verhältnisse. Harry, es ist nie genug. Ich kauf ihr was Schönes – stell dir vor, Zaumzeug aus England, und diese Sachen sind ja nicht billig. Aber egal, ich kauf ihr zum Beispiel das englische Zaumzeug, und sie fällt über mich her vor lauter Glück. Zwei Stunden später ist sie am Boden zerstört, ich hätte kein Gespür für ihre Bedürfnisse. Ist sie mit ihren Bedürfnissen denn nie am Ende? Macht sie das mit Frauen genauso, oder hat sie diese Masche für Männer reserviert?»

«Mit Frauen macht sie es genauso. Denk nur mal an die Jammergeschichte, die sie Mrs. MacGregor aufgetischt hat, und wie Mrs. MacGregor ihr ausgeholfen und ihr Pferde geliehen hat – das war lange bevor sie mit Kelly verheiratet war. Mrs. MacGregor hatte es bald satt. Sie mußte das Sattelzeug und das Pferd saubermachen, weil Boom Boom nach dem Ausreiten immer gleich verschwand. Sie ist einfach, ach, ich weiß nicht. Sie ist eben unzuverlässig. Daß Kelly Craycroft sie geheiratet hat, das war das Beste, was ihr je passiert ist. Er konnte sie sich leisten.»

«Das ist es ja eben, Harry. Kelly hat ihr ein beachtliches Vermögen hinterlassen, und sie jammert, wie arm sie ist.»

«Mitleid holt mehr Geld aus den Leuten heraus als andere Emotionen, schätze ich. Bist du pleite? Hast du... sehr viel ausgegeben?»

«Hm... mehr, als ich mir leisten konnte.»

«Kannst du die Miete für das Haus und deine Praxis bezahlen?»

«Das ist aber auch alles, was ich noch bezahlen kann.»

Harry überlegte eine Weile. «Wenn du deine Einrichtung auf Pump gekauft hast, kannst du geringere Raten aushandeln, bis du wieder bei Kasse bist. Und wenn du deine Beiträge für den Jagdclub nicht aufbringen kannst, Jock ist da sehr verständnisvoll. Er wird sie dir stunden.»

«Harry» – Fair erstickte fast an seinen Worten –, «ich war ein Trottel. Ich wünschte, ich hätte dir das Geld gegeben.»

Tränen kullerten Harry über die Wangen. «Mein Lieber, das ist jetzt nicht mehr zu ändern. Komm wieder auf die Beine, und nimm Urlaub von den Frauen – einen Jahresurlaub.»

«Haßt du mich?»

«Das war einmal. Ich bin drüber weg, hoffentlich. Ich wünschte, es wäre anders gelaufen. Das Ganze hat meinem Ego einen ziemlichen Schlag versetzt, und das hat mir gar nicht gepaßt, aber wem paßt so was schon? Es ist erstaunlich, wie unvernünftig die vernünftigsten Leute werden, wie sie von allen guten Geistern verlassen werden, wenn Liebe oder Sex ins Spiel kommt. Existiert so was überhaupt? Ich weiß gar nicht mehr, was das ist.»

«Ich auch nicht.» Er schluckte. «Aber ich weiß, daß du mich geliebt hast. Du hast mich nie belogen. Du hast so hart geschuftet wie ich und hast nie etwas verlangt. Ich weiß nicht, wie uns das Feuer abhanden gekommen ist. Eines Tages war es aus.»

Jetzt schwieg Harry zur Abwechslung eine Weile. «Wer weiß, Fair, wer weiß? Können die Menschen dieses Gefühl zurückholen? Manche vielleicht, aber ich glaube nicht, daß wir es gekonnt hätten. Das heißt nicht, daß wir schlechte Menschen sind. Es ist uns irgendwie entglitten. Mit der Zeit werden wir das Gute am anderen und die gemeinsamen Jahre zu schätzen wissen – ich nehme an, das ist der richtige Ausdruck. Die meisten Leute in Crozet glauben nicht, daß das zwischen einem Mann und einer Frau möglich ist, aber ich hoffe, wir können beweisen, daß sie sich irren.»

«Das hoffe ich auch.»

Als er aufgelegt hatte, rief Harry Susan an und erzählte ihr alles. Sie heulte Rotz und Wasser. Susan tröstete sie und war froh, daß Harry und Fair vielleicht Freunde werden könnten. Als Harry sich ausgeweint hatte, kam sie wieder auf das Thema zu sprechen, das für sie gegenwärtig im Mittelpunkt stand, das Thema, das sie nur mit Susan ausführlich erörterte: die Morde.

«Das Geld in Bens Portefeuille liefert keine Anhaltspunkte?»

«Nicht, daß ich wüßte, dabei hab ich sogar Cynthia Cooper im Supermarkt ausgequetscht», antwortete Susan. «Und Ned hat Cabell bearbeitet. Er nimmt es sehr schwer.»

«Und in der Bank fehlt nichts?»

«Nein, sie haben doppelt und dreifach geprüft. Alle stellen dieselbe Frage. Es treibt Cabell zum Wahnsinn.»

«Hast du dir noch mehr Schmuckkästen vorgenommen?»

«Sehr witzig. War wohl doch keine so gute Idee von mir.»

«Ich hatte ein richtig schlechtes Gewissen, als ich Miranda bat, ihre Sachen durchzusehen. Sie ist in Weihnachtsstimmung. Nicht mal die Post kann sie bremsen. Hast du ihren Baum gesehen? Ich glaub, der ist höher als der vorm Weißen Haus.»

«Mich haut ihre Christbaum-Brosche um, die vielen kleinen blinkenden Lichter an ihrem Busen. Sie muß einen Kilometer Draht unter ihrer Bluse und ihrem Rock haben.» Susan lachte.

«Gehst du auf Mims Party?»

«Ich wüßte nicht, daß es uns gestattet wäre, ihr fernzubleiben.»

«Ich zieh den Ohrring an. Das ist unsere einzige Chance.»

«Harry, tu das nicht.»

«Doch, ich tu's.»

«Dann sag ich's Rick Shaw.»

«Sag's ihm hinterher. Sonst beschlagnahmt er den Ohrring. Dabei fällt mir ein, hast du einen einzelnen Ohrring...?»

«Heißen Dank!»

«Nein, nein, so hab ich das nicht gemeint. Ich hab so wenige Ohrringe, und ich hatte gehofft, du könntest mir einen überlassen, am liebsten einen großen.»

«Wofür?»

«Damit ich mit dem Opossum tauschen kann.»

«Harry, um Himmels willen, das ist ein Tier. Gib ihm was zu fressen.»

«Tu ich sowieso. Der kleine Kerl liebt glänzende Sachen. Ich muß ihm einen Ersatz geben.»

Susan seufzte theatralisch. «Ich werd schon was finden. Du bist plemplem.»

«Und was sagt das über dich aus? Du bist schließlich meine beste Freundin.» Mit dieser Bemerkung legten sie auf.

Mrs. Murphy fragte Tucker: *«Hast du gewußt, daß Katzen im alten Ägypten goldene Ohrringe trugen?»*

*«Ist mir schnuppe. Schlaf jetzt.»* Tucker wälzte sich herum.

*«So ein Banause»*, dachte die Katze bei sich, bevor sie unter die Decke kroch. Sie liebte es, mit ihrem Kopf neben Harrys auf dem Kissen zu schlafen.

# 46

Die ganze Nacht schneite es heftig in Mittelvirginia. Ein leichter Temperaturanstieg bei Tagesanbruch verwandelte den Schnee in Eisregen, und bald war die schöne weiße Decke von dickem Eis überlagert. Gegen sieben Uhr sank die Temperatur wieder, und es fiel noch mehr Schnee. Autofahren war gefährlich, weil die Eisdecke verborgen war. Die Polizei warnte die Leute über Fernsehen und Rundfunk und forderte sie auf, zu Hause zu bleiben.

Blair drehte sich vor dem Schuppen im Kreis, als er versuchte, mit seinem Kombi die Einfahrt hinunterzufahren. Darauf schnappte er sich Skier und Stöcke und rutschte querfeldein zu dem Bach zwischen seinem und Harrys Grundstück. Die Ränder des Bachs waren mit Eis überzogen, Eiszapfen hingen an den Büschen, und sogar die Äste der Bäume glitzerten in dem grauen Licht und dem unaufhörlichen Schneefall. Blair schnallte seine Skier ab, warf sie ans andere Ufer und überquerte den Bach mit Hilfe seiner Skistöcke. Jeder Trittstein, den er finden konnte, war glatt wie eine Billardkugel. Was normalerweise ein, zwei Minuten erforderte, dauerte fünfzehn. Als er bei Harrys Hintertür angelangt war, keuchte er und war rot im Gesicht. Die Waffeln brachten ihn wieder zu Kräften.

Als Harry und Blair in die Sattelkammer kamen, war es warm genug zum Streichen, denn Harry hatte einen Heizstrahler mitten in den Raum gestellt. Sie strichen den ganzen Tag. Blair machte wie versprochen den Schweinebraten. Sie saßen beim Nachtisch und unterhielten sich. Blair lieh sich eine starke Taschenlampe und ging zeitig nach Hause, um halb neun. Kurz vor neun rief er Harry an, um ihr zu sagen, daß er's geschafft hatte. Sie versicherten sich gegenseitig, daß es ein wunderbarer Tag gewesen war, dann legten sie auf.

# 47

**E**s schneite den ganzen Sonntag, mal mehr, mal weniger. Susan Tucker fuhr Montag morgen langsam zu Harry hinaus, um sie zur Arbeit abzuholen. Der alte Jeep, mit aufgezogenen Schneeketten, war beladen mit Harry, Mrs. Murphy und Tucker. Auf der Fahrt in die Stadt staunte Harry über die vielen Fahrzeuge, die am Straßenrand liegengeblieben oder abgerutscht waren und jetzt am Fuß der Böschung lagen. Die Besitzer der meisten Wagen kannte sie.

«Gesegnete Zeiten für die Autowerkstatt», bemerkte Harry.

«Und gesegnete Zeiten für Art Bushey. Die meisten Leute werden so wütend sein, daß sie ihr Auto so bald wie möglich abschleppen lassen und bei ihm in Zahlung geben werden. Ein Wagen mit Allradantrieb ist zwar teurer im Unterhalt, aber in dieser Gegend unentbehrlich.»

«Ich weiß», sagte Harry bekümmert.

Susan, über den ständigen Geldmangel ihrer besten Freundin im Bilde, lächelte. «Eine Freundin mit Allradantrieb ist so gut, als hättest du selbst einen.»

Harry verlagerte Tuckers Gewicht auf ihrem Schoß, weil die Pfote des kleinen Hundes ihr auf die Blase drückte. «Ich brauch unbedingt einen Nebenjob. Das Gehalt bei der Post reicht hinten und vorne nicht.»

«Schlechte Zeiten, um ein Geschäft aufzumachen.»

«Meinst du, wir stehen kurz vor einer Depression? Vergiß den Rezessionsquatsch. Die Politiker finden für alles beschönigende Worte.»

«Man erkennt immer, wann ein Politiker lügt. Jedesmal, wenn er den Mund aufmacht.» Susan ging mit dem Tempo noch weiter herunter, als sie die Außenbezirke der Stadt erreichten. Die Straßen waren zwar mehrmals gepflügt worden, aber das Eis unter der Schneedecke war immer noch fest. «Ja, ich glaube, wir stehen kurz davor. Wir müssen für die Wall-Street-Skandale büßen, und mehr noch, wir müssen für den Rest unseres Lebens für das Spar-und-Darlehensfiasko büßen. Die fetten Zeiten sind vorüber.»

«Dann sollte ich vielleicht ein Abmagerungsberatungsinstitut gründen.» Harry war niedergeschlagen.

Susan fuhr vorsichtig an die Holzumzäunung vor dem Postamt heran und trat auf die Bremse. Der Jeep hatte Allradantrieb, aber keinen Allradstopp. Sie sah, daß Miranda schon bei der Arbeit war. «Ich muß nach Hause. Oh, hier, eh ich's vergesse.» Sie entnahm ihrer Handtasche einen großen goldenen Ohrring.

«Das ist doch kein echtes Gold, oder? Dann kann ich ihn nicht annehmen.»

«Vergoldet. Und ich bleibe dabei, daß ich mit deinem Plan nicht einverstanden bin.»

«Ich kann dich hören, aber ich hör nicht auf dich.» Harry öffnete den Wagenschlag. Tucker sprang hinaus und versank kopfüber im Schnee.

Mrs. Murphy lachte. *«Schwimm, Tucker.»*

*«Sehr witzig.»* Tucker schob sich durch den Schnee und sprang bei jedem Schritt hoch, um den Kopf oberhalb des weißen Pulvers zu halten.

Die Katze blieb auf Harrys Schulter. Harry half Tucker vorwärts, und Mrs. Hogendobber öffnete die Tür.

«Ich muß Ihnen was zeigen.» Mrs. Hogendobber machte die Tür zu und schloß wieder ab. «Kommen Sie.»

Während Harry sich aus ihrer Jacke und den diversen übereinandergezogenen Schichten schälte, warf Miranda eine Handvoll Karten auf den Schalter. Sie sahen aus wie jene Werbepostkarten, die regelmäßig von Geschäften versandt wurden, die das Briefporto sparen wollten. Bis Harry eine las.

«Steck deine Nase nicht in Sachen, wo dich nichts angehn», las sie laut. «Was ist das?»

«Ich weiß nicht, was das ist, ich weiß nur, daß die Grammatik nicht stimmt. Herbie und Carol haben eine bekommen, außerdem die Sanburnes, die Hamiltons, Fair Haristeen, Boom Boom, Cabby und Taxi – kurz und gut, fast alle, die wir kennen.»

«Wer hat keine bekommen?»

«Blair Bainbridge.»

Harry hielt die Karte ins Licht. «Guter Druck. Haben Sie Sheriff Shaw angerufen?»

«Ja. Und Charlottesville Press, Papercraft, Kaminer und Tompson, King Lindsay, sämtliche Druckereien in Charlottesville. Niemand hat Unterlagen über so eine Bestellung.»

«Könnte ein Computer mit Grafikprogramm so was machen?»

«Da fragen Sie mich? Dafür sind Kinder da, die spielen mit Computern.» Mrs. Hogendobber stemmte die Hände in die Hüften.

«Ah, da kommen Rick und Cynthia. Vielleicht wissen sie was.»

Die Beamten meinten, die Postkarten könnten mit einem

teuren Laserdrucker gedruckt worden sein, aber sie wollten sich bei Computer-Experten in der Stadt erkundigen.

Während sie langsam losfuhren, sah Cynthia im Westen neue Sturmwolken aufziehen. «Boss?»

«Ja?»

«Warum tut ein Mörder so was? Es ist dumm.»

«Einerseits ja, andererseits... also ich weiß nicht.»

Rick umfaßte das Lenkrad fester und ging auf Kriechtempo herunter. «Wir haben so gut wie nichts in der Hand. Er oder sie weiß das, aber irgendwas steckt in diesem Menschen, das auf sich aufmerksam machen will. Er will nicht erwischt werden, aber er will uns und alle anderen wissen lassen, daß er schlauer ist als wir andern alle zusammen. Ein klassischer Konflikt.»

«Er muß sich seine Macht bestätigen und sich trotzdem versteckt halten.» Sie winkte Fair zu, der im Schnee steckengeblieben war. «Wir halten am besten an. Ich denke, wir können ihn rausziehen.»

Rick verdrehte die Augen nach oben. «Hören Sie, ich weiß, es ist ungesetzlich, deshalb bitte ich Sie nicht direkt, aber wäre es nicht eigenartig, wenn diese Postkarten für einen Tag verlegt würden – nur für einen Tag?» Er machte eine Pause. «Wir haben es mit jemandem zu tun, der unglaublich gerissen ist, mit jemandem, der gerne Katz und Maus spielt. Verdammt. Es ist Weihnachten!»

«Hä?»

«Im Moment habe ich Angst um jedes Weihnachtsgeschenk unter jedem Weihnachtsbaum.»

## 48

Eine gewaltige Douglas-Fichte reichte bis an die hohe Decke von Mim Sanburnes eleganter Villa. Die Hartholzböden schimmerten vom Widerschein der Baumlichter. Unter dem Baum, auf der Anrichte, überall waren Geschenke gestapelt, fröhliche Päckchen, in grüner, goldener, roter und silberner Folie verpackt und mit riesigen bunten Schleifen gekrönt.

An die 150 Gäste füllten die sieben Räume im Parterre des alten Hauses. Zion Hill, wie das Haus genannt wurde, war aus einer 1769 errichteten einräumigen Blockhütte hervorgegangen. Damals waren die Indianer herbeigestürmt und hatten die Weißen getötet, und bis nach dem Freiheitskrieg war Zion Hill ohne Nachbarn geblieben. Schießscharten waren in der Wand, hinter der sich die Pioniere verschanzt hatten, um auf die angreifenden Indianer zu schießen. Die Urquharts, Mims Familie mütterlicherseits, waren zu Wohlstand gelangt und hatten das Haus im Unionsstil vergrößert. Ein rapider wirtschaftlicher Aufschwung verlieh den Vereinigten Staaten in den 1820er Jahren Glanz. Das Land hatte wieder einen Krieg gegen Großbritannien gewonnen, der Westen wurde erschlossen, alles schien möglich. Captain Urquhart, der in der dritten Generation in Zion Hill lebte, investierte in Pippinäpfeln, die angeblich von Dr. Thomas Walker, dem Arzt Thomas Jeffersons, aus dem Staat New York ins Land gebracht worden waren. Der Captain kaufte Bergland zu einem Spottpreis und legte riesige Obstplantagen an. Ein Glück für den Captain, daß die Amerikaner Äpfel mochten: ob als Apfelauflauf, Apfelmost, Apfelmus, Apfeltorte oder Apfelkrapfen. Auch Pferde liebten Äpfel.

Vor dem Bürgerkrieg kaufte sich die nächste Urquhart-

Generation in die Eisenbahn ein, die nach Westen fuhr, und häufte weiteres Vermögen an. Dann kam der verheerende Bürgerkrieg, dem drei oder vier Söhne zum Opfer fielen. Von der übernächsten Generation hatten nur eine Tochter und ein Sohn überlebt. Die Tochter war so vernünftig, einen Yankee zu heiraten. Er war zwar unbeliebt, brachte aber Geld und die für Neuengland typische Sparsamkeit mit. Der Bruder, dessen Kriegsverwundungen nie ganz heilten, arbeitete für den Ehemann seiner Schwester. Kein glückliches Abkommen, aber immer noch besser als verhungern. Das Stigma des Yankeebluts war durch den Zweiten Weltkrieg verblaßt, jedenfalls so weit, daß Mim gegen die Verwendung ihres väterlichen Familiennamens nichts einzuwenden hatte; allerdings stellte sie den Namen ihrer Mutter stets voran.

Architekturfans freuten sich über eine Einladung nach Zion Hill, weil die Räume nach dem Abstand zwischen dem Ellbogen des Poliers bis zur Spitze seines Mittelfingers abgemessen worden waren. Die Maße waren nicht exakt, aber optisch wirkten die Zimmer vollkommen. Gärtner erfreuten sich an den Buchsbäumen und dem Garten mit immergrünen und einjährigen Pflanzen, der über zwei Jahrhunderte liebevoll gepflegt worden war. Und auch die Speisen erfreuten jedermann. Daß die Gastgeberin sich als Herrin aufspielte, freute niemanden, aber auf der Weihnachtsparty waren so viele Leute, mit denen man reden konnte, daß man zu Mim nur «hallo» und beim Gehen «danke für den wunderbaren Abend» sagen mußte.

Die Säufer von Albemarle County, die an der Punschschüssel und an der Bar festklebten, hatten Nasen so rot wie das Gewand des Weihnachtsmanns. Dieser erschien pünktlich um 20 Uhr für die Kinder. Er verteilte seine Gaben, danach konnten die Mamis und Papis ihre Engel nach Hause bringen und schlafen legen. Als das junge Gemüse abtransportiert war, drehten die Leute voll auf. Alle Jahre wieder konnte man sich darauf verlassen, daß jemand stockbesoffen umkippte, Streit anfing, heulte oder einen unglücklichen oder auch glücklichen Partygast verführte.

Dieses Jahr hatte Mim den Chor der lutheranischen Kirche bestellt. Der Auftritt war für 21 Uhr 30 festgesetzt, damit die Frühaufsteher die Weihnachtslieder mitsingen und anschließend nach Hause gehen konnten.

Giftgrün glitzerten Mims Smaragde an ihrem Hals. Ihr weißes Kleid war eigens kreiert, um den Schmuck zur Geltung zu bringen. Die Smaragdohrgehänge paßten zur Halskette. Der Gesamtwert dürfte sich im Einzelhandel bei Tiffany auf 200 000 Dollar belaufen haben. Auf dem Edelsteinsektor gab es harte Konkurrenz durch Boom Boom Craycroft, die Saphire bevorzugte, und Miranda Hogendobber, die eine Vorliebe für Rubine hatte. Miranda, beileibe nicht wohlhabend, hatte ihre kostbare Halskette aus Rubinen und Diamanten von der Schwester ihrer Mutter geerbt. Susan Tucker trug schlichte Diamantohrringe, und Harry trug überhaupt keine Steine. Für eine Frau war Mims Weihnachtsparty wie ein Eintrag in die Gesellschaftsklatschspalten. Es war über die Maßen wichtig, wer was trug, und Harry konnte da nicht mithalten. Sie wünschte, sie wäre darüber erhaben, aber sie hätte liebend gern eine schicke Garnitur aus Ohrringen, Halskette und Ring gehabt. Wie die Dinge lagen, trug sie den verbogenen Ohrring.

Die Herren trugen grüne, rote oder buntkarierte Kummerbunde zu ihren Fräcken. Jim Sanburne trug einen Mistelzweig im Knopfloch, womit er tatsächlich die gewünschte Wirkung erzielte. Fitz-Gilbert trat im Kilt auf, was ebenfalls die gewünschte Wirkung hatte. Die Frauen bemerkten seine Beine.

Fair begleitete Boom Boom. Harry konnte nicht ergründen, ob es eine vor längerem getroffene Verabredung war, ob er schwach geworden oder schlicht masochistisch veranlagt war. Blair begleitete Harry, was sie freute, obwohl er sie erst in letzter Minute gefragt hatte.

Fitz-Gilbert bot Macanudo-Zigarren an. Seine kubanischen Montecristo verwahrte er für ganz besondere Gelegenheiten auf oder verteilte sie nach Lust und Laune, aber eine gute Macanudo war gewissermaßen der Jaguar, wenn eine Montecristo der Rolls-Royce unter den Zigarren war. Blair paffte frohgemut die Gratiszigarre.

Susan und Ned gesellten sich zu ihnen, außerdem Rick Shaw im Frack und Cynthia Cooper, die einen Samtrock mit einem festlichen roten Oberteil trug. Die kleine Gruppe unterhielt sich über die Damen-Basketballmannschaft der Universität von Virginia. Alle waren stolz auf dieses Team. Unter der geschickten Führung der Trainerin Debbie Ryan hatten sich die Frauen landesweit Anerkennung errungen.

Ned meinte: «Wenn sie bloß den Korb niedriger hängen würden. Ich vermisse den Sprungwurf. Ansonsten spielen die Mädels großartig Basketball, und sie können werfen.»

«Besonders die an der Dreipunktelinie.» Harry lächelte. Sie liebte diese Basketballmannschaft.

«Ich finde die Abwehrspielerinnen am besten», sagte Susan. «Debbie Ryan ist Brookies Heldin. Die meisten Mädchen wollen Filmstar oder Schauspielerin werden. Brookie will Trainerin werden.»

«Klingt vernünftig.» Blair bemerkte Susans Tochter inmitten einer Gruppe Achtkläßler. Ein anstrengendes Alter, für die jungen Leute ebenso wie für die Erwachsenen.

Market Shiflett trat zu ihnen. «Tolle Party. Ich kann es jedes Jahr kaum abwarten. Es ist das einzige Mal, daß Mim mich hierher einlädt, außer wenn ich eine Bestellung abliefern soll.» Sein Gesicht glänzte. Er hatte sich Johnnie Walker Black einverleibt, seine Lieblingsmarke.

«Sie denkt einfach nicht dran», sagte Harry diplomatisch.

«Quatsch», widersprach Market. «Möchtest du mit Nachnamen Shiflett heißen?»

«Market, wenn Sie ein typisches Exemplar sind, wäre es mir eine Ehre, den Namen Shiflett zu tragen.» Blairs Baritonstimme klang beschwichtigend.

«Hört, hört.» Ned hob sein Glas.

Das Klirren von splitterndem Glas lenkte sie ab. Boom Boom hatte Mrs. Drysdale in Rage gebracht, weil sie ihre Brüste unter Patrick Drysdales Adlernase schwingen ließ. Patrick, nicht unempfänglich für solche Gaben, vergaß, daß er ein verheirateter Mann war, eine Vergeßlichkeit, die sich auf solchen Riesenparties geradezu seuchenartig ausbreitete. Missy warf mit einem Glas nach Boom Booms Kopf. Aber es flog knapp an Dr. Chuck Beegles Kopf vorbei und krachte an die Wand.

Mim beobachtete das Ganze. Sie nickte Little Marilyn zu.

Little Marilyn schwebte herbei. «Na, Missy, Schätzchen, wie wär's mit einem Schluck Kaffee?»

«Hast du gesehen, was das Biest getan hat? Die kann sich wohl nicht anders empfehlen als mit ihren... ihren Titten!»

Boom Boom, halb betrunken, lachte. «Ach komm, Missy, stell dich nicht so an. Du warst schon in der sechsten Klasse neidisch auf mich, als wir die Geflügelarten durchnahmen und die Jungs dich Hühnerbrüstchen nannten.»

Diese Bemerkung brachte Missy derart in Wut, daß sie in eine Schüssel mit Käsedip langte. Gleich darauf war Boom Booms Busen mit einer Handvoll von dem pappigen gelben Zeug dekoriert.

Boom Boom schubste Missy: «Verdammter Mist, du hast meine Saphire bekleckert!»

«Ach, das sollen Saphire sein?» kreischte Missy.
Harry stieß Susan an. «Los.»
«Darf ich helfen?» erbot sich Blair.
«Nein, das ist Frauensache», sagte Susan lässig.

Harry flüsterte ihrer Freundin zu: «Wenn sie ausholt, landet sie einen Rundumschlag. Boom Boom ist zu keinem gezielten Schlag fähig.»

«Ja, ich weiß.»

Susan legte flugs einen Arm um Boom Booms schmale Taille und bugsierte sie in die Küche. Das Gezische erstarb.

Harry schlich sich unterdessen hinter Missy, legte ihr beide Hände auf die Schultern und steuerte sie zum Badezimmer. Little Marilyn kam mit.

«Gott, ich hasse sie, und wie ich sie hasse.» Missy schäumte, ihre Haarsprayfrisur wippte bei jedem Schritt. «Wenn ich wirklich gehässig wäre, würde ich sie Patrick an den Hals wünschen. Sie vernichtet jeden Mann, den sie anfaßt!» Jetzt merkte Missy, wer sie dirigierte. «Verzeihung, Harry. Ich bin so wütend, daß ich nicht mehr weiß, was ich rede.»

«Schon gut, Missy. Du weißt genau, was du redest, und ich bin absolut deiner Meinung.»

Das eröffnete eine neue Gesprächsgrundlage, und Missy wurde deutlich ruhiger. In dem geräumigen Badezimmer ließ Little Marilyn kaltes Wasser über einen Waschlappen laufen und legte ihn Missy auf die Stirn.

«Ich bin nicht betrunken.»

«Ich weiß», erwiderte Little Marilyn. «Aber bei mir hilft das, wenn ich durchdrehe. Mutter unterstützt natürlich den Upjohn-Konzern.»

Missy kapierte den Witz nicht: «Wie bitte?»

«Mummy hat Pillen, die sie beruhigen, Pillen, die sie aufputschen, und Pillen, die sie einschläfern, verzeih den Ausdruck.»

«Marilyn» – Missy berührte Little Marilyns Hand –, «das ist ernst.»

«Ich weiß. Auf ihre Familie hört sie nicht, und wenn Hayden McIntire ihr die Pillen nicht verschreiben will, geht sie einfach zu einem anderen Arzt und bezahlt ihn bar. Also stellt Hayden ihr die Rezepte aus. So hat er wenigstens einen Überblick, wie viele sie nimmt.»

«Geht's wieder?» wollte Harry von Missy wissen.

«Ja. Ich hab die Beherrschung verloren, und ich werde mich bei deiner Mutter entschuldigen, Marilyn. Eigentlich ist Patrick die Aufregung nicht wert. Er kann sich auf der Speisekarte ansehen, was er will, solange er nichts bestellt.»

Diese Redewendung bekamen Harry und auch Little Marilyn oft von Ehepaaren zu hören. Little Marilyn lächelte, und Harry zuckte die Achseln. Little Marilyn starrte Harry an und kam ihr mit dem Gesicht so nahe, daß sich ihre Nasen fast berührten.

«Harry!»

«Was ist?» Harry trat zurück.

«Ich hatte mal solche Ohrringe, bloß der da sieht aus wie –»

«Zerquetscht?»

«Zerquetscht», echote Little Marilyn. «Und du hast nur einen. Komisch, ich hab nämlich einen verloren. Ich hab sie immer getragen, meine Tiffany-Ohrringe. Ich dachte, ich hätte ihn auf dem Tennisplatz verloren. Ich hab ihn nicht wiedergefunden.»

«Den hier hab ich gefunden.»

«Wo?»

«In einem Opossumnest.» Harry sah Little Marilyn eindringlich an. «Ich hab ihn mit dem Opossum getauscht.»

«Ach komm.» Missy zog ihre Lippen nach.

«Ehrenwort.» Harry hob die rechte Hand. «Hast du den zweiten noch?» fragte sie Little Marilyn.

«Ich zeig ihn dir morgen. Ich bring ihn mit zur Post.»

«Ich würde gerne sehen, wie er in unversehrtem Zustand aussieht.»

Little Marilyn holte tief Luft. «Harry, warum können wir keine Freundinnen sein?»

Missy hielt beim Nachziehen ihrer Lippen mitten im Schwung inne. Eine Sanburne, die aufrichtige Gefühle zeigte. Mehr oder weniger.

Ganz im Sinne des Weihnachtsfestes lächelte Harry und erwiderte: «Wir können es versuchen.»

Eine Dreiviertelstunde später hatte sich Harry, nachdem sie auf dem Rückweg vom Badezimmer mit jedermann gesprochen hatte, zu Susan durchgekämpft. Sie flüsterte ihr die Neuigkeit ins Ohr.

«Unmöglich.» Susan schüttelte den Kopf.

«Unmöglich oder nicht, sie scheint zu glauben, daß es ihrer ist.»

«Morgen werden wir's wissen.»

Boom Boom stieß zu ihnen. «Harry und Susan, ich danke euch vielmals, daß ihr mich von der nervenden Missy Drysdale befreit habt.»

Ehe sie etwas erwidern konnten, und es wäre eine bissige Erwiderung geworden, warf Boom Boom sich Blair an den Hals, der sich freute, daß seine eigentliche Begleiterin sich endlich vom Badezimmer losgerissen hatte. «Blair, Lieber, Sie müssen mir einen Gefallen tun. Keinen Riesengefallen, nur einen klitzekleinen.»

«Äh...»

«Orlando Heguay will Silvester herkommen, und bei mir kann er nicht wohnen – ich kenne den Mann ja kaum. Können Sie ihn bei sich unterbringen?»

«Natürlich.» Blair hielt die Hände, als wollte er einen Segen erteilen. «Das hatte ich sowieso vor.»

Susan flüsterte Harry zu: «Hat Fair sich mit seinem Weihnachtsgeschenk für unsere Schmerzensreiche sehr verausgabt?»

«Er sagt, er kann es nicht zurückgeben. Er hat bei ‹Himmelhoch jauchzend› einen Mantel für sie machen lassen.»

«Auweia.» Susan zuckte zusammen. ‹Himmelhoch jauchzend›, ein teures, aber originelles Damenbekleidungsgeschäft, würde ein maßgeschneidertes Stück nicht zurücknehmen. Außerdem hatten wenige Frauen Boom Booms Maße.

«Ach-tung!» Harry wölbte die Hände in genau dem Moment vor dem Mund, als Fitz-Gilbert Hamilton sturzbesoffen auf den Fußboden knallte.

Alle lachten, bis auf die zwei Marilyns.

«Das muß ich wiedergutmachen.» Harry wand sich durch die Menge zu Little Marilyn. «Hey, wir stehen alle unter Druck», flüsterte sie. «Die Party heute abend, das ist einfach zuviel. Laß deine Wut nicht an ihm aus.»

«Bevor diese Nacht zu Ende ist, haben wir sie gestapelt wie Klafterholz.»

«Wo bringt ihr sie unter?»

«Im Schuppen.»

Harry nickte. «Sehr vernünftig.»

Die Sanburnes dachten an alles. Die abgefüllten Gäste konnten ihren Suff im Schuppen ausschlafen und in den Schuppen kotzen – den Perserteppichen passierte nichts. Und man mußte kein schlechtes Gewissen haben, weil jemand nach der Party einen Unfall baute.

Danny Tuckers Freundin heulte, weil er sie nicht oft genug zum Tanzen aufgefordert hatte.

Die saftigste Klatschgeschichte von allen war, daß Missy Drysdale Patrick, betrunken und damit ein Schuppenkandidat, allein gelassen hatte. Sie war nach der Party mit Fair abgezogen, der Boom Boom fallenließ, als er mit anhörte, wie sie von Orlando Heguays Besuch erzählte.

Boom Boom tröstete sich, indem sie Jim Sanburne ihr Herz darüber ausschüttete, daß alle sie mißverstanden. Sie hätte gute Fortschritte gemacht, wenn Mim ihn ihr nicht entrissen hätte.

Wieder eine Weihnachtsparty: Friede auf Erden und den Menschen ein Wohlgefallen.

## 49

Harry saß mitten in einer Papierlawine. Mrs. Murphy sprang von einem Haufen Kuverts zum anderen, während Tucker, den Kopf auf den Pfoten, schwanzwedelnd darauf wartete, daß die Katze durch den Raum flitzte.

«*Du bist.*» Mrs. Murphy sprang über Tucker hinweg, die aufsprang und ihr nachjagte.

Tucker dachte sich im Laufen die Spielregeln aus: «*Du mußt unten bleiben. Es ist nicht fair, wenn du in den ersten Stock gehst.*»

«*Wer sagt das?*» Mrs. Murphy landete in hohem Bogen auf dem Schalter.

Mrs. Hogendobber beachtete die beiden Tiere kaum, ein Zeichen dafür, daß sie sich an ihre Kapriolen gewöhnt hatte.

«Nur noch ein Tag von dieser Sorte, Harry. Ein bißchen was kommt noch nach, das kennen Sie ja, aber das Schlimmste ist morgen überstanden, und dann können wir Heiligabend und Weihnachten dichtmachen.»

Harry, die die Post sortierte, so schnell sie konnte, erwiderte: «Miranda, kaum daß ich mich von Weihnachten erholt habe, steht immer schon das nächste vor der Tür.»

Reverend Jones, Little Marilyn und Fitz-Gilbert schoben sich als Gruppe durch die Tür, gefolgt von Market. Alle zogen die unverschämte Postkarte aus ihren Schließfächern.

Mrs. Hogendobber kam ihren Protesten zuvor. «Wir haben auch eine bekommen. Der Sheriff weiß Bescheid. Wir mußten sie nun mal verteilen. Wir würden gegen das Gesetz verstoßen, wenn wir Ihre Post zurückhielten.»

«Vielleicht würde es uns nicht so stören, wenn seine Grammatik stimmte», ulkte Fitz.

«Bald ist Weihnachten. Wir wollen uns der Bedeutung dieses Festes zuwenden», riet Herb.

Pewter kratzte an der Eingangstür. Während die Menschen sich unterhielten, erzählten Mrs. Murphy und Tucker Pewter von Simon und dem Ohrring.

Wie aufs Stichwort zog Little Marilyn den unversehrten Ohrring aus ihrer Tasche. «Guck mal.»

Harry legte den verbogenen Ohrring neben den goldglänzenden. «Ein Paar. So ist das mit mir und Tiffany-Ohrringen. Es war für mich die einzige Möglichkeit, an so einen heranzukommen.»

«Setzet euren Glauben nicht in weltliche Dinge.» Der Reverend lächelte. «Das sind aber hübsche weltliche Dinge.»

Fitz stieß an den verbogenen Ohrring. «Schatz, wo hast du den verloren? Ich hab sie dir voriges Jahr zum Valentinstag geschenkt.»

«Fitz, ich wollte dich nicht verärgern. Ich hatte gehofft, ich würde ihn wiederfinden, und dann hättest du es –»

«Nie gemerkt.» Er schüttelte den Kopf. «Marilyn, du würdest noch deinen Kopf verlieren, wenn er nicht fest auf deinen Schultern säße.» Diese Bemerkung hätte er eingedenk des Halloween-Horrors am liebsten sofort zurückgenommen. Seine Frau schien nichts zu merken.

«Ich weiß nicht, wo ich ihn verloren habe.»

«Können Sie sich erinnern, wann Sie die Ohrringe das letzte Mal getragen haben?» Diese logische Frage stellte Miranda.

«Am Tag vor dem schlimmen Regen – oh, im Oktober, schätze ich. Ich hab meinen rotbraunen Kaschmirpullover angehabt, hab im Club Tennis gespielt, mich dort umgezogen, bin wieder ins Auto gestiegen, und als ich nach Hause kam, konnte ich den einen Ohrring nicht finden.»

«Vielleicht ist er rausgerutscht, als du dir den Pullover über den Kopf gezogen hast. Mir passiert das auch manchmal», erklärte Harry.

«Ja, ich hab den Pullover im Auto ausgezogen. Ich hatte einen Haufen Sachen für die Reinigung auf dem Beifahrersitz. Wenn der Ohrring runtergefallen ist, ist er vielleicht in den Kleidern gelandet. Und deswegen habe ich es nicht klimpern gehört.»

«Welchen Wagen hattest du, Schätzchen?» fragte Fitz.

«Den Range Rover. Aber ist ja auch egal. Danke, daß du ihn gefunden hast, Harry. Ob sie ihn bei Tiffany wohl reparieren können? Hast du ihn wirklich in einem Opossumnest gefunden?»

«Ja.» Harry nickte.

Fitz kniff Harry in den Arm. «Wieso stöberst du in Opossumnestern herum?»

«Ich hab so einen kleinen Kerl bei mir wohnen.»

«Du hast meinen Ohrring auf deinem Grundstück gefunden?» Little Marilyn war verblüfft. «Ich bin nie in deiner Nähe gewesen.»

«Ich hab ihn dort gefunden, aber wer weiß, wo das Opossum ihn gefunden hat? Vielleicht ist es Mitglied im Farmington Country Club.»

Da mußten alle lachen, und nachdem sie noch ein bißchen geplaudert hatten, gingen sie, und der nächste Schwung von Leuten kam herein, die sich ebenfalls aufregten, als sie die Postkarte mit dem Spruch «Steck deine Nase nicht in Sachen, wo dich nichts angehn» aus ihren Schließfächern zogen.

Die Tiere beobachteten die Reaktionen der Menschen. Pewter putzte sich hinter den Ohren und fragte Mrs. Murphy wieder: *«Glaubst du, daß der Ohrring etwas mit dem ersten Mord zu tun hat?»*

*«Ich weiß nicht. Ich weiß nur, daß es sehr merkwürdig ist. Ich hoffe immer noch, daß man die Zähne findet. Das wäre eine große Hilfe. Wenn jemand den Ohrring hat fallen lassen, was ist dann mit den Zähnen?»*

*«Das würde zur Identifizierung des ersten Opfers führen, du kannst also wetten, daß der Mörder die Zähne beseitigt hat»*, sagte Tucker.

*«Sobald der Schnee schmilzt, gehen wir wieder auf den Friedhof. Gucken kann nicht schaden.»*

*«Ich will mitkommen»*, quengelte Pewter.

*«Du wärst eine große Hilfe»*, schmeichelte ihr Mrs. Murphy, *«ich weiß bloß nicht, wie wir Mutter dazu bringen sollen, dich mitzunehmen. Aber etwas kannst du trotzdem tun.»*

*«Was?»* Pewters Augen wurden weit, ihr Brustkasten auch. Sie plusterte sich auf wie eine Bruthenne.

*«Beobachte alle Menschen, die in den Laden kommen. Sag mir Bescheid, wenn jemand nervös wirkt.»*

*«Halb Crozet»*, murrte Pewter, aber dann strahlte sie. *«Ich werde mein Bestes tun.»*

Tucker legte den Kopf schief und sah ihre Freundin an. *«Was ist los, Murphy?»*

*«Mit der Postkarte stimmt was nicht. Wenn sie von dem Mörder ist, was wir nicht wissen, aber wenn, dann ist es auch eine Warnung. Für mich bedeutet das, daß dieser Mensch vielleicht denkt, jemand könnte ihm zu nahe kommen.»*

## 50

Mit dem Sheaffer Füllhalter, der einst seinem Vater gehört hatte, schrieb Cabell einen Brief an seine Frau. Mit schwarzer Tinte kritzelte er in kühnem Schwung über das hellblaue Papier.

> Meine liebste Florence,
> bitte verzeih mir. Ich muß fort von hier, um gründlich nachzudenken. Ich habe mein persönliches Girokonto aufgelöst. Deins bleibt bestehen, ebenso unser Gemeinschaftskonto und das Wertpapierkonto. Geld ist genug da, also mach Dir keine Sorgen.
>     Den Wagen lasse ich auf dem Bankparkplatz hinter dem Einkaufszentrum stehen. Bitte ruf Rick Shaw nicht an. Und mach Dir keine Sorgen um mich.
>                                         In Liebe,
>                                           Cabell

Aber Taxi machte sich doch Sorgen. Der Brief lehnte an der Kaffeemaschine. Sie las ihn wieder und wieder. In all den Jahren, die sie ihren Mann kannte, hatte er nie etwas so Drastisches getan.

Sie rief Miranda Hogendobber an, mit der sie seit dem

Kindergarten befreundet war. Es war morgens um halb acht.

«Miranda.»

Mrs. H. fiel die Anspannung in der Stimme ihrer Freundin sofort auf. «Florence, was ist passiert?»

«Cabell hat mich verlassen.»

«Was?!»

«Ich hab mich falsch ausgedrückt. Warte, ich les dir seinen Brief vor.» Als sie fertig war, schluchzte Florence: «Er muß so was wie einen Nervenzusammenbruch gehabt haben.»

«Du mußt den Sheriff anrufen.»

«Er hat's mir verboten.» Florence weinte heftiger.

«Das war falsch von ihm. Wenn du's nicht tust, tu ich es.»

Als Rick Shaw und Cynthia zu der schönen Villa der Halls kamen, war Miranda schon eine halbe Stunde da. Sie saß neben ihrer Freundin und stand ihr während der Befragung bei.

Rick, der Taxi Hall gern mochte, rauchte eine halbe Schachtel Zigaretten, während er umsichtig seine Fragen stellte. Cynthia verzichtete aufmerksamerweise aufs Rauchen, sonst wäre der Raum in blauen Dunst gehüllt gewesen.

«Sie sagten, er war nachdenklich und in sich gekehrt.»

Taxi nickte, und Rick fuhr fort: «Gab es irgendwas, das ihn aus der Fassung gebracht hat?»

«Er hat sich schrecklich aufgeregt wegen Ben Seifert. Er hat sich beruhigt, als die Bücher geprüft waren, aber ich weiß, daß es ihn trotzdem beschäftigt hat. Ben war sein Schützling.»

«Gab es Widerstand in der Bank, weil Ben zum Nachfolger Ihres Mannes aufgebaut wurde?»

Sie verschränkte die Arme und überlegte. «Gemurrt wird immer, aber das reicht doch nicht für einen Mord.»

«Hat Ihr Mann Namen genannt?»

«Er hat erwähnt, daß Marion Molnar Ben nicht ausstehen konnte, aber die Zusammenarbeit mit ihm hat trotzdem geklappt.»

Rick holte tief Luft. «Haben Sie irgendeinen Grund zu der Annahme, daß Ihr Mann sich mit einer anderen Frau trifft?»

«Muß das sein?» schimpfte Miranda.

Ricks Stimme wurde sanfter. «Unter diesen Umständen, ja.»

«Ich protestiere. Ich protestiere aufs schärfste. Sehen Sie nicht, daß sie krank vor Sorge ist?»

Taxi tätschelte Mirandas Hand. «Laß nur, Miranda. Man muß alles in Erwägung ziehen. Nach meinem besten Wissen hat Cabell nichts mit einer anderen Frau. Wenn Sie Cabell so gut kennen würden wie ich, wüßten Sie, daß ihm mehr am Golfspiel liegt als am Liebesspiel.»

Rick lächelte matt. «Danke, Mrs. Hall. Wir leiten eine Fahndung ein. Wir faxen Cabbys Foto an andere Polizei- und Sheriffdienststellen. Und sobald er irgendwo eine Kreditkarte benutzt, werden wir's erfahren. Versuchen Sie, ruhig zu bleiben, und glauben Sie mir, wir werden alles tun, was in unserer Macht steht.»

Vor der Haustür ließ Rick eine Zigarette fallen; sie zischte im Schnee.

Cooper sah zu, wie der Schnee um die heiße Glut schmolz. «Tja, sieht so aus, als wüßten wir, wer Ben Seifert umgebracht hat. Weshalb wäre er sonst getürmt?»

«Verdammt noch mal, wir werden es rauskriegen.» Er trat auf die erloschene Zigarette. «Coop, nichts paßt zusammen. Gar nichts!»

# 51

**H**arry wunderte sich, wo Mrs. Hogendobber blieb, die sonst immer übertrieben pünktlich war. Sich eine halbe Stunde zu verspäten, das paßte einfach nicht zu ihr. Die Postsäcke verstopften das Postamt, und Harry geriet in Rückstand. Normalerweise wäre Harry zu Miranda nach Hause gegangen. Weil aber Weihnachtszeit war, telefonierte sie herum. Niemand hatte Miranda gesehen.

Als die Hintertür aufging, überkam Harry eine Welle der Erleichterung. Der Emotionsstrom kam augenblicklich zum Erliegen, als Mrs. Hogendobber ihr die Neuigkeit mitteilte.

Fünfzehn Minuten nach Mirandas Ankunft – eine halbe Stunde bevor die Türen für den Publikumsverkehr geöffnet wurden – klopfte Rick Shaw an die Hintertür.

Er ging zwischen den Postsäcken hindurch zum Schalter, warf einen Blick auf das Bild von dem rekonstruierten Kopf. «Von wegen, hilfreich. Kein Pieps! Kein Hinweis! Null!» Er schlug mit der Hand auf den Schalter, worauf Mrs. Murphy aufsprang und Tucker zu bellen anfing.

«Schscht, Tucker», gebot Harry dem Hund.

Rick schlug sein Notizbuch auf. «Mrs. Hogendobber, ich möchte Ihnen ein paar Fragen stellen. Nicht nötig, Mrs. Hall noch mehr aufzuregen.»

«Ich bin gerne behilflich.»

Rick sah Harry an. «Sie können ruhig dableiben. Sie wird Ihnen sowieso alles erzählen, sobald ich draußen bin.» Er zückte seinen Bleistift. «Ist Ihnen an Cabell Halls Verhalten irgend etwas Ungewöhnliches aufgefallen?»

«Nein. Ich glaube, er ist überanstrengt, aber er war nicht gereizt oder so was.»

«Haben Sie eheliche Spannungen bemerkt?»

«Hören Sie mal, Rick, Sie wissen genau, daß Florence und Cabby eine vorbildliche Ehe führen. Kommen Sie mir nicht mit solchen Fragen.»

Rick klappte sein Notizbuch zu. Verärgerung, Enttäuschung und Erschöpfung prägten seine Gesichtszüge. Er sah alt aus heute morgen. «Verdammt, Miranda, ich tu, was ich kann!» Er riß sich zusammen. «Verzeihung. Ich bin völlig aufgelöst. Ich hab noch kein einziges Weihnachtsgeschenk für meine Frau und meine Kinder gekauft.»

«Kommen Sie, setzen Sie sich.» Harry lotste den genervten Mann an einen kleinen Tisch im Hintergrund. «Wir haben Kaffee von Miranda und ein paar Muffins.»

Er zögerte, dann zog er sich einen Stuhl heran. Mrs. Hogendobber schenkte ihm Kaffee ein, mit Milch und zwei Stück Zucker. Nach ein paar Schlucken ging es ihm etwas besser. «Ich möchte nicht unverschämt sein, aber ich muß alle Aspekte prüfen, das wissen Sie.»

«Ja, das wissen wir.»

«Schön, dann sagen Sie mir, woher eine Ehefrau weiß, was ihr Mann tut, wenn sie schläft.»

Miranda leerte ebenfalls eine Tasse Kaffee. «Sie weiß es nicht. Mein George hätte nachts nach Richmond und zurück fahren können, ich habe so einen festen Schlaf, aber man weiß nun mal bestimmte Dinge über seinen Partner und über andere Leute. Cabell war Taxi treu. Sein Verschwinden hat nichts mit einer Affäre zu tun. Und woher sollen wir wissen, daß er den Brief aus freien Stücken geschrieben hat?»

«Wissen wir nicht», bestätigte Rick. Danach blieb es lange still.

«Ich muß Ihnen was gestehen.» Harry schluckte und erzählte Rick von dem verbogenen Ohrring.

«Harry, ich könnte Ihnen den Hals umdrehen! Ich muß sofort los.»

«Wohin wollen Sie?» fragte Harry unschuldig.

«Was glauben Sie denn, Sie Schwachkopf? Zu Little Marilyn. Hoffentlich komme ich noch rechtzeitig, bevor sie den Ohrring nach New York schickt. Wenn Sie noch mal so einen Murks machen, zieh ich Ihnen das Fell über die Ohren! Verstanden?»

«Ja», sagte eine kleinlaute Stimme.

Rick stürmte aus dem Postamt.

«Mann o Mann, ich glaube, bei dem bin ich untendurch», flüsterte Harry.

Rick öffnete die Tür und brüllte den beiden zu: «Ach ja, und daß Sie mir keine fremden Geschenke auspacken.» Er knallte die Tür wieder zu.

«Was soll das denn heißen?» Mrs. Hogendobber trat gegen einen Postsack. Sie bereute es im selben Augenblick; denn der Sack war prall und hart durch die viele Post.

«Er scheint Angst zu haben, daß in den Geschenken Sprengladungen versteckt sind.»

*«Keine Bange, die wittern wir vorher»*, versicherte Tucker.

Harry dachte, Tucker wollte mit ihrem leisen Bellen signalisieren, daß sie nach draußen wollte. Sie öffnete die Hintertür, aber der Hund setzte sich hin und rührte sich nicht.

«Was ist bloß in sie gefahren?» wunderte sich Harry.

«Sie hat Sie dressiert», erwiderte Mrs. Hogendobber.

*«Ihr seid vielleicht dämlich»*, knurrte Tucker.

*«Wird nichts mit unserem Ausflug»*, sagte Mrs. Murphy zu ihrer Freundin. *«Guck mal.»*

Tucker sah die Sturmwolken von den Bergen heranziehen.

Harry zog einen Postsack an die Rückseite der Schließfächer. Sie fing an zu sortieren, dann hielt sie inne. «Ich kann mich überhaupt nicht konzentrieren.»

«Ich weiß, aber lassen Sie uns unser Bestes versuchen.» Miranda warf einen Blick auf die alte hölzerne Wanduhr. «In einer Viertelstunde kommen die Leute. Vielleicht hat ja jemand eine Idee, was dieser ganze Irrsinn soll.»

Im Laufe des Tages strömten die Leute zum Postamt herein und hinaus, aber niemand hatte neue Ideen oder irgendeine Vermutung. Es dauerte bis zum Mittag, ehe die Nachricht von Cabells Verschwinden sich herumgesprochen hatte. Einige meinten, er sei der Mörder, andere vermuteten einen Nervenzusammenbruch. Nicht mal die Schneefälle und die Aussicht auf weiße Weihnachten, eine Seltenheit in Mittelvirginia, vermochte die Stimmung zu heben. Die Schlange der Angst nagte an den Nerven der Leute.

## 52

Der Morgen des 24. Dezember dämmerte silbergrau herauf. Der Schnee rieselte herab, bedeckte Büsche, Häuser und Autos, die bereits zu sanften, phantastischen Schemen verwischt waren. Die Radiosender unterbrachen ihr Programm mit Wettermeldungen und spielten dann wieder «God Rest Ye Merry Gentlemen». Alles war in eine märchenhafte Stille gehüllt.

Als Harry Tomahawk und Gin Fizz ins Freie brachte, blieben die Pferde lange stehen und starrten in den fallenden Schnee. Dann legte der betagte Gin los und tollte wie ein Fohlen durch den Schnee.

Es gab viel zu tun. Harry nahm Tucker auf den Arm, Mrs. Murphy schmiegte sich an ihren Hals. Sie stapfte durch den Schnee. An der hinteren Verandatür lehnte eine Schneeschaufel. Harry brachte die protestierenden Tiere ins Haus und machte sich dann an das beschwerliche Schaufeln. Wenn sie wartete, bis es zu schneien aufhörte, würde die Schneemenge sich verdoppelt haben. Lieber in Abständen schaufeln als alles später anpacken, denn der Wetterbericht verkündete noch einmal einen halben Meter Schnee. Der Weg zum Stall schien ihr anderthalb Kilometer lang. In Wirklichkeit waren es ungefähr hundert Meter.

«*Laß mich raus, laß mich raus*», kläffte Tucker.

Mrs. Murphy saß im Küchenfenster. «*Komm schon, Mom, wir können die Kälte vertragen.*»

Harry gab nach, und sie flitzten auf den Weg, den sie freigeschaufelt hatte. Dann versuchten die Tiere, sich abseits des Weges zu bewegen, was zu komisch war. Mrs. Murphy sank so tief ein, daß sie, als sie aufsprang und vorwärts hüpfte, ein Schneemützchen auf ihrem gestreiften Kopf hatte. Tucker walzte voraus wie ein Schneepflug. Sie hatte bald genug davon und beschloß, hinter Harry zu bleiben. Der zur Seite geschaufelte und aufgetürmte Schnee knirschte unter ihren Pfoten.

Mrs. Murphy schoß hervor und rief: «*Würstchen, Würstchen, Tucker ist ein Würstchen!*»

«*Du hältst dich wohl für besonders schlau, was?*» murrte Tucker.

Jetzt schlug die Tigerkatze Purzelbäume, wobei sie Schneeklumpen aufwarf. Sie schlug nach den kleinen Bällen, dann jagte sie ihnen nach. Im Hochspringen warf sie sie mit den Pfoten in die Luft. Ihre Energie ermüdete Tucker, aber Harry brachte sie zum Lachen.

«*Juhuu!*» rief Mrs. Murphy. Ihr Übermut wirkte ansteckend.

«Miss Pussy, du solltest zum Zirkus gehen.» Harry warf

einen kleinen Schneeball in die Luft, damit Mrs. Murphy ihn auffing.

«*Genau, in die Monstershow*», knurrte Tucker. Sie haßte es, ausgestochen zu werden.

Simon kam herbei und lugte unter der Stalltür hervor. «*Macht ihr heute aber einen Lärm.*»

Harry, über die Schaufel gebeugt, hatte die glänzenden Augen und die rosa Nase unter der Tür noch nicht bemerkt. Sie war erst halb am Ziel, und der Schnee wurde immer schwerer.

«*Keine Arbeit heute.*» Nach einem weiteren Sprung, der die Schwerkraft Lügen strafte, landete Mrs. Murphy kopfüber im Schnee.

«*Meint ihr, Harry bäckt Weihnachtsplätzchen oder schüttet Sirup in den Schnee?*» fragte Simon. «*Mrs. MacGregor hat die allerbesten Sirupbonbons gemacht.*»

«*Da würde ich mich nicht drauf verlassen*», brüllte Tucker hinter Harry hervor, «*aber sie hat ein Weihnachtsgeschenk für dich. Wetten, sie bringt es morgen früh mit nach draußen, wenn sie die Pferde beschert.*»

«*Die Pferde sind so blöd. Ob sie das überhaupt schnallen?*» nörgelte Simon über die grasfressenden Tiere. Ähnliche Vorurteile hegte er gegen Kühe und Schafe. «*Was hat sie für mich?*»

«*Darf ich nicht sagen. Das wäre Schummeln.*» Mrs. Murphy beschloß, sich einen Augenblick in den Schnee zu setzen, um zu verschnaufen.

«*Wo bist du, Murph?*» Tucker wurde immer bange zumute, wenn sie ihre beste Freundin und ständige Peinigerin nicht sehen konnte.

«*Hab mich versteckt.*»

«*Sie ist links von dir, Tucker, und ich wette, sie will durch den Schnee düsen und dich erschrecken*», warnte Simon.

Zu spät, denn genau das tat Mrs. Murphy, und Tucker und Harry fuhren zusammen.

«*Ätsch-bätsch!*» Die Katze wirbelte herum und flitzte wieder vom Weg herunter.

«*Das Mädel ist vollkommen übergeschnappt*», sagte Tucker zu Harry, die nicht zuhörte.

Endlich bemerkte Harry Simon. «Frohe Weihnachten, Kleiner.»

Simon zog sich zurück, dann steckte er den Kopf wieder heraus. «*Äh, frohe Weihnachten, Harry.*» Dann sagte er zu Mrs. Murphy, die inzwischen an die Stalltür gekommen war: «*Ich find's gräßlich, mit Menschen zu sprechen, aber es macht ihr solche Freude.*»

Ein tiefes Brummen alarmierte Simon. «*Bis später, Murphy.*» Er hastete den Gang entlang, die Leiter hinauf und quer über den Heuboden in sein Nest. Murphy steckte neugierig den Kopf aus der Stalltür. Ein glänzender neuer Ford Explorer, jägergrün-metallic mit einem Rallyestreifen und, was noch besser war, einem Schneepflug vorne dran, bog in die Zufahrt ein. Eine Bahn war sauber freigeschaufelt.

Blair Bainbridge öffnete sein Fenster. «He, Harry, aus dem Weg. Ich mach das schon.»

Ehe sie etwas erwidern konnte, pflügte er geschwind einen Gehweg zum Stall.

Er stellte den Motor ab und stieg aus. «Klasse, was?»

«Ist der schön.» Harry fuhr mit der Hand über die Motorhaube, die mit einem galoppierenden Pferd geschmückt war. Sehr teuer.

«Er ist schön, und er ist für heute Ihre Kutsche mit mir als Fahrer. Ich weiß, Sie haben keinen Allradantrieb, und ich wette, Sie haben Geschenke zu verteilen. Also holen Sie sie, und wir fahren los.»

Harry, Mrs. Murphy und Tucker verbrachten den Rest

des Vormittags damit, Geschenke abzuliefern: für Susan Tucker und ihre Familie, Mrs. Hogendobber, Reverend Jones und Carol, Market und Pewter und schließlich Cynthia Cooper. Harry stellte erfreut fest, daß alle auch für sie ein Geschenk hatten. Alle Jahre wieder tauschten Freunde und Freundinnen Gaben aus, und alle Jahre wieder staunte Harry, daß sie an sie dachten.

Blair liebte Weihnachten. Er mochte die Musik, die Dekorationen, die Vorfreude in den Gesichtern der Kinder. In stillschweigender Übereinkunft wurde bis nach den Feiertagen nicht über Cabell gesprochen. Blair begleitete Harry, Katze und Hund in die diversen Häuser, und die Leute bestaunten die weiße Weihnacht und die Festtagsschleife an Tuckers Halsband, ein Geschenk von Susan. Eierpunsch wurde angeboten, Whiskey Sour, Tee und Kaffee. Plätzchen in Form von Tannenbäumen, Glocken und Engeln, mit rotem oder grünem Glitzer überzogen, wurden herumgereicht. Dieses Jahr gab es zu Weihnachten so viele Früchtekuchen, wie die Firma Claxton in Georgia produzieren konnte, außerdem die hausgemachte, rumgetränkte Sorte. Kalter Truthahnbraten für Sandwiches, Maisbrot und Hackfleischpastete wurden in Tupper-Gefäßen sicher verstaut und Harry mitgegeben, deren mangelhafte Kochkünste ihren Freunden bekannt waren.

Nachdem sie Cynthia ihr Geschenk gegeben hatten, fuhren sie durch den Schnee zum Tierheim, denn Harry brachte auch dort immer Gaben hin. Das Büro des Sheriffs war vollgestopft mit Geschenken, aber nicht für Rick oder Cynthia. Es waren «verdächtige» Geschenke. Cynthia freute sich über ihr unverdächtiges.

Blair bemerkte: «Sie haben großes Glück, Harry.»
«Wieso?»
«Weil Sie wahre Freunde haben. Und das nicht nur, weil

der Wagen mit Geschenken überladen ist.» Er fuhr langsamer. «Ist das die Abzweigung?»

«Ja. Es ist keine starke Steigung, aber bei diesem Wetter ist es trotzdem nicht einfach.»

Sie fuhren den Hügel hinauf und bogen nach rechts in den kleinen Feldweg ein, der zum Tierheim führte. Fairs Lieferwagen parkte davor.

«Wollen Sie trotzdem reingehen?»

«Na klar.» Sie überhörte die Anspielung. «Die Türen werden ohnehin geschlossen sein.»

Gemeinsam luden sie Kisten mit Katzen- und Hundefutter ab. Als sie ihre Last zum Eingang schleppten, öffnete Fair die Tür, und sie gingen hinein.

«Frohe Weihnachten.» Er gab Harry einen Kuß auf die Wange.

«Frohe Weihnachten.» Sie gab ihm auch einen.

«Wo sind die Leute alle?» fragte Blair.

«Heiligabend gehen sie immer früh nach Hause. Ich bin vorbeigekommen, um nach einem Hund zu sehen, der von einem Auto angefahren wurde. Er hat's nicht überlebt.» Harry wußte, daß es Fair immer noch naheging, wenn er einen seiner Schützlinge verlor. Obwohl er auf Pferde spezialisiert war, tat er wie die anderen Tierärzte unentgeltlich Dienst im Tierheim. Als sie verheiratet waren, hatte Harry Weihnachten immer Futter gebracht, und Fair hatte natürlich den Feiertagsdienst im Heim übernommen.

«Tut mir leid.» Harry meinte es ehrlich.

«Kommt mal mit, ich muß euch was zeigen.» Er führte sie zu einem Karton. Zwei kleine Kätzchen waren darin. Eins war grau mit einem weißen Latz und weißen Pfoten, das andere war dunkel gescheckt. Die armen Tierchen schrien jämmerlich. «Irgendein Trottel hat sie einfach hier abgeladen. Sie waren eiskalt und halb verhungert, als ich kam. Aber ich glaube, sie werden durchkommen. Ich habe sie untersucht und ihnen die Erstimpfung verpaßt. Keine Würmer, was ein Wunder ist, und keine Flöhe. Zu kalt dafür. Aber eine Todesangst natürlich.»

«Füllst du die Papiere aus?» fragte Harry Fair.

«Sicher.»

Sie langte in den Karton und nahm ein Kätzchen in jede Hand. Dann legte sie sie Blair in die Arme. «Blair, das hier ist die einzige Liebe, die man kaufen kann. Ich kann mir nicht vorstellen, was ich Ihnen lieber zu Weihnachten schenken würde.»

Das graue Kätzchen, ein Weibchen, hatte schon die Augen geschlossen und schnurrte. Das gescheckte, noch etwas zögerlich, musterte Blairs Gesicht.

«Na los, sagen Sie ja!» Fair hatte schon seinen Stift gezückt und hielt ihn über die Übernahmeformulare des Tierheims. Wenn er sich über Harrys Geste wunderte, sagte er es nicht.

«Ja.» Blair lächelte. «Und wie soll ich die Gesellen nennen?»

«Weihnachtsnamen?» schlug Fair vor.

«Ja, ich könnte das graue Noel nennen und das gescheckte Jingle Bells. Ich bin nicht besonders gut im Namengeben.»

«Ideal.» Harry strahlte.

Auf der Heimfahrt hielt Harry den Karton auf dem Schoß. Die Kätzchen schliefen ein. Mrs. Murphy streckte den Kopf über den Rand und machte eine unziemliche Bemerkung. Bald schlief sie selber ein. Die Katze hatte bei jedem Stopp Truthahnfleisch gefressen. Sie mußte alles in allem einen halben Vogel vertilgt haben.

Tucker machte sich Mrs. Murphys völlereibedingten Schlaf zunutze, um Blair über ihre zahlreichen Ansichten aufzuklären. *«Ein Hund ist viel nützlicher, Blair. Du solltest dir wirklich einen Hund anschaffen, der dich beschützen kann und auch die Ratten aus dem Stall vertreibt. Außerdem sind wir treu, gutmütig und leicht zu halten. Ein Corgi-Junges können Sie in einer Woche stubenrein haben»*, log sie.

Blair tätschelte ihren Kopf. Tucker plapperte noch ein Weilchen, bis auch sie einschlief.

Harry konnte sich an streßfreiere Weihnachtsfeste als dieses erinnern. Weihnachten voll Jugend und Verheißung, Parties und Lachen, aber sie konnte sich nicht erinnern, jemals ein Geschenk gemacht zu haben, das sie so froh gemacht hatte.

## 53

Hochprozentige Katzenminze beförderte Mrs. Murphy in den siebten Himmel. Leckeres Hundeknabberzeug erfreute Tucker. Sie bekam außerdem ein neues Halsband mit aufgestickten Corgis. Simon freute sich über die kleine Flickendecke, die Harry vor sein Nest gelegt hatte. Es war ein Hundedeckchen, in der Tierhandlung gekauft. Die Pferde freuten sich über Karotten, Äpfel und Leckereien aus Zuckersirup. Gin Fizz bekam eine neue Decke für draußen, und Tomahawk ein neues, rückenschonendes Sattelkissen.

Nach Erledigung der morgendlichen Pflichten packte Harry ihre Geschenke aus. Von Susan hatte sie einen Geschenkgutschein für die Sattlerei Dominion bekommen. Wenn Harry noch etwas draufzahlte, könnte sie sich vielleicht neue Reitstiefel leisten, die sie dringend brauchte. Als sie Mrs. Hogendobbers Geschenk aufmachte, wußte sie, daß sie sie sich leisten konnte, denn auch Mrs. H. schenkte ihr einen Gutschein. Susan und Miranda hatten offensichtlich die

Köpfe zusammengesteckt, und Harry wurde von einer Welle der Zuneigung überschwemmt. Von Herbie und Carol bekam sie ein Paar herrliche, schlichte Rehlederhandschuhe, ebenfalls für die Jagd. Harry rieb sie immer wieder zwischen den Fingern; das edle Material fühlte sich kühl und weich an. Market hatte für Tucker einen Fleischknochen, für Mrs. Murphy noch mehr Truthahnfleisch und für Harry eine Dose Buttergebäck eingepackt. Cynthia Coopers Geschenk war eine Überraschung, eine Gesichtsbehandlung in einem edelteuren Salon im Einkaufszentrum an der Barracks Road.

Kaum hatte Harry ihre Päckchen ausgepackt, da klingelte das Telefon. Miranda, ebenfalls Frühaufsteherin, gefielen ihre Ohrringe. Sie versprach Harry außerdem, alles Eßbare, das sie geschenkt bekam, mit zur Arbeit zu bringen, so daß alle, die ins Postamt kämen, sich bedienen könnten, womit die Versuchung von Mrs. Hogendobbers Gaumen abgewendet wäre. Als Harry auflegte, wurde ihr klar, daß sie und Miranda die Lebensmittel vertilgt haben würden, bevor jemand zur Tür hereinkäme.

Im Laufe des Tages kam die Sonne heraus. Die Eiszapfen glitzerten, und die Schneedecke schillerte wie ein Regenbogen; die kleinen Kristalle warfen rote, gelbe, blaue und lila Lichter zurück. Die Blue Ridge Mountains ragten babyblau auf. Windhosen bliesen Schnee von den Wiesen hoch und wirbelten ihn umher.

Weitere Freunde riefen an, darunter Blair Bainbridge, der erklärte, nie im Leben habe ihm etwas soviel Spaß gemacht, wie die Kätzchen zu beobachten. Er sagte, er werde Harry morgen zur Arbeit fahren, und versprach, ihr vor morgen abend ein Weihnachtsgeschenk zu geben. Er tat sehr geheimnisvoll.

Dann rief Susan an. Auch ihr gefielen ihre Ohrringe. Harry hatte zuviel Geld für sie ausgegeben, aber dafür waren

Freundinnen schließlich da. Der Lärm im Hintergrund stellte Susans Geduld auf die Probe. Sie gab auf und sagte, sie würden sich morgen sehen. Sie wolle jetzt mit Ned und den Kindern in den Schnee, Sirupbonbons machen.

Harry hielt das für eine gute Idee, und mit einer Dose Vermont-Ahornsirup bewaffnet, stapfte sie in den Schnee, der jetzt wadentief war. Mrs. Murphy flitzte zum Stall; der Schnee von gestern lag auf dem Weg, aber wenigstens nicht höher als ihr Kopf.

«*Simon*», rief die Katze, «*Sirup im Schnee.*»

Das Opossum rutschte die Leiter hinunter. Es huschte zum Stall hinaus, dann blieb es stehen.

«*Na los, Simon, komm ruhig näher*», ermunterte ihn Tucker.

Von dem Duft ermutigt und weil er Harry halbwegs traute, folgte der graue Kerl in Mrs. Murphys Fußstapfen. Er setzte sich neben Harry, und als sie den Sirup ausgoß, stürzte er sich so ausgelassen darauf, daß Harry einen Schritt zurücktrat.

Als sie ihn gierig den gefrorenen Sirup fressen sah, erinnerte sich Harry wieder daran, daß das Leben ein Fest der Sinne sein sollte. Sie lebte inmitten von Bergen und Wiesen, Wäldern und Flüssen, und sie wußte, daß sie nie von hier wegziehen könnte, denn das Landleben nährte ihre Sinne. Stadtmenschen bezogen ihre Energie voneinander. Landmenschen bezogen ihre Energie aus der Erde selbst, wie Antäus. Kein Wunder, daß die zwei Menschentypen sich nicht verstehen konnten. Das tiefe Bedürfnis nach Alleinsein, schwerer körperlicher Arbeit und dem Wechsel der Jahreszeiten brachte Harry um die Chance zu materiellem Erfolg. Sie würde nie die Titelseite von *Vogue* oder *People* zieren. Sie würde nie berühmt werden. Abgesehen von ihren Freundinnen und Freunden würde niemand auch nur wissen, daß sie existierte. Das Leben war ein Kampf ums tägliche Brot, und je älter man wurde, um so härter der Kampf. Das wußte sie. Das akzeptierte sie. Wie sie da im Schnee stand, umgeben von himmlischer Ruhe, behütet von den alten Bergen der Neuen Welt, und Simon seinen Sirup fressen sah, Katze und Hund an ihrer Seite, da war sie dankbar, zu wissen, wohin sie gehörte. Sollten andere die Welt auf den Kopf stellen und auf sich aufmerksam machen. Für sie waren das die Wehrpflichtigen der Zivilisation. Harrys Leben war ein stummer Vorwurf gegen das Grapschen und Ergattern, das Kaufen und Verkaufen, die Gier und Sucht nach Macht, die nach ihrer Meinung ihr Volk infiziert hatten. Für Geld starben die Amerikaner einen schmutzigen Märtyrertod. Und selbst in Crozet starben sie schon dafür.

Sie goß noch mehr Sirup in den Schnee, sah, wie er sich zu spitzenartigen Gebilden formte, und sie wünschte, sie hätte Schokoladentafeln erhitzt und beides vermischt. Sie bückte sich nach einer zierlichen Ranke festem Sirup. Es schmeckte köstlich. Sie goß Simon noch mehr hin und dachte, daß es klug von Jesus gewesen war, in einem Stall geboren zu werden.

## 54

«Wir brauchen eine Heugabel.» Harry stieß mit ihrem Besen gegen die Post auf dem Fußboden. «Ich kann mich nicht erinnern, daß wir letztes Jahr auch so viel verspätete Post hatten.»

«So schützt sich das Gehirn – es vergißt das Unangenehme.» Mrs. Hogendobber trug ihre neuen Ohrringe, die ihr sehr gut standen. Das Radio knatterte; Miranda ging hin, stellte einen Sender ein und drehte die Lautstärke auf. «Haben Sie das gehört?»

«Nein.» Harry schob mit dem Besen die Versandhauskataloge über den Boden. Tucker jagte dem Besen nach.

«Morgen soll's wieder Sturm geben. Meine Güte, drei Schneestürme innerhalb von – was? – zehn Tagen? So was kann ich mir nie merken. Oder vielleicht doch. Im Krieg hatten wir einen fürchterlichen Winter – 44, glaube ich, oder war es 45?» Sie seufzte. «Zu viele Erinnerungen. Ich brauche mehr Platz in meinem Hirn.»

Mim kam in Chinchilla gehüllt durch die Vordertür gefegt. Ein Windstoß wehte zu ihren Füßen Schnee herein. «Wie war's?» Sie meinte Weihnachten.

«Wunderbar. Der Gottesdienst in der Kirche, also der Kinderchor hat sich selbst übertroffen.» Miranda strahlte.

Mim stampfte den Schnee von ihren Füßen und fragte Harry: «Und bei Ihnen, so ganz allein da draußen?»

«Schön. Weihnachten war schön. Meine besten Freundinnen haben mir Gutscheine für die Sattlerei Dominion geschenkt.»

«Oh.» Mims Augenbrauen schnellten in die Höhe. «Nette Freundinnen.»

Mrs. Hogendobber legte den Kopf schief, so daß die Ohrringe das Licht reflektierten. «Wie findest du diese Prachtstücke? Hat Harry mir geschenkt.»

«Sehr hübsch.» Mim taxierte sie. «Jim hat mir eine Woche im Greenbrier-Ferienclub geschenkt. Ich denke, ich fahre im Februar, dem längsten Monat des Jahres», scherzte sie. «Meine Tochter hat mir ein altes Foto von meiner Mutter gerahmt und mir ein Abonnement für das Virginia-Theater geschenkt. Von Jim habe ich einen Verbandskasten fürs Auto und ein Radarwarngerät bekommen.» Sie lächelte. «Ein Radarwarngerät, könnt ihr euch das vorstellen? Er hat gemeint, ich brauche das.» Ihr Gesichtsausdruck veränderte sich. «Und dann hat mir jemand eine tote Ratte geschenkt.»

«Nein!» Mrs. Hogendobber hörte auf, die Post zu sortieren.

«Doch. Ich hab das alles gründlich satt. Ich hab heute nacht allein in Mutters früherem Nähzimmer gesessen, das jetzt mein Lesezimmer ist. Ich bin alles so oft durchgegangen, bis mir schwindlig war. Ein Mann wird ermordet. Wir kennen ihn nicht und wissen nichts von ihm, außer daß er ein Landstreicher war. Richtig?»

«Richtig.»

Mim fuhr fort: «Dann wird Benjamin Seifert erdrosselt und in Crozets ersten Tunnel geworfen. Ich habe sogar an den Schatz gedacht, der angeblich irgendwo in den Tunnels liegen soll, aber das ist wohl zu weit hergeholt.» Sie spielte auf die Legende an, wonach Claudius Crozet die Reichtümer, die er von dem Russen, der ihn gefangennahm, erhalten hatte, in den Tunnels vergraben haben sollte. Der junge Ingenieur, Offizier im Heer Napoleons, war bei dem grauenhaften Rückzug aus Moskau in Gefangenschaft geraten und auf das Gut eines sagenhaft reichen Aristokraten verbracht worden. Der sympathische Ingenieur hatte sich überaus nützlich gemacht und zahlreiche Projekte für den Russen gebaut, und als die Gefangenen endlich befreit wurden, hatte der Russe Crozet mit Schmuckstücken, Gold und Rubinen beschenkt. Zumindest erzählte man es sich so.

Harry sagte: «Und jetzt ist Cabell...» Sie schnippte mit den Fingern, um sein Verschwinden anzudeuten.

Mim machte eine abwinkende Handbewegung. «Zwei Angehörige derselben Bank. Verdächtig. Oder aber naheliegend. Was weniger naheliegend ist: Warum bin ich eine Zielscheibe? Zuerst der» – sie verzog das Gesicht – «Rumpf im Bootshaus. Gefolgt von dem Kopf im Kürbis, als mein Mann

Preisrichter war. Und dann die Ratte. Warum ich? Mir fällt einfach kein Grund ein, außer vielleicht kleinlicher Groll und Neid, aber deswegen wird niemand umgebracht.»

Harry wählte ihre Worte vorsichtig: «Hatte Ben oder Cabell Zugang zu Ihren Konten?»

«O nein, obwohl Cabell ein guter Freund ist. Kein Scheck geht ohne meine Unterschrift heraus. Und ich habe meine Konten natürlich überprüft. Zur Vorsicht lasse ich meinen Steuerberater meine Bücher prüfen. Und dann» – sie fuchtelte mit den Händen in der Luft – «der Ohrring. Sheriff Shaw hat sich aufgeführt, als wäre meine Tochter eine Verbrecherin. Verzeihen Sie, Harry, aber ein Opossum mit einem Ohrring, das ist doch kein Beweis.»

«Nein, sicher nicht», pflichtete Harry ihr bei.

«Also... warum ich?»

«Vielleicht solltest du dein Testament neu schreiben.» Miranda war schonungslos.

Mim war sprachlos, verlor aber nicht die Fassung, sondern sann darüber nach. «Du nimmst aber auch kein Blatt vor den Mund, was?»

«Mim, wenn du denkst, daß die Geschichte irgendwie gegen dich gerichtet ist, bist du vielleicht in Gefahr», stellte Mrs. Hogendobber fest. «Was könnte man von dir wollen? Geld. Besitzt du Land, das eine Bauplanung behindert? Stehst du irgend etwas im Weg, das Profit verspricht? Bist du in geschäftliche Unternehmungen verwickelt, von denen wir nichts wissen? Ist deine Tochter deine einzige Erbin?»

«Als Marilyn geheiratet hat, habe ich ihr ein kleines Legat ausgesetzt, um ihnen bei ihrem Haus unter die Arme zu greifen. Sie erbt natürlich unser Haus und das Land, wenn Jim und ich sterben, und ich habe einen Fonds angelegt, der eine Generation überspringt, so daß das meiste Geld an ihre Kinder geht, sofern sie welche bekommt. Wenn nicht, fällt es an sie, und sie muß einen Haufen Steuern zahlen. Meine Tochter wird mich nicht für Geld ermorden, und sie würde sich nicht mit einem Banker abgeben», sagte Mim in aller Offenheit.

«Was ist mit Fitz?» platzte Harry heraus.

«Fitz-Gilbert hat mehr Geld als Gott. Sie glauben doch nicht, daß wir Marilyn erlaubt hätten, ihn zu heiraten, ohne vorher gründlich seine finanzielle Situation zu prüfen.»

«Nein.» Harrys Antwort war von Bedauern gefärbt. Sie hätte es furchtbar gefunden, wenn ihre Eltern das dem Mann angetan hätten, den sie liebte.

«Ein entfernter Verwandter?» meinte Miranda.

«Du kennst meine Verwandten so gut wie ich. In Seattle lebt noch eine Tante von mir.»

«Haben Sie mit dem Sheriff und Coop darüber gesprochen?» fragte Harry.

«Ja, und mit meinem Mann. Er will einen Leibwächter zu meinem Schutz anheuern. Falls der es jemals durch den Schnee schafft. Und es soll ja wieder Sturm geben.» Mim, die sich sonst nicht so leicht ängstigte, war besorgt. Sie steuerte auf die Tür zu.

«Mim, deine Post.» Miranda griff in ihr Schließfach und reichte sie ihr.

«Oh.» Mim nahm die Post in ihre bottéga-veneta-behandschuhte Hand und ging.

Kurz darauf kam Fitz. Er und Marilyn hatten sich in eine wahre Orgie des Geldausgebens gestürzt. Er zählte die unendlich vielen Geschenke fröhlich und ohne Schamgefühl auf. «Aber das Beste ist, wir fahren heute abend für ein paar Tage in den Homestead-Club.»

Miranda verlor langsam den Überblick: «Ich dachte, Mim will in den Greenbrier-Club.»

«Ja, Mutter will im Februar hin, aber wir fahren heute

abend. Unsere zweiten Flitterwochen vielleicht, oder einfach, um das alles hier mal hinter uns zu lassen. Haben Sie gehört, was für ein gräßliches Geschenk Mim bekommen hat?» Sie nickten, und er fuhr fort: «Ich finde, sie sollte nach Tahiti fahren. Aber Mim läßt nicht mit sich reden. Sie macht, was sie will.»

Blair kam herein. «Hallo, ich hab eine gute Nachricht für Sie. Orlando Heguay kommt am Achtundzwanzigsten, und er kann es kaum erwarten, Sie zu sehen.»

«Orlando Heguay.» Fitz überlegte, wo er den Namen hintun sollte. «Miami?»

«Nein. Andover.»

Fitz schlug sich die Hand vors Gesicht. «Mein Gott, ich habe ihn seit dem College nicht mehr gesehen. Was macht er jetzt?» Fitz holte Luft. «Und woher kennen Sie ihn?»

«Wir werden die alten Zeiten auffrischen, wenn er da ist. Er freut sich auf Sie.»

Fitz lächelte: «Wie wär's Samstag abend zum Essen im Club?»

«Ich bin nicht Mitglied.»

«Das überlassen Sie mal mir.» Fitz klopfte ihn auf den Rücken. «Das wird lustig. Sechs Uhr?»

«Sechs Uhr», antwortete Blair.

Fitz ging mit einem Armvoll Post hinaus, und Blair sah ihm nach. «Arbeitet der Mensch auch mal?»

«Letztes Jahr hat er ein Grundstücksgeschäft abgewickelt», sagte Harry lachend.

«Gehen Sie nach der Arbeit nach Hause?» fragte Blair sie.

«Ja.»

«Gut. Ich komm vorbei.» Blair winkte zum Abschied und ging.

Als sie wieder allein waren, lächelte Miranda. «Er mag Sie.»

«Er ist mein Nachbar. Er muß mich mögen.»

## 55

Vier Säcke Pferdefutter, vier Säcke Hundetrockenfutter und vier Säcke Katzentrockenfutter, dazu zwei Kisten Katzendosenfutter – Harry war verblüfft. Während Blair seinen Explorer auslud, protestierte sie, sie könne diese Geschenke nicht annehmen. Er sagte, sie könne natürlich dastehen und lamentieren, sie könne aber auch ausladen helfen und ihnen dann Kakao machen. Sie entschied sich für letzteres.

Als sie drinnen ihren Kakao tranken, zog er eine kleine hellblaue Schachtel aus seiner Tasche. «Hier, Harry, Sie haben es verdient.»

Sie band die weiße Satinschleife auf. TIFFANY & CO sprang ihr in schwarzen Buchstaben von der Mitte der blauen Schachtel entgegen. «Ich hab Angst, es aufzumachen.»

«Machen Sie schon.»

Sie hob den Deckel ab und erblickte eine dunkelblaue Lederschatulle mit TIFFANY in Goldschrift. Sie öffnete sie und sah ein Paar bildschöne goldgefaßte, blauemaillierte Ohrringe, die sich in das weiße Futter schmiegten. «Oh», war alles, was sie herausbrachte.

«Blau und Gold sind doch Ihre Farben?»

Sie nickte und nahm die Ohrringe dann vorsichtig heraus. Sie steckte sie sich an die Ohren und betrachtete sich im Spiegel. «Sind die schön! Ich habe sie nicht verdient. Warum sagen Sie, daß ich sie verdient habe? Es ist... tja, es ist...»

*«Nimm sie, Mom. Du siehst blendend aus»*, riet Murphy ihr.

*«Ja, schlimm genug, daß du unsere Kekse zurückgeben wolltest. Du brauchst mal was Hübsches»*, fiel Tucker ein.

Blair bewunderte die Wirkung: «Großartig.»

«Wollen Sie mir die wirklich schenken?»

«Aber natürlich. Harry, ohne Sie wäre ich hier draußen verloren. Ich dachte, ich wäre ein tüchtiger Arbeiter und einigermaßen intelligent, aber ohne Sie hätte ich viel mehr Fehler gemacht und viel mehr Geld ausgegeben. Sie haben jemandem geholfen, den Sie kaum kennen, und unter den gegebenen Umständen bin ich dankbar dafür.»

«Was für Umständen?»

«Die Leiche auf dem Friedhof.»

«Ach die.» Harry lachte. Sie hatte gedacht, er spreche von Boom Boom. «Ich meine es nicht ganz so, wie es sich anhört, Blair, aber Sie machen mir keine Angst. Sie haben nicht das Zeug zum Mörder.»

«Ich glaube, unter den richtigen – oder vielleicht sollte ich sagen, falschen – Umständen hat jeder das Zeug zum Mörder, aber ich weiß Ihre Freundlichkeit gegenüber einem Fremden zu schätzen. War es nicht Blanche DuBois, die gesagt hat: ‹Ich war immer auf die Freundlichkeit von Fremden angewiesen›?»

«Und meine Mutter hat immer gesagt: ‹Viele Hände erleichtern die Arbeit.› Nachbarn helfen einander, um sich gegenseitig die Arbeit zu erleichtern. Es hat mir Spaß gemacht, und es hat mir gutgetan. Ich hab gemerkt, daß ich was kann.»

«Wie meinen Sie das?»

«Gestrüpp roden, wissen, wann gepflanzt werden muß, wissen, wie man Pferde von Würmern kuriert, all diese Dinge sind für mich ganz normal. Während ich Ihnen half, ist mir klar geworden, daß ich doch nicht so blöd bin.»

«Mädchen, die aufs Seven Sisters College gegangen sind, sind selten blöd.»

«Ha.» Harry platzte vor Übermut, Blair ebenso.

«Okay, es gibt ein paar blöde Smith- und Holy-Joker-Absolventinnen, aber schließlich gibt es ja auch ein paar miserable Old-Blues- und Princeton-Absolventen.»

Harry wechselte das Thema, weil sie nicht gerne über sich oder über Gefühle sprach: «Haben Sie schon mal Spuren im Schnee gesucht?»

«Nein.»

«Ich hab noch die alten Schneeschuhe von meinem Vater. Haben Sie Lust, ein bißchen rauszugehen?»

«Klar.»

Wenige Minuten später hatten sie sich angezogen und das Haus verlassen. Viel Sonnenlicht war nicht mehr da.

Blair hob einen Fuß. «An die Schneeschuhe muß man sich erst gewöhnen.»

Sie stapften in den Wald, wo Harry ihm Rotluchs- und Rehspuren zeigte. Die Rehe folgten den Luftströmungen. Als er dies alles sah und die Luft roch, als er den Unterschied zwischen der Temperatur unten am Bach und der weiter oben spürte, da bekam Blair einen Begriff davon, wie intelligent Tierleben ist. Jede Art entwickelte ihre Überlebensstrategie. Wenn die Menschen sich herablassen würden, davon zu lernen, wären sie womöglich imstande, ihr eigenes Leben zu verbessern.

Sie gingen auf die Bergausläufer hinter Blairs Grundstück zu. Harry wollte einen Rundgang machen, wobei sie stets im Kopf behielt, daß das Licht im Schwinden begriffen war. Sie legte ihre Hand auf Blairs Arm und deutete nach oben. In einem Walnußbaum saß eine riesige Schnee-Eule.

Harry flüsterte: «Sie kommen selten so weit nach Süden.»

«Mein Gott, ist die groß», flüsterte er zurück.

«Eulen und Kletternattern sind die besten Freunde, die ein Farmer haben kann. Und Katzen. Sie töten das Ungeziefer.»

Lange rosa Schatten schwebten von den Bergen, als drehten sich die Röcke des Tages in einem letzten Tanz. Sogar mit Schneeschuhen konnte das Gehen beschwerlich sein. Beide atmeten schwer, als sie aus dem Wald traten. Am Waldrand blieb Harry stehen. Ihr Blut wurde so eisig wie die Temperatur. Sie zeigte es Blair: Schneeschuhspuren. Aber es waren nicht ihre.

«Jäger?» meinte Blair.

«Niemand würde hier ohne Genehmigung jagen. Die MacGregors und meine Eltern waren da ganz rigoros. Wir hatten Angusrinder auf der Weide, und die MacGregors haben hornlose Herefords gezüchtet. Man kann nicht riskieren, daß irgendein Trottel einem das Vieh erschießt – und das kann durchaus passieren.»

«Vielleicht wollte jemand Spuren suchen, so wie wir.»

«Suchen wollte er allerdings was.» Sie füllte ihre Lungen mit der scharfen Luft. «Und zwar im hinteren Bereich Ihres Grundstücks.»

«Harry, was hat das zu bedeuten?»

«Ich glaube, wir sehen hier die Spuren des Mörders. Warum er noch mal hierher wollte, weiß ich nicht, aber er hat die Hände und Beine auf Ihrem Friedhof abgeladen. Vielleicht hat er was vergessen.»

«Im Schnee würde er es nicht finden.»

«Ich weiß. Das ist es ja, was mich so beunruhigt.» Sie kniete sich hin und untersuchte die Spuren. «Ein Mann, denke ich, oder eine dicke Frau.» Sie trat neben die Spur und hob dann ihren Schneeschuh hoch. «Sehen Sie, wieviel tiefer seine Spur ist als meine?»

Blair kniete sich ebenfalls nieder. «Ja. Wenn wir den Spuren folgen, können wir vielleicht feststellen, wo er hergekommen ist.»

«Es wird bald dunkel.» Sie zeigte auf die Wolken, die sich an den Berggipfeln zusammenballten. «Und da kommt der nächste Schneesturm.»

«Gibt es hier hinten irgendeine alte Straße?»

«Ja, einen alten Forstweg von 1937. Das war das letzte Mal,

daß hier Holz geschlagen wurde. Der Weg ist überwuchert, aber der Mensch, mit dem wir's zu tun haben, könnte ihn kennen. Er könnte mit einem Auto mit Allradantrieb von der Yellow Mountain Road heruntergefahren sein und es auf dem Forstweg versteckt haben. Weit würde er nicht kommen, aber weit genug, um den Wagen außer Sicht zu schaffen, denke ich.»

Wie ein blauer Finger kroch ein dunkler Schatten auf sie herab. Die Sonne sank. Das Wechselspiel von klarem Himmel und Wolken wich schwerem Gewölk.

Blair rieb sich die Nase, die langsam kalt wurde. «Was könnte jemand bloß hier hinten wollen?»

«Ich weiß nicht. Kommen Sie, kehren wir um.»

Bei gutem Wetter hätte der Rückweg zu Harrys Haus zwanzig Minuten gedauert, aber da sie durch den Schnee stapften, kamen sie erst nach einer Stunde im Dunkeln bei Harrys Hintereingang an. Ihre Augen tränten, ihre Nasen liefen, aber ihre Körper waren durch die Bewegung warm geblieben. Harry machte frischen Kakao und Käsetoast. Blair nahm das Abendessen dankbar an, dann ging er, um seine Kätzchen zu versorgen.

Sobald er fort war, rief Harry Cynthia Cooper an.

Cynthia und Harry kannten sich gut genug, um keine Zeit zu verschwenden. Die Polizistin kam gleich zur Sache. «Sie meinen, jemand hat es auf Blair abgesehen?»

«Warum sollte sonst jemand bei ihm herumschnüffeln?»

«Ich weiß es nicht, Harry, aber an diesen Morden ist überhaupt nichts plausibel, abgesehen davon, daß Ben Dreck am Stecken hatte. Nur was für Dreck, das wissen wir noch nicht. Ich denke aber, daß Cabell es weiß. Wir werden ihn finden. Ben ist viel reicher gestorben, als er gelebt hat. Darin war er sehr diszipliniert.»

«Worin?»

«Möglichst wenig Geld auszugeben.»

«Oh, daran habe ich nie gedacht», erwiderte Harry. «Hören Sie, Coop, wäre es möglich, einen Mann in Blairs Scheune zu postieren? Jemanden bei ihm zu verstecken? Der Kerl, mit dem wir's zu tun haben, hat nicht vor, durch Blairs Einfahrt zu poltern. Der kommt vom Berghang angestürmt.»

«Harry, können Sie sich einen Grund denken, irgendeinen Grund, weswegen jemand Blair Bainbridge ermorden will?»

«Nein.»

Ein langgezogener Seufzer kam durchs Telefon. «Ich auch nicht. Und ich mag den Mann, aber wenn man jemanden mag, heißt das noch lange nicht, daß er nicht in krumme Touren verwickelt sein kann. Wir haben seine Eltern angerufen – reine Routine und weil es mich gewundert hat, warum er Weihnachten nicht nach Hause gefahren ist und sie auch nicht hergekommen sind. Seine Mutter war sehr freundlich. Sein Vater war nicht grob, aber ich habe gemerkt, daß es da Spannungen gibt. Er ist mit dem, was sein Sohn tut, nicht einverstanden. Nennt ihn einen Stümper. Kein Wunder, daß Blair nicht nach Hause wollte. Jedenfalls war von ihnen nicht viel zu erfahren. Nichts, was uns weiterbringt.»

«Postieren Sie einen Mann bei ihm?»

«Ich geh selbst hin. Zufrieden?»

«Ja. Ich bin Ihnen wirklich sehr dankbar.»

«Ach was. Schlafen Sie gut heute nacht. Oh, haben Sie gehört, daß jemand Mim eine tote Ratte geschenkt hat?»

«Ja. Merkwürdige Geschichte.»

«Mir fallen ungefähr hundert Leute ein, die das gerne tun würden.»

«Aber würden sie's tatsächlich tun?»

«Nein.»

«Sind Sie nervös? Es ist noch nicht zu Ende. Das spür ich in den Knochen.»

Coops Schweigen sagte Harry, was sie wissen mußte. Cynthia sagte schließlich: «So oder so, wir werden den Fall lösen. Passen Sie auf sich auf.»

## 56

Der Wind peitschte in der frühmorgendlichen Dunkelheit über die Wiesen. Selbst eine lange seidene Unterhose, ein Baumwoll-T-Shirt, ein langärmeliges Flanellhemd und eine warme Daunenjacke konnten die bittere Kälte nicht abhalten. Bis Harry zum Stall kam, taten ihr Finger und Zehen weh.

Simon war dankbar für das Futter, das sie ihm brachte. Er war über Nacht drinnen geblieben. Harry warf sogar der Eule ein bißchen Hackfleisch hin. Da die Mäuse sich bei schauderhaftem Wetter in den Stall verzogen, hätte Harry die Eule nicht zu füttern brauchen. Sie ernährte sich reichlich von dem, was der Stall zu bieten hatte, zum großen Verdruß von Mrs. Murphy, die der Meinung war, alle Mäuse seien ihr persönliches Eigentum.

Als die Stallarbeit getan war und Harry sich wieder nach draußen wagte, blies der Wind stärker. Sie konnte nicht weiter als bis zum Rand der Wiese sehen, geschweige denn zu Blair hinüber. Sie war froh, daß sie die Pferde heute im Stall gelassen hatte, auch wenn sie deswegen öfter ausmisten mußte.

Tucker und Mrs. Murphy folgten ihr dicht auf den Fersen, die Köpfe gesenkt, die Ohren angelegt.

*«Sobald das mal aufhört, bitte ich die Eule, zu gucken, wo die Abdrücke waren»*, sagte Tucker.

*«Die sind zugedeckt.»* Mrs. Murphy blinzelte, um die Schneeflocken abzuwehren.

*«Wer weiß, was sie entdeckt? Sie kann drei Kilometer weit sehen, wenn nicht noch weiter.»*

*«Ach Tucker, du darfst nicht alles glauben, was sie sagt. Sie ist eine Angeberin, und wahrscheinlich wird sie gar nicht mit uns zusammenarbeiten.»*

Die beiden Tiere sausten durch die Tür, als Harry sie öffnete. Drinnen klingelte das Telefon. Es war sieben Uhr.

Harry sagte «Hallo?»

Es war Cynthia. «Harry, hier ist alles in Ordnung.»

«Gut. Und was sagt Blair?»

«Zuerst fand er es albern, daß ich in der Scheune schlafe, aber dann hat er's eingesehen.»

«Ist er schon wach?»

«Ich seh kein Licht im Haus. Der Mann sollte sich endlich Möbel anschaffen.»

«Wir warten auf eine gute Versteigerung.»

«Haben Sie genug zu essen? Wenn das so weitergeht, könnte es einen Stromausfall geben, und die Telefonleitungen könnten zusammenbrechen.»

«Ja. Kommen Sie denn da weg?» fragte Harry.

«Wenn nicht, verbringe ich einen interessanten Tag bei Blair Bainbridge.» Ein Brummen in der Ferne versetzte die junge Polizistin in Alarmbereitschaft. «Harry, ich ruf gleich zurück.»

Sie lief hinaus und lauschte angestrengt. Das dunkle Dröhnen eines Motors übertönte sogar das Rauschen des Windes. Es schneite jetzt so heftig, daß Cynthia kaum sehen konnte.

Sie hatte ihren Dienstwagen vor dem Haus geparkt. Sie hörte einen Augenblick nichts, dann wieder das tiefe Brummen. Sie rannte so schnell sie konnte durch den tiefen Schnee, aber es war zwecklos. Wer immer in die Einfahrt eingebogen war, hatte das Polizeiauto gesehen und sein Fahrzeug zurückgesetzt. Cynthia lief wieder in die Scheune und rief Harry an.

«Harry, wenn irgend jemand außer Susan oder Mrs. Hogendobber in Ihre Zufahrt kommt, rufen Sie mich sofort an.»

«Was ist los?»

«Ich weiß nicht. Hören Sie, ich muß in die Einfahrt, bevor die Spuren zugedeckt sind. Tun Sie, was ich sage! Wenn ich nicht in der Scheune bin, rufen Sie Blair an. Wenn er nicht abnimmt, rufen Sie Rick an, verstanden?»

«Verstanden.» Harry legte auf. Sie tätschelte Tucker und Mrs. Murphy und war sehr dankbar für deren scharfes Gehör.

Unterdessen kämpfte sich Cynthia durch den blendenden Schnee. Sie glaubte zu wissen, wohin sie ging, bis sie gegen eine alte Eiche stieß. Sie war in der Einfahrt nach rechts abgedriftet. Sie gelangte wieder auf den Fahrweg und kam zu den Spuren, die der Wagen beim Zurücksetzen hinterlassen hatte. Die Abdrücke der Reifenprofile schneiten rasch zu. Wenn sie doch nur ein Spurensicherungsgerät hätte. Hatte sie aber nicht. Bis sie sich eins besorgt hätte, würden die Spuren verschwunden sein. Sie ließ sich auf alle viere hinunter und pustete ein bißchen Schnee weg. Breite Reifen. Tiefe Winterprofile. Solche Reifen konnte jeder normal große Lieferwagen haben oder jedes große, schwere Familienauto mit Allradantrieb, etwa ein Wagoneer, ein Land Cruiser oder ein Range Rover. Sie kniete sich in den Schnee und knallte die Faust in das Pulver. Es flog unschuldig hoch. Halb Crozet fuhr solche Wagen, und die andere Hälfte fuhr große Transporter.

«Verdammt, verdammt, verdammt!» rief sie laut. Der Wind trug ihre Flüche davon.

Auf dem Rückweg zur Scheune krachte sie gegen die Hausecke. Heute von Foxden wegzukommen, daran war nicht zu denken. Sie drückte sich an die Hauswand und tastete sich langsam zu der rückwärtigen Veranda vor. Sie öffnete die Hintertür, betrat die Veranda, schloß die Tür hinter sich und lehnte sich dagegen. Es war noch nicht acht, und sie war schon fix und fertig. Sie konnte die Scheune nicht mehr sehen.

Sie putzte sich die Stiefel an dem Dackel-Fußkratzer ab. Sie zog den Reißverschluß ihres dicken Parkas auf und schüttelte den Schnee ab, dann hängte sie den Parka an den Haken an der Außenseite der Küchentür.

Sie trat in die Küche und rief Harry an. «Alles in Ordnung?»

«Ja, niemand in meiner Einfahrt.»

«Okay, das ist der Plan: Sie können heute nicht zum Dienst. Mrs. Hogendobber soll Sie vertreten, sofern sie's durch die Gasse schafft. Rufen Sie sie an.»

«Ich habe noch nicht einen Tag wegen dem Wetter gefehlt.»

«Heute werden Sie fehlen», ordnete Cynthia an. «Blair hat den Explorer. Wir laden Blair und seine Kätzchen ein und kommen rüber. Ich will vorerst nicht, daß einer von Ihnen allein ist.»

«Aber auf mich hat es doch niemand abgesehen.»

«Das können Sie nicht wissen. Ich kann kein Risiko eingehen. Ich geh ihn jetzt wecken. In einer Stunde sind wir drüben.»

## 57

*Diese Nervensägen.»* Mrs. Murphy schnippte ihren Schwanz weg von Jingle Bells, dem gescheckten Kätzchen, das ihm wie verrückt nachjagte.

*«Menschenbabys sind schlimmer.»* Tucker ließ Noel gewähren, das graue Kätzchen, das an ihrer einen Seite hinaufkletterte, um dann *«huiiii!»* zu schreien und auf der anderen hinunterzurutschen.

Harry, Blair und Cynthia beschäftigten sich, indem sie Pläne von allen Räumen in Blairs Haus skizzierten. Dann zeichneten sie Möbel für jedes Zimmer, schnitten sie aus und schoben sie hin und her.

«Haben Sie uns alles gesagt?» fragte Cynthia wieder.

«Ja.» Blair schob mit dem Zeigefinger ein Sofa herum. «Da paßt es nicht hin.»

«Wie wär's hier, und ein Tisch davor? Und da drauf die Lampen.» Harry plazierte die Teile.

«Kein Geschäft, das schiefging?» fragte Cynthia.

«Ich sagte doch, der einzige Kauf, den ich getätigt habe, war Foxden... und der Traktor auf der Versteigerung. Wenn auf meinem Grundstück etwas Wertvolles gewesen wäre oder irgendwas anderes, das mit dem Fall zusammenhängt, hätte es derjenige doch wohl mitgenommen, oder?»

«Ich weiß es nicht», sagte Cynthia.

«Huch», schrie Harry, als das Licht ausging. Sie lief zum Telefon und hielt den Hörer ans Ohr. «Funktioniert noch.»

Der Himmel verfinsterte sich, und der Wind heulte. Der Sturm hielt an. Zum Glück hatte Harry immer einen großen Vorrat Kerzen da. Die würden ihr nicht ausgehen.

Nach dem Abendessen saßen sie am Kamin und erzählten sich Gespenstergeschichten. Obwohl es schon ein bißchen weniger stürmte, rüttelte der steife Wind an den Fensterläden. Die ideale Zeit für Gespenstergeschichten.

«Ich habe gehört, daß Peter Stuyvesant immer noch in der Kirche an der Second Avenue in New York herumgeistert. Man kann sein Holzbein auf dem Holz tappen hören. Das ist alles, was ich an Gespenstergeschichten kenne. Als Kind bin ich am Lagerfeuer immer eingeschlafen.» Blair lächelte.

«Es gibt ein Gespenst in Castle Hill.» Cynthia sprach von einem schönen alten Haus an der Route 22 in Keswick. «Dort erscheint in einem der alten Schlafzimmer immer eine Frau mit einer Kerze in der Hand. Sie trägt Gewänder aus dem achtzehnten Jahrhundert und sagt den Gästen, sie dürfen da nicht übernachten. Sie soll in den letzten zweihundert Jahren vielen Gästen erschienen sein.»

«Was? Finden sie nicht ihre gesellschaftliche Anerkennung?» witzelte Harry.

«Wir wissen, daß sie keine guten Manieren haben», sagte Blair. «Mit den Umgangsformen ist es seit der Französischen Revolution konstant bergab gegangen.»

«Okay.» Cynthia stieß Harry an. «Sie sind dran.»

«Als Thomas Jefferson Monticelli baute, ließ er einen Schotten namens Dunkum kommen. Dieser äußerst tüchtige Mann kaufte Land unterhalb von Carter's Ridge und baute das heutige Brooklyn-Haus, das Dr. Charles Beegle und seiner Familie gehört – Ehefrau Jean, Sohn Brook und den Töchtern Lynne und Christiana. Der Unabhängigkeitskrieg erreichte schließlich auch unsere Gegend, und danach baute Mr. Dunkum noch mehr Wohnhäuser am Fuß der Bergkette. Man kann sie an der Route 20 sehen, schlichte, solide Ziegelbauten in schönen Proportionen. Als er zu Wohlstand gelangte, zogen weniger vermögende Verwandte zu ihm, darunter eine verwitwete Schwester, Mary Carmichael. Mary liebte die Gartenarbeit, und sie hat den Garten angelegt, der heute von Jean Beegle gepflegt wird. An einem heißen Sommertag wollte Jean den Traktor auf dem Plattenweg zu dem Rankengestrüpp hinten im Garten fahren, das ihren Bemühungen mit der Schere widerstanden hatte. Jean war entschlossen, ihm mit dem Traktor zu Leibe zu rücken. Kaum war sie in das Gestrüpp gestoßen, als sie zu ihrem Entsetzen in einen Hohlraum stürzte. Der Traktor hatte sich nicht überschlagen – er ist einfach mitten in einem Erdloch steckengeblieben. Als Jean hinuntersah, erblickte sie einen Sarg. Versteht sich wohl von selbst, daß Jean in Windeseile von dem Traktor geklettert ist.

Chuck hat sich dann von Johnny Haffner, dem Traktorenhändler, einen Traktor geborgt, und die zwei Männer haben zusammen Beegles Traktor herausgezogen. Ihre Neugierde gewann die Oberhand, sie sprangen wieder in das Grab und öffneten den Sarg. Er enthielt das Skelett einer Frau und sogar noch Fetzen eines Kleides, das sehr schön gewesen sein mußte. Von Schuldgefühlen übermannt, schlossen Chuck und Johnny den Sarg wieder und überließen die Dame ihrem ewigen Schlummer. Dann schütteten sie die Grube zu.

In derselben Nacht wurde Jean von einem lauten Geräusch geweckt. Sie hörte jemanden dreimal rufen. Eine Stimme, die sie nicht kannte, rief nach ihr. ‹Jean Ritenour Beegle, Jean, komm in den Garten.›

Jeans Schlafzimmer hatte kein Fenster nach dieser Seite, deshalb ging sie nach unten. Sie hatte keine Angst, denn es war ja eine Frauenstimme. Ich hätte mich gefürchtet, glaube ich. Sie ging jedenfalls in den Garten, und da stand eine große, gut gebaute Frau.

Sie sagte: ‹Mein Name ist Mary Carmichael, und ich bin 1791 hier gestorben. Weil ich den Garten liebte, hat mein

Bruder mich darin beerdigt und einen Rosenstrauch auf mein Grab gepflanzt. Als er starb, haben die neuen Besitzer vergessen, daß ich dort begraben bin, und meinen Rosenstrauch nicht mehr gepflegt. Ich bin in der Küche gestorben, die im Keller des Hauses war. Der Kamin war groß, und es war so kalt. Sie haben mich dort aufgebahrt.›

Jean fragte, ob sie irgendwas für Mary tun könne.

Das Gespenst antwortete: ‹Pflanze einen Rosenstrauch auf mein Grab. Ich liebe rosa Rosen. Und weißt du, ich habe zwischen den zwei Fenstern ein Spalier gebaut.› Sie zeigte auf die Fenster, die zum Garten hinausgingen. Es mußte das Wohnzimmer gewesen sein. ‹Wenn es dir gefällt und hübsch aussieht, baue ein weißes Spalier und laß gelbe Teerosen daran hochranken.›

Das hat Jean getan, und sie sagt, daß sie Mary in mondhellen Sommernächten manchmal durch den Garten spazieren sieht.»

Während die Menschen mit ihren Gespenstergeschichten fortfuhren, holte Mrs. Murphy die zwei Kätzchen zu sich heran. ‹*So, Noel und Jingle, jetzt will ich euch die Geschichte von einem schneidigen jungen Kater namens Dragoner erzählen. Damals, zur Zeit unserer Vorfahren...*›

«*Wann war das?*» maunzte das graue Kätzchen.

«*Bevor wir ein Land waren, damals, als die Briten regierten. In jener Zeit lebte ein großer, hübscher Kater, der immer mit einem britischen Offizier zusammensteckte, und deswegen wurde er Dragoner genannt. Oh, seine Schnurrhaare waren silbern, seine Pfoten waren weiß, seine Augen leuchtend grün und sein Fell glänzend rot. Eines Nachts veranstalteten die Menschen einen großen Ball, und Dragoner kam auch hin. Dort sah er eine junge weiße Angorakatze, die ein blaues Seidenband am Hals trug. Er ging zu ihr, und auch andere Kater umringten sie, so überwältigend war ihre Schönheit. Und er sprach zu ihr und machte ihr den Hof. Sie sagte, ihr*

Name sei Silverskins. Er bot Silverskins an, sie nach Hause zu begleiten. Sie spazierten durch die Straßen der Stadt und aufs Land hinaus. Die Grillen zirpten, und die Sterne funkelten. Als sie sich einem kleinen Steinhäuschen und einem Hügel mit einem Friedhof darauf näherten, blieb die hübsche Katze stehen.

‹Ich verlasse dich hier, Dragoner, denn meine alte Mutter wohnt da drinnen, und ich will sie nicht aufwecken.› Sprach's und sprang davon.

Dragoner rief ihr nach: ‹Ich komme dich morgen abholen.›

Den ganzen nächsten Tag konnte Dragoner sich nicht auf seine Pflichten konzentrieren. Er dachte nur an Silverskins. Als die Nacht anbrach, marschierte er durch die Stadt, ohne auf die Zurufe seiner bummelnden Freunde zu achten. Er ging hinaus auf den schmalen Feldweg und kam bald zu dem Häuschen. Er klopfte an, und eine alte Katze öffnete.

‹Ich komme Silverskins abholen›, sagte er zu der alten weißen Katze.

‹Treib keine Späße mit mir, junger Spund›, fauchte die alte Katzendame.

‹Ich spaße nicht›, sagte er. ‹Ich habe sie gestern abend nach dem Ball nach Hause begleitet.›

‹Du findest meine Tochter auf dem Hügel.› Die alte Katze zeigte auf den Friedhof und schloß die Tür.

Dragoner stürmte den Hügel hinauf, aber von Silverskins war nichts zu sehen. Er rief ihren Namen. Keine Antwort. Er sprang von einem Grabstein zum anderen. Keine Spur von ihr. Er kam ans Ende einer Reihe mit Menschengedenktafeln und sprang auf einen kleinen eckigen Grabstein. Darauf stand: ‹Hier ruht mein hübscher Liebling Silverskins. Geboren 1699. Gestorben 1704.› Und auf dem Grab lag ihre blaue Seidenschleife.»

Die Kätzchen schrien, als die Geschichte zu Ende war.

Harry sah zu den verängstigten Babys hinüber. Mrs.

Murphy lag vor ihnen auf der Seite, die Augen halb geschlossen.

«Mrs. Murphy, triezt du die Kätzchen?»

«*Hihi*», feixte Mrs. Murphy nur.

## 58

Keine Kobolde polterten in der Nacht, auch keine menschlichen Schreckgespenster. Harry, Cynthia und Blair erwachten an einem kristallklaren Morgen. Harry konnte sich an keinen Wintertag erinnern, der so gefunkelt hätte wie dieser.

Womöglich hatte Harry überreagiert. Vielleicht stammten die Spuren von jemand, der verbotenerweise nach Tieren Ausschau hielt, die er in eine Falle locken konnte. Vielleicht war der Laster oder PKW, den Cynthia in Blairs Zufahrt einbiegen hörte, einfach jemand gewesen, der sich im Schnee verfahren hatte.

Als Harry mit der Arbeit begann, kam sie sich wegen ihrer Ängste ein bißchen dämlich vor. Vor den Fenstern sah sie Straßenarbeiter die großen Schneepflüge lavieren. Ein Kleinwagen am Straßenrand war vollkommen mit Schnee bedeckt.

Mrs. Hogendobber wuselte herum, und die zwei tratschten bei der Arbeit. Boom Boom war die erste, die ins Postamt kam. Sie hatte sich kurz vor dem Sturm beim Autohändler einen Wagoneer mit Allradantrieb ausgeliehen. Gekauft hatte sie ihn noch nicht. «Wie günstig, so einen langfristigen Kredit zu haben», bemerkte Mrs. Hogendobber.

«Orlando kommt heute an. Mit der Maschine um halb elf.

Blair hat gesagt, er holt ihn ab, und heute abend essen wir zusammen. Wartet nur, bis ihr ihn seht. Er ist wirklich was Besonderes.»

«Fair auch», verteidigte Harry ihren Ex-Ehemann. Wenn sie vorher nachgedacht hätte, hätte sie vermutlich den Mund gehalten, aber das war es ja eben: Sie dachte nicht nach. Was immer ihr in den Sinn schoß, sie sprach es im selben Moment aus.

Boom Booms lange Wimpern flatterten. «Aber sicher. Er ist ein lieber, süßer Kerl, und er ist mir nach Kellys Tod ein großer Trost gewesen. Ich hab ihn sehr gern, aber, nun ja, er ist provinziell. Er kennt nichts als seinen Beruf. Gib's zu, Harry, dich hat er auch gelangweilt.»

Harry warf die Post, die sie in der Hand hielt, auf die Erde. Mrs. Hogendobber trat klugerweise an Harrys Seite... für alle Fälle.

«Wir alle langweilen uns gelegentlich gegenseitig. Niemand ist immer und überall aufregend.» Harrys Gesicht lief rot an.

Mrs. Murphy und Tucker spitzten die Ohren.

«Ach, hör auf. Er war nicht der Richtige für dich.» Boom Boom hatte eine gemeine Freude daran, andere Leute zu ärgern. Emotionen waren der einzige Austausch, den Boom Boom pflegte. Da sie keine richtige Beschäftigung hatte, kreisten ihre Gedanken um sich selbst und die Gefühle anderer. Manchmal ödeten sie sogar ihre Vergnügungen an.

«Er war für sehr lange Zeit genau der Richtige. Und jetzt nimm deine Post und erlöse mich von deiner perfekt geschminkten Visage.» Harry biß die Zähne zusammen.

«Dies ist ein öffentliches Gebäude, und ich kann tun und lassen, was ich will.»

Mirandas Altstimme vibrierte vor Autorität. «Boom Boom, für eine Frau, die gnadenlos mit ihrer Empfindsamkeit hausieren geht, sind Sie erstaunlich unempfindsam gegen andere Leute. Sie haben hier eine höchst unangenehme Situation geschaffen. Ich schlage vor, Sie denken in Ihrer freien Zeit darüber nach, und das heißt den Rest des Tages.»

Boom Boom stürmte eingeschnappt hinaus. Bevor es Mittag wurde, würde sie ihre sämtlichen Bekannten anrufen, um sie darüber zu informieren, wie mitgenommen sie war, weil Harry und Mrs. Hogendobber sich gegen sie verbündet und sie so beleidigt hatten.

Sie würde es außerdem für geboten halten, ihren Psychiater anzurufen und dann etwas zu finden, das ihre Nerven beruhigte.

Mrs. Hogendobber bückte sich etwas steif und hob die Post auf, die Harry auf die Erde geworfen hatte.

«Nicht, Miranda, ich mach das schon. Ich hab mich ziemlich albern benommen.»

«Sie lieben ihn noch.»

«Nein», erwiderte Harry ruhig, «aber ich liebe, was wir einander gewesen sind, und er ist es wert, als Freund geliebt zu werden. Irgendwann wird er irgendeiner Frau ein guter Kamerad sein. Darum geht es doch in der Ehe, oder? Kameradschaft? Gemeinsame Ziele?»

«Im Idealfall. Ich weiß nicht, Harry, die jungen Leute heutzutage wollen so viel mehr als wir früher. Sie wollen Aufregung, Romantik, gutes Aussehen, einen Haufen Geld, immerzu Urlaub. Als George und ich heirateten, hatten wir diese Ansprüche nicht. Wir haben erwartet, daß wir zusammen hart arbeiteten und unsere Aussichten verbesserten. Wir haben gespart und geknausert. Das Feuer der Romantik loderte mal mehr, mal weniger, aber wir waren ein Team.»

Harry dachte über Mrs. Hogendobbers Worte nach. Sie hörte auch zu, als Miranda das Gespräch auf Kirchenklatsch brachte. Die beste Sopranistin im Chor und der beste Tenor hatten sich darüber verkracht, wer die meisten Soli bekam. Großzügig verstreute Mrs. Hogendobber ihre Perlen der Weisheit.

Um ein Uhr kam Blair mit Orlando Heguay herein. Das Flugzeug hatte Verspätung gehabt, der Flugplatz war überfüllt gewesen, aber alles war gutgegangen. Orlando bezauberte Mrs. Hogendobber. Harry fand, er war genau der Richtige für Boom Boom: weltgewandt, reich und unglaublich attraktiv. Ob er auch der Typ war, der einer Frau unablässig die Aufmerksamkeit schenken konnte, die Boom Boom forderte, würde sich beizeiten herausstellen.

Als Blair sein Postfach öffnete, griff eine behaarte Pfote nach ihm. Er riß seine Hand zurück.

«*Ich hab dich erschreckt*», lachte Mrs. Murphy.

«Du kleiner Teufel.» Blair langte wieder in sein Fach und hielt eine Minute ihre Pfote fest.

Orlando ging umher und blieb vor der Fotografie von dem nicht identifizierten Opfer stehen. Er betrachtete sie genau, dann stieß er einen leisen Pfiff aus. «Großer Gott.»

«Was ist los?» fragte Mrs. Hogendobber.

Harry ging zu ihm, um zu erklären, warum das Foto an der Wand hing, aber bevor sie den Mund aufmachen konnte, sagte Orlando: «Das ist Tommy Norton.»

Alle drehten sich mit aschfahlen Gesichtern zu ihm um. Harry sprach als erste: «Sie kennen den Mann?»

«Das ist Tommy Norton. Ich meine, die Haare stimmen nicht, und er sieht dünner aus als damals, aber wenn das nicht Tommy Norton ist, dann ist es sein gealterter Doppelgänger.»

Miranda wählte Rick Shaws Nummer, bevor Orlando seinen Satz zu Ende gesprochen hatte.

# 59

Nach ausgiebigen Entschuldigungen, weil sie Orlando im Urlaub belästigten, hatten Rick und Cynthia die Tür von Ricks Büro geschlossen. Blair wartete draußen und las Zeitung.

«Fahren Sie fort, Mr. Heguay.»

«Ich habe Fitz-Gilbert 1971 kennengelernt. Auf dem College waren wir keine dicken Freunde. Er hatte einen guten Freund in New York, Tommy Norton. Tommy Norton habe ich im Sommer 1974 kennengelernt. Er arbeitete als Laufbursche bei der Börsenmaklerfirma Kincaid, Foster und Kincaid. Ich war damals siebzehn, er muß fünfzehn oder sechzehn gewesen sein. Ich habe nebenan bei Young und Fulton gearbeitet. Danach wußte ich ganz sicher, daß ich kein Börsenmakler werden wollte.» Orlando holte Luft und fuhr fort: «Ein-, zweimal die Woche haben wir zusammen Mittag gegessen. An den anderen Tagen mußten wir durcharbeiten.»

«Wir?» fragte Cynthia.

«Tommy, Fitz-Gilbert Hamilton und ich.»

«Erzählen Sie weiter.» Ricks Stimme hatte etwas Hypnotisches.

«Da gibt es nicht viel zu erzählen. Er war ein armer Schlucker aus Brooklyn, aber sehr helle, und er wollte so sein wie Fitz und ich. Er hat uns imitiert. Wirklich schade, daß er keine Privatschule besuchen konnte; es hätte ihn so glücklich gemacht. Damals wurden noch nicht so viele Stipendien vergeben.»

«War er mal zu Besuch in Andover?»

«Hm, Fitz' Eltern sind in jenem Sommer bei dem schrecklichen Flugzeugabsturz ums Leben gekommen, und im Jahr drauf ist Fitz in der Schule richtig durchgedreht. Aber Tommy und Fitz waren ja gute Freunde, und im Herbst ist Tommy mindestens einmal dort gewesen. Er hat da auch gut hingepaßt. Da ich ein Jahr älter war als Tommy, habe ich ihn aus den Augen verloren, als ich nach dem College-Abschluß nach Yale ging. Fitz ging nach Princeton, als er sich wieder gefangen hatte, und was aus Tommy geworden ist, weiß ich nicht. Ich erinnere mich aber, daß er den Sommer drauf wieder bei Kincaid, Foster und Kincaid gearbeitet hat, und zwar zusammen mit Fitz.»

«Fällt Ihnen sonst noch jemand ein, der Tommy Norton kennen könnte?» fragte Rick.

«Der Personalchef damals war ein schleimiges Ekel namens Leonard, äh, Leonard Imbry. Komischer Name. Wenn er noch dort ist, könnte er sich vielleicht an Tommy erinnern.»

«Wie kommen Sie darauf, daß das Foto Norton darstellt?» Cynthia fand, daß Orlando mit seinen dunklen Haaren und Augen ungemein gut aussah, und sie wünschte, sie hätte was anderes an als ihre Polizeiuniform.

«Ich würde nicht mein Leben darauf verwetten, aber das rekonstruierte Gesicht hatte Tommys vorstehendes Kinn. Die Nase war vielleicht ein bißchen kleiner, und der Haarschnitt stimmte nicht.» Er zuckte die Achseln. «Es sah aus wie eine ältere Ausgabe des Jungen, den ich kannte. Was ist mit ihm passiert? Bevor ich es von den Damen im Postamt erfahren konnte, haben Sie mich weggelotst.»

Cynthia antwortete: «Der Mann auf dem Foto wurde ermordet, sein Gesicht wurde schwer entstellt und seine Leiche zerstückelt. Die Fingerabdrücke waren ihm buchstäblich von den Fingerkuppen abgeschnitten und sämtliche Zähne ausgeschlagen worden. Über mehrere Tage hinweg haben die

Leute hier Leichenteile gefunden. Der Kopf ist auf unserem Erntefest in einem Kürbis aufgetaucht. Es war einfach schrecklich, und Kinder wie Erwachsene werden deswegen noch lange Zeit Alpträume haben.»

Orlando war erschüttert. «Wer hätte Tommy Norton umbringen wollen?»

«Das würden wir auch gerne wissen.» Rick machte sich wieder Notizen.

«Wann haben Sie Fitz-Gilbert Hamilton zuletzt gesehen?» Cynthia wünschte, daß ihr genug Fragen einfallen würden, um ihn stundenlang dazubehalten.

«Bei meinem Examen in Andover. Seine Stimme war tiefer geworden, aber er war in der Entwicklung immer noch ein bißchen zurück. Ich weiß nicht, ob ich ihn heute wiedererkennen würde. Es würde mich aber freuen, wenn es so wäre.»

«Sie sagten, er war in Princeton – nachdem er sich gefangen hatte.»

«Nach dem Tod seiner Eltern war Fitz eine Zeitlang total daneben. Er war völlig in sich gekehrt. Keiner von uns Jungs war besonders geschickt im Umgang mit so einer Krise. Vielleicht wären wir heute genauso ungeschickt. Ich weiß nicht, er hat sich immer in sein Zimmer verkrochen und Mozarts *Requiem* gehört. Wieder und wieder.»

Rick blickte von seinen Notizen auf. «Aber er ist auf dem College geblieben?»

«Wo hätten sie ihn sonst hinstecken sollen? Er hatte keine Verwandten, und der Vermögensverwalter seiner Eltern war ein New Yorker Banker mit Juraexamen, der den Jungen kaum kannte. Er hat das Jahr durchgestanden, und im Sommer 75 habe ich gehört, daß er langsam aus seiner Isolation herauskam und wieder mit Tommy bei Kincaid, Foster und Kincaid arbeitete. Die zwei waren unzertrennlich. Und dann passierte dieser Autounfall. Mir ist nie was von Ärger in

Princeton zu Ohren gekommen, aber so gute Freunde waren Fitz und ich ja nicht, und was immer ich hörte, kam aus zweiter Hand, weil wir alle auf verschiedene Colleges gegangen waren. Er war aber ein netter Kerl, und sein Schicksal ist uns allen sehr nahegegangen. Ich freue mich darauf, ihn wiederzusehen.»

Sie dankten Orlando, und Blair dankten sie fürs Warten. Dann hängte sich Cynthia an die Strippe und rief bei Kincaid, Foster und Kincaid an. Leonard Imbry war noch Personalchef, und er hörte sich an, als sei er zwei Jahre älter als Gott.

Ja, er erinnere sich an die beiden Jungen. Die könne man kaum vergessen nach dem, was mit Fitz passiert war. Sie hätten fleißig gearbeitet. Fitz sei labil gewesen, aber ein lieber Kerl. Er habe die beiden aus den Augen verloren, als sie aufs College gingen. Er meine, Fitz sei nach Princeton und Tommy aufs City College gegangen.

Cynthia legte auf. «Chef?»

«Ja?»

«Wann kommen Little Marilyn und Fitz vom Homestead-Club zurück?»

«Bin ich vielleicht der High-Society-Manager von Crozet? Rufen Sie Ihre Gnaden an.» *Ihre Gnaden* war Ricks Bezeichnung für Big Marilyn Sanburne.

Cynthia rief sie an. Die Hamiltons würden heute abend zurück sein, sagte man ihr. Sie legte auf. «Finden Sie es nicht komisch, daß Orlando den Mann auf dem Foto erkannt hat, falls es wirklich Tommy Norton ist, und Fitz-Gilbert nicht?»

«Ich bin Ihnen einen Schritt voraus. Wir fangen sie an ihrer Tür ab. Inzwischen, Coop, fragen Sie in New York an, ob irgendwer bei der Polizei, im Archiv oder sonstwo, Akten über Tommy Norton oder Fitz-Gilbert Hamilton hat. Und vergessen Sie das City College nicht.»

«Wo gehen Sie hin?» fragte sie, als er seine Jacke vom Garderobenständer nahm.

«Auf die Jagd.»

## 60

In den wenigen Tagen im Homestead-Club hatte Little Marilyn fünf Pfund zugenommen. Die Frühstückswaffeln, diese großen, glänzenden goldenen Vierecke, konnten die strengsten Diätfetischisten in Versuchung führen. Dazu kamen die Eier, die Brötchen, die süßen Brötchen, der knusprige Virginia-Speck. Und das war erst das Frühstück.

Als das Telefon klingelte, hob Little Marilyn träge und vollgegessen den Hörer ab und sagte schlaff: «Hallo.»

«Baby.»

«Mutter.» Little Marilyns Schulterblätter strafften sich.

«Geht's euch gut?»

«Wir futtern wie die Schweine.»

«Du wirst nie erraten, was hier passiert ist.»

Little Marilyn straffte sich abermals. «Doch nicht schon wieder ein Mord?»

«Nein, nein, aber Orlando Heguay – er kennt Fitz aus dem Internat – hat den nicht identifizierten Ermordeten erkannt. Er sagt, es war ein gewisser Tommy Norton. Ich hoffe, das ist der Durchbruch, auf den wir gewartet haben, aber Sheriff Shaw wirkt wie immer weder zuversichtlich noch hoffnungslos.»

Die Tochter lächelte, obwohl die Mutter sie nicht sehen konnte, ein falsches Lächeln; es war ein automatischer Gesellschaftsreflex. «Danke, daß du's mir gesagt hast. Fitz wird erleichtert sein, wenn ich's ihm erzähle.» Sie schwieg einen Moment. «Warum hat Rick Shaw dir gesagt, wer das Opfer war?»

«Hat er nicht. Du kennst ihn doch. Der hält seine Karten bedeckt.»

«Wie hast du's dann erfahren?»

«Ich habe meine Quellen.»

«Ach komm, Mutter, das ist nicht fair. Sag's mir.»

«Dieser Orlando ist ins Postamt gekommen und hat den Mann auf dem Foto erkannt. Harry und Miranda standen direkt daneben. Zwar ist keiner hundertprozentig sicher, daß es wirklich dieser Tommy Norton ist, aber er scheint es zu glauben.»

«Unterdessen weiß es bestimmt die ganze Stadt», schnaubte Little Marilyn. «Mrs. Hogendobber kann ja nichts für sich behalten.»

«Sie kann schon, wenn sie muß, aber niemand hat sie angewiesen, nichts zu sagen, und ich nehme an, alle würden es an ihrer Stelle genauso machen. Jedenfalls glaube ich, daß Rick Shaw durch den Schnee hingeschlittert ist und sich die beiden vorgenommen hat. Ich habe ihm den Schlüssel für Fitz' Büro gegeben. Rick sagte, er müßte noch mal hinein. Er meinte, die Fingerabdruckleute könnten etwas übersehen haben.»

«Fitz kommt gerade vom Schwimmen zurück. Ich geb ihn dir, dann kannst du ihm alles erzählen.» Sie reichte ihrem Mann den Hörer und formte unhörbar mit den Lippen das Wort «Mutter».

Er verzog das Gesicht und nahm den Hörer. Während Mim ihre Geschichte ausschmückte, wurde sein Gesicht bleich. Als er auflegte, zitterte seine Hand.

«Liebling, was hast du?»

«Sie glauben, die Leiche war Tommy Norton. Ich *kannte*

Tommy Norton. Ich fand nicht, daß der Mann auf dem Foto wie Tommy aussah. Deine Mutter will, daß ich sofort nach Hause komme und mit Rick Shaw spreche. Sie meint, es schadet dem Ruf der Familie, daß ich Tommy Norton gekannt habe.»

Little Marilyn umarmte ihn. «Wie furchtbar für dich.»

Er faßte sich. «Hoffen wir, daß es ein Irrtum ist. Ehrlich, es ist ein gräßlicher Gedanke, daß er... es war.»

«Wann hast du ihn zuletzt gesehen?»

«Ich glaube 1976.»

«Das Aussehen der Menschen verändert sich ziemlich stark mit den Jahren.»

«Trotzdem hätte ich ihn erkennen müssen. Ich fand nicht, daß die Rekonstruktion Ähnlichkeit mit ihm hatte. Ist mir nie in den Sinn gekommen. Er hatte ein vorstehendes Kinn, daran erinnere ich mich. Er war sehr nett zu mir, und als wir auf verschiedene Colleges gingen, haben wir uns aus den Augen verloren. Ich glaube sowieso nicht, daß Männer so eng Kontakt halten wie Frauen. Ihr schreibt euch mit euren Verbindungsschwestern. Ihr hängt euch ans Telefon. Frauen legen größeren Wert darauf, Freundschaften zu pflegen. Trotzdem, ich habe mich oft gefragt, was aus Tom geworden ist. Hör zu, bleib hier und amüsier dich. Ich fahr nach Crozet, und wenn aus keinem anderen Grund, als um deine Mutter zu beruhigen und mir das Bild mit anderen Augen anzusehen. Ich hol dich morgen ab. Die Hauptstraßen sind geräumt. Ich dürfte ohne Probleme durchkommen.»

«Ich will ohne dich nicht hierbleiben, und du solltest dich nicht allein von Mutter anblaffen lassen. Gott bewahre, wenn sie wirklich denkt, unsere gesellschaftliche Stellung ist auch nur ein winziges, ein klitzekleines bißchen angekratzt.»

Er gab ihr einen Kuß auf die Wange. «Bleib du hier, Schätzchen. Ich bin ruck, zuck wieder da. Iß heute abend für mich mit.»

Little Marilyn wußte, daß sie ihn nicht umstimmen konnte. «Ich hab schon genug gegessen.»

«Du siehst großartig aus.»

Er zog sich um und küßte sie zum Abschied. Ehe er die Tür erreichte, klingelte das Telefon. Little Marilyn nahm ab. Die Augen traten ihr aus dem Kopf.

«Ja, ja, er ist hier.» Verdattert reichte Little Marilyn Fitz den Hörer.

«Hallo.» Fitz erstarrte, als er Cabell Halls Stimme hörte. «Alles in Ordnung mit dir? Wo bist du?»

Little Marilyn wollte zum anderen Telefon in ihrer Suite greifen. Fitz packte sie am Handgelenk und flüsterte: «Wenn er das Knacken hört, legt er vielleicht auf.» Er konzentrierte sich wieder auf Cabell. «Ja, das Wetter war schlecht.» Pause. «In einer Hütte im George Washington National Forest? Du mußt halb erfroren sein.» Wieder eine Pause. «Also, wenn du durch Rockfish Gap kommst, könnte ich dich dort an der Straße abholen.» Fitz wartete. «Ja stimmt, es ist zu eisig zum Warten. Du sagst, in der Hütte ist es warm. Hast du genug Feuerholz? Soll ich zur Hütte raufkommen?» Er machte eine weitere Pause. «Du willst mir nicht sagen, wo sie ist. Cabell, das ist lächerlich. Deine Frau ängstigt sich zu Tode. Ich komm dich abholen und bring dich nach Hause.» Er hielt den Hörer vom Ohr weg. «Er hat aufgelegt. Verdammt!»

«Was macht er im George Washington National Forest?» fragte Little Marilyn.

«Er sagt, er hat Lebensmittel für eine Woche hingeschafft, bevor er sich aus dem Staub gemacht hat. Es ist jede Menge zu essen da. Er hat sich dorthin zurückgezogen, um nachzudenken. Worüber, weiß ich nicht. Hört sich an, als wäre bei ihm eine Sicherung durchgebrannt.»

«Ich ruf Rick Shaw an», erbot sie sich.

«Nicht nötig. Ich geh zu ihm, nachdem ich Taxi besucht habe. Sie muß wissen, daß Cabell körperlich gesund ist, wenn auch nicht geistig.»

«Weißt du genau, wo er ist?»

«Nein. In einer Hütte nicht weit von Crabtree Falls. Aber die Bundespolizei wird ihn finden. Bleib du hier. Ich kümmere mich um alles.»

Er gab ihr noch einen Kuß und ging.

## 61

Sheriff Shaw hatte Fitz-Gilberts Büro untersucht, nachdem ihm der Diebstahl gemeldet worden war. Jetzt, allein in dem Büro, setzte er sich an den Schreibtisch. Er hoffte auf eine Schublade mit falschem Boden, aber es gab keine. In den Schubladen lagen elegantes Briefpapier, Investmentbroschüren und Jahresabschlußberichte von Firmen. Er fand auch einen Stapel *Playboy*-Magazine. Er unterdrückte den Drang, sie durchzublättern.

Dann ließ er sich auf alle viere hinunter. Der peinlich saubere Teppich gab nichts her.

Die Küche hingegen gab eine Flasche teuren Portwein her, außerdem Wein und schottischen Whisky, Cracker, Käse und Sodawasser. Die Kaffeemaschine schien nagelneu zu sein.

Er machte die Schranktür auf und ging wieder auf alle

viere hinunter. Auch hier war alles sauber, bis auf ein blondes Haarbüschel in einer Ecke des Fußbodens.

Rick tat die Haare in einen kleinen Umschlag und schob ihn in seine Jackentasche.

Als er die Bürotür schloß, wußte er mehr als beim Hereinkommen, aber er wußte noch nicht genug.

Er mußte methodisch und umsichtig vorgehen, bevor ein teurer Staranwalt ihm den Fall versiebte. Diese Burschen brachten es fertig, Shermans Vormarsch als «unbefugtes Betreten» herunterzuspielen.

## 62

Cynthia Cooper entdeckte, daß Tommy Norton sich nie im New Yorker City College immatrikuliert hatte. Gegen zwei Uhr nachmittags tat ihr das Ohr weh vom vielen Telefonieren. Endlich war sie fündig geworden. Im Sommer 1976 war ein Thomas Norton in die staatliche Nervenklinik Central Islip eingewiesen worden. Die Diagnose lautete hebephrene Schizophrenie. Leider war die Akte unvollständig, und die Frau am anderen Ende der Leitung konnte den Namen seiner nächsten Angehörigen nicht finden. Sie wußte nicht, wer ihn eingeliefert hatte.

Dann wurde Cynthia mit einem Arzt verbunden, der sich an den Patienten erinnerte. Er sei schizophren gewesen, aber mit Hilfe von Medikamenten habe er in den letzten fünf Jahren Fortschritte gemacht und sei nun eingeschränkt selbständig. Vor kurzem sei er in die offene Station einer Rehaklinik eingewiesen worden und habe eine Arbeit in einem Büro gefunden. Er sei sehr aufgeweckt, aber oft verwirrt. Der Arzt gab Cynthia eine vollständige Beschreibung des Mannes und faxte ihr außerdem ein Bild von ihm.

Als das Foto aus dem Bürofaxgerät glitt, wußte sie, daß sie Tommy Norton gefunden hatten.

Sie rief in der Rehaklinik an und erfuhr, daß Tommy Norton seit Oktober vermißt wurde. Das Personal hatte es der Polizei gemeldet, aber in einer Stadt mit neun Millionen Einwohnern war Tommy Norton einfach unauffindbar.

Sie erreichte Rick über sein Funktelefon. Er zeigte großes Interesse für alles, was sie in Erfahrung gebracht hatte. Er verabredete sich mit ihr vor Fitz-Gilbert Hamiltons Haus. Sie solle einen Durchsuchungsbefehl mitbringen, sagte er.

## 63

Die blaß orangefarbene Sonne ging unter, und die Temperatur sank auf minus fünf Grad. Als Venus über dem Horizont aufstieg, wirkte sie in der schneidenden Nachtluft größer als sonst. Intensiv orangerote Konturen umrahmten die Gipfel der Blue Ridge Mountains und verwandelten den Tiefschnee in goldene Wellen. Der Schnee lag so hoch, daß sogar der Ginster zugedeckt war. Eine dünne Eiskruste überzog die Schneedecke.

Es war unmöglich, Orlando eine Rundfahrt durch ganz Crozet zu bieten, weil viele Nebenstraßen nicht geräumt waren. Blair bat seinen Freund um Nachsicht, als er nachmittags um zehn nach fünf in Harrys Zufahrt einbog. Er hatte ihr einen runden schwarzen Enteiser für den Wassertrog besorgt und fand, daß heute der richtige Abend war, um das Gerät auszuprobieren. Paul Summers im Southern-States-Laden hatte gesagt, wenn es nicht funktioniere, könne er es zurückbringen und bekäme sein Geld erstattet.

«Ich kann mich nicht erinnern, daß du ein Landleben-Typ warst.» Orlando hielt sich an der Handschlaufe fest, als der Wagen langsam über die Zufahrt ruckelte. «Ehrlich gesagt, ich kann mich nicht erinnern, daß du jemals vor elf aufgestanden wärst.»

«Die Zeiten ändern sich, und die Menschen ändern sich mit ihnen.» Blair lächelte.

Orlando lachte. «Hat nicht zufällig was mit der Posthalterin zu tun, oder?»

«Hmmn», lautete Blairs Kommentar.

Orlando wurde einen Moment ernst. «Es geht mich ja nichts an, aber sie scheint wirklich ein guter Mensch zu sein, und sie sieht nett aus. So frisch. Und nach allem, was du durchgemacht hast, verdienst du alles Glück, das du finden kannst.»

«Ich habe Robin geliebt, aber ich konnte mich ja auch immer vor ihr zurückziehen. Weißt du, wenn wir geheiratet hätten, ich glaube, es hätte nicht gehalten. Wir haben ziemlich oberflächlich gelebt.»

Orlando seufzte. «Ich schätze, das tu ich auch. Aber guck dir meine Branche an. Wenn du die Kunden mit dem großen Geld willst, mußt du ihnen um den Bart gehen. Ich beneide dich.»

«Warum?»

«Weil du den Mut zum Aussteigen hattest.»

«Von Zeit zu Zeit mache ich ja noch Aufnahmen, zumindest bis ich zu verknittert bin oder mich niemand mehr haben will. Du hast es schlauer angestellt als ich. Du hast dir einen Beruf ausgesucht, wo das Alter keine Rolle spielt.»

Orlando lächelte, als das Schindelhaus und der Stall in Sicht kamen. «Klare Linien.»

«Sie hat wenig Sinn für Dekoratives, also halt dich zurück, okay? Ich meine, sie ist nicht blöd oder was, aber sie hat wirklich kein Geld, deswegen kann sie nicht viel machen.»

«Verstehe vollkommen.»

Sie hielten vor der Scheune an und stiegen aus. Harry war gerade dabei, die Pferdeboxen auszumisten. Ihre Winterstiefel gaben Zeugnis von ihrer Beschäftigung. Die Türen der Boxen standen offen, während Harry die verbrauchte Streu in den Schubkarren warf. Am Ende des Ganges stand ein zweiter Schubkarren mit süß duftender Streu. Auch die Tür zur Sattelkammer war offen. Tucker begrüßte die Männer, und Mrs. Murphy steckte den Kopf durch die Heubodenluke. Ein verirrter Strohhalm hing an ihren Schnurrhaaren. Als Harry die zwei Männer sah, winkte sie und rief «Hola!» Orlando fand das lustig.

*«Wer ist das?»* fragte Simon.

*«Blair und sein Freund Orlando.»*

*«Sie wird sie doch nicht hier raufbringen, oder?»* Das Opossum ging ängstlich auf und ab. *«Einmal hat sie Susan mitgebracht, das fand ich gar nicht in Ordnung.»*

*«Das war wegen dem Ohrring. Ein Sonderfall. Sie werden nicht die Leiter raufklettern. Der eine ist viel zu gut angezogen.»*

*«Ruhe da unten.»* Die Eule plusterte sich auf, drehte sich um und setzte sich wieder zurecht, erhaben über ihrer aller Unzulänglichkeiten.

Unten bewunderte Orlando die Architektur der Scheune. Sie war Ende der 1880er Jahre gebaut worden; die massiven Balken würden noch jahrhundertelang als Stützen dienen.

Tucker bellte: *«Da kommt wer.»*

Ein weißer Range Rover hielt neben Blairs Explorer. Fitz-Gilbert Hamilton öffnete die Tür und eilte in die Scheune.

«Orlando, ich habe dich bei Blair gesucht, und dann habe ich mir schon gedacht, daß ihr hier sein könntet.»

«Fitz... bist du es wirklich?» Orlando blinzelte. «Du siehst verändert aus.»

«Dicker, älter. Ein paar Haare weniger.» Fitz lachte. «Du siehst noch genauso aus, nur besser. Erstaunlich, was die Jahre mit den Menschen anstellen – innerlich und äußerlich.»

Während die zwei Männer sich die Hände schüttelten, bemerkte Harry in Fitz' Fliegerjacke auf Brusthöhe eine Ausbuchtung. Es war keine gewöhnliche Fliegerjacke – sie war mit Gänsedaunen gefüttert, so daß sie Fitz warm hielt und er gleichzeitig flott aussah.

Tucker hob die Nase und schnupperte. *«Murphy, Murphy!»*

*«Was?»*

*«Fitz riecht nach Angst.»*

Mrs. Murphy witterte. Menschen, die Angst hatten, verströmten einen kräftigen, beißenden Geruch. Dieser Geruch war unverkennbar, so stark, daß sogar Menschen mit einer – für ihre Verhältnisse – guten Nase ihn wahrnehmen konnten, wenn sie erst einmal gelernt hatten, ihn zu erkennen. *«Du hast recht, Tucker.»*

*«Da stimmt was nicht»*, bellte Tucker.

Harry bückte sich und tätschelte der Corgihündin den Kopf. «Ruhig, Kleine.»

Mrs. Murphy rief hinunter: *«Vielleicht hat er wieder eine Leiche gefunden.»* Sie stockte. Wenn er eine Leiche gefunden hätte, hätte er es gleich gesagt. *«Tucker, stell dich hinter ihn.»*

Der kleine Hund schlich sich hinter Fitz, der sich munter mit Orlando, Blair und Harry unterhielt. Dann wechselte er die Tonart. «Wie bist du auf die Idee gekommen, daß der Mann auf dem Bild Tommy Norton ist?»

Orlando legte den Kopf schief. «Sah für mich eindeutig so aus. Wieso hast du ihn bloß nicht erkannt?»

Fitz zog den Reißverschluß seiner Jacke auf und holte eine tödliche, schimmernde .45er hervor. «Ich hab ihn sehr wohl erkannt. Ihr drei stellt euch jetzt da drüben an die Wand. Ich hab keine Zeit für lange Abschiedszeremonien. Ich muß auf die Bank und zum Flugplatz, bevor Rick Shaw merkt, daß ich hier draußen bin, und ich will verdammt sein, wenn ihr mir die Sache verpatzt, also...»

Während Orlando noch verwundert dastand, grub Tucker ihre Zähne bis zum Zahnfleisch in Fitz' Bein. Er kreischte und drehte sich herum, aber der zähe Hund ließ nicht locker. Die Menschen stoben auseinander. Harry rannte in eine Box, Orlando verschwand in der Sattelkammer und machte die Tür zu, und Blair stürzte zum Wandtelefon im Gang, aber Fitz faßte sich und feuerte.

Blair stöhnte und taumelte in Gins Box.

«Alles in Ordnung mit Ihnen?» rief Harry. Sie hatte nicht gesehen, ob Blair getroffen worden war.

«Ja», sagte der verdatterte Blair mit zusammengebissenen Zähnen. Wenn man von einer Kugel getroffen wird, ist die Wucht genauso schmerzhaft wie das Eindringen des Bleis ins Fleisch. Blairs Schulter pulsierte und brannte.

Tucker ließ Fitz' Bein los und sauste zum Scheunentor, während Kugeln hinter ihr herflogen. Sobald sie sich aus der Scheune gezwängt hatte, schlich sie seitlich an dem Gebäude entlang. Tucker wußte nicht, was sie tun sollte.

Mrs. Murphy, die vom Heuboden heruntergespäht hatte, rannte an die Seitenwand und lugte durch eine Ritze in den Brettern. *«Tucker, Tucker, dir ist doch nichts passiert?»*

*«Nein.»* Tuckers Stimme war kehlig und rauh. *«Wir müssen Mutter retten.»*

*«Sieh zu, ob du Tomahawk und Gin Fizz zur Scheune holen kannst.»*

*«Ich werd's versuchen.»* Die Corgihündin rannte zur Weide.

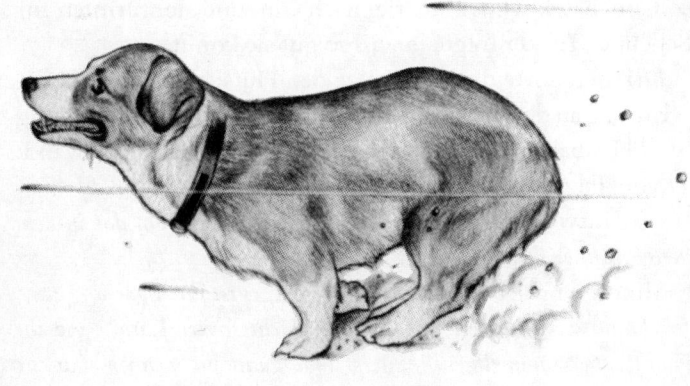

Zum Glück hatte der Frost die Schneedecke gefestigt, so daß Tucker auf der Oberfläche laufen konnte. Ein paarmal sank sie in das Pulver ein, aber sie rappelte sich wieder hoch.

Simon saß neben Mrs. Murphy und zitterte ängstlich.

Unten schlich Fitz zu den Boxen. Die Katze spähte wieder hinunter. Sie sah, daß er gleich unter der Leiter sein würde.

Harry rief: «Fitz, warum haben Sie die Leute ermordet?» Sie versuchte Zeit zu gewinnen.

Mrs. Murphy hoffte, ihre Mutter könnte ihn hinhalten, denn sie hatte eine rettende Idee.

«Ben war unersättlich, Harry. Er wollte immer mehr.»

Während Fitz sprach, rückte Orlando, flach gegen die Wand gedrückt, näher zur Sattelkammertür.

«Warum haben Sie ihm überhaupt was bezahlt?»

«Tja nun, das ist eine lange Geschichte.» Er ging einen Schritt näher zur Heubodenluke.

Die keuchende Tucker erreichte Tomahawk zuerst. *«Komm in die Scheune, Tommy. Da drin ist die Hölle los. Fitz-Gilbert will Mom umbringen.»*

Tomahawk schnaubte, rief nach Gin, und sie stürmten zur Scheune. Tucker folgte ihnen, so gut sie konnte.

Drinnen hörte die Tigerkatze den Hufschlag. Die Pferdeweide lag an der Westseite der Scheune. Mrs. Murphy sprang über Heuballen und rief durch eine Ritze in der Seitenwand: *«Könnt ihr über den Zaun springen?»*

Gin antwortete: *«Mit unseren Außendecken geht das in dem vielen Schnee nicht.»*

Simon rang seine rosa Pfoten. *«Oh, es ist furchtbar.»*

*«Dann zertrümmert den Zaun. Macht soviel Lärm, wie ihr könnt, aber sammelt euch zuerst und zählt bis zehn.»* Tucker holte die Pferde ein. *«Tucker»*, rief Mrs. Murphy, *«hilf ihnen bis zehn zu zählen. Geht's? Langsam.»* Sie drehte sich um und rief Simon über die Schulter zu: *«Hilf mir, Simon.»*

Das graue Opossum huschte, so flink es konnte, über Timotheusheu und Luzerne zu Mrs. Murphy an der Südseite der Scheune. Überall flog Heu herum, als die Katze mit den Krallen an einem Ballen zerrte.

*«Was machst du da?»*

*«Ich hol die Kletternatter. Sie ist im Winterschlaf und wird sich nicht um uns ringeln und zischen und beißen.»*

*«Aber sie wird aufwachen!»* Simon hob die Stimme.

*«Darüber mach dir später Gedanken. Komm, hilf mir, sie hier rauszukriegen.»*

Simon wich zurück. *«Ich faß sie nicht an!»*

In diesem Moment sehnte sich Mrs. Murphy nach ihrer Corgi-Freundin. Auch wenn Tucker in Mrs. Murphys Gegenwart noch so oft griente und greinte, sie hatte die Tapferkeit eines Kriegers. Tucker hätte die Schlange ohne zu zögern gepackt.

*«Harry hat so gut für dich gesorgt»*, flehte die Katze.

Simon schnitt eine Grimasse. *«Uff.»* Er haßte die Schlange.

*«Simon, wir dürfen keine Minute verlieren!»* Mrs. Murphys Pupillen waren so groß, daß Simon die herrliche Farbe ihrer Iris kaum sehen konnte.

Ein dumpfer, erstickter Laut über ihnen erschreckte sie. Die Eule ließ sich auf dem Heuballen nieder. Draußen konnte man die Pferde einen weiten Kreis beschreiben hören. In wenigen Sekunden würden sie den Bretterzaun bei der Scheune in Stücke schlagen. Die Eule befahl mit ihrer tiefen, opernhaften Stimme: *«Geht zur Leiter, ihr zwei. Beeilt euch.»*

Luzernenfetzen wehten in die Luft, als Mrs. Murphy zur Luke wetzte. Simon, der nicht so flink auf den Beinen war, folgte ihr. Die Eule hüpfte herunter und schloß ihre mächtigen Klauen um die schlafende, 1,20 Meter lange Schlange. Dann breitete sie die Flügel aus und erhob sich in die Luft.

Die schwere Schlange behinderte sie stärker, als sie erwartet hatte. Ihre kräftigen Brustmuskeln trugen sie, und ruhig glitt sie zu der Stelle, wo die Katze und das Opossum warteten. Sie ließ die Flügel zum Landen ausgebreitet, schlug sie einmal, um zu steuern, und landete dann sanft neben Mrs. Murphy. Sie legte der Katze die benommene Schlange vor die Pfoten, öffnete dann ihre Flügel zu voller Spannweite und entschwebte aufwärts in ihren Horst. Mrs. Murphy hatte keine Zeit, ihr zu danken. Draußen splitterte Holz, sie hörte Wiehern und gedämpften Hufschlag im Schnee und wußte, daß sie handeln mußte. Tucker bellte, was ihre Lungen hergaben.

«*Faß das Ende, das bei dir liegt!*» befahl Mrs. Murphy Simon streng. Er tat wie geheißen. Er hatte jetzt mehr Angst vor Mrs. Murphy als vor der Schlange.

Fitz, durch den Tumult draußen einen Moment abgelenkt, drehte seinen Kopf in Richtung des Lärms. Er war nahe an der Heubodenluke. Die Katze, den vorderen Teil der schweren Schlange im Maul, während Simon das Schwanzende hielt, warf Fitz die Schlange auf die Schultern. Inzwischen war die Schlange wach genug, um sich für einen Moment um seinen Hals zu ringeln. Sie versuchte verzweifelt, sich zurechtzufinden, und Fitz kreischte, was das Zeug hielt.

Währenddessen ließ sich Mrs. Murphy von der Heubodenluke fallen und landete auf Fitz' Rücken.

«*Tu's nicht!*» schrie Simon.

Der Katze blieb keine Zeit zu einer Antwort. Sie rangelte mit der Schlange unter ihr, während Fitz brüllte und versuchte, sich von seinen Peinigerinnen zu befreien. Mrs. Murphy zerfetzte ihm mit ihren Krallen gnadenlos das Gesicht. Während sie Fitz zerfleischte, sah sie aus dem Augenwinkel Blair aus der Box sausen.

«Orlando!» rief Blair.

Kaum hatte er nach seinem Freund gebrüllt, als Harry, die

ihren Winterparka ausgezogen hatte, wie der Blitz aus Tomahawks Box geschossen kam.

Mrs. Murphy krallte nach Fitz' rechtem Auge.

Er gab gerade einen Schuß in die Luft ab, als die Katze ihn blendete. Instinktiv hielt er sich die rechte Hand, die die Waffe hielt, vor das verletzte Auge, und im selben Moment trat Harry ihn gegen die Knie. Mit einem «Umpf» ging er zu Boden. Die Schlange landete mit ihm auf der Erde. Mrs. Murphy sprang erlöst ab. Tucker zwängte sich wieder in die Scheune.

*«Nimm dir seine rechte Hand vor!»* kreischte Mrs. Murphy.

Tucker raste zu dem um sich schlagenden Mann. Fitz versetzte Harry einen Tritt, und sie taumelte mit einem Plumps gegen die Wand. Blair mühte sich ab, Fitz unten zu halten, aber sein einer Arm baumelte nutzlos herunter. Orlando schlich aus der Sattelkammer, überblickte die Situation, schluckte fest und stürzte sich ebenfalls in den Kampf.

«Herrgott!» brüllte Fitz, als der Hund ihm das Handgelenk durchbiß und ein paar Knöchelchen zerkleinerte. Seine Finger ließen die Pistole los.

«Greifen Sie die Pistole!» Blair knallte Fitz seine gesunde Faust in die Magengrube. Wäre die Daunenjacke nicht gewesen, Fitz hätte gestöhnt.

Harry robbte auf dem Bauch über den Gang zu der Pistole. Sie packte sie, während Fitz Blair in die Leisten trat. Orlando hing wie eine Zecke auf seinem Rücken. Fitz hatte die Kräfte eines Wahnsinnigen oder einer in die Enge getriebenen Ratte. Er stürmte rückwärts und quetschte Orlando an die Wand. Tucker biß ihn unaufhörlich in die Hacken.

Fitz drehte sich um und sah Harry, die die Pistole auf ihn richtete. Blut und klare Flüssigkeit strömten aus seinem blinden rechten Auge. Er bewegte sich auf Harry zu.

«Das trauen Sie sich nicht, Mary Minor Haristeen.»

Blair, der von der Anstrengung und vor Schmerzen keuchte, schob sich zwischen Fitz und Harry, während Orlando, völlig außer Atem, nach Luft schnappte wie ein Fisch auf dem Trockenen.

Das Fell gesträubt, so daß sie doppelt so groß war wie sonst, balancierte Mrs. Murphy auf der Tür einer Box. Wenn es sein mußte, würde sie zum nächsten Angriff übergehen. Unterdessen gelang es der benommenen Kletternatter, in Tomahawks Box zu kriechen und sich in der Streu zu vergraben. Simon steckte den Kopf durch die Heubodenluke. Sein Unterkiefer hing schlaff herab.

Blair streckte die Hand aus, um den näher kommenden Fitz zurückzuhalten: «Sie haben nicht die geringste Chance. Geben Sie auf.»

«Verpiß dich, du Schwuchtel.»

Blair war schon so oft Schwuchtel geschimpft worden, daß es ihm nichts ausmachte – und außerdem waren die Schwulen, die er kannte, feine Kerle. «Keinen Schritt weiter.»

Fitz holte aus, Blair duckte sich.

Harry hielt die Pistole im Anschlag. «Aus dem Weg, Blair.»

«Sie werden nicht schießen. Sie doch nicht, Harry.» Fitz lachte, ein unheimliches, schrilles Lachen.

«Aus dem Weg, Blair. Ich meine es ernst.» Harrys Stimme war ruhig und entschlossen.

Orlando rappelte sich hoch und lief zum Telefon. Er wählte 911 und versuchte stockend zu erklären.

«Sagen Sie einfach Harry Haristeen, Yellow Mountain Road. Hier kennt jeder jeden», rief sie Orlando zu.

«Nein, es kennt nicht jeder jeden, Harry. Sie kennen mich nicht. Sie wollten mich nicht kennen.» Fitz schlich näher an sie heran.

«Ich hatte Sie gern, Fitz. Ich glaube, Sie sind verrückt geworden. Bleiben Sie stehen.» Sie wich nicht zurück, als er näher kam.

«Fitz-Gilbert Hamilton ist tot. Er besteht nur noch aus Fetzen.» Fitz lachte schrill.

Orlando legte den Hörer auf. Blairs Züge erstarrten. Sie trauten ihren Ohren nicht.

«Was sagst du da?» fragte Orlando.

Fitz machte eine halbe Drehung, um ihn mit seinem gesunden Auge sehen zu können. «Ich bin Tommy Norton.»

«Das darf doch nicht wahr sein!» Orlandos Lungen schmerzten noch.

«Ist es aber. Fitz hat den Verstand verloren, wie du weißt. Mal war er da, mal weg, und schließlich... futsch.» Fitz, oder besser der Mann, den sie als Fitz kannten, fuchtelte bei dem Wort «futsch» mit der Hand in der Luft herum. «Meistens wußte er nicht einmal seinen eigenen Namen, aber mich kannte er. Ich war sein einziger Freund. Er hat mir vertraut. Nach dem Autounfall mußten wir beide operiert werden, plastische Chirurgie. Eine kleine Korrektur seiner Nase, und außerdem wurde mein Kinn verkleinert, während seins vergrößert wurde. Nachher sah er eher wie Tommy Norton aus und ich eher wie Fitz-Gilbert Hamilton. Als die Schwellung abgeklungen war, hätte man uns für Brüder halten können. Und da wir noch jung und noch nicht ganz ausgewachsen waren, haben die Leute die kleinen Veränderungen ohne weiteres akzeptiert, als sie mich wiedersahen: die tiefere Stimme, den kräftigeren Körperbau. Es war so einfach. Als sein Verstand schließlich komplett im Eimer war, haben der Erbschaftsverwalter und ich den neuen Tommy in die Central-Islip-Klinik gesteckt. Was meine Familie anging – mein Vater hatte meine Mutter verlassen, als ich sechs war. Sie war meistens so besoffen, daß sie froh war, mich los zu sein, sofern sie überhaupt was mitgekriegt hat.»

«Der Erbschaftsverwalter! War das nicht Cabell?» fragte Harry.

«Ja. Er wurde anständig bezahlt und war ein guter Erbschaftsverwalter. Wir sind in Verbindung geblieben, als er von New York nach Virginia zog. Durch Cabell habe ich sogar meine Frau kennengelernt. Er hat seinen Anteil bekommen, und alles lief bestens. Bis ‹Tommy› auftauchte.»

In der Ferne heulte eine Sirene.

«All ihr reichen Leute. Ihr wißt ja nicht, wie das ist. Es lohnt sich, für Geld zu töten. Glaubt mir, ich würde es wieder tun. Fitz würde noch leben, wenn er nicht hier herumgestreunt wäre und mich gesucht hätte. War wahrscheinlich wie bei George III. von England, jahrelang im Wahn, und auf einmal, klick, ist sein Verstand wieder voll da. Ich war leicht zu finden. Little Marilyn und ich erscheinen regelmäßig in den Klatschspalten. Außerdem brauchte er bloß bei seiner früheren Bank anzurufen und seinen Erbschaftsverwalter ausfindig zu machen. Er war schlau genug, das zu tun. Nach und nach fiel ihm seine Vergangenheit wieder ein, und bald wußte er, daß er Fitz-Gilbert Hamilton war. Das konnte ich nicht zulassen, oder? Ich war ein besserer Fitz-Gilbert Hamilton als er. Er brauchte sein Geld nicht. Er hätte bloß wieder den Verstand verloren, und das viele Geld wäre nutzlos gewesen, unantastbar.»

Die Sirene heulte jetzt lauter, und weil Tommy Norton glaubte, Harry sei nicht mehr so wachsam, sprang er sie an. Ein Flammenblitz schoß aus der Mündung der Pistole. Tommy Norton stieß ein tiefes, gutturales Heulen aus und stürzte, sein Knie umklammernd, auf die Erde. Harry hatte ihm die Kniescheibe zerschossen. Unbeirrt kroch er auf Harry zu.

«Töten Sie mich. Ich will lieber tot sein. Töten Sie mich, denn sonst töte ich Sie, wenn ich Sie erwische.»

Blair trat hinter Tommy und rammte ihm sein Knie in den Rücken; er legte dem zappelnden Mann seinen heilen Arm um den Hals und sagte: «Geben Sie auf, Mann.»

Das Metalltor der Scheune wurde quietschend zurückgeschoben. Rick Shaw und Cynthia stürmten mit gezogenen Waffen in die Scheune. Hinter ihnen standen Tomahawk und Gin Fizz; Splitter vom Zaun waren im Schnee verstreut, ihre Decken waren übel zugerichtet.

*«Haben wir unsere Arbeit gut gemacht?»* wieherten sie.

*«Super»*, antwortete Mrs. Murphy, deren Fell sich nun wieder glättete.

Cynthia kümmerte sich um Blair. «Ich rufe einen Krankenwagen.»

«Ich glaube, ich bin schneller dort, wenn ich in meinem Explorer selbst hinfahre.»

«Ich bringe Sie hin.»

Tommy saß auf der Erde. Blut spritzte aus seinem Knie und aus seinem Auge, aber er schien keine Schmerzen zu fühlen. Vielleicht konnte sein Gehirn nicht hinnehmen, was soeben emotional und körperlich mit ihm passiert war.

«Nein, das tun Sie nicht. Beide Männer müssen behandelt werden.» Rick bat Orlando, das Krankenhaus anzurufen, und nannte ihm die Nummer. «Sagen Sie, Sheriff Shaw ist hier. Sie sollen sich beeilen.»

Während Harry und Blair die Beamten informierten, lachte Tommy dazwischen und berichtigte kleine Details.

«Wie ist Ben Seifert da hineingeraten?» wollte Rick wissen.

«Durch Zufall. Er ist auf Cabell Halls zweiten Satz Bücher gestoßen, in denen er die Zahlungen an mich aufgeführt hat. Cabell ist übrigens irgendwo in den Bergen. Ich nehme an, er hat sich aus dem Staub gemacht, weil er dachte, ich würde ihn umbringen. Er wird wohl demnächst wieder runterkommen. Ben erwies sich jedenfalls als nützlich. Er hat mich darüber informiert, wer kurz vor dem Bankrott stand, und ich hab das Land der Leute gekauft oder ihnen zu einem hohen Zinssatz Geld geliehen. Ich hab dann angefangen, ihm das zu vergüten, aber...» Tommy stöhnte, als seine Sinne schließlich einen zuckenden Schmerz wahrnahmen.

Harry ging zu Mrs. Murphy und hob sie von der Tür der Box herunter. Sie vergrub ihr Gesicht im Fell der Katze. Dann ging sie in die Hocke und gab Tucker einen Kuß. Tränen liefen Harry über die Wangen.

Blair legte seinen heilen Arm um sie. Sie konnte das Blut riechen, das durch sein Hemd und seine Jacke sickerte.

«Die sollten Sie besser ausziehen.» Sie half ihm aus der Jacke. Er zuckte zusammen. Cynthia kam hinzu, während Rick seinen Revolver auf Tommy gerichtet hielt.

«Die ist noch drin.» Cynthia meinte die Kugel. «Ich hoffe, sie hat keinen Knochen zersplittert.»

«Das hoffe ich auch.» Blair war ein bißchen schwindelig. «Ich glaube, ich muß mich einen Moment hinsetzen.»

Harry half ihm in die Sattelkammer und auf einen Stuhl.

Orlando stellte sich neben Rick. Er starrte auf den Mann, den er einmal gekannt hatte. «Tom, du sahst Fitz wirklich verdammt ähnlich.»

Winzige Kniescheibensplitter lagen im Scheunengang verstreut. Ein mattes Lächeln huschte über Toms Gesicht, während er gegen seine höllischen Schmerzen ankämpfte. «Ja, ich hab sie alle reingelegt. Sogar diesen unerträglichen Snob, diese Zicke von einer Schwiegermutter.» Sein Gesicht verzerrte sich vor Schmerzen, und er rang um Beherrschung. «Ich wäre nie in der Lage gewesen, Little Marilyn zu heiraten. Fitz-Gilbert konnte sie heiraten. Tommy Norton nicht.»

«Könnte sein, daß du sie unterschätzt.» Orlandos Stimme klang beschwichtigend.

«Sie läßt sich von ihrer Mutter gängeln», bekam er lakonisch zur Antwort. «Aber weißt du, was das Komische ist? Ich habe meine Frau lieben gelernt. Ich hatte nie geglaubt, daß ich jemanden lieben könnte.» Er machte ein Gesicht, als wollte er weinen.

«Wieviel war das Hamilton-Vermögen wert?» fragte Sheriff Shaw.

«Als ich es sozusagen erbte, war es einundzwanzig Millionen wert. Durch Cabells Verwaltung und mein eigenes Management war der Wert bis zu meiner Volljährigkeit auf vierundsechzig Millionen angewachsen. Es gibt keine Erben. Von den Hamiltons lebt niemand mehr. Bevor ich Fitz tötete, habe ich ihn gefragt, ob er Kinder hat, und er hat nein gesagt.» Tommy vermied es, sein Knie anzusehen, als würden sich die Schmerzen dadurch in Schach halten lassen.

«Wer bekommt das Geld?» wollte Orlando wissen. Geld ist nun mal faszinierend.

«Little Marilyn. Das ist doppelt abgesichert. Auf sie ist sowohl mein Testament als auch das von Fitz-Gilbert ausgestellt, das er damals im Oktober in meinem Büro unterzeichnet hat. Vertrauensvoll wie ein Lamm. Es mag eine Weile dauern, aber auf die eine oder andere Weise bekommt meine Frau das Geld.»

«Wie haben Sie Fitz-Gilbert Hamilton getötet?» erkundigte sich Cynthia.

«Ben hat Panik geschoben. Typisch. Schwach und geldgierig. Ich habe Cabell immer gesagt, daß Ben die Allied Bank nie leiten könnte, wenn Cabell sich zur Ruhe setzte. Er hat mir nicht geglaubt. Ben war aber immerhin so schlau, Fitz aus der Bank und in seinen Wagen zu lotsen, bevor er einen noch größeren Aufstand machte oder ausposaunte, wer er war. Er fuhr mit ihm zu meinem Büro. Ben hatte es darauf angelegt, dazubleiben und mir lästig zu werden. Ich sagte ihm, er solle wieder in die Bank gehen, Fitz und ich würden uns schon irgendwie arrangieren. Ich hab das in Fitz' Gegenwart gesagt. Ben ging. Fitz war eine Weile ganz okay. Als ich dann von seinem Geld sprach, wurde er gereizt. Ich habe viel mehr daraus gemacht, als er gekonnt hätte! Ich habe ihm angeboten, mit ihm zu teilen. Das schien durchaus fair. Er wurde wütend. Eins führte zum anderen, und dann ist er auf mich losgegangen. So ist mein Büro verwüstet worden.»

«Und Sie haben sich das Geld aus dem Büro selbst geklaut?» ergänzte Cynthia.

«Na klar. Was sind schon die zweihundert Dollar und ein CD-Player, die ich als vermißt angab?» Tommys Gesicht war schweißgebadet.

«Und wie haben Sie ihn umgebracht?» drängte sie weiter.

«Mit einem Briefbeschwerer. Fitz war nicht sehr kräftig, und der Briefbeschwerer hatte ein ganz schönes Gewicht. Ich muß ihn wohl genau an der richtigen Stelle erwischt haben.»

«Beziehungsweise an der falschen», sagte Harry.

Tommy zuckte die Achseln und fuhr fort: «Wie auch immer. Jetzt ist er tot. Das Schwierige war, die Leiche zu zerlegen. Gelenke lassen sich verdammt schwer durchtrennen.»

Rick übernahm die Befragung. «Wo haben Sie das gemacht?»

«Auf dem alten Forstweg, der von der Yellow Mountain Road abgeht. Ich hab gewartet, bis es Nacht war. Die Leiche hatte ich in meinem Büro im Schrank versteckt. Ich ging sie holen und fuhr damit zu dem Forstweg. Die Hände und Beine zu vergraben war einfach, aber dann kam der Sturm auf. Ich hatte nicht erwartet, daß es so schlimm würde, aber genaugenommen kam ja alles unerwartet.»

«Und die Sachen, die er anhatte?» Rick kritzelte in seinem Notizbuch.

«Hab ich auf die Müllkippe hinter Safeway geworfen. Die

Zähne auch. Wenn es nicht so geregnet und der verdammte Köter die Hand nicht gefunden hätte, wäre kein Mensch dahintergekommen. Alles wäre genau wie... vorher.»

«Sie glauben, Ben und Cabell hätten Ihnen keine Schwierigkeiten gemacht?» warf Harry zynisch ein.

«Ben schon, höchstwahrscheinlich. Cabell ist cool geblieben, bis Ben tot aufgefunden wurde.» Tom lehnte den Kopf an die Wand. Er zitterte vor Schmerzen und Erschöpfung. «Dann ist er übergeschnappt. Das Geld nehmen und türmen war seine Devise. Dummes Geschwätz. Man braucht Wochen, um Wertpapiere flüssigzumachen. Obwohl ich zur Vorsicht immer eine Menge Bares auf meinem Girokonto hatte.»

«Hm, vielleicht wären Sie mit den Morden davongekommen, vielleicht aber auch nicht.» Rick schrieb ruhig weiter. «Aber der Rumpf und der Kopf im Kürbis – Sie haben's übertrieben, Tommy. Sie haben's übertrieben.»

Er lachte rauh. «Diese Genugtuung, Mims Gesicht zu sehen.» Er lachte wieder. «Dafür hat sich's gelohnt. Ich wußte, daß ich nicht in Gefahr war. Der Rumpf im Bootshaus deutete auf eine offensichtliche Feindschaft gegen Marilyn Sanburne hin, na und? Die Leichenteile auf dem alten Friedhof – nach dem, was mit Robin Mangione passiert war, war ich sicher, daß Sie das von der Spur ablenken würde. Ich habe Robins Ermordung kopiert, um Blair zum Hauptverdächtigen zu stempeln, nur für den Fall, daß was schiefging. Ich war darauf gefaßt, mit Menschen fertig werden zu müssen, falls es Ärger geben sollte – nicht mit Tieren.» Er seufzte, dann lächelte er. «Aber der Kopf im Kürbis – das war ein Geniestreich.»

«Sie haben der ganzen Stadt das Erntefest verdorben», warf Harry ihm vor.

«Ach Quatsch, Harry. Die Leute werden sich die Geschichte noch jahrzehntelang erzählen, jahrhundertelang. Das Fest verdorben? Ich hab es zu einer Legende gemacht!»

«Wann haben Sie es gemacht? Am Vormittag?» Cynthia war neugierig.

«Klar. Jim Sanburne und ich haben die handwerklichen und gärtnerischen Erzeugnisse katalogisiert. Weil er die Gartenprodukte zu beurteilen hatte, fanden wir es unfair, wenn er sie schon vorher zu sehen bekäme. Ich hatte sowieso vor, den Kopf in einen Kürbis zu stecken – ein weiteres Geschenk für Mim –, aber diese Gelegenheit war zu schön, um sie ungenutzt zu lassen. Jim war in der Aula und ich in der Turnhalle. Wir waren allein, nachdem die Leute ihre Produkte abgeliefert hatten. Es war ganz einfach.»

«Sie haben Glück gehabt», sagte Harry.

Tom schüttelte den Kopf, als versuchte er ihn klar zu bekommen. «Nein, so viel Glück war gar nicht dabei. Die Leute sehen, was sie sehen wollen. Bedenken Sie, was uns täglich entgeht, weil wir verwerfen, was offensichtlich ist, weil Merkwürdigkeiten nicht unserem Bild entsprechen, das wir uns von der Welt machen, wie sie sein sollte, statt von der Welt, wie sie ist. Sie waren alle leicht zu täuschen. Es ist Jim nicht ein einziges Mal in den Sinn gekommen, Rick zu erzählen, daß ich mit den Kürbissen allein war. Die Leute haben nach einem wahnsinnigen Mörder gesucht... nicht nach mir.»

Die Krankenwagensirene kam näher. «Meine Frau hat gesehen, was sie sehen wollte. An dem Abend, als ich von Sloans Kneipe nach Hause kam, dachte sie, ich wäre betrunken. War ich aber nicht. Wir nahmen unseren Sherry als Schlaftrunk, und ich habe ihr wohlweislich eine Schlaftablette ins Glas getan. Als sie eingeschlafen war, bin ich rausgegangen, habe Ben Seifert beseitigt, diesen rückgratlosen Naseweis, und als ich zurückkam, bin ich noch für eine

Stunde ins Bett gekrochen, und sie hatte nicht die leiseste Ahnung. Beim Aufwachen hab ich getan, als hätte ich einen Kater, womit ich meine absolute Erschöpfung kaschiert habe, und sie hat es geschluckt.»

«Und welchen Sinn hatten die Postkarten?» Harry spürte, wie ihr die Zornesröte ins Gesicht stieg, nachdem das Adrenalin von dem Gerangel nun abebbte.

«Allied National hat einen dieser sagenhaften Computer für Desk-Top-Publishing, genau wie die meisten größeren Firmen in Albemarle County, was Sie, Sheriff, bestimmt herausgefunden haben, als Sie versuchten, einen aufzuspüren.»

«Stimmt», bekam er kurz und bündig zur Antwort.

«Die sind nicht so individuell wie Schreibmaschinen. Cabell wurde langsam nervös, und da sind wir auf die Idee mit den Postkarten gekommen. Er meinte, das würde den Verdacht noch mehr auf Blair lenken, weil er keine Karte bekam. Obwohl damals kaum jemand wirklich glaubte, daß Blair die Morde begangen hatte. Cabell wollte die Masche mit dem schuldigen Neuankömmling inszenieren und Sie von der Spur ablenken. Obwohl ich mir wegen der Spur keine Sorgen gemacht habe. Ihr wart alle so weit von der Wahrheit entfernt, aber Cabell wurde unruhig. Ich hab's zum Vergnügen getan. Es war lustig, an einer Schnur zu ziehen und euch hüpfen zu sehen. Und dann der Klatschbetrieb.» Er lachte wieder. «Verquer – ihr Leute seid absolut verquer. Die einen denken an Rache. Die anderen denken an Dämonenkult. Ich habe bei dieser Geschichte mehr über Menschen erfahren als jeder Psychiater.»

«Was haben Sie erfahren?» Harrys rechte Augenbraue wölbte sich aufwärts.

«Vielleicht habe ich nur die Bestätigung dafür gefunden, was ich schon wußte.» Der Krankenwagen bog in die Zufahrt ein. «Die Leute sind so verdammt egozentrisch, daß sie kaum etwas sehen, wie es wirklich ist, weil sie ständig alles auf sich beziehen. Deswegen sind sie so leicht zu täuschen. Denken Sie mal darüber nach.» Und damit verließen ihn die Kräfte. Er konnte den Kopf nicht mehr aufrecht halten. Die Schmerzen besiegten am Ende auch seine beachtliche Willenskraft.

Als der Krankenwagen Tommy Norton abtransportierte, wußte Harry, daß sie die nächsten Jahre damit verbringen würde, darüber nachzudenken.

## 64

Das Feuer knisterte, die Flammen loderten in den Schornstein empor. Draußen zog der vierte Sturm dieses denkwürdigen Winters zu den Berggipfeln hinauf.

Blair, den Arm in der Schlinge, Harry, Orlando, Mrs. Hogendobber, Susan und Ned, Cynthia Cooper, Market und Pewter, Reverend Jones und Carol hatten sich am Kamin versammelt.

Während Blair im Krankenhaus lag und über sich ergehen ließ, wie mit einer Sonde nach der Kugel gesucht wurde, hatte Cynthia bei Susan und Miranda angerufen, um ihnen zu berichten, was vorgefallen war, und sie aufzufordern, zu Harry zu kommen und etwas zum Essen mitzubringen. Dann schickte sie einen Beamten zu Florence Hall, er sollte ihr die Komplizenschaft ihres Mannes so schonend wie möglich beibringen. Die Leute von der Bundespolizei würden Cabell vielleicht heute nacht nicht finden, aber wenn der

Sturm vorbei wäre, würden sie ihn aus seinem Bau scheuchen.

Harry war dem Krankenwagen in Blairs Explorer gefolgt. Orlando war auf der Farm geblieben und hatte Nudeln gekocht, während die Freunde nach und nach eintrafen. Morgen würde er Zeit haben, sich mit Boom Boom zu treffen.

Rick organisierte Wächter für Norton, während die Ärzte ihn zusammenflickten. Rick und Cynthia erzählten sodann den Reportern und Fernsehteams genüßlich, wie sie diesen gefährlichen Verbrecher dingfest gemacht hatten. Anschließend entließ Rick Cynthia zu ihren Freunden.

Während die Frauen das Essen richteten, erklärte sich Reverend Jones zum männlichen Chauvinisten und ging nach draußen, um den Zaun zu reparieren. Sein Verständnis von männlichem Chauvinismus äußerte sich darin, daß er die Arbeiten übernahm, die er für schwer und schmutzig hielt, was dazu führte, daß die Frauen ihn hinter seinem Rücken «Chauvinistenmieze» nannten. Market ging ihm zur Hand, und in einer Dreiviertelstunde hatten sie die Latten erneuert und die Verwüstung beseitigt. Dann nahmen sie sich der Pferde an. Glücklicherweise hatten die Decken mögliche Verletzungen abgefangen. Tomahawk und Gin Fizz waren unversehrt und warteten bei geöffneten Türen geduldig in ihren Boxen – in der Eile, Blair und Tommy ins Krankenhaus zu schaffen, hatte niemand daran gedacht, die Pferde in ihre Boxen zu bringen und die Türen zu schließen.

Auf dem Fußboden sitzend, die Teller auf dem Schoß, versuchte die Schar der Freunde zu ergründen, wie so etwas hatte geschehen können. Mrs. Murphy, Pewter und Tucker umkreisten wie Haie die sitzenden Menschen; vielleicht würde ja mal ein Krümel von einem Teller fallen.

Blair spießte eine Gabel scharfen Hühnersalat auf. «Was war mit den Spuren hinter meinem Haus?»

Cynthia sagte: «Wir haben in Fitz' – ich meine Tommy Nortons – Range Rover Schneeschuhe gefunden. Er hat den Ohrring dort hinten verloren. Ein Mißgeschick, für das er nichts konnte, und wegen des Ohrrings ist er erst richtig nervös geworden, nachdem der echte Fitz ihm zuvor schon einen Schock versetzt hatte. Jedenfalls, er wollte ausprobieren, wie schnell er im Schnee wieder herkommen könnte, wenn er müßte, falls Sie oder Orlando Schwierigkeiten machten, womit zu rechnen war. Ich denke, er hat einen Probelauf gemacht, oder er hoffte, Sie abzufangen, bevor Orlando herkam. Er muß ganz schön zappelig geworden sein, als er hörte, daß Orlando zu Besuch kommen würde. Das zu verhindern hätte jedes Risiko gelohnt.»

«Was glaubte er denn, was ich tun würde?» fragte Orlando.

«Das wußte er nicht genau. Bedenken Sie, sein ganzes Leben, der Plan vieler Jahre, war gefährdet, als der echte Fitz auftauchte. Ben Seifert nutzte das aus, um mehr Geld von ihm zu erpressen. Er wurde langsam nervös. Wenn Sie nun etwas gemerkt hätten? So unwahrscheinlich Ihnen das vorkommen mag, für ihn war es durchaus nicht unwahrscheinlich. Das Unmögliche war möglich geworden», erklärte Cynthia. «Wie sich zeigte, haben Sie dann ja auch wirklich Schwierigkeiten gemacht. Sie haben das Gesicht auf dem Foto erkannt. Das Gesicht, für das ein plastischer Chirurg ein Vermögen kassieren konnte.»

Carol war neugierig. «Und der Ohrring?»

«Das werden wir nie genau wissen», antwortete Harry. «Aber Little Marilyn hat gesagt, er muß abgegangen sein, als sie ihren Pullover im Auto auszog, in dem Range Rover. Tommy hatte die Leiche in einem Plastiksack vorne auf den Boden gelegt, und der Stift hat sich vermutlich in dem Sack verhakt oder ist in eine Falte des Sackes geraten. In seiner Hast hat Fitz es nicht gemerkt. Wir wissen nur, daß Little Marilyns Ohrring dann in einem Opossumnest aufgetaucht ist, kilometerweit von der Stelle entfernt, wo sie meinte, ihn zuletzt getragen zu haben. Das Tier konnte unmöglich die sechs Kilometer bis zu ihrem Haus gewandert sein.»

«Weiß Little Marilyn es schon?» Mrs. Hogendobber hatte Mitleid mit der Frau.

«Ja», sagte Cynthia. «Sie kann es noch nicht glauben. Mim glaubt es natürlich, aber sie denkt ja über jeden nur Schlechtes.»

Darüber mußten alle lachen.

«Hat irgend jemand von Ihnen auch nur im entferntesten daran gedacht, daß es Fitz sein könnte?» fragte Mrs. Hogendobber. «Tommy. Ich kann mich nicht daran gewöhnen, ihn Tommy zu nennen. Ich hatte jedenfalls nicht die leiseste Ahnung.»

Die anderen auch nicht.

«Er war auf seine Weise genial.» Orlando schnitt ein leckeres Biskuit auf und bestrich es mit Butter. «Er hat sehr früh gemerkt, daß die Menschen auf Äußerlichkeiten achten, genau, wie er gesagt hat. Sobald er merkte, daß Fitz den Verstand verlor, heckte er den teuflisch schlauen, aber simplen Plan aus, Fitz zu werden. Als er sein Studium in Princeton begann, *war* er Fitz-Gilbert Hamilton. Er war mehr Fitz-Gilbert Hamilton als der echte Fitz-Gilbert Hamilton. Als ich nach Yale ging, sagte mein Bruder, jetzt könne ich ein neuer Mensch werden, wenn ich wollte. Es war ein Neubeginn. Tommy hat das wortwörtlich genommen.»

Blair sann darüber nach, dann sagte er: «Ich glaube nicht, daß ihm je der Gedanke kam, jemanden umbringen zu müssen. Ich glaube es einfach nicht.»

«Damals nicht», sagte Cynthia.

«Geld verändert die Menschen.» Carol sprach aus, was offensichtlich war, nur daß viele das Offensichtliche nicht wahrnehmen wollten. «Er hatte sich an die Macht gewöhnt, an materielle Vergnügungen, und er hat Little Marilyn geliebt.»

«Liebe oder Geld», flüsterte Harry vor sich hin.

«Was?» Mrs. Hogendobber wollte alles wissen.

«Liebe oder Geld. Dafür töten die Menschen...» Harrys Stimme verlor sich.

«Ja, das Thema hatten wir schon mal.» Mrs. Hogendobber nahm sich noch eine Portion Makkaroni mit Käse. Es schmeckte sündhaft gut. «Vielleicht ist der Weg zur Hölle mit Dollarscheinen gepflastert.»

«Sofern wir sie zum Mittelpunkt unseres Lebens machen», setzte Blair hinzu. «Wissen Sie, ich habe viele Geschichtswerke gelesen. Es ist ein schöner, tröstlicher Gedanke, daß andere Menschen vor mir hier gelebt haben. Jedenfalls, Marie Antoinette und Ludwig XVI. sind zu besseren Menschen geworden, nachdem sie ihre Macht und ihr Geld verloren hatten. Vielleicht wird der eine oder die andere tatsächlich ein besserer Mensch, wenn er oder sie einmal Geld *gehabt* hat, ich weiß es nicht.»

Der Reverend dachte darüber nach. «Ich nehme an, einige reiche Leute werden Philanthropen, aber meistens erst am Ende ihres Lebens, wenn der Himmel als nächste Adresse noch nicht gesichert ist.»

Während die Gruppe diskutierte und über diese oder jene Einzelheit oder über das wenige rätselte, was sie von dem Mann wußten, den sie als Fitz kannten, stand Harry auf und zog ihren Parka an. «Bin gleich wieder da. Ich hab vergessen, das Opossum zu füttern.»

«In einem früheren Leben waren Sie Noah», gluckste Herbie.

Mrs. Hogendobber warf dem lutheranischen Pastor einen

vorwurfsvollen Blick zu. «Aber Reverend, Sie glauben doch nicht an Reinkarnation, oder?»

Bevor sich das Thema entzünden konnte, war Harry zur Hintertür hinaus. Mrs. Murphy und Tucker zockelten mit. Pewter zog es vor, in der Küche zu bleiben.

Harry schob das Scheunentor nur so weit auf, daß sie sich hindurchquetschen und Licht machen konnte. Es war kaum zu glauben, daß sie erst vor ein paar Stunden in dieser Scheune beinahe den Tod gefunden hätte, in diesem Raum, wo sie immer glücklich gewesen war.

Sie schüttelte den Kopf, als wollte sie sich von Spinnenfäden befreien. Vor allem aber wollte sie sich vergewissern, daß sie lebte. Mrs. Murphy bildete die Vorhut, und Harry kletterte mit Tucker unterm Arm die Leiter hinauf und brachte Simon das Futter. Simon war überwältigt.

Mrs. Murphy rieb sich an dem kleinen Kerl. *«Gut gemacht, Simon.»*

*«Mrs. Murphy, das war das Schlimmste, was ich je gesehen habe. Mit den Menschen stimmt was nicht.»*

*«Zumindest mit einigen»*, entgegnete die Katze.

Harry beobachtete die beiden Tiere und wunderte sich über ihre Fähigkeit, sich zu verständigen. Sie wunderte sich außerdem darüber, wie wenig wir eigentlich von der Welt der Tiere wissen. Wir verwenden soviel Zeit darauf, sie zu zähmen, abzurichten, ihnen Gehorsam beizubringen, wie können wir sie da wirklich kennen? Haben die Herren auf den Plantagen die Sklaven je gekannt, und kennt ein Mann seine Frau, wenn er sich für überlegen hält – oder umgekehrt? Harry setzte sich ins Heu, atmete den Duft ein, und eine Woge der Dankbarkeit durchströmte sie. Sie wußte nicht viel, aber sie war froh, am Leben zu sein.

Mrs. Murphy kletterte auf ihren Schoß und schnurrte. Tucker lehnte sich feierlich an Harrys Seite.

Die Katze reckte den Hals nach oben und rief: «*Danke.*»

Die Eule schrie zurück: «*Nicht der Rede wert.*»

Tucker bemerkte: «*Ich dachte, du kannst Menschen nicht leiden.*»

«*Kann ich auch nicht. Aber zufällig kann ich die Kletternatter noch weniger leiden als die Menschen.*» Sie breitete triumphierend ihr Gefieder aus und lachte.

Die Katze lachte mit. «*Du magst Harry – gib's zu.*»

«*Sag ich nicht.*» Die Eule erhob sich von ihrem hohen Sitz in dem Kuppelgewölbe und schwebte hinunter, direkt vor Harry, die erschrak. Dann nahm sie Höhe auf und flog aus dem hohen Oberlicht am Scheunenende hinaus zum nächtlichen Jagen, zumindest so lange, bis der Sturm losbrach.

Harry kletterte rückwärts von der Leiter, Tucker unter dem Arm. In der Mitte des Ganges blieb Harry einen Moment stehen. «Ich weiß nicht, was in euch beide gefahren ist», sagte sie zu den Pferden, «aber ich bin schrecklich froh. Danke.»

Sie sahen sie aus ihren sanften braunen Augen an. Tomahawk blieb in einer Ecke seiner Box, während Gin zutraulich den Kopf über die obere Hälfte der quergeteilten Boxtür steckte.

«Und Mrs. Murphy, ich weiß immer noch nicht, wie die Kletternatter vom Heuboden geflogen kam und du hinterher. Ich schätze, ich werde es nie erfahren. Ich schätze, ich werde vieles nie erfahren.»

«*Bring sie zurück an ihren Platz*», rief Mrs. Murphy ihr, «*sonst erfriert sie noch.*»

«*Sie weiß nicht, wovon du sprichst.*» Tucker kratzte an der Tür von Tomahawks Box und winselte. «*Hat sie sich hier drin versteckt?*» fragte der Hund die Katze.

«*Irgendwo unter der Streu.*» Die Schnurrhaare der Tigerkatze schnellten nach vorn, als sie Tucker beim Türkratzen Gesellschaft leistete.

Harry wußte, daß die Schlange da war, trotzdem fuhr sie jedesmal zusammen, wenn sie eine sah. Neugierig öffnete sie die Tür. Jetzt wußte sie, warum Tomahawk sich in eine Ecke seiner Box drückte. Er konnte Schlangen nicht ausstehen und verbarg es nicht.

«*Hier ist sie.*» Tucker stellte sich über die Schlange.

Harry sah die teils von Streu bedeckte Schlange. «Lebt sie?» Sie kniete sich hin und faßte mit der Hand hinter den Hals des Reptils. Vorsichtig hob sie es hoch, und erst jetzt merkte sie, wie groß die Schlange war. Harry hatte keine besonders große Angst vor Schlangen, aber sie konnte auch nicht behaupten, daß sie sie gern anfaßte. Trotzdem, sie fühlte sich irgendwie für diese Kletternatter verantwortlich. Das Tier bewegte sich ein bißchen. Tomahawk beschwerte sich, und so verzogen sie sich aus der Box.

Mrs. Murphy kletterte die Leiter hoch. «*Ich zeig's dir.*»

Harry überlegte fieberhaft, wo ein warmes Fleckchen für die Schlange war. Außer den Rohren unter ihrem Küchenspülstein fiel ihr nur der Heuboden ein, also kletterte sie wieder hinauf.

Die Katze lief zu ihr hin und wieder weg. Harry sah ihr amüsiert zu. Mrs. Murphy mußte diese Vorstellung viermal wiederholen, ehe Harry so vernünftig war, ihr zu folgen.

Simon brummte, als sie an ihm vorbeikamen: «*Steck die alte Hexe bloß nicht in meine Nähe.*»

«*Stell dich nicht so an*», schimpfte die Katze. Sie führte Harry zum Nest der Schlange.

«Sieh mal einer an!» rief Harry. Vorsichtig legte sie die Schlange in ihr Winterschlafquartier und deckte sie mit losem Heu zu. «Der Herr ist wunderbar in seinen Werken», sagte sie laut. Das hatte ihre Mutter immer zu ihr gesagt. Heute hatte Gott seine oder ihre wunderbaren Werke mit Hilfe einer Schlange, einer Katze, eines Hundes und zweier Pferde gewirkt. Harry ahnte nicht, daß sie noch viel öfter Hilfe von Tieren gehabt hatte, aber sie wußte, daß sie dank der Gnade Gottes hier war. Tommy Norton hätte sie durchlöchert wie einen Schweizer Käse.

Als sie die Scheune zuschloß und durch ein paar Schneeflocken zum Haus zurückging, wurde ihr klar, daß sie es nicht bereute, den Mann in die Kniescheibe geschossen zu haben. Sie hätte ihn notfalls auch getötet. In dieser Hinsicht gehörte sie zur Welt der Tiere. Menschliche Moral und Natur scheinen oft im Widerspruch zu stehen.

Fair Haristeens Lieferwagen schlitterte knatternd in die Zufahrt. Fair stieg rasch aus und riß Harry in seine Arme.
«Ich hab's gerade gehört. Alles in Ordnung mit dir?»
«Ja.» Sie nickte, plötzlich erschöpft.
«Gott sei Dank, Harry. Ich wußte nicht, was du mir bedeutest, bis ich, bis ich...» Er konnte seinen Satz nicht beenden. Er drückte sie an sich.

Sie drückte ihn fest, dann ließ sie ihn los. «Komm mit. Unsere Freunde sind drinnen. Sie werden sich freuen, dich zu sehen. Blair hat einen Schuß abgekriegt.» Sie sprach weiter und spürte eine tiefe Liebe zu Fair, wenn es auch keine romantische Liebe mehr war. Sie nahm ihn nicht zurück, aber er bat sie ja auch nicht zurückzukommen. Sie würden sich mit der Zeit arrangieren.

Als sie in die Küche traten, blickte ihr auf dem Hackklotz eine schuldbewußte, dicke graue Katze mit vollem Maul entgegen. Sie hatte ein ganzes Schinkenbiskuit vertilgt; die verräterischen Krümel hingen noch an ihren langen Schnurrhaaren.

«Pewter», sagte Harry.
*«Ich esse, wenn ich angespannt oder unglücklich bin.»* Und

wirklich war sie betrübt, weil sie das ganze Theater verpaßt hatte. *«Natürlich esse ich auch, wenn ich entspannt und glücklich bin.»*

Harry streichelte sie, setzte sie herunter, und dann besann sie sich, daß ihre Freundinnen heute etwas Besseres verdient hatten als Dosenfutter. Sie legte ein paar Schinkenbiskuits auf den Fußboden. Pewter stellte sich auf die Hinterbeine und kratzte an Harrys Hose.

«Noch was?»

*«Noch was»*, bettelte die graue Katze.

Harry nahm noch ein Biskuit sowie etwas von dem Putenfleisch, das Miranda mitgebracht hatte, und legte es auf den Boden.

*«Ich seh nicht ein, wieso du was Leckeres kriegst. Du hast nichts geleistet»*, brummte Mrs. Murphy, während sie ihr Essen mampfte.

Die graue Katze kicherte. *«Wer sagt, daß das Leben gerecht ist?»*

# Langweilige Fernsehabende können Sie sich sparen. Welcher Film sich lohnt steht in TV Spielfilm.

TV SPIELFILM Online: www.tvspielfilm.de

 **Wir wünschen spannende Unterhaltung.**

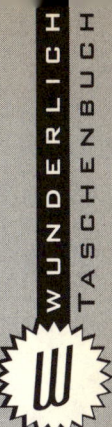

# Das nächste, bitte!

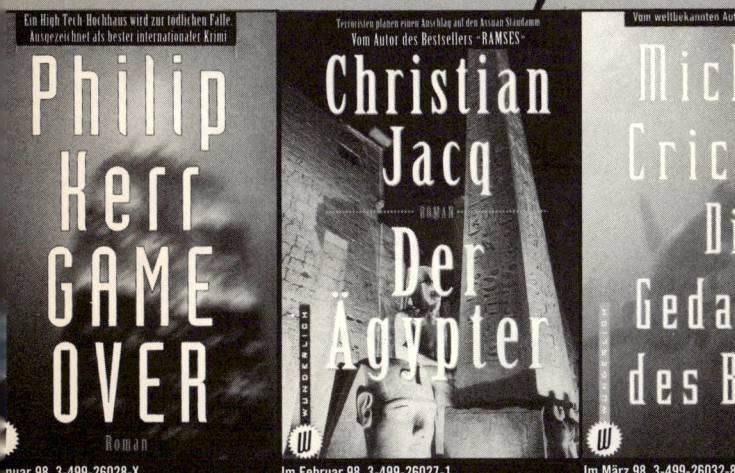

Jeden Monat neu als Wunderlich Taschenbuch.
Bestseller zu attraktiven Preisen.

Wir wünschen gute Unterhaltung!

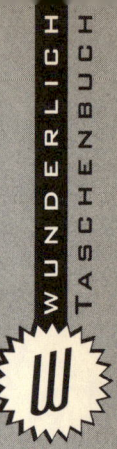

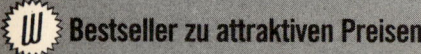

Jeden Monat neu als Wunderlich Taschenbuch.
Bestseller zu attraktiven Preisen.

Wir wünschen gute Unterhaltung!